손창섭 단편선
비 오는 날

책임 편집·조현일
서울대학교 국어교육학과와 같은 대학 국어국문학과 대학원 졸업.
현재 홍익대학교 국어국문학과 강사.
저서로는 『한국문학의 근대성과 리얼리즘』 『전후소설과 허무주의적 미의식』 등이 있음.

한국문학전집 12
비 오는 날
손창섭 단편선

초판 1쇄 발행 2005년 1월 25일
초판 18쇄 발행 2024년 10월 24일

지 은 이   손창섭
책임 편집   조현일
펴 낸 이   이광호
펴 낸 곳   ㈜문학과지성사
등록번호   제1993-000098호

주   소   04034 서울 마포구 잔다리로7길 18(서교동 377-20)
전   화   02)338-7224
팩   스   02)323-4180(편집) 02)338-7221(영업)
전자우편   moonji@moonji.com
홈페이지   www.moonji.com

ⓒ ㈜문학과지성사, 2005. Printed in Seoul, Korea

ISBN 89-320-1572-4 04810
ISBN 89-320-1552-X(세트)

이 책의 판권은 저작권자와 ㈜문학과지성사에 있습니다.
서면 동의 없는 무단 전재 및 복제를 금합니다.

손창섭 단편선
비 오는 날

조현일 책임 편집

| 차례 |

일러두기 • 6

공휴일公休日 • 7
사연기死緣記 • 26
비 오는 날 • 51
생활적生活的 • 71
혈서血書 • 104
피해자被害者 • 132
미해결未解決의 장章 • 150
인간동물원초人間動物園抄 • 194
유실몽流失夢 • 216
설중행雪中行 • 249

광야曠野 • 273

희생犧牲 • 304

잉여인간剩餘人間 • 323

신神의 희작戱作 • 377

주 • 437

작품 해설

동물적 인간, 우울, 나태 / 조현일 • 446

작가 연보 • 465

작품 목록 • 469

참고 문헌 • 473

기획의 말 • 477

| 일러두기 |

1. 이 책에 실린 작품은 손창섭이 1952년부터 1961년까지 발표한 작품 중에서 선정한 14편의 단편소설이다. 각 작품의 정확한 출처는 주에 명기되어 있다.
2. 이 책의 맞춤법은 1988년 1월 19일 문교부 교시 '한글 맞춤법'에 따르는 것을 원칙으로 하였다. 단 작품의 분위기에 영향을 준다고 판단되는 방언이나 구어체 표현, 의성어·의태어 등은 그대로 두었다.
   예) 숙부님께서나 <u>가슈</u>.
   　　이분이 김선생 조카 되시는 <u>분이구랴</u>.
3. 손창섭은 거의 모든 작품에서 인물명만을 한자로 표기하였다. 원저자의 의도대로 인물명은 한자를 병기하였다.
4. 대화를 표시하는 『 』 혹은 「 」은 모두 " "로 바꾸었고, 대화가 아닌 강조의 경우에는 ' '로 바꾸었다. 또 책 제목은 『 』로, 영화·단편소설 등의 제목은 「 」로 표시했다. 말줄임표 '‥' '…' '……' 등은 모두 '……'로 통일시켰다.

공휴일 公休日

 오래간만에 맞이하는 휴일(休日)이라서 별로 좋을 일도 없지만, 그렇다고 또한 안 좋을 것도 없었다.
 조그마한 자기의 세계에서 아무데도 국척(跼蹐)[1]되는 일 없이, 멋대로 하루를 경영할 수 있는 것이 짜장 즐겁지 않은 바는 아니었다. 그러면서도, 조반상을 물리고 나면, 옷을 바꾸어 입기가 바쁘게 가방을 들고 은행으로 나가는, 틀에 박힌 듯한 생활을 기계처럼 움직여온 지 근 십 년——인제는 완전히 습관화되어버린 일과에서 하루를 거른다는 것은, 어딘가 허수한 맥 빠진 감이 아주 없지도 않았다. 마치, 언제고 같은 박자로만 움직이고 있던 시계추가 잠시 정지되어 있는 상태와도 흡사한 것이었다.
 남들처럼 주체할 수 없는 젊음을 함부로 흘리며, 아무데고 싸돌아다니는 데서만 비로소 행복과 사귈 수 있다고 드는, 모던한 취미를 애초부터 기긴히고 지내오는 도일(道一)[2]이었다. 반면에 또

한 눈을 발가메고³ 헐레벌떡 다우쳐⁴ 다녀야만 당장 목구멍에 풀칠을 할 수 있도록 그렇게 절박한 처지에 놓여 있는 도일(道一)이도 아니었다.

그러므로 그것이 계절로 보아 어떠한 철이든 간에, 한 달에 두 번씩 찾아와주는 공휴일은 그로 하여금 그의 소굴을 지키게 하는 외에, 별달리 신통한 의미나 행동을 가져다주지는 못했다.

그런 날이면, 도일(道一)은 대개, 사방 여섯 자 몇 치밖에 더 안 되는 자기의 자유스러운 생활의 영토 안에서, 두취(頭取)⁵의 이름으로 신문이나 잡지에 게재할 경제 논문을 쓰거나, 최근에 바다를 건너온 각종 잡지며 신문을 뒤적이거나, 그러다가 좁쌀 개미떼같이 자디잔 활자에 신경이 지치면 어린애처럼 책장에서 별별 종류의 서적을 다 끄집어내다가는 그림이랑 사진이랑 실컷 구경도 하고, 거기에도 싫증이 나면, 어항 속에서 노상 호기를 피우고 있는 두 마리의 미꾸라지와 한 마리의 붕어 새끼를 상대로 무엄한 희롱을 걸어보기도 하는 것이었다.

요즈음은 한결 선선해진 탓에 미닫이를 꼭 닫아둔 채로 종일을 안에서만 지낼 수 있는 것이 더욱 다행스러웠다.

오늘도 안방에 들어가 언제나처럼 아버지와 겸상으로 아침 식사를 치르자 제 방으로 돌아온 도일(道一)은, 정지된 시계추의 그 맥 빠진 허수함을 느끼는 것이었다.

책상 앞에 베개를 타고 앉은 채, 그는 충치에 박힌 밥알을 성냥개비로 쑤셔내며, 유리 그릇 속 어족의, 자기와 같이 단조로워 보이기만 한 생활을 관찰하는 것이었다.

문득 파란 공중에 연이 날 듯, 밤색 책상 위의 한편 구석에 놓여 있는 새하얀 종잇조각이 어항을 들여다보고 있는 도일(道一)의 시신경을 자극하였다. 그는 슬며시 그쪽으로 눈을 이동시키자 엽서만 한 그 종이를 무심히 한 손으로 집어본다. 그것은 어제 저녁 밖에서 돌아온 도숙(道淑)이가 들어 뜨려 준 저희 여학교 동창생인 그리고 도일(道一)이와도 일시 약혼 말이 있었던 아미(娥美)의 결혼 청첩장이다.

사망 신고서나 부고와 마찬가지로 조금치도 감정이 풍겨지지 아니하는 빡빡한 그 문면을 도일(道一)은 다시 한 번 읽어보고 나서, 어제 저녁때와 다름이 없이 공식적인 구식 문구가 가져다주는 권태에 한가히 관심을 기울여보는 것이다.

右兩人華燭之典擧行 玆敢奉邀 尊賀幸賜 光臨之榮專比敬望
主禮者 ○○○
請牒人 ○○○

청춘을 묻어버리는 한 구절의 장송문(葬送文)——그것은 고래로, 이 남녀의 결혼의 내용을 암시해주는 청춘의 비문(碑文)이 아닐까? 그들은 진실로 그 무미건조한 비문 앞에 준비되어 있는 초라한 생활의 무덤 속에, 행복이라는 것이 있다고 믿는 것일까? 도일(道一)에게서는 좀체 사랑의 단물이 우러나지 않는다고 해서 아미(娥美)는 영리하게도 이미 미국 유학의 장래가 약속되어 있다고 하는, 모 미국 기관에 봉지 준인 청년에게로 나비모양 날아가 버리고 만 것이었다.

　부고장과 같은 착각을 일으키게 하는 이 결혼 청첩장에다가, 도일(道一)은 연필로 흑색 테두리를 진하게 그려 넣고 주례자니, 청첩인이니, 하는 글자 옆에다 사자(嗣子)니, 친척 대표니 하는 글자까지 끼워 넣은 다음, 의미 없이 여백에다가 물방울 같은 동그라미를 무수히 그려나가다 말고, 그는 문득 뜻하지 않고 가느단 한숨을 토하는 것이었다. 손톱만치도 아미(娥美)에게 대한 미련에서가 아님은 물론이었다. 도리어 아미(娥美)에게 미련을 가질 수 없는 데서 오는 삭막한 기분에서일지 모른다.

　안방에서 마루를 거쳐 오는 말소리가 점점 가까이 오더니, 도일(道一)의 방 앞에서 멎었다. 동시에 미닫이가 열리며 도숙(道淑)의 얼굴이 나타났다. 짙은 화장을 베푼 얼굴에 차림도 외출복이었다.

　"정말 안 가 보실려우?"

　"어딜."

　"어딘, 아미(娥美) 결혼식에 말예요."

　그리고는 도일(道一)이 결혼 청첩장을 앞에 놓고 앉아 있는 것을 그제야 깨닫고 해죽이 미소를 띠며 들어와 문을 닫았다.

　"노상 심상한 체하면서두, 역시 총각이라 별수 없는 모양이구려."

　그러고 나서야 청첩장에 검은 테두리와 사자니, 친척 대표니 하는 글자들을 비로소 발견하고, 도숙(道淑)은 대뜸 얼굴색이 달라졌다.

"이러면 부고게…… 오빤 아미(娥美)를 원망하고 계시는구려? 그들의 결혼을 저주허는 거지, 뭐유?"

도일(道一)은 그 말에 대해 치렁치렁한 변명과 해설을 가하기가 성가셔, 또한 아무리 애써 설명한댔자 자기의 심경이 그대로 저쪽에 수긍될 까닭이 없다고 생각했기 때문에, 그는 잠자코 소처럼 멋없이 씩 웃어 보였을 뿐이었다.

마음상이 그리 좋지 않아가지고 도숙(道淑)이 저 혼자 나가버린 다음, 얼마 안 있다 이번에는 도일(道一)의 약혼자인 금순(琴順)이가 찾아온 것이다.

금순(琴順)은 먼저 안방으로 들어가 어른들을 뵙고 나서, 아까 도숙(道淑)이가 그랬듯이 마루에 발소리를 내며 도일(道一)의 방 앞에까지 걸어와 섰다.

약혼하기 전까지는 그렇게 조심스러워하고 수줍어만 하던 금순(琴順)이가, 약혼하고 난 다음부터는 같은 조심성과 수줍음이라 할지라도, 그것을 나타내는 경우와 정도와 성질이 달라졌다. 도일(道一)의 방에 들어올 때의 태도 그것 한 가지만 두고 보더라도, 오랫동안 이웃에서 살아오면서 가까이 지냈건만, 도숙(道淑)이 없을 때는, 무슨 볼일이 있거나 놀러 왔다가도 결코 도일(道一)의 방에 들어와 앉는 법이 없었다. 어쩌다 도숙(道淑)이를 따라 들어오는 경우라도 숨듯이 도숙(道淑)의 뒤에 절반쯤 몸을 가리고 앉거나, 모로 앉아, 시선을 피해 가며, 묻는 말에나, 그것도 곧잘 얼굴을 붉히고 대답하다가는, 도숙(道淑)이만 일어서면 뒤에서 누가 붙잡기라도 하는 듯이 질겁해 일어나 분주히 따라나가 버리는 금순(琴順)이었다. 그러한 금순(琴順)의 태도에 접할 적마다, 알고 있는 남자 앞에서도 저럴 제야, 어떻게 모르는 남자의 아내가 될 수 있을까 하고 도일(道一)은 객쩍은 걱정을 다 해보는 것이었다. 그러다가 뜻밖에도, 아니 어쩌면 그것은 당연히도 그와 약혼하게 되자 그 후로는 도일(道一)을 대하는 금순(琴順)의 태도가, 봄비 맞은 풀포기마냥 나날이 달라져가는 것을 보고 도일(道一)은 신기하게 여기기 전에 먼저 어리둥절했던 것이다. 전과는 반대로 도리어 도숙(道淑)이 없을 때 찾아오기를 좋아했고, 방 앞에 와서도 처음엔 기침을 하고 문을 두드려 대답이 있어야만 살며시 열고 들어오던 것이, 그냥 기침만 하고 문을 열게 되다가, 요새 와서는 기침 소리도 안 내고 그냥 방싯이[7] 문을 열고는 들어서게까지 되었던 것이다.

오늘도 금순(琴順)은 아무 소리도 없이 살짝 미닫이를 연 다음, 얼굴에 넘치도록 미소를 담으며 조심히 들어서는 것이었다. 왈칵 달려들어 손을 잡아 앉힌다든가 혹은 아스러지게 껴안고 수염 난 볼로 마구 비벼준다든가 그러는 일 없이, 베개를 타고 앉은 채, 반가울 것도 없고, 안 반가울 것도 없다는 듯이 그대로 히죽 웃어 보이고만 마는 도일(道一)이, 남달리 점잖은 까닭이라고 금순(琴順)은 오산하고 있는지도 모른다. 그렇지만 남녀 간의 애정이라는 것이, 아기자기하게 얽혀지려면, 여자의 솜씨에 달렸다고 믿고 있는 금순(琴順)은 가라스[8] 양말이라나 뭐라나 그 살이 몽땅 드러나 보이는 양말을 신은 발을 스커트 밑으로 감추려는 노력조차 가져보지 않고, 될 수 있는 대로 도일(道一)에게 바싹 다가앉아, 분 냄새인지 향수 냄새인지, 혹은 여자의 살 냄새인지, 여하튼 말하자면 그것들이 혼잡된, 젊은 여자만의 전용 냄새를 보자기로 뒤집어씌우듯, 머리가 다 절 정도로 풍겨주어, 도일(道一)의 그 어떤 감정을 자극시켜 놓는 것이, 이제 머지않아 부부가 될 수 있는 저희들끼리만의 오붓한 비밀이라고 믿고 있는 모양이었다. 양말을 신은 듯 만 듯, 발가락을 하나하나 헬 수 있도록 환히 들여다보이는 금순(琴順)의 발이, 도일(道一)에게는 어쩌자고 징그럽기만 했다. 금시라도 저놈의 발이 발동을 개시하여 자기의 턱 밑에 추켜들고 혀끝으로 쭐쭐 핥아달라고 조르지나 않을까 싶어, 도일(道一)은 은근히 맘이 쓰일 정도였다. 도일(道一)의 신경이 미처 감당하지 못할 정도로 압박을 느끼는 것은 물론 금순(琴順)의 아른아른 비치는 발, 그것뿐만은 아니었다. 간혹 가다가, 도숙(道淑)이가 웃통을 벗어부치고 화장을 하느라고 야단치는 현장을 구경할 때가 있다. 그럴 제마다 도일(道一)은 그 피둥피둥 살찐 어깨에서, 전에 동물원에서 본 기억이 있는 하마(河馬)의 등덜미나 엉덩짝을 연상하며 현기증을 일으킬 뻔하는 것이었다. 남자들은 흔히 여성의 육체미라는 것을 말하지만, 아직도 아내를 가져보지 않았고, 여자의 나체를 본 경험이 없는 도일(道一)은, 여동생의 어깻죽지에서만 생각할 때, 도대체 어디에 여자의 육체미라는 것이 있느냐고, 발달되지 못한 자기의 감각을 한탄하는 일조차 있었다.

　어떤 술좌석에서 한 친구가 도일(道一)에게 이런 말을 한 적이 있었다.
"자넨 여자의 뱃가죽을 만져본 일이 있는가? 총각이니 아직 없을 테지. 그게 아주 신비스럽단 말야."

그 친구는 친절하게도 여자의 뱃가죽의 신비스러움을 구체적으로 설명해주기 위해서, 술을 먹다 말고, 자꾸 도일(道一)의 배를 좀 내놔보라고 졸랐다. 그걸 거절하자면, 한참이나 아옹다옹해야 될 일이 귀찮아, 무탈한 남자들끼리만의 석상이라, 그러면 어디 실험해보라고 하며, 도일(道一)은 허리띠를 끄르고 양복바지 괴춤을 풀어놓아 주었던 것이다. 친구는 만족한 듯이 뻣뻣한 그 손바닥으로 도일(道一)의 배꼽 아래께를 두어 번 벅벅 쓸어보고 나서, 손가락 끝을 집게처럼 해가지고 이걸 좀 보라고 하며 뱃가죽을 집어 보이는 것이다.

"이렇게 가죽이 집히지 않나? 가죽이 가죽대로 이렇게 집힌단 말이야. 허지만 여자의 뱃가죽은 안 집힌단 말일세. 가죽이 살과 맞붙어서 팽팽한 게 손에 잡히질 않거든. 비계가 많아 그렇다는데, 건 아무리 야윈 여자라도 마찬가지란 말일세."

그때 도일(道一)이 허연 돼지비계만을 배가 불룩하도록 먹고 난 것처럼 메슥메슥하고 닝닝해서 종시 다시는 젓가락을 들지 못하고 말았다. 그 뒤로는 여자와 가까이 있게 될 적마다 살찐 돼지의 허연 비계덩이가 눈앞에 어른거려 입안이 다 텁텁해지기도 했다.

지금도 어서 아미(娥美)의 결혼식에 가자고 도일(道一)의 무르팍을 쥐고 흔들며 조르고 앉아 있는 금순(琴順)의 온 몸뚱이가 번

지르르한 비계투성이만 같아, 한 손으로 깔깔한 자기의 턱을 쓰다듬으며 입맛만 쩍쩍 다셔 보는 것이었다.

"어서요. 늦어지기 전에 같이 가봐요. 남의 결혼식을 자주 봐 둬야, 우리 할 때도 서투르지 않지 않아요."

그러나 도일(道一)은, 남의 결혼식을 구경 가기보다는, 이 여인의 뱃가죽이나 한 번 만져보는 게 오히려 현명한 일인지 모른다고 생각했다. 비계는 보기와 달라 눈을 꾹 감고, 꼭꼭 씹어보면, 의외로 고소한 맛도 있다고들 하지 않는가?

"그러지 말구, 어디 금순(琴順)의 뱃가죽이나 한 번 만져보게 해주."

그 말은 금순(琴順)의 귀에 무던히 놀랄 만한 감정의 비약으로 들린 모양이다. 더구나 점잖다고 여겨온 도일(道一)이었으니까. 그 말이 가장 비밀한 감정의 돌발적 흥분이라고 단순히 곡해해버린 금순(琴順)은 도일(道一)의 다리를 꼬집고 눈을 흘겨 보이며, 그 눈이랑 얼굴서껀 전체가 이글이글 타오르는 것 같았다. 그러한 금순(琴順)의 오해에 접하자 도일(道一)은 도리어 뱃가죽을 만져볼 흥미마저 상실해버리고 말았다. 따라서 남의 결혼식 구경에만 비상한 관심을 갖고, 남자의 다리나 꼬집고 눈을 흘겨 보이는 퇴색할[9] 애교에, 자랑과 만족을 만끽하려 드는 이러한 여인과 결혼하고 보면, 그야말로 만날 결혼식 구경이나 끌려 다니게 되고, 또한 허구한 날을 다리나 꼬집히고, 눈 흘김이나 받아야 할 일이 을씨년스럽기도 했다. 그렇게 조심스럽고 수줍어 할 줄밖에 모르던 이 소녀가, 어느새 자기 방에 기척도 없이 드나들게 되고,

이렇게 또한 다리를 꼬집고, 눈을 흘기게까지 되었은즉, 앞으로 한 이불 속에서 밤을 지내야 될 때가 오면, 이 여인은 아마도 솔가지 꺾어 때듯 우적우적 자기의 신경을 분질러버릴지도 모른다고 도일(道一)은 생각하는 것이었다. 그러면 하루라도 속히 파혼해버려야 하지 않을까? 그러나 그러기 위해서는 시끄러운 사단이 벌어져야 할 것이다. 그 문제를 도일(道一)은 정식으로 끄집어낼 용기가 나지 않았다.

사실 생각해보면 도시 약혼 자체가 우습게 맺어졌던 것이기는 했다. 피차 내용을 빤드름하니 아는 처지라 정식으로 혼담이 오고 가게 되자, 양쪽 어른들이며 금순(琴順)이 편에서 의외로 결정적인 태도로 나오게 되었을 때, 도일(道一)은 별로 구미가 당기는 것도 아니었지만, 그렇다고 꼬집어 거절할 조건도 용기도 미처 발견하지 못하고 우물쭈물하는 사이에——이를테면 전차 같은 것을 타고 가다가 사소한 일로 이 정류장에서 내릴까말까 머뭇거리는 동안에 전차는 그만 떠나버리고 말듯이, 그 본새로 약혼이랍시고 이루어졌던 것이다.

이성이나, 결혼 문제 같은 데 대해서 남들처럼 흥미를 품지 못하는 도일(道一)이, 혹시 생리적 결함을 가지고 있지나 않나 염려하여, 양친은 어느 날 도일(道一)이와 동좌했을 때, 우연히 꺼내는 말처럼 병원에 가보기를 권하여, 그로 하여금 고소케 한 일이 있었다. 젊은 남녀 간의 애정이라면 대뜸 육체적인 관계만을 의미하리만큼 되어 있는 요즈음에 있어서 자기처럼 그 문제에 냉담할 수 있는 것은, 이것도 역시 생리적 결함에는 틀림없을 것이라고 생각하는 것이다. 그의 이러한 권태증은 이성 문제나 결혼 문제에 한해서뿐만 아니었다. 자기를 둘러싸고 있는 온갖 인물에 도일(道一)은 흥미도 애정도 느껴보지 못하는 것이었다. 다만 그에게는 의무만이 있을 뿐이었다. 아들로서, 친구로서, 은행원으로서, 국민으로서의 의무만을 감당해나갈 뿐이었다.

저엉, 결혼식 구경 갈 마음이 내키질 않으면, 데리고 거리라도, 혹은 바닷가라도, 좀 거닐어 줘야 인사가 아니냐고, 얼굴이 빨개가지고 떼쓰듯 조르는 금순(琴順)을, 진창발로 좋아라고 주인에게 뛰어오르는 개를, 쫓아버리듯 하여, 간신히 돌려보내고 난 도일(道一)은, 밀린 사무를 겨우 시간 내에 정리하고 났을 때처럼, 일시에 전신의 피로를 느끼는 것이었다. 담배를 즐길 줄 모르는 그는, 이런 때 어항 속의 미꾸라지와 붕어 새끼를 들여다보는 것으로 지친 신경을 쉬는 수밖에는 도리가 없었다.

오늘은 제멋대로 하루를 살 수 있는 오래간만의 공휴일임에도 불구하고, 부고장 같은 청첩장과, 연애도 할 줄 모르는 민충이라고 오빠를 얕보는 여동생과, 비계가 번지르르한 약혼자로 말미암아, 벌써 한나절 이상이 낭비되었다고 생각하니, 도일(道一)에게는 자못 알끈한[10] 생각이 없지 않았다.

너희의 주인이, 혼자만의 세계와 시간을 침범 당했는데 어찌 너희들만이 무사해서 될 법이냐고, 너희들도 어디 좀 그래 보라고 하며, 도일(道一)은 펜대 꼭지로 어항 속에게 공격을 가해보는 것이었다. 그러나 미꾸라지와 붕어 새끼는 그 행동이 도일(道一)이

보다는 훨씬 민첩한 데가 있어, 날쌔게 몸을 뒤채, 상하 좌우로 용하게 펜대 끝을 피해버리는 것이었다. 도일(道一)은 더욱 고놈들의 재빠른 동작이 얄밉기까지 하여 무도한 폭군처럼 펜대를 물속에서 마구 휘저어보는 것이었다. 난데없이 재난에 부닥친 요 조그만 생명체들은, 과연 당황해서 연방 흰 배때기를 뒤집어 보이며, 유리벽에다 대가리를 들이받을 뻔도 하는 것이었다.

대문 소리가 들리더니, 금순(琴順)일 따라 나갔던 어머니가 들어오는 기척이 났다. 부엌 쪽으로 사라졌던 모친의 말소리가, 이번에는 마루를 돌아 도일(道一)의 방 앞으로 다가왔다.

"애야, 문 좀 열어라."

도일(道一)은 장난하던 손을 멈추고 얼른 미닫이를 열었다. 인절미를 모뚝이[1] 쌓아올린 접시와, 조청을 담은 보시기를 식상에 받쳐 들고 어머니는 들어오셨다. 흰 팥고물 묻힌 인절미를 무엇보다 좋아하는 도일(道一)이었다. 그가 집에 있는 날이면 으레 점심으로 오늘처럼 인절미를 사다 상에 놓아가지고 들어오시는 어머니였다.

아들이 맛있게 떡 먹는 것을 바라보며, 자기도 한두 개 같이 집어먹고 나서 상을 한쪽으로 밀어놓은 다음, 어머니는 장성한 이 아들의 눈치를 살펴가며, 품어오던 말을 이 기회에 꺼내보기로 하는 것이다.

"금순(琴順)일, 섭섭하게 저 혼자 돌려보내 되겠니 어디. 이렇게 노는 날일랑 저이 집에꺼정 좀 바래다두 주고 그 어른들두 찾아뵙구 그래야지."

아무 말 않고 충치에 박힌 팥고물을 쑤셔내고 앉아 있는 아들을 잠시 지켜보고 앉아 있던 어머니는, 말을 낸 김에 다 해버리고 말리라 결심한 듯이 다시 입을 여는 것이었다.

"남들은 너보다 훨씬 늦게들 정혼 허구두, 다들 성례들을 하는데, 너두 얼른 식을 지내야 허지 않겠니."

이것은 공휴일마다 팥고물 묻은 인절미의 대가로 으레 어머니에게서 듣는 말이었다. 가정이나 여성에게, 아니, 누구하고든 사람과의 관계에 있어서 도무지 알뜰히 굴 줄 모르는 이 아들에게, 어머니는 몹시 초조한 생각으로 어서 부부 생활의 재미를 맛보게 해주고 싶은 모양이었다. 더구나 외아들 외딸인 네 식구뿐의 가정에, 생활 걱정은 없겠다 슬하에 어린것이 없고 보니, 남들처럼 어서 며느리의 공대도 받아보고 싶고, 손자도 보고 싶으리라. 그러한 모친의 심사를 도일(道一)이 아주 모르는 바 아니로되, 그는 그러한 가정적 인연이 거추장스러워 견딜 수가 없었다. 어머니나 아버지가 똑같이, 자기를 하늘처럼 믿고 극진히 사랑해주는 줄을 누구보다도 그 자신 잘 알고 있었다. 그러면서도 자기편에서는 그와 같은 진한 사랑을 가져 어버이에게 대할 수 없는 것이 항시 쓸쓸한 생각이었다. 그저 부모에게 대한 자식으로서의 의무만을 다하는 것으로서 끝나지 아니하고, 그 이상의 깊은 사랑으로 보답해야 된다는 것이 그로서는 마음에 부담이기도 했다. 도대체, 어머니나 아버지는 어떻게 자기를 그렇듯 사랑할 수가 있을까 하고 생각해보는 일도 있었다. 부모로서의 의무나 노후에 의탁할 타산에서뿐 아니라, 그것들 이상으로 깊고 넘치는 맹목적인 사랑이 자기에게 부어지고 있다고 생각할 제, 도일(道一)은 그것을 부모에게도, 혹은 자식에게도 갚을 자신이 없이, 받기만 해야 하는 괴로움조차 경험해보는 것이었다.

"전 공연히 약혼을 했나 봐요. 이제라도 취소해버렸음 좋겠는데."

남편이란 아내에게 의무 이상의 사랑을 가져야 하고, 아버지란 자녀에게 또한 그래야 된다면, 도일(道一)에게는 도저히 그럴 자신이 없는 것이었다. 아들의 이러한 심리까지를 이해할 수 없는 모친은, 이 말을 듣자 금시 기운이 폭 빠져버리고 마는 것이었다.

"왜, 그 애가 네 맘에 족하지 않으냐?"

여기서도 기다란 설명을 늘어놓아야 할 성가심과, 또한 그래 봤자, 어머니에게 자기의 생각이 통해질 수 없다고 단념한 도일(道一)은 잠자코 쓸쓸하게 웃어 보일 뿐이었다.

이번 피난통에 드러나게 주름이 늘어난 모친의 얼굴을 그는 한참이나 물끄러미 바라보다가 느닷없이 뚱딴지같은 말을 묻는 것이었다.

"어머니가 정말 저를 낳으셨수?"

이 어린애 같은 질문에, 어머니는 그만 어처구니가 없어서 무어라고도 대답하지 못했다. 어머니의 얼굴을 들여다보고 있노라면, 어인 까닭인지, 이이가 어째 내 어머니일까? 그렇게 도일(道一)에게는 느껴지는 것이었다. 혈연관계의 인연이 그에게는 어인 까닭인지 도무지 애정적으로 느껴지지가 않았다. 직장에 있어서, 자기 위의 과장이나, 부장이 갈려 새 사람이 오듯이, 부모나 형제라는 것도 그렇게 쉬 바꾸어질 수 있을 것처럼 도일(道一)에게는 생각되는 것이었다.

언젠가는 도숙(道淑)을 가만히 바라보고 있자니까, 암만해도 자기의 여동생으로 믿어지질 않았다. 그래서 도일(道一)은,

"도숙(道淑)씨!"

하고 한 번 불러본 것이었다. 그러니까 도숙(道淑)은 눈을 동그랗게 뜨고 도일(道一)을 말끄러미 쳐다보다가,

"오빤 미쳤수?"

그러고 얼굴을 붉혔던 것이었다. 그게 마침 공교롭게도, 도숙(道淑)이 웃통을 절반이나 드러내놓고 화장에 몰두해 있던 통이라, 더 경우가 우스웠다.

"나는 무어 하나 부러운 것 없이 지내지만, 똑 한 가지 며느리와 손자를 보지 못하는 일이 한이다."

모친은 가만한 한숨을 길게 쉬고 나서 상을 들고 나가셨다.

모친이 나간 뒤 좀 만에 결혼식에 갔던 도숙(道淑)이가 돌아왔다. 여느 때 없이 대문간에서부터 큰 소리로 오빠 오빠 하고 부르며 뛰어 들어온 것이다.

신발도 끄르지 않고 마루에 가 걸터앉은 채, 도일(道一)의 방문을 열고 들여다보며, 도숙(道淑)이 지껄이는 이야기의 내용은 이러했다.

결혼식이 막 시작되어, 신랑 신부가 주례자 앞에 가지런히 섰을 때다. 별안간 뒷문에서 왁자지껄 떠드는 소리가 나더니 어린애를 업은 젊은 여자와, 그의 어머니인 듯한 노파와, 그외 오빠인 듯한

청년이 살기가 등등해서 달려 들어오는 길로 다짜고짜 신랑 쪽을 향해 성난 범처럼 뛰어들려 했다는 것이다. 아기를 업은 젊은 여자는 신랑의 처였다는 것이다. 결혼식장은 삽시간에 난장판이 되었다. 이놈, 이 개 같은 놈, 하고 바락바락 소래기[12]를 지르며 덤벼드는 세 사람을, 신랑 편의 우인들이 매달려 제지시키느라고 법석대는 통에, 어느새 신랑은 옆문으로 달아나 보이지 않게 되었고, 아미(娥美)는 후행을 섰던 저의 동무들에게 부축당하며, 한편 구석 벽에 얼굴을 묻고 울더라는 것이었다. 더구나 가관인 것은, 내빈으로 참석했던 몇 명의 서양 사람이 그 수라장으로 화해버린 결혼식 파경을, 열심히 촬영하여 돌아가더란 것이었다.

"울고 있는 아미(娥美)를 보니까, 나도 어떻게 분하고, 슬프던지, 그러면서두 이상해요. 한편으로는 쌔완한[13] 생각이 들거든우. 아마 오빠카 약혼 않구, 그런 남자와 정혼해놓고 노상 뽐내며 돌아다니는 꼴이 보기 싫었대서 그런가 봐요."

이해할 수 없을 정도로 도숙(道淑)은 몹시 흥분해서 웃고 떠들어 댔다.

어머니도 나와 서서 듣고 있다가 혀끝을 끌끌 찼다.

도일(道一)은 아무런 말도 하지 않았다. 도숙(道淑)이모양 허턱[14] 흥분하지도 않았고, 어머니처럼 혀를 차지도 않았다. 그러면서도 그 눈이 여느 때 없이 빛나는 것 같기도 했다.

도숙(道淑)이가 안방에 잠깐 들어갔다가 도로 밖으로 나가버린 다음 도일(道一)은 농성하듯 도로 방문을 닫고 책상 앞에 웅크리고 앉았다. 전처를 두고 뻐젓이 숫장가를 들려던 아미(娥美)의 신랑감을 생각할 때, 무슨 일에고 결단성이 없는 도일(道一)은 그 청년의 놀라운 뱃심에 불현듯 현기증을 느낄 정도였다. 그자는 허연 돼지비계를 몇 사발이라도 맨입에 널름널름 집어먹을지도 모른다고 생각하며, 금시 제 입이 텁텁해지는 것 같아, 도일(道一)은 손등으로 입술을 문지르는 것이었다.

그러자 무심히 책상 위로 향해 있던 도일(道一)의 눈이 전에 없이 동그랗게 확장되었다. 확실히 경이에 빛나는 눈으로 어항을 노려보기 시작하는 것이었다. 유리 그릇 속에는 미꾸라지 한 놈이 배때기를 위로 하고 떠 있다.

도일(道一)은 얼른 펜대 끝으로 그놈을 건드려 보았다. 그것은 이미 완전한 주검의 흔적이었을 뿐이었다. 도일(道一)은 그놈을 책상 위에 건져놓고 잠시 바라보았다. 고요한 그 주검은 자기의 생명의 한 토막이 잘려 떨어진 것같이 느껴지기도 했다. 세 마리의 조그만 어족의 생명과, 자신의 생명이 합쳐져서 협착한 자기의 세계를 지켜온 탓이라고 할까?

그러나 그는 죽은 놈에게 대해서보다 살아 있는 놈의 무료에 더 관심이 끌려 어항 속을 엿보는 것이었다.

한 마리의 미꾸라지와 붕어 새끼는 전이나 다름없이 제멋대로의 삶을 짊어지고 있었다. 붕어 새끼는 언제나 같은 모양으로 물 위에 떠서 천천히 꼬리를 흔들며 입을 놀리고 있고, 미꾸라지란 놈은 밑바닥에 배를 깔고 엎드린 채 벌름거리고 있었다. 그러다가 붕어 새끼는 주둥이를 유리벽에다 대고 아래로 더듬어 내려가기도 했다. 그리 되면 자연 미꾸라지와 서로 몸이 부딪치기도 했다.

'저놈들이 저러다 연앨 하면 어쩌지?'

도일(道一)은 엉뚱한 생각에 애가 쓰이기까지 했다. 그야 물론 미꾸라지는 미꾸라지끼리, 붕어는 붕어끼리 그런다면 상관없는 일이라 하겠지만, 늘 위쪽으로만 꼬리를 살래살래 흔들며 떠돌아가는 붕어 새끼와, 이건 반대로 줄곧 밑창에만 들이 엎드려 있는 미꾸라지가 서로 결혼을 하게 된다면, 그것은 틀림없는 일종의 비극이 아닐 수 없다고 생각되는 것이었다.

그러한 도일(道一)에게는 문득 자기와 금순(琴順)과의 관계가 머리에 떠올랐다. 별수 없는 미꾸라지와 붕어 새끼와의 결혼! 도일(道一)은 그만 저도 모르게 숨을 몰아 내쉬었다.

"아아!"

어엿이 아내를 두고 새 장가를 들려는 배짱도 없이, 미꾸라지와 붕어 새끼의 결혼이 가져오는 희비극을 도일(道一)은 도저히 감당해낼 자신이 없었다.

몇 분 뒤에 도일(道一)은 옷걸이에서 양복을 벗겨 갈아입고 마루로 나와 구두끈을 매고 있었다.

어머니가 내다보고 어디 가느냐고 물었다.

"잠깐 금순(琴順)에게 다녀올까 해서요."

모친이 반색을 해서 일어서며, 그러려면 그 집에 늙은이도 아이들도 있다 하니 무어든 좀 사들고 가라고 일러주려니까, 미처 말할 사이도 없이,

"곧 다녀오겠습니다."

하고 도일(道一)은 대문 밖으로 사라져버리고 말았다.

도일(道一)이가 자기편에서 여자를 찾아 나서는 일은 처음이었던 것이다.

아들이 닫고 나간 대문 쪽을 바라보는 어머니의 얼굴에 환히 주름이 펴지는 것은 그러나 잘못이었다.

그동안은 속으로만 혼자 다짐해오던 것이나, 오늘이야말로 파혼(破婚)을 선언할 용기가 있다고 제 깐에는 자신하고 집을 나선 도일(道一)이었기 때문이다.

사연기 死緣記

 어슴푸레한 등잔불 밑에서 아이들의 작문을 채점하고 있노라니까, 아랫방에서, 또 좀 내려오시라는데요, 하는 정숙(貞淑)의 조심성 있는 음성이 들려왔다. 네, 곧 내려가리다 하고, 동식(東植)은 정숙(貞淑)이보다도, 오히려 전 신경을 귀에다 모으고 초조해 앉았을 성규(聖奎)의 그림자 같은 모양을 눈앞에 그리며, 성큼 대답은 하고서도 좀체 일어서려고 하지는 않았다. 작문지를 가지런히 추려 책상 한 귀퉁이에 밀어놓고 나서도 멍하니 앉아 있는 채 동식(東植)은 한동안 움직일 줄을 몰랐다.
 쉴 사이 없이 입으로 성규(聖奎)가 발산하고 있을 폐결핵 균이 무서워서가 아니다. 그렇다고 가끔 가다 돌발하는 성규(聖奎)의 그 어처구니없는 발작을 감당하기가 끔찍해서도 아니다. 슬픈 운명을 지닌 처자를 바라보며 죽음을 기다리고 앉아 있는 젊은 남편과, 그처럼 죽기 싫다고 발악하면서도 어쩔 수 없이 하루하루 그 생명이 진해가는 남편을 지키고 있는 젊은 아내—이렇게 암담한 부부와 대해 앉을 때, 무엇으로든 그들을 위로할 턱이 없을 뿐 아니라, 동식(東植)이 자신 그러한 절망의 고랑창으로 휩쓸려 들어가지 않을 수 없었기 때문이다.

짜증에 가까운 성규(聖奎)의 어투로, 얼른 좀 내려오지 않고 뭘 꾸물거리고 있느냐는 재촉을 받고서야, 동식(東植)은 마지못해 일어서 아랫방으로 내려갔다. 먼지와 그을음과 파리똥으로 까맣게 전, 창 하나 없는 벽과 천장 구석구석에는 거미줄이 얽혀 있고, 때고 또 때고 한 장판 바닥에서는 먼지가 풀썩풀썩 이는 음침한 단칸방이었다. 이 방에 들어설 때마다 동식(東植)은 어느 옛날 얘기에나 나옴직한 끔찍스러운 괴물이라도 살 것 같은 우중충한 동굴을 연상하는 것이었다. 언제나처럼 성규(聖奎)는 그러한 방 아랫목 벽에 등을 기대고 앉아 들어오는 동식(東植)을 노리듯이 지켜보고 있었다. 편포¹같이 엷어진 흉곽과 거미의 발을 생각게 하는 가늘고 길어만 보이는 사지랑 생기 없는 전신에 비하면 이상하게도 그 눈만은 낭랑히 빛났다. 그러나 그것도 생기와는 성질이 다른 안광인 듯했다. 온몸의 정기가 눈으로만 몰려 마지막 일순간에 퍼런 불이 펄펄 타오르는 것 같은, 그러한 눈이었다. 동식(東植)은 성규(聖奎)의 그 눈이 싫었다. 성한 사람에게서는 도저히 볼 수 없는 귀기가 서린 눈이었기 때문이다. 귀신이 있다면 저런 눈이 아닐까 생각해보는 것이었다.

두 어린것이 자는 옆에서 과자 봉지를 붙이고 앉아 있는 정숙(貞淑)이기, 널려 있는 신문지며 풀 그릇 같은 것을 치우고 내어주는 자리에 동식(東植)은 성규(聖奎) 쪽을 향하고 앉았다. 성규(聖奎)는 동식(東植)의 앉는 자리에까지도 몹시 신경을 썼다. 자기 곁으로 다가앉지 않고 윗목으로 떨어져 자리를 잡기라도 할 말이면, 성규(聖奎)는 그 야윈 얼굴을 찡그리며, 병독 있는 자기의 호흡을 꺼리기 때문이 아니냐고, 그럴 거라고, 나는 머지않아 죽을 수밖에 없는 몸이라 죽음만을 생각하고 있지만 자네야 이제부터 생을 향락해보려는 야심가니까, 응당 나 같은 병독체가 무섭고 싫기만 할 것이라고, 고개를 노죽스레² 주억거리는 것이었다. '생을 향락하다니? 생의 어느 구석에 조금이라도 향락할 수 있는 대견한 요소가 있단 말인가?' 그렇게 묻고 싶은 걸 참는 동식(東植)은 별반 병균을 꺼리거나 겁내서 일부러 자리에 간격을 둔 것은 물론 아니었다. 그렇다고, 성규(聖奎)의 감정이나 오해를 풀어주기 위해서, 조금도 자네의 병을 무서워하거나 싫어하는 게 아니라고, 보란 듯이 얼른 성규(聖奎) 곁으로 자리를 옮겨 앉는 것도 쑥스러운 일이었다. 그러한 동식(東植)이 역시, 그 다음번부터는 의식적으로 성규(聖奎) 곁에 바싹 다가 앉아주지 않을 수 없었다. 그럴 때면 퍼런 불길이 이는 눈으로 들어오는 동식(東植)을 노려보고 있던 성규(聖奎)는 아무리 송장 같은 내 말이라도 자네 양심에 꽤 아프게 찔렸나 보지, 하지만 마지못해 내 옆에 와 앉아준댔자 고마울 것도 없으니, 속으로만 께름칙해 하지 말고 아예 저만큼 물러나 앉게, 그게 더 솔직해 좋지 않으냐고 비꼬아 보기도 하는 것이었다. 그러나 더러는 자네의 우정이 진정 고맙긴 하네, 그렇지만 성한 사람이 일부러 병균을 들이마실 필요는 없지 않은가? 조금도 주저 말고 멀찍이 물러나 앉으라고 호젓한 소리로 중얼거리는 수도 있었다. 그런 때 그 호젓한 음성에 끌려 바라보는 동식(東植)의 눈에, 뼈와 가죽만 남아 살색이 꺼멓게 죽은 성규(聖奎)의 두 볼을 흘러내리는 눈물이 불빛에 번득이기도 하였다. 그런 경우에야말로 도리어 동식(東植)은 민망했다. 그가 이렇게 매일 밤이다시피 불려 내려오는 것은 결코 성규(聖奎)에게 대한 우정에서가 아니었다. 성한 사람들 사이에도 쉽사리 정이 통해지지 않는 동식(東植)의 생리로서 송장이나 다름없는 성규(聖奎)에게 별로 정이란 것이 남아 있을 리 없었다. 일부러 느지막해서 퇴근해 돌아오는 길에, 오늘쯤은 성규(聖奎)가 죽어 있었으면 하는 기대(?)조차 품어보는 동식(東植)이었다. 그러한 그가 아랫방에서 부를 적마다 필경 내려가곤 하는 것은 그야말로 마지못해서였고, 그와 같은 감정을 구태여 합리화시킨다면 차라리 정숙(貞淑)을 위해서였다고나 할까? 주야로 환자의 터무니없는 푸념을 혼자 꼬박 겪어내야 하는 정숙(貞淑)의 부담을 조금이라도 덜어주고 싶어서이기는 했다.

묻는 말에 대답하는 것 외에는 별로 말이 없는 정숙(貞淑)은 키가 작고 통통한 몸집과 가무잡잡한 얼굴에, 또한 유달리 새까만 눈이 언제나 젖은 것처럼 서늘하게 맑고, 총기 있게 빛났었다. 입보다도 눈으로 더 많이 감정을 나타내는 여인이었다. 폐결핵 말기의 남편을 위시해서 어린것까지 네 식구의 생활이, 과자 봉지를 붙여 약간 보탠다고는 하나, 대부분 동식(東植)의 경제력에 의해서 유지되고 있는 요즈음이라, 그렇게 맑기만 하던 정숙(貞淑)

의 눈이 차츰 몽롱하게 흐려져 가는 것 같아, 동식(東植)은 동정과 함께 어쩔 수 없는 일종의 의무감을 더 한층 아프게 맛보는 것이었다.

오늘밤만 해도 벌써 몇 주일째 밀려오는 아이들의 작문을 대강이라도 읽고 일일이 점수를 매겨 정리해 치우려면 결코 두세 시간에 될 일이 아니지만, 자기가 내려가지 않으면 밤새껏 정숙(貞淑)이가 혼자 시달림을 받아야 할 것이 애처로워 이렇게 내려와 앉은 것이었다.

동식(東植)의 앉는 자리에 따라 성규(聖奎)의 신경이 과민하게 자극을 받고, 그러므로 해서 자연 동식(東植)이 또한 아무데고 덥석 앉지 못하고 적당한 자리를 택하기에 마음을 써야 하는 우울을 눈치 못 챌 정숙(貞淑)이가 아니었다. 그래 요즘 와서는 방 안 가득히 신문지니, 제품된 봉지니, 풀 그릇 따위를 일부러 널려 놓았다가 동식(東植)이가 들어서자 무난한 장소를 골라 물건들을 치우고 자리를 내어주는 것이었다.

병균이 하루살이떼처럼 들끓고 있을지도 모르는 음산한 이 방에 들어와 앉을 때마다, 동식(東植)은 제 편에서 무슨 말이든 먼저 꺼내야겠다고 생각하면서도, 자연스럽게 흘러나올 어구를 미처 발견하기 전에, 번번이 성규(聖奎)에게 첫마디를 빼앗기고 마는 것이었다.

"어때? 내 신색이 어제보다 좀 나 뵈지 않나?"

지금도 선수(先手)를 걸어오는 성규(聖奎)의 말에 동식(東植)은 무어라고 대답해야 좋을지를 몰랐다. '오늘은 좀 어떤가?' 혹은 '어제보다는 한결 원기가 있어 보이네' 하는 종류의 말이 동식(東植)의 입에서 먼저 흘러나오기를 기다리다 못해, 제 편에서 먼저 내쏟듯이 그렇게 묻지 않고는 못 견디는 성규(聖奎)의 심리를 모르는 바 아니나, 도리어 그러한 심리의 움직임이 빤히 들여다보이기 때문에 동식(東植)은 자연스러운 대답에 더욱 궁해지는 것이었다. 물론 본심대로 대답한다면 말이 없는 것은 아니다. "글쎄—" 하고 뒤끝을 흐려버리고 만다든지, 그렇지 않으면 거기에다 꼬리를 붙여 "글쎄, 별로 어제보다 나 보이는 것 같지 않은데" 하면 그만일 것이다. 그러나 아무러한 동식(東植)으로서도 그런 말이 태연히 나와지지는 않았다.

"그 병이야 어디 남 보기에 달렸는가? 당자 자신의 마음가짐에 따라 병세가 좌우되는 경우가 많은 모양이니까—"

얼마 만에 동식(東植)은 겨우 그런 말을 발견해서 잠꼬대처럼 지껄였다. 그러고 나서 부채나 깊은 듯이 마음 놓고 찬찬히 성규(聖奎)를 바라보았다. 며칠 전까지만 해도 성규(聖奎)의 몸은 나날이 표가 나게 수척해갔다. 마치 부었던 살이 가라앉듯이 하루하루 말라 들어갔던 것이다. 그렇던 것이 요즘 와서는 그리 심하게 변화가 드러나지 않았다. 그럴밖에 없는 것이, 그야말로 인제는 정말 뼈와 가죽만 남았기 때문에, 그 가죽을 찢고 뼈를 갉아내지 않는 이상 더 야윌 여지가 없을 것이다. 동식(東植)은 중학 때 생리 시간에 구경한 일이 있는 해골을 또다시 보는 것 같은 느낌이었다. 성규(聖奎)의 파리한 꼴은 그때 본 해골에다 가죽을 씌워놓은 것과 조금도 다름이 없었다. 삼십 년 동안을 같이 자라고 이

웃에서 살아온 동식(東植)에게도 저게 참말 성규(聖奎)인가 하고 눈을 의심할 지경이었다. 팔, 다리의 각 관절 사이가 이상하게 길어만 보였다. 그러한 성규(聖奎)를 보고 있노라면 동식(東植)은 자꾸 거미가 연상되었다.

며칠 전에는 전구(電球) 조사를 왔던 사나이가 문안에 들어서다가 아랫목 벽에 기대앉은 성규(聖奎)를 보자, 뱀이라도 밟은 때처럼 '어이쿠!' 하고 질겁해서 돌아서 나가버렸을 정도다. 그렇게 뼈와 가죽만이 붙어 있는 몸에 그래도 '심령'이 들어 있다는 것이 동식(東植)에게는 기적같이 여겨졌다. 최근에 와서는 그 이상 더 말라 들어갈 수 없는 탓인지 피부색이 차차 꺼멓게 변해가는 것이었다. 저 꼴이 되어가지고도 아직 생에 대한 미련이 남아서 엉뚱한 트집과 억지를 부리는 것을 볼 때, 본인이나 가족을 위해 차라리 죽여줄 수는 없을까 하는 무서운 유혹조차 동식(東植)은 자주 경험하는 것이었다.

갑자기 축 늘어져 있던 성규(聖奎)의 가늘고 긴 두 팔이 움직였다고 느껴지자, 그것은 간신히 위로 올라가 허공을 한 번 휘젓고 내려왔다. 성규(聖奎)는 무엇을 생각하고인지 제 깐에는 두 팔을 번쩍 들어 휘둘러 보인 것이었다. 그러나 그것은 꼭 한 번 허공에서 굼틀거려 보고 이내 떨어지듯 도로 내려오고 만 것이었다. 고만 운동에도 착 달라붙은 성규(聖奎)의 가슴이 금시 파열이라도 될 성싶게 가쁘게 들먹이는 것을 바라보는 동식(東植)은, 농구 선수로서 그 동작이 번개같이 민첩했던 중학 시절의 성규(聖奎)를 생각하고 순간 슬퍼지지 아니할 수 없었다.

겨우 숨을 가라앉히고 나서, 성규(聖奎)는 말라붙은 지렁이처럼 배배 꼬인 팔을 한쪽 손으로 주물러 보며, 오늘 저녁에는 그래도 미음을 반 사발 가까이나 먹었더니 한결 기운이 난다고 했다. 앞으로 열흘만 계속해서 오늘처럼 식욕이 왕성할 말이면 자기는 능히 뜰을 거닐 수 있도록 회복될 것이며, 그렇게만 되고 보면 자네와는 달라 원체 운동선수로 단련되었던 체격인 만큼 수월히 죽음에서 소생할 수 있겠노라고 했다. 그것도 숨이 차서 쉬엄쉬엄 중얼거리는 것이었는데, '자네와는 달라' 하는 말에만은 특별히 힘을 주어 발음하는 것이 동식(東植)에게도 그대로 느껴져 그는 다시금 성규(聖奎)의 얼굴을 눈여겨 바라보는 것이었다. 본시가 질투, 시기, 야심이 남달리 강한 성규(聖奎)였지만 죽음에 이르러서까지 버리지 못하는 그의 집요한 성정에 동식(東植)은 소름이 끼쳐지는 것이었다.

 이번에도 동식(東植)은 성규(聖奎)의 말에 적절한 대꾸가 나와지지 않았다. 환자보다도 먼저 말을 꺼내야 할 처지에 있는 자기가, 이 방에 들어와서부터 여태 한 마디도 발언을 못 한 채 병인의 말만을 듣고 묵묵히 앉았으려니까, 본인에게는 물론 정숙(貞淑)에게까지 민망한 생각이 동식(東植)에게는 들었다. 그러나 격식에 맞는 대꾸를 하자고 들면 '허— 미음을 반 사발이나 먹었어?' 하고, 우선 놀라주어야 할 것이며, 이어서 '됐네, 됐어, 그러노라면 차차 한 사발이라도 먹어 치우게 될 것이요, 그쯤 되면 머지않아 밥을 푹푹 퍼먹게 될 것이니 며칠 안팎에 뛰어다니게 될 설세. 살았네 인제는 살았어' 하고, 수다를 떨어주어야 성규(聖

奎)가 만족해하겠지만, 죽음의 냄새를 피우고 앉아 있는, 해골 같은 환자의 모양을 바라보고 있는 동식(東植)의 입에서는 쉽사리 그러한 말들이 나와지지가 않았다.

 동식(東植)의 입을 지켜보고 있던 성규(聖奎)는 마침에 만족한 대꾸를 기대할 수 없음을 깨달았음인지 제 편에서 다시금 말을 이었다.

 "오랫동안 내 옆에는 얼씬도 안 하던 저것들이, 이상하게도 오늘은 내 곁으로 와서 아버지 병 나으문 나비 잡으러 가 하며, 손도 만져주고 무릎도 쓸어보고 그러데—"

 이번에도 잠자코 있기가 안 되어서,

 "허—그것 참 기특하군."

하고 비로소 동식(東植)은 입을 열어 보이며, 옆자리에 자고 있는 큰아이의 머리를 쓸어주었다. 그러자 성규(聖奎)는 극히 만족한 얼굴로 그것이 사실이라는 것을 증명하기 위해,

 "여보! 당신두 보았지? 아까 저것들이 내 손을 만져주구 하는걸."

하고, 아내에게 묻기까지 하는 것이었다. 정숙(貞淑)은 말없이 일손을 멈추고 고개를 들어 남편을 보았다. 그렇게 맑고 총명하기만 하던 정숙(貞淑)의 눈에는 피로와 슬픔이 안개처럼 덮여 있었다.

 "싫어서 피하기만 하던 아이들이 따르기 시작하는 걸 보니, 내게 무슨 생기 같은 것이 솟아나고 있는 모양이야. 이 여름이 채 깊어지기 전에 내 기어이 밖을 거닐게 될 테니 두고 보게. 온 사

람이 그렇게 맹랑히 죽다니!"

 그 모양으로 지껄이며 차차 흥분해진 성규(聖奎)는 피난지에서 이렇게 비참히 죽어서 되겠느냐는 것이다. 반드시 수복된 뒤, 처자를 거느리고 다시 고향에 돌아가 사람 사는 듯이 알뜰하게 살아보고야 말겠노라고, 악을 쓰듯 헐떡이며 중얼대는 것이었다.

 지나치게 흥분한 탓도 아니겠지만 성규(聖奎)는 갑자기 뒤가 마렵다고 했다. 정숙(貞淑)이가 얼른 나가더니 사기요강을 들고 들어왔다. 들어오면서 정숙(貞淑)은 피로와 슬픔이 안개처럼 낀 눈으로 동식(東植)을 보았다. 잠깐 나갔다 들어오겠느냐, 그대로 앉아 있겠느냐를 묻는 눈치임에 틀림없었다. 그러나 동식(東植)은 그대로 앉아 있었다. 자리를 비키면 성규(聖奎)가 또 무어라고 비꼬는 소리를 퍼부을지 모르기도 했거니와, 이런 경우에 자리를 일어서야 할 바가 아니라고 생각했기 때문이다.

 아랫도리만 가리고 앉아 있던 성규(聖奎)는 정숙(貞淑)의 부축을 받아 빤쓰를 벗고 요강을 타고 앉으며, 인광처럼 타오르는 그 눈으로 동식(東植)을 쏘아보는 것이었다. 동식(東植)도 주저하지 않고 마주보아 주었다.

 남편과 동식(東植)의 사이를 가리듯이 하고 앉아, 남편을 거들어주는 정숙(貞淑)의 뒷모습을 어루만지듯이 흐르고 있던 동식(東植)의 시선이, 정숙(貞淑)의 오른편 귓바퀴에서 멈추어졌다. 거기에는 참새 눈깔만 한 기미가 희미한 불빛에도 또렷이 빛나고 있었다. 그것은 '빛난다'고밖에 형용할 수 없으리만큼 동식(東植)의 눈에는 생생한 기억과 매력으로 반영되곤 하는 기미였다 어렸을 때 한 동네에서 자라며, 말이 적고, 눈만 빛나고, 바지런한 정숙(貞淑)의 귓바퀴에서 어쩌다가 새까만 기미를 발견할 수 있었던 동식(東植)은, 자기만이 아는 정숙(貞淑)의 귀중한 비밀이라 여겨, 어린 가슴에 자랑과 기쁨을 동시에 간직하고 향락해왔던 것이다. 그는 그 비밀을 다른 사람에게는 물론 정숙(貞淑)에게도 말하지 않았다. 동식(東植)이가 중학교 삼학년에 진급하는 해 봄에 정숙(貞淑)은 여학교 일학년에 입학하였다. 당시 평양까지 기차 통학하던 동식(東植)은 역시 평양 어느 여학교의 합격 발표를 보고 돌아오는 정숙(貞淑)이와 같은 차를 탔다. 둘이는 자리를 잡지 못한 채 출입구 근처에 나란히 서 있었다. 동식(東植)도 비교적 말이 적은 편이라 둘이는 묵묵히 서 있었다. 정숙(貞淑)은 창에다 이마를 대듯이 하고 밖을 내다보다가 자주 동식(東植)을 돌아보며 행복스러운 미소를 보냈다. 그러나 동식(東植)은 창밖 풍경 같은 데는 관심이 가지 않았다. 그는 정숙(貞淑)의 오른편 귓바퀴의 기미를 내려다보며 혼자만의 비밀을 즐기고 있었다. 그러다가 동식(東植)은 연필 끝으로 고 새까만 기미를 건드려 보았다. 정숙(貞淑)은 간지러운지 한 손으로 귀를 털었다. 동식(東植)은 한 번 더 연필 끝으로 기미를 꼭 찔러 보았다. 정숙(貞淑)은 이번에도 손으로 귀를 털고 얼굴을 돌리며 다정하게 해죽이 웃었다. '장난하문 못 써!' 그 맑은 눈이 그렇게 말하고 있었다. 마침내 동식(東植)은 새 눈깔 같은 고 기미를 예리한 물건으로 콕 찔러 보고 싶었다. 그러면 거기에서는 빨간 피가 아니라, 까만 피가 빼짓이 솟아오를 것만 같았다. 그러자 저도 모르는 사이에 그는 주머니에서 조그만 칼을 꺼내 들고 있었다. 동식(東植)은 긴장과 흥분에 떨리는 손으로 칼끝을 기미 가까이 가져다댔다. 다음 순간,

"아야!"

하는 정숙(貞淑)의 가느다란 비명을 들었다. 동시에 때마침 차가 어떤 역 홈에 들어 닿는 것을 다행으로 동식(東植)은 그것이 중간역임을 미처 분별할 사이도 없이 재빨리 차에서 뛰어내렸다. 그때 동식(東植)은 흥분과 수치심에 쫓기듯이 역 구내를 벗어나 어둑어둑해오는 밀밭길을 무턱대고 달렸던 것이다.

그리고 장성해서 또 한 번——그것은 오늘날까지 동식(東植)에게 어떤 의무감을 강요하는 원인이 된, 동식(東植)에게나 정숙(貞淑)에게나 한결같이 중대한 사건이었다……

"미안하네. 원체 먹은 게 적으니까 별루 나오는 것두 없어."

그러한 소리에 깜짝 놀라듯, 추억에 잠겼던 동식(東植)은 펄쩍 정신을 차려 성규(聖奎) 쪽을 보았다. 동시에 역한 냄새가 코에 풍겼다. 그것은 단지 구린내만이 아니었다. 그럴싸해서 그런지 송장 냄새에 가까운 것이었다.

뒤를 보고 난 성규(聖奎)는, 긴장, 흥분, 대화 끝에 오는 피로감을 일시에 느끼는 모양이었다. 어서 좀 누우라고 권하는 것도 듣지 않은 채 버텨보던 성규(聖奎)는, 벽에 기대고 있는 상반신을 제대로 가누지 못해 저 혼자 화를 내다 말고, 마침내 검불이 쓰러지듯 그 자리에 누워버리고 말았다. 천장을 향하고 반듯이 누운 채 성규(聖奎)는 손가락 하나 꼼짝 못하였다. 게다가 눈까지 감고 있어 그대로 아주 숨이 끊어진 것이나 아닌가 하고 유심히 들여

다보는 동식(東植)의 눈에, 그래도 아직 살아 있다는 증거로 갈비뼈만 앙상한 그 가슴이 겨우 알아볼 정도로 할딱할딱 움직이고 있는 것이었다. 동식(東植)은 옆에 있는 낡은 담요를 끌어다가 살그니 환자의 몸을 덮어주고 물러나 앉았다.

건넛집에서 열한시를 알리는 시계 소리가 들려왔다. 며칠 전부터 몇 마리씩 발동하기 시작한 모기 소리가 뜸뜸이[4] 앵앵거리는 고즈넉한 초여름 밤이다.

동식(東植)은 문득 고개를 돌려 정숙(貞淑)을 바라보았다. 정숙(貞淑)은 단 한 장이라도 더 능률을 올리려고 작업에만 열중하고 있었다. 입고 있는 '몸빼' 무릎이 풀에 번들번들 덮었다.[5] 그렇게 고정하던 정숙(貞淑)이건만 병든 남편 단련과, 내직[6]에 여가가 없어 세탁도 못 해 입는 것일까? 혹은 갈아입을 옷이 없어서일까? 하기는 바닥이 다 나간 신발을 끌고 다니는 것이 보기에 하도 민망해서 동식(東植)이가 사다준 고무신마저 팔아버리지 않을 수 없었던 정숙(貞淑)이라, 갈아입을 누더기 한 가지 남아 있을 까닭이 없었다. 그렇다고 동식(東植)이가 어떻게 해줄 경우도 형편도 못 되었다. 아랫도리만 겨우 가린 채 맨발로 뛰어다니는 정숙(貞淑)의 두 어린것을 위해, 오래전부터 고무신을 한 켤레씩 사다 주리라고 별러오면서도, 얼마 안 되는 교사의 봉급과 배급으로 성규(聖奎)네와 공동생활을 하다시피 하는 요즈음, 좀체 고만 정도의 여유조차 돌아가지 않는 동식(東植)이었던 것이다.

'좀 쉬어가며 하시구려!'

그 한 마디가 입 안에서 뱅뱅 도는 것을, 성규(聖奎)가 들으면 날카로워진 신경에 또 무어라고 트집을 잡을지 몰라 꾹 참고, 이 기회에 일어서 나가려고, 한 번 더 성규(聖奎) 쪽으로 시선을 보냈던 동식(東植)은, 그만 주춤하고 도로 주저앉아 버리고 말았다. 가죽만 남은 성규(聖奎)의 귀 언저리로 번질번질 눈물이 흘러내리고 있었기 때문이다. 어쩐지 울고 누워 있는 환자를 그대로 남겨두고 나가버릴 수가 없어서, 동식(東植)은 멀거니 그러한 성규(聖奎)를 바라보고 앉아 있었다.

정숙(貞淑)의 종이 다루는 소리만이 바스락바스락 들렸다.

하도 고즈넉한 탓인지, 성규(聖奎)는 갑자기 눈을 뜨고 방 안을 둘러보았다. 그러고 나서 이쪽을 향해 돌아누웠다.

"미음을 좀 마셨을 때는 그래도 기운이 나는 것 같더니, 뒤를 보고 나자 이렇게 전신이 푹 꺼져 들어가는 걸 보니, 아무래도 소생하긴 틀린 것 같아!"

간신히 알아들을 정도로 그렇게 중얼거리고 난 성규(聖奎)는, 한참이나 동식(東植)과 정숙(貞淑)을 번갈아 바라보는 것이었다.

"그렇게 나란히 앉아 있는 걸 보니 신통히도 어울리는 부부 같네."

느닷없이 불쑥 그런 소릴 하고 나서, 성규(聖奎)는 다시 말을 이어, 자기가 죽은 다음에 정식으로 정숙(貞淑)이와 부부가 되라는 것이었다. 자네가 여태껏 독신을 지켜오는 것도 정숙(貞淑)을 생각해서일 게고, 정숙(貞淑)이 역시 내 아내가 된 이상 표면에는 나타내지 않지만, 속으로는 자네를 잊지 못하고 살아왔을 터이니…… 하며 고개를 돌리고 눈을 감아버리는 성규(聖奎)의 마싹

마른 얼굴은 일종의 체념과 안도 속에 더 한층 조그맣게 졸아드는 것만 같았다. 성규(聖奎)는 신음하듯 말을 이어, 그때 자기가 정숙(貞淑)을 뺏다시피 동식(東植)과의 사이를 강제로 갈라놓지 않았던들, 이처럼 슬픈 처지에 정숙(貞淑)이가 놓이지 않았을 것이라고 중얼거리며, 후유하고 한숨을 내쉬었다. 그리고는 별안간 미친 사람처럼 그 뼈만 남은 팔을 내밀어 동식(東植)의 양복 가랑이를 움켜쥐더니, 흥분에 떨리는 음성으로 부디 정숙(貞淑)이와 부부가 될 것을 죽기 전에 자기에게 약속해 달라고 조르는 것이었다. 그럴 것 없이 당장 오늘밤부터라도 정숙(貞淑)을 윗방으로 데리고 가라고 떼쓰듯 하는 것이었다. 그러자 좀 전부터 일손을 멈추고 입술을 깨물고 앉아 있던 정숙(貞淑)이가 별안간 앞으로 푹 엎어지며 흐득흐득 느껴 울기 시작했다.

얼마 뒤 자기 방에 돌아와 누워서도 동식(東植)은 오래도록 잠을 이룰 수가 없었다. 성규(聖奎)의 죽음은 단지 시일 문제라고 생각되었다. 그가 죽은 뒤 처자들의 일이 난감했다. 친정 편으로나 시집 편으로나 남한에 일가라고는 없는 정숙(貞淑)은 두 어린 것을 데리고 어떻게 처신할 것인가? 그들 삼모자를 어디로고 떠나버리라고 버려둘 수도 없는 노릇, 그렇다고 성규(聖奎)의 말대로 부부가 된다면 모르거니와, 독신인 자기가 남편 없는 정숙(貞淑)을 도대체 어떻게 대해야 할 것인가? 그러고 보니 성규(聖奎)의 말이 무시 못 할 새로운 운명의 예언인거나처럼 구체적인 실감으로 동식(東植)을 압박해오는 것이었다. 그렇지만 성규(聖奎)가 지적한 것처럼 정숙(貞淑)을 생각하며 살기 위해 독신을 지켜온 동식(東植)은 아니었다. 8·15 해방 이래 한결같이 계속되는 초조, 불안, 울분, 공포, 그리고 권태 속에서, 물심 어느 편으로나 잠시도 안정감을 경험해본 적 없는 동식(東植)은 결혼에 대한 특별한 관심도 느껴보지 못한 채, 앞으로 살아가노라면 어떻게든 자기의 '생활'이라는 것이 빚어지려니 싶어 어물어물 지내오다 보니, 오늘날까지 남들같이 출세도 못 하고 돈도 못 모으고, 따라서 궁상스런 홀아비의 신세도 면하지 못하고 있는 것이다. 그러나 요즈음 와서는 차차로 여러 가지 의미에서 독신의 불편을 느끼게도 되고, 가끔 결혼을 권하는 이도 있지만, 결혼이라는 것의 번거로움과 짐스러움이 앞서 적극적인 태도를 취할 용기가 나질 않았다. 그렇지만 앞으로 성규(聖奎)가 죽은 뒤 당분간이라도 정숙(貞淑)이와 한 집에서 어름어름 지내게 되노라면, 동식(東植)은 오랫동안 정숙(貞淑)에게 대해서 지녀온 어떤 의무감(책임감이래도 좋다)에서라도, 새로이 덮여 씌워지는 운명의 그물을 벗어보려고 끝까지 버둥대지는 못할 것만 같았다. 정숙(貞淑)에게 대한 일종의 책임감——그것은 조금도 불쾌한 압박이 아니었고 따라서 '그때 일'을 후회하는 동식(東植)도 아니었다.

 8·15 해방이 되었을 때, 학병으로 끌려 나갔던 동식(東植)은 그래도 무사히 고향에 돌아올 수가 있었다. 그의 생환을 축하하러 모여드는 친척과 이웃 사람들 가운데서, 누구보다도 선참으로 찾아온 것이 정숙(貞淑)이었던 것이다. 하얀 모시 적삼에 세피아색 치마를 입고 조그만 항아리를 하나 안고 대문 안에 들어서는 정숙(貞淑)을 마루에 앉아 바라보았을 때, 동식(東植)은 하마디면

'아' 하고 소리를 지를 뻔하였다. 정숙(貞淑)은 댓돌 밑에 이르자 마치 소학생이 선생님에게 인사하듯이 두 발을 모으고 서서 깍듯이 경례를 하였다. 그러고는 홍조된 얼굴을 수건으로 문대며 아랫방 마루로 올라가 들고 온 단지를 동식(東植)의 모친 앞에 밀어 놓았다. 그것은 꿀단지였다. 참벌꿀이 가득히 들어 있었다. 여학교를 나오는 길로 홀어머니를 돕기 위해 군수 공장에 취직했던 정숙(貞淑)은 여자정신대에는 끌려 나가지 않고 견딜 수가 있었다. 그 대신 사방에서 혼담이 일어났으나, 전쟁이 끝나기까지는 시집을 안 가겠노라고 그때마다 머리를 내저었다고 한다. 그 당시, 어떤 사람들은 정숙(貞淑)이가 동식(東植)을 기다리는 것이라고 했다. 그러나 다른 한 패는, 역시 군대에 끌려 나간 성규(聖奎)를 기다리는 것이라고 우겼다. 동식(東植), 성규(聖奎), 정숙(貞淑)은 삼사 년간이나 날마다 같이 평양까지 통학을 했으니, 그렇게들 수군거릴 만도 했다. 며칠 뒤 해질 무렵이었다. 자전거로 동식(東植)이가 십여 리 떨어져 있는 외가에 다녀오노라니까 마침 정숙(貞淑)이가 냇가 사장에 혼자 앉아 방금 뽑아온 무를 씻고 있었다. 동식(東植)은 무엇에 끌리듯이 자전거에서 내려 그리로 다가갔다. 정숙(貞淑)은 고개를 들고 말없이 웃어 보였다. 그러고는 머리에 썼던 타월을 풀어 옆에다 앉을 자리를 만들어주었다. 한 광주리나 되는 무를 다 씻고, 해가 진 뒤에도 둘은 모래를 주물고 앉아 흐르는 물소리를 들었다. 아까까지도 남이던 정숙(貞淑)이가 어둡자 내 사람 같았다. 언제나 마찬가지로 정숙(貞淑)은 말이 없었으나, 전신으로 말 이상의 것을 퍼부었다. 어둠은 얼마든지 두 사람에게 비밀을 배[孕]게 했다. 정숙(貞淑)의 피부는 채 식지 않은 모래보다도 뜨거웠다. 정숙(貞淑)은 얼굴을 찡그리며 고개를 모로 틀었다. 정숙(貞淑)의 오른쪽 귀가 동식(東植)의 입술을 스쳤다. 밤눈에도 새까만 기미가 보이는 것 같았다. 동식(東植)은 잦은 숨결을 몰아쉬면서도 기미를 탐내어 귓바퀴를 잘근잘근 씹었다.

정숙(貞淑)에 대한 동식(東植)의 어떤 의무감이란 초저녁 이슬 내리는 그날 밤에 비롯한 것이었다.

그 다음날 성규(聖奎) 역시 살아 돌아왔고, 그 다음다음날 이 고장에선 굴지의 지주였던 동식(東植)의 부친이 돌연 인치당해 가더니, 사흘 만엔가는 동식(東植)이마저 끌려 들어가서 열흘간이나 두들겨 맞고 나왔다. 전 재산은 완전히 몰수당했을 뿐 아니라, 이십여 일 만에 석방되어 나온 부친은, 한 주일이 채 못 가서 그예 세상을 떠나고 말았다. 동식(東植)의 몸이 전대로 추서기에도 두 달 이상이 걸렸다. 그렇게 정신없이 삼사 개월을 지내놓고 보니, 그동안에 정숙(貞淑)은 성규(聖奎)의 아내가 되어 있었다. 자기와 결혼을 하면 무사히 동식(東植)을 나오게 힘써 주지만, 그렇지 않으면 영 시베리아로 유형 당하게 될 것이라는 성규(聖奎)의 위협에 마침내는 정숙(貞淑)이가 동하고 말았다는 것을 나중에야 알았다. 그 당시에는 좌익 청년 사이에 성규(聖奎)의 세력이 어지간했고, 사실 동식(東植)이가 열흘 만에라도 나오게 된 데는 그의 힘이 적지 않았다는 것도 그제야 알았던 것이다.

동식(東植)과 정숙(貞淑) 사이의 그날 밤의 비밀까지는 모른다

해도, 그 정도의 그들의 과거만도 죽음에 직면하고 있는 성규(聖奎)의 과민한 신경을 자극하는 원인이 되었던 것이다. 바로 사오일 전이었다. 직원회를 끝내고 어두워서야 돌아온 동식(東植)은 아랫방에서 성규(聖奎)의 발악하는 소리를 들었다. 그는 자기 방 문고리 쇠를 잡았다 말고 아랫방 문 앞으로 다가갔다. 그러나 가쁜 숨소리와 함께 내뱉듯이 씨부렁거리는 성규(聖奎)의 지청구 가운데, 거듭 자기의 이름이 불리는 것을 들은 동식(東植)은, 살그니 자기 방으로 들어와 버리고 말았다. 아래윗방에서 전등을 공동으로 쓰느라고 벽에 뚫어놓은 구멍으로 그는 아랫방을 넘겨다보았다. 방바닥에 토해놓은 검붉은 피를 성규(聖奎)는 떨리는 손으로 움켜서 돌부처처럼 옆에 앉아 있는 정숙(貞淑)의 입에다 문대주며 다자꾸[7] 먹으라는 것이었다.

"이년! 너도 같이 죽자. 나와 함께 죽잔 말야! 둘이 함께 죽어야 한다. 그렇다면 난 언제 죽어도 겁나지 않는다. 그래 같이 살다 나만 혼자 죽으란 말야? 너는 살구 나만 혼자 죽으란 말야? 안 된다, 안 돼. 나 죽은 뒤 넌 동식(東植)이놈하구 얼릴 판이지? 그렇지? 안 그래? 내가 다 안다, 다 알어. 이 동식(東植)이놈 어디 갔니? 여태 안 돌아왔냐? 동식(東植)아! 동식(東植)아! 이놈 나 죽길 기다려? 안 죽는다, 안 죽어. 너희 연놈이 판치고 살라고 내가 죽어? 안 죽는다. 안 죽는다. 이년! 내 필 먹어라, 어서 먹어!"

그러고는 기운이 진해 그 자리에 쓰러져 기신을 못 하면서도, 음성은 알아들을 수 없으나 악을 쓰느라고 물고기처럼 입을 넙죽넙죽 하는 것이었다. 정숙(貞淑)은 입에다 피 매닥질[8]을 한 채 얼빠진 사람처럼 멍하니 앉아서 움직일 줄을 몰랐다.

그날 밤 동식(東植)은 꿈을 꾸었다. 정숙(貞淑)을 위해서라도 성규(聖奎)를 죽여 버려야 한다고 정숙(貞淑)이가 말리는 것도 듣지 않고 그는 칼을 들고 성규(聖奎)에게로 달려들었다. 서로 붙잡고 얼마 동안을 엎치락뒤치락 하던 끝에, 그만 자기편에서 성규(聖奎)에게 깔리고 말았다. 아무리 요동을 해도 바위와 같은 중량으로 자기를 타고 앉은 성규(聖奎)는 꼼짝도 안 할 뿐 아니라, 검붉은 피를 토해서는 동식(東植)의 입에다 막 퍼 넣는 것이었다. 처음에는 입을 악물고 반항을 했으나 마침내는 성규(聖奎)의 힘을 당하지 못하고 김이 떠오르는 피를 받아먹었다. 인제는 꼼짝 못하고 폐병에 걸려 죽는구나 생각하며 자세히 보니, 자기를 타고 앉은 것이 성규(聖奎)가 아니라 정숙(貞淑)이었다. 동식(東植)은 그만 소스라쳐 놀라 소리를 지르고 잠에서 깼다.

아랫방에서는 역시 종이 접는 소리가 들려왔다. 저렇게 무리를 하다가는 정숙(貞淑)의 건강도 그예 결단이 나지나 않을까! 그래서 남편을 따라 죽게 되지나 않을까 염려하는 동식(東植)은, 저렇게 사는 것과 차라리 죽는 것과 그 어느 것이 과연 옳은 일일까를 곰곰 생각해보는 것이었다.

다음날 동식(東植)이가 학교를 마치고 돌아와 보니 성규(聖奎)는 이미 죽어 있었다. 반 시간쯤 전에 거품이 꺼지듯 숨을 거두었다는 것이다. 그는 죽기 바로 전에 동식(東植)을 찾았다고 한다. 몇 번이나 동식(東植)의 이름을 불렀다는 성규(聖奎)는, 아내의 손을 꼭 쥐고 죽었다고 한다. 손을 좀 만져보자고 하여 정숙(貞

淑)이가 내민즉, 몇 번이나 쓰다듬어 보더니 손에서 흙냄새가 난다고 하며 무슨 소린지 손이 저리지 않느냐고 물었다고 한다. 그리고 그 손을 꼭 쥔 채 숨이 끊어졌다는 것이다.

　다음날 저녁때 정숙(貞淑)이하고 나란히 화장터에서 돌아오는 동식(東植)은 남이 부부로 보아줄까 봐 겁났다. 말없이 옆을 따라 오는 사람이 정숙(貞淑)이가 아니라 자기의 그림자처럼 동식(東植)은 느끼기도 했다. 그것이 별안간 성규(聖奎)의 그림자 같은 착각도 일었다.

　그날 밤 잠결에 동식(東植)은 여자의 울음소리를 들었다. 꿈이 아닌가 생각하며 정신을 바짝 차리고 귀를 기울이니 아랫방에서 가느다란 울음소리가 새어왔다. 동식(東植)은 공연히 가슴이 울렁거리기 시작하는 것을 의식하며, 일어나 벽 한 귀퉁이에 뚫려 있는 구멍으로 아랫방을 내려다보았다. 그 순간 동식(東植)의 얼굴색이 파랗게 질렸다. 그는 하마터면 소리를 지를 뻔했다. 아랫방 벽에는 괴상한 여인의 그림자가 흔들리고 있었기 때문이다. 정신을 가다듬어 찬찬히 보니, 그것은 정숙(貞淑)의 그림자였다. 식상 겸 책상 대용으로 쓰는 사과 상자 위에 엎더져 우는 정숙(貞淑)의 몸이, 바로 앞에 놓여 있는 등잔불에 확대되어 아랫목 벽 가득히 비친 그림자였다. 상자 위에 잉크병과 종잇조각이 흩어져 있는 것으로 보아 정숙(貞淑)은 누구에게 편지를 쓰다 말고 북받쳐 오르는 가지가지의 설움을 터뜨린 것 같았다. 정숙(貞淑)은 울다 말고 상반신을 일으켜 옆에서 자고 있는 어린것들의 얼굴을 어루만졌다. 그러다가는 도로 상자 위에 엎더져 어깨를 들먹이며 우는 것이었다. 동식(東植)은 갑자기 전신이 와들와들 떨려오는 것을 깨달았다. 이가 덜덜 마주치고 손발이 이상할 정도로 떨렸다. 도로 자기 자리에 와 누워서도 동식(東植)은 얼마 동안 떨리는 것이 멎지 않았다.

이튿날 정숙(貞淑)은 역시 태연하였다. 운 티라고는 조금도 보이지 않았다. 그러나 동식(東植)에게는 왜 그런지 정숙(貞淑)의 전신이 쓸쓸한 그림자처럼만 느껴졌다. 피로와 슬픔이 안개 끼듯 했던 정숙(貞淑)의 그 눈은 쾡 빈 속에 서글픈 공허감만이 서려 있었다.

정숙(貞淑)은 여태껏 밀렸던 일들을 모조리 정리해 나가기 시작했다. 동식(東植)의 것도 양복, 내의, 양말까지, 조금만 덞은 것이라도, 다 내다 빨아주었다. 조각난 낡은 천들을 용하게 무어서' 아이들의 옷도 한 벌씩 지어 입히고, 제품된 과자 봉지를 갖다 주고 찾아온 돈으로 고무신도 한 켤레씩 사다 신겼다.

일방 동식(東植)에게는 앞으로 정숙(貞淑)의 처신 문제가 걱정이었다. 본인은 도대체 어떻게 생각하고 있는 것일까? 설마 죽기 전에 성규(聖奎)가 하던 말처럼 나와 부부가 될 생각이야 아니겠지. 그러나 이대로 몇 달이라도 지내게 된다면, 동식(東植)은 성규가 남기고 간 예언이 주는 어떤 불안에서 벗어날 수 없을 것만 같았다. 그렇다고, 의탁할 곳도 생활력도 없는 정숙(貞淑)을 내보낸다는 것은 더욱 못 할 일이 아닌가? 오늘도 비 오는 길을 우산도 없이 돌아오며 그런 궁리를 되풀이하던 동식(東植)은, 적당한 시기에 본인과 잘 의논하기로 하고, 슬픔과 피로가 풀리기까지 당분간은 가만히 두리라고 생각하는 것이었다. 빗소리 때문에 동식(東植)이가 돌아온 기척을 못 들었는지, 아랫방에서는 두 어린 것을 상대로 호젓이 지껄이는 정숙(貞淑)의 음성이 흘러왔다. 옷을 갈아입고 있던 동식(東植)은 불시에 손을 멈추고 아랫방 쪽으로 유심히 귀를 기울이지 아니할 수 없었다. 정숙(貞淑)이가 아이들을 향해, 동식(東植) 아저씨가 좋으냐고 묻고 아래와 같은 대화가 시작되었기 때문이다.

"자, 그럼 명호(明鎬)부터 대답해 봐! 어디?"

"난, 좋아!"

"좋아? 그렇지! 그럼 명옥(明玉)은?"

"나두 좋아!"

"응, 둘이 다 동식(東植)이 아저씨가 좋지? 그러면 엄마가 없어두 동식(東植)이 아저씨랑 살 수 있겠지?"

그 물음에 대한 아이들의 대답은 얼른 들리지 않았다.

"왜 대답을 못 해. 어디 바른 대로 말해 봐. 엄마가 없어도 동식(東植)이 아저씨하고 셋이 살 수 있지?"

그제야, 네 살짜리 명옥(明玉)은,

"난 싫어. 난, 엄마카 살 테야!"

했다. 그러나 여섯 살 먹은 명호(明鎬)는,

"엄마 어디 가?"

하고, 도리어 반문하는 것이었다. 그러자 잠시 조용해지더니, 이어

"아냐, 아냐, 엄마가 어딜 가다니. 너희들을 그냥 두구 엄마가 어딜 간단 말이냐?"

그러한 삼모자의 대화를 엿들은 동식(東植)은 밤이 깊도록 잠을 이루지 못했다.

깊어가는 밤과 함께 비는 더욱 세차게 내리 부었다.

다음날 아침, 명호(明鎬)가 별안간,

"엄마야, 엄마야!"

하고 부르다가, 다급하게,

"아저씨! 아저씨! 엄마가! 아저씨."

하고 울기 시작했고, 명옥(明玉)이마저 따라 우는 바람에 동식(東植)은 가슴이 서먹해서 벌떡 일어나 달려 내려가 보았다. 정숙(貞淑)의 몸은 이미 싸늘하게 식어 있었다. 머리맡에는 무슨 약봉지가 있었고 물 사발이 엎질러져 정숙(貞淑)의 저고리와 방바닥을 적시고 있었다. 정숙(貞淑)이가 죽기 전에 켜놓은 등잔불이 고요히 시체를 지키고 있었다. 문득 상자 위에 놓여 있는 한 장의 봉투가 동식(東植)의 시선을 끌었다. 그것은 유서였다.

　　──이 길이 필경 제가 가야 할 길인 줄 알고 가옵니다. 겹치는 죽음은, 물심양면으로 선생님께 부담이 될 줄 아오나, 제 시체가 선생님의 손으로 거두어져야 앞서간 남편이나 제 한이 풀릴까 하와, 한 번 더 괴롬을 끼치기로 하였습니다.

　두고 가는 두 어린것들이 가슴에 걸리오나, 역시 그것들에게도 약속된 운명이 있어, 결국은 저 갈 길들을 가게 될 줄 믿사옵니다. 짐스러우시거든 언제든지 서슴지 말고 고아원에 데려다 맡겨주시기 바랍니다.

끝으로 망설이던 말 한마디만 더 적기로 하옵니다. 명호(明鎬) 놈의 양쪽 귀가 선생님의 귀를 닮은 줄을 아시옵니까? 손가락 끝으로 꼭 집었다 놓은 것 같은 귓불〔耳朶〕이, 선생님의 것처럼 참하게 안으로 오그라들었사옵니다. 저는 명호(明鎬)의 고 귀를 어루만질 적마다 마음이 고요하지 못했습니다. 명호(明鎬)의 귀의 생김새는, 세월과 함께 제 속에 자라난 기쁨이었고 또한 슬픔이었습니다.

×月 ××日
정숙(貞淑) 올림

시체를 앞에 놓고 구태여 자기의 귀와 명호(明鎬)의 귀를 비교해볼 여유는 없었다. 그러나 명호(明鎬)의 귀가 분명히 자기의 귀를 닮았다는 이 새로운 사실이 그에게는 놀랍고 저주스러웠다.

쏟아지는 빗소리를 들으며 동식(東植)은 한동안 죽은 정숙(貞淑)의 얼굴을 지켜보며 앉아 있었다. 그러한 동식(東植)의 머릿속에, 줄기가 마르거나 열매가 물면[10] 결국은 떨어지고야 말듯이, 정숙(貞淑)은 그렇게 죽을 수 있었으리라는 동감과 함께, 고인이 남기고 간 두 어린것의 슬픈 운명을 자기는 책임져야겠다고, 속으로 중얼거리는 것이었다.

비 오는 날

 이렇게 비 내리는 날이면 원구(元求)의 마음은 감당할 수 없도록 무거워지는 것이었다. 그것은 동욱(東旭) 남매의 음산한 생활 풍경이 그의 뇌리를 영사막처럼 흘러가기 때문이었다. 빗소리를 들을 때마다 원구(元求)에게는 으레 동욱(東旭)과 그의 여동생 동옥(東玉)이 생각나는 것이었다. 그들의 어두운 방과 쓰러져가는 목조 건물이 비의 장막 저편에 우울하게 떠오르는 것이었다. 비록 맑은 날일지라도 동욱(東旭) 오뉘의 생활을 생각하면, 원구(元求)의 귀에는 빗소리가 설레고 그 마음 구석에는 빗물이 스며 흐르는 것 같았다. 원구(元求)의 머릿속에 떠오르는 동욱(東旭)과 동옥(東玉)은 그 모양으로 언제나 비에 젖어 있는 인생들이었다.

 동욱(東旭)의 거처를 왕방하기 전에 원구(元求)는 어느 날 거리에서 동욱(東旭)을 만나 저녁을 같이 한 일이 있었다. 동욱(東旭)은 밥보다도 먼저 술을 먹고 싶어했다. 술을 마시는 동욱(東

旭)의 태도는 제법 애주가였다. 잔을 넘어 흘러내리는 한 방울도 아까워서 동욱(東旭)은 혀끝으로 잔 굽을 핥았다. 기독교 가정에서 성장했을 뿐 아니라 몇몇 교회에서 다년간 찬양대를 지도해온 동욱(東旭)의 과거를 원구(元求)는 생각하며, 요즈음은 교회에 나가지 않느냐고 물어보았다. 동욱(東旭)은 멋쩍게 생긋 웃고 나서 이따금 한 번씩 나가노라고 하고, 그런 때는 견딜 수 없는 절망감에 숨이 막힐 것 같은 날이라는 것이었다. 동욱(東旭)은 소매와 깃이 너슬너슬한 양복저고리에 교회에서 구제품으로 탄 것이라는, 바둑판처럼 사방으로 검은 줄이 죽죽 간 회색 즈봉을 입고 있었다. 무엇보다도 그의 구두가 아주 명물이었다. 개미 허리처럼 중간이 잘록한데다가 코숭이만 주먹만큼 뭉툭 솟아오른 검정 단화를 신고 있었다. 그건 꼭 채플린이나 신음직한 괴이한 구두였기 때문에, 잔을 주고받으면서도 원구(元求)는 몇 번이나 동욱(東旭)의 발을 내려다보는 것이었다. 그동안 무얼 하며 지냈느냐는 원구(元求)의 물음에 동욱(東旭)은 끼고 온 보자기를 끄르고 스크랩북을 펴 보이는 것이었다. 몇 장 벌컥벌컥 뒤는데 보니, 서양 여자랑 아이들의 초상화가 드문드문 붙어 있었다. 그 견본을 가지고 미군 부대를 찾아다니며, 초상화의 주문을 맡는다는 것이었다. 대학에서 영문과를 전공한 것이 아주 헛일은 아니었다고 하며 동욱(東旭)은 닝글닝글 웃었다. 동욱(東旭)의 그 닝글닝글한 웃음을 원구(元求)는 이전부터 몹시 꺼렸다. 상대방을 조롱하는 것 같은, 그러면서도 자조적이요, 어쩐지 친애감조차 느껴지는 그 닝글닝글한 웃음은, 원구(元求)에게 어떤 운명적인 중압을 암시하여 감당할 수 없이 마음이 무거워지는 것이었다. 대체 그림은 누가 그리느냐니까, 지금 여동생 동옥(東玉)이와 둘이 지내는데, 동옥(東玉)은 어려서부터 그림을 좋아하더니 초상화를 곧잘 그린다는 것이다. 동옥(東玉)이란 원구(元求)의 귀에도 익은 이름이었다. 소학교 시절에 동욱(東旭)이네 집에 놀러 가면 그때 대여섯 살밖에 안 되는 동옥(東玉)이가 귀찮게 졸졸 따라다니던 기억이 새로웠다. 동옥(東玉)은 그 당시 아이들 사이에 한창 유행되었던, '중중 때때중 바랑 메고 어디 가나'를 부르고 다녔다. 그사이 이십 년이라는 세월이 흐르고 보니 동옥(東玉)의 모습은 전연 기억도 남지 않았다. 동욱(東旭)의 말에 의하면 지난번 1·4 후퇴 당시 데리고 왔는데, 요새 와서는 짐스러워 후회될 때가 있다는 것이었다. 그의 남편은 못 넘어왔느냐니까, 뭘 입때 처년데, 했다. 지금 몇 살인데 미혼이냐고 묻고 싶었지만, 원구(元求)는 혼기가 지난 동욱(東旭)이나 자기 자신도 아직 독신인 걸 생각하고, 여자도 그럴 수가 있을 거라고 속으로 주억거리며 그는 입을 다물었다. 동옥(東玉)의 나이가 지금 이십오륙 세가 아닐까 하고 원구(元求)는 지나간 세월과 자기 나이에 비추어 속어림으로 따져보는 것이었다. 술에 취한 동욱(東旭)은 다자꾸¹ 원구(元求)의 어깨를 한 손으로 투덕거리며, 동옥(東玉)이년이 정말 가엾어, 암만 생각해도 그 총기며 인물이 아까워, 그런 말을 되풀이하는 것이었다. 그러고는 다시 잔을 비우고 나서, 할 수 있나 모두가 운명인 걸 하고 고개를 흔드는 것이었다. 동욱(東旭)은 머리를 떨어뜨린 채, 내가 자네람 주저 없이 동옥(東玉)이와 결혼할 테야, 암

장담하고 말구, 혼잣말처럼 그렇게도 중얼거리는 것이었다. 종잡을 수 없는 동욱(東旭)의 그런 말에 원구(元求)는 무슨 영문인지도 모르면서, 암 그럴 테지, 하며 동욱(東旭)의 손을 쥐어 흔드는 것이었다. 동욱(東旭)은 음식집을 나와 헤어질 무렵에 두 손을 원구(元求)의 양 어깨에 얹고 자기는 꼭 목사가 되겠노라고, 했다. 그것이 자기의 갈 길인 것 같다고 하며 이제 새 학기에는 신학교에 들어가겠다는 것이었다. 어깨가 축 늘어져서 걸어가는 동욱(東旭)의 초라한 뒷모양을 바라보고 서서 원구(元求)는 또다시 동욱(東旭)의 과거와 그 집안을 그려 보며, 목사가 되겠노라고 하면서도 술을 사랑하는 동욱(東旭)을 아껴줘야겠다고 생각하는 것이었다.

그 뒤에 원구(元求)가 처음으로 동욱(東旭)을 찾아간 것은 사십 일이나 계속 된 긴 장마가 시작된 어느 날이었다. 동래(東萊) 종점에서 전차를 내리자, 동욱(東旭)이가 쪽지에 그려준 약도를 몇 번이나 펴 보며 진득진득 걷기 말쩬[2] 비탈길을 원구(元求)는 조심히 걸어 올라갔다. 비는 여전히 줄기차게 내리고 있었다. 우산을 받기는 했으나 비가 후려치고 흙탕물이 튀고 해서 정강이 밑으로는 말이 아니었다. 동욱(東旭)이가 들어 있는 집은 인가에서 뚝 떨어져 외따로이 서 있었다. 낡은 목조 건물이었다. 한 귀퉁이에 버티고 있는 두 개의 통나무 기둥이 모로 기울어지려는 집을 간신히 지탱하고 있었다. 기와를 얹은 지붕에는 두세 군데 잡초가 반 길이나 무성해 있었다. 나중에 들어 알았지만 왜정 때는 무슨 요양원으로 사용되어온 건물이라는 것이었다. 전면(前

面)은 본시 전부가 유리창 문이었는데 유리는 한 장도 남아 있지 않았다. 들이치는 비를 막기 위해서 오른편 창문 안에는 가마니 때기가 늘여 있었다. 이 폐가와 같은 집 앞에 우두커니 우산을 받고 선 채, 원구(元求)는 한동안 움직이지 않았다. 이런 집에 도대체 사람이 살고 있을까? 아이들 만화책에 나오는 도깨비집이 연상되었다. 금시 대가리에 뿔이 돋은 도깨비들이 방망이를 들고 쏟아져 나올 것만 같았다. 이런 집에 동욱(東旭)과 동옥(東玉)이가 살고 있다니. 원구(元求)는 다시 한 번 쪽지에 그린 약도를 펴보았다. 이 집임에 틀림없었다. 개천을 끼고 올라오다가 그 개천을 건너선 왼쪽 산비탈에는 도대체 집이라고는 이 집 한 채뿐이었다. 원구(元求)는 몇 걸음 다가서며 말씀 좀 묻겠습니다, 하고 인기척을 냈다. 안에서는 아무런 응답이 없었다. 원구(元求)는 같은 말을 또 한 번 되풀이했다. 그래도 잠잠하다. 차차 거세 가는 빗소리와 도랑물 소리뿐, 황폐한 건물 자체가 그대로 주검처럼 고요했다. 원구(元求)는 좀더 큰 소리로, 안녕하십니까? 하고 불러보았다. 원구(元求)는 제 소리에 깜짝 놀랐다. 목에 엉켰던 가래가 풀리며 탁 터져 나오는 음성이 예상외로 컸던 탓인지, 그것은 마치 무슨 비명처럼 들렸기 때문이다. 그러자 문 안에 친 거적 귀퉁이가 들썩하며, 백지에 먹으로 그린 초상화 같은 여인의 얼굴이 나타난 것이다. 살결이 유달리 희고, 눈썹이 남보다 검은 그 여인은 원구(元求)를 내다보며 좀처럼 입을 열지 않았다. 저게 동옥(東玉)인가 보다고 속으로 생각하며, 여기가 김동욱(金東旭)군의 집이냐는 원구(元求)의 물음에, 여인은 말없이 약간 고개를 끄덕여 보였을 뿐이다. 눈썹 하나 까딱하지 않는 그 태도는 거만해 보이는 것이었다. 동욱(東旭)군 어디 나갔습니까? 하고 재차 묻는 말에도 여인은 먼저처럼 고개만 끄떡했다. 그러고 나서 원구(元求)를 노려보듯 하는 그 눈에는 까닭 모를 모멸과 일종의 반항적 태도까지 서려 있는 것이었다. 여인은 혹시 자기를 오해하고 있지 않나 싶어, 정원구(丁元求)라는 이름을 밝히고 나서, 동욱(東旭)과는, 소학교에서 대학까지 동창이었다는 것과, 특히 소학 시절에는 거의 날마다 자기가 동욱(東旭)이네 집에 놀러가거나, 동욱(東旭)이가 자기네 집에 놀러왔다는 것을 설명해주었다. 그래도 여인의 표정에는 별다른 변화가 없었다. 원구(元求)는 한층 더 부드러운 음성으로 혹시 동욱(東旭)군의 여동생이 아니십니까? 동옥(東玉)이라구…… 하고 물었다. 여인은 세번째 고개를 끄덕여 보인 것이다. 그리고 비로소 그 얼굴에 조소를 품은 우울한 미소가 약간 어리는 것이었다. 동욱(東旭)이 어디 갔느냐니까, 그제야 모르겠는데요, 하고 입을 열었다. 꽤 맑은 음성이었다. 그러면 언제 들어올지 모르겠군요 하니까, 이번에도 동옥(東玉)은 머리를 끄덕이는 것이었다. 무례한 동옥(東玉)의 태도에, 불쾌와 후회를 느끼면서 원구(元求)는 발길을 돌이키는 수밖에 없었다. 동욱(東旭)이가 돌아오거든 자기가 다녀갔다는 말을 전해 달라고 이르고 돌아서는 원구(元求)에게 동옥(東玉)은 아무러한 인사도 하지는 않았다. 물탕에 젖어 꿀쩍거리는 신발 속처럼, 자기의 머리는 어쩔 수 없는 우울에 잠뿍 젖어 있는 것이라고 공상하며, 원구(元求)는 호박 덩굴 우거진 최뚝길[3]을 걸어 나갔다. 그 무거운 머리를 지탱하기에는 자기의 목이 지나치게 가는 것같이 여겨졌다. 그것은 불안한 생각이었다. 얼마쯤 가다가 원구(元求)는 별 생각 없이 걸음을 멈추고 뒤를 돌아보았다. 안개비 속으로 바라보이는 창연한 건물은 금방 무서운 비명과 함께 모로 쓰러질 것만 같았다. 자기가 발길을 돌리자 아마 쓰러질지도 모른다는 생각에, 이제나저제나 하고 집을 지켜보고 섰던 원구(元求)는, 흠칫 놀라듯이 몸을 떨었다. 창문 안에 늘인 거적을 캔버스 삼아 그림처럼 선명히 떠올라 있는 흰 얼굴이 눈에 띄었기 때문이다. 그것은 동옥(東玉)의 얼굴임에 틀림없었다. 어쩌자고 동옥(東玉)은 비 뿌리는 창문에 붙어 서서 저렇게 짓궂게 나를 바라보고 있는 것일까? 어려서 들은, 여우가 사람을 홀린다는 이야기가 연상되어 전신에 오한을 느끼며 발길을 돌이키는 원구(元求)의 눈앞에 찢어진 지우산을 받고 다가오는 사나이가 있었다. 다행히도 그것은 동욱(東旭)이었다. 찬거리를 사러 잠깐 나갔다가 오노라는 동욱(東旭)은, 푸성귀며 생선 토막이 들어 있는 저자 구럭*을 한 손에 들고 있었다. 이 먼 델 비 맞고 왔다가 이렇게 돌아가는 법이 있느냐고 하며 동욱(東旭)은 원구(元求)의 손을 잡아끄는 것이었다. 말할 기력조차 잃은 사람처럼 원구(元求)는 묵묵히 그 뒤를 따라갔다. 좀 전의 동옥(東玉)의 수수께끼 같은 태도는 더욱 이해할 수 없는 무거운 그림자가 되어 원구(元求)의 머리를 뒤집어씌우는 것이었다. 동욱(東旭)에게 재촉을 받고 방 안에 들어서는 원구(元求)를 동옥(東玉)은 반항적인 태도로 힐끔 쳐다보는 것이었다. 물론 일어서거나 옮겨 앉으려고도 하지 않았다. 비 오는 날인데다가 창문까지 거적때기로 가려서 방 안은 굴속같이 침침했다. 다다미 여덟 장 깔리는 방 안은, 다다미 위에다 시멘트 종이로 장판 바르듯 한 것이었다. 한켠 천장에서는 쉴 사이 없이 빗물이 떨어졌다. 빗물 떨어지는 자리에는 양동이가 놓여 있었다. 촐랑촐랑 쪼르륵 촐랑, 빗물은 이와 같은 연속적인 음향을 남기며 양동이 안에 가 떨어지는 것이었다. 무덤 속 같은 이 방 안의 어둠을 조금이라도 구해주는 것은 그래도 빗물 소리뿐이었다. 그러나 그 빗물 소리마저, 양동이에 차츰 물이 늘어갈수록 우울한 음향으로 변해가는 것이었다. 동욱(東旭)은 별로 원구(元求)와 동옥(東玉)을 인사시키거나 소개하려 하지 않았다. 동욱(東旭)은 젖은 옷을 벗어서 걸고, 러닝과 팬티 바람으로 식사 준비를 할 터이니 잠깐만 앉아 있으라고 하고 부엌으로 나가는 것이었다. 부엌이래야 따로 있는 것이 아니라, 비어 있는 옆방이었다. 다다미는 걷어서 벽 한구석에 기대어놓아, 판장뿐인 실내에는 여기저기 빗물이 오줌발처럼 쏟아졌다. 거기에는 취사도구가 너저분하니 널려 있는 것이었다. 연기가 들어간다고 사잇문을 닫아버리고 나서, 동욱(東旭)은 풍로에 불을 피우느라고 부채질을 하며 야단이었다. 열 시가 조금 지난 회중시계를 사잇문 틈으로 꺼내 보이며, 도대체 조반이냐 점심이냐는 원구(元求)의 질문에, 동욱(東旭)은 닝글닝글하며 자기들에게는 삼시의 구별이 없다고 했다. 언제든 배고프면 밥을 끓여 먹고, 밥 생각이 없는 날은 종일이라도 굶고 지낸다는 것이었다. 동욱(東旭)이가 부엌에서 혼자 바삐 돌아가는 동안 동옥(東玉)은 역시 한자리에 앉아 꼼짝도 하지 않았다. 동옥(東

玉)은 가끔 하품을 하며 외국에서 온 낡은 화보를 뒤적이고 있었다. 그러한 동옥(東玉)이와 마주 앉아 자기는 도대체 무엇을 생각해야 하며, 또한 어떠한 포즈를 지속해야 하는가? 원구(元求)는 이런 무의미한 대좌(對座)를 감당할 수 없어 차라리 부엌에 나가 풍로에 부채질이나마 거들어줄까도 생각해보는 것이었다. 그러나 그만한 행동도 이 상태로는 일종의 비약이라 적지 아니한 용기가 필요했다. 그러는 동안 원구(元求)는 별안간 엉덩이가 척척해 들어옴을 의식했다. 양동이의 빗물이 넘어서 옆에 앉아 있는 원구(元求)의 자리로 흘러내린 것이었다. 원구(元求)는 젖은 양복바지의 엉덩이를 만지며 일어섰다. 그제야 동옥(東玉)도 양동이의 물이 넘는 줄을 안 모양이다. 그러나 동옥(東玉)은 직접 일어나서 제 손으로 치우려고 하지도 않았다. 앉은 채 부엌 쪽을 향해, 오빠 물 넘어, 했을 뿐이었다. 동욱(東旭)은 사잇문을 반쯤 열고 들여다보며 이년아, 네가 좀 치우지 못해? 하고 목에 핏대를 세웠다. 그러자 자기가 나서기에 절호한 기회라고 생각한 원구(元求)는, 내가 내다버리지 하고 한 손으로 양동이를 들어올렸다. 그러나 한 걸음도 미처 발을 옮겨놓을 사이도 없이 양동이는 철그렁하는 소리와 함께 한 옆이 떨어지며 물이 좌르르 쏟아졌다. 손잡이의 한쪽 끝 갈고리가 고리 구멍에서 벗겨진 것이었다. 순식간에 방바닥은 물바다가 되고 말았다. 여태껏 꼼짝 않고 앉아 있던 동옥(東玉)도 그제만은 냉큼 일어나 한 걸음 비켜서는 것이었다. 그 순간의 동옥(東玉)의 동작이 예사롭지가 않았다. 원구(元求)에게 또 하나 우울의 씨를 뿌려주는 것이었다. 원피스 밑으로 드러난 동옥(東玉)의 왼쪽 다리가 어린애의 손목같이 가늘고 짧았기 때문이다. 그러한 다리를 옮겨 디디는 순간, 동옥(東玉)의 전신은 한쪽으로 쓰러질 듯이 기울어지는 것이었다. 동옥(東玉)은 다시 한 번 그 가늘고 짧은 다리를 옮겨놓는 일 없이, 젖지 않은 구석 자리에 재빨리 주저앉아 버리고 말았다. 그러고는 희다 못해 파랗게 질린 얼굴에 독이 오른 눈초리로 원구(元求)를 잡아먹을 듯이 노려보는 것이었다. 동옥(東玉)의 시선을 피하여, 탁류의 대하 가운데 떠 있는 것 같은 공포에 몸을 떨며, 원구(元求)는 마지막 기력을 다하여 허우적거리듯, 두 발로 물 고인 방바닥을 절벅거려 보는 것이었다.

그 뒤로는 비가 와서 가게를 벌일 수 없는 날이면 원구(元求)는 자주 동욱(東旭)이네 집을 찾아가는 것이었다. 불구인 그 신체와 같이, 불구적인 성격으로 대해주는 동옥(東玉)의 태도가 결코 대견할 리 없으면서도, 어느 얄궂은 힘에 조종당하듯이, 원구(元求)는 또다시 찾아가지 아니할 수 없는 것이었다. 침침한 방 안에 빗물 떨어지는 소리가 듣고 싶어서일까? 동옥(東玉)의 가늘고 짧은 한쪽 다리가 지니고 있는 슬픔에 중독된 탓일까? 이도 저도 아니면, 찾아갈 적마다 차츰 정상적인 데로 돌아오는 동옥(東玉)의 태도에 색다른 매력을 발견한 탓일까? 정말 동옥(東玉)의 태도는 원구(元求)가 찾아가는 회수에 따라 현저히 부드러워지는 것이었다. 두번째 찾아갔을 때 동옥(東玉)은 원구(元求)를 보자 얼굴을 붉혔다. 그리고는 고개를 숙였다. 세번째 찾아갔을 때는 원구(元求)를 보자 동옥(東玉)은 해죽이 웃어 보인 것이었다. 그러나 그것은 우울한 미소였다. 찾아갈 때마다 달라지는 동옥(東玉)의 태도가 원구에게는 꽤 반가운 것이었다. 인사불성에 빠졌던 환자가 제정신으로 돌아온 때처럼 고마웠다. 첫 번 불렀을 때는 눈을 감은 채 아무런 반응도 없던 환자가, 두번째 부르자 눈을 간신히 떴고, 세번째 불렀을 때는 제법 완전히 눈을 떠서 좌우를 둘러보다가 물 좀, 하고 입을 열었을 경우와 같은 반가움을 원구(元求)는 동옥(東玉)에게서 경험하는 것이었다. 두번째 갔을 때에는 지난번 빗물 쏟아지던 자리에 양동이가 놓여 있지 않았다. 그 자리에는 제창[5] 떼꾼히[6] 구멍이 뚫려 있었다. 주먹이 두어 개나 드나들만 한 그 구멍은 다다미에서부터 그 밑의 널판까지 뚫려 있었다. 천장에서 흘러내리는 빗물은 그 구멍을 통과하여 널판 밑 흙바닥에 둔탁한 음향을 남기며 떨어졌다. 기실 비는 여러 군데서 새는 모양이었다. 널빤지로 된 천장에는 사방에서 빗물 듣는 소리가 났다. 천장에 떨어진 빗물은 약간 경사진 한쪽으로 흘러오다가 소 눈깔만 한 옹이구멍으로 새어 흐르는 것이었다. 그날만 해도 원구(元求)와 동욱(東旭)이가 주고받는 말에 비교적 냉담한 동옥(東玉)이었다. 그러나 세번째 갔을 때부터는 원구(元求)와 동욱(東旭)이가 웃을 때는 함께 따라 웃어주는 것이었다. 간혹 한두 마디씩은 말추렴에도 들었다. 그날은 일찌감치 저녁을 얻어먹고 돌아오려고 하는데, 비가 하도 세차게 퍼부어서 자고 오는 수밖에는 없었다. 한 손에 우산을 들고 선 채, 회색 장막을 드리운 듯, 비에 뿌예진 창밖을 내다보며 망설이고 있는 원구(元求)의 귀에, 고집 피우지 말고 자고 가라는 동욱(東旭)의 말에 뒤이어, 이런 비에는 앞 도랑에 물이 불어서 못 건너십니다, 하는 동옥(東玉)의 음성이 들린 것이었다. 그날 밤 비로소 원구(元求)는 가벼운 기분으로 동옥(東玉)에게 말을 걸 수가 있었던 것이다. 언제부터 그림 공부를 했느냐니까, 초상화 따위가 뭐 그림인가요, 하고 그 우울한 미소를 지어 보이는 것이었다. 원구(元求)는 동옥(東玉)의 상처를 건드릴 만한 말은 일절 꺼내지 않았다. 어렸을 때 얘기가 나와서 어딜 가나 강아지 새끼처럼 쫓아다니는 동옥(東玉)이가 귀찮았다는 말을 하고, '중중 때때중'을 자랑스레 부르고 다녔다니까 동옥(東玉)의 눈이 처음으로 티없이 빛나는 것이었다. 갑자기 동욱(東旭)이가 '중중 때때중' 하고 부르기 시작하자 동옥(東玉)도 가느다란 소리로 따라 부르는 것이었다. 노랫소리가 그치고 나니 방 안에는 빗물 떨어지는 소리가 유달리 크게 들렸다. 비가 들이치는 바람에 바깥벽 판장 틈으로 스며드는 물은 실내의 벽 한구석까지 적시기 시작하는 것이었다. 그런데 이상한 것은 동옥(東玉)을 대하는 동욱(東旭)의 태도였다. 대수롭지 않은 일에도 이년 저년 하고 욕을 퍼붓는 것이다. 부엌에서 들여보내는 음식 그릇을 한 손으로 받는다고 해서, 이년아 한 손으로 그러다가 또 떨어뜨리고 싶으냐, 하고 눈을 흘겼고, 남포에 불을 켜는데, 불이 얼른 댕기지 않아 성냥알을 두 개비째 꺼내려니까, 저년은 밥 처먹구 불두 하나 못 켜, 하고 노려보는 것이었다. 그럴 때마다 동옥(東玉)은 말없이 마주 눈을 흘겼다. 빨래와 바느질만은 동옥(東玉)의 책임이지만 부엌일은 언제나 동욱(東旭)이가 맡아 한다는 것이었다. 동옥(東玉)이가 변소에 간 틈에, 될 수 있는대로 위로

해주지 않고 왜 그리 사납게 구느냐니까, 병신 고운 데 없다고 그년 맘 쓰는 게 모두가 틀렸다는 것이다. 우선 그림값만 하더라도 얼마 전까지는 받아오면 반씩 꼭 같이 나눠 가졌는데, 근자에 와서는 동욱(東旭)을 신용할 수가 없다고 대소에 따라 한 장에 얼마씩 또박또박 선금을 받고야 그려준다는 것이었다. 생활비도 둘이 꼭 같이 절반씩 부담한다는 것이다. 동옥(東玉)은 자기가 병신이기 때문에 부모 말고는 자기를 거두어 오래 돌봐줄 사람이 없으리라는 것이다. 오빠도 언제든 자기를 버릴 것이 아니겠느냐! 그렇기 때문에 자기는 자기대로 약간이라도 밑천을 장만해 두어야 비참한 꼴을 면하지 않겠느냐고 한다는 것이었다. 그러한 동옥(東玉)의 심중을 생각할 때, 헤어져 있으면 몹시 측은하기도 하지만, 이상하게 낯만 대하면 왜 그런지 안 그러리라 안 그러리라 하면서도 동욱(東旭)은 다자꾸 화가 치민다는 것이다. 동옥(東玉)은 불을 끄고는 외로워서 잠을 이루지 못한다고 했다. 반대로 동욱(東旭)은 불을 꺼야만 안심하고 잠을 들 수가 있다는 것이었다. 동욱(東旭)은 어둠만이 유일한 휴식이노라 했다. 낮에는 아무리 가만하고 앉았거나 누워 뒹굴어도 걸레처럼 전신에 배어 있는 피로가 가시지 않는다는 것이었다. 그러한 동욱(東旭)은 심지를 낮추어서 희미하게 켜놓은 불빛에도 화를 내어, 이년아 아주 꺼버리지 못해 하고 소리를 질렀다. 동옥(東玉)은 손을 내밀어 심지를 조금 더 낮추었다. 그러고 나서, 누가 데려 오랬나 차라리 어머니하고 거기 있을 걸 괜히 왔지, 하고 쫑알대는 것이었다. 그러자 동욱(東旭)은 벌떡 일어나며, 이년 다시 한 번 그 주둥일 놀려 봐라, 나두 너 같은 년 끌구 오구 싶지 않았다. 어머니가 하두 애원하시듯, 다 버리구 가더래두 네년만은 데리구 가라구 하 조르기에 끌구 와 이 꼴이다. 하고 골을 내는 것이었다. 동옥(東玉)은 말없이 저편으로 돌아누웠다. 어렴풋이 불빛이 있음에도 불구하고 어둠이 가슴을 내리누르는 것 같아서 원구(元求)는 오래도록 잠을 이룰 수가 없었다. 동욱(東旭)도 잠이 안 오는 모양이었다. 동옥(東玉) 역시 필경 잠이 들지 않았으련만 죽은 듯이 가만하고 있었다. 후드득 후드득 유리 없는 창문으로 들이치는 빗소리를 들으며, 사십 주야를 비가 퍼부어서 산꼭대기에다 배를 묶어둔 노아네 가족만이 남고 세상이 전멸을 해버렸다는, 구약 성경에 나오는 대홍수를 원구(元求)는 생각해보는 것이었다. 그러다가 어렴풋이 잠이 들려고 하는 때였다. 커다란 적선으로 생각하고, 동옥(東玉)과 결혼할 용기는 없는가? 하는 동욱(東旭)의 음성이 잠꼬대같이 원구(元求)의 귀를 스쳤다. 원구(元求)는 눈을 떴다. 노려보듯이 천장을 바라보며 그는 반듯이 누워 있었다. 동욱(東旭)의 입에서 다시 무슨 말이 흘러 나올지도 모른다는 긴장을 느끼면서. 그러나 동욱(東旭)은 아무 말이 없었다. 빗물 떨어지는 소리만이 여전히 계속되고 있을 뿐이었다. 원구(元求)가 또다시 간신히 잠이 들락 할 때였다. 발치 쪽에서 빠드득 빠드득 하는 이상한 소리가 났다. 원구(元求)는 정신을 바짝 차리고 귀를 재웠다. 뱀에게 먹히는 개구리 소리 비슷한 그 소리는 뒷벽 켠에서 들리는 것이었다. 원구(元求)는 이번에는 상반신을 일으키고 앉아 귀를 기울이는 것이었다. 그 바람에 동욱(東旭)이도 눈을 떴다. 저게 무슨 소리냐고 한즉, 뒷방의 계집애가 자면서 이 가는 소리라는 것이다. 이 뒷방에도 사람이 사느냐니까, 육순이 넘은 노파가 열두 살 먹은 손녀를 데리고 산다고 했다. 그 노파가 바로 이집 주인인데, 전차 종점 나가는 길목에 하꼬방 가게를 내고, 담배, 성냥, 과일, 사탕 같은 것들을 팔아서 근근이 생활해가고 있다는 것이었다. 뒷집 소녀는 잠만 들면 반드시 이를 간다는 것이었다. 동욱(東旭)도 처음 며칠 밤은 그 소리에 골치를 앓았지만, 요즘은 습관이 되어 괜찮노라고 했다. 이러한 방에서 빗물 떨어지는 소리와 이 가는 소리를 듣고 지내면 아무라도 신경과민이 될 것이라고 생각하며, 원구(元求)는 좀 전에 동욱(東旭)이가 잠꼬대처럼 한 말의 의미를 되새겨보는 것이었다.

사오 일 지나서였다. 오래간만에 비가 그치고 제법 날이 훤해져서, 잡화를 가득 벌여놓은 리어카를 지키고 섰노라니까, 다 저녁때 원구(元求)의 어깨를 치는 사람이 있었다. 동욱(東旭)이었다. 그는 역시 소매와 깃이 다 처진 저고리와 검은 줄이 간 회색 즈봉을 입고 있었다. 옷이라고는 그것밖에 없는 모양이라, 비에 젖은 것을 그냥 짜서 말리곤 해서 여기저기 구김살이 져 있었다. 그보다는 괴이한 채플린식의 그 검정 단화의 주먹 같은 코숭이가 말이 아니었다. 장화 대용으로 진창을 막 밟고 다녀서 온통 흙투성이였다. 그러한 동욱(東旭)의 꼴에, 원구(元求)는 이상하게 정이 갔다. 리어카를 주인집에 가져다 맡기고 와서 저녁을 같이 하자고 원구(元求)는 동욱(東旭)의 손을 끌었다. 동욱(東旭)은 밥보다도 술 생각이 더 간절하다고 했다. 두 가지 다 먹을 수 있는 집으로 원구(元求)는 동욱(東旭)을 안내했다. 술이 몇 잔 들어가 얼근해지자 동욱(東旭)은 초상화 '주문도리'를 폐업했노라고 했다. 요즘은 양키들도 아주 약아져서 까딱하면 돈을 잘리거나 농락당하기 일쑤라는 것이다. 거기에다 패스 없는 사람의 출입을 각 부대가 엄중히 단속하기 때문에 전처럼 드나들 수가 없다는 것이었다. 며칠 전에는 돈 받으러 몰래 들어갔다가 순찰장교에게 걸려서 하룻밤 몽키하우스의 신세를 지고 나왔다는 것이다. 더구나 요즈음은 국민병[8] 수첩까지 분실했으므로 마음 놓고 거리에 나와 다닐 수도 없다는 것이다. 분실계를 내고 재교부 신청을 하려니까, 그 때문에 동회로 파출소로 사오 차나 쫓아다녀 봤지만 까다롭게만 굴고 잘 들어주지 않는다는 것이다. 까짓것 나중에는 삼수갑산엘 갈망정 내버려 둘 테라고 했다. 그래 차라리 군에라도 들어가 버릴까 싶어, 마침 통역장교를 모집하기에 그 원서를 타러 나왔던 길이노라고 했다. 어디 원서를 좀 구경하자니까 동욱(東旭)은 닝글닝글 웃으며, 수속이 하도 복잡하고 번거로워 아예 단념하고 말았다는 것이다. 동욱(東旭)은 한동안 말이 없이 술잔을 빨고 앉았다가, 가끔 찾아와서 동옥(東玉)을 좀 위로해주라는 것이었다. 세상 사람들이 모두 자기를 조소하고 멸시한다고만 생각하고 있는 동옥(東玉)은 맑은 날일지라도 일절 바깥출입을 않고 두더지처럼 방에만 처박혀 산다는 것이다. 그리고 모든 사람에게 반감을 품고 있다는 것이다. 그러한 동옥(東玉)도 원구(元求)만은 자기를 업신여기지 않고 자연스레 대해준다고 해서 자주 찾아와주기를 여간 기다리지 않는다고 했다. 초상화가 팔리지 않게 된 다음부터의 동옥(東玉)은, 초조와 불안 속에서 한층 더 자신의 고독을 주체하지 못해 쩔쩔맨다는 것이었다. 동욱(東旭)은 그러한 동옥(東玉)이가 측은해 못 견디겠노라 했다. 언젠가처럼, 내가 자네람 동옥(東玉)이와 결혼할 테야, 암 하구말구, 하고 동욱(東旭)은 고개를 주억거리는 것이었다. 술집을 나와서 동욱(東旭)은 이번에도 원구(元求)의 손을 꼭 쥐고 자기는 기어코 목사가 되겠노라고 했다. 동옥(東玉)을 위해서나 자기 자신을 위해서나 그것만이 이 무거운 짐을 조금이라도 덜 수 있는 유일한 길인 것 같다는 것이었다.

그 뒤에 한 번은 딴 볼일로 동래까지 갔던 길에 동욱(東旭)이네 집에 잠깐 들른 일이 있었다. 역시 그날도 장맛비는 구질구질 계속되고 있었다. 우산을 접으며 마루에 올라서도, 동욱(東旭)만이 머리를 내밀고 맞아줄 뿐, 동옥(東玉)의 기척이 없었다. 방에 들어가 보니, 동옥(東玉)은 담요로 머리까지 푹 뒤집어쓰고 죽은 사람처럼 누워 있었다. 이틀째나 저러고 자빠져 있다고 하며 동욱(東旭)은 그 까닭을 설명했다. 동옥(東玉)은 뒷방에 살고 있는 주인 노파에게, 동욱(東旭)이도 모르게 이만 환이나 빚을 주고 있었는데, 노파는 이 집까지도 팔아먹고 귀신같이 도주해버렸다는 것이다. 어제 아침에 집을 산 사람이 갑자기 이사를 왔기 때문에 그 사실을 알았는데, 이게 또한 어지간히 감때사나운[9] 자여서, 당장 방을 비워내라고 위협하듯 한다는 것이다. 말을 마치고 난 동욱(東旭)은, 요 맹꽁이 같은 년아, 글쎄 이게 집이라구 믿고 돈을 줘, 하고 발길로 동옥(東玉)의 옆구리를 걷어찼다. 이년아 이만 환이면 구화로 얼만 줄 아니, 이백만 환이다, 이백만 환이야, 내 돈을 내가 떼였는데 오빠가 무슨 상관이냐구? 그래 내가 없으면 네년이 굶어 죽지 않구 살 테냐? 너 같은 병신이 단 한 달을 독력으루 살아? 동욱(東旭)은 다시 생각을 해도 악이 받치는 모양이었다. 원구(元求)를 위해 동욱(東旭)은 초밥을 만든다고 분주히 부엌으로 들락날락했으나, 원구(元求)는 초밥을 얻어먹자고 그러고 앉아 견딜 수는 없었다. 그보다도 동옥(東玉)이 이틀 동안이나 아무것도 먹지 않고 저러고 누워 있다고 하니, 혹시 동욱(東旭)이가 잠든 틈에라도 몰래 일어나 수면제 같은 것을 먹고 죽어 있지나 않는가 싶어 불안한 생각이 솟았다. 원구(元求)는 조금이라도 더 앉아 견디기가 답답해서 자리를 일어서며, 아무래도 방을 비워주어야 하겠거든, 자기도 어디 구해보겠노라고 하니까, 동옥(東玉)이가 인가(人家) 많은 데를 싫어하기 때문에 이 근처에다 외딴집을 구하는 수밖에 없다는 동욱(東旭)의 대답이었다.

　그 뒤로는 원구(元求)도 생활에 위협을 느끼기 시작했다. 한 달 가까이나 장마로 놀고 보니, 자연 시원치 않은 장사 밑천을 그럭저럭 축내게 된 것이다. 원구(元求)가 얻어 있는 방도 지루한 비에 습기로 눅눅해졌다. 벗어놓은 옷가지며 이부자리에까지도 곰팡이가 끼었다. 그의 마음속에까지 곰팡이가 스는 것 같았다. 이런 날 이런 음산한 방에 처박혀 있자니, 동욱(東旭)과 동옥(東玉)의 일이 자연 무겁고 우울하게 떠오르는 것이었다. 점심때가 거의 되어서 원구(元求)는 퍼붓는 비를 무릅쓰고 집을 나섰다. 오늘은 동욱(東旭)이와 마주 앉아 곰팡이 슨 속을 씻어 내리며, 동옥

(東玉)이도 위로해줘야겠다고 생각하고, 원구(元求)는 술과 통조림을 사들고 찾아갔다. 낡은 목조 건물은 전과 마찬가지로 금방 쓰러질 듯이 빗속에 서 있었다. 유리 없는 창문에는 거적도 그대로 드리워 있었다. 그러나, 동욱(東旭)이, 하고 원구(元求)가 불렀을 때, 곰처럼 마루로 기어 나오는 사나이는 동욱(東旭)이가 아니었다. 이 집에서 살던 젊은 남녀는 어디 갔느냐는 원구(元求)의 물음에, 우락부락하게는 생겼으되 맺힌 데가 없이 어딘가 허술해 보이는 사십 전후의 그 사나이는, 아하 당신이 정(丁) 뭐라는 사람이냐고 하고, 대답 대신 혼자 머리를 끄덕끄덕하는 것이었다. 원구(元求)가 재차 묻는 말에 사나이는 자기가 이 집 주인이노라 하고 나서, 동욱(東旭)은 외출한 채 소식 없이 돌아오지 않게 되었고, 그 뒤 동옥(東玉) 역시 어디로 가버렸는지 모르겠다는 것이었다. 동욱(東旭)이가 안 돌아오는 지는 열흘이나 되었고, 동옥(東玉)은 바로 이삼 일 전에 나갔다는 것이다. 원구(元求)는 더 무슨 말이 없이 서 있었다. 한 손에 보자기 꾸러미를 들고 한 손으로는 우산을 받고 선 채, 원구(元求)는 사나이의 얼굴만 멍하니 바라보는 것이었다. 원구(元求)는 그대로 발길을 돌려 몇 걸음 걸어 나가다가 되돌아와 보자기에 싼 물건을 끌러 주인 사나이에게 주었다. 이거 원, 이거 원, 하며 주인 사나이는 대뜸 입이 헤 벌어졌다. 그리고는 자기 여편네와 아이들이 장사 나갔기 때문에 점심 한 그릇 대접할 수는 없으나, 좀 올라와 담배라도 피우고 가라고 권하는 것이었다. 무슨 재미로 쉬어가겠느냐고 하며 원구(元求)가 돌아서려니까, 주인은, 잠깐만 하고 불러 세우고 나서, 대

단히 죄송하게 되었노라고 하며 사실은 동옥(東玉)이가 정(丁) 누구라고 하는 분이 찾아오면 전해 달라고 편지를 맡기고 갔는데, 그만 간수를 잘못해서 아이들이 찢어 없앴다는 것이다. 그래도 아무 말을 않고 멍하니 서 있는 원구(元求)를, 주인 사나이는 무안한 눈길로 바라보며 동욱(東旭)은 아마 십중팔구 군대에 끌려 나갔을 거라고 하고, 동옥(東玉)은 아이들처럼 어머니를 부르며 가끔 밤중에 울기에, 뭐라고 좀 나무랐더니 그 다음날 저녁에 어디론가 나가버렸다는 것이다. 죽지나 않았을까, 자살을 하든, 굶어 죽든…… 하고 혼잣말처럼 중얼거리며 돌아서는 원구(元求)의 등에다 대고, 중요한 옷가지랑은 꾸려가지고 간 모양이니 자살할 의사는 없었음이 분명하고, 한편 병신이긴 하지만, 얼굴이 고만큼 반반하고서야,[10] 어디 가 몸을 판들 굶어 죽기야 하겠느냐고 주인 사나이는 지껄이는 것이었다. 얼굴이 고만큼 반반하고서야 어디 가 몸을 판들 굶어 죽기야 하겠느냐는 말에, 이상하게 원구(元求)는 정신이 펄쩍 들어, 이놈 네가 동옥(東玉)을 팔아먹었구나, 하고 대들 듯한 격분을 마음속 한구석에 의식하면서도, 천근의 무게로 내리누르는 듯한 육체의 중량을 감당할 수 없어 그는 말없이 발길을 돌이켰다. 이놈, 네가 동옥(東玉)을 팔아먹었구나, 하는 흥분한 소리가 까마득히 먼 곳에서 자기를 향하고 날아오는 것 같은 착각에 오한을 느끼며, 원구(元求)는 호박 덩굴 우거진 밭두둑 길을 앓고 난 사람모양 허전거리는[00] 다리로 걸어 나가는 것이었다.

생활적 生活的

 아침이 되어도 동주(東周)는 일어날 생각을 하지 않는다. 송장처럼 그는 움직일 줄을 모른다. 그만큼 그의 몸은 지칠 대로 지쳐 버린 것이다. 몸뿐이 아니다. 마음도 곤비(困憊)할 대로 곤비해 있었다. 심신이 걸레 조각처럼 되는 대로 방 한구석에 놓여 있는 것이다. 걸레 조각처럼! 이것은 진부한 표현일지 모른다. 그렇지만 동주(東周)의 주제를 나타내는 데 이에서 더 적절한 말은 없을 것이다. 기름기 없이 마구 헝클어진 머리털, 늙은이같이 홀쭉하니 졸아든 채 무표정한 얼굴, 모서리가 닳아서 너슬너슬해진 담요로 싸고 있는 야윈 몸뚱이, 그러한 꼴로 방 한편 구석에 극히 작은 면적을 차지하고 누워 있으니 말이다. 정물(靜物)인 듯 가만히 있다가도, 반시간이 못 가서 그는 한 번씩 돌아눕곤 한다. 거적만 깔았을 뿐인 마루방이라 파리한 엉덩뼈가 아파서 한 모양대로 오래 누워 견디지 못하는 것이다. 몸을 움직일 때마다 집 전체가 한쪽으로 기울어지는 것 같아 동주(東周)는 눈을 떠본다. 정말 집이 약간 흔들리는지도 모른다. 세운 지 오랜 판잣집이어서 그렇게 맥을 못 추는 것이다. 두 칸 분수²는 실히 되게 지어가지고, 판자로 절반을 막아버렸다. 그래서 방이 둘, 두 세대가 들어 살 뿐 아니라, 소유권도 두 사람이 가지고 있는 것이다. 방구석에 누더기처럼 놓여 있지만 동주(東周)는 그래도 어엿이 이 방의 주인인 것이다. 이른 조반을 먹고 춘자(春子)가 공장에 간 뒤, 방은 빈 듯이 고요하다. 다만 순이(順伊)의 신음 소리와, 봉수(鳳洙)의 식기 다루는 소리가 옆방에서 들려올 뿐이었다. 봉수(鳳洙)는 옆방의 소유주다. 평안도 사투리를 그대로 쓰는 사십 전후의 건장한 사나이다. 해방 전에 만주에서 관헌을 끼고 공공연하게 아편 장사를 했다는 것과, 지금까지 백 명 이상의 여자를 상대해보았다는 것이 그의 자랑이었다. 식구라곤 장기간 병와중인 열네 살 먹은 딸뿐이다. 순이(順伊)라고 한다. 뒷간 출입도 온전히 못 하는 순이(順伊)는 진종일 누운 채 그 무겁고 단조로운 신음 소리를 내는 것이 일이었다.

"으응, 으응, 으응."

그것은 마치 무덤 속에서 송장이 운다면 저러려니 싶은, 듣는 사람에게 어쩔 수 없이 죽음을 생각게 하는 암담한 소리였다. 처음 듣는 사람이면 누구나 소름이 돋칠 것이다. 동주(東周)가 어렸을 때 물귀신 운다는 말이 동네에 돌았다. 사람이 빠져 죽은 앞강에서, 해만 지면 '우우, 우우' 하고 물귀신이 운다고들 하며 어른들도 겁을 냈다. 동주(東周)는 명확히 그런 소리를 듣지는 못했지만 어둡기만 하면 혼자는 뒷간에도 못 나갔던 것이다. 순이(順伊)의 신음 소리를 들으며 물귀신 운다는 소리가 연상되어 처음 얼마 동안 동주(東周)는 잠자리까지 어수선했던 것이다. 순이(順伊)는 밤에도 자는 것 같지 않았다. 밤낮 없이 누워서 신음 소리만을 내는 것이었다. 그것은 마치 신음 소리를 내기 위해서 장치한 기계와도 같았다. 동주(東周)는 종내 어느 날 순이(順伊)에게 물어보았다.

"너 어째서 그렇게 밤낮 신음 소리를 지르니? 그렇게 죽어 오게 아프냐?"

순이(順伊)는 얼굴을 찡그렸다.

"그럼 어떻게 해요. 그냥은 심심해서 못 견디겠는걸."

그때부터 동주(東周)는 무겁고 암담한 순이(順伊)의 신음 소리를 아껴주기로 한 것이다. 그 신음 소리는 머지않아 죽을지도 모르는 순이(順伊)의 최선을 다한 생활이었기 때문이다. 아침이면 제 손으로 밥을 지어먹고, 봉수(鳳洙)는 날마다 그러한 딸을 혼자 남겨둔 채 장사를 나가는 것이다. 그의 장사라는 것이 또한 극히 수상한 종류였다. 봉수(鳳洙)가 조석으로 들고 나가고 들고 들어오는 보스턴백에는 언제나 여남은 통의 성냥이 들어 있는 것이다. 자기 말로는 성냥 장사를 한다는 것이지만 암만해도 그 말이 곧이 믿어지지가 않았다. 이 집을 양도해주고 환도한 천식(天植)이가, 그때 동주(東周)의 귀에다 입을 대고,

"사실은 저자가 성냥 행상을 가장하고, 마약 장사를 하는 거라네. 조심하게."

이렇게 귀띔을 해주고 간 탓이겠지만, 동주(東周)가 보기에도, 돈과 여자라면 사족을 못 쓰는 봉수(鳳洙)가 결코 성냥통이나 팔러 다닐 골생원은 아니었다. 그러한 봉수(鳳洙)는 성냥이 들어 있는 보스턴백을 한 손에 들고 집을 나가는 길에 으레 들창 너머로 동주(東周)의 방을 들여다보는 것이다.

"미스터, 고(高)상, 그럼 댕게 오뤠다. 쌀은 일어서 물에 당가 놨쉐다."

순이(順伊)에게 흰죽을 쑤어 먹여달라는 의미인 것이다. 동주(東周)는 언제나처럼 들은 체 만 체 누워 있을 따름이다. 봉수(鳳洙) 역시 대답을 기다리는 것은 아니다. 제멋대로 코를 벌름거리며,

"그래두 이 방에는 분 냄새랑 구리무 냄새가 막 풍기구 괜티 않아."

싱글거리고 천천히 돌아서서 언덕을 내려가는 것이다. 동주(東周)는 그 '미스터, 고(高)상'이 질색이었다. 요즘도 부산 거리에서는 자주 '긴상'이니 '복상'이니 하는 소리를 듣거니와, 그때마다 동주(東周)는 '우메보시'[3] 맛이 연상되어 입 안이 시금떨떨해지며 군침이 고여서 야단이었다. 마찬가지로 '미스터 이(李)'니 '미스터 고(高)'니 하는 말을 들을라치면 까닭 없이 구역이 났다. 더구나 봉수(鳳洙)는 그냥 '미스터 고(高)'라고 부르는 게 아니라, 반드시 '미스터 고(高)상'이다. 그뿐이 아니라 그는 또한 춘자(春子)를 으레 '미세스 하루꼬상'이라고 부르는 것이다. 그게 춘자(春子)에게도 이상했던지, 남의 이름을 왜 그렇게 서양식으로만

부르느냐고 물은 적이 있다. 그때 봉수(鳳洙)는 물어주기를 기다리고나 있었던 듯이, 도리어 춘자(春子)가 당황해할 정도로 장광설을 휘두르는 것이었다. 인간이란 시대의 추세에 민감하지 않아서는 안 된다는 것이다. 시대가 어떻게 움직이는가를 잘 보아가지고, 언제나 그 시대에 맞게 행동해야 된다는 것이다. 시대에 뒤떨어져서 허덕이거나, 시대의 중압에 눌려 버둥거리지만 말고, 시대와 병행하며, 그 시대를 최대한으로 이용해야만 된다고 했다. 결국 인간이란 수하를 막론하고, 종국적인 목적은 돈 모으는 데 있다는 것이다. 여하한 권세나 지위도, 여하한 명성이나 인기도, 따지고 보면 결국은 돈 모으기 위하는 데 있고, 또한 돈 앞에 굴하지 않는 것이란 없다고 했다. 그리고 돈만 있을 말이면 양귀비나, 삼천 궁녀라도 거느릴 수 있다는 것이다. 그러기 자기는 어떠한 시대에나 돈 모으는 데는 자신이 있다는 것이었다. 왜정 시대에는 만주에서 북지로 넘나들며, 엄금되어 있는 아편 장사를 대대적으로 하였고, 이북에 있을 때에는 그렇게 악착같이 들볶는 공산주의자들 틈에서 그래도 고래 등 같은 기와집이 일 년에 한두 채씩 꼭꼭 늘어갔노라고 했다. 이제 앞으로 일이 년이면 자기는 또 여기서도 판을 치고 돌아갈 터이니 두고 보라는 것이다. 그렇기 때문에 자기는 지금 영어 공부를 하고 있노라고 했다. 봉수(鳳洙)는 호주머니에서 표지가 떨어져나간 영어 회화책까지 꺼내 보이며 현대는 영어 만능 시대이니만큼, 영어를 몰라가지고는 우쭐거릴 수 없다는 것이다. 일어, 중국어는 이를 것도 없고, 재북시에는 노어에도 능숙했기 때문에, 자기는 현재, 한국어, 일어,

지나어, 노어 등 사 국어에 통달한데, 앞으로 일 년만 지나면 영어에도 자신이 설 터이니 그리 되면 오 개 국어에 능통하게 된다는 것이다. 영어에만 통하면 돈벌이가 무진장으로 있다고도 했다. 자기는 요즘은 매일 몇 차례씩은 거리에서 미군을 붙잡고 영어 연습을 한다는 것이다. 그래서 그런지 한국 사람에게 대해서도 저절로 '미스터'나 '미세스'나 '미스'를 붙여서 불러질 뿐 아니라, 그래야만 멋이 난다는 것이다. 그러고는 누워 있는 동주(東周)를 경멸의 시선으로 넌지시 넘겨다보며, 학교 공부를 해서 영어도 제법 한다면서 왜 만날 저러고만 누워 있느냐고 했다. 몸이 허약한 탓도 있겠지만 그까짓 건강 따위는 마음 하나에 달렸다는 것이다. 자기가 동주(東周)만큼만 현대적 학문을 쌓았다면 지금도 발에 흙을 안 묻히고 다니리라는 것이다. 그렇게 한바탕 연설조로 지껄이고 난 봉수(鳳洙)는, 이마의 땀을 문대고 나서 호색적인 눈으로 춘자(春子)의 전신을 훑어보다가,

"미세스, 하루꼬상은 처음 왔을 때보다 몸이 부쩍 파리했습니다. 미스터 고(高)상이 약질이니까 잠자리가 고된 탓두 아닐 텐데……"

그러고는 개가 구역질을 하듯 꾸룩꾸룩 이상한 소리로 웃어 보이는 것이었다. 그동안 동주(東周)는 그린 듯이 누워 있었다. 훈기에 섞여 배어드는 지린내와 구린내를 어쩔 수 없듯이, 젖은 옷처럼 전신에 무겁게 감겨드는 우울을 동주(東周)는 참고 견디는 도리밖에 없다고 생각하는 것이었다. 오늘날까지 삼십여 년간 모든 것을 참고 견디어만 오지 않았느냐! 죽음까지도 참고 살아오

지 않았느냐 말이다. 동주(東周)의 감은 눈에는 포로수용소 내에서 적색 포로에게 맞아 죽은 몇몇 동지의 얼굴이 환히 떠오르는 것이었다. 따라서 올가미에 목을 걸린 개처럼 버둥거리며 인민재판장(人民裁判場)으로 끌려 나가던 자기의 환상을 본다. 동시에 벼락같이 떨어지는 몽둥이에 어깨가 절반이나 으스러져 나가는 것 같던 기억. 세번째의 몽둥이가 골통을 내려치자 '윽' 하고 쓰러지던 순간까지는 뚜렷하다. 동주(東周)는 그만 가위에 눌린 때처럼 '어, 어' 하고 외마디 신음 소리를 지르고 몸을 꿈틀거려 돌아눕는 것이다. 이마에는 식은땀이 약간 내배는 것이었다. 옆방에서는 한결같이 순이(順伊)의 신음 소리가 들려오고 있었다. 그 암담한 소리는 순이(順伊)도 자기도 살아 있다는 유일한 신호였다. 살아 있다는 것은 동주(東周)에게 있어서 그냥 견딜 수 없이 뻐근한 상태일 뿐이었다. 무엇이든──하다못해 공기나마 담고 있어야 하는 항아리처럼, 그의 머리와 가슴속에는 희망을──아니면 절망이나 공허라도 채워져 있어야 하니까 말이다. 순이(順伊)의 신음 소리를 들으며 동주(東周)는 한동안을 더 그러고 누워 있었다. 그는 누운 채 한 손을 사타구니로 가져갔다. 거기에 달린 물건을 꽉 틀어쥐었다. 아까부터 소변을 참아온 것이다. 동주(東周)는 움직이지 않고 이대로 더 오래 누워 있고 싶었다. 견디어본다. 오 분, 십 분 정도. 동주(東周)는 마침내 더 못 참고 일어나고야 만다. 오줌 방울을 찔끔거리며 그는 문을 차고 달려 나가는 것이다. 동주(東周)는 일어난 김에 순이(順伊)에게 죽을 쑤어주어야겠다고 생각했다. 소변을 보고 나서 그는 옆방으로 갔다. 마치 벌집을 쑤셔

놓은 것처럼 파리떼가 방 안 가득히 윙윙 날고 있었다. 그런 속에서 순이(順伊)는 말없이 고개를 젖혀 쳐다보았다. 동주(東周)도 묵묵히 순이(順伊)의 얼굴을 내려다보고 나서 석유풍로에 불을 댕겼다. 순이(順伊) 아버지가 준비해놓고 나간 냄비를 그 위에 얹었다. 순이(順伊)는 그냥 멀거니 동주(東周)를 보고 있었다. 순이(順伊)는 석 달 동안이나 꼬박 누워 있는 것이다. 순이(順伊) 아버지는 한 번도 환자를 병원에 데리고 가거나 의사를 청해다 보이려 하지 않았다. 그 이유는 극히 단순했다. 자기는 사십 평생에 병으로 인해 귀중한 돈을 낭비해본 일이 없다는 것이다. 말하자면 웬만한 병쯤은 내버려둬서 저절로 낫게 해야 된다는 것이다. 무슨 병이든 날 때 되면 낫고야 만다는 것이다. 저절로 낫지 않는 병이라면 아무리 돈을 써도 소용없다는 것이다. 사람이란 누구나 자기의 명수(命數)를 타고났거늘, 어찌 인력으로 생사를 좌우할 수 있겠느냐는 것이다. 그러니 병명조차 모르는 채 순이(順伊)의 몸은 나날이 못해만 갔다. 푹 꺼져 들어간 순이(順伊)의 두 눈에는 빛이 없었다. 피부색도 희다 못해 푸른 기운이 도는 것 같았다. 순이(順伊)는 죽음을 기다리고 있을지도 모른다고 생각했다. 동주(東周)는 벌써부터 그렇게 생각해오는 것이었다. 동주(東周)는 다가앉아 얼굴을 들여다보며 벼르던 말을 물었다.

"너 죽고 싶으냐?"

소녀는 금시 얼굴이 긴장해졌다. 퀭한 눈으로 동주(東周)의 얼굴을 지켜보는 것이었다. 순이(順伊)는 필시 자기의 말을 잘못 알아들었거나, 오해한 것이라고 동주(東周)는 생각했다. 좀더 분명한 음성으로 다시 물었다.

"죽고 싶지?"

소녀는 약하기는 하나 날카롭게 "으악" 소리를 지르고 담요로 얼굴을 쌌다. 순이(順伊)는 전신을 와들와들 떨기 시작했다. 흰자 많은 동주(東周)의 눈이 담요 속에 감춰진 순이(順伊) 얼굴을 원망스럽게 노려보고 있었다.

춘자(春子)가 공장에서 돌아오기 전에 동주(東周)는 물을 두어 양동이 길어다놓아야 하는 것이다. 물 바른⁴ 부산, 가뜩이나 이런 산꼭대기에서는 그게 결코 용이한 일이 아니었다. 샘터까지는 십오 분 이상 걸렸다. 판잣집과 판잣집 사이의 좁은 길을 빠져나가면 산허리에 간신히 알아볼 정도로 발이 붙지 않는 비탈길이 있다. 그 길을 얼마간 돌아가면 범 형상을 한 바위 밑이라서 범바위 우물이라는 샘이 있다. 그리로 통하는 길 언저리에는 맨 똥이다. 거기뿐 아니라 이 부근 일대는 도대체가 똥오줌 천지였다. 공기마저 구린내에 절어 있는 것이었다. 이곳 판잣집들에는 변소가 없었다. 그러므로 여기 주민들은 대소변에 있어서 아주 개방적이었다. 남녀노소의 구별 없이 누구나 빈 터를 찾아 나와 아무데고 웅크리고 앉아 용변을 하는 것이다. 앞으로는 훤히 트인 바다를 내려다보고, 맑게 갠 하늘이랑 우러러보며 동주(東周)도 별수 없이 어디든 쪼그리고 앉아 뒤를 보곤 했다. 소변 같은 건 아무것도 아니었다. 옆방의 봉수(鳳洙)는 문턱에 서서 냅다 갈기기가 보통이었다. 다른 집에서들도 거개가 그랬다. 그렇기 때문에 이 산 전체가 거름 더미같이 지린내와 구린내를 쉴 사이 없이 발산하는 것이었다. 밤에는 말할 나위도 없거니와, 낮이라도 조금만 부주의하면 똥을 밟기가 예사였다. 우물터에 가고 오는 길에서 동주(東周)는 여러 번 그 지독하게 독한 인분을 밟고 얼굴을 찡그렸다. 그런 때 동주(東周)에게는 이 일대 주민들이 온통 구더기처럼만 보이는 것이었다. 이 방대한 거름 더미에서 무수히 꿈틀거리고 있는 구더기, 구더기. 샘터 또한 동주(東周)에게는 적잖이 무서운 곳이었다. 함경도 사투리와 평안도 사투리를 쓰는 아주머니들에게 동주(東周)는 걸핏하면 괄시를 받았다. 샘터에는 언제나 십여 명의 여인네가 북적대고 있었다. 많은 때는 이십여 명이나 들끓었다. 차례로 서서 순서를 기다리는 것이 아니다. 우물을 둘러싸고 제각기 바가지로 긁어내는 것이다. 어깨들을 비벼대며 달라붙어 물을 퍼내는 아주머니들 틈에 동주(東周)는 좀체 뚫고 들어가 한몫 끼일 용기가 나질 않는다. 양동이를 든 채 남의 뒤로만 빙빙 돈다. 그러나 요행 한 사람이 삐어져 나오는 틈을 타서 어깨를 들이밀면 어느새 뛰어들었는지 옆에 섰던 아주머니가 팔꿈치로 동주(東周)의 옆구리를 밀어내는 것이다.

"남뎡[5] 어런이 왜 점잖디 못하게 이르케 덤베때리우."

동주(東周)는 밀려나와 또 남의 뒤로만 서서 돌며 기회를 기다리는 것이다. 그러다 한참 만에 간신히 한 양동이 퍼놓으면 이번엔 들고 오는 게 큰일이다. 물통을 든 편으로 허리가 반이나 휘어진 채 다른 한쪽 손을 연신 내저으며 걷기 시작하는 것이다. 물이 넘어서 양복 가랑이와 발을 적신다. 전신에 땀이 비 오듯 흘러내린다. 게다가 고르지 못한 비탈길이라 얼마를 못 가서 허리가 켕기고 숨이 가빠진다. 출렁 소리가 나게 양동이를 내려놓는다. 그나마 십여 차나 쉬어가지고 집에까지 돌아온 때는 양동이의 물이 반밖에 남아 있지 않는 것이다. 그렇게 두서너 번 샘터를 다녀오면 동주(東周)는 그만 견딜 수 없는 피로에 짓눌리는 것이다. 그의 몸이 극도로 허약해진 것은 사실이다. 포로수용소에 있을 때보다 추세기는커녕[6] 더 꺼져 들어가는 것이 분명했다. 주체하기 힘들도록 무거워진 몸을 방 안으로 옮겨간다. 쓰러지듯이 동주(東周)는 한구석에 누워버리는 것이다. 그리고 지린내와 구린내 속에서 그는 파리와 벼룩의 엄습을 참고, 한 시간이든 두 시간이든 또 죽은 듯이 누워 있는 것이다. 그동안 동주(東周)는 옆방에서 들려오는 순이(順伊)의 그 무거운 신음 소리를 들으며 순이(順伊)보다는 되레 자기가 먼저 죽을지도 모른다는 생각을 해보기도 하는 것이다. 그러면 춘자(春子)와 봉수(鳳洙)가 저녁때 돌아와서 얼마나들 놀랄까? 그 당황해하는 꼴을 생각하며 동주(東周)는 오래간만에 실로 오래간만에 미소 같은 것을 얼굴에 그려보는 것이다. 춘자(春子)나 봉수(鳳洙)가 놀란다고 해도 그것은 물론 동주(東周)를 애석히 여겨서가 아니다. 도리어 봉수(鳳洙)는 춘자(春子)와 이 집을 독점할 수 있게 되어 은근히 만족해할 것이다. 다만 송장을 치우는 데 약간의 비용이 든다는 것과, 주검에 대한 본능적인 공포가 그들을 잠시 무의미하게 놀래줄 것뿐이다. 하기는 동주(東周)와 춘자(春子)와의 관계 자체가 또한 그렇게 무의미한 것이기는 했다.

  동주(東周)가 반공포로 수용소를 나온 것은 두어 달 전 일이었다. 근 일주일이나 낯선 집에서 신세를 졌다. 그러던 어느 날 목욕탕에서 돌아오는 길에 동주(東周)의 어깨를 붙잡는 사람이 있었다. 육 년 만에 보는 천식(天植)이었다. 그는 바로 동주(東周)의 소학 동창일 뿐 아니라 팔촌 처남이기도 했다. 그때는 모든 사람이 반공포로 석방에 감격하여 극도로 흥분해 있던 시기다. 천식(天植)은 이제부터 우리 생사를 같이하세 하며 동주(東周)의 손을 아프도록 잡아 흔들었던 것이다. 그날 저녁으로 동주(東周)는 데리러 온 천식(天植)을 따라나섰다. 장마로 질척거리는 판잣집촌의 좁은 언덕길을 몇 번이나 굴러날 뻔하면서 그때 천식(天植)에게 안내되어온 집이 바로 지금 동주(東周)가 목석같이 누워 있는 이 방이었던 것이다.

 천식(天植)에게는 노모와 자기 부처 외에 어린애 둘이 있었다. 그는 6·25 사변 전에 월남해 있었다. 일주일이 못 가서 천식(天植)의 노모와 그 부인은 동주(東周) 앞에서 노골적으로 좋지 않은 얼굴을 했다. 방도 좁고 거북한 점이 많으므로 잠만은 봉수(鳳洙)의 방에 가 자기로 했다. 당시도 순이(順伊)는 병석에 누워 지냈다. 천식(天植)이네 식구들은 순이(順伊)를 폐병이라고 하며 몹시 꺼렸다. 그 뒤로는 동주(東周)가 방에 드나드는 것도 싫어했다. 마침내는 식사도 아이를 시켜 옆방으로 날라 왔다. 동주(東周)는 봉수(鳳洙)와 마주 앉아 수저를 놀리며 자기가 살아 있다는 것에 무의미를 느끼는 것이었다. 얼른 어떻게든 해야겠는데 하고 초조해 하면서도 어떻게 하는 도리가 없었다. 송장처럼 외계의 힘을 빌리지 않고는 적극적으로 자신을 움직여보지 못하는 위인이었다. 이북에 있을 때만 해도 가까운 친구들이 모두 재빠르게 월남을 했건만 동주(東周)만은 만날 벼르기만 하다가 종시 못 넘어오고 만 것이라든지, 사변이 터지자 남들은 죽기를 기 쓰고 공산군에 나가기를 기피했건만, 그는 끝끝내 숨어 견디지 못하고 마침내 끌려 나가고야 말았던 것도 결국은 동주(東周) 자신의 이러한 성격에 원인이 있었던 것이다. 곤경에 직면하게 되면 그것을 극복하기 위해 끝까지 버둥거려 보는 것이 아니라, 어떻게든 될 대로 되겠지 하고 막연히 시간의 해결 앞에 내맡겨버리고 마는 동주(東周)였다. 그렇기 때문에 그때도, 쉽사리 직장은 얻어걸릴 것 같지 않았고 눈에 보이게 건강은 점점 나빠만 가서 어떻게든 될 대로 되기를 기다리며, 순이(順伊) 옆에 종일 누워 지내는 날이 많았던 것이다. 순이(順伊)는 동주(東周)를 좋아하지 않았다. 결코 웃음이라고는 떠오르는 일이 없을뿐더러, 흰자 많은 눈을 이상하게 위로 치뜨며 사람을 쏘아보는 버릇이 있는 동주(東周)를 순이(順伊)는 무서워했던 것이다. 순이(順伊)는 쉬지 않고 신음 소리를 내고, 동주(東周)는 끊임없이 그 소리를 들으며, 말 한마디 건네는 일 없이 파리가 왕왕거리는 무더운 방에 그러고들 누워 지냈던 것이다. 그러한 동주(東周)에게 정말 어떻게든 되기는 되었다. 그것은 환도하는 직장을 따라 천식(天植)이네가 서울로 올라가버린 것이다. 천식(天植)이는 떠날 때, 방의 소유권을 동주(東周)에게 양도해주는 동시에, 쌀 한 말과 현금 삼백 환을 남겨 주고 간 것이었다. 그런 지 이삼 일 뒤에 동주(東周)는 거리에서 뜻밖에도 춘자(春子)를 만났던 것이다. 춘자(春子) 편에서 먼저 걸음을 멈추고 동주(東周)를 빤히 쳐다보았다. 동주(東周)도 춘자(春子)를 마주 보았다. 어디서 본 듯한 얼굴이기는 한데 누군가가 기억에 얼른 떠오르지 않았다. 춘자(春子)가 먼저 말을 걸었다.

"저── 실례지만 경도(京都) '히가시야마'(東山) 중학교 다니지 않았어요?"

어딘가 발음이 이상했다. 동주(東周)가 그렇다고 하니까, 그러면 미야다 도시오를 알겠느냐고 물었다. 그제야 동주(東周)는 앞에 서 있는 여자의 얼굴에서 중학 동창인 미야다 도시오의 어린 여동생의 모습을 발견할 수가 있었다. 그러면 당신은 미야다의 여동생이 아니냐고 그제야 놀랐다. 여자는 이번에는 일본말로 자기는 미야다의 누이동생인 하루꼬라고 했다. 그리고는 대뜸 눈물이 글썽글썽해지는 것이었다. 춘자(春子)는 되레 제 편에서 동주(東周)를 가까운 중국 음식집으로 끌고 들어갔다. 거기서 춘자(春子)는 자기가 겪어온 파란중첩한 과거를 눈물 섞어 이야기하는 것이었다. 해방되던 해 봄에 한국 청년과 결혼해가지고 해방이 되자 곧 남편을 따라 한국으로 나왔다는 것이다. 남편의 고향인 전라도에 가 살다가, 여수 순천 반란 사건통에 경찰에서 일보던 남편은 학살당했다. 그 뒤 일본에 돌아가려고 부산에 오기는 했으나, 호적초본이 있어야 외무부에 정식 수속을 밟을 수 있는데, 친정과 연락이 취해지지 않아서 여태 돌아가지 못하고 있노라는 것이었다. 부산에 와서 삼 년 이상, 아는 사람 하나 없는 낯선 고장에서 약한 여자의 몸으로 목숨을 이어오기가 얼마나 고달팠는지 모른다는 것이었다. 현재는 어떤 피복 공장에 다니며 간신히 입에 풀칠을 해간다고 했다. 춘자(春子)는 동주(東周)를 오빠라고 불렀다. 이런 데서 오빠를 만나게 되니 물에 빠진 사람이 배를 만난 것같이 든든하다는 것이었다. 동주(東周)는 솔직히 지금의 자기 처지를 말하고 나서 힘이 되어주지 못해 유감이노라고 했다. 춘자(春子)의 얼굴에는 일시 실망의 빛이 어렸으나, 자기는 무슨 물질적인 조력을 바라는 것이 아니니, 정신적으로나마 극력 붙들어달라는 부탁이었다. 동주(東周)는 할 말이 없었다. 요즘은 줄어서 열두 관 얼마밖에 안 나가는 자기의 육체 속에 도대체 얼마만 한 정신적 알맹이가 들어 있을까를 생각해보는 것이었다. 그것은 남을 붙들어주기는 고사하고 자기의 고깃덩이마저 주체하지 못해 일그러져 가고 있지 않느냐. 동주(東周)는 견딜 수 없는 피로를 의식하며 묵묵히 젓가락을 놀리는 것이었다. 춘자(春子)는 거의 강제로 그날 동주(東周)를 따라와서 집까지 알고야 돌아갔던 것이다.

옆방에서 순이(順伊)의 신음 소리가 뚝 그쳤다. 죽은 듯이 누워 있던 동주(東周)는 눈을 떴다. 그리고 판장 너머로 귀를 재웠다. 그는 천천히 하나, 둘, 셋, 하고 입속으로 세기 시작하는 것이다. 백을 세도록 옆방에서 아무 기척도 없으면 동주(東周)는 순이(順伊)가 절명했다고 생각하기로 한 것이다. 그러나 대개는 동주(東周)가 백까지 세기 전에 순이(順伊)는 다시 신음 소리를 계속하거나 깡통에다 오줌 누는 소리를 내는 것이었다. 어떤 때는 구십을 넘어 세도록 옆방이 고즈넉하기도 했다. 그런 때는 흰자 많은 동주(東周)의 눈이 오래간만에 약간 광채를 띠는 것 같기도 했다. 어제 일이었다. 백을 세도록 옆방에서 아무 소리도 나지 않았다. 동주(東周)의 숨이 가빠졌다. 그는 제법 벌떡 일어났다. 틀림없이 그는 순이(順伊)가 죽었다고 생각한 것이다. 숨이 졌을 순이(順伊)의 얼굴을 여러 모양으로 상상하며 동주(東周)는 옆방으로 돌아가 보았다. 금년치고 최고로 더운 날인데도 문이 닫힌 채로 있었다. 판자문을 반쯤 열고 머리를 기웃한 동주(東周)의 눈에 해괴한 광경이 홱 비친 것이다. 수건 하나 가리지 아니한 알몸으로 순이(順伊)는 누운 채 허리를 굽혀 자기의 사타구니를 열심히 들여다보고 있는 것이었다. 자연 동주(東周)의 시선도 순이(順伊)의 사타구니로 끌렸다. 그 어느 한 부분에 쌀알보다 작은 생명체가 여러 마리 꼬무락거리고 있는 것이 눈에 띄었다. 동주(東周)는 그게 이가 아닌가 생각했다. 순이(順伊)도 그때야 깜짝 놀라 동주(東周)를 흘겨보며 담요로 몸을 가렸다. 곧 자기 방으로 돌아온 동주(東周)는 그제야 그 조그만 생물들이 이가 아니라 구더기인 것을 깨달았던 것이다. 순이(順伊)는 이제 오래지 않아 죽을 거라고 동주(東周)는 생각했다. 오히려 자기가 먼저 죽을지도 모른다고도 생각해보는 것이었다.

문밖에서 인기척이 났다. 신발 소리로 봉수(鳳洙)임에 틀림없다고 판단하는데 정말 문이 열렸다. 그는 언제나 자기 방으로 들어가기 전에 동주(東周)의 방에부터 먼저 들르는 것이었다. 봉수(鳳洙)는 보스턴백을 옆에 놓고 자리에 앉기가 바쁘게 자기 방 쪽으로 귀를 기울이는 것이다. 순이(順伊)의 신음 소리를 분명히 듣

고 난 봉수(鳳洙)는,

"오늘두 무사했군. 괜스레 죽었을까 봐 걱정하면서 왔더니."

하고, 버릇처럼 입맛을 다시는 것이었다. 그 말을 들을 적마다 동주(東周)는 언어가 지니는 무거운 우울을 견뎌내야 하는 것이다. 왜냐하면 기실 순이(順伊)가 하루라도 속히 죽기를 기다리고 있는 봉수(鳳洙)였기 때문이다. 순이(順伊)는 그의 친딸이 아니었다. 8·15 해방 이후, 평양에 돌아와서 얻은 여자의 전부(前夫) 자식이다. 순이(順伊) 어머니는 순이(順伊) 하나를 데리고 과부로 늙으며 큰 포목전을 경영하고 있었다. 장삿속에는 귀신같은 여인이었다. 그 여자의 장사 수완과 재산에 미친 봉수(鳳洙)는 제 편에서 억지로 뛰어들다시피 해서 남편이 되었던 것이다. 유엔군 평양 철수시, 오랜 세월을 정들여온 집과 알뜰한 살림을 성큼 놓고 오지 못해, 순이(順伊) 어머니만은 남았다가 천천히 뒤로 오기로 하고, 우선 봉수(鳳洙)와 순이(順伊)만이 한걸음 앞서 피난해 왔던 것이다. 그 후 오늘까지 순이(順伊) 어머니의 소식은 알 길이 없었다. 봉수(鳳洙)는 동주(東周)네 방에 들어와 앉으면 쉽사리 움직이려 하지 않았다. 벽에 걸려 있는 춘자(春子)의 덮은7 슈미즈나 스커트 같은 것을 유심히 둘러보며,

"이 방에 들어와 앉으문 그래두 죽신하니8 여자 냄새가 풍게서 일어나구 싶디가 않아."

그러고는 누워 있는 동주(東周)를 상대로 여자 얘기를 끄집어내는 것이다. 동주(東周)야 대답을 하거나 말거나, 봉수(鳳洙)는 저 하고 싶은 이야기를 저 혼자 대꾸를 해가며 지껄이는 것이었

다. 그것은 거의 매일 비슷한 소리였다. 만주와 북지로 돌아다니면서 여자들을 녹여내던 이야기에서부터, 나체 댄스며, '미루미루캉캉' 이야기에까지 번져나가다가는 결국 남자란 여자 없이 살 수 없는 동물이라는 결론에 도달하는 것이다. 성현 군자로부터, 곤충 같은 미물에 이르기까지 똑같이 그 문제에서만은 벗어날 수 없지 않았느냐는 것이다. 두고 보매 춘자(春子)와 동거하면서도 동주(東周)는 지나치게 점잖다는 것이다. 남자가 성욕을 잃게 되면 그건 폐물이라는 것이다. 그리고 마지막으로 꼭꼭 빼놓지 않고 한다는 소리가 또한 견딜 수 없이 우울한 이야기인 것이다.

"일본 네펜넨 데리구 사는 맛이 아주 기가 맥히대디? 제미씨, 누구 나한테 일본년 하나 붙에주디 않나. 그렇대문 내 한밑천 듬뿍 줴 주갔는데……"

그러고는 꾸룩꾸룩 이상한 소리로 웃어넘기는 것이다. 오늘도 그러한 봉수(鳳洙)의 웃음소리를 들으며 동주(東周)는 왜 자기가 이처럼 천대를 받아야 하는지를 연구해보는 것이다. 그러나 동주(東周)의 머리는 이미 무엇을 차근차근 생각하는 힘을 잃고 있었다. 한참 동안 봉수(鳳洙)가 제멋대로 떠들고 돌아간 뒤, 동주(東周)는 그냥 그렇게 파리가 왕왕거리는 방 안에 죽은 듯이 그러고 누워 있는 수밖에 없는 것이었다. 그러한 동주(東周)의 감은 눈앞을, 이북에 남아 있는 노부모와 처자의 얼굴들이 우물 속에 보이는 구름처럼 흘러가버리는 것이었다.

돌아오는 길에 춘자(春子)는 왜된장과 파나 시금치 따위를 한 묶음씩 사들고 오곤 하였다. 그걸로 아침저녁 된장국만 끓여먹는 것이다. 쌀은 한 되 가지고 둘이서 이틀은 먹어야 했다. 그래도 춘자(春子)는 싱싱한 물고기처럼 꼬리를 저었다. 혹시 점심때마다 봉수(鳳洙)를 만나 먹고 싶은 걸 얻어먹는 탓이나 아닐까 동주(東周)는 해석해보는 것이다. 동주(東周)는 하루에 두 때만 먹는 것도 대개는 반 이상 남긴다. 식사 시간도 일정하지 않았다. 언제든 허기져 견딜 수 없어야 일어나 억지로 먹는다. 죽어라 하고 입맛이 당기질 않는 것이다. 게다가 소화도 아주 나빴다. 어떤 날은 춘자(春子)가 돌아올 임시에야 조반 겸 저녁 겸 먹기도 한다. 그런 때는 춘자(春子)가 신문지로 덮어놓고 나간 밥그릇에 쌀알이 보이지 않을 정도로 파리가 까맣게 달라붙어 있는 것이다. 파 토막이 떠 있는 된장국에는 조그만 구더기 새끼들이 수없이 헤엄치고 있기도 했다. 여느 때는 그래도 구더기를 건져내고 몇 술 떠먹었다. 그러나 오늘은 구더기가 살고 있는 된장국을 먹지 못했다. 순이(順伊)의 사타구니에 욱실거리는 구더기를 본 탓일까? 춘자(春子)가 돌아와서 땀에 젖은 옷을 갈아입고 국그릇을 들여다보았다.

"이고 안 묵고 두니까 구데기가 생기지 않아요."

놀란 얼굴이다. 눈살을 찌푸렸다. 판장벽을 기대고 멀거니 앉아 있는 동주(東周)를 향하고 춘자(春子)는 한숨을 끄는 것이다.

"몸이가 좀좀 나빠만 가지 않아요."

춘자(春子)는 결코 저희 나라 말을 쓰지 않았다. 반드시 발음이 어색한 국어만을 쓰는 것이다. 춘자(春子)는 그것이 한국 사람에게 대한 자기의 정성이라고 생각하고 있는 모양이었다. 그는 또

어쩐 일인지 동주(東周)를 '오빠' '단신' '선산님'으로 때에 따라 구별해 불렀다. 자기의 신세타령을 하거나 고향 이야기를 할 때에는 으레 '오빠'다. 밤에 잠자리에서나 그밖에 대개는 '단신'이라 불렀다. 어떤 문제에 대해서 의견을 물을 때는 정해놓고 '선산님은 오또케 생각하세요?' 했다. 그것은 일종의 우울한 공식이었다. 춘자(春子)가 이미 여러 남자를 거쳐 왔다는 것은, 방세를 못 내서 쫓겨났다고 하며 고리짝 하나를 지고 굴러 들어온 그날부터 나타나기 시작했다. 첫날밤에 춘자(春子)는 아무 거리낌 없이 첫번째 남편과, 두번째 남편과, 세번째의 남편 이야기를 동주(東周)에게 들려준 것이었다. 경위로 있다가 여순 사건 때 죽은 첫 번 남편은, 언제나 춘자(春子)에게 메리야스제 분홍색 드로즈만을 입게 했다는 것이다. 그 이외의 드로즈는 입지 못하게 할 뿐만 아니라, 둘이 있을 때는 겉옷을 다 벗어버리고 분홍색 메리야스 드로즈만을 입고 있어 달라고 졸랐다는 것이다. 두번째의 남편은 삼십이 가까운 대학생이었다고 한다. 학교에는 잘 나가지 않으면서 전시 학생증을 가지고 있었다고 한다. 이 작자는 밤이면 으레 문을 잠그고 나체 댄스를 강요했다는 것이다. 처음에는 망측스러워 얼굴을 찡그렸지만, 습관이 되니까 특유한 묘미가 생겨서 거를 수 없더라는 것이다. 세번째 남편은 키가 작달막하고 통통한 무역 브로커였다고 한다. 그는 여자를 셋이나 데리고 살았지만 그래도 한 달이면 스무 날은 자기한테만 와 있었다는 것이다. 이 친구는 어린애처럼 밤마다 여자의 젖꼭지를 물고서야 잠이 드는 버릇을 가지고 있었다는 것이다. 그러기 한 여자에게 어린애가 생기면 이 사나이는 딴 여자에게로 옮아갔다는 것이다. 젖꼭지를 물지 않고는 잠을 이룰 수 없었기 때문이다. 이 남자와 살기 시작하여 처음 얼마 동안은 젖꼭지가 빨갛게 부어올라서 조금만 건드려도 소리를 지르도록 아팠다는 것이다. 참말인지 거짓말인지 종잡을 수 없는 이따위 이야기를 춘자(春子)는 한자리에 누운 동주(東周)의 전신을 두 손으로 어루만져가며 신이 나서 지껄였던 것이다. 그 첫날밤 일을 생각할 때 동주(東周)는 지금도 온몸에 오한을 느끼는 것이었다. 퇴폐적이랄 수밖에 없는 춘자(春子)의 흥분한 언동에서가 아니다. 도리어 반대로 동주(東周)는 그날 밤의 자기 자신에게 놀랐기 때문인 것이다. 여러 해 동안 여자의 피부에 접촉하지 못한데다가 건강도 지금보다 훨씬 나은 탓이었겠지만 춘자(春子)의 기괴한 이야기와 몸가짐에, 지금 생각하면 얼굴이 찡그려지도록 동주(東周)는 저도 모르는 사이에 끌려 들어가고 말았던 것이다. 그날 밤 동주(東周)는 그냥 수컷이었을 뿐이었다. 그 뒤에도 춘자(春子)는 거의 밤마다 동주(東周)를 가만두지 않았다. 타오르는 듯한 젊음을 감당하지 못해 야위어가는 동주(東周)의 육체에 매달려 내내 앙탈이었다. 그러한 춘자(春子)가 마침내 동주(東周)는 징그럽기까지 했던 것이다. 성적 흥분을 거의 상실하다시피 한 동주(東周)는 당장도 저녁 준비를 하느라고 눈앞에 서서 돌아가는 춘자(春子)의 정력적인 육체를 바라보다가 부지중 '아아!' 하고 절망을 발음하는 것이다. 그러고는 누가 발길로 지르기라도 하듯 맥없이 모로 쓰러지는 것이었다. 사지를 오그리고 눈을 감았다. 무덤 속에 들어가면 이렇게 흙으로 덮어주리라 느껴지듯, 산다는 것의 무의미와 우울이 꽝꽝 소리를 내어 다지는 것처럼 전신을 내리누르는 것이었다. 동주(東周)는 사뭇 안간힘을 하다시피 무엇을 참고 견뎌내는 것이었다.

밖에서 돌아오는 봉수(鳳洙)는 역시 동주(東周)의 방에부터 들렀다. 앉는 길로 옆방에 귀를 기울이는 것도 마찬가지다. 순이(順伊)의 신음 소리가 언제나처럼 들려왔다. 봉수(鳳洙)는 확실히 기대에 어그러진 표정을 지었다.

"오늘두 무사히 넹겠군. 똑 죽었을 것만 같아서 괘니 걱정했디."

속하곤 반대다. 또 입맛을 다시는 것이다. 동주(東周)는 누운 채 한숨을 쉬었다. 오늘은 신기하게도 봉수(鳳洙)가 여자 얘기를 하지 않았다. 그 대신 엉뚱한 소리를 끄집어냈다. 동주(東周)더러 집을 팔지 않겠느냐는 것이다. 마침 이 집을 사겠다는 사람이 나섰다는 것이다. 자기도 이 집을 팔아버리고 밑으로 내려가 우동 가게라도 내고 싶다는 것이다. 동주(東周)도 누워서 '미세스, 하루꼬상'에게 얻어만 먹느니, 다만 얼마건 밑천을 만들어가지고 하다못해 자기처럼 성냥 장살 하거나 담배 장사라도 해보라는 것이다. 그러면 자연 건강도 좋아지리라는 것이다. 그래도 동주(東周)가 잠자코 누워 있으니까 봉수(鳳洙)는 답답해 못 견디겠는 모양이다.

"아, 산 사람이문 말을 좀 하소고레. 송장터럼 무슨 사람이 그 몰골이야."

그는 동주(東周)의 어깨를 몇 번 흔들어보는 것이다. 작자가 나섰을 때 냉큼 팔아버려야지, 이보다 얼싸한' 집도 모두들 버리고 환도하는 판에 좀더 있으면 그냥 준대도 나설 사람이 없으리라는 것이다. 사실 똑똑한 사람이라면 지금이라도 누가 찌그러져가는 이따위 판잣집을 사겠느냐, 마침 어수룩한 친구를 삶아서 바가지를 씌우려는 판이노라고 했다.

"그러면 집을 팔아가지고 나도 어디 아편 장사라도 해볼까."

동주(東周)가 잠꼬대처럼 중얼거린 말이지만 효과가 있었다. 봉수(鳳洙)는 말을 뚝 끊고 잠시 동주(東周)를 노려보는 것이었다. 그러다 마침내 그는,

"이거 웬 파리가 이렇게 많아."

의미 없이 그런 소리를 하고는 얼굴에 달라붙는 파리떼를 날리고 나서 슬며시 자기 방으로 돌아가 버린 것이다. 그날 저녁에 춘자(春子)가 돌아오자 봉수(鳳洙)는 판자 너머로,

"미세스, 하루꼬상."

하고 은근히 부르는 것이었다. 그리고는 자기가 거리에 우동 가게를 내려고 하는데, 마땅한 일본 여자를 하나 소개해달라고 했다. 왜 하필 일본 여자라야 쓰느냐고 춘자(春子)가 약간 우월감을 나타내며 물으니까, '기츠네 우동' '카레 우동' '고모쿠 우동' 그런 것들을 만들자면 아무래도 일본 여자라야 하겠다는 것이다.

"난 꼭 일본 녀잘 한 번 마음대루 부레 보고 싶단 말이에요. 미세스 하루꼬상, 정말 참한 걸루 하나 소개해달라구요."

절반은 동주(東周)더러 들으라는 말인 줄을 동주(東周)도 깨닫는 것이다. 거기에 대한 춘자(春子)의 대답 같은 건 아무래도 좋았다. 이미 동주(東周)에게는 순이(順伊)의 암담한 신음 소리 외

에 아무것도 남아 있지 않았기 때문이다. 다음날 저녁에 춘자(春子)는 정말 봉수(鳳洙)와 함께 우동 장사를 해보겠노라는 말을 꺼냈다. 다리가 저리도록 공장에 가서 하루 종일 미싱을 돌려봐야 두 사람의 호구도 잘 안 되지 않느냐? 배불리 먹지도 못하고, 남같이 입지도 못하고, 몸이 불편해도 참고 매일같이 공장에 나가야만 하는 자기는, 도대체 무슨 재미로 사는 것인지 모르겠다는 것이다. 살아서 본국에 돌아가게 될지 말지 한 자기가, 타국에 와서 한결같이 이런 비참한 생활을 계속해야 한다는 건 너무나 섧다는 것이다. 좀더 즐겁게 살 수 있는 터전을 닦아보고 싶다는 것이다. 마침 봉수(鳳洙)가 우동 가게를 같이 하자고 하니 이야말로 절호의 기회라는 것이다. 오늘 낮에 봉수(鳳洙)와 함께 가게를 가보았는데 목도 좋더라는 것이다. 자기는 요리 솜씨에도 꽤 자신을 갖고 있기 때문에 단연 인기를 끌 수 있으리라는 것이었다. 그러면 당신도 아침저녁 가게에 내려와서 구미에 당기는 걸로 식사를 하라는 것이다. 운동도 되고, 영양도 보충될 터이니 차차 건강이 회복되지 않겠느냐는 것이다. 그러한 말들을 동주(東周)는 흥미 없이 그냥 듣고만 있었다. 그것은 순이(順伊)의 신음 소리만큼도 동주(東周)에게 영향을 미치지는 못했다. 다만 '즐겁게 살 수 있는 터전을 닦아보겠다'는 한 마디만이 동주(東周)의 귀에 귀지처럼 걸렸을 뿐이다. 그는 한숨 쉬듯 입속으로 그 한 마디를 중얼거려 보고, 그 말이 지니고 있는 의미의 실없이 놀라운 부피 앞에 위압을 느끼는 것이었다. 춘자(春子)는 물론 동주(東周)의 승낙 같은 건 기다리지도 않았다.

열적은[10] 자기의 심정을 변명하듯 한 번 그래본 것이다. 그렇기 때문에 이튿날부터 춘자(春子)는 우동 가게 개업 준비에 분망하기 시작한 것이다. 봉수(鳳洙)는 나가는 길에 또 창 너머로 머리를 내밀었다. 순이(順伊)의 흰죽을 부탁하고 나서, 춘자(春子)만 가게일을 거들어준다면 집일랑 안 팔아도 좋으니 안심하고 누워 있으라는 것이었다. 그리고 둘이는 버젓이 어깨를 같이하고 비탈길을 내려가는 것이었다. 그들이 나가고 난 뒤, 동주(東周)는 잊혀진 물건처럼 방 한구석에 여전히 남겨져 있었다. 아무것도 생각지 않기로 한 그의 감은 눈앞을, 이북에 남아 있는 노부모와 처자의 얼굴들이 우물 속에 보는 구름처럼 차례차례 흘러가버리는 것이었다. 동주(東周)는 여태 자기가 살아 있어서 그렇다고 생각한다. 살아 있는 동안은 아무런 상념이나 환영이 떠올라도 별수 없다고 생각한다. 동주(東周)는 살아 있는 것에 대항이라도 하듯이 몸을 무겁게 뒤채어 돌아눕는 것이었다.

 얼마 전부터는 물소동이 더 심해졌다. 비교적 이 근처에서는 물이 잘 나는 편인 쌍나무 샘물을 못 먹게 된 뒤부터는 그쪽 사람들이 한 우물로 우 몰려오기 때문이다. 샘 좌우에 노송이 마주 서 있다고 해서 '쌍나무샘'이라고들 불렀다. 며칠 전에 그 샘에서 사람의 해골 부스러기 같은 것이 나왔다. 모두들 께름칙해서 샘을 깨끗이 쳐내기로 했다. 그러나 쳐내면 쳐낼수록 해골 조각은 점점 더 많이 긁혀 나오는 것이었다. 마침내는 그것이 고총(古塚)이라는 것을 알았다. 우물을 쳐내던 사람들은 퉤퉤 침을 뱉고, 섬뜩해서 다 돌아가 버리고 말았다. 여태 송장 물을 먹고 살아왔다고 머리를 동이고 눕는 아주머니가 있는가 하면 송장 물은 약수라고 하며 일부러 찾아오는 해소병쟁이 할아버지도 있었다. 하여튼 그로부터는 쌍나무샘으로 물을 길러오는 사람은 없어진 것이다. 모두들 동주(東周)가 다니는 범바위 우물로 몰려드는 것이었다. 조석 끼니때가 아니라도 샘터는 시장처럼 욱적거렸다. 거센 사투리들이 얽혀 싸움이 그칠 새가 없었다. 따라서 동주(東周)는 물을 길어오기가 더욱 어려워졌다. 아주머니들 틈으로 비비고 들어가다가는 핀잔을 받고 밀려나왔다. 기운이 없는 동주(東周)는 젊은 아주머니가 떠다 미는 바람에 양동이를 붙안고 나가동그라진 적도 한두 번이 아니었다. 동주(東周)는 드디어 범바위 샘터를 단념하는 수밖에 없었다. 그는 아무도 없는 쌍나무 우물로 갔다. 거기에는 언제나 물이 충충히 고여 있었다. 이렇게 지린내와 구린내와 땀에 절어가지고, 파리와 구더기 속에서들 살면서도 노상 송장 물을 가리는 사람들이 동주(東周)에게는 우스웠다. 그러나 동주(東周)는 춘자(春子)나 봉수(鳳洙)에게는 송장 물이라는 말을 하지 않았다. 춘자(春子)도 봉수(鳳洙)도 돌아오는 길로 땀에 젖은 셔츠를 벗어 걸고는 송장 물을 한 그릇씩 들이켜고 나서 냉수 맛이 제일이라고 했다. 그러던 참에 오늘은 범바위 우물에서 사건이 터졌던 것이다. 쌍나무샘을 전용하는 동주(東周)에게는 사실 아무 상관도 없는 일이었지만 엉뚱하게도 그 비화가 동주(東周)에게로 튀어온 것이다. 밖에서 여러 사람의 신발 소리가 얼크러지고, 지껄이는 소리가 나더니, 열려 있는 문으로 들여다보며 분명히 동주(東周)를 부르는 것이다. 얼마 전까지만 해도 동주(東

周)는 낯선 사람에게 대해서는 병적으로 공포를 품어왔다. 공산 정치 하에 있었을 때는 더 심했다. 정체를 모르는 사람에겐 어떻게 대해야 될지를 모를 뿐 아니라, 도대체 이 세상에 자기에게 위해를 가할망정 누구 하나 이득을 가져다줄 사람은 없다고 생각하기 때문이다. 그러나 요즘은 낯선 사람도 무섭지 않았다. 현재의 동주(東周)에게는 아무러한 위험이나 불행도 무색할 수밖에 없기 까닭이다. 전 같으면 낯선 사람들이 우 몰려와서 불러낼 때, 불안한 생각에 오금부터 졸아들었을 것이지만 오늘은 그렇지 않았다. 도리어 귀찮다는 듯이 눈썹을 찌푸리며 누운 채 얼굴만을 돌려 내다보는 것이다. 오륙 명의 남녀가 기웃거리는 앞에서, 제법 자개수염"이랑 기른 오십 가까운 사나이가 여럿이 밀려온 사유를 설명하는 것이었다. 지난밤에 누가 범바위 우물에다 똥을 퍼다 부었다. 알다시피 판자로 뚜껑을 해 덮고 튼튼히 쇠를 잠갔음에도 불구하고 어떤 무도한 사람이 판자 뚜껑을 뜯고 똥을 퍼다 넣었다는 것이다. 세상에 이런 변이 어디 있느냐, 음용수에 오물을 버리면 형법에 의거해 처벌을 받는다고 자개수염은 법률 용어까지를 인용해가며 분개하는 것이었다. 동주(東周)는 그만 과히 무의미해졌다. 사람들에게 향하고 있던 머리를 도로 벽 쪽으로 돌려버리고 말았다. 자개수염은 당황해서,

"잠깐만."

하고 불렀다. 뒤에서 누가,

"그 새끼 끌어내다 때리우. 그래야 정신 드우다."

하고 소리를 질렀다. 자개수염은 뒤로 고개를 틀어 너무 서둘지

말라고 제지하고 나서, 다시 동주(東周)를 보고, 몸이 불편한 모양 같으나 잠깐만 이쪽으로 얼굴을 향해 달라고 했다. 동주(東周)는 시끄럽다는 듯이 얼굴을 돌려주었다. 딴 일이 아니라, 범바위 우물을 먹는 사람들끼리 모여 대체 똥을 퍼다 부은 사람이 누구이겠는가에 관해서 진지하게 토의를 했다는 것이다. 그 결과 전부의 의견이 동주(東周)가 그랬을 것이라는 데 일치했다는 것이다. 어느 한 사람의 의견이 그런 것이 아니라, 실지 날마다 우물에 가 살다시피 한 아주머니들의 의견이 모두 그렇다는 것이다. 그렇지만 자기는 결코 그 말을 그대로 믿는 것은 아니노라 했다. 왜냐하면 사람이란 무슨 일이건 목격하기 전에는 단정을 내려서는 안 된다는 것이다. 그러나 그냥 내버려둘 말이면 철없이 혈기에 날뛰는 젊은이도 있고 해서 어떤 불상사를 일으킬지 몰라, 일을 원만히 해결 짓기 위해서 자기가 이렇듯 선두에 서온 것이니, 바른 대로만 말을 해달라는 것이었다. 그러나 동주(東周)는 아무 말도 하지 않았다. 샘터에 모이는 여인네들은 자기를 빙충이거나 정신병자로 여겼을지도 모른다고 동주(東周)는 생각하는 것이다. 게다가 물 한 번 제대로 못 푸고 줄곧 괄시만 받아왔으니 응당 반감을 품고 있으리라고 믿고 있을 것이다. 그랬기 때문에 이런 경우에 그런 짓을 할 수 있는 가장 가능한 인물로 동주(東周)를 먼저 의심하는 것은 어쩔 수 없는 일일 것이다. 억센 사투리를 쓰는 아주머니들은 우물에 똥을 퍼다 넣은 사람이 틀림없이 동주(東周)라고 믿고 있을 것이다. 그렇다면 아무리 동주(東周)가 아니라고 변명을 한대야 곧이들어 주지 않을 것이 아니냐. 아무 대답이 없이 동주(東周)는 벽을 향해 도로 얼굴을 돌려버리고 말았다. 밖에서는 어투가 대단히 거칠게 나왔다. 끌어내라, 다리를 꺾어 놔라, 똥을 퍼다 먹여줘라, 하는 소리가 들렸다. 인제는 자개수염도 완전히 동주(東周)가 저지른 것으로 인정하는 모양이었지만, 과연 그는 자개수염 값을 하느라고, 폐인이 다 된 사람을 어디 성한 사람 다루듯 할 수야 있느냐, 그랬다가 만일 근처에 불이라도 질러놓으면 더 큰일이 아니냐고, 성이 가라앉지 않은 사람들을 달래가지고 돌아가 버렸다.

"에라 이 자식 똥이나 처먹고 뒈져라."

마지막으로 돌아서는 사람이 그러면서 발길로 문을 힘껏 지르고 가는 것이었다. 동주(東周)는 그저 무거웠다. 온 몸뚱이가, 그리고 이 구린내 나는 공기가 무거워서 견딜 수 없는 것이다. 그러나 견뎌내는 수밖에 달리 어쩔 수 없지 않느냐? 순이(順伊)의 신음 소리에 간신히 자기가 살아 있다는 것을 의식하며 동주(東周)는 그대로 하루가 또 저물어야 하는 것이다.

아침에 나갈 때처럼 봉수(鳳洙)와 춘자(春子)가 어깨를 가지런히 하고 돌아왔다. 그들은 돌아오는 길에서 범바위 우물 소동을 듣고 온 모양이었다. 그냥 말을 들었을 뿐만 아니라 동주(東周)가 그 사건의 장본인이라는 지적 밑에, 동거자로서의 책임을 철저히 추궁당한 모양이었다. 춘자(春子)는 볼멘소리로 묻는 것이었다.

"오빠가 참말 그라지 않았지요?"

변명하기에 소비되는 무의미한 노력에 질려서 동주(東周)는 아까모양 대답을 하지 않았다.

"설마 미스터 고상이 그러디야 않았을 테디."

봉수(鳳洙)의 말을 들으니 동주(東周)는 정말 자기가 그런 짓을 할 리가 없다고 생각되는 것이었다. 그렇지만 동주(東周)가 내처 잠자코만 있으니까 춘자(春子)도 봉수(鳳洙)도 부쩍 의심을 품는 모양이었다.

"그거 참. 아 먹는 물에 똥을 타문 어떡해. 허허 그거 참."

봉수(鳳洙)가 곁눈질로 동주(東周)를 보며 어처구니없다는 듯이 그러자,

"바르게 말이 해봐요. 오빠가 그렇게 했소? 오빠가 그랬지요?"

춘자(春子)는 왈칵 들이대듯이 캐묻는 것이었다. 그 말을 들으면 동주(東周)는 참말 자기가 그랬는지도 모른다는 생각이 드는 것이었다. 그렇게 생각하니 어쩨 꼭 그럴 것만 같다. 그러나 다음 순간, 아무래도 요즈음 자기의 머리가 좀 이상해진 것 같다고 동주(東周)는 생각하는 것이었다. 그것은 육신보다도 정신이 차차 흐려지는 징조인지도 모른다. 밤낮 귀신의 울음소리 같은 순이(順伊)의 신음 소리를 듣고 지내는 까닭인가? 혹은 요즈음 송장 물을 먹기 시작한 탓일까? 이러다가는 아무래도 자기가 순이(順伊)보다 먼저 죽게 될 것이라고 동주(東周)는 생각하며, 그리 되면 아침마다 순이(順伊)의 죽을 누가 쑤어줄까? 그리고 그 신음 소리를 귀담아 들어줄 사람이 없지 않겠느냐고 별 걱정이 다 드는 것이었다.

이튿날 아침에 자개수염이 와서 동주(東周)에게 사과를 했다. 어제는 대단히 실례를 했다는 것이다. 우물 소동의 진상이 드러

났다는 것이다. 날마다 직장에서 늦게야 돌아오는 독신 남자 몇 사람이 물을 길러갈 적마다 우물에 쇠가 잠겨 있는 데 화가 치받쳐서, 참다못해 오물을 퍼다 넣었다는 것이다. 조금도 나쁘게 생각지 말아달라고 거듭 뇌고 나서 자개수염이 돌아가자, 이번에는 봉수(鳳洙)가 들창으로 얼굴을 들이밀고, 춘자(春子)더러 오늘은 몹시 바쁠 터이니 얼른 나가자고 졸랐다. 그리고 동주(東周)를 향해 오늘 오후에는 드디어 개업을 할 예정인데 상호는 '산수옥(山水屋)'이라 했노라는 것이다. 이름이 아주 좋지 않느냐고 하고 나서, 바람도 쏘일 겸 가끔 내려와서 구경도 하고 식사도 하라는 것이었다. 가게일 때문에 오늘밤부터는 돌아오지 못하겠노라 선언한 다음, 마치 오래 함께 살아온 부부나처럼 춘자(春子)와 봉수(鳳洙)가 팔을 끼다시피 하고 언덕길을 내려간 뒤였다. 죽을 끓여주려고 동주(東周)가 옆방으로 가보니 뜻밖에도 벽에 등을 기대고 순이(順伊)도 일어나 앉아 있는 것이었다. 어쩐 일이냐고 동주(東周)가 약간 놀라는 표정을 했더니, 하도 누워만 지내니까 좀 일어나 앉아보고 싶어진다고 하는 것이었다. 그러나 오래 그러고 있으면 피곤할 터이니 곧 누우라고 하고, 동주(東周)가 석유풍로에 불을 지피려니까, 순이(順伊)는 고개까지 저어 보이며 오늘은 조금도 시장기가 느껴지질 않으니 그만두라고 했다. 그리고, 순이(順伊)는 나들이 갈 때나 명절날 입으라고 엄마가 지어준 새 옷이 저 고리짝 속에 있을 터이니 좀 꺼내달라고 했다. 동주(東周)는 고리짝을 열어보았다. 봉수(鳳洙)와 순이(順伊)의 낡은 겨울 옷들이 몇 가지 나올 뿐이었다. 아무리 뒤져보아도 순이(順伊)가 말하는 새 옷은 눈에 띄지 않았다. 없다니까 순이(順伊)는 머리를 갸웃거리며 이상하다는 것이다. 진관사 깨끼저고리와 자주색 오빠루 치마가 들어 있을 터이니 한 번 더 잘 찾아보아 달라고 했다. 동주(東周)는 몇 번을 더 뒤적거려 보았지만 그런 건 눈에 띄지 않았다. 순이(順伊)는 눈을 깜박거리며 이상해했다. 엄마가 어제 아침에 내게 입혀보고 나서 분명히 그 고리 속에 넣는 걸 보았는데 하고 순이(順伊)는 기억을 더듬는 표정을 하는 것이었다. 어제 아침이라니 너 꿈을 꾼 게 아니냐고 동주(東周)가 물었다.
"그럼 그게 꿈이었나."
하고 수줍은 듯이 고개를 숙이는 순이(順伊)의 얼굴이, 마치 십육칠 세의 건강한 소녀처럼 동주(東周)에게는 예쁘게 보이는 것이었다. 그동안도 피로해서 숨결이 가빠지는 순이(順伊)를 부축해 도로 눕혀놓고 동주(東周)는 밖으로 나왔던 것이다.

순이(順伊)는 그날 마침내 죽었다. 산수옥(山水屋)이 개업하는 날 오후에, 아무도 없는 방에서 순이(順伊)는 혼자 당연히 죽어간 것이다. 동주(東周)가 물을 길어다놓고 나서 도로 들어와 누우려고 하는데 순이(順伊)의 신음 소리가 들리지 않았다. 동주(東周)는 숨을 죽이고 귀를 기울였다. 하나, 둘, 셋, 세기 시작했다.
"아흔여덟, 아흔아홉, 배─ㄱ."
그래도 옆방에서는 아무 기척이 없었다. 동주(東周)는 긴장을 느끼며 일어나 옆방으로 갔다. 순이(順伊)는 입을 반쯤 벌린 채 자는 듯이 누워 있었다. 입에는 거품 흔적이 있었다. 파리가 몇 마리 입가로 기어 다니고 있었다. 이미 싸늘하게 식은 소녀의 손을 동주(東周)는 쥐어 보았다. 그리고 잠시 고요한 얼굴을 들여다보다가 그는 왈칵 시체를 끌어안았다. 자기의 입술을 순이(順伊)의 얼굴로 가져갔다. 인제는 순이(順伊)가 아니다. 주검이었다. 동주(東周)는 주검에 키스를 보내는 것이었다. 주검 위에 무엇이 떨어졌다. 눈물이었다. 쉽지도 않은데 눈물이 쏟아지는 것이었다. 자기는 분명히 지금도 살아 있다고 동주(東周)는 의식했다. 살아 있으니까 죽을 수 있다고 생각했다. 그것만은 자기가 확신할 수 있는 단 하나의 '장래'라고 생각하며, 동주(東周)는 주검의 얼굴 위에 또 한 번 입술을 가져가는 것이었다.

혈서 血書

 날이 어두워서야 달수(達壽)는 집으로 돌아오는 것이다. 물론 그것은 자기네 집이 아니다. 규홍(奎鴻)이가 임시로 들어 있는 집이었다. 그것이 누구의 집이건 간에, 달수(達壽)가 찾아 들어갈 곳이라고는 그 집밖에 없는 것이었다. 공동묘지같이 쓸쓸한 문밖 거리에는 행인도 없었다. 상여 뒤를 따르는 상제처럼 달수(達壽)는 지금 절망을 앞세우고 풀이 죽어서 돌아오는 것이었다. 나는 도대체 언제까지나 이렇게 친구네 집 신세를 져야 하는가? 그는 돌아오는 길에서 날마다 하는 생각을 되풀이 해보는 것이다. 달수(達壽)는 매일 아침 조반을 치르기가 무섭게 쫓겨나듯 밖으로 나오는 것이었다. 그러나 취직자리는 아무데도 그를 기다리고 있지 않았다. 진종일 꽁꽁 얼어서 거리 바닥을 헤매노라면, 달수(達壽)는 몸보다도 먼저 마음부터 견딜 수 없이 무거워지는 것이었다. 거리에 어둠이 오면, 시각(視覺)을 통해서 보다 더 짙은 어둠이 그의 마음을 덮어버리는 것이었다. 그러면 어디라 갈 곳이 없는 그는, 무거운 걸음으로 규홍(奎鴻)이네 집 쪽을 향하고 걷는 수밖에 없었다. 그렇게 어둡고 무겁기만 한 귀로에서 '최선을 다한 나의 노력은 오늘도 수포로 돌아갔다'는 생각이 어쩔 수 없는 결론이나처럼 선명하게 의식되는 것이었다. 수포(水泡)라는 통속적 한자어는, 어둠 속에 무수히 떴다 사라지는 물거품을 그에게 거푸 보여주는 것이었다. 일편 그러한 그의 헛수고는 비단 오늘에 한한 일만이 아닌 것 같았다. 그것은 오늘이라는 시간을 기준으로 출생 이전의 무한한 공간에서부터 이랬고, 앞으로는 또 죽은 뒤에까지도 영원히 이렇게 불행할 것만 같았다. 대문 없는 대문 안에 들어서며, 어쩔 수 없이 인제 나는 파멸인가 보다, 라고 신음 소리같이 중얼거려 보는 것이다. 방 안에는 어느 날 저녁이나 꼭 같은 광경이 달수(達壽)를 더 한층 피로하게 해주는 것이었다. 이 겨울 들어 불이라고는 지펴본 적 없는 방 한가운데, 다리 하나 없는 준석(俊錫)은 이불을 쓰고 누워 있는 것이다. 그는 낮이나 밤이나 한 장밖에 없는 이불 속에 엎드린 채 일어나려 하지 않는 것이다. 첫째 춥기도 하려니와 일어나 앉아 그에게는 아무것도 할 일이 없는 것이었다. 준석(俊錫)이가 누워 있는 발치 쪽으로 취사도구가 놓여 있는 구석에는 돌부처와 같이 창애(昌愛)가 앉아 있는 것이다. 거기에 놓여 있는 석유풍로와 나란히, 창애(昌愛)는 언제나 그 자리에 그렇게 자리 잡고 있는 것이었다. 방 안에 들어설 때마다 달수(達壽)에게는 이러한 풍경이 따분해 견딜 수 없는 것이었다. 절해고도에서 혼자 헤매다가 기진해 쓰러지는 것 같은 심정으로, 달수(達壽)는 아무데고 주저앉아 버리는 것이다. 그러면 준석(俊錫)은 자라처럼 목을 빼서 달수(達壽)를 보고, 그냥 말없이 도로 목을 움츠려버리는 때도 있지만, 무어라고 한두 마디 얘기를 걸어주는 일도 있었다. 그런 경우 그 몇 마디가 엉뚱한 도화선이 되어 그들 사이에는 맹랑한 논쟁이 벌어지기가 예사였다. 오늘 저녁도 방금 들어와 앉는 달수(達壽)를 향해,
"어이 무턱, 오늘두 점심 저녁 다 굶었지?"
하고 준석(俊錫)은 노상 알은체를 했다. 남보다 턱이 짧아 있는 둥 만 둥하다고 해서 그는 늘 달수(達壽)를 무턱이라고 불렀다.
"오늘두 취직을 못 해서……"
이것이 달수(達壽)의 대답인 것이다. 자기가 취직을 하지 못했다는 것이, 달수(達壽)에게는 누구 앞에서나 죄스러웠던 것이다. 그러나 달수(達壽)의 뚱딴지같은 대답에 준석(俊錫)은 실없이 화가 동하는 것이었다. 밥을 굶었느냐고 묻는데 취직을 못 했다는 건 무슨 얼빠진 수작이냐는 것이다. 그야 뻔한 일이 아니냐, 네까짓 게 일 년을 두구 싸다녀 본들, 누가 똥 싸놓구 간 자리 하나 얻어걸릴 턱이 있겠느냐는 것이다. 달수(達壽)는 이 말이 좀 억울하다고 생각한다. 그래서 그는, 한 군데서는 이삼 일 뒤에 한 번 들러보라구 그랬는데, 하고 항변해보는 것이다. 그 말이 떨어지기가 무섭게 준석(俊錫)은 대뜸 이마에 핏줄을 세우더니, 이 자식이 미쳤어? 하고 벌떡 일어나 앉는 것이다. 그리고는 계속해서, 이 민충아, 그래 그 말을 곧이 믿구 있어? 곧장 이삼 일 뒤에는 취직이 될 줄 알어? 어디 배 째기 내기라두 할까? 이 멍텅구리가 세상

을 어떻게 보는 거야, 그렇게 만만히 취직이 될 줄 알어? 하고 몰아세우는 것이었다. 이런 때 달수(達壽)의 얼굴은 그지없이 난처해지는 것이다. 그것은 울음과 웃음이 반반씩 섞인 운명적인 표정인 것이다. 그러한 달수(達壽)는, 그래도, 너는 괜히 자꾸 나보구 화만 내, 하고는 애원하듯 준석(俊錫)을 바라보는 것이다. 그러자 준석(俊錫)은, 이 자식아, 누가 괜히야, 누가 괜히 화를 내는 거야, 그래 이걸 화 안 내구 견딜 수 있어? 네 그 바보 같은 음성만 들어두 오장육부가 뒤틀리는 걸 어떻게 참는단 말이냐, 하고는 별스레 씨근거리는 것이었다. 그리고는, 너 같은 건 군대에 나가서 톡톡히 기합을 좀 받고 와야만 사람이 된다는 것이다. 날마다 벌벌 떨면서 공연히 취직을 구해 싸다니지 말구 어서 군문에 자원입대하라는 것이다. 군대에 나가기가 싫으면 기피자라는 것이다. 그러고 보니 달수(達壽)는 기피자에 틀림없다는 것이다. 기를 쓰고 학교에 다니려는 것은 공부가 목적이 아니라, 병역을 기피하기 위해서라는 것이었다.

"그럼 내가 군대에 나가기 싫어서 학교에 간단 말이냐?"

"그렇지 뭐야. 팔자에 없는 대학을 뭣 하러 다니는 거야?"

"공부하러 다니지 뭣 하러 다녀."

"공부?"

준석(俊錫)은 그만 어이가 없다는 듯이 미친 사람처럼 웃어버린다. 그리고는 금시 또 약이 바싹 치솟는 표정으로 대드는 것이었다. 세상에 공부하고 싶지 않은 사람이 어디 있겠느냐는 것이다. 누구나 다 대학교를 나오고 싶은 생각이야 간절하지만, 형세가 미치질 못하니 별수 없이 단념하는 게 아니냐? 군속¹으로 일선²을 편력하다가 한쪽 다리를 호개〔中共軍〕에게 먹힌 자기만 하더라도, 결단코 공부하기가 싫어서 그리 된 것이 아니라는 것이다. 도대체 네가 대학에 갈 터수냐? 사지가 멀쩡한 놈이 남 위에 얹혀 지내면서 대학은 다 뭐냐, 여러 말 말고 어서 군대에 자원해 나가라고 야단인 것이다.

"그래두 난 쏙 대학을 마쳐야겠는걸. 그리구 나서 군대에 나가두 되잖어."

"이 자식아, 그렇게두 말귀를 못 알아들어. 어엿이 공부할 처지가 돼서 대학엘 댕긴대문 좋단 말이다. 그렇지만 네가 어디 대학에 댕길 팔자냐 말이야."

"고학을 해서라두 되레 가난한 사람이 공부해야 되잖어."

"이 자식이 원, 이게 대체 어떻게 되어먹은 대갈통야."

준석(俊錫)은 속이 답답해서 죽을 지경이다. 정강이에서 잘라져 없어진 왼쪽 다리를 달수(達壽) 앞으로 바짝 내밀고 다가앉으며 잡아먹을 듯이 서두르는 것이다.

"이 메주대갈아. 남 다 못 가는 대학을 왜 너만 유독 댕기겠다구 앙탈이냐 말이야."

"나 말구두 고학생이 얼마든지 있는데 그래."

"이 자식아 네가 고학생이야? 거지지 무슨 고학생이야. 그래 거지가 대학엘 가? 거지가."

"그래두 난 정말 대학을 마치구 싶은 걸 어떡하노. 그래야 성공하잖어."

"이런 맹초 봐. ……성공? 아니 성공이라구?"

준석(俊錫)은 숨이 다 컥컥 막힐 지경이었다. 그는 하도 기가 차서 말을 할 수 없다는 듯이, 목석이나 다름없는 창애(昌愛) 쪽으로 고개를 돌려 동의를 청해보는 것이었다.

"창애(昌愛)야 이 자식, 이게 아주 빙충이지? 형편없는 천치 아냐."

물론 창애(昌愛)는 아무런 대답도 없는 것이다. 옆에서 벌어진 이 기괴한 논쟁에도 창애(昌愛)는 전연 무관심한 태도였다. 준석(俊錫)은 그만 피로해지고 말았다. 걷잡을 수 없는 흥분에서 온 피로인 것이다. 이런 멍텅구리하구는 더 떠들어봐야 소용없어, 괜히 내 입만 아퍼, 그렇게 중얼거리고 준석(俊錫)은 때에 전 이불 속으로 도로 들어가 버리고 마는 것이다. 달수(達壽)는 울음과 웃음이 뒤섞인 그 얄궂은 표정으로, 이불 속에서 머리만 내민 준석(俊錫)을 원망스럽게 내려다보며, 왜 내 속을 이렇게두 몰라줄까, 하고 언제나처럼 중얼거리는 것이었다. 달수(達壽)와 준석(俊錫)은 거의 저녁마다 이와 같이 어처구니없는 토론을 되풀이하는 것이었다. 영원히 일치점에 도달할 수 없는 괴이한 논전은, 부질없이 두 사람에게 피로를 가져다줄 뿐이었다.

이 집의 주인 격인 규홍(奎鴻)이가 돌아오는 것은 밤 아홉시가 훨씬 넘어서였다. 그는 저녁마다 불란서어 강습에 나가는 것이다. 문학을 하는 데는 불란서어가 필요하다는 것이었다. 돌아와서는 늦도록 손가락을 호호 불어가면 남폿불 밑에서 시를 쓰는 것이다. 최근 한 달 동안이나 걸려서 그가 만들어놓은 시는 「혈서

(血書)」라는 것이었다.

    혈서(血書) 쓰듯
    혈서(血書)라도 쓰듯
    순간(瞬間)을 살고 싶다.

    (1련 생략)

    모가지를
    이 모가지를
    뎅겅 잘라

    내용(內容) 없는
    혈서(血書)를 쓸까!

이게 규홍(奎鴻)에게는 여간 대단한 작품이 아닌 모양이었다. 날마다 한두 구절씩, 혹은 한두 자씩 고쳐서는 다른 종이에 새로 베껴 책상 뒤 벽에 붙여놓는 것이었다. 이밖에도 그는 수십 편의 시작을 가지고 있었다. 그리고 그는 또한 거의 매달 신문이나 잡지에 투고를 하는 것이었다. 그러나 규홍(奎鴻)의 시가 한 번도 발표된 일은 없었다. 그러면서도 그는 꾸준히 남의 시를 외우고 또 자기의 시를 썼다. 그것만이 그에게는 최고의 생활인 모양이었다. 규홍(奎鴻)은 충청남도 고향에서 면장을 지내는 꽤 부유한 집안의 장남이었다. 법대를 나와 가지고 판검사가 되어야 한다는 조건하에 그의 부친은 아들을 서울로 유학(遊學) 보낸 것이었다. 그러나 부친의 의사와는 반대로 규홍(奎鴻)은 국문과에 적을 두고 문학 공부에만 몰두하고 있는 것이었다. 규홍(奎鴻)이가 법률 공부를 하고 있는 줄로만 믿고 있는 그의 부친은 매달 또박또박 하숙비를 보내오는 것이었다. 그것은 결코 여유 있는 금액이 아니었지만, 준석(俊錫)을 위시해서, 창애(昌愛)나 달수(達壽)까지도 그 혜택을 입고 있는 것이었다. 이를테면 그들은 규홍(奎鴻)의 식객이었기 때문이다. 그런 탓에 달수(達壽)에게는 그처럼 으르대는 준석(俊錫)도 규홍(奎鴻)의 앞에서는 한수 꺾이는 것이었다. 그러면서도 준석(俊錫)에게는 도대체 규홍(奎鴻)이가 문학을 한다는 것부터가 비위에 거슬렸다. 정치, 군사, 실업, 자연과학 같은 부문 외에는 모두 여자들이나 할 일이지, 대장부가 관여할 사업이 못 된다고 생각하고 있는 준석(俊錫)이었다. 그러한 그는 규홍(奎鴻)이가 밤을 새우다시피 해가면서 시를 외우고 쓰고 하는 것이 유치하기 이를 데 없어 보였다. 더욱이 책상 뒤에 붙어 있는 규홍(奎鴻)의 시란 걸 읽으면 당장 밸이 뒤틀려서 견딜 수 없는 것이었다.

"어이 무턱, 저게 뭐야, 저게. 도대체 무슨 개수작이야."

규홍(奎鴻)이가 없을 때, 준석(俊錫)은 벽에 붙어 있는 시를 손가락질하며 조소를 퍼붓는 것이었다. 더구나 그에게는, 모가지를 뎅겅 잘라 혈서를 쓴다는 대목이, 무슨 모욕이나 당한 것처럼 참을 수 없는 모양이었다.

"모가지를 잘라서 혈서를 써? 모가지를 잘라서 말야, 이 모가지를 잘라서 말야. 그러면 어떻게 되는 거야. 내 원 별자식 다 보겠어. 규홍(奎鴻)이 같은 건 일선에 나가서 콩알 맛을 좀 봐야 돼. 감정 콩알이 가슴패기를 뚫구 나가두 모가지를 잘라서 혈서를 써? 대관절 그게 시야, 그게."

"현대시란 대개 그런 거야. 신문이나 잡지에두 그 비슷한 시가 왜 자주 나지 않어."

달수(達壽)의 변명에 준석(俊錫)은 더 화가 치받치는 모양이었다.

"신문이나 잡지문 젤야. 어이 무턱. 그래 세상에서 신문 잡지가 젤이란 말야. 신문에만 나문 그게 장한 겐가."

"그렇지만 교과서에두 시가 있는데 그래. 문교부에서 만든 국정 교과서에두 시가 실려 있어."

"그건 여자가 지은 시겠지. 아무렴 정부에서 남자의 시를 다 인정하구 실린단 말야?"

"아냐, 남자 이름이던데. 남자가 지은 시두 교과서에 얼마든지 있어."

"이 자식아, 그래 이름만 보구 남잔지 여잔지 어떻게 알어? 남자 이름 같은 여자두 얼마든지 있는 거야."

"그래두 그 가운데는 남자가 쓴 시두 있다니까 그래."

"이런 바보 같은 거 봐. 아무렴 정부에서, 남자 대장부가 밥 처먹구 앉아서 미친 소리 같은 시나 쓰라구 장려한단 말야."

"그렇지만 교과서엔 정말 남자가 지은 시두 있는 걸 어떡해."

"있으문 당장 가져와 봐라. 남자의 시가 실려 있는 교과설 어디 가져와 보란 말야."

준석(俊錫)은 마치 싸움하듯 주먹을 다 불근거리며 대드는 것이다. 그러한 준석(俊錫)도 규홍(奎鴻)에게 대해서만은 제 성미를 나타내지 못하는 것이었다. 누구를 찾아가 보아도, 다리 하나 없는 자기를 규홍(奎鴻)이만큼 너그럽고 무탈하게 대해주는 사람은 없었기 때문이다. 밤낮 방에서만 뒹굴며 아무리 오래 얻어 먹고 지내도 규홍(奎鴻)은 얼굴 한 번 찡그리는 일이 없었다. 방학이 되어 귀향한 뒤에도 잔류 부대를 위해서, 굶지 않을 정도의 자금을 어떻게 해서든 변통해서 부쳐 보내는 규홍(奎鴻)이었다. 셋이 똑같이 규홍(奎鴻)의 하숙비를 뜯어 먹고 지내는 처지이기는 하나, 창애(昌愛)만은 그래도 떳떳한 편이라 할 수 있는 것이다. 왜냐하면 그는 이 집에서 식모의 소임을 맡아보고 있기 때문이다. 창애(昌愛)는 간질병 환자다. 밥을 짓다가 말고, 혹은 밥을 먹다가 말고, 갑자기 얼굴이 퍼레지며, 입술을 푸들푸들 떨다가는 눈을 뒤솟구고⁴ 나가 뒹구는 것이었다. 그리고는 입으로 거품을 뿜어가며 사지를 허비적거리는 것이다. 본시가 이 집은 규홍(奎鴻)이 부친의 친구네 집이었다. 6·25 전—그러니까 중학 시대부터 규홍(奎鴻)이가 다년간 하숙하고 있던 집이다. 사변통에 내처 고향과 부산에 가 있다가, 환도하는 학교를 따라 올라오는 길로, 규홍(奎鴻)은 역시 이 집으로 찾아왔던 것이다. 대문짝은 물론, 안방 건넌방의 문짝이며 마룻장까지도 죄다 없어진 채로 있었다. 안방에만 문 대신 거적이 드리워 있었다. 그런 속에서 주인 대신 십육칠 세의 낯선 소녀가 나타났다. 그 소녀가 바로 창애(昌愛)였던 것이다. 창애(昌愛)에게는 육순이 넘은 노부가 있다. 그들 부녀는 1·4 후퇴 당시부터, 주인 없는 이 집을 노상 자기 집처럼 지키고 있었던 것이다. 박(朴)노인이라 불리는 창애(昌愛)의 부친은 필사(筆士)였다. 모서리 떨어진 조그만 가죽 트렁크에다 모필과 먹 따위를 넣어가지고 팔러 다니는 것이었다. 서울에서는 붓이 그리 팔리지 않는다고 하며, 근자에는 주로 지방 행각을 하는 것이었다. 그러다가 한 달이나 두 달에 한 번 정도로 박(朴)노인은 딸을 보러 돌아오는 것이다. 그때마다 번번이 그는 맨손이었다. 그 자신도 매양 규홍(奎鴻)이나 딸 보기가 안 되었던지, 으레 똑같은 변명을 하는 것이다. 시골이란 현금이 귀하기 때문에 거개가 외상 거래라는 것이었다. 간혹 현금을 받는 수도 있지만 그것은 식대에도 부족하다는 것이다. 그러나 이번에 한 행보만 더 하고 올라올 때는, 주머니가 불룩하도록 외상값을 거둬가지고 오겠노라는 것이다. 그때에는 딸이 신세를 지고 있는 규홍(奎鴻)에게 충분히 인사를 차릴 뿐 아니라 준석(俊錫)이와 달수(達壽)에게도 '미야게'[5]를 사다주겠노라고 장담하는 것이었다. 그러고는 염소수염 같은 노랑 수염을 한 손으로 싹 배틀어 훑고 나서,

"이 근처에 잘 통하는 술가게가 없을까?"

누구에게 없이 그렇게 묻고는 젊은이들의 얼굴을 번갈아 보는 것이었다. 술이 먹고 싶은데 자기 수중에 돈이 없다는 뜻이다. 육십이 넘어서도 머리에 흰 터럭 한 올 없이 얼굴에 주름만 깊어가

는 꾀죄죄한 이 노인은, 단 하루도 술 없이는 못 견디는 것이었다. 일생을 가장 안락하게 보내려면 이 괴로운 세상을 잊고 살아야 하는 것인데, 세상사를 잊는 방법으로는 술에 취하는 길밖에 없다는 것이, 술잔을 들 때마다 되뇌는 이 노인의 철학이었다. 주기가 돌기 시작하면 박(朴)노인은 창애(昌愛)의 얼굴을 멍하니 바라보다가,

"허 내가 왜 이런 걸 슬하에 두었던고. 단신이라면 차라리 죽음을 기다릴 뿐인 여생이 이토록 한스럽지는 않을 것을."

하고 눈물이 글썽해지는 것이었다. 제 말과는 반대로 술만 취하면 세상사를 잊기는커녕 더 서러워만 지는 모양이었다. 창애(昌愛)와 달수(達壽)하고 셋이만 있을 때면, 준석(俊錫)은 곧잘 창애(昌愛)의 얼굴을 멍하니 들여다보다가 '허 내가 왜 이런 걸 슬하에 두었던고······.' 하고, 박(朴)노인의 어투를 한껏 영탄조로 흉내내 보이는 것이었다. 그래도 창애(昌愛)는 불쾌한 빛도, 다른 어떤 표정도 보이는 일 없이 언제나 마찬가지로 우두커니 앉아 있는 것이다. 돌부처 이상으로 무표정한 소녀였다. 표정뿐 아니라 언어와 거동도 그랬다. 누가 묻는 말에나, 그것도 두 번에 한 번 정도 마지못해 대답할 뿐, 그밖에 스스로 의사 표시를 하는 일이라고는 없었다. 또한 몸도 움직이기를 싫어했다. 끼니때에 밥을 끓이고 설거지를 하는 것이 고작이었다. 그 외에는 돌멩이처럼 늘 똑같은 자세로 방 한구석에 버티고 앉아 있는 것이었다. 그 옆에서 달수(達壽)와 준석(俊錫)이 아무리 큰 소리로 싸우듯 떠들어대도 못 들은 체 거들떠보는 일조차 없었다. 그러한 창애(昌

愛)에게서 달수(達壽)는 공포를 느끼는 일이 있는 것이었다. 어쩌다 창애(昌愛)와 단둘이 마주 앉아 있게 되는 경우, 마치 유령이나 귀신을 대한 것 같은 엉뚱한 착각을 달수(達壽)는 일으키는 것이었다. 손을 내밀어도 만져지지 않을 것만 같았다. 꼭 그러리라고 생각하며 그는 가만히 한 손을 내밀어본다. 이상히 손끝이 떨리고 가슴이 울렁거린다. 숨을 죽이고 떨리는 손을 창애(昌愛)의 얼굴로 가져간다. 잡히지 않으려니 하고 창애(昌愛)의 코를 쥐어 본다. 그러나 뜻밖에도 잡힌다. 달수(達壽)는 그만 질겁해서 팔을 움츠린다. 그래도 어쩌자고 창애(昌愛)는 동일한 자세를 헝클지 않고 앉아 있는 것이다. 달수(達壽)는 전신에 식은땀이 죽 내번지는 것이었다. 도리어 달수(達壽)에게는, 창애(昌愛)가 거품을 물고 지랄을 버릇을[6] 때에 훨씬 더 인간이 느껴지는 것이었다.

이러한 창애(昌愛)를 그래도 그 부친은 꽤 대견히 여기는 모양이었다. 그것은 박(朴)노인이 지방 행상 도중에 가끔 규홍(奎鴻)에게 보내오는 기이한 편지를 보면 알 수 있는 일이다. 서당에서 천자를 떼고, 신식학교(보통학교) 사학년을 졸업했노라는 박(朴)노인의 서한은 이런 것이었다.

　안규홍(安奎鴻) 청년 선생 보오라.
　기간(其間) 청년 삼인과 처녀 일인 무고무탈하난지 알고저 원(願)이노라. 노생(老生)은 청년 삼인과 처녀 일인이 주야로 넘네 해주신 덕분에 별고 무하게 행상이 번창하노라. 전번 귀가시난 특히 미주(美酒)[7]랄 후히 대접 받자와, 감개무량이노라. 한 가지 부탁은 전언(前言)에도 간곡히 당부하얐거니와, 미거한 노생의 독녀를 청년 선생이 배필로 삼아주기랄 원하노라. 경미한 간질병이 있기는 하나, 미거한 대로 인품은 볼 만한 데가 있으니, 청년 선생과는 천생연분인가 하노라. 남한 각지랄 행상하며 보매, 처녀가 많기는 수없이 많으되, 창애아(昌愛兒)만 한 처녀도 드물더라. 간질병도 혼인 후 잘, 치료하면 즉시 완쾌될 것으로 믿노라. (이하 약)

이러한 편지가 온 날 저녁에는, 청년 삼인 중 이인은, 처녀 일인을 앞에 놓고 결혼에 관한 토론을 하는 것이었다. 이 편지대로 규홍(奎鴻)이가 창애(昌愛)와 결혼을 해야 한다고 주장하는 것은 준석(俊錫)이었다.

"무조건 나는 찬성이다. 규홍(奎鴻)이는 절대적 창애(昌愛)와 결혼해야 된다. 규홍(奎鴻)이가 아니문 저런 지랄쟁이와 혼인할 사람이 없다. 절대적이다. 건 절대적이다."

이러한 준석(俊錫)의 절대적 주장 앞에, 그래도 달수(達壽)는 정면으로 반대 의사를 표시해 보지 않고는 견딜 수 없는 것이다. 끝판에 가서는 준석(俊錫)의 위압적인 기세에 눌려 결국 굴하고야 마는 달수(達壽)였지만, 시초에는 꽤 자신 있게 자기의 의견을 내세워보는 것이었다.

"건 그렇게만 생각해선 안 될 거야. 멀쩡한 사람이 누가 지랄쟁이를 데리구 살아. 나 같으문 절대 결혼 안 할 테야."

"이 맹랑한 자식 봐. 누가 너더러 결혼하라는 거야. 너 같은 건 지랄쟁이하구 혼인할 자격두 없어. 너 같은 건 문제두 안 돼. 규홍

(奎鴻)이 얘기야. 지금 규홍(奎鴻)이 얘기를 하구 있는 거 아니야."

"그렇기 어디 내가 창애(昌愛)하구 결혼한대. 만일 나 같으문 지랄쟁이하구는 살지 않겠다는 거지. 나두 그러니까 규홍(奎鴻)이두 그럴 거란 말야."

"이런 천하에 바보 같은 자식. 야 무턱. 그래 너하구 규홍(奎鴻)이하구 같어? 우선 생긴 게 너하구 같어? 맘 쓰는 게 너하구 같어? 목소리가 같어? 이런 천치 같은 자식. 너하구 규홍(奎鴻)이하군 딴 사람야. 겉두 속두 생판 다른 거야. 그러니까 규홍(奎鴻)인 창애(昌愛)하구 결혼할 수 있단 말야. 절대적 결혼해야 된단 말야."

"그렇지만 사람 생각은 다 비슷하지 뭐. 아무렴 지랄쟁이하구 살구 싶은 사람이 어딨어."

"원, 이런 답답한 자식 봐. 야 이 자식아. 이 메주대가리 무턱아. 그래 규홍(奎鴻)이하구 너하구 생각이 같단 말야? 형제지간이나 부자지간에두 생각이 다른 법인데 규홍(奎鴻)이하구 너하구 생각이 같단 말야. 이거 봐. 도대체 시 쓰는 남자하구, 병역 기피자하구 생각이 같단 말야. 내가 하는 소린 말야, 내가 하구 싶은 말은 말야, 결국 모가지를 뎅겅 잘라서 혈서를 쓸 수 있는 사람은 말야, 지랄쟁이하구 결혼할 수 있다는 거야. 절대적 결혼해야 된다는 거야. 알아들었어?"

이렇게 무의미한 논쟁은 그칠 줄을 모르는 것이다. 당자인 규홍(奎鴻)이나 창애(昌愛)야 어떻게 생각하든, 준석(俊錫)이와 달수(達壽)에게는 그것이 문제가 아닌 것이다. 그들 두 사람에게는 어디까지나 자기의 생각과 주장만이 문제인 것이다. 그것은 규홍(奎鴻)이나 창애(昌愛)에게 있어서도 마찬가지였다. 준석(俊錫)이와 달수(達壽)가 그 운명적인 논전을 되풀이하든 말든, 그리고 그것이 어떠한 결론에 도달하든 간에 규홍(奎鴻)에게는 모가지를 뎅겅 잘라 혈서를 쓰는 시만이 문제인 것이다. 그러기 그렇게 큰 소리로 떠들어대는 속에서도, 규홍(奎鴻)은 그만큼이나 여러 차례 신문과 잡지에 투고를 해도 발표되지 아니하는 그 시를, 어떻게 고치면 될까 하고 책상에 엎드려 머리를 앓고 있는 것이었다. 창애(昌愛)는 또한 창애(昌愛)대로 준석(俊錫)이와 달수(達壽)가, 아무리 자기를 가리켜 지랄쟁이니 결혼이니 하고 들까불어도 문제가 아니었다. 그는 그저 허탈한 태도로 석상(石像)처럼 한구석에 우두커니 앉아 있으면 그만인 것이었다. 이와 같은 규홍(奎鴻)이와 창애(昌愛)를 앞에 놓고, 준석(俊錫)과 달수(達壽)의 그 보람 없는 토론은, 같은 식으로 얼마를 더 계속하다가, 마침내는 공식이나처럼 준석(俊錫)의 위압적인 주장이 승리를 거두게 되는 것이다.

"이 자식아. 너는 그래 어디까지나 나한테 반항할 생각이냐. 죽어도 너는 내 말에 찬성하지 못하겠단 말이냐?"

준석(俊錫)은 여차하면 후려갈길 것 같은 자세를 보이는 것이다.

"내가 언제 너한테 반항한대."

"그럼 찬성한단 말이지?"

"찬성이야 뭐, 억지루 찬성하는 것두 찬성인가."

"이 자식아. 복잡하게 여러 소리 말구 간단히 한마디루 대답하구 말어. 나한테 끝끝내 대항할 테냐, 그렇지 않으문 찬성할 테냐?"

"글쎄 반항하는 게 아니래두 자꾸 그래……"

"그럼 찬성한단 말이지?"

"찬성하구두 싶지만, 강제루 하는 찬성은 정말 찬성이 아니래두 그냥 그러네."

"이 자식이 나를 놀리는 거야 뭐야. 말루 해결이 안 나문 결국 주먹으루 결판을 짓는 것밖에 도리가 없어. 최후 수단은 그것뿐야."

 준석(俊錫)은 달수(達壽) 앞으로 바싹 다가앉으며 주먹을 내밀어 보이는 것이다. 그쯤 될 말이면 울음 반 웃음 반 섞인 달수(達壽)의 표정은 그대로 더 심각해지는 수밖에 없는 것이다. 그는 자기의 전부가 파멸이라고 생각하며 절망적인 한숨을 토하는 것이다. 그것은 즉시 그의 영혼의 무거운 신음 소리로 변하여, 입 밖으로 새어나오고 마는 것이다.

"왜 이렇게두 내 속을 몰라줄까!"

 한 주일이 지나도, 두 주일이 지나도 달수(達壽)의 취직 행각은 역시 아무런 성과를 거두지 못하는 것이었다. 어느새 십이월이건만, 그는 겨울 내의도 없이, 맨살에다 염색한 미군 작업복 상하를 걸쳤을 뿐이다. 까칠해진 그의 얼굴은 언제나 먼지투성이다. 그리고 멍든 것처럼 퍼렇게 된 입술은 의식해서 꾹 다물지 않으면 덜덜덜 떨리는 것이었다. 그래도 그는 날마다 닥치는 대로—회사고 음식점이고 서점이고 시계방이고 그러한 구별 없이 십여 군데 내지는 이십여 군데나 찾아들어 가보는 것이었다. 물론 요즘 와서는 손톱만 한 희망도 거는 일 없이, 그냥 그렇게 찾아다니며 중얼거리기 위해서 세상에 태어난 것처럼,

"나는 법과 대학생인데, 고학생입니다. 학비와 식비만 당해준다면, 무슨 일이든 목숨을 걸고 충성을 다하겠습니다."
하고, 거기 있는 사람들의 얼굴을 두루 쳐다보는 것이었다. 달수(達壽)는 취직하기 위해서 그 이상의 어떠한 수단도 방법도 발견하지 못하는 것이었다. 자기로서는 최선을 다한 취직 운동이라고 생각하고 있는 것이다. 그런데 몇 달을 두고 진력해도 어째서 자기만 취직이 안 되는지 알 수가 없었다. 물론 그가 모를 일이란 그것뿐만은 아니었다. 우선 그 자신이 죽지 않고 이렇게 살아 있다는 것부터가 달수(達壽)에게는 도무지 알 수 없는 일이었다. 한번은 거리에서 바로 자기 앞을 걸어가던 사람이 미군 트럭에 깔려 즉사했다. 그때 달수(達壽) 자신도 하마터면 트럭 앞대가리에 이마빼기를 들이받을 뻔했다. 그날 이후, 달수(達壽)는 자기가 살아 있다는 데 불안을 느끼게 되었다. 이상하게도 대량 살육이 자행되었던 6·25 때가 아니라 그러한 불안은 실로 그날부터였다. 따라서 자기는 왜 죽지 않고 이렇게 멀쩡히 살아 있을까가 문제되기 시작했다. 그 생각은 납덩어리처럼 무겁게 잠시도 쉬지 않고 그를 짓누르는 것이었다. 그러한 달수(達壽)에게는 준석(俊錫)이가 살아 있다는 것은 더욱 믿을 수 없는 일이었다. 모가지나 허리통이 뚝 끊어져 나가지 않고, 어째서 공교롭게도 한쪽 다리

만이 저렇게 잘라졌을까 하고 달수(達壽)는 늘 신기해했을 뿐 아니라, 한 번은 그런 생각을 입 밖에까지 냈다가 준석(俊錫)의 격분을 산 일이 있었던 것이다. 그런 일이 아니라도 준석(俊錫)은 도대체가 실없이 화를 잘 냈다. 세상만사가 그에게는 하나도 비위에 맞지 않는 것이었다. 개중에도 달수(達壽)의 언동은 더했다. 준석(俊錫)은 달수(達壽)를 향해서만은 화를 내지 않고는 이야기를 할 수 없는 것 같았다. 그러한 자신을 저도 알고 있는 모양이라, 오랫동안 군대밥을 먹어왔기 때문에 자기는 고분고분 말을 못 하노라고 스스로 변명하듯 하기도 했다. 그러나 따지고 보면 준석(俊錫)은 가짜 상이군인인 것이다. 군속으로 전방에만 나가 있던 그는 한쪽 다리가 절단되어가지고 후방으로 돌아와서부터 어엿이 상이군인 행세를 하려 드는 것이었다. 그가 걸핏하면 달수(達壽)보고도 군대에 나가라거니, 기피자라거니 하는 것에는 그러한 심리적 연유가 있는 것이다. 어떤 날 저녁 준석(俊錫)은 취직을 구하러 가서 어떻게 말을 꺼내느냐고 달수(達壽)에게 물었다. 솔직하게 실제대로 일러주었더니, 준석(俊錫)은 단박 얼굴을 붉혀가지고, 이 자식아, 어서 죽어라, 죽어, 공부고 뭐고 다 집어치우고 어서 군대에 나가서 공산군의 총알받이나 되라고 고함을 질렀다. 도대체 이런 자식이 이십여 년이나 세상에서 살아왔다는 게 아주 기적이라고 하고는, 마치 음식에 관격[8]이라도 된 때처럼, 아이구 답답하다, 그렇게 소리를 지르고는 주먹으로 제 가슴을 난타했던 것이다. 그러나 역시 달수(達壽)는 이십삼 년 동안을 이만큼 살아온 것이다. 악성 전염병이 그렇게 무섭게 창궐한

해에도 그는 병사하지 않았고, 수없이 많은 생명들이 애매히 또 무참히 쓰러져간 육이오도 그는 무사히 넘겼고, 해마다 발표되는, 교통사고로 인한 사망자의 엄청난 숫자 속에도 그는 끼지 않았고, 그렇다고 준석(俊錫)이처럼 한쪽 다리를 절단되는 일조차 없이, 지구상에 있는 이십여 억 인류의 그 누구와나 꼭 마찬가지로 그도 역시 '우연히 살아 있는 인간'임에는 틀림없는 것이다. 어디 그뿐이냐. 달수(達壽)는 군대에 나가기 전에 대학교 법과를 마치고 싶었고, 그 뒤에는 고시에 합격하여 판사나 검사가 되었다가, 국회의원으로 당선되려는 뚜렷한 희망조차 품고 있는 것이었다. 준석(俊錫)이가 아무리 그를 조소하고, 죽으라고 공격한대도, 어떠한 인간이나 매일반으로 장래라는 무한대한 미지수에 대하여 약속 없는 기대를 품어볼 수 있는 자격을 그도 소유하고 있는 것이다. 그렇기 때문에 그는 어제도 오늘도 추위에 떨면서 취직을 구해 서울거리를 헤매고 있는 것이 아니냐. 그렇지만 달수(達壽)는 역시 이 저녁에도 '최선을 다한 나의 노력은 오늘도 수포로 돌아갔다'는 자신의 신음 소리를 들으며, 물거품이 수없이 떴다가는 꺼지고 떴다가는 꺼지고 하는 탁류 속에 자신이 휩쓸려 내려가는 것 같은 착각을 안은 채, 어둠에 쫓겨 돌아오는 것이다. 방 안에는 언제나 다름없이, 준석(俊錫)이 때에 전 이불 속에서 목만 내밀고 있었고, 창애(昌愛)는 목석같이 한구석에 멍청히 앉아 있는 것이다. 손이 곱아서 숟가락을 제대로 잡을 수 없으리만큼 찬 날씨인데도, 창애(昌愛)는 추위마저 느끼지 못하는 듯이 가만하고 앉아 있는 것이다. 사실 오늘은 유달리 혹독한 추위다. 올 겨울에 들어 최고의 추위인 것이다. 불란서어 강습에서 돌아온 규홍(奎鴻)이까지도, 오늘만은 시를 주무를 엄두조차 못 내고, 일찌감치 자자고 서두를 지경이었다. 창애(昌愛)가 옆방으로 자러 간 뒤, 셋은 불을 끄고 언제나처럼 입은 채로 한 이불 속에 기어 들어갔다. 그러나 잠은 고사하고 몸이 자꾸만 더 조여드는 것이었다. 규홍(奎鴻)의 양쪽 옆에 누워 있는 준석(俊錫)과 달수(達壽)는 등과 엉덩이가 시려서 저저끔 이불을 끌어당기기 시작하는 것이다. 가운데 누워 있는 규홍(奎鴻)이 역시 어깻죽지가 얼어들어 와서 그대로 잠이 들 도리가 없었다. 그들은 마침내 불을 켜고 도로 일어나 앉고야 말았다. 어떻게 하면 눈을 붙이고 밤을 새우나 하는 궁리 끝에, 저쪽 방에서 창애(昌愛)가 혼자 덮고 자는 이불을 가져다가, 넷이서 두 이불에 나누어 자자는 의견이 나왔다. 한 이불에 둘씩 갈라 자자는 것이다. 그것이 좋은 방법이기는 하지만, 결국 누가 창애(昌愛)와 한 이불 속에서 자느냐 하는 난문제에 그들은 부닥쳤다. 창애(昌愛)에게 병적으로 공포를 느껴오는 달수(達壽)만은 애초부터 별문제였다. 결국 규홍(奎鴻)이 아니면 준석(俊錫)이가 창애(昌愛)와 같이 자야 할 형편이었다. 규홍(奎鴻)은 늘 하는 버릇대로 히죽히죽 웃으면서 어떻다는 말을 하지 않았다. 그로서는 누가 창애(昌愛)와 같이 자든 간에 그것은 난처한 문제였던 것이다. 그러자 준석(俊錫)이가 불쑥 자기가 창애(昌愛)하고 자겠노라고 자청해 나선 것이다. 그는 당연한 주장인 것처럼 자기 말고는 창애(昌愛)와 잘 사람이 없을 것이라고 했다. 달수(達壽)와 규홍(奎鴻)은 그러한 준석(俊錫)을 잠시 동안 덤덤히 바라만 보고 있었다. 그러다가 달수(達壽)는 마침내 그 의견에 반대하지 않을 수 없다고 생각한 것이다. 그는 당황히 제 주장을 내세우는 것이었다.

"그럴 게 아니라구 난 생각해. 그건 아무래두 규홍(奎鴻)이가 창애(昌愛)하구 자는 것이 좋을 거야."

"이 자식 봐. 규홍(奎鴻)이가 언제 창애(昌愛)하구 잔다구 그랬어? 규홍(奎鴻)이두 그렇구 무턱 너두 그렇구 모두 창애(昌愛)하구 자기를 꺼려하는 거 아냐. 그러니까 나밖에 없잖어. 누군 지랄쟁이하구 자기가 좋을 줄 알어."

"언제 규홍(奎鴻)이가 싫다구 그랬나."

"이런 빙충이 자식 봐. 같이 자겠다는 말을 안 하니까 싫다는 거나 마찬가지지 뭐야."

"말 안 하문 싫대는 건가."

"그럼 뭐야. 이 바보야. 잠자쿠 있으문 싫다는 거지 뭐란 말야."

"그렇지만 넌 여태껏 규홍(奎鴻)이더러 창애(昌愛)하구 결혼하라구 하잖았어? 그러구서는 네가 창애(昌愛)하구 자문 어떻게 되는 거야."

"이건 또 무슨 트집야. 어떻게 되긴 뭐가 어떻게 돼. 규홍(奎鴻)이는 언제든 창애(昌愛)하구 결혼하문 되잖어. 언제든 결혼하란 말야. 내가 창애(昌愛)하구 같이 잔다구 해서 규홍(奎鴻)이가 창애(昌愛)하구 결혼 못 하란 법이 어딨어?"

"난 통 무슨 영문인지 모르겠어. 난 암만 생각해두 그래선 안 될 것만 같은데……"

"똑똑히 좀 말해 봐, 이 자식아. 뭐가 안 될 것 같단 말야, 뭐가."

"내 생각으룬 말야, 네가 창애(昌愛)하구 자는 건, 건 좀 안 될 것 같단 말야."

"어이 무턱. 그래 넌 언제든 나한테 대항만 할 테냐. 반대만 하겠느냐 말이야. 단 한 번이라두 내 의견에 찬성해본 일이 있어?"

"거야 찬성할 일이문 찬성해. 내가 어디 찬성 안 한대."

"그럼 왜 반대만 하는 거야. 오늘두 어째서 기를 쓰구 반대만 하러 드느냐 말야."

"그거야 내가 어떻게 알아. 암만해두 그래선 안 되겠으니까 그저 안 된다는 게지."

"안 되나 되나 당장 봐. 너 같은 자식이 반대한다구 내가 겁낼 줄 아니."

그러고는 누가 미처 뭐라고 할 사이도 없이 준석(俊錫)은 외다리로 성큼 일어서더니 창애(昌愛)가 기거하는 저쪽 방으로 들어가 버리는 것이었다.

"나는 도무지 어떻게 되는 판인지 모르겠다."

고 중얼거리는 달수(達壽)의 머릿속에, 벌써 오래전부터 준석(俊錫)은 창애(昌愛)에게 손을 대온 것이나 아닌가 하는 의심이 부쩍 떠오르는 것이었다.

겨울 방학이 되어 규홍(奎鴻)이가 내일이면 귀향한다는 날 저녁에, 자기 딸하고 부디 결혼을 해달라는 박(朴)노인의 편지가 또 왔다. 그날 밤에 그들은, 규홍(奎鴻)이가 창애(昌愛)와 결혼을 해야 되느냐, 안 해야 되느냐 하는 맹랑한 문제에 관해서 또다시 열심히 토론을 시작한 것이었다. 그들이라고 하지만 창애(昌愛)는 여전히 한구석에 물건처럼 놓여 있었고, 무명시인 규홍(奎鴻)은 서울을 떠나 고향으로 돌아가는 사람의 회포를 시로 엮느라고 책상에 달라붙어 여념이 없는 것이니, 결국은 판에 박은 듯이 준석(俊錫)과 달수(達壽)의 그 운명적인 대립인 것이다. 오늘밤에 준석(俊錫)이가 강경히 내세우는 이유로는, 육십이 넘은 박(朴)노인에게서 전후 세 차례나 결혼을 청하는 간곡한 편지가 오지 않았느냐, 늙은 어른이 머리를 숙이다시피 세 번씩이나 보내온 간청에 응하지 않는다는 것은 인간의 도리가 아니라는 점이다. 그러니 서울을 떠나기 전에 박노인이 만족할 만한 확답을 하라는 것이다. 아무리 준석(俊錫)이가 그렇게 끝까지 버티더라도 오늘밤만은 이래 가지고는 안 되겠다고 달수(達壽)는 노상 여느 때 없이 홍분을 느껴보는 것이었다. 그것은 얼마 전부터 창애(昌愛)의 몸에서 놀라운 이상(異狀)을 발견해왔기 때문이다.

"그렇지만 그건 안 된다구 난 생각해. 규홍(奎鴻)이는 암만해두 창애(昌愛)하구 혼인할 수는 없는 거야."

"어째서 안 된단 말야, 이 민충아. 어째서 규홍(奎鴻)이가 창애(昌愛)하구 결혼할 수 없다는 거야. 난 절대적 규홍(奎鴻)이니까 창애(昌愛)하구 결혼해야 된다구 생각한다."

"그렇지만 암만해두 그건, 그렇게 될 수 없는 일인 걸 어떡하노······"

"이런 어쩌리 같은 자식 보게. 왜 안 된단 말야. 어째서 안 된다는 거야. 원 이렇게 답답한 자식이 어딨어."

달수(達壽)는 잠깐 무엇을 망설이는 듯하였다. 그러다가 최후의 기력을 짜내듯이, 한 손으로 창애(昌愛)의 배를 가리켰다. 그리고는 신(神)에게라도 항의하듯 필사적인 어투로 중얼거리는 것이었다.
 "저 배를 봐. 창애(昌愛)의 배가 저렇게 불렀는데…… 저 배를 좀 봐."
 간신히 그러고 나서는 어린애처럼 입을 비죽거리다가 마침내 달수(達壽)는 눈물을 쏴르르 흘리는 것이었다. 그는 연신 두 주먹으로 눈을 문질러가며 흑흑 느껴 우는 것이었다. 물론 그 자신, 자기는 왜 그다지 섧게 울어야 하는지를 알 수가 없었다. 어렸을 때, 제 힘으로는 어떻게도 할 수 없는 일에 닥뜨리게 되면, 결국 으아 하고 울어버리는 길밖에 없었듯이, 달수(達壽)는 지금 그와 흡사히 절박한 감정에서 울고야 마는 것이었다. 무엇인지 알 수 없는 그 무엇에 대해서 항거하려야 항거할 수 없는 무의미한 항거는, 마침내 그에게 있어서 울음으로밖에 터져 나올 도리가 없는 것이었다. 달수(達壽)의 울음소리를 듣고, 규홍(奎鴻)은 그래도 고개를 돌려 히죽히죽 웃으며 바라보았다. 창애(昌愛)는 그대로 바위 같다. 물론 문제는 준석(俊錫)이다. 그 얼굴에 살기를 담고, 당장 잡아먹을 듯이 달수(達壽)를 노려보고 앉아 있는 것이었다. 그러한 준석(俊錫)의 시선에 부닥친 달수(達壽)는 대뜸 울음을 그치고 얼굴이 파랗게 질렸다. 자기는 인제 모든 것이 마지막이라고 번개처럼 생각하는 것이었다.
 "어이 무턱. 너는 나하구 무슨 원수를 졌니? 대천지원수냐?"

준석(俊錫)은 또 한참이나 독기 오른 눈초리로 달수(達壽)를 쏘아보고 나서,

"이 자식아. 창애(昌愛)의 배가 불렀건 꺼졌건, 그게 나하구 무슨 상관이 있단 말이냐? 창애(昌愛)의 배는, 어디까지나 창애(昌愛)의 배지, 내 배는 아니다. 창애(昌愛) 배가 부른 게 어째서 내 죄란 말야."

하고, 악을 쓰듯이 들이대는 것이었다.

"나두 잘 몰라…… 나는 왜 그런, 그런 쓸데없는 말을 했을까."

달수(達壽)는 울음과 웃음이 반반씩 섞인 그 비극적인 표정으로, 영문 모를 소리를 간신히 그렇게 중얼거렸을 뿐이었다.

"이 육실할 자식아. 너는 국적[10]이다. 병역 기피자니까 너는 국적이나 같다. 이 자식 어디 견뎌 봐라. 내 당장 경찰서에 고발하구 만다. 너 같은 건, 너 같은 악질은 문제없이 사형이야 사형. 내 당장 가서 고발하구 올 테다."

준석(俊錫)은 일어서 나가려고 하는 것이다. 그제야 규홍(奎鴻)이가 따라 일어서며 준석(俊錫)의 소매를 붙잡았다.

"아냐 못 참어. 절대적 못 참어. 이건 내 개인 문제가 아냐. 국가적 문제야. 이런 가짜 대학생을, 이런 기피잘 그냥 둬."

준석(俊錫)은 소매를 뿌리치고 한사코 나가려고 버둥거렸다. 그런 걸 규홍(奎鴻)이가 겨우 붙들어 앉혔다. 할 수 없이 주저앉기는 했으나 준석(俊錫)은 그래도 성이 가시지 않는 모양이었다.

"어이 무턱. 넌 국적이야. 넌 기피자란 말이다. 그래 군대에 나갈 테냐, 안 나갈 테냐? 낼이라두 당장 입대할 테냐, 안 할 테냐?"

"그렇지만 난 정말 국적은 아닌데…… 난 정말 어떡허문 좋을꼬!"

달수(達壽)의 눈은 완전히 절망에 떨고 있었다.

"국적이 아니야? 기피자가 그래 국적이 아니야? 그럼 당장 군대에 지원할 테냐? 국적이 안 될래문 당장 군대에 들어가란 말야."

"사실은 난 기피자두 아닌데. 난 고학생인데……"

"이 자식아. 네가 무슨 고학생이야. 생판 룸펜이지, 기피자지 뭐야. 어이 무턱. 네가 참말루 국적이 안 될래문, 당장 이 자리에서 혈서를 써라. 자원입대라구 혈서를 쓰란 말야. 쓰지?"

취사도구를 놓아둔 한켠 구석에서 준석(俊錫)은 재빨리 도마 위에 얹혀 있는 식칼을 도마째 달수(達壽) 앞에 가져다놓는 것이었다. 달수(達壽)는 흠칫 놀라며 약간 뒤로 물러앉았다. 준석(俊錫)은 연거푸 달수(達壽)더러 손가락을 내놓으라고 재촉하며, 규홍(奎鴻)에게로 손을 내밀어 종이를 청하는 것이었다. 규홍(奎鴻)은 여태도 히죽거리며 바라보다가 지나친 농담일랑 삼가라고 하고, 책상 위에 있는 종이를 되레 감춰버렸다. 농담이라니, 이게 농담인 줄 알어. 어디 농담인가 진담인가 보기만 하라고 하며, 준석(俊錫)은 문창호지를 북 찢어서 달수(達壽) 앞에 펴놓는 것이었다.

"자, 무턱. 어서 손가락을 내놔. 이 자식 못 내놀 테야? 싫단 말야? 그러문 이걸루 네 모가지를 뎅겅 잘라서 혈서를 쓸 테다."

달수(達壽)의 얼굴에서 차차로 핏기가 사라지기 시작했다. 그는 죽은 사람처럼 눈을 감으며, 할 수 없다는 듯이 검지를 가만히 내밀었다. 그 손가락 끝이 바르르 떨렸다. 규홍(奎鴻)이가 놀라서 준석(俊錫)의 팔을 붙잡으려 하는 순간, 어느새 도마 위에서는 탁 소리와 함께, 몇 방울의 피가 뻗쳤다. 이어 절단된 손가락에서는 선혈이 철철 흘러내려 도마와 방바닥을 적시기 시작하는 것이었다.

"자, 써라. 얼른 혈서를 써!"

준석(俊錫)의 음성도 흥분에 떨렸다. 달수(達壽)의 얼굴은 이미 시체의 살색처럼 더욱 창백해지더니, 입술을 약간 떨다가 그 자리에 푹 고꾸라지고 말았다. 기절한 것이다. 규홍(奎鴻)이가 쫓아와 부둥켜안고 달수(達壽), 달수(達壽) 소리를 질렀다. 그러자 준석(俊錫)은 불뚝 일어서더니 비틀거리며 황급히 밖으로 달려나가는 것이었다. 어디 가느냐고 규홍(奎鴻)이가 묻는 말에 그는 잠시 멈칫했다. 그 자신, 자기는 어디를 가기 위해 뛰어나왔는지를 알 수 없는 것이었다. 그러면서도 준석(俊錫)은 그냥 그 자리에 서 있을 수는 없었다. 어디로든 발을 옮겨놓아야 했다. 그는 걸음을 뗐다. 밖을 향하고 있었기 때문에 자연 대문 밖으로 걸어나가졌다. 하늘의 별이 문제가 아니었다. 준석(俊錫)은 한쪽 다리 대신 사용하는 지팡이로 언 땅을 울리며 어둠 속으로 사라져가는 것이었다.

피해자被害者

 도대체 자기가 이렇게까지 오금을 못 펴고 쩔쩔매는 것은 모두가 팔자에 없는 결혼의 소치라고 병준(炳俊)은 생각하는 것이다. 지금 와서 병준(炳俊)은 애꾸눈 반장의 말을 들은 것을 몹시 후회하는 것이다. 자기의 의사나 생활이 전적으로 무시당하고, 단지 장인과 여편네와 의붓자식인 대갈장군만을 위해서 움직이는 기계가 되고 만 것은 아무래도 결혼의 탓이라고 해석하기 때문이다. 그가 사십 년간의 독신을 청산하게 된 것은 불과 반년 전의 일이었다. 지금 들어 있는 방을 얻어가지고 이사를 오자부터, 반장으로 있는 장인 영감이 거의 저녁마다 찾아오는 것이었다. 나중에 알고 보니 그건 유독 병준(炳俊)이만을 찾아오는 것은 아니었다. 열 가구나 되는 반원(班員)네 집을 매일 한 차례씩은 거르지 않고 방문하는 것이 그의 중요한 일과의 하나였다. 그러기 각 반원의 가정 내막에 그는 놀랍도록 정통했다. 마치 자기네 집안일처럼 홱 꿰고 들었다. 심지어는 이집 저집의 비밀까지도 캐내어 뿌리며 다녔다. 그러한 그는 스스로 명반장으로 자처했고, 동회에서도 그렇게 인정하는 모양이었다. 그런 반면 반내에서들은 그를 송충이처럼 꺼려했다. 그 명반장은 병준(炳俊)이가 이사 온 날부터 으레 저녁마다 들르는 것이었다. 반장은 병준(炳俊)이가 미처 대답하기 바쁠 정도로 여러 가지를 한꺼번에 질문하는 것이었다. 왜 그렇게 등이 곱사등이처럼 굽었냐는 것이 첫 질문이었다. 그리고는 어째서 부인이나 딴 가족이 없느냐, 총각이냐, 홀아비냐, 고향은 어디고 나이는 몇 살이냐, 학교는 어디까지 다녔느냐, 직장은 어디며 한 달에 수입은 얼마나 되느냐, 부모는 언제 돌아가셨느냐, 형제는 몇이나 되느냐, 술을 좋아하느냐, 담배는 하루에 몇 갑 피우느냐, 그런 걸 취조하듯이 수첩을 꺼내 하나하나 적어가며 연달아 묻는 것이다. 병준(炳俊)은 정말 취조 받는 범인처럼 무릎을 모으고 앉아서 대답이 자꾸만 헷갈리고 음성이 떨렸던 것이다. 이렇게 남의 일을 꼬치꼬치 캐묻는 반장에게 병준(炳俊)은 첫날부터 완전히 지배당하고 만 것이다. 일가붙이 하나 없이 고독하게 떠돌아다니는 병준(炳俊)의 신세를 필요 이상 걱정해준 반장은, 열흘쯤 지나서 느닷없이 결혼을 하라고 권했다. 병준(炳俊)은 결혼이라는 말에 대답 대신 한숨을 토했다. 평생 자기에게는 결혼이 실현될 수 없다고 단념해왔기 때문이다. 면상이 이 꼴로 마구 생겨 먹은데다가, 뿐없이' 등까지 굽었고, 지위도 돈도 없는 자기에게 시집올 여자가 있으리라고는 믿어지지 않은 것이다. 설혹 어떤 여자가 오산하고 자기와 결혼한다 해도, 병준(炳俊)은 경제적으로나, 정신적으로나 제대로 처자를 다스릴 자신이 없었다. 아무리 반장이 마땅한 신붓감이 있다고 강권해도 병준(炳俊)은 꿈같은 얘기로만 흘려버리고 만 것이다. 반장의 말에 의하면 여자는 서른두 살 먹은 과부로 드물게 보는 미인이라는 것이다. 그 미인이라는 말에 병준(炳俊)은 더욱 불가능한 절벽을 느끼며 역시 한숨을 끄는 것이다. 그러고는, 자기처럼 못나고 가난한 남자에게 시집올 여자가 어디 있겠느냐고 했다. 그 말을 듣자 반장은 더 신이 나서 그 점은 절대로 염려 말라는 것이다. 여자는 이 근방에 살기 때문에 병준(炳俊)을 잘 알고 있다는 것이다. 여자에게는 미리 의향을 듣고 온 터라, 병준(炳俊)이만 승낙하면 이건 완전히 성사된 혼담이라는 것이다. 병준(炳俊)은 갑자기 가슴이 설레기 시작했다. 그러나 병준(炳俊)은 이내 또 한숨을 내쉬었다. 그에게는 암만해도 가정을 꾸려나갈 자신이 서지 않는 것이었다. 그런 뜻을 반장에게 말했다. 그러나 사람이란 어떻게든 다 먹고 살게 마련이라고 하고, 그런 걸 생각하다가는 평생 장가를 못 들어보고 만다는 것이다. 그러면 당장 여자를 데리고 올 터이니, 맘에 들걸랑 눈 꾹 감고 해버리라고 이르고 나서 반장은 일어서 나갔다. 그런 지 십 분도 채 못 되어서 그는 정말 여자를 데리고 돌아온 것이다. 반장 말대로 여자는 보통 이상의 미모였다. 여자는 조금도 수줍어하는 기색이 없이 반장을 따라 들어와 병준(炳俊)의 맞은 자리에 앉았다. 그리고는 약간 고개를 숙이며,

"조순실(曺順實)이라고 해요."

하고, 인사를 하고 나서 다정스레 웃어까지 보이는 것이었다. 인

제는 어떻게도 할 수 없다고 병준(炳俊)은 각오했다. 금시 여자가 자기 어깨 위에 올라앉은 것처럼 병준(炳俊)은 별안간 자기 인생이 무거워지는 것이었다. 그러면서도 일방 나이 보람도 없이 얼굴이 달아오르기도 했다. 둘이서 잘 의논해서 좋도록 결정지으라고 하고 반장은 이내 돌아가 버렸다. 그렇지만 여자는 아무리 밤이 깊어도 돌아갈 생각을 하지 않았다. 그리하여 그들은 그날 밤부터 부부가 되었던 것이다. 애꾸눈 반장이 자기의 장인이라는 사실은 이튿날 아침에야 알았다. 그리고 자기가 순실(順實)의 세 번째 남편이라는 것도 그때야 깨달았다. 순실(順實)은 그날 친정에 가서 조그만 고리짝과 이불 보퉁이를 날라오는 동시에 두어 살짜리 계집애를 업고 온 것이다. 옥례(玉禮)라는 이름인데, 그애 아버지는 술김에 살인을 하고 복역중, 바로 석 달 전에 급사를 했다는 것이었다. 그게 순실(順實)의 두번째 남편이었다. 그리고 첫번 남편은 6·25 당시 행방불명이 되었다는 것이다. 옥례(玉禮)는 복실복실 꽤 귀엽게 생긴 어린애였다. 병준(炳俊)은 물론 반갑지는 않았지만, 이왕 할 수 없으니 내 자식같이 길러도 좋다고 생각했다. 그 뒤 사흘이 지나서였다. 해질녘에 돌아와보니 육칠 세 먹었을 낯선 사내애가 방 안에 멍하니 앉아 있었다. 그 애의 머리는 보통보다 확실히 배는 더 컸다. 반면에 목은 유난히 가늘었다. 머리가 지나치게 커서 목이 가늘어 보이는지도 몰랐다. 병준(炳俊)은 그 엄청나게 큰 머리에 적잖은 불안을 느끼며, 너 누구냐? 하고 물어보았다. 그러자 아이는 갑자기 입을 비죽거리다가, 어매야 하고 울음을 터뜨린 것이다. 부엌에서 순실(順實)이가 쫓아 들

어왔다. 첫번째 남편의 씨라는 것을 설명하고 나서, 달영(達永)
아, 이 어른이 너의 새아버지다. 자 인사를 해야지, 하고 순실(順
實)은 달영(達永)의 커다란 머리를 한 손으로 숙이려고 했다. 그
러자 달영(達永)은 머리를 흔들어 순실(順實)의 손을 뿌리치고,
경계하는 눈으로 병준(炳俊)을 바라보는 것이었다. 병준(炳俊)은
대번에 입맛을 잃고 말았다. 저녁밥도 두어 술 뜨다 말고 밀어놓
은 것이다. 그는 되레 자기가 붙들려온 사람같이 한쪽 구석에 웅
크리고 앉아서, 그 터무니없이 큰 대가리를 무슨 맹수처럼 지켜
보고 있는 것이었다. 병준(炳俊)은 마침내 죄나 저지른 것처럼,
이 애를 우리가 아주 데리고 살아야 하느냐고 아내에게 조심히
물었다. 그 말에 순실(順實)은 새침해지며, 자기 새끼를 자기가
데리고 살지 않고 어쩌느냐고 했다. 병준(炳俊)은 다소 주저하다
가 애써 큰맘 먹고, 애가 왜 내 자식이냐고 물었다. 순실(順實)의
얼굴이 담박 노기로 붉어졌다. 눈썹이 곤두섰다. 순실(順實)은 가
쁜 숨소리를 내며 당신은 내 남편이요, 나는 당신의 아내가 아니
냐, 그러니, 결국 당신의 자식은 내 자식이요, 따라서 내 자식은
당신의 자식이 아니겠느냐, 만일 당신에게 전실 자식이 있다면,
나는 당신처럼 냉정한 태도를 취하지 않고, 내가 낳은 자식보다
도리어 더 소중하게 키우겠노라는 것이다. 그 말이 과연 옳다고
병준(炳俊)은 시인했다. 그는 할 말이 없었다. 그러면서도 왜 그
런지, 자기만이 부당하게 손해를 보는 것처럼만 병준(炳俊)에게
는 의식되는 것이었다.

　병준(炳俊)은 지금도 발갛게 불이 비치는 자기 집을 향해, 언덕

길을 더듬어 내려오며, 자꾸만 자기만이 억울하게 괄시를 받고 있는 것같이 생각되는 것이었다. 나는 괄시를 받기 위해 사는 것일까. 도랑을 건너며 생각한다. 말하자면 월급 문제만 해도 그렇다. 따지고 보면 당연한 요구이건만, 병준(炳俊)은 벼르고 벼르던 끝에야 두 달이나 밀린 월급을 사장에게 채근해보는 것이었다. 그것은 정말 비굴하리만큼 공손한 태도로 말을 꺼내는 것이다. 그렇건만 사장은 대뜸 낯을 찡그리며, 도리어 제 편에서 화를 내는 것이다. 어디 내게 돈이 있나, 돈이 있구두 월급을 안 주느냐 말야, 수금이 통 안 되는 줄은 자네도 잘 알고 있지 않나, 사장은 그러고 나서 양복 주머니를 일일이 털어 보이기까지 하는 것이었다. 이러고 주지 않는 월급을 병준(炳俊)은 받아오는 재간이 없었다. 그러나 집에서는 몹시 까다로운 장인 영감과, 패뜩거리기² 잘하는 여편네가 잔뜩 기다리고 있는 것이다. 물론 장인이나 여편네가 아무리 굴욕적인 언사로 공격을 퍼부어도, 병준(炳俊)은 일언반구 대답할 자격이 없었다. 가장으로서의 생활 책임을 감당하지 못하는 그는 머리를 푹 숙인 채 죽은 사람처럼 가만하고 있는 수밖에 없었다. 사실 지나간 십오일 수금날은 비상한 위기였다. 그가 빈손으로 돌아오자, 장인은 이름도 모를 하얀 정제(錠劑) 열 개를 내놓으며 어서 먹고 죽으라고 했기 때문이다. 오는 이십일 수금 때는 기어이 한 달 치라도 받아오고야 말겠노라고 단단히 약속을 하고 나서야 간신히 음독을 모면했던 것이다. 그 이십일이 바로 오늘인 것이다. 사장은 전보다는 좀 부드러운 태도로 조금만 더 참아달라고 했다. 요즈음 빚 단련에 자기의 체중이 갑자

기 일 관 이상이나 줄었다고 하며, 현재 사 자체가 현상 유지를
하느냐, 망하느냐 하는 판이니, 며칠만 더 기다리라는 것이다. 그
러면서 월급 수금에서는 우선적으로 급료부터 해결해주겠노라고
했다. 병준(炳俊)은 다시 더 할 말이 없었다. 내일부터라도 그만
두라고 하지 않는 것만이 그저 다행할 뿐이었다. 월말에나 꼭 좀
돈을 쓰게 해주십사고 허리를 굽혀 보이는 병준(炳俊)은 사무실
을 나왔던 것이다. 단 한 사람의 월급도 제대로 못 치르는 사 자
체가 정말 오래지 않아 망할지도 모른다는 불안감까지 겹쳐서,
중병 환자처럼 자꾸만 꺼져 들어가는 몸을 병준(炳俊)은 간신히
지탱하고 걸음을 옮기는 것이다. 그는 형무소로 끌려가는 죄수나
다름없이 집으로 돌아오는 길이었다. 그의 발길은 집이 가까워올
수록 더욱 무거워만 지는 것이다. 자기 집 문밖에까지 와서 병준
(炳俊)은 십 분 이상이나 멍청하니 서 있었다. 좀처럼 방 안에 들
어설 용기가 나지 않는 것이었다. 늦가을의 어슬막³ 바람은 제법
몸에 스몄다. 방에서는 장인과 아내의 중얼거리는 소리가 몇 마
디 마치 꿈속에서처럼 흘러나왔다. 병준(炳俊)은 마침내 결심했
다. 죽어도 좋다고 비장한 각오를 하고, 쓰러지듯 그는 문을 열어
젖히고 방 안에 들어선 것이다. 병준(炳俊)은 장인과 아내의 시선
을 피해가며 한구석에 앉았다. 저녁상을 차리러 나가려는 아내더
러 그는 이유도 없이 저녁을 어디서 얻어먹고 왔노라고 했다. 그
러고 나서 그는 별안간 공복감을 강하게 의식하는 것이다. 당연
히 월급 말이 나왔다. 두 달 치를 다 받아왔느냐고 아내가 먼저
물었다. 병준(炳俊)은 인제는 별수 없다고 생각했다. 죽는 수밖에

없다고 각오한 것이다. 그는 아내의 말에는 대답을 않고, 장인 쪽을 향해서 떨리는 소리로, 그 하얀 약을 이리 주시우, 했다. 장인은 경멸을 품은 눈초리로 병준(炳俊)을 힐끔 보고 나서, 암 그래야지, 당연히 죽어야지, 하고, 자기의 조끼 주머니를 뒤지기 시작하는 것이다. 아내가 옆에서 가만 하고 있지 않았다. 당신은 죽어버리면 고만이지만, 나는 아이들 데리고 어떻게 하느냐고 앙탈이었다. 처자를 이렇게 궁지에 빠뜨려놓고 죽는 당신은 결코 죽어서도 좋은 곳에 가지 못하리라는 것이다. 과연 지당한 말이라고 병준(炳俊)은 생각했다. 그러나 지금 와서 자기 힘으로 할 수 있는 일이란 죽는 일밖에 없다고 생각하는 것이다. 어느새 장인의 손으로 하얀 정제 열 개가 병준(炳俊)의 앞에 놓여 있었다. 장인은 친절하게도 물그릇까지 옮겨놓아 주었다. 병준(炳俊)은 우선 물부터 한 모금 마셨다. 그 약은 불면증이 있는 자기가 복용하는 수면제인데 열 개만 먹으면 자는 듯이 죽어버릴 것이라고, 장인은 설명까지 들려주는 것이었다. 병준(炳俊)은 또 물을 한 모금 마셨다. 그리고 한 손에 약을 집어 들었다. 왜 그런지 이마에 땀이 내돋았다. 한 손으로 땀을 씻었다. 다자꾸[4] 목이 말라 견딜 수 없었다. 그는 다시 물을 꿀꺽꿀꺽 마셨다. 빈 그릇을 말없이 아내 앞으로 내밀었다. 그 다음 장인에게 이 약맛이 어떠냐고 물었다. 그러나 장인은 약맛을 설명하려 하지는 않았다. 무엇을 생각했는지 장인은 병준(炳俊)의 손에서 정제 열 개를 도로 집어간 것이다. 그리고 내일일랑 셋이서 출근하자고 했다. 병준(炳俊)이가 영문을 몰라 멍하고 있으려니까 자기와 순실(順實)이가 따라가, 사장인가 한 자를 만나가지고 주먹다짐을 해서라도 월급을 받아내고야 말겠노라는 것이었다. 병준(炳俊)에게는 그와 같은 조처가 결코 고마운 일이 아니었다. 호송 당하는 범인처럼 장인과 여편네에게 끌려 출근할 바에는 차라리 죽어버리는 편이 낫다고 병준(炳俊)은 생각한 것이다. 그래서 그는 장인 앞에 음독자살을 자원해 나선 것이다. 장인은 수면제를 도로 싸서 간직하고 완강히 병준(炳俊)의 청을 거부하였다. 인제는 죽을 수도 살 수도 없게 되었다고 그는 비탄하는 것이다. 내일을 생각하니 병준(炳俊)은 오금이 저렸다. 장인과 여편네는 사장을 만나면 대뜸 멱살을 잡고 발악할지 모른다. 그리 되면 월급은 고사하고 사장은 자기를 즉석에서 해직시키고 말 것이다. 이슥해서 장인이 돌아가고 나서도 병준(炳俊)은 좀체 잠을 이룰 수 없었던 것이다.

 이튿날 아침, 병준(炳俊)은 장인과 아내에게 인솔되어 집을 나섰다. 샘물에 모여 섰던 근처 여인 중에서, 이렇게 일찍 어디들 가느냐고 묻는 사람이 있었다. 순실(順實)은 흥분한 어조로 그 뻔뻔스런 사장이란 자를 만나러 가노라 했다. 그러자 여인들은 고개를 끄덕거리며, 오라, 여러 달 월급이 밀렸다더니 그것 받아내러 가는군, 하고, 풀이 죽은 병준(炳俊)을 바라보는 것이다. 병준(炳俊)은 마치 공판정으로 끌려 나가는 죄수모양 고개를 푹 숙이고 지나갔다. 그는 앞산 언덕길을 간신히 추어 올라가며, 다리가 휘청거리고 현기증이 났다. 그는 마침내 마루턱 가까이 가서 땅바닥에 누워버리고 말았다. 어제 저녁과 오늘 아침을 굶은 탓이라고 병준(炳俊)은 생각하는 것이다. 한편 이것은 자기의 꾀병이라고도 해석해보는 것이다. 병준(炳俊)은 맨땅에 누운 채로, 사장이 이번 월말 수금을 해서는 월급부터 주겠다고 했다는 말을 신음 소리처럼 몇 번이나 되풀이하는 것이었다. 그러면 월말까지 한 번 더 속아보기로 하자고 투덜거리며, 할 수 없다는 듯이, 장인과 아내는 그대로 병준(炳俊)을 부축해가지고 돌아온 것이다. 다음날 그는 출근하는 길로, 사장에게, 월말에는 틀림없이 월급을 청산해달라고 애걸하듯 몇 번이나 당부해두었다. 만일 이번 월말에도 월급을 못 타게 되면, 수면제를 먹지 않더라도 자기는 죽는 수밖에 딴 도리가 없을 것이라고 그는 생각하는 것이다. 그리 되면 꼭 석 달 월급이 깔리는 셈이니 먹고 살 수가 없지 않느냐. 독신 시절에 장만했던 오버, 시계, 우산, 심지어는 겨울 내의까지 팔아먹은 것은 벌써 오래전 일이다. 그밖에 병준(炳俊)의 두뇌로는 일일이 기억할 수 없을 만큼 빚투성이였다. 장인네를 위시해서, 이웃집 치고, 쌀 됫박이나 돈 몇백 환 정도 취해오지 않은 집이 없는 것이다. 그것은 물론 순실(順實)의 비위 좋은 외교의 결과였고, 역시 그 덕에 석 달 동안이나 굶지 않고 살아온 것에는 틀림없었다. 여자 이상으로 깐깐한 장인 영감은 으레 저녁마다 들러서 순실(順實)에게 당일의 수지(收支) 면을 캐묻는 것이다. 그러면 순실(順實)은 누구네 집에서 쌀 몇 되, 누구네 집에서 현금 얼마 하고, 꾸어온 것부터 밝히고 나서, 무어 얼마, 무어 얼마, 소비액을 낱낱이 외워 바치는 것이다. 그 가운데는 반드시, 떡이니, 엿이니, 우동이니, 감이니 하는 세목이 끼어 있는 것이다. 조끼 주머니에서 수첩과 연필을 꺼내 하나하나 기장해 나가던 장인 영감은, 오늘두 또 처먹었어? 하고 하나밖에 없는 눈을 부릅떠 보이는 것이다. 그리고는, 자기는 육십이 다 된 오늘날까지, 하루 세 때의 끼니 외에는 군것질이라고 해본 예가 없노라고 하며 잔소리를 퍼붓는 것이었다. 그러면 순실(順實)은 멋쩍게 씩 웃어 보이고, 먹구 싶은 것두 못 먹구 뭣 하러 살아, 세상 재미란 먹는 재미지 뭐유, 난 아버지처럼 살래문 당장 자살해버리구 말겠소, 하고 말대답을 하는 것이다. 내가 이렇게 간섭하지 않으면 너희들은 한 달이 못 가서 굶어 죽고 말리라고 하며, 장인은 남은 돈을 달래가지고 돌아가 버리는 것이다. 장인은 절대로 병준(炳俊)이나 순실(順實)에게 현금을 소지하지 못하게 했다. 있는 대로 자기에게 맡겼다가 필요한 때만 타 쓰라는 것이다. 그러기 병준(炳俊)의 월급날은 미리부터 딱 와서 지키고 앉았다가 자기 손으로 받아 넣는 것이다. 순실(順實)은 군것질 할 돈이 없으면 꿀 수 있는 대로 누구에게든 꾸어 쓰고, 또한 일방 이 가게 저 가게에서 외상을 맡아 먹는 것이었다. 그러한 순실(順實)이와는 정반대로 병준(炳俊)은 결혼 이래 제 손으로 돈을 써본 일이란 거의 없었다. 월급이 제대로 나오던 때에는 장인 감독 하에 극도로 절약해서 생활하고 그래도 몇천 환씩이 남았다. 그러나 장인은 병준(炳俊)에게 이발값이나 목욕비도 제대로 주지 않았다. 목욕일랑 집에서 물을 데워 하라고 했고, 머리는 서투른 솜씨로 장인이 손수 깎아주는 것이었다. 그리고 담뱃값도 현금으로 주는 일이 없이 저녁마다 공작 다섯 개비를 다음날 몫으로 뽑아놓고 가는 것이었다. 병준(炳俊)에게는 그것이 제일 골치였다. 하루에 한 갑도 모자라던 그가 다섯 개비로는 어림도 없었다. 때와 장소를 가리지 않고 담배꽁초만 눈에 띄면 부리나케 주워 모으는 병준(炳俊)은 도대체 자기가 왜 살고 있는지를 알 수가 없었다. 장인과 여편네와 사장을 위해서만 자기는 있는 것 같았다. 그는 먼저 결혼이라는 것을 저주하기 시작했다. 병준(炳俊)은 참말 어떠한 의미에서도 결혼의 보람을 발견하지 못하는 것이었다. 며칠 밤을 두고두고 벼르다가 아내의 이불 속으로 슬그머니 기어들어 갔다가는 무안만 당하고 밀려나오는 병준(炳俊)이었다. 사십이 넘은 양반이 왜 이리 채신머리없이 굴우, 순실(順實)은 그러면서 사뭇 성가시럽다는 듯이 발길로 밀어내는 것이었다. 그런 일이 있은 다음날 아침이면 병준(炳俊)은 창피해서 얼굴을 제대로 들지 못하는 것이다. 그러한 병준(炳俊)도 어쩌다 한 번은 아내를 은근히 탄했다. 그처럼 부부 생활을 싫어하면서 왜 세 번씩이나 결혼을 하였느냐고 따지듯 물어본 것이다. 순실(順實)의 대답은 간단한 것이었다. 첫째는 과부라는 소리가 듣기 싫어서고, 둘째는 용돈을 좀 맘놓고 풍청풍청 써보고 싶어서라는 것이다. 이 말을 듣고 난 병준(炳俊)은 공연히 제 쪽에서 낯을 붉혔다. 정말로 자기는 아무것도 아니라고 생각했다. 이 세상에 인간으로 태어난 것이 자기의 커다란 과오같이만 해석되는 것이었다. 그처럼 인간 행세에 도무지 자신이 서지 않는 그는, 누구 앞에서나 실없이 불안하고 비굴할밖에 없었다. 병준(炳俊)은 사람 앞에서만 그런 게 아니다. 개 같은 짐승을 대해서도 그는 기가 죽었다. 더구나 통장네 개란 놈은 유독 병준(炳俊)이만 보면 한사코 짖어대는 것이다. 그래서 그는 집을 나가거나, 돌아올 때, 통장네 개를 만날까 봐 잠시도 마음을 놓지 못하는 것이었다. 그러한 병준(炳俊)이가 요즘 와서는 일층 심하게 공포를 느끼는 일이 있는 것이다. 그것은 의붓자식인 대갈장군 때문이다. 근처 애들이 대갈장군 대갈장군 하고 부르는 달영(達永)이놈은, 한밤중에 자지 않고 우두커니 앉아 있는 버릇이 있는 것이다. 달빛에 문창이 훤한 날 밤 같은 때, 병준(炳俊)은 소변을 보러 일어나다가 가슴이 서늘해지는 것이다. 그 무지하게 큰 머리를 우뚝 들고 방 한가운데, 달영(達永)이가 버티고 앉아 있기 때문이다. 그게 달영(達永)인 줄 얼른 깨닫고도 병준(炳俊)은 왜 그런지 자꾸만 속이 떨리는 것이었다. 세상 일이란 모두가 자기에게 박해를 가하기 위해서만 꾸며진 것같이 생각되는 것이다. 이러한 세상을 무사히 살아 나간다는 일이 애당초 무리한 짓이라고 느껴지기도 했다. 참말이지 병준(炳俊)은 요즘 와서 가끔 죽고 싶어지는 일이 있다. 그러나 인제는 도무지 죽을 자신마저 생기지 않는 것이었다. 그러한 병준(炳俊)은 자기의 심신이 나날이 피로해가는 것을 의식하는 것이다. 피로가 심해갈수록 발목에 연추[5]라도 매단 듯이 전신이 견딜 수 없이 무거워지는 것이었다. 이러다가 마침내 죽고 마는 것이라고 생각되었다.

  월말이 되자 병준(炳俊)의 중압감은 더해지는 것이다. 집을 나서면서부터, 오늘은 과연 밀린 월급이 해결날 것인지를 생각할 때 병준(炳俊)은 식체[6]에 걸린 사람처럼 흉부에 압박감까지를 느끼는 것이었다. 퇴근 시간이 지나도록 사장은 통 월급 얘기를 비치지 않았다. 병준(炳俊)은 사장의 눈치만을 살피며 앉아 있었다.

그러자 책상을 대강 정돈하고 난 사장은 병준(炳俊)을 향해, 늦었는데 얼른 돌아가 보게, 하고, 일어서 나가려고 한다. 병준(炳俊)은 그제야 당황히 사장 앞을 막아서듯 하며, 오늘이 월말인데요, 저 수금날인데요, 하고 거북한 듯이 한 손으로 머리를 긁적거렸다. 사장은 아, 참 월급 말이지, 하고 잠시 무엇을 생각하는 모양이더니, 우리 나가서 얘기하세, 그러고는 사무실 문을 잠그고 밖으로 나가는 것이었다. 사장은 병준(炳俊)을 어느 중국 음식집으로 안내해갔다. 우선 술과 안주를 청해놓고 사장은 손수 병준(炳俊)의 잔에다 술을 부었다. 그리고 사의 형편을 설명하는 것이었다. 출판계 전체가 파멸 상태에서 허덕이고 있는 이상, 군소 출판소로서는 도저히 유지해나갈 수 없는 위기에 있다는 것과, 그러니 자기만은 단 하나밖에 없는 사원인 병준(炳俊)을 위해서만이라도 끝까지 문을 닫지 않고 버텨나가겠다는 것과, 그러노라면 한고비를 넘기고 차츰 펴나갈 수 있을 것이니, 얼마 동안만 더 참아달라는 말이었다. 월급을 지불 못 하는 자기 심정이 오죽 하겠느냐고 하며, 돈만 들어오면 만사를 제쳐놓고, 월급부터 청산해주겠노라는 것이었다. 병준(炳俊)은 그만 가슴이 뭉클하도록 감격했다. 그렇게 곤경에 빠져 있으면서도 그만두라고 하지 않고 도리어 자기를 위해서라도 끝까지 버텨나가겠다는 사장의 말에 병준(炳俊)은 흥분한 것이다. 차차 돌기 시작하는 술기운 탓도 있었지만 병준(炳俊)은 마치 답사라도 하듯이, 자기가 월급을 독촉하는 것은, 장인과 여편네가 하두 시끄럽게 구니 할 수 없어 말씀드리는 것이지 결코 자기의 본의가 아니라는 것을 말하고 나서,

자기 걱정은 말고 어디까지나 사의 재기 발전을 위해서만 노심해 달라고 당부하는 것이었다. 그러면 자기도 끝까지 사를 위해서 충성을 다하겠노라는 것이다. 주식(酒食)을 끝내고 밖으로 나와 헤어질 무렵에도, 병준(炳俊)은 몇 번이나 사장의 손을 무의미하게 힘껏 쥐어보고 또 쥐어보고 하는 것이었다. 밖에는 썰렁하게 가을비가 뿌리고 있었다. 그는 비를 맞으며 돌아오는 길에서도 사장의 말을 생각하고 감격을 새롭게 하는 것이었다. 그러나 차츰 주기가 사라지고 집이 가까워오자, 병준(炳俊)은 자기가 대단한 실수를 저지른 것 같아 정신이 들기 시작했다. 그는 당황했다. 오늘은 도저히 빈손으로 집에 돌아갈 수 없다는 것을 깨달은 것이다. 자기 집의 불빛이 내려다보이는 고갯마루에 서서 그는 한동안 화석처럼 움직일 줄을 모르는 것이다. 비에 젖은 옷을 통해서 전신에 스미는 냉기도 깨닫지 못하였다. 그러나 한참 뒤에 병준(炳俊)은 자기 집 방문 앞에 귀를 기울이고 서 있는 자신의 초라한 꼴을 발견하는 것이었다. 그는 마치 그림자처럼 문밖 담모퉁이에 우두커니 서 있는 것이다.

  방 안에서는 간혹 장인과 여편네의 중얼거리는 소리가 꿈속에서처럼 새어나왔다. 병준(炳俊)은 장인이라도 어서 돌아가 주기만 기다리는 것이다. 그러나 장인은 쉽사리 돌아갈 것 같지 않았다.

  늦도록 기다리다가 화가 치민 장인은 그대로 여기서 자고 갈지도 모른다.

  병준(炳俊)은 인제 정말 할 수 없다고 각오하였다. 그는 발소리가 안 나게 집 뒤로 돌아가 처마 밑에서 벽에 기대어 밤을 새우기로 했다. 밤이 깊어갈수록 몸이 얼어들어 오기 시작했다. 다리가 몽둥이처럼 뻣뻣해오는 것이다. 그는 양복저고리를 벗어서 머리에 뒤집어쓰고 그 자리에 쪼그리고 앉았다. 자기는 왜 이렇게 살아야 하는지를 병준(炳俊)은 잠깐 생각해보는 것이다. 그러나 그뿐이다. 그런 무의미한 천착을 그는 오래 계속할 기력이 없었다.

이튿날 새벽에 누구보다도 먼저 통장네 개가 그를 발견하고 짖어댔다. 처마 밑에 쓰러져서 가늘게 신음 소리를 내고 있는 병준(炳俊)을 장인과 아내가 부축해서 방 안에 들어다 뉘었다.

그는 제대로 입을 놀리지 못했다. 이틀을 정신없이 고열 속에서 신음했다. 그래도 장인은 의사를 청해다 보였다. 급성 폐렴이라는 진단 밑에 의사는 주사를 놓아주고 돌아갔다. 열이 약간 내리고 정신이 들자, 그는 이불을 뒤집어쓴 채 전연 머리를 내놓지 않았다. 아내와 장인의 얼굴이 그는 무서웠던 것이다. 자꾸만 석 달치나 밀린 월급이 생각났다. 이 방에 이렇게 태평스레 누워 있을 체신이 못 된다고 병준(炳俊)은 초조한 것이었다. 자기가 방에서 죽어서는 안 된다고 그는 생각했다. 왜 그런지는 몰라도, 하여튼 자기는 아내를 앞에 놓고 어엿이 방 안에 누워서 죽을 수 없는 인간인 것만 같았다.

병준(炳俊)은 방 안에 아무도 없는 기회에 자리에서 일어나 보았다. 머리가 휘휘 내두르고 발이 휘청거렸다. 그렇지만 간신히 밖으로 걸어 나갈 수가 있었다.

병준(炳俊)은 뒷산으로 올라갔다. 조그마한 산 후면(後面)은 바로 공동묘지였다.

 그는 몇 걸음 못 가서 쉬고 쉬고 하면서도 기를 쓰고 올라갔다. 나중에는 벌벌 기다시피 해서 공동묘지 한 귀퉁이에 다다르자, 병준(炳俊)은 정신없이 쓰러지고 말았다.

 얼마 만엔가 그가 정신을 돌렸을 때는 눈앞에 한없이 넓은 검은 장막이 둘려 있었고, 그 장막에는 별 같은 것이 무수히 아로새겨 있었다. 병준(炳俊)은 벌써 자기가 죽어서 딴 세상에 온 것이라고 생각했다. 그러자 얼핏 병준(炳俊)은 죽을 때 아내나 장인이나 그 밖에 아무에게도 폐를 끼치지 않아서 다행이라고 생각했다. 그러나 밀린 월급을 받아다 주지 못하고 온 것은 벗을 수 없는 대죄라고 생각하는 것이었다.

 멀리서 불시에 개 짖는 소리가 났다. 병준(炳俊)에게는 그게 통장네 개가 아닌가 싶었다. 그놈의 개가 여기까지 따라오다니, 하고 정신을 바짝 차렸다. 순간 그는 자기가 아직 살아 있다는 것을 깨달았다. 검은 장막인 줄 알았던 것은 밤하늘이었다. 별이 보였다. 저 별을 보는 것도 마지막이라는 생각이 들었다. 그런 중에도 자기가 이렇게 안심하고 죽을 수 있는 장소에 와서 죽는 것은 다행한 일이라고 만족하기도 했다.

 다음날 오후 그 공동묘지에 장사 지내러 왔던 한 패가 병준(炳俊)을 발견했다.

 병준(炳俊)은 채 숨이 끊어지지 않고 있었다.

 몇 시간 뒤 병준(炳俊)은 자기 집에 옮겨져 왔다. 죽기 전에 꼭 한 번 병준(炳俊)은 정신을 돌이켰다. 그때 병준(炳俊)은 아내를 보며 자꾸만 용서해달라고 했다. 그리고 그는 밖으로 나가 아무도 없는 데서 혼자 죽겠노라고 졸라댔다. 그러나 누구 하나 그 원을 들어주려 하지 않았다.

 이튿날 새벽에 병준(炳俊)은 마침내 숨을 거두었다. 단 한 가지 마지막 소원마저 묵살당한 채, 아내와, 의붓자식과, 장인 영감을 비롯하여 이웃 사람 두서넛이 구경하는 가운데서, 병준(炳俊)은 모든 것을 단념한 듯이 눈을 감아버린 것이다.

미해결未解決의 장章
―군소리의 의미

오월 어느 날

아무리 궁리해보아도 나는 집을 떠나야만 할까 보다. 그것만이 우선 나에게 있어서 하나의 해결일 듯싶게 생각되는 것이다. 그 '해결'이라는 말은 더할 나위 없이 내 맘에 꼭 드는 것이다. 그 말은 충분히 나를 취하게 하는 것이다. 그러나 도대체 나는 언제나 되면 노상 집을 떠날 수 있을 것인가? 하루에 몇 번씩 혹은 몇십 번씩 '해결'을 생각하고 거기에 도취하면서도 종시 나는 해결을 짓지 못한 채 지금까지 이러고 있는 것이다. 나는 도무지 주위와 나를 어떠한 필연성 밑에 연결시키지 못하는 것이다. 당장 이 방 안에 있어서의 내 위치와 식구들과의 관계부터가 그러하다.

대장[父親]은 지금 막 뜯어놓은 넝마 무더기에서 쓸 만한 것을 열심히 추려내고 앉아 있는 것이다. 머리에는 꾸겨진 등산모가

얹혀 있다. 얼굴에서는 제법 자개수염[1]이 특색이다. 비대한 몸집에 되는 대로 걸치고 있는 미군 작업복도 역시 낡은 것이다. 대장이 그렇게 소중히 여기는 근엄성이나 위엄은 찾아볼 수가 없다. 그래도 그런 것이 조금이라도 남아 있다면, 저 자개수염 끝에서나 엿볼 수 있을까? 넝마를 뒤적거리고 있는 대장은 굶지 않으려고 버둥대는 제품(製品) 직공에 불과한 것이다. 그 이외의 아무것도 아닌 것이다. 간반[2] 방에는 안개처럼 먼지가 뿌옇다. 금붕어 물 마시듯, 우리 일곱 식구는 별수 없이 그걸 꼴깍꼴깍 먹고 사는 것이다. 그러나 나는 척수를 깎아내는 것 같은 저 재봉틀 소리만은 사랑하기로 하고 있는 것이다. 참말이지 이 방 안에서 저 소리마저 뚝 그치고 만다면 대체 어떻게 될 것인가? 그러면 마치 빛 없는 동굴이 아니냐? 그러나 지금도 열심히 재봉틀을 돌리고 있는 지숙(志淑)을 바라보면 나는 견딜 수 없이 무거워지는 것이다. 지숙(志淑)의 얼굴에서 나는 일찍이 웃음을 본 일이 없다. 언제나 양초처럼 희기만 한 얼굴에는 표정조차도 없는 것이다. 지숙(志淑)은 여자 대학생이다. 그러면서도 오후에는 일찌감치 돌아와서 제품 일을 하는 것이다. 그는 나를 경멸하고 있는 것이다. 그것은 내가 미국 유학을 단념했다는 데 있는 것이다. 어이없게도 우리 집 식구들은 온통 미국 유학열에 들떠 있는 것이다. 인제 겨우 열한 살짜리 지현(志賢)이년만 해도, 동무들끼리 놀다가 걸핏하면 한다는 소리가,

"난 커서 미국 유학 간다누."

다. 그게 제일 큰 자랑인 모양이다. 중학교 이학년생인 지철(志

哲)이는, 다른 학과야 어찌 되었건 벌써부터 영어 공부만 위주하고 있다. 지난 학기 성적표에는 육십 점짜리가 여러 개 있어서 대장이 뭐라고 했더니

"응, 건 다 괜찮어. 아 영얼 봐요, 영얼요!"
하고, 구십팔 점의 영어 과목을 가리키며 으스대는 것이었다. 영어 하나만 자신이 있으면 다른 학과 따위는 낙제만 면해도 된다는 것이 그놈의 지론이다. 영어만 능숙하고 보면 언제든 미국 유학은 가능하다는 것이다. 우리 오남매 중에서 맨 가운데에 태어난 지웅(志雄)이 또한 마찬가지다. 고등학교 일학년인 그 녀석은, 어느새 미국 유학 수속의 절차며 내용을 뚜르르 꿰고 있다. 미국 유학에 관한 기사나 서적은 모조리 구해가지고 암송하다시피 하는 것이다. 지숙(志淑)이 역시 나를 노골적으로 멸시할 정도니 더 말할 여지가 없다. 지철(志哲)이나 지웅(志雄)이는 그래도 아직 저희들 꿈에만 도취해서 나를 업신여기고 비웃고 할 여유가 없다. 그렇지만 지숙(志淑)은 노상 대학생이노라고 자기만족에만 머무르지 않고, 제법 남을 비판하고 경멸하는 데서 오는 쾌감을 향락하려 드는 것이다. "오빤 뭣 하러 사는지 몰라!" 이게 날더러 하는 소리다. 물론 나 따위는 거들떠보지도 않고 외면한 채 하는 소리인 것이다. 그래도 어머니만은 좀 다르다.

"얘, 미국이구 뭐구 밥부터 먹어야겠다. 목구멍에 풀칠도 제대로 못 하는 주제에 미국은 다 뭐니."

이러한 어머니를 대장은 점잖게 나무라는 것이다.

"원 저렇게라구야 아 아이들의 웅지(雄志)를 북돋아주지는 못

할망정 그 무슨 좀된³ 소리요. 그러니까 한국 사람은 천생 이런 꼴을 못 면하는 거여!"

그러자 삼남매는 일제히 어머니를 몰아세우는 것이다. 비록 밥을 굶는 한이 있더라도 미국 유학만은 꼭 해야 한다는 것이다. 정계나 학계에 출세한 사람들의 이름을 여럿 들어 보이며, 그들은 모두 미국 유학을 했다는 것이다. 그중에서도 지웅(志雄)이는 고학의 길이 얼마든지 있다는 것을, 실례와 세밀한 숫자까지 일일이 들어가며 웅변조로 나오는 것이다. 마침내 모친도 누그러져서,

"오냐, 오냐, 그러문야 작히나 좋겠니. 하 답답해 하는 소리다. 될 수만 있으면 미국은 한 번씩 다녀와야지. 암 그렇구 말구."
하고, 그 가느다란 목을 주억거려 보이는 것이다. 그러고 나면 결론이나 내리듯이 대장은 극히 만족한 어조로 중얼거리는 것이다.

"오냐, 다섯 놈이 모두 박사, 석사 자격을 얻어가지구 미국서 돌아만 와 봐라!"

오남매가 당장 미국서 박사, 석사 학위를 얻어가지고 귀국하게 된 것처럼 대장은 신이 나는 것이다. 그러다가 문득 윗목에 누워 있는 나를 발견하고 나서 대장은 무슨 모욕이라도 당한 듯이 노려보는 것이다.

"죽어라, 죽어!"

그러나 그 이상 더 만족할 만한 욕설이 얼른 떠오르지 않아서 대장은 입만 쭝깃쭝깃거리다가 외면하고 마는 것이다. 나는 약간 실망하는 것이다. 왜냐하면,

"죽어라, 죽어!"

소리 뒤에는, 고무장갑 같은 대장의 손이 내 따귀를 갈기는 것이 거의 공식화되어 있었기 때문이다. 이러한 식구들 가운데서 나만 정말 아무것도 아닌 것이다. 암만해도 자신이 미국을 가야 할 하등의 이유도 나는 발견하지 못하는 것이다. 미국은 고사하고 나는 요즈음 대학에도 제대로 나가지 못하는 것이다. 그것은 납부금을 제때에 바치지 못해서만도 아닌 것이다. 물론 그것이 하나의 주요한 동기이기는 하다. 그러나 그보다도 나는 주위와 자신의 중압감을 감당해나갈 수 없는 것이다. 이 대가리가, 동체⁴가, 팔다리가, 그리고 먼지와 함께 방 안에 빼곡 차 있는 무의미가, 나는 무거워 견딜 수 없는 것이다.

  부산에 피난 가 있는 동안, 대장은 한사코 싫다는 나를 우격다짐으로 법과대학에 집어넣었던 것이다. 만약 법대에 들지 못하면 대장은 자결하고 말겠노라고 위협조차 했던 것이다. 내가 법대에 못 들면 단지 그 이유로 자결하겠다고. 그때만 해도 참말 나는 어렸던 것이다. 지금 생각하면, 비대한 대장의 몸뚱이가 영도다리에서 투신을 하거나, 음독을 하고 버둥거리는 광경을 상상만 해도 나는 웃지 않고 견딜 수 없는 것이다. 합격 발표를 보고 돌아오는 길에 대장은 닭을 한 마리 사들고 왔다. 그놈을 통째로 고아서 내게다 안겨놓더니, 법대를 마치고 미국 가 삼사 년만 연구하고 돌아올 말이면, 장차 장관 자리 하나는 떼어 놓은 당상이라는 것이었다. 그러면서 대장은, 날더러 꿈에도 잊지 말고 장관의 걸상 하나는 걸머지고 다녀야 한다는 것이었다. 왜정 시대에 전문학교 법과를 나와 가지고, 전후 오차나 '고문(高文)'⁵에 응시했건만 종내 뜻을 이루지 못하고 만 대장의 간곡한 당부인 것이다. 도대체 대장은 어째서 다섯 번이나 '고문' 시험을 쳤는지, 그리고, 인간이 무슨 탓으로 장관을 지내보고 죽어야 하는지, 나는 오래 두고 생각해보아도 그 까닭을 알 수 없는 것이다. 어쨌든 나는 대장이 꿈에도 잊지 말라는 그 장관의 걸상을 억지로 떠메고 다니느라고, 대가리가, 동체가 이렇게 무거워졌는지도 모르겠다. 그렇기에 나는 무거운 몸을 방구석에 누워 지내는 일이 많은 것이다. 그러다가 대장의 입에서 '죽어라, 죽어!' 하는 말이 튀어나오고, 고무장갑 같은 그 손이 내 뺨을 후려갈기고 나면, 할 수 없이 나는 일어나 밖으로 나가는 것이다. 그러나 결코 나는 대장의 소원대로 죽으러 나가는 것은 아니다. 어디서 미술 전람회라도 있으면 나는 거기를 찾아가 시간을 보내는 것이다. 그러나 요즈음은 대개 문선생(文先生)네 집에 가서 광순(光順)이와 나란히 누워 낮잠을 자는 일이 많다.

저녁때가 거의 되어서, 의류 구제품⁶을 한 보따리 꾸려 이고 모친이 돌아왔다. 그것은 안면 있는 몇몇 고아원을 찾아다니며, 그냥은 사용할 수 없는 구제품을 헐값으로 사오는 물품이다. 집에서 그걸 일일이 뜯어가지고 각종 아동복을 재생해서 시장에 내다 넘기는 것이다. 구제품을 사들이는 일이나, 제품을 내다파는 일은 전적으로 모친의 소임인 것이다. 대장은 집에서 제품 일을 거들기는 해도 물건 보퉁이를 둘러메고 밖으로 나다니지는 못하는 것이다. 그것은 위신과 체면을 손상시키는 일이라고 해석하기 때문이다. 대장은 헌 미군 작업복에 등산모를 쓰고 앉아서 지숙(志

淑)에게 잔소리를 들어가며 마름질을 하거나, 더러는 재봉기를 돌리기도 하는 것이다.

  모친은 동댕이치듯 짐을 내려놓더니 내 옆에 와서 말없이 누워 버렸다. 모친은 견딜 수 없이 피로한 것이다. 육체도 정신도, 과로와 생활난에 완전히 지쳐버린 것이다. 그러한 모친의 몸뚱이는 흡사 중병을 치르고 난 사람처럼 야윌 대로 야위었다. 해골처럼 뼈만 남아 있는 것이다. 워낙이 살기 없는 체질이기는 하지만, 요즘 와서는 두드러지게 가늘어진 것이다. 그 가느다란 목과 팔과 어깨에는 서리 맞은 덩굴에 호박이 달려 있듯, 여섯 식구가 주렁주렁 매달려 있는 것이다. 모친과는 반대로, 아무렇게 다루어도 도무지 축이 갈 줄 모르는 대장의 비대한 몸뚱이에 나는 늘 위압을 느끼는 것이다. 우리 가족은 벌써 반년 이상이나 점심이라는 걸 잊고 지내는 것이다. 그것도 밥은 아침뿐이요, 저녁은 우유죽인 경우가 태반이다. 그래도 대장의 체중은 왜 그런지 줄지 아니 하는 것이다. 그러한 대장을 바라보며 나는 고무로 만든 인형을 생각하는 것이다. 바람만 잡아넣으면 얼마든지 늘어나는 고무사람 말이다. 하기는 저녁마다 대장은 바람 대신 사이다병으로 하나씩 약주를 집어넣는 것이다. 대장은 단 하루 저녁이라도 술을 거르고는 견디지 못하는 것이다. 아마도 대장의 우둘우둘한 몸집은 술살이 오른 탓일지도 모른다.

  갑자기 으스스 춥다고 하며 모친은 와들와들 몸을 떨기 시작한다. 구제품 보따리를 정리하고 있던 지숙(志淑)이가 얼른 이불을 내려서 덮어드렸다. 그러고 나서 지숙(志淑)은 자기가 하던 일을 대장에게 맡기고, 저녁 준비를 하러 부엌으로 나가는 것이다. 여러 가지 색깔과 모양의 옷가지를 뒤적거리면서 대장은 못마땅한 태도로 나를 힐끔힐끔 바라보았다. 그러다가 마침내,

"죽어라, 죽어!"

하는 소리가 대장의 입에서 또 폭발된 것이다. 나는 언제나처럼 누운 채 무엇을 기대하며 소리 나는 쪽으로 고개를 돌렸다. 대장은 입을 실룩거리고 손끝을 약간 떨며 일어나서 내게로 다가오는 것이다. 나의 기대는 과연 어긋나지 아니한 것이다. 나는 얼른 일어나 앉았다. 대장의 손이 내 따귀를 갈기기에 편리한 자세를 취해주기 위해서인 것이다. 왼쪽 귀 밑에서 찰싹 소리가 났다. 거푸 오른편 뺨에서도 같은 소리가 났다.

"죽어라, 썩 죽어!"

그 뒤에는 적당한 말이 얼른 생각나지 않아서 대장은 입만 히물거리다가 도로 제자리에 돌아가 버린 것이다. 대장은 죽으라는 말을 최대의 욕이라고 생각하고 있는 것이다. 그러나 대장은 화가 나거나 감동을 하거나, 여하튼 급격한 흥분이 오게 되면 제대로 말을 못 하는 것이다. 벙어리처럼 간단한 말 한두 마디를 겨우 발하고는 입을 샐룩거릴 뿐, 뒷말을 잇지 못하고 마는 것이다. 그 대신 흥분하는 시간은 극히 짧은 것이다. 아무리 격분했다가도 불과 오 분 이내에 완전히 평상 상태로 돌아가는 것이다. 대장은 아무 일도 없었다는 듯이, 지금도 평시의 태도로 하던 일을 계속하는 것이다. 공식같이 대장의 손이 나의 양쪽 따귀를 후려칠 적마다, 니는 정말 고무 인형을 생각하는 것이다. 그것은 꼭 공기를

넣어서 부풀게 한 고무장갑같이 느껴지기 때문이다. 그처럼 대장의 손맛은 그다지 맵지 아니한 것이다. 방 안에는 먼지가 연기처럼 자욱하다. 구제품을 들추어 놓은데다가 대장의 육중한 몸집이 낡은 다다미 바닥을 진동시킨 까닭이다. 나는 말없이 일어나 밖으로 나왔다. 밖에는 안개 같은 가랑비가 뿌리고 있었다. 어디를 갈까? 나는 잠시 망설이다가 이내 걸음을 떼어놓았다. 내가 찾아갈 곳은 역시 광순(光順)이밖에 없는 것이다. 그러나 광순(光順)은 벌써 출근했을지도 모른다. 광순(光順)은 저녁때에 출근했다가 아침에야 돌아오는 희한한 직업을 가지고 있는 것이다.

"어디 가? 형."

학교가 파하고 나서 신문을 팔다가 돌아오는 지철(志哲)이놈이다.

"미국!"

나는 엉뚱한 그 한 마디를 던지고 분주히 골목을 빠져나갔다. 그러면서 나는 만족했다. '미국!' 그 대답이 웬일인지 스스로 몹시 흡족한 것이었다.

오월 어느 날

오늘도 나는 나 자신을 해결할 아무런 방도도 없이 하여튼 잠시나마 집을 나와 본 것이다. 굶어도 축갈 줄 모르는, 비대한 몸집에 등산모를 쓰고 앉아 구제품을 뜯고 있는 대장, 서리 맞은 호박 덩굴처럼 가늘게 시들어진 목과 팔을 움직여가며 마름질을 하고 앉아 있는 모친, 진드기처럼 악착스레 재봉틀에 달라붙어 있는 무표정한 여자 대학생 지숙(志淑)을 팽개쳐 둔 채, 먼지가 자욱한 그 방을 나는 빠져나온 것이다. 참말 그놈의 다다밋장은 대체 얼마나 오랜 물건인지 모르겠다. 꺼풀이 한 겹 벗겨져 온통 속이 나와 버린 것은 문제가 아니지만, 사람이 움직일 때마다 발밑에서 풀썩풀썩 먼지가 이는 데는 견딜 수 없는 것이다. 그렇지만 이제 나는 적어도 몇 시간 동안은 그러한 집에 돌아가지 않아도 좋을 것이다. 전찻길을 건너고, 국민학교 담장을 끼고 돌아서, 육이오 때 파괴된 채로 버려둔 넓은 공터를 가로 건너, 나는 또 문선생(文先生)네 집을 찾아가는 것이다. 국민학교의 그 콘크리트 담장에는 사변통에 총탄이 남긴 구멍이 숭숭 뚫려 있었다. 나는 오늘도 걸음을 멈추고 그 구멍으로 운동장을 들여다보는 것이다. 마침 쉬는 시간인 모양이다. 어린애들이 넓은 마당에 가득히 들끓고 있다. 나는 언제나처럼 어이없는 공상에 취해보는 것이다. 그 공상에 의하면, 나는 지금 현미경을 들여다보고 있는 병리학자인 것이다. 난치의 피부병에 신음하고 있는 지구덩이의 위촉을 받고 병원체의 발견에 착수한 것이다. 그것이 '인간'이라는 박테리아에 의해서 발생되는 질병이라는 것은 알았지만 아직도 그 세균이 어떠한 상태로 발생, 번식해 나가는지를 밝히지 못하고 있는 것이다. 그러니 치료법에 있어서는 더욱 캄캄할 뿐이다. 나는 지구덩이에 대해서 면목이 없는 것이다. 나는 아이들을 들여다보며 한숨을 쉬는 것이다. 아직은 활동을 못 하지만, 고것들이 완전히 성장하게 되면 지구의 피부에 악착같이 달라붙어 야금야금 갉아먹을 것이다. 인간이라는 병균에 침범당해, 그 피부가 는적는적[7] 썩어 들어가는 지구덩이를 상상하며, 나는 구멍에서 눈을 떼고 침을 뱉었다. 그것은 단순한 피부병이 아니라 지구에게 있어서는 나병과 같이 불치의 병일지도 모른다는 생각을 안고 나는 발길을 떼어놓는 것이다. 그 어처구니없는 공상이 맘에 들어서 나는 얼마든지 취한 체 걷는 것이다. 갑자기 눈앞에 누가 막아선다. 여자가 웃고 서 있는 것이다. 광순(光順)이었다.

"아, 어디 가우?"

문선생(文先生)네 집에, 나는 문선생(文先生)을 보러 가는 것은 아니었다. 물론 이 광순(光順)이를 만나러 가는 것이었다. 광순(光順)은 말없이 생긋이 웃는 채로 손에 들고 있는 것을 내밀어 보였다. 그것은 수건과 비누가 들어 있는 대야였다.

"목간?"

왜 그런지 그제야 나는 안심이 되는 것 같았다.

"내 곧 다녀올게요."

광순(光順)은 역시 웃음으로 얼굴을 장식한 채 나를 지나쳐버렸다. 얼마나 웃기 잘하는 여자냐? 지숙(志淑)이와는 꼭 반대인 것이다. 광순(光順)의 낯에서는 언제든 눈부신 미소가 사라질 적이 없다. 근심도 애수도, 그 미소의 바닥으로만 흘러가버릴 뿐, 결코 그것을 지워버리거나 흐려버리지는 못하는 것이다.

간반 방 아랫목에 문선생(文先生)은 혼자 일어나 앉아 있었다.

"광순(光順)인 없어. 밖에 나갔어. 아마 오늘은 안 들어올 걸세."

몹시 당황한 소리였다. 문선생(文先生)은 내가 찾아오는 것을 싫어하는 것이다. 나는 그러한 문선생(文先生)을 무시하고 안으로 들어가 앉았다. 문선생(文先生)은 퀭한 눈으로 잠시 나를 노려보듯 하다가,

"광순(光順)인 아주 나갔다니까. 정말 오늘은 안 돌아온다니까." 하고, 애원하듯 하는 것이다.

"네, 알았습니다. 광순(光順)이가 목간 간 줄도 알구, 물론 문선생(文先生)이 날 꺼려 한다는 것두 잘 알구 있습니다. 사실입니다. 난 그런 걸 죄다 알구 있는 겝니다."

문선생(文先生)은 할 수 없다는 듯이 야윈 상반신을 힘없이 벽에다 기대고 눈을 감는 것이었다. 문선생(文先生)의 신색은 며칠 전보다 훨씬 나빠진 것같이 보였다. 윗목에는 이부자리가 펴놓은 대로 있었다. 그것은 좀전까지 광순(光順)이가 자고 있던 자리인 것이다. 나는 이불을 들치고 그 속으로 기어 들어갔다. 밤에도 제대로 못 자는 나는 가끔 여기에 와서 낮잠을 즐기는 것이다. 왜 그런지 광순(光順)의 이불 속에 들어가 누우면 잠이 잘 오는 것이다. 맑은 오월의 대기를 등지고 나는 이제 광순(光順)이가 돌아오기까지 여기서 잠을 자야 하는 것이다. 그러나 목간에서 돌아온 광순(光順)은 나를 깨우지 아니한 채 출근해버리고 말았다.

내가 눈을 떴을 때는 방 안이 어슴푸레해 있었다. 밖에서 늦도록 놀다가 돌아온 이집 아이들이 떠들썩하는 바람에 나는 잠을 깬 것이었다. 문선생(文先生)에게는 삼남매가 있다. 장남이 국민학교 오학년, 징녀가 삼학년, 치남이 국민학교에 들어갈 나이인

것이다. 문선생(文先生)의 부인은 피난지에서 죽었다. 산후가 깨끗지를 못해 시름시름 앓다가 마침내 갓난애와 전후해서 세상을 떠난 것이다. 그런데다가 지금 노모와 세 어린애를 거느린 문선생(文先生)은 완전히 생활 능력을 상실한 폐인인 것이다. 그는 이미 사변 전부터 위장병으로 나았다 더했다 하는 것이었다. 의사에 따라서 위산과다증이라고도 하고, 위궤양의 증세가 확실하다고도 한다는 것이다. 그러한 그는 대개 방 안에 우두커니 앉아 있거나, 누워 있거나 하는 것이다. 그러다가 미음술이라도 몇 모금씩 뜰 정도가 되면 한결 볼썽도 나아져서 할 일 없이 밖에 나다니기도 하는 것이었다. 이러한 이 가정의 생활은 전적으로 문선생(文先生)의 여동생인 광순(光順)의 힘에 의존하고 있는 것이었다. 하기는 그들의 노모가 전차 거리에다 담뱃갑을 벌여놓고 밤낮 지키고 앉아 있기는 하지만, 그 수입이란 고작 아이들의 학비나 용돈밖에는 안 되는 것이었다. 그러나 모친에게 있어서는 수입의 다소가 문제가 아닌 것이다. 딸의 신세를 생각할 때, 가만하고 집구석에만 박혀 있을 수가 없는 것이었다. 한편 문선생(文先生)은 또한 문선생(文先生)대로, 자기는 온 천하의 죄를 혼자서 짊어지고 있는 것처럼 생각하고 있는 것이다. 광순(光順)이나 모친에게 대해서뿐 아니라, 그는 누구 앞에서고 제대로 고개를 들지 못하는 것이다. 진성회(眞誠會)의 회합 때에도, 문선생(文先生)만은 고개를 푹 떨어뜨리고 앉아서 한 번도 자기를 주장하는 일이 없는 것이다. 그렇다. 나는 진성회(眞誠會)에 관해서 여기에 몇 마디 적어두어야 하겠다. 그것은 정말 견딜 수 없이 나를 무의미하게 만들어주기 때문이다. 진성회(眞誠會)의 회원은, 현재, 나의 대장〔父親〕, 문선생(文先生), 장선생(長先生), 이렇게 세 사람뿐이다. 진실(眞實)하고, 성실(誠實)한 사람들끼리 모여, 국가 민족과, 인류 사회를 위해서 진실하고 성실한 일을 하다가 죽자는 것이 소위 진성회(眞誠會)의 취지인 것이다. 그들은 이 지구상에서 자기네 세 사람만이 가장 진실하고 성실한 인간이라고 자처하고 있는 것이다. 따라서 민족과 인류를 위해 진실하고 성실한 일을 할 수 있는 인재도 역시 자기들뿐이라고 자신하고 있는 것이다. 그들은 한 달에 한 번씩 정례 회의를 열고 세상이 자기들을 몰라주고 하늘이 때를 허락하지 않음을 개탄하는 것이다. 그러다가 진주는 땅에 묻혀도 썩지 않는다고 자위하고 헤어지는 것이다. 그들은 우리 집에서 열렸던 결성식 및 제일회 총회에서, 상당한 토론 끝에 나에게 준회원의 자격을 부여했던 것이다. 그때 나는 참말 어처구니없이 당황했던 것이다. 동시에 나는 준회원이 되기를 거부했다. 그러나 그들은 내 의사를 사양의 뜻으로 오인했던지, 이구동성으로 권하는 말이, 앞으로 나이와 함께 수양을 쌓으면 훌륭한 정회원이 될 바탕이 보이니, 주저하거나 낙망하지 말고 입회하라는 것이었다. 이 말에 나는 정말 실없이 두번째 당황했던 것이다. 진성회(眞誠會)의 정회원이 될 바탕이 내게 있다면 사실 나는 마지막이라는 생각이 들었다. 게다가 회장으로 선임된 대장은 거연히[8] 내게다 '비서'라는 직분까지를 명했던 것이다. 나는 그 준회원과 비서의 자격으로 서너 번 회의에 참석한 일이 있는 것이다. 대장과 문선생(文先生) 간의 대화를 통해 장선생

(長先生)의 이름은 전부터 듣고 있었지만 정작 내가 그를 대해 보기는 결성식날이 처음이었다. 그는 보통 사람의 두 배나 되는 거대한 체구의 소유자였다. 회원 명부에 의하면 마흔두 살이었다. 대장은 누구 앞에서나 '나보다 약하고 불행한 사람을 위해 봉사하다가 죽자'는 말을 자랑스럽게 내세웠는데, 그보다도 더 빈번히 장선생(長先生)은 사필귀정(事必歸正)이라는 문구를 득의°하게 사용하는 것이었다. 그가 고향에서 면사무소 총무로 있을 때, 사필귀정 선생이라는 별명으로 통했다는 것은 나중에야 알았다. 그러나 그의 사필귀정보다도, 실지 생활 내막을 엿보았을 때, 장선생(長先生)은 내 머리에서 잊혀지지 않는 존재가 되었던 것이다. 제이차 정례 회의가 장선생(長先生)네 집에서 열리는 날이었다. 나는 대장이나 문선생(文先生)보다 한걸음 앞서 장선생(長先生) 댁을 왕방했던 것이다. 그때 장선생(長先生)은 그 거대한 체구에다 조그만 앞치마를 두르고 있었다. 그 앞치마에는 장난감 같은 주머니가 붙어 있을 뿐 아니라, 가상이¹⁰로는 색실로 수까지 놓아 있었다. 그는 방 안에 풍로를 들여놓고 한창 요리를 만드는 중이었다. 그것은 밀가루에다 가루우유를 섞어 반죽을 해서 굽는 소위 자가식 우유빵이란 것이었다. 풍로 옆에는 두서너 살짜리에서부터, 그 위로 한두 살씩 층이 져 보이는 사내애 세 놈이 무릎을 모으고 앉아 콧물을 닦아가며 빵이 익기를 기다리고 있는 것이었다. 우선 세 개를 구워서 아이들에게 하나씩 들려주었다.

"이거 봐 느들 있다 엄마 온 댐에 빵 먹었다 소리하문 안 된다. 알았지? 그러문 그 빵을 도루 뺏을 테야!"

장선생(長先生)은 아이들에게 그렇게 타일러서 나가놀다 오라고 밖으로 내쫓았다. 장선생(長先生)에게는 아들만 육형제가 있다는 것이다. 그 부인이 국민학교 준교원이었다. 순전히 그 수입으로 여덟 식구의 생계를 유지해가는 것이다. 아침 나절 부엌 동자까지 거의 장선생(長先生)이 맡아본다는 것이다. 그리고 낮에는 학교에 안 가는 아이들을 데리고 종일 집을 지킨다는 것이다. 장선생(長先生)이 빵을 다 굽고 나서, 풍로며 기타 도구들을 내다 치우고 들어온 뒤에야 대장과 문선생(文先生)이 왔다. 장선생(長先生)은 어린애처럼 얼굴을 붉히며, 그냥 있기에는 과히 섭섭해 그러노라고 하며, 빵을 접시에 담아 내놓았다. 그것은 두 개씩밖에는 차례에 돌아가지 않았다. 문선생(文先生)만은 소화시킬 자신이 없다고 종시 손을 대지 않았다. 그러나 허기져 지내는 대장과 나는 솔직한 말로 널름널름 먹어치웠다. 문선생(文先生) 몫만 두 개가 접시에 그대로 남아 있을 때였다. 문득 밖에서 사람의 신발 소리가 난 것이다. 동시에,

"웬 손님이 이렇게 여러 분 오셨을까."

하는 여자의 음성이 들렸다. 장선생(長先生)의 부인이라고 내가 직감하는 순간, 장선생(長先生)의 안색이 홱 변하더니, 남아 있는 빵을 접시째 번개같이 집어다가 앞치마 밑에 감춰버린 것이었다. 석고처럼 굳어버린 장선생(長先生)의 얼굴을 바라보며, 까닭없이 나도 얼굴을 붉혔던 것이다. 그때 이후 나는 장선생(長先生)을 잊어버리지 못하는 것이다. 그렇다고 별반 교섭을 갖는 일도 없건만, 이상하게 그러한 장선생(長先生)이 모습이 내 머리에서 사라

지지 않는 것이다.

"아저씨, 일어나. 얼릉 일어나서 가!"

문선생(文先生)의 막내놈이 나를 흔들어 깨우는 것이다. 아까 잠시 눈을 떴다가 나는 도로 이불을 뒤집어쓰고 누워 있었던 것이다. 이불 속에는 여러 가지 냄새가 배어 있었다. 그것은 광순(光順)의 살 냄샐까? 땀 냄샐까? 크림 냄샐까? 어쩌면 여러 종류의 사내들에게서 묻혀가지고 온 별의별 냄새가 다 섞여 있는지도 모른다. 아무튼 광순(光順)의 이불에는 야릇한 냄새가 젖어 있는 것이다. 아무런 '해결'도 없는 나의 머리에는 그건 좀 독한지도 모른다. 그러기 나는 늘 냄새에 취하는 것이다. 일어나 보니, 벌써 방 안에는 불을 켜고 있었다. 문선생(文先生)은 여전히 눈을 감은 채, 아랫목 벽을 등지고 그림자같이 앉아 있는 것이다. 아이들은 세 놈이 다 저희 아버지 본으로 하는 일 없이 우두커니 앉아 있는 것이다. 그러나 그 애들의 눈은 한결같이 나를 노려보고 있는 것이다. 그 연유를 나는 잘 알고 있다. 아이들이 배가 고프다고 저녁을 재촉하면, 문선생(文先生)은 턱으로 나를 가리키며, 가거들랑 먹으라는 것이다. 그래서 아이들은 어서 내가 일어나 나가기를 기다리다 못해, 막내놈이 마침내 흔들어 깨우고야 마는 것이다.

나는 이불을 개켜 얹고 말없이 밖으로 나왔다. 나는 곧장 전찻길로 나가 담배 목판을 지키고 앉아 있는 문선생(文先生)의 모친 앞에서 걸음을 멈추었다.

"광순(光順)이는 오늘 저녁도 출근했습니다. 그리고 집에서들은 내가 무서워서 밥을 굶고 앉아 있습니다."

내 음성은 공연히 떨리기까지 한 것이다. 문선생(文先生)의 모친은 말없이 나를 쳐다보았다. 나는 그 눈을 보았다. 그 눈은 딸을 생각하는 눈이었다. 그것은 영원히 구원받을 수 없는 눈이라는 생각이 내게는 들었다.

오월 어느 날

우리 집 식구들 가운데서 나는 이방인시 당하고 있는 것이다. 그들은 이방인에게 대해서는 주저 없이 힐난과 조소를 퍼부을 수 있는 것이다. 마침 오늘은 온 가족이 오래간만에 한자리에 모여 앉게 되었다. 그들은 이 기회에 집단적으로 나를 비난하려 드는 것이다. 물론 그중에서도 나를 가장 증오하는 사람은 대장이다.

"제구실 하긴 틀렸어, 저건."

그러기 대장은 지금도 그 말을 아마 열 번은 되풀이했을 것이다. 그러나 그가 나를 원수처럼 증오한다는 사실은, '죽어라, 죽어!' 하며 그 고무장갑 같은 손으로 나를 구타하는 것으로 보아 더 정확히 알 수 있는 일이다. 그는 가만하고 있다가도 발작적으로 내게다 손찌검을 하는 것이다. 우리 식구 가운데서 대장이 안심하고 때릴 수 있는 대상은 나뿐이다. 다른 식구에게는 감히 손을 대지 못하는 것이다. 더구나 지숙(志淑)이 앞에서는 끽 소리도 못하는 것이다. 저렇게 체통이 크고 자개수염이랑 기른 대장이, 지숙(志淑)에게 핀잔을 들어기면서 미름 질을 하고 앉아 있는 꼴을 볼 때 나는 신기한 생각이 드는 것이다. 지숙(志淑)에게는 어떤 보이지 않는 힘이 있는지도 모르는 것이다. 웃음이라고는 지어 본 일이 없는, 탈박¹¹ 같은 그 얼굴 때문일까? 어쨌든 대장이 나를 증오하는 사람이라면, 지숙(志淑)은 나를 가장 경멸하는 사람인 것이다. 지숙(志淑)이가 나를 경멸하는 이유는 극히 간단한 것이다. 한창 청운의 뜻에 불타야 할 청년이 전연 입신양명에 대한 야심이 없다는 데 있는 것이다.

한참들 제멋대로 나를 깎아내리고 있던 가족 중에서 그래도 모친은 나를 가리켜 혹시 실연이라도 한 탓이 아닐까 했다. 그러자 지숙(志淑)은 "그러면 아주 제법이게요!" 하고 일소에 붙인 것이다. 노상 누구를 사랑할 만한 정열이 있다면 오빠는 출세영달에 그토록 무관심하지는 않으리라는 것이다. 물론 지철(志哲)이나 지웅(志雄)이도 나를 대수롭지 않게 여기는 것은 사실이다. 그들은 영어 실력 여하에 따라 인간의 자격을 규정하고, 양행(洋行)을 했느냐 아니냐에 의해서 인간의 가치를 평가하려 드는 것이다. 그러한 그들의 눈에는 첫째 내 영어 실력이 의심스러운 것이다. 더구나 내가 미국 유학의 희망을 완전히 포기했다는 말을 지숙(志淑)에게서 들은 그들은,

"그럼 형은 뭣 허러 살까?"

하고, 이해할 수 없다는 듯이 고개를 기웃거렸던 것이다. 지철(志哲)이나 지웅(志雄)에게는 즉 산다는 것은 미국 유학을 의미하는 것이다. 인생의 목적은 미국 유학에 있다고 신앙하는 것이다. 이것은 비단 지철(志哲)이나 지웅(志雄)이만이 지닌 생각은 아니

다. 대장도 지숙(志淑)이도 대동소이한 의견인 것이다. 그저 모친만이 약간 다른 것이다. 모친에게는 우선 먹고 사는 문제가 더 중요한 것이다. 물론 미국 유학도 나쁘지는 않지만 어떻게 하면 굶지 않고 지내느냐 하는 것이 더 절박한 문제인 것이다. 간신히 하루 두 끼를 먹어나가는 것도 저녁은 대개 우유죽으로 굶때는[12] 형세에, 미국 가는 비용을 장만한다는 것은 틀림없이 수수께끼와 같은 이야기인 것이다. 미국은 차치하고 밥을 굶으면서까지 다섯 아이를 학교에 보내는 일이 과연 옳은지 그른지조차 모친은 잘 알 수가 없는 것이다. 그 가느다란 목과 팔과 허리와 다리에 이미 모친은 집안을 꾸려나갈 자신을 거의 잃고 있었기 때문이다. 모친 혼자 아무리 발버둥을 쳐봐도, 나날이 늘어만 가는 빚을 꺼나가는 도리가 없었던 것이다. 단 하나 생활 밑천으로 남아 있는 재봉틀마저 까딱하다가는 빚값에 거덜 날 염려가 있는 것이다. 모친은 자주 슬퍼지는 것이었다. 아이들이 미국으로 떠나는 것을 못 보고 죽을 것같이 생각되기 때문이다. 요즘 와서는 밖에 나갔다 돌아오면 자꾸 눕고만 싶어지는 것이다. 그게 다 좋지 않은 일이라고 생각하는 것이다.

  이러한 가족들에게 나는 아무것도 바라는 것이 없다. 나는 그저 어서 날이 저물기만을 기다리고 있는 것이다. 어두우면 나는 찾아갈 곳이 있다. 그것은 광순(光順)이가 저녁마다 출근하는 어두운 뒷골목인 것이다. 거기에 찾아가면 광순(光順)의 '오피스'가 있는 것이다. 광순(光順)은 골목 안에 있는 어느 집의 방을 하나 빌려가지고 있는 것이다. 그 방을 광순(光順)은 '마이 오피스'라고 부르는 것이었다. 나는 그동안 두서너 번 광순(光順)을 따라 거기에 가본 일이 있었다. 그러나 광순(光順)은 결코 나를 자기의 '오피스'까지 데리고 들어가지는 아니하였다. 대문 앞에서 그는 으레 백 환짜리 석 장을 내 손에 쥐어주고는 저 혼자 들어가 버리는 것이었다. 광순(光順)은 나보다 두 살 위인 스물다섯이다. 그래서 나는 누나를 따라다니는 것처럼 겁이 안 났다. 나는 도리어 자랑스럽기도 했던 것이다. 광순(光順)은 얼마 전까지도 여자 대학생이었다. 낮에는 학교에 나가 지식을 샀고, 밤이면 뒷골목에 있는 자기 '오피스'에서 몸을 팔았다. 여자 대학생이라는 데서 광순(光順)은 단연 인기가 있었다. 그의 단골 손님은 태반이 대학생이었다. 쇼트에도 딴 색시들의 올 나이트보다 비싼 값에 흥정이 되었다. 그래도 지저분한 사내는 잘 받지 않았다. 돈뭉치를 내보이며,

"하룻밤만 단 하룻밤만."

하고, 조르는 작자도 있었다. 그는 광순(光順)이와 단 하룻밤만 잠자리를 같이할 수 있으면 다음날은 죽어도 좋다고 생각하는 모양이었다. 일방 광순(光順)에게 결혼을 간청하는 대학생도 있었다. 여하한 물질적 정신적 조건에도 응할 터이니, 자기와 결혼해 달라고 우는 친구도 있었다. 광순(光順)에게는 확실히 어떠한 매력이 있는 것이다. 그것이 어디서 오는 매력인지를 나는 정확하게 모르는 것이다. 그러나 광순(光順)을 생각하면 그 얼굴에 넘치는 미소가 내 눈에는 먼저 보이는 것이다. 광순(光順)이라면 덮어놓고 웃는 얼굴이 떠오르는 것이다. 피부는 보이지 않고 그냥 웃

음만으로 윤곽을 새겨놓은 모습으로 느껴지는 것이다. 그와 같이 광순(光順)의 얼굴에서는 티 없이 맑은 웃음이 잠시도 사라질 줄 모르는 것이다. 나는 진정 그렇게 웃고만 있는 얼굴을 일찍이 본 적이 없는 것이다. 그 웃음이 광순(光順)이가 지닌 매력의 비밀일까? 지식층 탕아들이 녹아나는 것도 그 미소 탓일까? 단골 손님들 사이에서 가끔 난투극이 벌어지는 것으로 보아도 광순(光順)에게는 남다른 매력이 있다는 것을 알 수 있는 것이다. 그러나 근자에 이 사실을 학교에서 알게 된 것이다. 신성한 학원을 욕되게 하는 자라고 하여 당장 퇴학 처분을 내린 것은 물론이다. 그렇다고 광순(光順)의 인기가 떨어지는 것은 아니었다. 여전히 여대생으로 통하며 도리어 손님들 사이에 동정을 끄는 것이었다.

내가 이 모양으로 광순(光順)이에 관한 생각에 잠겨 있는 동안 어느새 저녁때가 된 모양이다. 사잇문으로 음식 그릇들이 들어오기 시작했다. 역시 머룩한[13] 우유죽이었다. 가루우유를 끓인 속에 쌀알이 간혹 섞여 있을 정도이다. 나는 이 우유죽을 대할 때마다 꽉 질리는 것이다. 식욕이 갑자기 준다. 거기서 떠오르는 특이한 냄새가 코에 젖은 것이다. 나는 그 냄새를 감당하지 못하는 것이다. 물론 다른 식구들도 마지못해 공연히 휘휘 저어가며 약 먹듯 떠먹고 있는 것이다. 그 가운데서도 국민학교 오학년인 지현(志賢)이는 숟갈로 그릇 바닥을 저어서 쌀알만을 골라 먹고 있는 것이다. 두어 술 뜨다 말고 숟갈을 놓은 채 나는 그러한 식구들을 그저 바라만 보고 앉아 있는 것이다. 그러한 내 입에서는 무의식 중에 쓸데없는 말이 흘러나온 것이다.

"지숙(志淑)이가 대학을 그만둔다면, 적어도 그 비용으로 죽 대신 밥을 먹을 수 있을 텐데……"

그러자 때그락 하고 숟갈 놓는 소리가 났다. 물론 지숙(志淑)이었다.

"오빤, 공부보다도 밥이 중하다구 생각하우?"

나는 일부러 지숙(志淑)의 시선을 피했다.

"죽어라, 죽어, 당장 나가 즉사하란 말이다!"

그 소리가 끝나는 것과 동시에 고무장갑 같은 대장의 손이 내 따귀를 갈긴 것이다. 한쪽으로 쏠리는 상반신을 지탱하려고, 얼김에 내어 짚은 내 손이 공교롭게 옆에 있는 지현(志賢)의 죽그릇을 뒤집어엎었다. 대장의 손이 또 한 번 움직였다.

"성큼 나가 죽어 없어지지 못해!"

나는 말없이 일어나 밖으로 나왔다. 밖에는 옅은 황혼이 차일처럼 무겁게 내리덮이고 있었다. 그러나 나는 대장의 명령대로 죽으러 나온 것은 아니다. 나는 한 번도 죽음을 생각해본 일이 없기 때문이다. 그것은 살아 있는 나와는 아무 상관도 없는 것이니까. 대장이 그처럼 권하는 죽음보다도, 차라리 나는 광순(光順)을 찾아가야 하는 이 시간의 운명을 감수하는 것이다.

내가 광순(光順)의 '오피스' 앞에 나타났을 때는 아주 어두워 있었다. 광순(光順)은 아직 출근 전이었다. 할 수 없이 나는 대문간에서 기다리기로 했다. 배에서는 꼬르륵 소리가 났다. 광순(光順)은 얼마 오래지 않아서 왔다.

"오래 기다렸수?"

나는 고개를 모로 저었다. 광순(光順)은 이내 핸드백을 열고 백환짜리 석 장을 꺼내주었다. 나는 그 돈을 받아들고 바로 골목 어귀에 있는 도넛 집으로 갔다. '젠자이'[14]를 청했다. 언젠가 여기서 광순(光順)이에게 나는 '젠자이'를 얻어먹은 일이 있었던 것이다. 또 배에서 소리가 났다. 나는 불시에 기름이 자르르 흐르는 쌀밥과 김이 떠오르는 만둣국을 생각하는 것이었다. 그러나 잠시 뒤 내 앞에 날라온 것은 진한 세피아 색깔의 '젠자이'였다. 나는 좀 당황한 것이다.

"아닙니다. 나는 여태 저녁을 굶었습니다. 정말입니다. 저녁을 굶었습니다."

그리고 나는 일어서 나가려 했다. 젠자이를 날라온 아주머니가 내 소매를 붙잡았다.

"이건 뭐예요. 누굴 놀리는 거예요?"

"놀리다니요. ······난 밥을 먹어야 하거든요. 만둣국에 꼭 밥을 먹어야 한단 말예요."

"이이가 미쳤나 봐. 아니 그럼 어째서 젠자인 청했어요?"

"아, 돈을 치르문 되잖소? 자 이렇게 돈만 치르문 그만 아뇨."

나는 백 환짜리를 한 장 꺼내서 탁자 위에 놓고 나온 것이다. 나는 어떻게서든 밥을 먹어야 한다는 생각이 들었다. 그것은 만둣국하고가 아니라도 좋은 것이다. 어떻든 기름이 흐르는 백반 한 그릇이 필요한 것이다. 몇 군데 기웃거리다가 나는 마침내 어떤 양식점으로 들어갔다. 의자에 앉아서 메뉴를 들여다보니 여러 가지가 적혀 있다. 그 가운데 '돈까쓰'라는 글자가 있었다. 왜 그런지 나는 그 발음이 내게 알맞은 것 같았다. 만둣국만은 못해도 나는 오래간만에 돈가스와 백반을 먹어보고 싶었다. 하지만 자세히 들여다본즉, 그 밑에는 삼백 환이라는 가격이 기입되어 있었다. 옆에 와 지키고 있는 소녀더러 나는 돈가스는 얼마냐고 물어보았다. 소녀는 좀 깔보는 눈치로,

"거기에 적혀 있는 대로예요."

했다.

"틀림없이 삼백 환이란 말이지?"

"그렇다니까요!"

나는 일어서는 수밖에 없었다. 이백 환밖에 소지금이 없으니, 백 환을 더 장만해가지고 오겠다고 일러놓고 나는 밖으로 나왔다. 그러나 나는 이상히 마음이 놓이질 않는 것이다. 나는 되돌아가 그 소녀에게 십 분 안으로 꼭 백 환을 더 마련해가지고 오겠다는 것을 약속했다. 소녀뿐 아니라 거기 있는 사람들은 일제히 나를 경멸하는 눈초리로 바라보는 것이다. 나는 그길로 식당을 나와 광순(光順)의 '오피스'를 향해 뛰어갔다. 나는 그 문간에 서 있는 한 색시에게 부탁해서 광순(光順)을 불러냈다. 무슨 일인가 하고 광순(光順)은 이내 따라 나왔다. 나는 급히 쓸 일이 있다고 하고 백 환을 더 청했다. 광순(光順)은 잠자코 백 환짜리를 한 장 내 손에 얹어주었다.

"난 결코 이 돈을 나쁜 데 쓰려는 게 아닙니다. 윤기가 흐르는 백반을 먹으려는 겁니다. 꼭 백 환이 모자라거든요."

광순(光順)은 그러면 같이 가 먹자고 따라섰다. 마침 저녁도 설

치고 온 김이라, 오래간만에 돈가스 맛을 좀 보겠다는 것이다. 나는 앞장서서 자신 있게 양식점 문을 밀고 들어섰다. 그러나 아까의 그 소녀는 눈에 띄지 않았다. 몸이 불편해서 방금 돌아갔다는 것이다. 나는 실망한 것이다. 광순(光順)을 떠밀 듯이 하고 나는 밖으로 나오고 말았다. 우리는 결국 딴 음식집으로 가서 비빔밥을 먹기로 한 것이다. 주문한 음식을 기다리는 동안 광순(光順)은 내게 엉뚱한 질문을 하였다.

"대체 날 뭐 하러 찾아오군 하세요? 지상(志尙)은 나한테 뭣을 기대하느냔 말예요."

물론 나는 그 말에 대답하지 못한 것이다. 나는 짜장 광순(光順)에게 무엇을 요구하는 것일까? 그건 확실히 내게는 과중한 질문인 것이다. 너는 왜 사느냐? 하는 물음이나 다름없기 때문이다. 그 질문의 여독으로 인해서 돌아오는 길에도 나는 골치가 아팠다. 광순(光順)의 미소에서도 나는 좀 실망한 것이다. 낡은 노트장의 여백에다, 이런 군소리를 끼적거리고 있는 지금도 나는 딱하기만 한 것이다.

유월 어느 날

어느새 장마는 아니련만 어제부터 내리는 비가 그칠 줄을 모른다. 이런 날은 더욱 실내의 먼지가 밖으로 빠지지를 못하고 고여 있는 것이다. 하도 먼지를 많이 마셔서 그런지 인제는 내 목구멍에서까지 봉당내[15]가 나는 것이다. 방에 있으면서도 전신이 비에 젖은 것처럼 눅눅해 견딜 수 없는 것이다. 그것은 몸뿐 아니라, 마음이나 영혼까지도 끌쩍하니 젖어 있는 것같이 느껴지는 것이다. 이런 주제로 그래도 나는 무슨 해결을 기다리고 있는 것이다. 언필칭 대장은 날더러 죽으라고만 한다. 죽기만 하면 만사는 해결 난다는 듯이. 그러면 대장은 어째서 자기가 죽으려고 하지 않을까? 저녁마다 사이다병으로 하나씩 마시는 술맛을 잊지 못해서일까? 아들딸이 미국 가서 박사, 석사 자격을 얻어가지고 돌아올 때를 기다리기 위해설까? 그러면서 나보고만 죽으라는 것이다. 그러나 이렇게 살아 있는 나 자신이 죽을 수 있을까? 나는 사실 죽음보다도 더 절실히 기다리는 것이 있는 것이다. 어쩌면 영원히 없을지도 모르는 내 인생의 해결에 관해서 나는 병신처럼 생각하고 있는 것이다. 그러나 다행히도 오늘은 아침부터 쉬지 않고 재봉틀 소리가 들리는 것이다. 재료난으로 여러 날을 놀던 판이라, 하루에 봉창을 때자[16]는 셈인지, 식구들은 제품 작업에 몰두하고 있는 것이다. 그들은 빗소리에 전연 개의치 않는 것이다. 가끔 세차게 쏟아지는 빗소리에 재봉틀 소리까지 실없이 무력해지기도 하는 것이다. 그보다도 지금 내 옆에서 히— 히—거리는 선옥(善玉)의 울음소리가 나는 더 견딜 수 없는 것이다. 대체 열아홉 살이나 먹은 계집애가 저토록 울음을 해결이라고 오인하는 수가 있을까? 선옥(善玉)은 모친의 언니의 딸이라, 나와는 이모사촌간인 것이다. 그는 일주일 전에 군산서 소위 청운의 뜻을 품고 상경한 것이다. 서울서 어디든 취직이라도 해가지고, 대학에

다니고 싶다는 것이다. 대학을 마치는 길로 미국 유학을 가겠다는 지숙(志淑)의 편지를 받을 적마다, 선옥(善玉)의 향학열은 불길같이 타올랐다는 것이다. 지숙(志淑)이처럼 미국 유학은 못 갈망정, 국내에서라도 대학은 꼭 나와야 되겠다는 생각으로 서울만 가면, 이모네도 있고 해서 어떻게 되려니 싶어 왔다는 것이다. 그러나 선옥(善玉)은 상경 후 며칠이 못가서 자기 앞에는 절벽이 가로놓여 있다는 것을 깨달은 것이다. 믿고 온 이모네 집안이란 게 이 꼴인데다가, 취직 또한 조련찮은[17] 일인 걸 깨닫고 보니, 대학은 차치하고 앞으로 먹고 산다는 것조차 난감한 일이었다. 그래도 대장은, 선옥(善玉)의 앞에서 체면을 잃지 않으려고 자개수염을 비틀면서, 이렇게까지 생활을 절약하는 것은, 아이들의 미국 유학의 막대한 비용을 장만하기 위해서라는 것이다. 그러면서 선옥(善玉)이더러는 고향에 돌아가라는 것이다. 하루에도 몇 번씩 따지는 것이다. 그때마다 선옥(善玉)은 어린애처럼 히— 히— 우는 것이다. 처음 선옥(善玉)이가 우는 것을 보았을 때, 나는 백치가 아닌가 느꼈다. 히— 히— 하는 그 울음소리라든지 울다는 웃고, 웃다는 울고 하는 품이 도무지 예사롭지 않아 보였던 것이다. 내일이라도 고향집으로 돌아가라고 대장이 따지듯 하면, 선옥(善玉)은 울면서 돌아가지 못할 이유를 설명하는 것이다. 선옥(善玉)은 세 살 때 부친을, 아홉 살 때 모친을 잃고, 오빠의 손에서 길러난 것이다. 오빠의 덕으로 간신히 고등학교까지 나왔다는 것이다. 그러나 최근의 오빠는 마약 환자로서 폐인에 가깝다는 것이다. 선옥(善玉)이가 학교를 나오자, 인제는 돈벌이를 해서 자기의 약(아편)값을 당하라는 오빠의 명령이었다. 올케는 올케대로, 그만큼 돌봐줬으니 앞으로는 취직을 해서 곤궁한 살림을 도우라는 것이었다. 선옥(善玉)은 그래도 대학에 가겠노라고 우겼더니 그럴 테면 부잣집 첩이나 양갈보로 팔아버리겠다고 오빠가 못살게 굴었다는 것이다. 그래서 선옥(善玉)은 결국 오빠하고도 올케하고도 싸우고 서울로 뛰어 올라왔다는 것이다. 오빠와 올케는 이모네들——특히 지숙(志淑)을 원수처럼 생각하고 있다는 것이다. 왜냐하면, 자기는 미국 유학을 가느니, 현대 여성은 과거와 달라 밥을 굶어도 최고 학부를 나와야 하느니 하고, 아무것도 모르는 선옥(善玉)을 충동였다고 해석하기 때문이라는 것이다. 그 말을 들었을 때 나는 갑자기 이종형인 선옥(善玉)의 오빠가 좋아졌던 것이다. 내가 선옥(善玉)이었다면 정말 남의 첩이 되어서든, 양갈보질을 해서든 이종형의 마약값을 당하고, 그 집 살림을 도와주었을 걸 하고 후회했던 것이다. 나는 지금도 선옥(善玉)의 울음소리를 들으며 내가 여자였더라면 하는 생각에 취해보는 것이었다. 그렇다면 나는 광순(光順)을 따라 그 '오피스'에 나가도 무의미하지는 않을 것이다. 선옥(善玉)은 다행히 여자가 아니냐. 그리고 여자도 물론 인간이 아니냐. 인간의 일이 어찌 저렇게 값싼 눈물로 해결될 수 있단 말이냐. 나는 참말 왜 이리 어이없는 생각만을 되풀이하는 것일까?

 갑자기 방문이 열리며, 누가 자신 없이 나를 찾는 소리가 들렸다. 그것이 뜻밖에도 십여 살 먹은 사내애였다. 소년은 나를 손가락질하며,

"저 아저씨 말야요. 울 아버지가 좀 오래요."

했다. 나는 그놈이 누군지 얼른 알아보지 못했다.

"너희 아버지가 누구냐?"

"아 울 아버지 몰라요. 날마다 놀러 오문서두……"

소년은 문선생(文先生)의 아들이었다. 소년은 비에 젖어서 꾀죄죄해 있었다. 나는 이유도 묻지 않고 일어나 소년을 따라 나갔다. 하나밖에 없는 지우산을 소년과 같이 받고, 발이 빠지는 골목을 돌아갔다. 그러다가 나는 갑자기 걸음을 멈추었다. 어느 집 추녀 밑에 유령이 나타나 있었기 때문이다. 그도 다 찢어진 지우산을 받고 서 있었다. 해골처럼 바짝 마른 몸에 낡은 레인코트를 입고, 머리에는 방한모를 눌러 쓰고 있었다. 떼꾼한 눈이 나를 노려보고 서 있는 것이다. 그가 문선생(文先生)이라는 것을 깨달은 것은 몇 분 뒤였다.

"웬일입니까? 방한모를 다 떨쳐 쓰구."

문선생(文先生)의 얼굴은 몹시 창백하였다. 입술이 퍼렇게 된 것을 보니 추운 모양이었다.

"자네 광순(光順)이 얘길 밀고했을 테지?"

"밀고라니요?"

나는 선뜻 그 의미를 알아차릴 수가 없었다.

"광순(光順)이 직업 말이야. 그 애 직업이 뭐라는 걸 진성회(眞誠會) 동지들에게 밀고하지 않았느냐 말야?"

그 말을 듣자 나는 정말 어이없었다. 여기까지 따라 나온 것을 후회하였다.

"문선생(文先生)! 그렇게 당치 않은 애길랑 그만둡시다. 그게 대체, 문선생(文先生)이나 제게 무슨 관계가 있습니까?"

"자넨 왜 그렇게 고의적으로 날 오해하는지 몰라. 내게 있어서는 그게 사활에 관한 문제가 아닌가? 그렇게 중대한 문제가 아닌가? 내게 상관이 없다니?"

"그러면 문선생(文先生)의 생사가 내 손에 달렸단 말씀입니까?"

"자넨 내 말을 통 못 알아듣는구먼. 내 속을 좀 알아 달란 말이야. 내일이 바루 진성회(眞誠會) 제육차 정기 총회가 아닌가? 그동안 광순(光順)의 직업에 관해서 동지들을 속여온 것이, 나는 얼마나 괴로웠는지 몰라. 그러기 이번 회의 때는 모든 것을 사실대루 자백하구 나서, 어떤 가혹한 처벌이라두 달게 받을 각오였네. 그러나 혹시 자네가 밀고를 했다면, 벌써 회장이나 장선생(長先生)이 알구 있을 거란 말야. 그렇다면 나는 오늘 안으로 죽어버리는 수밖에 없어. 그 수치스런 사실을 내 입으루 고백하기 전에, 동지들이 이미 알구 있다면, 나는 자살하는 길밖에 도리가 없단 말이네."

나는 입을 봉한 채 할 일 없이 문선생(文先生)의 얼굴을 바라보고 있었다. 아니 그건 문선생(文先生)이 아니다. 문선생(文先生)의 유령에 불과한 것이다. 유령이 아니고야 그렇게 맹랑한 말을 정색하고 지껄일 수 있을까? 나는 그대로 발길을 돌이키고 말았다. 문선생(文先生)이 아니 그 유령이 처마 밑에서 쓰러지듯 뛰어나와 내 소매를 잡았다.

"이거 봐, 지상(志尙)이. 나는 그 문제 때문에 이 며칠 동안 잠을 못 자구 고민했네. 여동생이 인육시장에서 벌어오는 돈으루 나와 내 가족이 살아가고 있다는 사실만두, 낯을 들 수 없는 일인데, 진실하고 성실하게만 살려는 동지들이 알구 있다면 대체 날 뭘루 보겠나? 세상에 나처럼 불행한 죄인은 없을 거야!"

그의 야윈 볼 위를 눈물이 한 방울 주르르 흘러내리는 것이다. 나는 더 견딜 수 없어서 걸음을 옮겨놓았다.

"여보게, 지상(志尙)이. 바른대로 좀 대답을 해주게나. 회장이나 장선생(長先生)이 알구 있는가? 그 사실을 정말 알구 있느냐 말야?"

"문선생(文先生)! 당신은 유령이 아닙니까? 이미 인간의 유령이란 말예요. 유령이 왜 그리 추근추근하게 굽니까?"

"유령?"

"그렇습니다. 문선생(文先生)은 유령입니다. 하기는 세상 사람이 죄다 유령인지두 모릅니다. 문선생(文先生)은 그래 유령 아닌 인간을 본 적이 있습니까?"

약간 얼굴이 질려, 눈을 크게 뜨고 나를 쳐다보는 문선생(文先生)을 그대로 무시해버리고 나는 다시 걷기 시작했다. 그러나 집 앞에까지 돌아와서도 나는 도무지 방에 들어갈 용기가 나지 않았다. 유령이라는 말을 수없이 입속으로 뇌어보며 나는 잠시 문 앞에 서 있었다. 안에서는 여전히 재봉틀 소리가 흘러나왔다. 그것은 빗소리에 눌려 약하게 들렸다. 저건 유령의 신음 소리에 틀림없다고 나는 생각했다.

좀 뒤에 나는 골목 밖으로 걸어 나가고 있는 자신을 발견하였다. 인간도 유령도 아닌 너무나 막연한 자신의 몰골을. 하여튼 나는 한사코 걸어 나가고 있는 것이었다. 나도 어디든 가야 할 게 아니냐! 우리 집 식구들이 미국 가기 위해서만 살듯이 나도 살아 있는 이상 어디든 가야 할 게 아니냐 말이다. 그러는 동안에도 내 발길은 어느새 광순(光順)네 집을 향하고 있는 것이었다. 내가 어디를 가야 할 것을 광순(光順)이가 가르쳐주겠다고 약속이라도 한 것처럼 나는 광순(光順)이를 찾아가는 것이다. 그러나 전찻길을 건너 국민학교 담장을 끼고 돌아가다가 저만큼, 쓰러질 듯한 몸을 어린 아들에게 의지하고 걸어가는 문선생(文先生)의 파리한 뒷모양을 발견하고 나는 걸음을 멈추고 말았다. 그 자리에 서서 문선생(文先生)의 모양이 보이지 않을 때까지 바라보았다. 그러고 나서 나는 다시 발길을 돌이켰다. 문선생(文先生)네 집에 찾아가기를 단념하고, 광순(光順)의 '오피스'가 있는 뒷골목에 먼저 가 기다리기로 한 것이다. 우산을 받았지만 빗발이 후려쳐서 아랫도리는 쥐어짜게 젖었다. 좀 뒤에 나는 목적한 뒷골목에 이르렀다. 시간이 이른 탓인지 비가 와서 그런지 오늘은 유달리 한산했다. 나는 광순(光順)의 '오피스'가 있는 대문 앞에 한동안 서 있다가, 마침내 대문을 밀고 뜰 안에 들어섰다. 맞은편 대청에서는 여자만 네댓 명 둘러앉아 저녁을 먹고 있었다. 그중의 한 노파가 목을 길게 뽑고 나를 내다보며 웬 사람이냐고 물었다. 나는 광순(光順)의 이름을 댔다. 노파는 나를 미심쩍게 위아래로 훑어보고 나서 광순(光順)은 아직 오지 않았다고 했다.

"네 건 옳은 말씀입니다. 그래서 난 광순(光順)이 방에 들어가서 광순(光順)이를 기다리려고 하는 것입니다. 광순(光順)이 방이 어느 건질 몰라 그럽니다."

그러나 노파는 조금도 내 속을 알아주려고 하는 사람이 아니었다. 덮어놓고 밖으로 나가서 기다리라는 것이다. 노파하고는 전연 얘기가 통하지 않는 것이다. 나는 구원이나 청하듯이 식탁에 둘러앉아 있는 색시들을 향해 광순(光順)의 방을 가르쳐달라고 애원해보았다. 그러나 색시들도 역시 같은 대답이었다. 나는 할 수 없이 밖으로 나왔다. 나는 대문간에 우두커니 서서 세 시간 가까이나 기다린 것이다. 광순(光順)은 완전히 어두워서야 왔다. 오늘 따라 나는 광순(光順)의 방에 들어가 보고 싶었다. 그래야만 할 것 같았다. 광순(光順)은 순순히 내 청을 들어주었다. 들어선 방은 좁은 한 칸이었다. 개켜서 뒷켠으로 밀어놓은 이부자리에 넘어지듯 나는 기대앉았다. 나의 심신은 몹시 피로해 있었던 것이다. 나는 이러한 피로가 어디서 오는 것인지를 정확히 알 수가 없었다. 그것은 저녁을 굶은 탓만은 아닌 것 같았다. 나는 눈을 감았다. 어디가 편찮으냐고 광순(光順)이가 묻기에, 그냥 피곤해 그런다고 했더니, 광순(光順)은 이내 요를 펴주며 잠시 누워서 쉬라고 했다. 나는 할 수 없이 광순(光順)이가 시키는 대로 했다. 내가 자리에 눕자 이불을 덮어주고 나서 광순(光順)은 경대 앞에 앉아 화장을 시작하는 모양이었다. 나는 누운 채 고개를 돌려 피로한 눈으로 광순(光順)을 바라보았다. 슈미즈 바람으로 광순(光順)은 경대 앞에 앉아 있었디. 줄지에 나는 몹시 불안해지기 시작했다. 광순(光順)의 희멀건 피부가 나를 압박해오기 때문이다. 나는 어느새 도로 상반신을 일으키고 있었다. 그리고 나는 떨리는 음성으로 중얼거린 것이다.

"나두 무슨 목적이 있어야 하지 않습니까? 광순(光順)이를 찾아오는 무슨 뚜렷한 목적 말입니다."

광순(光順)은 내게로 얼굴을 돌렸다. 그저 언제나 다름없이 웃는 얼굴이다.

"오빠가 한 번은 날더러 지상(志尙)이하구 연애 하느냐구 합디다. 지상(志尙)이를 사랑하느냔 말예요."

"그래서, 그래서 뭐랬소?"

"버얼써 연애가 끝났다구 했죠. 그래서 지상(志尙)이는 나한테 위자료를 받으러 다닌다구 그랬어요."

나는 요 위에 일어나 앉아 있었다. 머리가 점점 더 무거워지는 것이었다. 나는 의미도 없이 세수하듯 두 손으로 얼굴을 문대어 보는 것이다. 밖에서 광순(光順)을 부르는 소리가 났다. 사내의 음성이었다. 광순(光順)은 얼른 저고리만 걸치고 밖으로 나갔다. 몇 마디 얘기가 오고 갔다. 광순(光順)은 이내 돌아 들어와서 손님이 왔으니 인제 고만 돌아가라는 것이었다. 나는 물론 광순(光順)이가 하라는 대로 하는 수밖에 없었다. 일어나 나오려다 말고 나는 손을 내밀었다. 광순(光順)은 핸드백을 집어다가 그 속에서 백 환짜리 석 장을 꺼내주었다. 내가 대문간을 나서려니까 거기에 젊은 사내가 서 있었다. 나는 걸음을 멈추고 정신없이 지껄였다.

"자, 어서 들어가십시오. 그리고 광순(光順)에게 뭐든 자신 있게 요구하십시오. 나두 이렇게 삼백 환의 위자료를 받아가지구 갑니다."

나는 참말 별수 없는 인간인 것이다. 나는 도무지 무슨 해결을 얻을 수 없는 인간인지도 모르는 것이다. 나는 별안간 허기증을 강렬히 의식하며 대문 밖으로 나선 것이다. 비는 이미 멎어 있었다.

유월 어느 날

문선생(文先生)네 집을 찾아가는 길에 나는 오늘도 콘크리트 담장의 구멍에 눈을 대고 국민학교 운동장을 들여다보는 것이다. 그러나 오늘은 수업 시간인 모양이다. 넓은 운동장에는 불과 육칠십 명의 아동들이 선생의 호령에 따라서 동일한 동작을 반복하고 있을 뿐이었다. 아직 완전히 발육하지 못한 인간의 세균은, 앞으로 지구덩이와 피부를 파먹어 들어가기 위해서 열심히 단련하고 있는 것이라고 나는 공상할 수가 있는 것이다. 피부가 썩어서 는질는질 무너나고[18] 구정물이 질질 흐르는 지구덩이를 상상하며 나는 구멍에서 눈을 떼고 침을 뱉었다. 그리고 나 자신의 피부까지 근질거리는 것같이 느끼며, 문선생(文先生)네 집을 향해 나는 넓은 공터를 가로질러 건너갔다.

광순(光順)은 여태 자고 있었다. 윗목에 요를 깔고 아무것도 덮지 않은 채 반듯이 누워 있는 것이다. 파리떼가 성가셔 그런지 얼굴을 신문지로 가리고 있었다. 한쪽 다리만 쭉 펴고, 한쪽 다리는 가드라쳐[19] 세우고 있는 것이다. 스커트가 홀렁 벗겨져서 드로즈만 입은 아랫도리는 노출되어 있었다. 내가 소리 없이 방 안에 들어섰을 때 문선생(文先生)은 아랫목 벽에 기대앉아 그러한 광순(光順)의 모양을 정신없이 바라보고 있는 것이었다. 나를 보자 문선생(文先生)은 어이없이 당황해하는 것이었다. 나는 물론 그처럼 경솔한 문선생(文先生)의 태도에 구애받을 필요가 없는 것이다. 나는 잠자코 광순(光順)이 옆에 가 누워버렸다. 이대로 한숨 늘어지게 잠을 자야 하는 것이다. 나는 밤에는 통 잠을 못 자는 것이다. 그 대신 낮잠으로 봉창을 때는 것이다. 그러나 집에서는 낮잠마저 제대로 잘 수 없는 것이다. 그래서 나는 여기에 자주 낮잠을 자러 오는 것이다. 단지 조용한 탓일까? 혹은 광순(光順)이가 옆에 있어주는 탓일까? 광순(光順)이를 믿기 때문에 문선생(文先生)이 마음 놓고 앓을 수 있듯이, 나 역시 광순(光順)이가 있기 때문에 안심하고 잘 수 있는 것일까? 그렇지만 나보다도 문선생(文先生)은 더욱 광순(光順)이를 무시할 수 없는 것이다. 그럼에도 불구하고 문선생(文先生)은 광순(光順)을 무시하려 드는 버릇이 있는 것이다. 특히 며칠 전 제육차 진성회(眞誠會) 월례회의 때는, 생판 추태를 보였던 것이다. 그날 문선생(文先生)은 우리 대장과 장선생(長先生) 앞에서 광순(光順)의 직업을 사실대로 고백한 것이다. 동시에 어린애처럼 소리내 울면서 인제는 안심하고 죽을 수 있노라고 했다. 대장과 장선생(長先生)은 잠시 말을 못 하고 얼굴만 마주 보았다. 그들은 조금 전까지만 해도, 판에 박은 듯한 그들의 인생론을 한바탕 피력했던 것이다. 물론 그것은, 진실하고 성실한 생활에 돌아가야만 인류는 구원을 얻을 수 있다는 것, 그렇건만 현대인은 거개가 비진실한 생활의 감탕[20] 속으로만 빠져 들어가고 있다는 것, 그러나 자기네 진성회(眞誠會) 동지들만은 초연히 진실하고 성실하게 살 뿐 아니라, 나아가서 민족과 인류를 위해서 진실하고 성실한 사업에 일생을 고스란히 바치자는 내용인 것이다. 물론 그러한 담론 가운데서, 대장은,

"나보다 약하고 불행한 사람을 위해서 전심전력으로 봉사해야 한다."

는 말을 수없이 되풀이했고, 장선생(長先生) 또한 '사필귀정'을 말끝마다 연발했던 것이다. 그러한 대장과 장선생(張先生)의 생각으로는, 광순(光順)의 생활 방법이란 진실이나 성실과는 정반대로 여지없이 타락한 윤락의 생활임에 틀림없는 것이다. 그런 까닭에 문선생(文先生)의 고백을 듣고 난 그들은 졸지에 입이 얼어붙고 말았던 것이다. 그러자 문선생(文先生)은 방바닥에 엎더져 껑껑 느껴 울며, 속죄의 의미로서 자기는 동지들의 손에 죽어야 하겠으니, 이 비굴한 놈을 당장 죽여달라고, 그 가죽과 뼈만 남은 가슴을 두들겼다는 것이다. 이러한 이야기를 나는 광순(光順)에게서 들은 것이다. 그날 대장과 장선생(張先生)은 낯을 잔뜩 찡그리고, 마치 광순(光順)을 뱀이나 옴두꺼비처럼 노려보다가 돌아갔다는 것이다. 지금도 눈을 감고 맥없이 벽에 기대 있는 문선생(文先生)의 그림자 같은 자세를 바라보고 있는 내 눈에는 당

장 죽여달라고 하며 그 야윈 가슴을 난타하는 문선생(文先生)의 모양이 자꾸만 떠오르는 것이다.

"문선생(文先生)!"

나는 무의식 중에 그렇게 불렀다. 문선생(文先生)은 무겁게 눈을 떴다. 그리고 광채 없는 시선을 내게로 보냈다.

"문선생(文先生)은 진정 죽고 싶습니까? 꼭 죽어야만 하겠습니까?"

"나는 지금두 죽음을 생각하구 있었네. 자네 어른과 장선생(張先生)은, 절대로 죽어서는 안 된다구 하네. 아무쪼록 건강을 회복해가지구, 민족과 인류를 위해, 진실하고 성실한 일을 하다가 죽어야 속죄가 되지 않느냐구 하며, 앞으로 광순(光順)이두 그 윤락의 세계에서 건져내도록 힘써보자구 하네. 그렇게 고마운 말이 어딨나. 그처럼 나를 참된 애정과 동정에서 위로해줄 사람이 어딨냐 말일세. 그러나 아무리 생각해도 나는 죽어야만 할 것 같어. 내 병이나 광순(光順)의 운명은 도저히 동정이나 위로만 가지구는 해결날 수 없지 않은가?"

"해결?"

나는 벌떡 일어났다. 그것은 뜻밖의 말이었기 때문이다. 문선생(文先生)에게서 해결이라는 말을 들으리라고는 예기치 못했던 것이다. 그러나 나는 이내 도로 누워버리고 말았다. 이 방 안의 공기도 역시 우리 집이나 매일반으로 무거운 것이었다.

"문선생(文先生)! 당신은 죽으면 모든 문제가 해결된다고 생각합니까?"

"물론이지. 죽기만 하면 만사는 마지막이니까!"

"물론이라구요? 그래 당신이 죽는다구 해서 이 세상이 달라진 단 말입니까? 당신만 없어지면 그래 지구덩이의 피부병이 완치된 단 말입니까?"

"자넨 어째서 나를 덮어놓구 오해만 하려구 하나? 내 속을 좀 알아달란 말야……"

문선생(文先生)의 말을 다 듣지 않고 나는 돌아누워 버리고 말았다. 그리고 나는 귀를 막았다. 나는 도대체 무엇 때문에 문선생(文先生)과 이렇게 맹랑한 문답을 하는 것일까? 나는 눈을 감고 귀를 가린 채 이 방 안의 광경을 그려보는 것이다. 문선생(文先生)이나, 광순(光順)이나, 나, 한결같이 그것은 우울한 광경임에 틀림없는 것이다. 우울하기보다도 오히려 처참한 광경이 아닐까? 그러나 저녁때 나는 집에 돌아와서 더 처참한 광경을 목격한 것이다. 목간 가는 광순(光順)이를 따라 일어나서, 집에 돌아와 보니, 가족들이 모두 송장처럼 축 늘어져 있는 것이었다. 정말 숨이 끊어진 것은 아니지만 내게는 그렇게 송장처럼 보였던 것이다. 머리며 옷매무새가 형편없이 헝클어진 모친은 방 한가운데 꼼짝 않고 누워서, 간혹 신음 소리를 내고 있었다. 그리고 넝마 무더기 위에는 대장이, 마치 로댕의 「생각하는 사람」과 같은 자세로 죽치고 앉아 있는 것이다. 물론 나를 거들떠보지도 않았다. 한편 지숙(志淑)은 흡사 실신한 사람 모양으로 멍하니 벽에 기대어 앉아 있었다. 표독스러우리만큼 야무진 얼굴이 저렇듯 머량[?]해질 수가 있을까! 다만 선우(善玉)이만이 아직도 살아 있다는 듯이 어깨를 추며 히— 히— 울고 있는 것이다. 나는 이내 가족들이 축 늘어져 있는 까닭을 알 수가 있었다. 그것은 재봉틀이 놓여 있던 자리가 비어 있었기 때문이다. 물어볼 필요조차 없는 일이었다. 빚값에 재봉기를 뺏기고 만 것이다. 죽어도 못 놓겠다고 하며 모친은 재봉틀에 매달려서 문밖까지 질질 끌려나갔다는 것이다. 나는 문 안에 버티고 선 채, 도무지 자신을 어떻게도 할 수 없는 것이다. 나는 아무래도 무슨 행동을 가져야 할 것이다. 그러나 도대체 나는 무엇을 행동할 수 있을 것인가? 나도 그저 자신이 어이없을 뿐이다. 나는 마침내 어이없는 말을 지숙(志淑)에게 던진 것이다.

"내 너 취직시켜 줄까?"

지숙(志淑)은 흥미없이 나를 보았다. 그러나 그것은 확실히 나를 경멸하는 눈이었다. 나는 더 권할 필요를 느끼지 않았다. 그대신 나는 선옥(善玉)에게 같은 말을 비추어 본 것이다.

"선옥(善玉)이 너 취직시켜 줄까?"

선옥(善玉)은 젖은 눈으로 나를 쳐다보았다. 그의 눈은 분명히 기대에 빛났다. 나는 그 기대에 응해주지 않아서는 안 될 것이다.

반시간쯤 뒤에 나는 선옥(善玉)을 데리고 광순(光順)의 '오피스'가 있는 골목에 이르렀다. 이미 어두워 있었다. 광순(光順)은 방금 세수를 하고 돌아와서 경대 앞에 앉는 참이었다. 선옥(善玉)은 멋쩍게 히쭉 웃더니 주저하지 않고 따라 들어왔다. 나는 광순(光順)에게 선옥(善玉)을 소개했다.

"선옥(善玉)에겐 무엇보다도 직업이 필요합니다. 그동안 직업을 구하지 못해 날마다 울며 지냈습니다. 직업이란 청운의 뜻보다도 소중한 모양입니다."

나는 그런 말을 덧붙인 것이다. 누구 앞에서고 제 사정 얘기나 남의 내막 얘기에 언급하는 일이 없는 광순(光順)은, 역시 아무것도 묻지 않았고 또 아무런 말도 하지 않았다. 그저 웃는 낯으로 선옥(善玉)을 바라볼 뿐이었다. 방 안에 들어와서부터 선옥(善玉)은 차츰 풀이 꺾였다. 그는 기운 없는 눈으로 광순(光順)의 시선을 피해 나를 바라보았다. 나는 일부러 외면하고, 선옥(善玉)이나, 나는, 점심 저녁 두 끼나 굶고 있다는 것을 광순(光順)에게 말했다. 그러자 광순(光順)은 두 끼쯤은 문제가 아니라는 것이다. 자기는 다섯 끼를 굶어본 경험이 있다는 것이다. 그래 놓고 광순(光順)은 골목 밖에 있는 음식집으로 우리를 데리고 간 것이다. 거기서 나는 지난번처럼 비빔밥을 먹으면서, 선옥(善玉)은 취직이 되겠지만, 나는 어떻게 하나 하고 생각해본 것이다. 나는 갑자기 선옥(善玉)이가 부러워지는 것이었다. 음식점을 나와 가지고도, 나는 성큼 헤어지지 못하고 광순(光順)의 '오피스'가 있는 대문 앞까지 쭈뼛쭈뼛 따라간 것이다. 광순(光順)은 그러한 나를 쳐다보며, 하여튼 취직 문제와는 별도로, 선옥(善玉)일랑 당분간 자기가 맡겠노라고 했다. 그러더니,

"자, 위자료를 드릴까요!"

하고 삼백 환을 내미는 것이었다. 나는 정신없이 그 돈을 받아들었다. 나는 잠시 그대로 더 머뭇거리고 서 있었다. 그러면 너무 늦기 전에 돌아가라면서 광순(光順)은 몸을 돌려 대문 안으로 사

라지려고 했다. 그제야 나는 큰일 난 듯이 광순(光順)의 소매를 붙잡은 것이다.

"난 돈이 필요한데요. 돈이 말입니다. 꼭 돈이 좀 있어야겠단 말이에요."

광순(光順)은 서슴지 않고 또 삼백 환을 꺼내주는 것이었다.

"아닙니다. 광순(光順)이는 날 오해하고 있습니다. 나는 아무래두 큰돈이 좀 필요합니다."

광순(光順)은 잠시 내 얼굴을 쳐다보다가,

"얼마나요?"

하고 물었다.

"광순(光順)은 나를 몰라줍니다. 나는 큰돈이 있어야 합니다. 재봉틀두 찾아야 하구, 동생들의 미국 갈 비용두 있어야 하지 않습니까?"

그러나 이것은 광순(光順)에게 할 말이 아니라고 깨달았다. 따라서 이것은 내가 생각하는 것도 할 말도 아니었다고 후회한 것이다. 어리둥절한 채 서 있는 광순(光順)에게, 어서 들어가 보라고 권하고 나는 어두운 골목을 걸어 나오고 말았다. 그러면서 나는 누구에게 무안을 당한 것 같은 기분이었다. 두번째 골목을 전찻길 쪽으로 꺾으려고 하는데, 누가 내 어깨를 툭 치는 것이다. 낯선 청년이다. 그는 할 말이 있다고 하며 으슥한 골목으로 나를 끌고 가는 것이다. 그 골목에는 비슷비슷한 청년들이 대기하고 있었다. 다가서는 그들의 입에서는 술내가 풍겼다. 나는 결코 유리할 수 없는 사건을 각오했다. 그러나 나는 조금도 겁나지는 않왔다.

"우리를 무얼루 아는 거야?"

연거푸 다른 놈이,

"왜 버릇없이 덤비는 거야?"

나는 어찌 된 판인지 영문을 알 수가 없는 것이다.

"버릇없이 덤비다니요?"

"건방진 자식…… 광순(光順)일 함부루 건드리지 말란 말이다!"

순간 나의 오른켠 귀청이 왕하고 울었다. 눈에서는 불이 튀었다. 그것은 고무장갑 같은 손이 아니었다. 내가 왼쪽으로 비틀거리자 이번엔 왼쪽 따귀에서 짝 소리가 났다. 연달아 주먹과 발길이 무수히 내 몸뚱이에 떨어졌다. 어디를 어떻게 얻어맞는지 나는 분간할 수 없었다. 마침내 나는 그 자리에 꼬꾸라지고 만 것이다. 그러나 나는 정신을 잃지는 않았다. 턱과 손에 끈적거리는 선혈을 의식하면서, 무의식중에 나는,

"광순(光順)이, 광순(光順)이!"

하고 신음 소리처럼 불러보는 것이었다.

인간동물원초 人間動物園抄

 동굴 속같이만 느껴지는 방이다. 그래도 송장보다는 좀 나은 인간이 십여 명이나 무릎을 맞대고들 앉아 있는 것이다. 꼭 같이들 푸른 옷으로 몸을 감고 있는 것이다. 밤이 되어도 자라는 명령이 떨어지기 전에는 누구 하나 멋대로 드러누울 수 없는 것이다. 밤중에 자지 않고 일어나 앉아 있어도 안 되는 것이다. 앉거나, 서거나, 눕거나 할 자유조차 완전히 박탈당한 그들에게는 먹고, 배설하고, 자는 일만이 허용되어 있을 뿐이다. 나머지 시간은 그냥 주체스럽기만 한 것이다. 낮이면 부질없는 이야기로 지루한 날을 보내고, 밤이면 제각기 색다른 꿈으로 잠을 설치는 것이다. 날마다 우두커니 앉아 있는 그들은 곧잘 이야기마저 잊어버리는 수가 있는 것이다. 그러고 보면 감방 안은 그야말로 동굴 속처럼 무거운 정적만이 차 넘치는 것이다. 게다가 땀내와, 변기에서 새어나오는 구린내까지 더 심해지는 것같이 생각되는 것이다. 그들은 마침내 의식하지 못하는 기대를 안고, 한 사람 두 사람 고개를 뒤로 돌린다. 뒷켠 벽 꼭대기에는 조그마한 창문이 있었다. 거기에는 엄지손가락보다 굵은 쇠창살이 위아래로 꽂혀 있는 것이다. 그 창살 사이로는 나무 없는 산등성이가 바라보이고, 그 너머로 아득히 푸른 하늘도 쳐다보이는 것이다. 맨 앞 구석 자리에 앉아 있는 방장(房長)이 먼저 창밖을 내다보며 중얼거렸다.

"오늘두 날씨는 참 좋군!"

방장 눈에는 창살 사이로 나무 없는 산등성이가 바라보이고 그 너머로는 푸른 하늘도 아득히 쳐다보이는 것이다. 다음으로 방장 옆에 앉아 콧구멍을 쑤시고 있던 전차 운전사가 고개를 들어 창밖을 내다보았다. 창살 사이로는 나무 없는 산등성이와 푸른 하늘이 아득히 쳐다보이는 것이다. 이번에는 전차 운전사 옆자리의 좌장(座長)과 그 옆의 핑핑이가 거의 동시에 창밖을 내다보는 것이다. 그들 눈에는 나무 없는 산등성이와 푸른 하늘이 쳐다보이는 것이다. 이어서 핑핑이 맞은쪽에 앉아 있는 주사장(廚事長)이 납작한 코를 젖히고 창밖을 내다보는 것이다. 그 눈에는 나무 없는 산등성이와 푸른 하늘이 아득히 쳐다보이는 것이다. 주사장 옆에 앉아 있는 임질병, 그리고 그밖에 모두들 자연히 창밖을 내다보는 것이다. 아무 눈에나 창살 사이로 쳐다보이는 것은 역시 나무 없는 산등성이와 그 너머의 푸른 하늘인 것이다. 그러나 끝끝내 통역관만은 창밖을 내다보지 않고 앉아 있는 것이다. 그는 언제나처럼 남을 깔보는 것 같은 눈으로 싱글싱글 웃으며 사람들을 비리보고 앉아 있는 것이다. 양담배는 늘 통역관의 ㄱ 눈이나 싱글거리는 웃음이 공연히 마음에 켕겼다. 그리고 흔히 무슨 깊은 의미가 있는 듯이 중얼거리는 엉뚱한 소리가 양담배에게는 까닭 없이 불안하였다.

"모두들 푸른 하늘이, 저 드높은 하늘이, 그리운 게지! 저 하늘을 차지하고 싶거든 용감해져야 합니다. 강해져야 한단 말입니다."

지금도 통역관은 그런 영문 모를 소리를 지껄인 것이다. 양담배는 도무지 통역관의 속을 알 수 없는 것이다. 그러면서도 통역관의 언동에는 자기가 이해할 수 없는 어떤 의미가 들어 있는 것 같아서 함부로 무시하지 못하는 것이다.

"약자는 언제나 이렇게 하늘만 사모하다 죽는 법입니다."

통역관은 그런 말도 했다. 알 듯도 모를 듯도 한 소리지만, 거기에는 어려운 뜻이 들어 있으리라는 생각이 드는 것이다. 미국말에도 익고, 이렇게 난해한 말을 잘 지껄이는 통역관은 그 학식이 비범할 것이다. 그래서 양담배는 남몰래 통역관과 좀 의논해보고 싶은 일이 있는 것이다. 지식이 많은 통역관은 자기의 고민을 해결할 방법을 가르쳐줄지도 모른다고 생각한 것이다. 그렇지만 사람을 깔보는 것 같은 그 눈과 웃음이 좀처럼 양담배를 접근시켜주지 않았다. 동굴 속 같은 이 감방에 들어온 날 저녁부터 양담배는 아주 고약한 경험을 당하고 있는 것이다. 방장이 잠자리를 정해주는 대로 좁은 틈에 끼어 어렴풋이 잠이 들려고 하는 순간이었다. 등 뒤에 붙어 자던 주사장이 슬그머니 양담배의 엉덩짝을 쓰다듬는 것이었다. 이 안에서는 누구나 내의를 입지 못하게 되어 있는 것이다. 알몸뚱이에 고름 없는 여름 두루마기 같은 수의 (囚衣)를 걸치고 있을 뿐이다. 수의 자락만 들치면 그대로 맨살이다. 그러기 주사장은 손쉽게 양담배의 엉덩짝을 어루만질 수가 있는 것이다. 양담배는 기분이 나빴지만 처음에는 가만하고 있었다. 그러자 주사장은 양담배의 옷자락을 훌렁 걷어 올리더니 누운 채로 등 뒤에서 꼭 끌어안으며 이상한 짓을 하려 드는 것이다. 그제야 양담배는 좀 당황했다. 이 자가 미쳤나 싶었다. 아무리 잠결이라 쳐도 남녀를 식별하지 못하랴 싶었다. 양담배는 징그러웠다. 그는 얼른 자기의 수의 자락을 내리켜 아랫도리를 꽁꽁 감싸듯이 한 것이다. 또 얼마가 지나서다. 양담배가 이번에도 잠이 들락말락 하는데, 도로 옷자락이 헝클어지더니 뒤에서 주사장이 꽉 쓸어안는 것이었다. 항문에 불쾌한 압박감을 느끼는 순간,

"왜 이럽니까?"

하고, 양담배는 후다닥 뛰어 일어나려고 했다. 그러나 주사장의 억센 팔뚝은 양담배의 허리를 껴안은 채 놓아주지 않았다.

"가만하구 있어 이 자식아!"

그래도 양담배가 버둥거리니까,

"잠자쿠 있지 않으문 모가질 비틀 테다!"

하는 것이다. 그것은 살기 어린 표정을 방불케 하는 음성이었다. 동시에 주사장의 한쪽 팔이 양담배의 턱밑을 숨이 컥컥 막히도록 조이는 것이다.

"끽 소리 말어, 귀신 몰래 죽지 않을 테건."

결국 주사장은 저 하고 싶은 짓을 다 하고야 만 것이다. 양담배

는 속이 메슥메슥해서 그날 밤은 제대로 잠을 이루지 못했던 것이다. 이튿날 아침에 일어나는 길로 방장은 주사장에게 영문 모를 소리를 던지는 것이었다.

"이놈아, 내게 절을 해라!"

주사장은 방장을 바라보며 만족한 듯이 헤헤헤 하고 웃었다. 아침 식사 때, 주사장은 자기 그릇의 밥을 절반이나 양담배에게 덜어주는 것이었다. 낯을 붉히며 양담배는 굳이 사양했으나 마침내 받아먹지 않을 수 없었다. 그만큼 양담배에 대한 주사장의 친절은 강경했던 것이다.

아무튼 살아 있는 인간임에는 틀림없지만 동굴 속 같은 이 우리 안에서는 화제에 궁해지는 일이 많은 것이다. 어떤 때는 약속이라도 한 듯이 십 분 이상이나 입들을 봉한 채 우두커니 앉아 있는 수가 있었다. 그런 경우에는 왜 그런지 사람들은 대개가 창밖을 내다보는 것이다. 창살 사이로는 여전히 나무 없는 산등성이와 그 너머의 푸른 하늘만이 쳐다보일 뿐이다. 어떤 때는 그 하늘에 구름덩이가 머물러 있기도 하고, 흘러가기도 하는 것이다. 간혹 나무 없는 산등성이에 한 쌍의 남녀가 나타나는 일이 있는 것이다. 그런 날은 이 깊숙한 감방 안에 소동이 발생하는 것이다. 오십이 넘은 좌장과, 남을 깔보는 듯한 냉소와 언동으로 무장한 통역관을 제외하고는, 모두들 일어나서 창밑으로 바투 모여 서는 것이다. 그리고 그들은 목을 길게 빼고 발돋움을 해가며 지치는 일 없이 산등성이의 남녀를 내다보는 것이다. 물론 먼 거리라서 얼굴의 생김새를 알아볼 수는 없었다. 복장으로 남녀를 구별할 수 있을 정도인 것이다. 남녀는 천천히 걸어서 지나가버리는 경우도 있지만, 더러는 한동안을 나란히 앉아 있기도 하였다. 그쯤 되면 여러 사람의 관심은 더욱 커지는 것이다.

"흥, 연애들 걸러 왔구나!"

제일 먼저 설명을 가하는 것은 핑핑이었다. 그는 여러 번 연애를 걸어본 경험이 있기 때문에 잘 아노라는 것이다. 연애를 걸려면 저렇게 여자를 외딴 데로 끌고 가는 것이 제일이라는 것이다. 고녀 학생을 다섯 명이나 농락한 끝에, 국민학교 다니는 소녀에게까지 상처를 입히고 들어왔다는 핑핑이는 자신 있게 그런 해설까지 붙이는 것이었다. 그밖에 모두들 한두 마디씩은 참견을 해보는 것이다. 전차 운전사가, 저년은 영락없이 오늘 안으루 정조를 뺏기구 말 거라고 했다. 그러자 저게 여태 처년 줄 아느냐고 임질병이 반박을 하는 것이다.

"그렇지, 너처럼 임질균이 득실득실 할 거다."

하고 운전사는 지지 않았다. 코가 납작한 주사장은, 그 납작한 코를 벌름거리면서, 임질이나 매독균이 욱실거려도 좋으니 저년을 하룻밤만 빌려줬으면 좋겠다고 하고 헤헤 웃는 것이다. 한편, 저 자식이 연앨 처음 해보는 모양이라고 핑핑이는 남자를 비웃는 것이다. 저 같으면 그동안에도 벌써 여러 차례 껴안고 키스를 했으리라는 것이다.

"가만있어, 인제 좀 두구 보기만 해. 한판 멋지게 얼릴 테니."

임질병이 그래서 모두들 시선을 모으고 남녀가 한판 얼리기를 기다리지만, 좀체 그 기대는 달성되지 아니하였다. 그러노라면 남녀는 일어서서 산등성이를 내려가 버리고 마는 것이다. 그제는 모두들 실망한 듯이 제자리에 돌아와 앉는 수밖에 없는 것이다. 그러나 그들 사이에는, 그 남녀가 이미 육체적 관계를 가졌겠느냐, 아니겠느냐 하는 문제를 놓고 한동안 활기 있게 논쟁이 전개되는 것이다. 이런 이야기에 누구보다도 노골적인 흥미를 갖고 참견하려 드는 것은 역시 핑핑이었다. 물론 핑핑이란 그의 본명이 아니다. 이 안에서는 서로들 본명을 모르고 지내는 것이다. 구태여 본명을 캐묻거나 밝히려 들지도 않는 것이다. 각자에게는 이름 대신 일정한 번호가 있지만 그게 여러 계단의 숫자인 경우에는 자기 번호만 외우기도 노력이 든다. 그러니까 남의 번호까지 기억하기란 어림도 없는 일이라 자연 별명을 통용하게 되는 수밖에 없었다. 핑핑이란 것도 역시 이 안에 들어와서 얻은 별명이었다. 하루에 한 번씩 있는 옥외 운동 때나, 실내에서나, 핑핑이는 가끔 빈혈증을 일으키는 것이다.

"아아, 머리가 돈다, 머리가 핑핑 돈다, 지구가 핑핑 돈다."

그러고는 눈을 감고 머리를 몇 번 내젓다가는 그 자리에 푹 꼬꾸라지는 것이다. 그렇다고 핑핑이는 그대로 기절해버리는 것이 아니라, 다만 얼굴이 해쓱해져서 잠시 누워 있다가 아무렇지도 않은 것이다. 주사장은 그러한 핑핑이를 가리켜, 여태 머리 꼭대기에 피도 안 마른 녀석이 과색¹을 해서 그렇다는 것이다. 그럴 적마다 주사장을 노리는 방장의 눈이 왜 그런지 무섭게 번득였다. 아무튼 핑핑이라는 이름은 이렇게,

"머리가 핑핑 돈다, 지구가 핑핑 돈다."
하고, 쓰러지곤 한 데서 얻은 별명이었다. 그밖에 임질병이니, 옴쟁이니, 전차 운전사니 하고 부르는 것도, 당자의 질병이나 직업에서 온 별명인 것이다. 물론 양담배도 들어온 날부터 얻은 별명인 것이다. 그는 여기 들어오기 전에 미군 부대에 인부로 다녔다. 어떤 날 양담배 한 보루를 사서 숨겨가지고 나오다가 발각되어 종로서 엠피(MP) 관계로 넘어갔던 것이다. 그는 거기서 군정 재판을 받을 때, 거의 매일같이 해먹는 사람은 아무렇지도 않고 처음으로 사 내오던 자기만이 걸렸으니, 암만해도 억울해 못 견디겠다는 말을 수없이 되뇌었던 것이다. 그러나 그 호소도 보람 없이 그는 이 개월의 언도를 받고 이리로 넘어온 것이다. 이밖에 별명 말고 불리는 칭호로 좌장, 방장, 주사장이 있는데 그것은 감방 내에서의 지위를 표시하는 말이다. 제일 연장자를 좌장으로 모시고, 징역살이를 가장 오래한 사람이 방장인 것이다. 끼니때마다 식사를 맡아보는 주사장은 두번째로 징역을 오래 산 사람이라는 것이다. 물론 이 안에서는 방장이 주권자인 것이다. 좌석이나 잠자리 같은 것도 방장의 지시대로 정해지고, 변기를 내놓고 들여놓는 일도 방장에게 지명 받은 사람이 하는 것이다. 방장 앞에서는 아무도 꼼짝 못하는 것이다. 그러나 통역관만은 좀 달랐다. 그는 방장이건 좌장이건, 이 방에 있는 사람 전부에게 끊임없이 깔보는 것 같은 태도를 취해오는 것이다. 통역관은 가끔 변기 위에 올라서서 창밖으로 맞은쪽 감방을 건너다보며 영어로 무어라고 지껄이기도 하는 것이다. 그러다가는 간수에게 발각되어 끌려 나가는 일도 있지만 그는 태연자약하였다. 간수가 문을 따고 나오라고 하면, 그는 역시 냉소를 띤 채 버젓이 따라 나가는 것이다. 통역관이 끌려 나가고 문이 닫힌 뒤에야,
"그 자식 언제든 가만두지 않을 테다!"
하고, 방장은 입을 씰룩거리며 벼르는 것이다.

날마다 우두커니 지낸다는 것은 참말 어처구니없는 일이다. 도무지 살아 있다는 생각이 들지 않는 것이다. 별수 없이 얼굴들만 마주 보고 있는 것이다. 대개는 무표정한 얼굴들인 것이다. 그러한 상판만 진종일 바라보고 있으려면, 여기가 마치 저승행을 기다리는 대합실이나 대기소 같은 생각이 드는 것이다. 그렇게 맹랑한 착각이나 공상에서 건져주는 것은 그래도 잡담의 힘이었다. 무슨 이야기든 두세 번 되풀이되지 아니한 것이 없다. 그러한 잡담 가운데서도 먹는 얘기와 여자 얘기만은 언제나 매력이 있는 것이다. 그런 얘기만은 몇 번 되뇌고, 아무리 들어도 물리지 않는 것이다. 그러기 지금도 한동안 침묵이 계속 된 끝에 자연 먹는 얘기가 시작된 것이다.
"아아 설렁탕이나 파를 듬뿍 넣어서 한 그릇 먹었으면 좋겠다!"
그러고 나서 전차 운전사는 입맛을 다셨다. 옆에서 그 말을 평펑이가 비웃어주었다.
"저 양반은 언제나 설렁탕이야. 그건 시골 놈이나 먹는 거라우. 난 나가는 길로 양식점에 들어가 비프까쓰를 먹을 테요."
그 말에 전차 운전사는 무안을 당했다고 생각하는 것이다. 그는

비프가스보다 설렁탕이 훨씬 몸에도 이롭고 맛이 낫다는 말로 반박해주고 싶은 것이다. 그러나 전차 운전사는 아직 비프가스라는 걸 먹어보지 못한 것이다. 먹어만 보지 못했을 뿐 아니라, 그게 어떻게 생긴 음식인지도 모르고 있는 것이다. 그렇지만 가만하고 있자니 분하다. 그래서 이런 말로 핑핑이를 무시해주는 것이다.

"내 참 설렁탕을 시골 놈이나 먹는단 말은 생전 첨 듣네. 설렁탕이란 서울의 명물이야, 서울 사람이 먹는 거란 말야. 서울 사람 치구두 본바닥 사람만이 진짜 설렁탕 맛을 알구 먹는 거야. 무식한 소리 어디서 함부루 해."

핑핑이는 그 마지막 한마디가 몹시 귀에 거슬렸다. 자기보다는 나이가 거의 한 둘레나 위지만, 반말 짓거리로 빈틈없이 응수를 하는 것이다.

"뭐? 무식하다? 그래 기껀 설렁탕 맛밖에 모르는 사람이 누굴 무식하대. 비프까쓰 맛을 아는 사람이 무식해? 그래 도대체 비프까쓰가 뭔지나 알어? 뭘루 어떻게 만들구 뭘 쳐서 어떻게 먹는 건지나 아느냐 말야."

전차 운전사는 분하기는 하지만 아무 말도 못 하는 것이다. 그 비프가스라는 걸 먹어보지는 못했을망정 보기만이라도 했다면 입심으로라도 뻗대 보겠는데 원체 이름조차 처음 듣는 판이라 대꾸할 도리가 없는 것이다. 핑핑이는 더 신이 나서, 전차 운전사 따위에게 무식하다는 말을 듣다니, 이런 모욕이 어디 있느냐고 대드는 것이다. 핑핑이가 이렇게 큰소리를 치는 것은 믿는 데가 있기 때문이었다. 그는 방장을 믿고 있는 것이다. 왜 그런지 방장은 늘 핑핑이를 두둔하는 것이다. 양담배는 그 이유를 알 수가 없었다. 며칠 전에 핑핑이는 똥통에 빠진 일이 있었다. 온 방 안에 똥물이 튀고 핑핑이의 한쪽 다리는 정강이까지 분뇨로 매닥질[2]을 했다. 만일 그게 다른 사람 같았으면 허리를 못 펴도록 방장에게 두들겨 맞았을 것이다. 그러나 방장은 도리어 새로 들어온 사람을 시켜서 걸레를 몇 번이나 빨아가지고 오물투성이가 된 핑핑이의 다리를 닦아주게 했던 것이다. 주사장, 좌장, 통역관, 이 세 사람을 제외하고는 아무도 방장 앞에서는 꿈쩍을 못하는 것이다. 방장이래서만 아니라 주먹이 센데다가, 살인강도의 누범(累犯)[3]으로 십육 년째 징역살이를 하고 있다는 그의 경력 앞에 기가 죽는 것이다. 그러한 방장도 이상히 좌장에게만은 공손하게 대하는 것이다. 일방 통역관에게 대해서는 몹시 아니꼽게 생각하고 벼르면서도 지식인이라서 그런지 마구 다루지 못하는 것이다. 그리고 주사장 역시 강도와 강간범으로 십 년 이상이나 복역 중에 있는 사람이라, 결코 만만히 건드리지 못하는 것이다. 그럼에도 불구하고 그들은 대수롭지 않은 일로 자주 언쟁을 했고, 언쟁 끝에는 육박전까지 하게 되는 수가 많았다. 키는 작지만 통통한 몸집의 주사장은 완력으로도 호락호락 방장에게 굴하는 자가 아닌 것이다. 대개가 언쟁의 시초는 극히 맹랑한 데 있는 것이다. 설렁탕이니, 빈대떡이니, 순댓국이니, 그밖에 자장면, 냉면, 탕수육, 개장국 등등 한동안 음식 타령이 벌어지고 나면, 으레 여자 얘기로 화제가 옮아가는 것이다. 그리 되면,

"저건 계집 얘기라면 사족을 못 쓴다니까, 저 침 흘리는 거

좀 봐."

방장 입에서는 그런 말이 튀어나오게 되고,

"임마, 그래 넌 점잖다. 그렇게 점잖은 녀석이 새로 들어오는 젊은 애마다 밑구멍에 고름을 들게 해주는 거냐?"
하는 식의 반격이 주사장 입에서 흘러나오게 되는 것이다. 그러나 그 정도로는 아직 육박전까지는 가지 않는다. 그런 투로 차차 흥분해지기 시작해서 얘기는 어느새 처녀성에 관한 문제에 도달하는 것이다. 한 번만 데리고 자보면, 처년지 아닌지를 대뜸 알 수 있다는 것이 주사장의 주장이었다. 그와는 반대로 도저히 알 수 없다는 것이 방장의 주장인 것이다. 그 말을 가지고 한동안 옥신각신하다가 주사장은 마침내 방장이 가장 싫어하는 심리적 면을 건드려놓는 것이다.

"이놈아, 넌 여적 숫처녀하구는 한 번두 자본 적이 없어서 그런 거야. 숫처녀는 고사하구, 대체 여자하고 자본 일이 있어? 숫제 사내의 밑구멍에 고름을 곪게 한 것이 고작일 테지."

왜 그런지 방장은 이 말을 최대의 모욕으로 생각하였다. 이 말만 듣고 나면 방장은 더 참지 못하는 것이다. 마침내 그는 폭력 행위로 분을 풀려 드는 것이다. 그렇다고 쑥 들어갈 주사장도 아니다. 두 사람은 기어이 짐승처럼 서로 물어뜯는 것이다. 그런 싸움이 지나가고 나면 양담배는 자꾸만 자기 일이 걱정스러워지는 것이다. 밑구멍에 고름을 들게 한다는 주사장의 말이 가슴에 걸리기 때문이다. 요즘 와서 양담배는 확실히 자기 몸에 이상이 생겼다고 짐작되는 것이다. 얼마 전부터 늘 뒤가 무죽한[4] 채 있는 것이다. 도무지 개운하지가 못해서 뒤가 마렵거니 싶어 변기 위에 올라앉는다. 그러나 장시간 그러고 앉아서 힘을 주어도 용변을 하지 못하는 것이다. 처음에는 변비증인가 생각했지만, 지금 와서는 그게 아니라고 깨달은 것이다. 정말 뒤가 마려운 것이 아니라, 다만 그런 감이 드는 것뿐이다. 그것은 영락없이 주사장이 말하는 것처럼 밑구멍에 고름이 곪은 탓이리라 양담배는 생각하는 것이다. 첫날밤 이래 그는 거의 매일밤 그 징그러운 주사장의 장난질을 받아주어야 하는 것이었다. 밤만 되면 끔찍한 것이다. 아무리 궁리해도 그 짓을 모면할 도리가 없는 것이다. 어느 날 그는 핑핑이도 방장에게 그런 장난을 당하고 있다는 사실을 알았다. 그러고 보니 방장이 덮어놓고 핑핑이를 두둔해온 일이나, 반드시 핑핑이를 제 옆에다만 재우는 이유를 알 수가 있었다. 한 번은 핑핑이가 슬며시 다가앉더니, 양담배에게 웃으며 이런 귀띔을 해주는 것이었다.

"인제 한 달만 겪어 봐, 너두 머리가 핑핑 돌다가 쓰러지군 할 테니."

그렇더라도 할 수 없다고 양담배는 각오한 것이다. 애초부터 이런 데 들어오게 된 것이 불운이라고 생각하였다. 양담배 한 보루 샀던 일이 새삼스레 후회되는 것이다. 지금 와서는 후회해도 소용없는 것이다. 만기가 되어 여기를 나가기만 하면, 병원에부터 가봐야겠다고 생각하는 것이다. 항문이, 그리고 내장이 채 썩기 전에 병원에 달려가서 보아 달래야겠다고 벼르는 것이다. 그렇지만 두 달은 마치 이 년처럼 지루하게 생각되었다.

그래도 다들 자기의 만기일(滿期日)만은 기억하고 있는 것이다. 제 번호 하나 변변히 외우지 못하는 사람도 만기일만은 잊지 않는다. 그만큼 그들은 사회에 나가는 날을 고대하고 있는 것이다. 물론 부모나 처자가 있어서 반가이 맞아줄 처지라면 출옥을 기다리는 것도 당연할 것이다. 그러나 사회에 아무도 없는 방장, 주사장, 임질병 같은 자들도 어서 만기가 되어 풀려나가기를 기다리고 있는 것이다. 그러한 심속을 양담배는 도무지 이해할 수가 없었다. 그러고 보면 좌장만은 분명히 생각이 다른 것이다. 사기횡령 및 문서 위조죄로 일 년 팔 개월의 언도를 받고 들어와 있다는 좌장은 불평이 적지 않은 것이다. 복역 기간이 길어서가 아니라 반대로 짧다는 불평인 것이다. 이미 오순이 넘은 처지에 자녀도 재산도 없으니, 사회에 나가 뭘 하겠느냐는 것이다. 어디다 의지하고 무엇을 믿고 살아야 할지 알 수 없다는 것이다. 차라리 이삼십 년의 언도를 받고, 이 안에서 살다가 죽고 싶다는 것이다. 남의 사랑방이나 노변에 쓰러져 죽는 것보다는, 비록 형무소일망정 이런 방 안에서 안심하고 죽고 싶다는 것이다. 자기가 섣불리 문서 위조를 했던 것도 따지고 보면 노후를 걱정하는 나머지 한 밑천 장만하기 위해서였다는 것이다. 사람이 늘그막에 의탁할 곳이 없고 보면 그것처럼 초조하고 불행한 일이 없다 하며, 자기는 앞으로 출옥을 하면 이번에는 좀더 큰일을 저지르고 나서, 한 이십 년 언도를 받고 다시 들어오겠노라고도 했다. 양담배는 그러한 좌상의 의견에 무작정 공명'을 표힌 것이다.

"옳습니다. 옳은 말씀입니다. 저두 노모만 안 계시구 나이가 좀 들었다면 아예 예서 늙어 죽구 말겠습니다."

그 말에 먼저 분개한 것은 방장이었다. 방장은 좌장의 말에도 자기 자신이 모욕을 당한 것처럼 느껴졌던 것이다. 그러나 연장자에게 정면으로 대들 수도 없고 해서 잔뜩 부르터 있던 판이다. 그는 이상하게도 윗사람 앞에서는 언제나 공손하였다. 그러던 차에 양담배가 마련 없이[6] 좌장의 말에 동의를 표하는 데는 울컥 치미는 뱰을 누를 수 없는 것이었다.

"요망스런 자식아, 소견머리 없이 마구 지껄이지 말아. 주둥일 찢어줄 테다."

"어디 나만 그랬어요. 나 혼자만 그랬어요! 좌장님의 말씀이 옳은 말씀이란 말이죠."

방장은 눈이 번뜩였다. 한쪽 다리를 들어 양담배의 옆구리를 힘껏 질렀다.

"난 나가 죽을 테다! 얻어먹다가 길가에 꼬꾸라져 죽는 한이 있더래두 나가 죽을 테다!"

양담배는 모로 넘어진 채 걷어챈 옆구리를 한 손으로 누르고 잠시 버둥거렸다. 그 꼴을 보고 핑핑이가 실없이 히히대고 웃어버렸다. 그 안면에서 웃음이 채 사라지기 전에, 핑핑이의 한쪽 따귀에서 짝 소리가 났다. 주사장의 손길이 번개처럼 움직인 것이다.

"뭐가 우스워? 남의 억울한 일이 그렇게두 좋으냐?"

주사장의 낯에는 살기가 어렸다. 방 안은 갑자기 조용해졌다. 무거운 침묵 속에서 방장과 주사장의 음흉한 시선만이 얽혔다.

양담배가 처음 보는 눈들이었다. 지글지글 타는 것 같은 눈인 것이다. 양담배는 저도 모르게 몸을 부르르 떨었다. 방장과 주사장은 한마디도 서로 말을 건네지 않았다. 알고 보면 그들 두 사람은 오래전부터 암투를 계속해오고 있는 것이다. 핑핑이가 들어왔을 때 그들은 눈이 번쩍 띄었던 것이다. 실로 오래간만에 보송보송한 앳된 젊은이를 맞이했기 때문이었다. 둘은 다투어 핑핑이에게 친절을 다했던 것이다. 그런 중에도 일방 두 사람은 내심으로 험악한 풍파를 예기했고, 일전(一戰)을 각오했던 것이다. 그러면서도 주사장은 타협적으로 나가 본 것이다. 방장의 귀에 대고,

"우리 사이좋게 지내세! 피차 손해야."

그랬다. 방장도 의외로 순순히 고개를 끄떡였고, 결국 핑핑이를 자기들 두 사람 사이에 재우기로 밀약이 성립되었던 것이다. 그러나 며칠이 안 가서 방장은 핑핑이를 독점하고 만 것이다.

"네가 너무 난잡하게 굴어서 싫대."

그러면서 방장은 핑핑이를 자기의 저쪽 곁에다만 재우는 것이었다. 주사장은 그때부터 내심 칼을 갈아왔다. 그러는 동안에 어느 날 양담배가 들어왔던 것이다. 얼굴은 핑핑이만큼 눈에 들지 않지만 나이는 더 어려 보였다. 주사장은 이내 양담배를 차지했고, 방장은 묵인해주었던 것이다. 그렇지만 주사장은 좀처럼 핑핑이의 체온이 잊혀지지 않았다. 여자처럼 희고 보들보들한 피부를 핑핑이는 가지고 있었다. 그러고 아무렇게 굴어도 핑핑이는 몸을 사리는 일 없이 박자를 맞춰주었다. 그렇기 때문에 그 뒤에도 주사장은 방장에게 대해서 감정이 개운하지 못했던 것이다.

여자 얘기만 나오면 더욱 방장과 대립하려 들었고, 또 그가 제일 듣기 싫어하는 말을 퍼부었다.
"네깐 놈이 평생 징역살이나 했지, 단 한 번인들 여자와 자본 경험이 있느냐? 숫제 사내 밑구멍에 고름이나 곰겨주는 게 고작일 게다."
방장은 정말 사십이 가까운 나이에 한 번도 여자와 잠자리를 같이 해본 경험이 없는 것이다. 그러기 그 말을 들을 적마다, 그는 인간으로 최대의 모욕을 당하는 것 같이만 생각되는 것이었다. 주사장은 자기를 여지없이 경멸하고 있다고 방장은 생각하는 것이다. 더구나 요즘 와서는 심지어 밥 같은 것도, 다 부스러진 찌꺼기만 자기와 핑핑이 앞에 돌리는 것이다. 따라서 국도, 원래가 건더기라고는 별로 없기는 하지만, 특히 자기와 핑핑이 그릇에다는 일부러 머룩한7 국물만을 따라주는 것이었다. 차차 한다는 짓이 노골적으로 사람을 무시하려는 태도다. 그 앙갚음으로 방장은 똥통을 들어내는 일이나 실내 소제는 주로 양담배를 시키는 것이었다. 이리하여 그들 두 사람은 매사에 사감을 두고, 내심 날카롭게 모를 세워왔던 것이다. 두 사람의 그러한 관계를 다른 사람들도 요즘 와서는 알고 있는 것이다. 그러나 아무도 알은체하지는 않았다. 어느 편을 두둔할 수도 없었기 때문일 것이다. 그런 가운데서 아무래도 통역관만은 달랐다. 깔보는 것 같은 웃음을 담은 눈으로, 방장과 주사장의 부어오른 태도를 암만이구 오래 지켜보고 있는 것이다. 그러다가 마치 결론이라도 내리듯이 그는 또 엉뚱한 소리를 들려주는 것이다.

"살아 있는 사람이란 늘 싸워야 하는 거요. 싸울 줄 모르는 인간은 송장이요. 그러나 반드시 저보다 강대한 적과 싸우는 싸움만이 신성합니다. 약자끼리의 싸움이란 언제나 강자를 위한 자멸입니다."

양담배는 무슨 뜻인지 잘 알 수 없는 것이다. 그러면서도 그 말 속에는 자기가 이해할 수 없는 요긴한 뜻이 들어 있으리라고 생각하는 것이다. 그렇기 때문에 아무리 방장일지라도 몰래 벼르기만 할 뿐, 감히 통역관은 어쩌지 못하는 것이리라. 미국 말을 유창하게 지껄일 줄 아는 통역관은 무엇이든 모르는 게 없을 것이다. 그러기 양담배는 그 징그러운 장난을 남모르게 밤마다 당해야 하는 제 괴로운 처지를 통역관에게 말해볼까 하고 망설이는 것이다. 통역관은 좋은 지혜를 빌려줄지도 모른다. 그러나 일방 모든 사람을 덮어놓고 깔보는 것만 같은 그 눈과 웃음을 생각할 때, 아예 용기가 나지 않는 것이다. 자기의 몸뚱이는 영 망치고 말았다고 생각하며 양담배는 한숨을 쉬는 것이다.

먹고, 배설하고, 자는 일 이외에는 고작 잡담만이 공식처럼 날마다 되풀이되는 이 감방 안에, 마침내는 하나의 사건이 발생하고야 말았다. 오랫동안을 두고 쌓여온 방장과 주사장 사이의 악화된 감정은 드디어 터지고 만 것이다. 그것은 이 방에 새로이 소매치기가 들어온 날부터인 것이다. 삼 개월의 언도를 받고 넘어왔다는 소매치기 상습범은, 마치 여자 같은 용모며 자태를 갖추고 있었다. 방장이 시키는 대로 똥통에다 절을 하고 나서, 좌장,

방장, 주사장의 순서로 돌아가며 인사를 할 때의 몸가짐이, 어처구니없이 가냘팠다.

"어디 좀 보자! 정말 남잔가?"

좌장이 그의 사타구니를 들춰볼 정도였다. 이러한 소매치기를 맞아들인 방장과 주사장 사이가 아무렇지도 않을 수는 없는 것이다. 저녁 식사 때, 주사장은 자기 몫까지 소매치기의 밥그릇에 쏟아주었다. 처음엔 서먹서먹해도, 정들이고 보면 예도 괜찮다고 하며 주사장은 소매치기를 위로까지 해주는 것이었다. 그러나 취침 호령이 내리자, 방장은 펑펑이를 다른 자리로 쫓아 보내고 소매치기를 자기 옆에다 눕히고 말았다.

"우리 사이좋게 지내세."

혹은,

"괜히 지나치게 고집 세우면 피차 손해야. 누군 목숨이 아까워 징역살이 하는 줄 아나!"

하고, 주사장은 몇 번 교섭을 해보았지만, 방장은 좀체 응하려 하지 않았다. 주사장은 다시는 입을 열지 않았다. 궁금할 정도로 두 사람 사이는 잠잠해지고 말았다. 밤중이었다. 역시 한구석으로 밀려나가 자고 있던 양담배가 무슨 소리에 놀라 눈을 떠본즉, 서로 잡아먹을 듯이 노려보고 있는 방장과 주사장 사이를, 좌장이 가로막고 앉아 있는 것이었다. 방장의 한쪽 귓바퀴에서 흘러내리는 피가 희미한 전등빛에도 알아볼 수 있었다. 잠시 뒤에야 방장은 자기 귀를 만져보는 것이었다. 손으로 볼을 훔쳤다. 피 묻은 손바닥을 들여다보았다. 방장은 별안간 벌떡 일어섰다. 대번에 좌장을 밀어제치고 주사장에게로 달려든 것이다. 격투가 벌어졌다. 이내 간수가 쫓아왔다. 두 사람은 말없이 끌려 나가고, 도로 감방 안은 조용해진 것이다. 이튿날 아침이 되자, 양담배와 핑핑이와 소매치기는 함께 불려 나갔다. 방장과 주사장은 콘크리트 바닥에 나란히 무릎을 꿇고 앉아 있었다. 간수가 묻는 대로 양담배와 핑핑이는 각기 주사장과 방장에게 농락당한 사실을 할 수 없이 입증했다. 간수의 한 사람은 웃으면서 핑핑이더러 그래 재미가 어떻더냐고 물었다. 핑핑이는 대답 대신 옆에 꿇어앉아 있는 방장을 보며 히히 하고 웃었다. 간수는 양담배에게도 같은 말을 물었다. 그는 붉어지는 얼굴을 숙여버렸다. 다른 간수가 양담배보고 밑구멍을 내보이라고 했다. 양담배는 머뭇거리지 않을 수 없었다. 그러다가 따귀를 한 대 맞고서야 그는 마지못해 엉덩이를 내민 것이다. 간수가 멀찍이서 들여다보더니 항문이 썩기 시작한다고 했다. 그러고 나서 또 큰 소리로 웃는 것이었다. 양담배는 가슴이 뜨끔했다. 참말 내장이 모두 썩어 들어가는 것만 같이 겁이 난 것이다. 간수는 양담배, 핑핑이, 소매치기에게, 앞으로는 절대 그런 장난을 받아주지 말라고 했다. 그런 짓에 응하면 너희들도 경을 칠 테니 그리 알라는 것이다. 그런 요구를 하는 놈이 있거든 주저 말고 일러달라는 것이다. 그들 세 사람이 돌아오고 나서도 방장과 주사장은 한참이나 더 있다가야 돌아온 것이다. 점심 시간이 되자, 주사장은 여전히 소매치기에게 자기 밥을 반이나 덜어주었다. 그러고 나서 다정스레 말도 걸어보고 하는 것이다. 그러나 빙정민은 온종일 입을 열지 아니히였디. 이미 그에게는 어떠한 각오가 있었던 모양이다. 기어이 새벽녘에 놀라운 사태가 발생하고야 만 것이다. 갑자기 모두들 일어나 웅성대는 바람에 무슨 영문인가 싶어 양담배도 눈을 떴다. 심상치 않아서 이내 일어나 보았다. 한쪽 구석을 향하고 앉아 있는 방장은 두 다리로 잔뜩 무엇을 벋디딘 채, 양손으로는 역시 힘껏 무엇을 잡아당기고 있는 것이다. 방장은 전신 발가숭이가 되어 있는 것이었다. 그 잔등이 울퉁불퉁 부어올라 있는 것이다. 어제 아침에 얻어맞은 자국일 게라고 양담배에게는 얼른 짐작이 갔다. 방장이 두 발로 벋디디고 있는 것은 주사장의 몸뚱이였다. 저쪽을 향하고 맥없이 누워 있는 주사장의 목에는 굵은 동아줄같이 빙빙 꼬인 헝겊[囚衣]이 감겨 있었다. 그 끝을 방장이 이를 사려 물고 잡아당기고 있는 것이다. 수의 자락이 마구 헝클어져서 하반신이 통째로 노출되어 있는 주사장은, 꼼짝도 못하고 늘어져 있는 것이다. 좌장은 방장의 바로 등 뒤에 서서 전신을 와들와들 떨고 있었다. 연신 목쉰 소리로 무어라고 중얼거리지만 알아들을 수가 없었다. 사람들의 어깨 너머로 그런 광경을 본 양담배는 일시에 모든 것을 깨달을 수 있었다. 그러자 별안간 머리가 아찔해지며 그는 눈앞이 핑글핑글 도는 것 같았다. 전신에 맥이 탁 풀려서 양담배는 마침내 두 손으로 이마를 고이고 쓰러지고 만 것이다. 그 순간, 나도 팽이처럼 머리가 핑핑 돌다가 꼬꾸라지게 되었구나 하는 생각이 번개같이 스치고 지나가는 것이었다. 사람들의 떠드는 소리가 멀리서처럼 귓가에 앵앵거렸다. 양담배는 한참 동안 눈을 감은 채 그 자리에 누워 있었다. 머리가 한결 가벼워져서 그가 일어나 앉기는 날이 훤히 밝아서였다. 이미 방장과 주사장의 모양은 보이지 아니하였다. 사람들은 과격한 노동을 하고 난 때처럼 축 늘어져 앉아들 있었다. 통역관만이 변함없이 남을 깔보는 것 같은 눈웃음으로 여러 사람을 바라보고 있는 것이다.

"어느새 오늘두 날이 샜구나!"

이윽고 그렇게 중얼거리며 좌장은 고개를 들어 창밖을 내다보는 것이었다. 이어서 전차 운전사도 창밖으로 얼굴을 돌렸다. 펑펑이도, 소매치기도, 그밖에 여러 사람은 잊고 있었다는 듯이 거의 동시에 창밖을 내다보는 것이었다. 다만 통역관만이 유별나게 창을 등지고 앉아 있는 것이다. 양담배도 물론 다른 사람들과 함께 창밖을 내다보았다. 그러나 오늘 아침은 나무 없는 산등성이도 푸른 하늘도 보이지 않았다. 안개가 자욱하니 끼어 있기 때문이다. 산도 하늘도 안개에 싸여 있는 것이다. 그래도 뇌리에 그림처럼 새겨져 있는 산등성이와 그 너머의 푸른 하늘이 보이는 듯싶어 사람들은 언제까지나 묵묵히 창살 사이로 창밖만 내다보고 있는 것이다.

유실몽 流失夢

 누이와 매형 사이의 그 기이한 부부 싸움은 거의 이틀거리로 있었다. 그것은 정말 기이한 부부 싸움이라 할 수밖에 없었다. 매형은 때리기만 하고 누이는 맞기만 하게 마련이었다. 매형인 상근(相根)은 아내를 구타하는 데 상당히 숙달한 솜씨를 보여주는 것이었다. 마치 복싱 연습이라도 하듯, 두 주먹을 눈앞에 겨누었다가 연거푸 아내의 어깨와 등을 내리족치는 것이다. 주먹이 떨어질 때마다, 누이의 어깨와 등에서는 퍽퍽 소리가 났다. 몇 번 만에 한 번씩 상근(相根)은 아내의 옆구리를 발길로 지르기도 했다. 그러나 누이는 어찌 된 판인지 한 번도 대적하려 들지 않는 것이다. 남편이 덤벼들기 시작하면, 누이는 재빨리 두 무릎 사이에 얼굴을 처박고, 두 손으로 머리를 감싸 앉은 채 꼼짝하지 않는 것이다. 남편의 주먹이 떨어질 적마다 움칠움칠 놀라면서도 그냥 몸을 더 웅크릴 뿐이다. 간혹 "아야—— 아야—"하고 유창한 비명을 지르는 것이 고작이었다. 그것은 참말 비명으로 듣기에는 너무나 느리고 부드러운 발음이었다. 하기는 누이도 어쩌다가 아픔을 참지 못하는 듯,

"한 군데만 자꾸 때리지 말아요! 여기저기 좀 골라가면서 때리라구요."

하고 호소하는 일이 있었다. 언젠가는 나에게 구원을 청한 일조차 있었다.

"철수(哲秀)야, 좀 말려주렴. 아, 얼른 좀 말려주어."

그 말을 들었을 때 나는 그만 실없이 웃어버리고 말았던 것이다. 나는 그러한 내 웃음이 잘못이었다고는 생각지 않는 것이다. 이런 경우에 웃어버리지 않고 어떻게 하느냐 말이다. 나는 웃을 수 있는 동물이라는 것을 지극히 다행한 일이라고 생각했다.

누이와 매형 사이에 빈발하는 그 신기한 부부 싸움은 언제나 돈 때문이었다. 오늘도 그랬다. 상근(相根)은 저녁 먹은 그릇을 치우기도 전에 시급한 용도가 생겼으니 천 환만 내놓으라고 조르기 시작했다. 막판에 남편이 어떻게 나올 걸 뻔히 알면서도 누이는 말대답을 했다.

"언제 내게 돈 갖다 맡겼수?"

"그르기 내가 어디 뻐젓이 달래나. 이렇게 사정사정하디 않나."

"암만 사정해두 없는 돈을 무슨 재간으루 내뇨."

"거 너무 시시하니 굴디 말라우. 단 십 환인들 내가 쓸데없는 데 쓰는 줄 아나 거 다 요긴동에만 쓰는 거야. 오늘은 꼭 누게다 한탁 멕에 둘 일이 생게서 그래. 술 한 잔만 멕에 놓문 내중에 천

환의 몇십 배, 몇백 배 돼서 돌아올 테야. 자 괘니 그러디 말구 어서 천 환만 내노라우."

"천 환은커녕, 백 환두 없어요. 툭하문 어린애처럼 없는 돈을 대구 내라구 조르니, 어디 가 도둑질을 해오란 말이오."

"정말 이러기야. 죽어두 못 내놓갔단 말이디?"

"못 내놓는 게 아니라, 내놀 돈이 없대두 자꾸 성화구려. 난 무슨 돈 주머닌가요."

"저엉 그렇대문 좋다, 좋아. 오늘부터 난 네 시나이(남편) 아니구, 넌 내 에미네 아니다. 흥 어디 좀 두구 보자!"

상근(相根)은 말을 마치자 우뚤해서¹ 일어나 밖으로 나가버렸다. 그러나 막상 나가놓고 생각하니 더 화가 치밀었다. 그는 이내 되돌아서 들어오더니, 잔뜩 버티고 선 채 아내에게 트집을 거는 것이다.

"내가 돈 천 환 없어 남에게 개망신을 해두 좋단 말이가?"

"여보 누가 개망신을 하랍디까? 어엿이 내 밥 먹구 다니면서, 무엇 때메 남한테 개망신이구 소망신이구 한단 말요."

"돈이 없는 걸 어떻간단 말야. 꼭 한탁 쏜다구, 것두 사업을 위해 쏜다구 약속하구서 못 쓰문 무슨 망신야. 그래 시나이가 이렇게 망신을 해두 네년은 좋단 말이디?"

"누가 돈 쓰는 약속하랍디까? 당신 맘대루 약속을 했으니까, 망신을 해두 할 수 없지, 어떡해요."

"이 샹년 뭐야? 너 시나일 뭘루 아니, 좀 뒈데 바라."

말이 떨어지기가 무섭게 상근(相根)의 주먹은 아내의 어깨를 사정없이 내리쳤다. 누이는 날쌔게 얼굴을 무릎 사이에 묻고, 두 손으로 뒤통수를 가렸다. 놀랍게 민감한 동작이었다. 조금만 건드려도 동그랗게 몸을 사리는 굼벵이처럼 이미 습성화되어 있었다. 여유를 두지 않고 상근(相根)의 주먹이 피스톤처럼 움직였다. 누이의 어깨와 등에서는 둔탁한 소리가 났다. 누이는 한층 더 몸을 오그리는 것이었다. 하 견디기가 벅차면 누이도 그예 사정을 했다.

"아이구 정말 간 떨어지갔이요. 좀 쉈다가 때리라요. 얼른요, 좀 쉐 가면서 때리라구요!"

마치 아이들의 콧노래 비슷이 들렸다. 조금도 절박한 맛이 없다. 물론 상근(相根)은 들은 체도 않는다.

"이년, 시나일 뭘루 아니!"

구호처럼 같은 소릴 반복하며, 매질하는 주먹을 멈추지 않았다. 그러노라면 누이는 마침내 항복하고야 마는 것이다.

"져엉 죽갔이요, 여보. 돈 내갔이요. 아 돈을 낸대니까……"

그제야 상근(相根)은 매질을 그쳤다. 그 한 마디는 그만큼 효과적이었다. 누이는 비로소 고개를 들고 가슴을 폈다. 두 손으로 헝클어진 머리를 쓸어 올렸다. 어깨와 등을 만져보았다.

"오늘밤부터는 따루 자요! 지분거렸단 봐라."

눈을 흘기며 하는 소리다. 그래도 얼굴에는 분노나 비애의 기색이라곤 없었다. 애교를 띤 미소가 얄밉도록 물살처럼 번졌다. 나는 누이를 다시 보았다. 삼십이 넘었지만 역시 누이는 예쁘다고 생각했기 때문이다. 좀 범속한 윤곽미이기는 하지만.

유실몽

"그러기 첫마디에 성큼 내놨음 둏지. 꽤니 매두 안 맞구…… 어디 예가 얼얼한가?"

상근(相根)은 흡족한 듯이 웃고 누이의 어깨를 만져주었다.

"너무 그러문 난 도망가 버리구 말갔이요. 갈 데가 없어 이러구 있는 줄 압네가."

또 한 번 눈을 흘기고 나서 누이는 밖으로 나갔다. 누이는 결코 남 보는 데서 돈을 다루는 일이 없었다. 밖에서 세어가지고 들어오는 것이다. 혹은 돈을 밖에다 어디 감춰두었는지도 모른다. 잠시 뒤에 누이는 들어오는 길로 백 환짜리 다섯 장을 남편 앞에 내밀었다.

"이거 시시하게 굴디 말라우. 어서 오백 환만 더 내노라우."

"죽도록 얻어맞은 값은 어떻가구? 그나마 과한 줄 아세요!"

그러면 상근(相根)은 더 군소리 없이,

"에—거. 할 수 없군!"

한 마디를 남기고 부리나케 나가버렸다. 기발한 스포츠의 한 게임은 여기서 끝이 나는 것이다. 그것은 참말 현대식 가정 스포츠일지도 모른다. 스포츠가 아니라면 내가 언제나 태연히 구경만 하고 있을 수는 없을 것이다. 그렇지만 솔직히 나는 이런 스포츠를 구경하기 위해 누이네 집에 와 있는 것은 아니었다. 그러기 위해서 내가 세상에 태어난 것은 더더구나 아니었다. 나는 지금 하늘 옷을 잃어버린 선녀처럼 되어 있는 것이다. 그놈의 찬란한 옷을 찾아 입지 못하는 한, 나는 영 다시는 하늘로 날아 올라가지 못하고 말 것이다. 나는 새삼스레 방 안을 둘러보았다. 마치 하늘

옷을 찾아내려는 듯이. 방 가운데는 먹고 남은 저녁 그릇들이 너저분히 널려 있을 뿐이다. 한구석에는 두 살배기 재순(在順)이가 자고 있었다. 머리맡에서는 웃통을 벗어젖힌 누이가 손바닥만 한 거울 조각을 문지방에 세워놓고 화장을 시작하였다. 나는 그만 멋쩍게 웃어버리고 말았다.

　식기를 챙겨가지고 부엌으로 나갔다. 나는 이 집의 식모나 다름이 없었다. 저녁 설거지만은 내가 하는 수밖에 없었다. 삼십이 넘은 대장부의 체신에, 꼴이 아니지만, 할 수 없었다. 누이는 저녁마다 화장을 하고 출근을 해야 하기 때문이다. 누이는 술집 작부였다. 그러한 직업에는 누이는 수재적이었다. 그 수재의 힘으로 몇 식구가 살아가고 있었다. 누이의 그 행동성은 강한 생활 능력을 보유하고 있었다. 무슨 회사 전무취체역[2]이니, 상무취체역이니 하는 명함을 누구 앞에서나 내놓기 좋아하면서도, 몇 달 가야 단돈 십 환을 들여오지 못하는 상근(相根)에게 비할 바가 아니었다. 그러기에 나 역시 저녁 설거지를 맡아 놓고 하면서도 과히 욕되게 생각하지 않았다. 그릇을 일일이 부셔 시렁에 얹고, 나는 제창[3] 물까지 한 통 길어다놓고 들어왔다. 누이는 여적 얼굴을 매만지고 있었다. 나는 바람벽에 기대앉아서 누이를 바라보았다. 누이에게서는 강한 인간의 냄새가 풍겼다. 나는 그 냄새를 즐기는 것이었다. 참말 세상에는 인간 냄새를 풍기지 못하는 인간이 얼마나 많은지 모르겠다. 내 시선이 자기에게 부어지는 걸 의식한 누이는 얼굴을 돌렸다. 애교 있게 웃었다. 확실히 명랑하고 만족한 표정이었다. 누이는 본시 고민이나 오뇌라는 것을 전연 모르는 기질이었다. 도대체가 숙명적으로 심각해질 수 없는 인간이었다.

"넌 정말 총각으루 늙을 셈이니?"

"글쎄, 낸들 아우."

"애두, 어쩌문 그렇게 여자에 대한 욕심이 없을까!"

누이에게 있어서는 남녀 관계와 돈만이 인생의 전부였다. 누이의 화제는 언제나 그 두 가지 문제에서만 시작되었다.

"욕심이야 왜 없어요. 나두 누이 같은 여자만 있으면 담박 덤벼들었을지 몰라요. 사실이에요. 누이만큼 예쁘구 애교 있는 여자가 있으면 말이웨다. 가만하구 있어두 밥이 생기구 옷이 생기구. 그러다가 주먹만 한 번 내둘으면 용돈두 나오구, 술값두 나오구. 얼마나 좋아요!"

나는 과연 오래간만에 명답을 내리는 데 성공했다. 나는 좀처럼 누이를 만족시킬 만한 대답을 하지 못했다. 누이의 얼굴엔 틀림없이 도취적인 흥분이 얇게 번졌다. 누이는 마치 여자끼리 그러듯,

"애두, 못 하는 소리가 없구나!"

하고, 눈을 흘기더니 내 다리를 꼬집었다. 그러고 나서 누이는 옆방에 들어 사는 춘자(春子) 얘기를 또 끄집어냈다. 애가 좀 깔끔해서 탈이지 여태 숫처녀에는 틀림없다는 것이다.

"노상 곁으루는 새치미를 따지만, 삼십이 다 된 오울드 미슨데, 사내 생각이 없을 줄 아니. 한 번 슬쩍 건드려만 봐, 영락없지 뭐."

"누나하군 좀 다를걸."

"어이구, 말 좀 말어. 수염이 석 자라두 사람은 먹어야 사는 거야. 점잖은 사람이 어딨어. 남자구 여자구, 나이 들면 다아 저 볼 재미를 채우구 싶은 거야!"

언제나 이야기가 남녀 문제에 걸치게 되면, 누이는 놀랍도록 다변해지고 또 대담해지는 것이었다. 누이는 처녀 시절부터 그랬다. 여자보다 남자 친구가 더 많은 편이었다. 자연 여러 가지 불미한 풍문을 퍼뜨리고 다녔다. 학교에서는 여러 번 정학 처분을 당했고, 집에서도 쫓겨나면 외가에 가 살았다. 그래도 간신히 여학교를 나오자 어른들이 먼저 서둘러서 이내 정혼을 했다. 누이는 거의 매일 약혼한 남자 집에 드나들었다. 남자 편의 부모가 눈살을 찌푸리기 시작했다. 무슨 색시가 화류계 여자처럼 저 모양이냐고 했다. 마침내 파혼을 제의해왔다. 파혼한 지 한 달 만에 임신이 밝혀졌다. 외가에 가서 해산을 하고, 몇 달이 지나서 유아는 어느 집 양자로 보냈다. 얼마 뒤, 누이는 이십 살이나 층이 지는 남자에게 출가를 했다. 그러나 일 년이 차기 전에 누이는 돌아와 버리고 말았다. 김빠진 영감태기 하고 무슨 재미에 살겠느냐는 것이었다. 반년쯤 있다가 이번에는 시골 중학교 선생의 후처로 갔다. 그래도 거기선 이 년이나 살았다. 남편의 동료인 독신 교원과 지나치게 접근했다가, 행실이 부실하다는 이유로 거기서도 배척을 받고 돌아왔다. 이남으로 피난 온 이후에도 상근(相根)이가 두번째의 사내였다. 남자와 사귀는 데는 거의 천재적이었다. 그런 만큼 남자 없이는 살지 못하는 누이였다. 누이에게 있어서 남녀 관계란, 단순히 자웅(雌雄)의 뜻으로만 통하는지도 모른 다. 요즈음도 누이와 상근(相根)은 그 동물적 본능을 만족시키기 위해 밤마다 바빴다. 윗목에서, 재순(在順)일 안고 자는 나를 그들은 조금도 꺼리는 기색조차 없었다. 내가 잠들지 않고 있는 줄을 뻔히 알면서도 누이 부부는 저희 하고 싶은 짓은 다 했다. 그들이 잠들기 전에는 나도 제대로 자지 못했다. 내가 내 육체의 일부분을 애무해보는 것은 이런 때였다. 제대를 하고 내가 누이를 찾아온 지 불과 한 달밖에 안 되지만, 처음 며칠 동안은 잠을 못 자서 마치 심한 신경 쇠약에 걸린 것처럼 되어 있었다. 누이 부처는 밤 시간만을 이용하는 것은 아니었다. 누이의 출근을 위해서 언제나 남보다 이른 저녁을 먹는 우리는, 상을 물리고 나도 그대로 낮이었다. 화장을 하면서 남편과 실없는 소리를 주고받다 말고, 누이는 갑자기 날더러 바람이라도 쏘이고 오라는 수가 있다. 나는 얼른 그 말의 의미를 알아차릴 수 있기 때문에 재순(在順)이를 안고 밖으로 나간다. 그러자 등 뒤에서는 영락없이 문고리 잠그는 소리가 나는 것이었다. 그때마다 나는 당황한 심정으로 어릿어릿 주위를 살펴보곤 하였다.

　화장을 끝낸 누이는 재순(在順)이를 깨워 젖을 물렸다. 젖을 먹여놓고 직장에 나가면, 누이는 밤 열한시나 되어야 돌아오는 것이다. 물론 나는 그동안 집에 혼자 남아서 애보기도 겸해야 하는 것이었다.

　쿵, 쿵, 쿵 약한 소리로 또 바람벽이 울려왔다. 이어서,

"홍(洪)주사, 홍(洪)주사."

하고, 나를 부르는 강노인(姜老人)의 음성이 들려왔다. 뜰에서 혼자 놀라고, 재순(在順)이를 문밖에 내놓고, 나는 얼른 옆방으로 갔다. 강노인(姜老人)은 언제나 마찬가지로, 요 위에 사지를 펴고 엎드려서 죽는 소리를 내고 있었다.

"으으으, 으으으."

하는 그 신음 소리는 똑 무슨 짐승의 소리 같았다. 나는 말없이 노인의 허리에 올라탔다. 그리고 두 손에 힘을 주어서, 그 허리를 아래서부터 주물러 올라가기 시작했다.

"좀더, 좀더, 아이구 으으응."

노인은 그래도 부족한 모양이었다. 그 뼈만 남은 허리를, 나는 사정없이 힘껏 주무르기도 하고 쥐어박기도 했다. 어떤 때는 우적우적 뼈 튀는 소리가 나는 것 같아서 손을 멈추기도 했다. 그 정도라야 노인은 효과를 느끼는 모양이었다. 반 시간 가량이나 그러고 나면 내 이마와 등에도 땀이 내뱄다. 강노인(姜老人)은 여러 해 전부터 신경통으로 고생해오는 것이었다. 하루에 몇 번씩은 으레 허리가 끊어지는 듯이 저리고 쑤셔서, 당장 숨이 넘어가는 것처럼 야단을 하는 것이다. 그럴 때마다, 밤중이건 새벽이건 바람벽을 두드리며, 소리를 질러서 나를 찾는 것이었다. 노인에게도 딸자식들이 있기는 했다. 본시 딸만 오형제를 낳아 길렀다는 것이다. 그중 차녀는 대구서 양부인 노릇을 하고, 삼녀는 간신히 미장원을 나와, 다달이 돈푼이나 들여오게 되자, 어떤 놈팡이와 얼러가지고, 인전서 살림을 차리고 있었다. 어느 다방의 레지로 있는 넷째 딸은 거기서 먹고 자고, 집에는 한 달에 두세 번 다녀가는 정도였다. 현재는 제본소에 다니는 장녀와, 미장원에 가서 심부름을 해주는 막내딸만이 같이 살고 있다. 막내딸의 벌이란 저 하나 입치레도 될까 말까 한 정도라, 장녀의 수입으로 겨우 끼니를 이어가고 있는 것이다.

"그 배라먹을 년이 어쩌자고 계집애만 다섯씩이나 싸놓았는지 몰라! 그래 사내 하날 못 낳구. 온 죽일 년 전 먼저 가버리구 날 이렇게 고생시키다니."

고통이 좀 가셔지자 노인은 버릇이 된 말을 또 씨부렁대기 시작했다. 벌써 여러 해 전에 죽은 마누라가 노인은 원망스러워 견딜 수 없는 것이었다. 그 귀한 아들 하나 못 낳아주고, 하찮은 딸만 다섯이나 쏟아놓고 죽은 것이 더 한스러웠다. 딸이란 자식이 아니라고 노인은 우겨댔다. 차라리 없는 것만 못하다 했다. 딸 열이 아들 하나를 못 당한다는 것이다.

"으으으, 인제 한결 나이. 자네두 팔이 아프겠네. 어서 그만 쉬게! 으으으."

나는 내려앉아서 이마의 땀을 닦았다. 노인은 비로소 엎드렸던 몸을 일으켜 바로 누웠다. 그리고 고개만 돌려서 나를 바라보며, 한참 더 앉아서 말동무가 되어달라고 했다. 애원하는 것 같은 눈이었다. 노인의 이야기는 늘 같은 말이었다. 역시 딸만 낳아놓고 죽은 마누라에 대한 푸념이거나, 자기의 신세타령이었다.

"자네가 내 아들이라면, 나는 오늘 죽어두 한이 없겠네. 이봐, 홍(洪)주사, 날 좀 보게. 난 참말 불쌍한 늙은이야!"

선망에 찬 시선으로 나를 뚫어지게 바라보는 것이었다. 그러다가는 으레 나더러 자기 사위가 되어달라고 졸랐다. 나는 좀 딱했다. 그저 씩 웃고 말았다. 무어라 대답하기 난처할 때 하는 버릇이었다. 나는 정말 노인의 요청에 명확히 대답할 수가 없었다. 그의 큰딸이 내 마음에 들었기 때문이다. 그렇다고 노인의 희망대로 나는 춘자(春子)와 결혼할 수는 없었다. 나는 여태, 제대 당시부터 별러온 신사복 한 벌을 장만하지 못한 처지였다. 춘자(春子)와 결혼하여 와병 중에 있는 장인과 처제를 거느릴 자신이 내게는 도저히 없었다. 노인과 막내딸 춘희(春姬)만 없다면, 나는 춘자(春子)와 결혼해도 좋겠다. 죽든 살든, 합심해서 살아나가 보자고 용기를 낼 수도 있을 것이다. 그렇지만 언제 죽을지 모르는 노인을 바라보는 내게는 그러한 용기마저 솟지 않았다. 내게서 만족한 대답을 들을 수 없는 노인은 마침내 저쪽으로 얼굴을 돌리며,

"돈이 있나, 자식이 있나, 몸이나 성킬 하나……"
하고, 훌쩍훌쩍 아이처럼 울기 시작했다. 그럴수록 나는 점점 더 거북해지는 것이다. 조금도 나는 노인에게 동정이 가지 않기 때문이다.

춘자(春子)는 종잇장처럼 흰 얼굴이었다. 희다 못해 푸르게 보이기도 했다. 스물일곱이었다. 국민학교 교사가 되는 것이 소원이었다. 오래전부터 국민학교 교원 자격 검정고시 준비를 해오고 있었다.

"어서 시집갈 생각이나 해요! 한사쿠 공분 해 뭘 해. 선생이 되문 그래 만년 처녀루 늙을 셈이오?"

언젠가 누이가 한 말에, 춘자(春子)는 대뜸 눈썹을 곤두세웠다.

"개돼지처럼 먹고 자구 아이만 낳문 젤인가요. 자기의 취미와 재능을 살려 가치 있는 생활을 해야 사람이죠."

"여자가 취미나 재능은 해서 뭘 해요. 그저 알뜰한 살림 재미를 봐야지."

춘자(春子)는 경멸하는 눈으로 누이를 보았다.

"재순(在順) 엄마는 그래서 알뜰한 재미에 취하셨군요. 내 걱정일랑 말구 재순(在順) 엄마나 어서 그 알뜰한 재미를 실컷 즐기세요."

춘자(春子)의 얼굴에는 조소에 찬 미소까지 어렸다. 그러나 누이는 태연했다.

"누군 종류가 다른가! 사람은 다 마찬가지라우. 과년하두룩 시집 안 간다구 버티던 사람이 한 번 사내 맛을 보문 더 사죽을 못 씁데다."

춘자(春子)의 얼굴이 파랗게 질렸다. 입술이 떨렸다. 차차 그 낯빛이 도로 해쓱해지면서, 경멸과 조소가 뒤섞인 표정이 되었다. 춘자(春子)는 일부러 입을 열지 않은 채 저희 방으로 들어가 버리고 말았던 것이다. 그 뒤 열흘이 지난 오늘까지도 춘자(春子)는 누이와 말을 건네지 않는 것이다. 춘자(春子)가 경멸하고 있는 것은 누이만이 아니었다. 누이의 남편인 상근(相根)은 물론 자기 부친마저 경멸하고 있는 것이다. 그것은 평시의 언동으로 알 수 있었다. 더욱이 그 눈은 언제나 누구에게 대한 멸시와 조소가 차 있었다. 춘자(春子)의 눈은 마치 남을 경멸하고 조소하는 작용을 하기 위해서 생겨난 것 같았다. 그러한 춘자(春子)도 왜 그런지 나만은 경멸하지 않는 모양이었다. 그 눈으로 짐작할 수 있었다. 나를 대할 때만은 그 눈에서 경멸과 조소의 빛이 완전히 걷혀지는 것이다. 그럴 때의 춘자(春子)의 눈은 놀랍도록 신선했다. 총명한 눈이었다. 누이는 다자꾸[4] 춘자(春子)를 건드려보라고 나를 충동하였다. 그렇게 깔끔하고 팩팩한 여자가 도리어 살림은 앙큼하게 한다는 것이다. 이때도 나는 씩 웃어버리고 말았다. 춘자(春子)를 건드리는 것은 그리 어려운 문제가 아니었다. 그렇지 않아도 춘자(春子)와 마주 앉을 때마다, 그 날씬한 허리를 안아보고 싶어서 나는 가슴이 떨리곤 했다. 끼니때나 잘 때가 아니면 상근(相根)은 들어오지 않았기 때문에, 이른 저녁을 먹고 누이가 출근하고 나면, 나는 늘 혼자서 재순(在順)이를 데리고 놀았다. 그럴 때 춘자(春子)는 영어나 수학 책을 들고 곧잘 나를 찾아왔다. 단정하게 무릎을 모으고 앉아서, 가늘고 흰 손가락으로 모를 데를 가리킬 뿐, 춘자(春子)는 용건 이외의 말은 별로 하지 않았다. 불빛에 더욱 해쓱해 보이는 그 얼굴을 건너다보며, 나는 심한 피로를 의식하는 것이다. 그 허리며 무릎이며, 엉덩이가 너무 가까운 곳에 있기 때문이다. 그런 것들을 통째로 나는 안아보고 싶어지는 것이었다. 이것은 조금도 불순한 욕망은 아닌 것이다. 이 너무나 당연하고 정당한 욕망을 누르기 위해서 나는 그지없이 피로해지는 수밖에 없었다. 며칠 전에 나는 누이의 소견을 춘자(春子) 앞에

유실몽 229

종시 털어버리고야 말았다.

"누이는 날더러 자꾸만 춘자(春子)씰 건드려보라고 권한답니다. 나는 대답할 말이 없어서 그냥 웃구 말았습니다."

춘자(春子)의 얼굴이 석고상처럼 굳어버렸다. 나는 마침내 이런 소리까지를 덧붙이지 않을 수 없었다.

"춘자(春子)씨 부친께서도 나보구 한사코 사위가 되어 달라구 조른답니다. 그때마다 나는 뭐라구 할 말이 없어서 정말 딱해집니다."

춘자(春子)는 얼어붙은 듯이 몸을 움직이지 않았다. 숨소리마저 끊어져버린 것 같았다. 나는 모로 움직거려 상반신을 벽에다 기댔다. 바위처럼 내리누르는 피로를 감당할 수가 없어서였다. 나는 눈을 감고 열병 환자처럼 엉뚱한 소리를 중얼거렸다.

"하나두 나의 죄는 아닙니다. 그렇다구 물론 춘자(春子)씨 죄두 아닙니다. 정말입니다. 누구의 탓두 아닙니다. 춘자(春子)씨의 부친이나 우리 누이의 잘못두 아닙니다. 그저 명확한 사실은, 우선 나에게는 한 벌의 신사복이 필요하다는 것뿐입니다. 그뿐입니다. 나는 언제까지나 염색한 군복만을 입구 있을 수는 없으니까요."

이윽고 춘자(春子)는 그림자처럼 소리 없이 일어나 나갔다. 잠시 뒤 집 후원에서는 여인의 가느다란 울음소리가 흘러왔다. 어둠도 그 소리를 아주 덮어버리지는 못했다. 땅속으로 길을 찾아 흐르는 물줄기처럼 가느다란 울음소리는 어둠 속을 새어왔다.

내가 누이네 집을 찾아왔을 때, 상근(相根)은 인사가 끝나자,

'남북석탄주식회사(南北石炭株式會社) 상무취체역(常務取締役) 오상근(吳相根)'이라는 명함을 내놓았다. 앞으로는 국가의 원조도 받을 수 있는 아주 유명한 회사라고 했다. 그동안은 활동력 있는 수완가가 없어서 운영난으로 거의 정리 상태에 빠져 있었다는 것이다. 그러던 것을, 요즘 와서 상근(相根)의 동지들이 중심이 되어 새 자본주를 끌어 대가지고, 착착 재건 준비 중에 있는데, 불원 정식 발족을 보게 될 것이라고 했다. 그 회사만 제대로 움직이기 시작하면, 이렇게 초라한 흙벽돌집의 단칸방을 얻어 지내는 궁색한 꼴을 면할 뿐 아니라, 고급 승용차를 슬슬 굴리고 다니게 될 것이라고도 했다. 그때는 나를 위해서 과장 자리 하나는 자기가 책임지고 마련하겠노라는 것이었다. 상근(相根)은 아침저녁 밥숟갈을 놓기가 무섭게 뛰어나가곤 했다. 그가 연락처로 정하고 밤낮 나가 살다시피 하는 곳은 '모란'이라는 다방이었다. 날마다 거기서 동지들과 만나 재건 준비의 제반 연락과 타협을 한다는 것이었다. 하루는 나보고도 같이 나가보자고 했다. 회사의 중역이 될 인물들에게 미리 인사를 해두는 것이 앞으로 유리하리라는 것이다. 나도 동감이었기에 하자는 대로 상근(相根)을 따라 나가보았다. '모란'은 큰길에서 골목으로 쑤욱 들어가 있는 별스레 우중충한 다방이었다. 우리가 들어서자 저쪽 구석에 둘러앉았던 서너 너덧 명이 상근(相根)을 향해 앉은 채 고개를 끄떡해 보였다. 상근(相根)은 한쪽 손을 들어 보이고 다가가서 그들 틈에 끼어 앉았다. 옆의 걸상을 끌어당겨 놓고 내게도 앉기를 권했다.

"이 사람은 내 치남이웨디. 제대 군인인데, 일본서 대학을 나온 수잽네다!"

 상근(相根)은 그러고 나서, 고불통대⁵를 닦고 있는 오십이 다 된 사내를 가리키며,

 "부사장님께 인사드리게."

했다. 나는 내 이름을 대고 머리를 숙였다. 다음에는 단추 떨어진 구제품 양복저고리를 입고 있는 사내를 가리켰다.

 "전무취체역."

 나는 먼저 모양으로 이름을 대고 머리를 숙였다. 신경질적인 얼굴에 캡을 쓴 감사역과 콧등에 흉터가 있는 총무부장에게도, 나는 같은 식으로 일일이 통성을 했다. 그들은 한결같이, 남북석탄주식회사 부사장, 전무취체역, 감사역, 총무부장이라는 큼직한 명함을 한 장씩 내놓았다. 이 명함의 직함과는 도무지 어울리지 않는 그들의 풍채를 바라보며, 나는 자꾸만 신기한 생각이 들었다. 내게 인사를 시키고 난 상근(相根)은 친구들을 둘러보며,

 "자아, 누구 차 한 잔 안 사니."

했다.

 "좀 기달려 보우. 얼마 있음 전주⁶가 나올 테지."

 구제품 양복의 대답이었다.

 "제에기. 그럼 누구 담배라두 한 대 주우."

 코에 흉터 있는 사내가 담배를 내밀었다. 그는 내게도 한 개비 권했다. 피울 줄 모른다고 했더니,

 "허어, 그거 참 부럽습니다."

하고 도로 집어넣었다. 점퍼에 캡을 쓴 친구가 마침 옆을 지나가

는 레지에게 오늘 신문을 좀 보여 달라고 청했다. 레지는 잠깐 거들떠보고는 잠자코 가버렸다. 역시 기다려도 신문을 가져오지 않았다. 캡 쓴 사내는 얼굴색이 변해가지고 카운터 쪽으로 갔다.

"사람을 너무 괄시하지 말아요. 그래두 단골 손님 아니오. 당신넨 영업이니까. 좀더 친절스레 손님을 대해야 할 거 아니오."

캡은 서너 종류의 신문을 얻어가지고 돌아왔다. 그러자 구제품 저고리가,

"문(文)감사, 너무 까다롭게 굴지 말우. 돈 없음 어디 가나 괄시받게 마련야. 그러나 예서두 쫓겨 나문, 안심하구 모일 장소두 없지 않소!"
하고 웃었다.

"그래 서울 천지에 다방이 여기뿐이란 말요?"

"암, 다방이야 많지. 찻집은 얼마든지 있단 말요. 그렇지만 밤낮 와 살면서두 운이 좋아야 차 한 잔쯤 팔아주는 패를 환영할 덴 없단 말유."

"옳은 말야! 이거 어디 이렇게 궁해서야 견디겠나. 어서 남북석탄회사가 활발히 움직여야겠는데, 어디 돈 낼 놈이 제대루 말을 들어줘야지."

이 패에서는 그중 연장자인 고불통대가 하는 말이었다. 그는 아까부터 수건으로 열심히 닦고 있던 고불통대를 주머니에 집어넣었다. 그리고 신문을 펴들었다. 다른 사람들도 일제히 신문을 들여다보기 시작했다.

그날부터 나는 그들의 일에 기대를 걸지 아니하였는데, 며칠 뒤

밤늦게 돌아온 상근(相根)은 당장 무슨 수라고 생긴 듯이 어서 이력서를 한 장 써놓으라고 했다. 꼭 믿는 것은 아니었지만, 그래도 혹시나 싶어, 다음날 나는 이력서를 써주었던 것이다. 상근(相根)은 소리를 내서 읽어 내려갔다. 생년월일을 읽고 나서,

"음, 그러면 서른한 살이군. 우선 그만하문 나이루는 과장 자격이 되네."

하고, 다시 읽어가다가, 학력란에 이르러 동경 모 사립대학 예과 일학년 중퇴라는 조목을 보더니, 이래선 안 된다고 그는 머리를 내저었다. 회사 규칙상 과장 이상은 반드시 대학 출신이어야 된다는 것이다. 자기가 주장하면 체면을 보아서라도 들어주기는 하겠지만, 위신 문제도 있고 하니, 아예 학력을 속이자는 것이다. 지난번에 자기가 그렇게 소개하지 않았느냐고 하며, 어서 대학 졸업으로 고치라고 했다. 나는 허위 이력서를 꾸며서까지 과장이 되고 싶지는 않다고 했다. 상근(相根)은 나를 경멸하듯이 큰 소리로 한바탕 웃었다.

"자넨 상게 두 세상이란 걸 모르네 기레."

그의 논법에 의하면, 서로 속이고 속고 하는 게 세상이라는 것이다. 나는 이력서를 도로 받아놓은 채, 고칠 생각은 않고 어름어름 며칠을 넘겼다. 그랬더니, 이번에는 곧 회사가 발족한다고 하며 상근(相根)이 편에서 이력서를 재촉했다. 나는 전번에 썼던 것을 그대로 내놓으며, 평사원이라도 좋다고 했다. 상근(相根)은 잠시 말없이 나를 바라보더니,

"폐양 감사두 저 싫으문 만다구, 저엉 그렇대문 할 수 없디. 그

러나 자넨 영 출셀 글렀네."

 그러고 나서 이력서를 들고 나갔던 것이다. 다음날 상근(相根)은, 수일내로 사무실을 정리하고 들게 될 거라고 하며, 같이 나가자고 해서, 나는 한 번 더 따라 나가 보았다. 그날, 소위 부사장이라는 고불통대는 나에게 인사과장이라는 직함을 주었다. 인사과장이란 제일 중요한 부서라고 하며, 첫눈에 믿음직할 뿐 아니라, 오(吳)상무를 보아 중역 회의에서 가결했으니 앞으로 직무에 충실해달라는 것이었다. 그런 지 어느새 보름이 넘었건만 아무런 연락도 없었다. 그 뒤 상근(相根)의 입에서는 남북석탄회사 얘기는 쑥 들어가 버리고 말았던 것이다.

 요즈음 와서 누이는 아무래도 좀 이상하다. 점심만 먹고 나면, 이내 외출하는 날이 많았다. 저녁에도 집에는 돌아오지 않고, 그 길로 직접 출근해버리는 것이다. 그런 날일수록 한결 긴 시간 화장에 공을 들였다. 따라서 평시보다 더욱 명랑한 표정이었다. 눈에는 미태(媚態)가 넘쳐흘렀다. 오늘도 그러한 날이었다. 점심 그릇을 챙기고 들어오니까, 누이는 화장에 여념이 없었다. 손바닥만 한 거울을 문턱에 세워놓고 부지런히 얼굴을 문대고 있었다.
 "어느새 나갈라우?"
 "어디 가볼 데가 있어서 그래."
 누이가 일찍 나가는 날은 나만 골탕을 먹었다. 왜냐하면, 저녁 때에 가서 재순(在順)이가 엄마를 부르며 지독히 보채기 때문이다. 습관이 되어서 저녁때만 되면 젖이 생각나는 것이다. 좀체 울지 않는 애인만큼, 한 번 행악*을 부리기 시작하면 그칠 줄을 모른다. 그걸 달래노라면 내가 땀을 빼곤 했다. 화장을 하고 난 누이는 딴사람 같았다. 약간 보태 말하면 눈이 부실 정도였다. 화장의 신비성에 나는 놀라는 것이다. 현저히 예뻐질 뿐만 아니라, 나이보다 훨씬 젊어 보이기 때문이다. 다섯 살쯤은 당겨 보였다. 요술처럼 달라진 누이의 얼굴을 바라보며, 나는 새삼스레 매혹적인 그 미모에 감탄했다.

"너두 아주 신품은 아닐 테지?"

누이는 사정없이 정체 모를 미소를 내게다 퍼부었다. 나는 갑자기 취하는 것 같았다. 옷을 갈아입느라고 드로즈만 남기고 누이는 홀딱 벗고 있어서 더 그랬는지 모른다. 뭇사내가 누이에게 녹아나는 까닭을 나는 이제야 깨달은 것 같았다. 나는 어느새 외면하고 있었다.

"병신이 아닌 댐에야, 삼십이 넘두록 무사할 수 있을라구."

나중에 생각해보면 모두가 야비한 수작인데, 즉석에서는 그렇게 느껴지지 않는 것이 신기했다. 나는 대답 대신 그저 웃었다. 화를 낸다는 것이 엉뚱하게 그만 웃어버리고 만 것이다. 자기 저녁은 하지 말라고 이르고 누이가 나가버린 뒤에도, 한참 동안 멍하니 그대로 서 있었다. 그러한 나의 머릿속에 춘자(春子)의 영상이 환히 떠올랐다. 눈처럼 희다는 말이 있다. 춘자(春子)의 피부가 그랬다. 마주 앉았을 때 스커트 밑으로 내민 무릎이 눈에 뜨이면 나는 가슴이 아팠다. 형벌처럼 불행과 고독을 짊어진 춘자(春子)는, 터무니없는 자존심으로 간신히 자기를 버티고 있는 것이었다. 나는 머리를 내저었다. 모두가 할 수 없는 일이었다.

옆방에서 또 강노인(姜老人)이 벽을 탕탕 치며 나를 불렀다. 나는 언제나 어떻게도 할 수 없을 때에 하는 버릇으로 씩 웃고 옆방으로 갔다. 강노인(姜老人)은 역시 요 위에 엎드려 죽는 소리를 내고 있었다. 나는 노인의 허리에 올라탔다. 두 손으로 힘껏 노인의 야윈 허리를 주물러 올라갔다. 반 시간 가량이나 나는 그러한 동작을 계속한 것이다. 노인의 신음 소리가 누그러지는 걸 보고 나는 내려앉았다. 그러나 오늘따라 노인은 죽은 마누라를 원망하는 소리는 늘어놓지 않았다. 몹시 불안한 표정이었다. 나보고 좀 바투 오라고 했다. 다가앉았더니 노인은 내 손을 잡아서 갈비뼈가 앙상한 자기 가슴 위에 얹었다. 자기 가슴의 고동이 여느 때와 다르지 않느냐고 물었다. 나는 다르지 않다고 대답했다. 정말 아무렇지도 않느냐고 노인은 재우쳐 물었다. 정말 아무렇지도 않다고 나는 대답했다. 강노인(姜老人)은 역시 불안한 표정으로 잠시 나를 쳐다보다가, 여느 때 없이 숨이 자꾸 속으로 꺼져 들어가는 것만 같다고 했다. 이어서 죽을 것만 같다고 했다. 기운 없는 소리였다. 좀 뒤에 노인은 춘자(春子)가 다니는 제본 공장을 대강 일러주고, 딸을 좀 불러다 달라고 했다. 나는 일단 우리 방으로 가서 재순(在順)이를 업고 나왔다. 그러면 얼른 다녀올 테니 조심하라고 하며, 나는 노인을 한 번 더 들여다보았다. 내가 돌아서려니까, 노인은 손을 저어 말렸다. 그러고는 상반신을 움직여 겨우 일어나 앉았다. 한결 나아졌다는 것이다.

"그러면 그렇지, 인제 겨우 육십인데 그렇게 쉬 죽을라구!"

노인은 만족한 듯이 웃었다. 왜 그런지 나는 약간 실망을 느끼며, 대문 밖으로 나와 버렸다. 나는 재순(在順)을 업은 채 스적스적 걸음을 옮겼다. 나는 큰길로 나와서 얼마를 걸었는지 알 수 없었다. 처음에는 목적이 없었던 것이 차차 걷는 도중에 나는 춘자(春子)를 찾아가고 있다는 것을 깨달았다. 우선 나는 그러한 자신에게 놀랐다. 그러면서도 돌아서려고 하지 않고 강노인(姜老人)에게서 들은 방향을 향해 나는 걸음을 계속했다. 한 시간쯤 뒤에 나는 쓰레기가 쌓여 있는 공터에 나타났다. 그 한 귀퉁이에 함석지붕을 얹은 바라크'가 서 있었다. 나는 직감적으로 그게 춘자(春子)가 있는 제본소라는 생각이 들었다. 가까이 가서 열어놓은 창 너머로 안을 들여다보았다. 이십여 명의 남녀 직공들이 종이 북데기 속에서 분주히 손발을 놀리고 있었다. 나는 두리번거리며 춘자(春子)를 찾아보았다. 얼른 눈에 뜨이지 않았다.

"뭡니까?"

한 남자가 나를 발견하고 소릴 질렀다. 까닭 없이 적의를 품은 눈이어서 나는 좀 당황했다. 난 얼떨결에 춘자(春子)의 이름을 댔다. 춘자(春子)의 일하는 모양을 나는 몰래 바라보고 그대로 돌아가려던 참이라 또 한 번 당황했다. 그러나 이미 때는 늦었다. 여러 사람의 시선이 일제히 내게로 쏠리는 가운데, 춘자(春子)도 있었다. 나는 몇 걸음 뒤로 물러서 몸을 숨겼다. 이내 춘자(春子)가 쫓아 나왔다. 모욕을 당한 것 같은 표정이 춘자(春子)의 얼굴을 스쳐갔다. 계속해서 춘자(春子)의 얼굴이 붉어졌다. 드문 일이었다.

"웬일이셔요?"

나는 대답할 말이 없었다. 하는 수 없이 씩 웃고 말았다. 여기에 찾아온 이유를 나도 알 수 없었기 때문이다.
"어떻게 오셨어요."
춘자(春子)는 너무했다. 거푸 묻는 바람에 나는 그만,
"부친께서 아무렇지도 않습니다."
해버렸다. 춘자(春子)는 약간 놀란 눈으로 자기 부친의 병이 갑자기 악화됐느냐고 물었다.
"아닙니다. 아무렇지도 않습니다."
춘자(春子)는 또 한 번 얼굴을 붉혔다. 춘자(春子)는 공장 앞에 있는 구멍가게에서 캐러멜을 한 갑 사서 재순(在順)에게 쥐어주었다.
"재순(在順)이 잘 가거라, 응!"
춘자(春子)는 재순(在順)의 등을 가만히 투덕거려 주었다. 그리고는 바삐 공장으로 들어가 버렸다. 돌아오는 길에, 강노인(姜老人)이 죽었을지도 모른다는 생각이 내게 들었다. 기실 그렇게 생각된 것이 아니라, 그러기를 바라는 심리였는지 모른다. 대구 가슴이 설렜다. 집에 돌아와 보니 강노인(姜老人)은 아무렇지도 않았다.

춘자(春子)는 요즘 와서 수험 준비에 더욱 열중하기 시작했다. 차기 검정고시에는 기어코 응시하겠다는 것이다.
"선생님이 협력만 해주신다면……"
춘지(春了)는 뒷말을 흐려버리고 말았다. 이내 새침해졌다. 자

존심을 잃고 싶지 않은 것이다. 이상하게 그 말이 내게는 잊혀지지 않았다. 두고두고 그 말을 감초 씹듯 했다. 물론 그것은 내가 협력만 해주면 어김없이 합격될 자신이 있다는 뜻임에 틀림없을 것이다. 교원 자격만 얻으면, 모범 교사가 될 자신이 있다는 말을 춘자(春子)는 그전에 한 일이 있었다. 그리 되면 최소의 생활 보장은 문제없으리라는 말도 했다. 그러한 말들은 어떤 의미에서 나를 구속하는 것이었다. 나는 아무데도 구속을 받아서는 안 되겠다. 자신을 위해서 나는 좀더 냉정해져야겠다고 결심했다. 그럴수록 춘자(春子)의 야윈 모습이 자꾸 떠올랐다. 과연 춘자(春子)는 나날이 더 파리해가는 것만 같았다. 춘자(春子)는 너무 무리를 하고 있는 것이다. 육체적으로 정신적으로, 또 심리적으로 겹치는 무리는 춘자(春子)를 극도로 피로하게 했다. 그 피로를 춘자(春子)는 스스로 의식하지는 못했다. 강한 자존심이 버티고 있었기 때문이다. 춘자(春子)는 밤을 새우다시피 공부했다. 그러고도 아침은 일렀다. 늦잠을 자는 우리가 일어나 보면, 춘자(春子)는 벌써 출근한 뒤였다. 공장에서는 어슬해야[10] 돌아왔다. 우선 육체가 당해낼 도리가 없을 게다. 저러다가, 노인보다도 춘자(春子)가 먼저 죽지 않을까 하는 생각이 내게는 들었다. 그래도 춘자(春子)는 무리를 하지 않을 수 없었다. 교원 자격을 얻지 못할 바에는 차라리 죽는 편이 낫다는 것이었다. 검정고시에 합격하는 것만이 자기의 운명을 바꿀 수 있는 유일한 길이라고 믿고 있는 모양이었다. 거기에 영양 부족도 겹쳐서 자연 춘자(春子)는 여위어 갈 수밖에 없었다. 그러면서도 묘한 것은 그처럼 축진[11] 얼굴이나 몸집이 조금도 매력을 잃지 않는 일이었다.
 어느 날 밤, 나는 춘자(春子)의 가느다란 몸을 힘껏 끌어안는 꿈을 꾸었다. 꿈속에서 나는 춘자(春子)를 껴안은 채 자꾸만 울었다. 인제는 하는 수 없다고 중얼거리며 나는 공연히 서러워 울었던 것이다. 그러다가 어린애 울음소리에 놀라 나는 꿈에서 깼다. 조그만 재순(在順)의 몸뚱이를 나는 잔뜩 껴안고 있었던 것이다. 그 뒤로 춘자(春子)와 마주 앉을 때마다 나는 그 꿈 생각이 났다. 금시 눈을 감으며 춘자(春子)의 몸을 끌어안을 것 같은 착각에 나는 가슴이 찌르르 하곤 했다. 어제 저녁이었다. 강노인(姜老人)의 요통이 다시 시작되었다. 물론 나는 불려서 옆방으로 갔다. 한참 동안 노인의 허리를 주물러주고 내려앉았을 때였다. 춘자(春子)도 옆에 있었다. 노인은 언제나처럼 딸만 낳아놓고 죽은 마누라를 원망하고 나서, 날더러 또 자기 사위가 되어달라고 했다. 오륙이 진[12] 부친과 어린 동생이 매달려 있기 때문에 춘자(春子)는 삼십이 다 되도록 시집을 갈 수 없었다는 것이다. 어쩌다 말이 났다가도 남자 쪽에서 쑥 들어가 버리고 만다는 것이다.
 "나도 불쌍하지만 저것도 가련하네. 여자란 남자와 달라, 때를 놓치면 아주 폐물이야! 어서 자네가 좀 돌봐주게."
 나는 할 수가 없었다. 역시 또 씩 웃어버리는 수밖에 없었다. 춘자(春子)는 싸늘한 시선으로 부친을 노려보고 있었다. 그 눈에는 경멸과 증오가 불타올랐다. 가끔 입가에 가벼운 경련이 있었다. 실컷 중얼거리고 나서 노인은 잠이 들어버렸다. 춘자(春子)는 책을 펴놓았다. 그러나 그것은 의미 없는 동작에 지나지 않았다. 춘자(春子)는 끝내 입을 다물고 견뎌내는 것이었다. 마침내 나는 일어서고 말았다. 이 시간이 주는 압박을 나는 배겨낼 수가 없었다. 그러나 그 방을 나오기 전에 나는 커다란 실언을 한 것이다.

"며칠 전에 나는 꿈을 꾸었습니다. 춘자(春子)씨를 끌어 안구 우는 꿈을 말입니다. 아주 우스운 꿈이지요."

나는 왜 그런 소릴 지껄였는지 모르겠다. 그예 나는 실수를 했구나 하는 생각만이 머릿속에 핑 돌았다. 춘자(春子)는 지독한 여자였다. 입을 열지 않았다. 고개도 들지 않았다. 가만히 책장을 넘겼다. 그 손끝이 몹시 떨렸다. 우리 방에 돌아온 나는 갑자기 전신에 피로를 느꼈다. 나는 벽에 기대앉아서 눈을 감았다. 나라는 인간은 할 수 없다고 생각했다. 그러한 내 귀에 여자의 울음소리가 들려왔다. 집 뒤란에서 나는 소리였다. 아무도 모르게 숨죽여 우는 울음소리였다. 어둠도 그 소리를 덮어버리지는 못했다. 땅속으로 스며 흐르는 물줄기처럼 가느다란 울음소리는 어둠 속을 새어나왔다.

누이는 종내 집을 나가고야 말았다. 어린 재순(在順)이마저 팽개친 채 홀연히 종적을 감추어버리고 만 것이다. 어제 저녁에 누이 부처는 대판 싸움을 했다. 물론 언제나처럼 상근(相根)은 치고, 누이는 맞기만 하는 기묘한 싸움이었다. 이번에는 쉽사리 싸움의 결말이 나지 않았다. 워낙 상근(相根)이가 요구하는 액수가 컸기 때문이다. 오천 환을 강요한 것이다. 누이는 몇 차례 얻어맞더니, 천 환을 내주고 타협을 지으려 했다. 상근(相根)은 듣지 않왔다. 이번에야말로 아주 유망한 대회사가 설립되는데, 그 준비 회합을 갖는 오늘 저녁에 자기가 주식(酒食)을 한턱내기로 했다는 것이다.

"아아니 뭐요? 당신이 한턱을 내요? 아 대회사가 생기는 판이니, 돈 가진 사람두 많을 거 아뇨? 어째서 하필 ×× 두 쪽밖에 없는 당신이 낸단 말요?"

누이는 처음으로 열기를 올려 몰아세웠다.

"바늘 구멍만 한 에미네 소갈머리루 허투루 챙겐하지 말라우. 누군 돈이 아깝지 않을 줄 알아! 다 앞을 내다보구 선수를 써두는 거야. 그래 뒤야 내게 중역 한자리가 돌아온대는 걸 좀 알라우."

"에이구, 메스꺼워서 내 원! 아 그 알랑한 중역요? 시작두 하기 전에 깨지군 하는 회사의 중역 말예요? 그 잘난 중역은 해서 뭘 하는 거요? 대체. 그런 엉터리 중역보다는, 차라리 길거리에서 담배 장사라도 하는 게 몇 곱 났겠소."

"뭐야, 이 쌍년아! 거리에서 담배 장수나 해먹다 죽으란 말이가, 그래. 사나일 뭘루 아니 너. 그래두 상게 쥐둥아리질이야!"

상근(相根)은 일단 중단하였던 매질을 다시 계속하기 시작했다. 아무리 방어 태세를 취하여도 사정없이 내려 닥치는 상근(相根)의 주먹을, 누이는 감당할 수가 없었다. 누이는 몇 번이나 나에게 구원을 청했다. 겁에 질려 악을 쓰고 울어대는 재순(在順)을 부둥켜안은 채, 나는 움직이지 않았다. 이미 생활화된 이러한 부부 싸움을 위해서 내가 중재해야 할 아무런 이유도 발견할 수 없었기 때문이다. 나는 누이들의 생활권을 침범하고 싶지 않았던 것이다. 누이는 할 수 없는지 마침내 삼천 환을 내주고야 말았다. 그래도 상근(相根)은 이천 환을 더 졸라보다가, 자기도 손이 아팠던지 드디어 단념하고 나가 버렸다. 누이는 여느 날이나 다름없이 꼼꼼히 화장을 하고 나서 주점에 출근했던 것이다. 그러나 밤이 이슥해 돌아올 시간이 되어도 누이는 나타나지 않았다. 마침내 통행금지의 사이렌이 울어도 돌아오지 않았다. 그제야 상근(相根)이도 은근히 걱정되는 모양이었다. 자리에 누워서도 조금 더 기다려보자고 하며, 상근(相根)은 불을 끄지 못하게 했다. 자정이 지나도 종시 누이는 돌아오지 않았다. 횡포한 손님들의 강권에 못 이겨 폭음을 하고, 몸을 가눌 수가 없어서 아마 주인집에서 자고 오는지도 모른다고, 우리는 이야기하고 잠이 들었던 것이다. 언제나 밤 시간이 늦기 때문에 본시 늦잠들을 자는 편이건만, 이튿날 아침 상근(相根)은 첫새벽에 일어나 술집으로 쫓아가 보았다. 그러나 아내는 거기에 없었다. 뿐만 아니라 어제 저녁에는 초입 무렵에 잠깐 얼굴만 내대고, 앞으로는 못 나오게 될지도 모르겠다고 하고 이내 돌아가 버렸다는 것이다. 상근(相根)은 얼굴이 푸르죽죽해가지고 집으로 돌아왔다. 눈도 퀭해졌다. 믿어지지 않을 만큼 상근(相根)은 풀이 죽었다. 매를 맞고 분하니까, 어디 아는 집에라도 가서 하룻밤 자고 오는지도 모른다고, 나는 짐짓 위로 비슷한 말을 했다. 누이는 점심때가 되어도 영 돌아오지 않았다. 마침내 우리는 갔음직한 곳을 찾아 나서기로 했다. 무엇보다도 재순(在順)이가 얼마나 찾으며 우는 통에 견딜 수가 없었다. 재순(在順)은 내가 업고 나섰다. 전에 들어 살던 주인집에 가본다는 상근(相根)이와 나는 한길에서 갈라졌다. 아이를 업은 채 나는 무작정 거리를 싸다녔다. 재순(在順)인 내 등에서 그만 잠이 들어버렸다. 더 무거웠다. 나는 자꾸 추켜올리면서 걸었다. 내 이마와 등에도 땀이 내뱄다. 애를 업은 나의 초라한 꼴이 가게 유리창에 비쳤다. 그때마다 나는 걸음을 멈추고 내 몰골을 바라보았다.

"할 수 있나!"

번번이 나는 그렇게 중얼거렸다. 견딜 수 있는 데까지는, 현재를 견디는 수밖에 없다고 생각했다. 그것이 나의 운명인 거나처럼 나는 또 얼마 동안을 정신없이 돌아다녔다. 얼마 만에 나는 어느 뒷골목 공터에 다다른 자신을 발견했다. 한쪽 모퉁이에는 헛간 같은 함석지붕의 건물이 있었다. 그것은 물론 전에 한 번 와본 일이 있는 제본 공장이었다. 나는 그 옆으로 다가갔다. 유리 없는 창문으로 나는 그 안을 넘겨다보았다. 역시 그 안에서는 남녀 직공들이 부산히 종이를 다루고 있었다. 마침내 한 남자가 나를 발견해주었다. 그는 용하게 나를 기억하고 있었다. 내가 청하지도 않는데, 그는 큰 소리로 춘자(春子)의 이름을 불러주었다. 뭇시선이 이쪽을 향했다. 춘자(春子)도 나를 보았다. 좀 당황한 기색이었으나, 춘자(春子)는 이내 일손을 멈추고 정문으로 돌아 나왔다. 물론 타고난 대로 창백하고 싸늘한 얼굴이었다.

"무슨 일이 있었나요?"

"우리 누이가 노망을 갔습니다."

"도망요?…… 그럴 거예요!"

틀림없이 비웃는 어조였다.

"그래서 누이를 찾아 나왔다가, 이 앞을 지나게 돼서 잠깐 들여다본 겁니다."

그래 놓고 보니, 내 행동이 너무나 당연한 것 같았다. 춘자(春子)는 신기하게 약간 낯을 붉히며 미소를 지었다. 지난번처럼 춘자(春子)는 또 캐러멜을 한 갑 사서 내 손에 들려주었다. 재순(在順)이가 깨거든 주라는 것이다. 나는 춘자(春子)를 찾아오기를 잘했다고 생각했다.

누이는 우리가 나온 틈에 집을 다녀갔다. 고리짝을 뒤져서 자기의 밴밴한[13] 옷가지는 다 싸가지고 간 것이다. 한편 누이는 강노인(姜老人)에게 쪽지를 맡겨놓고 갔다.

저녁 ××時까지, 아무도 모르게 재순(在順)일 업고 서울역으로 나와 주기 바란다. 꼭 나오너라. 내용 얘기는 만나서 하겠다.

나는 상근(相根)이나 어서 돌아오기를 기다렸다. 단독으로 처리하고 싶지 않아서다. 그러나 그 시간까지 안 돌아오면 할 수 없다. 누이보다도 재순(在順)이를 위해서 시간이 되면 나는 역에 나가기로 작정한 것이다. 한길에 있는 이발소까지 시계를 보러 나는 몇 번이나 왕복했다. 상근(相根)은 종시 돌아오지 않았다. 재순(在順)이를 업고 나는 서울역으로 나가 보았다. 누이가 기다리고 있었다. 누이 옆에는 제법 미끈하게 차린 사내도 서 있었다. 누이는 얼른 재순(在順)이부터 받아 안았다. 분주히 젖을 물리고 나서, 그 사내를 가리키며,

"이 이가 너희 매형이다!"

했다. 나는 어이가 없어서 누이와 사내의 얼굴을 번갈아 보았다.

"이 이가 재순(在順)이의 본 아버지야. 부산서 갑자기 행방불명이 되었기 날 팽개치구 달아난 줄 알았더니 그동안 피신하구 있었다는구나 글쎄. 어떤 사정이 있어서 숨어 지냈대. 그런데 인제 그 사건두 무사히 다 해결이 나구 해서, 혹시 서울이나 오문 내 소식을 알까 싶어 왔다가, 용케 만났지 뭐니!"

누이의 말이 내게는 곧이 믿어지지 않았다. 거짓말만 같았다. 그러나 그 문제에 대해서 나는 더 생각하지 않기로 했다. 누이의 말이 사실이면 어쩌구, 거짓이면 어쩌냐. 그 진부가 누이의 행복과 과연 어떤 관계가 있겠느냐는 말이다. 부산행 열차의 개찰이 시작되었다. 누이는 더없이 만족한 표정으로 나를 보고, 이삼 일 뒤에 부산으로 내려오라고 했다.

"여태 너 군복두 못 벗었으니 어떡하니. 여보 애가 내려오거든, 우선 양복부터 한 벌 해 입혀야겠수. 그리구 오기만 하문 매형이 곧 취직을 시켜주신대!"

"그야 다 이를 말인가. 하나밖에 없는 처남인데."

사내는 수첩을 내서 한 장 쭉 째더니 주소를 적어주었다. 그러고는 양복주머니에 손을 넣더니 만 환 뭉치를 하나 꺼내주었다. 여비로 쓰라는 것이나. 그밖에 딴말은 나눌 사이도 없이 그들은

개찰구를 통과해버렸다. 승객들이 다 나간 뒤에도 나는 잠시 그 자리에 더 남아 있었다. 이제는 어디로든 나도 떠나야 할 때가 왔다고 생각했다. 그 집에 내가 월여[14]를 머물러 있는 것도 누이가 있었기 때문이다. 그렇다고 해서 다시 누이를 찾아갈 생각은 아예 없었다. 차라리 나는 누이와는 반대 방향으로 가야 한다고 생각하며 대합실을 나섰다. 밖에는 어둠을 뚫고, 자동차가 수없이 질주하고 있었다. 나는 될 수 있는 대로 어두운 쪽을 골라서 걸었다. 십여 살짜리 조무래기 한 놈이 앞을 막아섰다.

"아저씨. 하숙 안 가셔요?"

"오냐 가자! 가구 말구. 어디라두 가자!"

나는 소년을 따라 걸었다. 어두운 골목으로 들어섰다. 불현듯 창백한 춘자(春子)의 얼굴이 눈앞을 얼씬거렸다. 뒤이어 여자의 가느다란 울음소리가 들려오는 것 같았다. 그것은 분명히 숨죽여 우는 젊은 여자의 울음소리였다. 이러한 착각을 나는 끝까지 견뎌내야 한다고 생각하며 자꾸만 어둠 속을 헤치고 소년을 따라 걸었다.

설중행 雪中行

"건 안 되겠다."

한 마디로 고선생(高先生)은 딱 잡아뗐다. 관식(寬植)의 얼굴빛이 대뜸 달라졌다. 의외라는 듯이 고선생(高先生)을 치떠 보았다. 그럴 수가 있느냐는 눈길이다. 고선생(高先生)도 마땅찮은 눈으로 마주 보았다. 둘은 그대로 잠시 말이 없었다. 다방에서 탁자를 사이에 놓고 앉아서다.

"너무합네다!"

"너무하다니? 내가 너무한 게 아니라, 네가 어지간히 뻔뻔하다."

"난 필사적입네다. 뻔뻔한 거이 문제가 아니야요. 내가 굶어 죽어두 얼어 죽어두 좋단 말입네까?"

"네가 굶어 죽건, 얼어 죽건, 차에 치어 죽건, 그 책임을 왜 내가 져야 한단 말이냐? 어째서 하필 날더러 책임지라는 거냐?"

"난 선생님이 그럴 줄은 몰라시요. 정말 그렇게 나오깁네까?"

두 사람은 도로 입을 다물었다. 똑같이 홍분한 표정이었다.

관식(寬植)은 내일부터 갈 데가 없었다. 지금까지는 고향의 선배가 내고 있는 병원에 있었다. 병원이란 명색뿐이었다. 빈민가 뒷골목에 있는 무허가 병원이었다. 들은풍월이라, 의사의 아들인 관식(寬植)은 거기서 조수인 체했다. 선배도 면허 없는 의사였다. 당국의 취체'에 걸려들어 문을 닫게 되었다. 선배는 짐을 꾸려가지고 자취를 감춰버렸다. 병원 자리에는 딴 사람이 들게 되었다. 내일은 집을 내주는 수밖에 없었다. 관식(寬植)은 생각다 못해, 중학교 때의 교사인 고선생(高先生)을 찾아와 당분간 신세를 지자고 청을 드린 것이다.

"근 십 년 만에, 만나는 길로 그게 인사냐? 아무리 생각해두 난 네 심경을 이해할 수가 없다."

"뭐가 만나는 길입네까? 두번째 아닙네까?"

"마주 앉기는 오늘이 첨이지 뭐냐? 그날은 전차 안에서 우연히 만나, 연락처만 가르쳐줬으니까."

"하여튼 너무합네다. 난 선생님이 그렇게 냉정할 줄은 몰라시요."

"날더러 너무한다, 냉정하다, 하기 전에, 너로서는 먼저 내게 대해서 알아야 할 게 있지 않느냐? 내 생활 형편을, 내 성격을, 내 취미를 미리 알아야 한단 말이다."

"그럴 여유가 어데 있습네까? 내일 당장 이불 보따리를 꾸려 지구 나와야 할 판인데, 어디루 갑네까?"

"그러면, 만일 날 만나지 못했더면 어쩔 뻔했니?"

"그러니까 사람이란 죽지 않구 살게 마련 아닙네까. 선생님의 인정이나 우정을 믿었기 때문에 이렇게 찾아온 거야요. 너무 몰인정합네다."

"우정? 아니 이거 점점 더 해괴한 소리가 나오는구나. 너와 나 사이에 대체 언제 그리도 알뜰한 우정이 쌓였드냐? 나는 먹기 위해 시가(時價)로 너희들에게 지식을 팔았다. 너희들은 도매값으루 내게서 지식을 샀다. 언제 탐탁히 친교를 맺어왔단 말이냐? 이북에서 삼 년 월남해서 삼 년, 육 년간의 훈장 생활에 나는 수천 명의 학생을 상대했다. 그래 그 수천 명에게, 인정이나 우정을 베풀 의무가 내게 있단 말이냐? 간혹 거리에서 만나두 점심 한 그릇, 차 한 잔 먹자는 말이 없는, 그따위 수천 명에게 나만이 일방적으루 우정을 베풀어야 해? 나는 남을 위해서 태어났단 말이냐? 네게 우정을 베풀기 위해 태어났단 말이냐?"

고선생(高先生)은 자연 음성이 높아졌다. 무슨 일인가 하고 다른 자리의 손님들이 이쪽을 바라보았다.

찻집을 나와 가지고도 고선생(高先生)은 속이 풀리질 않았다. 아무리 생각해도 우스운 놈이다. 뻔뻔하기 짝이 없다. 그렇지만 그놈은 어디까지나 이쪽을 몰인정한 사람, 박정한 사람이라고 생각하고 있는 것이다. 그게 억울하고 괘씸했다.

다음날 어슬어슬²해서다. 그날따라 몹시 추웠다. 늦도록 단골 찻집에 앉아 있노라니까 관식(寬植)이가 또 나타났다. 오늘은 낡은 회색 담요에 싼 이불 보따리까지 한 손에 들었다. 비좁은 탁자 사이로 그놈을 무작정 끌고 들어오는 것이다. 손님들이 눈을 크게 뜨고 바라보고, 레지가 뭐라고 해도 모르는 체하고 부득부득 고선생(高先生) 곁으로 다가오는 것이다. 고선생(高先生)은 눈살을 찌푸리고 일어섰다.

"나가자, 나가. 얼른 나가."

떠다밀 듯이 하고 밖으로 나왔다.

"아니 그래 뉘게다 막 떼거지를 쓰자는 거냐?"

"어떡하갔소, 선생님. 미안합네다!"

관식(寬植)은 머리를 굽실했다. 입술이 퍼렇게 얼어 있었다. 몸을 덜덜 떨곤 했다. 길거리에 그러고 서서 나무라고 있을 수만은 없었다. 그런 정도로 간단히 해결될 사태는 이미 아니었다. 근처에 아는 책방이 있어서 짐을 거기에 갖다 맡겼다. 둘이는 다시 찻집으로 갔다. 앉기가 바쁘게 관식(寬植)은 또 한 번 머리부터 숙였다.

"선생님 정말 안됐습네다."

"어제 네가 한 말을, 오늘은 내가 써야겠다. 너무한다 너무해!"

관식(寬植)은 머리를 북적북적 긁었다.

"오늘 낮에까지는, 저두 선생님을 찾아오지 않을라구 결심했습네다. 그렇지만 이 이불짐을 메구 서울 바닥을 싸댕기다 보니 결국은 이렇게 선생님을 찾아오구 말아시요. 할 수 있습네까. 한 쥘 동안만 신셀 집세다. 선생님 은혜만은 잊지 않가시요!"

관식(寬植)의 태도가 어제와는 달랐다. 오늘은 덮어놓고 머리를 숙이고 달라붙는 것이다. 이놈이 아주 나보다는 윗수로구나,

생각하면서도, 고선생(高先生)은 차마 어제처럼 딱 잘라 거절해 버릴 수는 없었다.

"나두 궁한 판이지만, 일주일 정도라면 어떻게 되겠지."

마지못해 고선생(高先生)은 그렇게 대답하는 수밖에 없었다. 이리하여, 관식(寬植)은, 여태 독식3을 면하지 못한 채, 셋방살이를 하고 있는 고선생(高先生)의 식객이 된 것이다. 이것이, 웅덩이의 물처럼 잔잔한 고선생(高先生)의 생활에 풍파를 일으키게 된 시초였다.

어느 날 관식(寬植)은 얼굴이 가무잡잡한 소녀를 데리고 왔다. 별스레 눈이 동그랗고, 웃으면 한쪽에만 보조개가 패었다. 스물 둘이라지만, 겨우 십칠팔 세밖에 안 먹어 보였다. 검정 우단 잠바에 풀색 코르덴 양복바지를 받쳐 입었다. 엉덩이나 무릎은 달아서 반들반들했다. 귀남(貴男)이라는 이름이었다.

"내 친굽네다. 앞으루 내 색씨가 될 사람입네다."

"까불지 마, 함부루!"

귀남(貴男)은 눈을 흘겼다.

"남(男)은 꽤 유망한 연극 소녀입네다."

관식(寬植)은 그렇게 소개했다. 귀남(貴男)은 그제야 베레모를 벗고, 일본 여자처럼 무릎을 모으고 앉더니 깍듯이 허리를 굽혔다. 나쁜 인상은 아니었다. 연극을 한다니, 배우 지망이냐고 고선생(高先生)이 물었더니, 관식(寬植)은 웃으면서 모로 고개를 저었다.

"주로 희곡을 써보고 싶답네다. 한편으론 물론 연출이나 연기

설중행 253

두 하구요."

 관식(寬植)이가 설명을 달았다. 여자로서 왜 그처럼 다난한 길을 택했느냐고 고선생(高先生)이 물었다.

 "인생이 숫제 연극인걸요."

 야, 요년 봐라, 하는 생각이 고선생(高先生)에겐 들었다. 젊은 사람의 입에서 인생이니, 인류니 하는 말이 튀어나올 적마다 고선생(高先生)은 본능적으로 입에서 신물이 돌았다. 그러나 이번만은 안 그랬다.

 "그럴까? 인생은 모두가 연극일까? 좀더 진실한 인생두 있지 않을까."

 "그저 진실한 체 해 보이는 거죠. 뉘게나 진실하게 보이리만큼, 진실한 체하기란 용이한 일이 아닐 거예요. 상당한 수련이 필요할 거예요. 연기란 결국 게까지 가야 되니까요."

 고선생(高先生)은 적이 놀랐다. 덮어놓고 발그라지거나* 건방진 소리로만 들리지 않고 어딘가 신선한 맛이 느껴지기 때문이었다.

 "그렇다면 나두 한 사람의 배우에 지나지 않겠군. 극히 서투른 연기밖에 할 줄 모르는, 아주 삼류나 사류 배우란 말야."

 귀남(貴男)은 웃기만 했다.

 "남(男)은 쩍하문 나보구두, 그 서투른 연기 좀 집어치우라는 거야요. 아주 몹시 까다로운 감독이랍네다."

 관식(寬植)은 너털웃음을 쳐 보였다.

 "앤, 벌써부터 날 따먹을려구 노리는 거예요. 그렇지만 아직 그

솜씨룬 어림없다!"

 귀남(貴男)은 관식(寬植)이가 만든 찬 없는 저녁을 얻어먹고 갔다. 고선생(高先生)은 문간까지 따라 나갔다. 초라한 귀남(貴男)의 뒷모습이 몹시 추워 보였다. 버스 종점까지 귀남(貴男)을 바래주고 온 관식(寬植)은 방에 들어서는 길로 물었다.

 "어떻습네까? 선생님."

 "뭐가?"

 "남(男)이하구 결혼할라구 그럽네다. 그만 했음 쏠쏠하지요'?"

 고선생(高先生)은 대뜸 눈살을 모았다.

 "결혼을 해? 저 하나두 처신 못 하는 주제에 결혼이 다 뭐니?"

 "날 너무 무시하지 말라구요. 이제 두구 보시라구요."

 "무시하는 게 아니라 사실이다. 남에게 얹혀 지내는 녀석이 결혼은 다 뭐냐 말이다."

 사실 고선생(高先生)에게 관식(寬植)은 귀찮기만 한 짐이었다. 약속한 한 주일이 지나도 관식(寬植)은 나갈 생각을 하지 않았다. 한 번은,

 "네가 온 지 어느새 한 주일이 지냈다!"

 나가라는 뜻으로 그랬더니,

 "벌써 그렇게 되나요. 맘이 펜하니까 여게 와서 살이 좀 올라시요. 인제 한 달쯤 지나문 몸두 나가시요. 그러구 보니 오길 잘 해시요."

하는 것이었다. 이런 정도니, 고선생(高先生)은 벌렸던 입을 한동안 나물지 못했다.

고선생(高先生)은 몇 군데의 잡지에 삽화를 그려주는 외에, 매주 두 시간씩 어느 여학교에 그림을 지도하러 나갔다. 그 수입으로 두 주둥이 당장 입치레야 못 할까마는 도무지 여유가 없어서 심신이 못 견디게 고달팠다. 관식(寬植)은 놀라운 대식가였다. 고선생(高先生)의 세 곱은 먹어 치웠다. 연료고 건건이고 배나 헤폈다. 그만이문 그래도 좋겠다. 고선생(高先生)의 내의나 양복을 제 것처럼 입고 나가기가 일쑤였다. 아침마다 대개는 고선생(高先生)이 먼저 외출을 하게 된다. 하루는 거리에서 나중 나온 관식(寬植)을 만났다. 동행이 있었다. 젊은 여자였다. 얼른 몰라보았다. 이발이랑 하고, 춘추복이지만 신조7 양복으로 쪽 뺐기 때문이다. 알고 보니 그게 고선생(高先生) 자신의 양복이었다. 오래 벼르던 끝에 지난가을에 큰 맘 먹고 장만한 것이었다. 국산이지만 색깔과 바느질이 맘에 들어서, 몇 번 안 입고 아껴 두었던 외출복이었다. 고선생(高先生)은 안색이 달라지며 관식(寬植)을 노려보았다.

"미안합네다, 선생님. 오늘 좀 깨끗이 채리구 만날 사람이 있어서 그래시요. 얼른 돌아가 벗어 놓갔습네다."

그러고 나서 관식(寬植)은 몇 걸음 앞에서 기다리고 서 있는 여자를 분주히 따라가 버렸다. 그날 저녁 집에 돌아오는 길로 고선생(高先生)은 관식(寬植)을 대놓고 나무랐다. 관식(寬植)은 머리를 북북 긁으며 과히 무색해하지도 않았다.

"그까짓 양복 한 번 입었다구 뭘 그러십네까. 너무 빡빡하게 굴지 마시라구요. 내가 인제 돈만 잡으문 선생님 양복 한두 벌쯤 문제없이 해 드리가시요."

도리어 그랬다. 그전에도 한 번 털내의를 갈아입으려고 아무리 찾아도 없기에 어찌된 일인가 했더니, 어느새 관식(寬植)이가 척 입고 있었다.

느닷없이 관식(寬植)은 불쑥 이런 질문을 내대기도 했다.

"선생님은 왜 장갈 안 드십네까?"

"내 장가 걱정까지 하라드냐? 널더러."

"하두 딱하니까 그럽네다. 무슨 재미루 사십네까?"

"무슨 참견이냐, 시끄럽게."

"내가 생각이 있어 그럽네다. 재산 있는 여자가 있이요."

고선생(高先生)은 대꾸를 않고 돌아앉아 버렸다.

"한 번 만나게 해 드리가시요."

"……"

"선생님 속은 도무지 알 재간이 없어요. ……난 색씨 얻구 싶어 못 겐디가시요."

관식(寬植)은 좀더 노골적으로 나오는 날도 있었다.

"선생님 내 근사한 데 안내해 드리가시요. 상게[8] 한 번두 못 가 보셨지요? 둘이서 천 환이문 돼요."

고선생(高先生)은 마침내 골을 내고야 말았다. 다시없는 모욕을 당한 것처럼 얼굴을 붉혀가지고 대들었다.

"네가 날 어디까지 조롱할 셈이냐? 그렇게 내 성격이나 취미를 몰라줄 테문 당장 짐 싸갖구 나가라. 당장 나가 없어지란 말이나."

"괘니 성내지 마시라구요. 난 선생님을 조롱하는 거이 아니야요."

그대로 관식(寬植)은 잠시 동안 눈만 꺼벅거리며 앉아 있다가 손을 내밀었다.

"그럼 저 혼자 가서 놀구 오가시요. 오백 환만 빌려 달라구요."

고선생(高先生)은 성큼 돈을 내주었다. 이런 기분으로 잠시라도 더 관식(寬植)과 버티고 앉았기가 싫었기 때문이다. 어서 혼자 되고 싶었던 것이다. 관식(寬植)은 돈을 받아 간직하고 유유히 어두운 거리로 나갔다.

이렇게 염치없이 눌어붙는 관식(寬植)이가 날이 갈수록 고선생(高先生)은 짐스러워 견딜 수 없었다. 어떤 압박감까지도 느끼는 것이었다. 그렇다고 당장 내쫓을 수도 없었다. 쫓겨나갈 관식(寬植)이도 아니었다. 겉으로만 공연히 팩팩거리면서, 용단성 없는 자신을 고선생(高先生)은 저주할 수밖에 없었다. 고선생(高先生)은 차차 지쳐가기 시작했다.

귀남(貴男)은 가끔 왔다. 대개는 관식(寬植)이가 데리고 왔지만, 혼자 오기도 했다. 늘 같은 차림을 하고 있었다. 검정 우단 잠바에 엉덩이와 무릎이 달아서 번들번들한 풀색 코르덴 바지다. 게다가 남자용 양말을 신고 있었다. 양말에 구멍이 뚫려 발가락이나 뒤꿈치가 내다보일 때가 있다. 귀남(貴男)은 자고 가기도 했다. 그런 날은 관식(寬植)이가 나가 저녁 준비를 하는 동안에 귀남(貴男)은 양말을 기웠다. 귀남(貴男)이가 자고 가는 날은 누구보다도 고선생(高先生)이 피해를 입었다. 불가불 이부자리를 귀남(貴男)에게 양보해야 했기 때문이다. 관식(寬植)의 침구에 비하면 그래도 고선생(高先生) 것이 훨씬 깨끗한 편이니 할 수 없었다. 귀남(貴男)은 이불을 보더니 때가 껴서 덮을 생각이 안 난다고 했다. 고선생(高先生)은 수건을 주었다. 귀남(貴男)은 그것으로 목에 닿는 부분만은 싸서 덮었다. 귀남(貴男)은 잠바만 벗고, 다른 건 다 입은 채로 자리에 들어갔다. 이불 속에서 옷을 벗었다. 부스럭부스럭하다가 머리맡으로 손을 내밀면 즈봉이 나왔다. 두번째는 윗내의, 세번째는 아랫내의가 나왔다.

"야, 남(男)아, 너 몽땅 벗니? 드로즈꺼정 벗니?"

먼저 자리에 들었던 관식(寬植)은 자라처럼 목을 빼고 건너다보다가 마침내 부질없는 질문을 던지는 것이다.

"까불지 말구 어서 잠이나 자!"

"야 통 잠이 안 온다. 남(男)아, 너 이 방에 총각이 둘이나 있다는 걸 알아다구."

그래놓고도, 남보다 먼저 코를 고는 것은 관식(寬植)이었다. 한참 지껄이고 있다가도 말끝을 맺지 못한 채 잠이 들어버리기가 일쑤였다. 고선생(高先生)이 일을 마치고 자리에 들 때쯤은, 물론 귀남(貴男)이도 곤히 잠들어 있었다. 고선생(高先生)의 눈이 까닭 없이 귀남(貴男)의 벗어놓은 내의로 갔다. 명색이 털내의이기는 했지만 그것은 아래위가 다 미군용이었다. 적당히 줄였을 뿐 아니라, 팔꿈치며 무르팍은 딴 천을 대고 되는 대로 꿰맨 것이었다. 고선생(高先生)은 귀남(貴男)의 자는 얼굴을 보았다. 애처로운 생각이 들었다. 귀남(貴男)의 모친은 일본 여자였다. 해방 다음다음 해에 모친은 남편과 자식을 떼어두고 본국으로 돌아가 버렸다. 그때 귀남(貴男)은 열네 살이었다. 아홉 살짜리 남동생이 있었다. 모친이 떠나간 지 석 달 만에, 뜻밖에도 이번엔 부친이 덜컥 죽었다. 정체불명의 괴한의 손에 피살당한 것이었다. 죽 청년단에 관계하고 있었으므로 좌익 계열의 행패라고 주위에서들은 해석했다. 귀남(貴男)은 슬픈 줄도 몰랐다. 그저 동화 속에 나오는 불쌍한 아이 같이만 자기 남매가 생각되었다. 그들 오뉘는 고모네가 맡아주었다. 과히 궁하지 않은 고모네 집에서 여학교엘 다녔다. 그 고모네가 육이오 사변통에 폭삭 녹아버리고 말았다. 고모부만 피란 나간 뒤, 아이들을 데리고 남아 있던 고모는 공습에 시체도 찾을 수 없이 되었다. 옆집 방공호에 들어가 있던 아이들만이 간신히 죽음을 면하고, 고모는 가재(家財)와 함께 비산(飛散)⁹해버리고 만 것이다. 귀남(貴男)의 남동생은 현재 어느 신문사 숙직실에 기숙하면서, 신문 배달을 하는 한편, 야간 상업학교에 다닌다는 것이다. 고선생(高先生)은 귀남(貴男)의 잠든 입술에다 가만히 입을 맞추었다. 귀남(貴男)은 한쪽으로 고개를 틀면서 입맛을 다셨다.

"나는 너를 딸이라 생각하고 그랬다. 돈이 좀 생기면, 네 겨울 내의부터 한 벌 장만해주마."

하고 호젓한 기분으로 고선생(高先生)은 중얼거려 보았다. 이불을 끌어당겨 잘 덮어주었다. 코를 고는 관식(寬植)을 한쪽으로 바싹 밀고, 고선생(高先生)도 그 옆에 드러누웠다. 그러나 호젓한 심정은 이내 깨져버리고 말았다. 오히려 고선생(高先生)보다도 뼈대가 굵직굵직한 관식(寬植)은 이리저리 몸을 뒤챌 적마다, 팔꿈치와 정강이로 고선생(高先生)을 쿡쿡 찌르고 밀어냈다.

 그보다도 모로 누운 고선생(高先生) 등에 관식(寬植)은 잠결에 바짝 달라붙는 수가 있다. 그럴 때마다 관식(寬植)의 사타구니가 거치적거려서 고선생(高先生)은 이를 데 없이 거북스러웠다. 관식(寬植)이가 그 무거운 다리를 얹고 자기 때문에 아침에 잠을 깨면 고선생(高先生)은 허리가 저리기도 했다. 그렇지만 귀남(貴男)을 하룻밤 푹 쉬게 해주기 위해서는 고선생(高先生)은 그 정도의 피해쯤 감수하기로 한 것이다. 어느 날 귀남(貴男)은 청이 있노라고 했다. 당분간 자기도 여기 같이 있게 해달라는 것이었다. 일정한 숙소가 없이 떠돌아다니니까 저녁때만 되면 피곤해 견딜 수 없다고 했다. 지금까지는 주로 출가한 고모 사촌 언니네 집에서 잤다. 형부나 그 가족들이 귀남(貴男)을 좋아하지 않는다는 것이다. 언니의 괴로운 심경을 생각해주지 않을 수 없었다. 요즘 와서는 될 수 있는 대로 언니네 집에서 자지 않기로 했다. 여기저기 친구네 집에 찾아다니면서 한두 밤씩 신세를 졌다. 인제는 찾아갈 만한 데도 별로 없다는 것이다. 고선생(高先生)은 쾌히 승낙했다. 생활비는 벅찬 부담이리라. 그렇지만 기름 없는 기계처럼 빽빽한 관식(寬植)과 단둘의 생활도, 귀남(貴男)이가 섞이면 훨씬 완화될 것 같아서였다. 그러면 오늘이라도 짐을 가져오라고 고선생(高先生)은 일렀다. 귀남(貴男)은 짐이라고 할 만한 것이 없노라고 했다. 나 낡은 트렁크가 하나 있을 뿐이었다. 그건 언니네 집에 그대로 맡겨두겠다고 했다. 그래야 딱한 때는 다시 찾아갈 수 있다는 것이었다.

조반을 먹고 귀남(貴男)이가 먼저 나가고 나서다.

"선생님, 난 정말 귀남(貴男)이하구 결혼하가시요."

관식(寬植)은 또 그런 소릴 꺼냈다.

"넌 어째서 다자꾸[10] 결혼을 하겠다구 야단이냐? 더구나 귀남(貴男)이하구."

"그러기 선생님은 틸레시요. 평생 가야 선생님은 뭐가 뭔지 모르실 거웨다."

"대체 넌 뭘 안다구 그러니? 네가 알구 있는 건 뭐냐?"

"난 내가 하구 싶은 거이 뭔지, 내게 필요한 거이 뭔지, 그런 걸 똑똑히 알구 있어요."

"네가 안다는 게 고작 그거냐?"

"암만해두 선생님은 틸레시요. 지금 세상에 경멸받는 걸 누가 겁내는 줄 압네까? 덮어 놓구 속셈 차려야 해요."

"제법이다. 똥 묻은 개가, 겨 묻은 개를 숭보는 격이구나!"

"똥칠을 겁내는 개가 벤벤히 개 구실 하나요."

고선생(高先生)은 대꾸를 하지 못했다. '구실'이라는 말이, 뜻하지 않고 그의 머리를 때렸기 때문이다. 구실! 과연 나는 무슨 구실을 하고 있는 것일까? 인간으로서 사내로서 또는 화가로서, 제구실을 하고 있는 것일까? 고선생(高先生)은 자기의 초라한 모습이 별안간 확대되어 자신의 심경에 환히 비치는 것 같았다.

하루는 관식(寬植)이가 또 웬 여인을 데리고 왔다. 한 고향 여자라는 것이다. 동대문 시장에서 화장품 도매상을 경영하고 있다는 것이다. 여자는 넉넉히 삼십은 되어 보였다. 번득번득하는 저고리와 치마를 감고 있었다. 손가락의 금가락지가 너무 커서 무거워 보였다. 예쁘지 못한 얼굴을 예쁘게 보이려고 무척 고심한 화장이었다. 과일이며 고급 양과자랑 사가지고 왔다. 여인은 평안도 사투리를 그대로 썼다.

"선생님은 본 고향이 황해도시래디요?"

했다. 그리고 황해도 사람이 그중 낫다고 했다. 여자는 되레 고선생(高先生)이 무안할 정도로 찬찬히 뜯어보았다. 관식(寬植)에게서 고선생(高先生) 얘기는 자세히 들었노라고 했다. 사십이 다 되도록 총각으로 지낸다니 쉽지 않은 일이라고 했다.

"그것만 가지구두 전 선생님을 존경합네다."

"글쎄 관식(寬植)이란 놈이 무슨 소릴 했는지 모르지만, 난 존경 받을 만한 사람이 못 됩니다."

"괘니 그르시디요. 얼마나 얌전하시길래, 상게두 당개두 못 드시구 집 한 칸 매련 못 하셨갔소. 지금 세상은 그래요. 얌전하구 양심덕인 사람은 쪽을 못 쓴답네다."

고선생(高先生)은 갑자기 냉랭한 표정을 하고 반쯤 저쪽으로 돌아앉아 버렸다. 저녁때가 되었다. 여인은 핸드백 속에서 만 환 뭉치를 꺼내더니, 익숙한 솜씨로 척척 세어서 삼천 환을 관식(寬植)에게 주었다.

"나가서 소고기랑 찌갯기릴 좀 사오우. 시니이가 벤벤히 살라구. 올티 이 체니하구 갔다 오구레."

하고 귀남(貴男)을 보았다.

"난 돈을 쓸 줄 몰라요! 그런 대금(大金)을 쥐어본 일이 없는 걸요!"

귀남(貴男)은 아주 점잔하게 말했다. 그렇게 점잖은 언동을 행사하는 귀남(貴男)을 고선생(高先生)은 처음 보았다. 속으로 감탄했다. 여자는 귀남(貴男)을 다시 한 번 훑어보았다. 경멸하는 표정으로 귀남(貴男)의 존재를 묵살해버렸다. 관식(寬植)이가 시장을 보아 오자 여인은 손수 나가서 소매를 걷어붙이고 저녁 준비를 했다. 그릇이 모자라니까 독단으로 주인댁과 교섭해서 여러 종류의 식기를 빌려왔다. 밥, 국 할 것 없이 여인도 관식(寬植)이와 같이 한 그릇씩 널름 먹어 치웠다. 여자가 돌아간 뒤에 뭐라구 그런 걸 데려왔느냐고 고선생(高先生)은 관식(寬植)을 탄했다.

"그럴 거이 아니야요, 선생님. 장가 드시라구요. 수천만 환 있이요. 그 돈만 가졌으문 뭐든 한판 크게 벌려볼 그르테긴 돼요."

"나보다두 네가 연분인데 그래."

고선생(高先生)은 비꼬아 주었다.

"건 선생님이 몰라서 그래요. 거이 어떤 여잔 줄 압네까? 고년이 당초에 나는 신용을 안 해요."

어느 모로나 고선생(高先生)하고는 조건이 맞으니, 서슴지 말고 결혼을 하라는 것이다. 여인의 태도로 보아, 첫눈에 고선생(高先生)이 맘에 들었다는 것이다. 젊은 놈이 시치미를 떼고 한사코 권해대는 게 고선생(高先生)은 우습기도 했다.

"참 너두 별놈이다!"

저녁 설거지를 분주히 해치우고 들어오더니, 관식(寬植)은 고선생(高先生) 앞에 또 손을 내밀었다. 놀러갔다 오게 오백 환만 달라는 것이다.

"왜, 그 돈 많은 여자보구 좀 달래지, 오백 환이문 우리겐 하루 생활비다."

"선생님 자꾸 시시하게 굴디 말라구요. 돈은 써야 생기는 거야요."

"뭣보다두 난 네 생활 태도가 좀 달라지길 바란다. 너무 난잡하단 말이다. 더구나 귀남(貴男)이두 와 있는데 그래 쓰겠니."

"설교는 갔다 와서 듣가시요. 되레 남(男)이가 와 있으니까 더 못 참가시요. 요게 내 말을 좀 들어주문 얼마나 좋아."

관식(寬植)은 옆에 앉아 있는 귀남(貴男)의 허리를 슬쩍 안으려고 했다.

"얘가 누굴 창년 줄 아니!"

귀남(貴男)은 두 손으로 관식(寬植)을 떼밀었다. 고선생(高先生)은 잠시 생각해보고 나서 돈을 내주었다.

"언제든 꼭 갚아 드리가시요."

관식(寬植)은 가슴을 펴고 유연히 밖으로 나갔다. 고선생(高先生)은 얼굴을 찌푸렸다. 그것은 단순히 관식(寬植)의 분방한 태도에 대해서만은 아니었다. 보다 더 자기 자신에게 실망한 탓인지도 모른다.

"그놈에겐 도의석인 의식이란 아주 없는 모양이야."

고선생(高先生)은 혼자 중얼거리듯 했다. 귀남(貴男)이가 얼른 그 말을 받았다.
 "아직은 괜찮아요. 그러다 아주 위악적(僞惡的)으루 흘러버리문 안 되지만요."
 "괜찮다니?"
 "인제는 인간이 그 위선적(僞善的)인 습성에서 벗어날 필요가 있을 거예요."
 "그럼 넌 인간의 타락을 긍정한단 말이냐?"
 "위선두 일종의 타락이 아닐까요? 선생님은 미술가이면서두, 왜 공식적 사고방식을 못 버리셔요. 인간이 습성화된 위선의 가면을 벗지 못하는 한, 그 생활 자체가 도저히 멜로드라마 이상일 수 없을 거예요."
 고선생(高先生)은 눈을 크게 뜨고 귀남(貴男)을 보았다. 신선한 경이였다. 그 꾸겨진 논리의 제시보다도, 색다른 인간의 강한 호흡이 직접 피부에 스미는 것 같았기 때문이다. 그날 밤 고선생(高先生)은 몇 번이고 일손을 멈추고 뒤를 돌아보았다. 귀남(貴男)은 물론 잠들어 있었다. 관식(寬植)이도 벌써 오래전에 돌아와 코를 골고 있었다. 고선생(高先生)은 종이에다 귀남(貴男)의 자는 얼굴을 옮겨 보았다. 제대로 되지 않아서 여러 번 고쳐 그려 보았다. 그러면서 고선생(高先生)은 자신이 너무나 고독했다는 걸 깨달았다. 고선생(高先生)은 다시 손을 멈추고 귀남(貴男)의 얼굴을 내려다보았다. 귀남(貴男)의 한쪽 팔이 반쯤 이불 밖으로 나와 있었다. 고선생(高先生)은 귀남(貴男)의 손을 만져 보았다. 별수 없는 일이었다. 더 외로울 뿐이었다. 마침내 고선생(高先生)은 조심히 허리를 굽혔다. 귀남(貴男)의 그 야들야들한 입술 위로 자기의 입술을 가져갔다. 귀남(貴男)은 한쪽으로 머리를 돌렸다. 그리고 파리를 날리듯 손질을 했다.

"나는 너를 딸이라 생각하고 그런다."

하고 고선생(高先生)은 입속으로 중얼거렸다. 하던 일을 대강 끝마치고 자리에 들면서도, 고선생(高先生)은 다시 귀남(貴男)의 입술을 빨았다. 귀남(貴男)은 이번에도 머리를 꼬며 한 손으로 고선생(高先生)의 얼굴을 밀었다. 동시에 귀남(貴男)은 눈을 떴다. 몇 번 눈이 깜빡거렸다. 좀더 크게 떴다. 고선생(高先生)은 약간 당황했다.

"난, 난 너를 딸처럼 생각하구 그랬다."

속삭이듯 하는 소리였다. 귀남(貴男)은 그저 웃었다. 말없이 도로 눈을 감았다. 귀남(貴男)은 아주 저쪽으로 돌아누워 버리고 말았다. 그 뒤에도 고선생(高先生)은 자기가 늦게 자게 될 때마다 귀남(貴男)에게 입을 맞추었다. 역시 딸이라고 생각하면서. 귀남(貴男)은 눈을 뜨기도 하고 안 뜨기도 했다. 눈을 안 떴을 때도 일부러 자는 체한 것인지 모른다. 눈을 떴을 때는 한결같이 웃어 보일 뿐이었다. 그러나 한 번은 이렇게 해명을 했다.

"전 선생님의 신세를, 키스로 갚아도 좋아요. 세상에 공짜란 없으니까요!"

얼마 전에 다녀간 화장품상 여주인이, 고선생(高先生)이면 두

말없이 결혼하겠노라, 했다고, 하며 요즘 와서 관식(寬植)은 부쩍 더 그 여인과 결혼하기를 강권했다. 그러면 궁상스레 삽화 나부랭이나 그리며 독신으로 늙지 않아도 되니 우선 고선생(高先生) 자신 좋고, 맘 놓고 총각 신랑 맞아들이니 그 여인도 좋고, 관식(寬植)이 자신 또한 좋으니, 다 좋지 않으냐는 것이다. 남, 시집장가 가는 데 너까지 좋을 게야 있느냐고 했더니, 관식(寬植)은 엉뚱한 대답을 했다.
"선생님 팔자 고치는데 내가 왜 안 좋아요?"
"이놈아, 그게 뭐 팔자 고치는 거냐? 황소처럼 팔려가는 게지. 난 그런 팔잔 고치구 싶지 않다."
"선생님은 참 딱합네다. 사람이 모두 상품이지 뭡네까? 이왕 팔려서 살 바엔 근사한 데루 한번 팔려가 보시라구요. 선생님이 그 여자와 결혼만 하시문 나두 한몫 봅네다. 그 여인의 돈을 미끼루 내가 큰 사업을 하나 벌려볼 수 있거든요."
"그러기 직접 네가 장갈 들란 말이다. 당장 팔자 고치게."
"그러니까 선생님은 틸레시요. 여자 솜씨루 그만치 큰돈을 잡은 사람이 사람 보는 눈이 녹록할 줄 압네까? 결혼하자구 지근지근 쫓아댕기는 놈팽이가 얼만 줄 압네까? 그러나 싹싹 머릴 내젓는 거야요."
"왜? 무척 결혼을 하구 싶어 한대면서?"
"왜라니요. 까딱하문 몸 망치구 재산 날라가겠거던요. 얼마나 무서운 눈인 줄 압네까? 사내 자식들 속을 환하게 꿰 본답네다. 사람을 보구 집적대는 게 아니라, 단지 돈바라구 대든다는 걸 대번에 알아채린단 말야요. 여자 따위나 주물르는 덴 나두 자신이 있지만요 남(男)이하구 그 여자만은 안 되가시요. 그 여잘 예까지 끌구 오는 데두 얼마나 앨 썬 줄 압네까."

"그처럼 잇속에 밝은 여자라면, 내가 결혼한다 가정해두, 감히 네가 그 돈을 돌려쓸 테냐?"

"거 염네 마시라구요. 내게두 다 복안이 있는 거야요. 우선 그 여자 주변에서, 거치장스런 놈팽이들을 말짱 쫓아놓구, 나 혼자 장기전으루 달라붙을 기회만 만들어놓문 문제없지요."

"고렇게 야무진 여자라면, 나 같은 남잘 택할 리 만무하지."

관식(寬植)의 뱃속이 하 신기해서 고선생(高先生)은 한번 슬쩍 그렇게 떠보았다.

"그건 모르는 소리웨다. 그런 여자니까 선생님처럼 어수룩한 남잘 좋와하는 거야요. 우선 안심이 되거던요. 그렇다구 정말 바보는 아니구, 말하자문 물욕이 없어서 이해(利害)에 어둡구 활동면은 아주 무능하구 그러면서두, 노상 교양이니 뭐니 내세워가지구 점잖은 체하구, 똑 선생님 같은 분이 그런 여자겐 맘에 드는 거야요."

고선생(高先生)은 그만 입을 다물어버리고 말았다. 왜 그런지 관식(寬植)이가 무서워지기 때문이다. 한편 스스로 믿고 사는 인간적 가치나 의미란 것이 관식(寬植)의 손에서는 휴지처럼 너무나 가볍게 꾸겨져버리기 때문이었다. 고선생(高先生)은 그저 아연(啞然)한 얼굴로 앉아 있었다. 완강히 거부하지 않는 고선생(高先生)의 태도를 약간 마음이 동한 탓이라고 지레짐작을 했는지,

관식(寬植)은 아침상을 물리기가 바쁘게,

"선생님 더 생각해볼 게 없이요. 그럼 얼핀 내 여자한테 갖다 오가시요. 웬만하문 그 여잘 데리구 올 테니, 그저 잠자쿠 나 하라는 대루만 하시라구요."

그러고는 방을 뛰어나갔다. 그 꼴을 보고 귀남(貴男)이가 소리 내 웃었다. 고선생(高先生)은 웃지 않았다. 관식(寬植)을 붙잡지 아니한 자신에 고선생(高先生)은 놀란 것이다. 기실 나는 속으로 은근히 기대하고 있는 것이 아닌가 하고, 고선생(高先生)은 자기를 의심해보았다. 고선생(高先生)은 좀 무색해졌다. 그는 얼른 귀남(貴男)을 보았다. 물론 귀남(貴男)은 고선생(高先生)의 그런 속을 눈치 챌 까닭이 없었다. 귀남(貴男)은 프린트한 각본을 외우기 시작했다. 젊은이들이 모여 새로 조직한 극단에서 불일간 상연할 작품인 것이다. 거기에 귀남(貴男)이도 출연하는 것이었다. 겨울 날씨답지 않게 푸근한 게 창밖으로 보이는 하늘은 잔뜩 흐려 있었다. 고선생(高先生)은 자신을 픽 웃었다. 그리고 아랫목에 누워서, 아까 보다 만 신문을 다시 집어 들었다. 얼마 뒤, 사회면으로 시선을 옮겼을 때였다. 한구석에 고선생(高先生)의 눈을 끄는 삼단 제목이 있었다.

美貌의 化粧品商 女主人 被殺
돈이 원수냐? 사랑이 원수냐?

어제 아침 여섯시 반경 동대문시장 내에 있는 굴지의 화장품상 주인인 변영주(邊英珠·31)라는 미모의 독신 여자는 임모(任某)라는 청년에게 권총으로 피살당했다는 기사 내용이었다. 임모(任某)는 오래전부터 변(邊) 여인을 따라 다니며, 결혼을 강요했으나 종시 거절당하고, 최근에는 그러면 사업 자금으로 삼백만 환만 융통해달라고 졸라온 사실을 주위에서도 알고 있었다는 것이다. 피살당한 변(邊) 여인은 1·4 후퇴 때 단신 월남한 이래 수차에 걸쳐 화장품 밀수입에 성공하여 천여만 환의 재산을 장만해놓았다는 것과, 범인은 즉시 도주하였으나, 그 체포는 시간문제라는 구절도 있었다. 고선생(高先生)은 신문을 귀남(貴男)에게 보였다. 이름을 몰라 확실하지는 않지만, 지난번 왔다 간 그 여자 같은 생각이 고선생(高先生)에겐 들었다. 그 여인은 결코 미모는 아니었으나, 신문에는 그런 식으로 취급할 수도 있을 것이다.

"틀림없어요. 그 여자예요. 제 직감이 맞을 거예요."

귀남(貴男)의 말은 과연 맞았다. 점심때가 거의 되어서 관식(寬植)이가 긴장한 얼굴로 돌아왔다. 시체는 오늘 오후에 화장터로 내간다고 했다.

"선생님 같이 가시자요. 가서 약혼자라구 그러시라구요. 남(男)아 너두 가자. 가서 강력히 입증해야 한다. 먼 일가 한 사람과 친구들이 모였는데 잘 하문 한몫 뜯어올 수 있을 거야."

"이놈아, 입 닥쳐라!"

동시에 관식(寬植)의 뺨에서 찰싹 소리가 났다. 고선생(高先生)의 손길이 번개처럼 움직였던 것이다. 사람을 때려보기는 난생처음이었나. 학교에서 아무리 화가 나도 말로만 쨍쨍할 뿐, 학생이 머리 한 번 쥐어박아 보지 못한 고선생(高先生)이었다.

"아무래두 난 가봐 주야가시요."

잠시 뒤 관식(寬植)은 그 한마디를 남기고 나가려고 했다. 귀남(貴男)이가 얼른 따라 일어섰다.

"나두 가. 인간이 가질 수 있는 예식 가운데서 난 장례식을 젤 좋아해. 구경 갈 테야!"

"가라! 가라! 어서 가! 썩 가서 아주 송장하구 같이 타 죽구 돌아오지들 마라!"

고선생(高先生)은 미친 듯이 소릴 질렀다. 치미는 분노를 누를 수가 없었다. 관식(寬植)이와 귀남(貴男)은 태연히 나가버렸다. 혼자 남은 고선생(高先生)은 가만하고 있을 수가 없었다. 까닭 모를 울분이 샘솟듯 자꾸 솟아올라 몇 차례나 일어섰다 앉았다 했다. 왜 이렇게 분한지 알 수가 없었다. 평생 처음 부당한 모욕을 당한 것 같은 생각이 막연히 들었을 뿐이었다. 고선생(高先生)은 분을 가라앉히기 위해 밖으로 나갔다. 밖에는 눈이 내리고 있었다. 펑펑 쏟아지는 함박눈이었다. 고선생(高先生)은 눈을 맞으면서 한참 걸어갔다. 얼마 뒤 발밑에 한강이 내려다보였다. 한강 얼음판 위에도 눈은 내렸다. 고선생(高先生)은 한강을 끼고 길 없는 언덕을 눈 속에 그냥 걸어갔다.

광야 曠野

눈 덮인 망막한 벌판 위에는 또 하루의 해가 저물기 시작했다. 대륙의 일모(日暮)란 황혼이 지극히 짧았다. 대지에 비꼈던 석양이 가시기가 바쁘게 그대로 어둠이 내려 깔리고 마는 것 같았다. '장자워프' 부락은 지금 마악 황혼에 싸이는 순간이었다. 어둠은 인제 단박 황혼을 덮어버리고 말 것이다. 집집에서는 급히 방등[1]에 불들을 밝혔다. 부락 동쪽에 치우쳐 있는 아편 밀매상인 한국인 집에도 불이 켜졌다. 희미한 등불 밑에서는 꺼칠한 중독자들이 가로세로 지렁이처럼 길게 누워서 아편에 취하고 있을 것이다. 거기서 네댓 칸 상거[2]에 있는 조그만 토막집 창문에도 뿌여니 불이 비쳤다. 그 안에는 언제나처럼 세 명의 인간이 침묵을 지키고 있는 것이다. 푸른 호복[3]을 단정하게 입은, 해사한 청년 동오(東五: 뚱우), 귓불에 은고리를 단 귀인성[4] 있게 생긴 소녀 춘화(春華), 한복인지 호복인지 분별할 수 없는 바지저고리를 입고 있는 한국 소년 승두(承斗)였다. 그들은 거의 날마다 퇴락한 이 토막집에 모여 지냈다. 그들은 마치 침묵과 대결이라도 하듯 늘 입을 봉한 채 있었다. 그 침묵 속에 잠긴 공기는 왜 그런지 산소 부족을 느끼게 하였다. 그들과 함께 십 분 이상을 태연히 앉아 배기는 사람이 없는 것으로도 알 수 있다. 대개의 사람은 질식할 듯이 가슴이 답답해서 오래 견디지 못하는 것이다. 이 집의 가장이요 춘화(春華)의 부친인 노왕(老王: 王영감)조차 들어왔다 나갈 때면 으레 "왕바딴 차우"[5] 하고, 누구에게 없이 투덜거릴 정도였다. 그들은 하루 종일 가도 말이라곤 별로 없었다. 물론 벙어리인 춘화(春華)는 말을 못 하는 것이 당연한 일이다. 그러나 동오(東五)는 어째서 좀처럼 입을 열지 아니하는 것일까. 소학교 교원을 지낸 그는, 아침만 먹고 나면 정해놓고 춘화(春華)네 집으로 오는 것이었다. 그러고는 비스듬히 벽에 기대거나 누워서, 진종일 잡지와 신문을 뒤적거렸다. 지루해지면, 연거푸 담배를 피웠다. 하얀 아편 가루를 찍어서 빨기도 했다. 그러다 완전히 어두워서야 집에 돌아가는 것이다. 처음 얼마 동안은 그러한 동오(東五)를 승두(承斗)는 께름칙하게 여겼다. 더구나 유난히 번득거리는 눈으로 한참 동안이나 이쪽을 쏘아볼 적마다 승두(承斗)는 저도 모르게 소름이 돋았다. 동오(東五)의 눈은 남달리 번득거렸다. 그 눈으로 사람을 노려보는 버릇이 있었다. 동오(東五)는 날마다 춘화(春華)네 집을 찾아오는 이유로 두 가지를 들었다. 승두(承斗) 보고는,

"여기 말구는 갈 데가 없으니까."

했다. 어른들이 물어보면,

"춘화(春華)에게 정이 들어서."

라고 했다. 그 두 가지가 다 거짓말 같기도 하고 참말 같기도 해서 승두(承斗)는 알 수가 없었다. 같은 '장자워프' 부락에 속하지만, 동오(東五)는 뚝 떨어져 있는 아랫동네 사람이었다. 장자워프에서는 굴지에 드는 유복한 집안의 독자(獨子)였다. 그러한 동오(東五)가 날마다 여기에 와서, 춘화(春華)나 자기와 더불어 날을 보내는 데는 어쩔 수 없는 의미가 있을 것만 같았다. 가끔 영어 잡지 같은 것을 가지고 와서 읽기 때문에 더욱 경의가 갔다. 승두(承斗)는 차츰 동오(東五)에게 친근감을 품게 되었다. 승두(承斗)는 그런 속을 알리기 위해서 한 번은 자기의 비밀을 털어 보였던 것이다.

"진짜 울 아버진 죽었어요."

동오(東五)는 그 번득거리는 눈으로 승두(承斗)를 보았다.

"울 아버진 고향에서 오래 앓다가 죽었어요."

"그럼 지금 아버지는 계부(繼父)로구나."

"죽은 아버지 친구예요. 본시 우리 집에 자주 왔어요. 아버지가 죽구 나서, 어머니는 이내 돈벌이 하러 만주루 온 거예요. 내가 와 보니까, 그 아버지 친구가, 어머니랑 한집에서 살구 있어요."

서투른 중국말이라 승두(承斗)는 몹시 떠듬거렸다. 동오(東五)는 한참이나 더 소년의 얼굴을 바라보다가, 고개를 끄덕끄덕 하고 담배를 피워 물었다. 궐련 개비 끝에 아편 가루를 붙여서는 빨곤 하였다.

"죽은 뒤엔 할 수 없는 거야, 산 사람들이 무슨 짓을 해두."

"아버지는 그 친구가 오는 걸 무척 싫어했어요. 자네가 날 죽일려나, 제발 오지 말아주게, 그렇게 화를 냈어요. 그러구 어머니가 외출을 할 적마다 몰래 날 따라 보냈어요."

"그래서 몰래 미행을 했단 말이지?"

"그러다 들켜서 어머니한테 지독하게 맞았어요. 동네 사람들은 그 친구 땜에 울 아버지가 지레 죽었다고 해요. 그렇지만 울 아버진 정말 병으루 죽었을 거예요. 누가 죽인 건 아닐 거예요. 진(陳)선생 그렇겠죠?"

마치 열에 뜬 사람처럼 승두(承斗)는 충혈된 눈으로 동오(東五)를 쳐다보았다. 그것은 자기의 심령을 안정시킬 수 있는 단 한 마디의 명확한 답변을 갈망하는 태도였다.

"니 하이 꺼우챵디 하이즈(너두 괴로운 놈이구나)!"

동오(東五)는 탄식하듯 혼잣말처럼 뇌까렸다. 이렇게 긴 이야기를 동오(東五)와 나누어보기는 그때 한 번뿐이었다. 잠시 뒤 동오(東五)는 일어나 신발을 신었다. 바람을 쏘이고 오자고 승두(承斗)와 춘화(春華)를 재촉하였다. 그날 세 사람은 여러 시간 눈 깔린 벌판을 헤매었다. 동오(東五)는 양쪽에 승두(承斗)와 춘화(春華)를 꼭 끼고 걸었다. 그는 자주 하늘을 쳐다보며,

"메이파즈(할 수 있나)!"

그렇게 중얼거리곤 했다. 그 한 마디는 이상하게도 승두(承斗)의 가슴속 깊이 아프게 스며들었다.

손님들은 식전부터 찾아들기 시작했다. 미처 일어나기도 전에 대문짝을 흔드는 때도 많았다. 그들은 대개 폐인이 다 된 중독자였다. 눈곱이 끼고 누루퉁하니 들뜬 얼굴에 콧물을 질질 흘리며 풀이 죽어 들어서는 것이다. 그런 축일수록 현금을 가지고 오는 사람은 드물었다. 수수나 콩 같은 곡물을 자루에 넣어서 메고 왔다. 구두, 옷, 폐물 등속을 가지고 오기도 했다. 하얀 가루를 받아드는 손이 떨렸다. 그들은 즉석에서 종지에 물을 따라 약을 풀었다. 그런 사람들은 한 그램 정도로는 효력이 없었다. 두 그램, 혹은 세 그램을 한꺼번에 풀어서 주사기에 빨아들였다. 그러면 대개 승두(承斗)의 모친이 주사침을 그들의 팔뚝에다 찔러주는 것이다. 그들의 팔은, 주사침을 꽂을 자리조차 없을 만큼 피부가 끔찍하게 멍울져 있었다. 두 그램짜리를 연거푸 두 대나 맞는 사람도 있었다. 그제야 얼굴에 생기가 돌아오는 것이다. 우선 게슴츠레하던 눈부터 광채가 돌기 시작한다. 그쯤 되면 그들은 별안간 다변하여진다. 모로 누워서 담배를 피우며 흥에 겨워 지껄여대는 것이다. 그들은 간혹 승두(承斗)에게 농을 걸어오기도 했다. 대개 승두(承斗)의 그게 얼마나 큰가 보자고 하는 따위였다. 제법 사내구실을 할 만하면 처녀를 소개해주겠다는 식의 농담이었다. 그러나 승두(承斗)는 쉽사리 그들과 친해질 수가 없었다. 우선 구역질이 나도록 추잡한 생각이 들었다. 걸핏하면 괴춤이나 겨드랑이에 손을 넣어서 이를 잡아냈다. 몸뚱이 전체에서는 썩은 기름 냄새 같은 고약한 냄새를 끊임없이 풍겼다. 더구나 한 대야의 세숫물을 여럿이 돌려 가며 쓰는 깃을 보았을 때 승두(承斗)는 자꾸만 침을 뱉었다. 승두(承斗)네 가족이 하고 난 세숫물을 중독자들은 버리지 못하게 말렸다. 그렇게 깨끗한 물을 왜 버리느냐는 것이다. 그 물이 아주 새까매지도록 으레 그들은 여러 사람이 돌려가며 낯을 씻었다. 지금도 승두(承斗)는 자기가 하고 난 세숫물을 여러 사람이 차례로 사용하는 광경을 바라보고 있었다. 그러면서도 승두(承斗)의 정신은 딴 데 가 있었다. 그는 어젯밤 꿈을 생각하고 있는 것이었다. 고향에서 부친이 숨을 거둔 뒤의 장면이었다. 승두(承斗)가 밖에서 돌아와 보니, 부친은 눈을 뒤솟고[6] 싸늘한 시체가 되어 있었다. 어쩔 줄을 몰라 승두(承斗)는 덜덜 떨고만 서 있었다. 그러자 부친은 갑자기 입을 실룩거리며 말을 했다. 창규(昌奎: 계부)가 자기를 죽이고 달아났으니, 얼른 쫓아가 원수를 갚아달라고 호소하는 것이었다. 정말 이러고 있을 때가 아니라고 승두(承斗)는 정신이 펄쩍 들었다. 부엌에 가서 식도를 찾아들고 밖으로 쏜살같이 뛰어나갔다. 그러나 아무리 싸돌아 다녀도 창규(昌奎)는 그림자도 보이지 않았다. 기진맥진해서 돌아오는 길에 이리로 향해 오는 상여와 승두(承斗)는 부닥쳤다. 두 사람이 메고 오는 상여 뒤에는 상제 하나 없었다. 어서 가서 우리 아버지도 장사를 치러야겠다고 생각하며, 마악 상여를 지나치려는 판에, 그 속에서 낯익은 음성이 들렸다.

"원수를 갚아다고, 원수를 갚아다고!"

깜짝 놀라 보니, 그 상여 위에는 부친의 시체가 누워 있었다. 뿐만 아니라 상두꾼은 다른 사람 아닌 모친과 창규(昌奎)였다. 승두(承斗)는 고함을 지르며 식도를 꼬나 잡고 창규(昌奎)에게 덤벼들었다. 하지만 그 힘을 당할 수가 없었다. 창규(昌奎)는 무난히 식도를 빼앗아 가지고 도리어 승두(承斗)의 목에다 겨누는 것이었다. 승두(承斗)는 악을 쓰며 요동을 하다가, 모친이 흔들어 깨워서 눈을 떴던 것이다. 여기에 온 이래, 이 비슷한 꿈을 승두(承斗)는 여러 차례 꾸었다. 아침상을 대하고 앉아서도 승두(承斗)는 입맛이 없었다. 안색도 좋지 않았다. 모친은 걱정되는 듯이 승두(承斗)의 얼굴을 들여다보았다.

"무슨 꿈을 그렇게 자주 꾸니? 소릴 지르구 야단 하면서."

승두(承斗)는 잠시 주저했다. 옆자리에서 분주히 수저를 놀리고 있는 계부의 눈을 쳐다보았다. 언제까지나 숨길 필요는 없다고 생각한 승두(承斗)는 마침내 입을 열었다.

"아버지가 죽은 꿈을 꾸었어요."

계부를 향해 승두(承斗)는 아직 한 번도 아버지라고 불러 보지 않았다. 그러기에 여기서 아버지라고 하는 말이 누구를 가리키는 것인지를 모친이나 계부는 대뜸 알아차릴 수 있었다. 모친과 계부는 일시에 낯빛이 달라졌다.

"아버지는 나보구 꼭 원수를 갚아달라구 했어요."

동시에 음흉한 승두(承斗)의 눈이 계부를 쏘아보았다. 불시에 입맛을 잃은 계부는 순갈을 놓고 말았다. 개구리처럼 툭 불거진 눈이 승두(承斗)의 낯을 향하고 거칠게 뒤룩거렸다. 증오와 공포가 잠뿍[7]한 눈이었다. 승두(承斗)는 할 수 없는 일이라고 생각했다. 자기는 계부의 손에 죽을지도 모른다는 불안이 솟아올랐다. 그리 되면 부친을 죽인 것은 영락없이 계부일 것이다. 그렇지만 그때는 이미 아버지의 원수를 자기는 갚을 길이 없으리라고 생각했다. 승두(承斗)가 상머리에서 물러앉았을 때는, 지저분하게 눈물에 젖은 모친의 얼굴이 연신 비죽거리고 있었다.

"차라리 이 에미 가슴패기에 칼을 꽂아라. 요것아, 내 가슴을 칼루 우벼 내란 말이다!"

모친은 치맛자락으로 얼굴을 문댔다. 승두(承斗)는 또 한 번 흘깃 계부를 곁눈질해 보고 말없이 일어서 나왔다. 자기는 마침내 모친에게서도 영 사랑을 받을 수 없이 되었다고 각오했다. 눈 덮인 벌판은 아침 햇빛을 받아 눈이 부시도록 빛났다. 승두(承斗)는 두 팔을 벌리며, 대륙의 아침 공기를 가득히 들이마셨다.

오십 리나 떨어진 정거장까지 마중 나온 모친과 만났을 때, 승두(承斗)는 안색이 달라지지 아니할 수 없었던 것이다. 모친의 등에는 뜻밖에도 어린애가 업히어 있었기 때문이다. 경기 좋은 만주로 돈벌이 간다고 떠났던 모친이 재혼을 했으리라고는 꿈에도 생각지 못했던 일이었다. 물론 가끔 받아본 편지에도 그냥 사업이 신통치 않다는 것뿐, 그런 기미는 털끝만큼도 비치지 않았다. 역전 음식점에 들어가 점심을 같이 하는 동안, 혼자서는 도저히 어쩔 수가 없어서 이렇게 되었노라고 하고 모친은 고개를 들지 못했다. 승두(承斗)는 입맛을 잃었다. 모친이 아무리 권해도 '포즈'[8]를 두세 개 먹었을 뿐 그 이상 손을 대지 않았다. 오십 리나 되는 시골 길을 마차로 오는 도중에서도, 모친은 몇 번이나 눈시울을 닦았지만, 상대가 창규(昌奎)라는 것은 딱히 밝히지 않았던 것이다. 모친의 남편이란 대체 어떤 인물일까? 중국 사람일까? 조선 사람일까? 그런 생각을 막연히 되풀이하면서도 승두(承斗) 역시 입을 열지 않았다. 이윽고 마차에서 내려 모친이 안내하는 집 문 앞에 섰을 때, 승두(承斗)의 눈앞에 나타난 사내는 바로 창규(昌奎)였던 것이다. 승두(承斗)는 자기의 눈을 의심했다. 다음 순간 그는 모든 것을, 즉 놀라운 사실을 인식하지 않을 수 없었다. 열다섯 살짜리 승두(承斗)는 비로소 상상할 수 없는 어른들의 세계를 엿본 것 같았다. 병석에 있던 부친이 창규(昌奎)가 오는 것을 몹시 꺼릴 뿐 아니라, 외출하는 모친을 미행시킨 이유를 승두(承斗)는 인제야 깨달을 수 있었다. 승두(承斗) 자신 창규(昌奎)를 얼마나 원수처럼 미워했던가. 지금 와서 뜻밖에도 창규(昌奎)를 다시 눈앞에 대하고 보니, 죽은 부친이 불쌍한 생각이 치밀어 올랐다. 그러나 승두(承斗)를 맞이한 창규(昌奎)는, 풀이 죽은 승두(承斗)를 위로하느라고, 그래도 몇 마디 반갑다는 뜻을 말했다. 그날 저녁에 불을 끄고 나서야, 창규(昌奎)는 변명하듯 여러 가지 말을 늘어놓았던 것이다. 여기서는 모두들 친부자(父子)로 알고 있으니, 누가 묻거들랑, 박승두(朴承斗)라고 대답하라고 이르기도 했다. 이불을 머리까지 뒤집어쓴 채, 내 성이 차(車)가지 어째서 박(朴)가냐고, 승두(承斗)는 몇 번이나 항의하듯 속으로 중얼거렸던 것이다. 이삼 일이 지나도 승두(承斗)는 도무지 부드러운 태도로 모친이나 계부와 어울릴 수가 없었다. 그는 좀 해서는 입을 열지 않았다. 방에 있을 때도 대개는 한구석에 웅크리고 앉아서 음흉한 빛이 어린 시선으로 계부를 훔쳐보곤 하였다. 계부나

모친 편에서도 무시로 승두(承斗)의 눈치를 살폈다. 계부는 더욱
그랬다. 도무지 순진한 데가 없이 비틀어진 태도로 벙어리처럼
눈만 히뜩거리는 승두(承斗)가 불쾌하기 그지없었다. 승두(承斗)
가 전연 속을 주지 않으니 계부로서도 정이 갈 리 없었다. 더구나
원한 같은 것을 품고 있는 것 같아서 괘씸하기도 했다. 대체 저놈
이 어쩌자는 심속인가 싶어서 저절로 눈치가 보였다. 그러나 두
사람의 시선이 마주치면 똑같이 당황해서 외면을 하는 것이다.
승두(承斗)가 여기 도착한 다음날이었나 보다. 아편을 사러 온 이
웃 사람이, 승두(承斗)를 향해 총명하게 생겼다고 하며 이름을 물
었다. 승두(承斗)는 대답하기 전에 얼른 계부의 얼굴부터 쳐다보
았다. 계부는 애원하듯 하는 표정으로 승두(承斗)를 마주 보았다.
그러나 승두(承斗)는 조소에 가까운 미소조차 띠며,
　"성은 차(車)가요, 이름은 승두(承斗)입니다."
했다. 일부러 똑똑하고 정확한 중국 발음이었다. (여기 오는 도중
에, 승두(承斗)는 안동(安東)에 있는 고모사촌 형에게 들러서 한 달
가까이 묵으며, 중국말을 배웠다. 그래서 쉬운 말은 일쑤 통했던 것
이다.) 승두(承斗)는 통쾌한 표정으로 계부를 다시 보았다. 어느
편이냐 하면 인부 감독처럼 좀 감때사납게' 생긴 계부의 얼굴은
대뜸 험상궂게 일그러졌다. 심한 노기에 얼굴뿐 아니라 목덜미까
지 붉어졌다. 계부는 좌중의 시선을 피하여 밖으로 나가버렸다.
어느 날 밤 손님들이 다 돌아가고 나서 야식을 하며 계부는 타협
조로 나왔다. 승두(承斗)의 실부(實父)가 죽은 뒤에 몇 달이 안
되어 모친을 데리고 훌쩍 만주로 들어와 버린 것은 자기의 경솔

한 짓이었지만, 이왕지사는 깨끗이 잊어버리고 앞으로는 친부자 간처럼 지내자는 것이었다. 모친도 눈물에 어룽진 얼굴로 모든 것은 자기의 탓이었다고 하며, 어서 속을 풀고 계부의 말대로 부드럽고 상냥한 아들이 되어 달라고 졸랐다. 승두(承斗)는 외면한 채 말이 없었다. 불빛을 받고 앉아 있는 그의 얼굴은 한결 더 창백하고 싸늘해가는 것만 같았다. 승두(承斗)에게는 그 말이 하나도 곧이 믿어지지가 않았다. 그처럼 하늘같이 믿었던 모친마저 나를 속이지 않았더냐. 이제 와서 누구를 믿으랴 싶었다. 도시 어른들의 뱃속이란 알 수 없는 것이라고 생각했다. 계부나 모친이 무슨 소릴 해도 경계심만이 더 굳어질 뿐이었다. 그날 밤 승두(承斗)는 종시 입을 열지 않은 채 자리에 들고 말았던 것이다. 불을 끄고 이불을 푹 뒤집어쓰자, 왜 그런지 승두(承斗)는 별안간 외로워졌다. 광막한 벌판에 자기만이 혼자 버려져 있는 것 같았다. 인제는 세상에 누구 하나 진정으로 자기를 위해줄 사람이란 없다고 생각했다. 저도 모르게 눈물이 쏟아져 나왔다. 그러자 갑자기 걷잡을 수 없는 설움이 북받쳐 올랐다. 그예 승두(承斗)는 이불 속에서 소리내 울었다.

"어디 두고 보자, 두고 보자."

그렇게 중얼대며 그는 울음을 그칠 수가 없었다. 불을 켜고 모친이 일어나서 여러 말로 승두(承斗)를 달래 보았다.

"네가 저엉 그럴래문 차라리 난 죽어버리구 말 테다."

그와 같은 말을 되뇌며 모친도 덩달아 울었다. 이튿날 아침 승두(承斗)의 눈은 퉁퉁 부어 있었다. 그리힌 승두(承斗)이 얼굴을 계부는 불안한 눈으로 슬금슬금 훔쳐보는 것이었다. 그 뒤로는 계부와 승두(承斗) 사이의 싸늘한 장벽이 더 두터워갈 뿐이었다. 두 사람의 눈에는 똑같이 어쩔 수 없는 증오와 공포와 경계의 빛이 있었다. 그러한 감정이 표면적으로 좀더 노골화된 것은 바로 어젯밤부터였다. 몇 시쯤 되었을까? 하여튼 자정이 훨씬 지나서였다. 현관문이 이상한 소리를 내며 흔들리는 기척이 났다. 먼저 눈치 챈 것은 모친이었다. 저게 무슨 소리냐고 계부를 살그니 흔들어 깨웠다. 그때는 이미 현관문 열리는 소리가 분명히 들렸다. 계부는 정신이 펄쩍 들어 뛰어 일어났다. 대규모의 마적떼의 횡행은 차츰 흔적을 감출 무렵이었으나, 그 대신 분산적으로 개인 집을 터는 일은 가끔 있었다. 그래서 평시 문단속만은 단단히 하느라고 했지만, 현관문이 당해내지 못했으면 방문쯤은 문제가 아니었다. 계부는 발치에서 굵직한 몽둥이를 집어 들고 방문 옆에 버티고 섰다. 어떤 놈이고 들어서기만 하면 사정없이 후려갈길 판이다. 문밖에서는 잠시 조용했다. 그러더니 살그니 방문을 밀어보았다. 좀더 힘을 주어 지그시 밀었다. 도로 조용해졌다. 이번에는 더 강한 힘으로 문짝에 압력을 가하는 것 같았다. 그러자 빗장이 우쩍 꺾이며 문이 열렸다. 계부는 정신없이 문을 향하고 몽둥이를 내둘렀다. 큰 소리로 고함을 지르며 한참 동안 죽어라 하고 문짝을 뚜들겼다. 밖에서,

"장꽤, 장꽤."[10]

하고 낯익은 소리가 났다. 일꾼으로 있는 노왕(老王)이었다. 식구들은 인제야 살았나 보다 싶었다. 모친이 얼른 불을 켰다. 놀란

표정으로 노왕(老王)이 들어섰다. 계부는 흥분한 어조로 사건의 전말을 설명하였다. 그러다가 무엇을 생각했는지 몽둥이를 든 채 뒤를 돌아보았다. 상반신만 일으키고 앉아 있던 승두(承斗)와 시선이 마주쳤다. 그 순간 승두(承斗)는,

"악."

하고, 비명을 지른 것이다. 동시에 뒷걸음쳐 방구석에 몸을 처박고 와들와들 떨었다. 눈에 핏대가 선 계부의 사나운 얼굴을 불빛에 보는 순간, 그 손의 몽둥이가 당장 자기의 머리통을 내리갈길 것만 같이 승두(承斗)는 느낀 것이다. 계부는 얼빠진 사람처럼 그러한 승두(承斗)를 한참이나 바라보고 서 있었던 것이다.

  노왕(老王)은 본디 노름판에서만 굴러먹은 사내였다. 지난날에는 꽤 판치는 건달이었다. 그는 온전한 살림이라고 꾸려본 예가 없었다. 구름처럼 떠돌아 다녔다. 어디 가나 아는 사람이 있었고, 하루 이틀쯤은 아무데서든 신세질 수가 있었다. 그러나 어디 가도 진심에서 반겨주는 사람은 쉽지 않았고 믿고 의지할 데란 더욱 없었다. 그래도 젊었을 땐 좋았다. 노름판에서 노름판으로만 사철 쫓아다니면 족히 세월 가는 줄을 몰랐다. 하지만 오십 줄에 들어선 요즈음은 좀 달랐다. 워낙이 노름판의 인기자란 주먹의 힘이 절반은 버티어주는 것인데, 나이가 들면서부터는 그게 안 되었다. 차츰 큰 판에서는 밀리어 나와 쇠쇠한[11] 좀패[12]에나 섞이어 다니게 되었다. 그러고 보니 자연 생기는 게 적었다. 아편값도 제대로 떨어지지 않았다. 차라리 밥은 한두 때 거를망정 아편만

은 잠시나마 끊을 수 없는 노왕(老王)이었다. 반나절만 약 기운을
빌리지 않으면 대뜸 콧물 눈물로 얼굴이 귀중중해지고,[13] 어깨가
우그러들었다. 이상히 눈에는 흰자만이 두드러지고, 전신이 그림
자처럼 훌렁훌렁 했다. 그런 때는 무슨 짓을 해서라도 침을 맞아
야 했다. 자기가 입고 있는 옷은 물론, 심지어는 하나밖에 없는
딸 춘화(春華)의 저고리까지라도 벗겨서 맡기든 팔든 해가지고
약을 맞아야 했다. 그러한 노왕(老王)도 평시에는 춘화(春華)를
꽤 아끼는 편이었다. 역시 아버지다운 애정으로 벙어리 딸을 애
처롭게 여기었다. 춘화(春華)는, 노왕(老王)이 노름판의 인기자
로 한창 어깨가 으쓱 했을 때, 어떤 여인과의 사이에 생긴 사생아
였다. 그 여자는 아이를 낳은 지 반년 만에 종적을 감추어버리고
말았다. 그처럼 어려서부터 어미를 모르고 자라난 춘화(春華)였
다. 일정한 거처조차 없이 떠돌아다니는 부친을 따라다니며 잡초
처럼 천대 속에 성장한 춘화(春華)였다. 그러나 딸이 차차 나이
들수록 노왕(老王)은 자꾸만 가슴에 걸렸다. 열네댓 살 되자 제법
처녀티가 흐르기 시작했다. 말은 못 해도 얼굴만은 어미를 닮아
밴밴한[14] 편이었다. 가뜩이나 난봉패 속이고 보니, 차츰 놈팡이들
의 시선이 춘화(春華)의 가슴이며 엉덩짝을 노리게쯤 되었다. 심
술궂은 놈은 얼마를 낼 테니 춘화(春華)를 하룻밤만 빌리자고 노
골적으로 흥정하려 들기도 했다. 우선 이 가엾은 딸을 위해서는
무슨 짓을 해서라도 안정된 생활을 가져야겠다고 노왕(老王)은
잠꼬대처럼 중얼거려온 것이다. 그러나 지금의 노왕(老王)에게,
안정된 생활이란 영원히 이루어질 수 없는 꿈이었다. 일정한 거

처를 갖지 못한 그들 부녀의 심신은 갈수록 고달프기만 했다. 열여섯 살이 잡히면서부터, 춘화(春華)는 몰라보게 그 얼굴이며 몸매가 활짝 피었다. 아무러한 노왕(老王)으로서도 이러한 딸을 건달패 속으로 끌고 다니며 같이 궁굴[15] 수는 없었다. 마침내 아편밀매상인 창규(昌奎)네 일꾼으로 주저앉을 결심이 노왕(老王)에게 생긴 것은 이런 때문이었다. 헛간으로 쓰던, 퇴락한 토막집이나마, 우선 부녀가 거처할 수 있는 집을 준다니 다행이었다. 그밖에 식사 일체와 하루 오 그램씩의 아편을 보수로 받았다. 그래도 내 집이랍시고, 딸이 안심하고 들어앉을 수 있는 거처가 생긴 것만도, 노왕(老王)은 만족이었다.

  춘화(春華)는 늘 방구석에서만 살았다. 사람들과 만나기를 싫어했다. 세상 사람들은 온통 자기를 멸시하고 있다고 생각하는 것이다. 그러기에 조금도 경멸감 없이 대해주는 동오(東五)와 승두(承斗)가 춘화(春華)는 고마웠다. 동오(東五)는 이 장자워프 부락에서는 상류에 속하는 집안의 학식 있는 청년이요, 승두(承斗)는 부친이 섬기는 주인집 도련님이라는 데서도 자랑스러웠다. 그들 역시 다른 사람들과 얼리기를 꺼려, 거의 날마다 자기를 찾아와 같이 지내주는 것이 춘화(春華)는 대견했다. 그런 점에서는 노왕(老王)도 은근히 만족하고 있었다. 동오(東五)는 매일같이 춘화(春華)를 찾아오는 이유로, 누구 앞에서나 주저 없이 춘화(春華)를 사랑하기 때문이라고 내세웠다. 몇 사람의 입에서 노왕(老王)도 그런 소문을 듣고 있었다. 그렇기 때문에 요즈음 그는 엉뚱한 기대를 품기 시작한 것이다. 동오(東五)가 춘화(春華)를 소실로 맞아주었으면 하는 희망이다. 어떤 점으로 보나, 자기네 처지로서는 감히 생심[16]도 낼 수 없는 일등 자국[17]이었다. 그런 것을 도리어 저쪽에서 접근해오지 않느냐. 오늘도 노왕(老王)은 동오(東五)와 승두(承斗)가 보는 앞에서 딸과 마주 앉아 점심을 먹었다. 그는 흡족한 태도로 담배를 붙여 물고 한동안 씨부렁댔다. 물론 아무도 대꾸해주지 않았다. 노왕(老王)은 마침내 어둠처럼 내리누르는 침묵에 짜증을 내고 나가버렸다. 동오(東五)는 캉[18] 위에 비스듬히 누운 채, 잡지를 읽고 있었다. 고층 건물의 사진이 많이 나오는 얄따란 책자였다. 춘화(春華)는 먹고 난 그릇들을 부셔서 바구니에 챙겨 담고, 승두(承斗)를 보며 웃었다. 이어 한 손으로 항문을 슬쩍 닦는 시늉을 해보이더니, 무엇을 쫓아버리는 손짓을 했다. 뒤를 보러 가는데 따라 나와 개돼지를 쫓아달라는 뜻이었다. 승두(承斗)도 웃고 고개를 주억거렸다. 그는 기다란 막대기를 들고 춘화(春華)를 따라 나갔다. 집 뒤란으로 돌아가 나무를 가려놓은 옆에 자리를 잡고 춘화(春華)는 허리춤을 끌렀다. 어느새 눈치를 채고 노루만 한 개가 두세 마리 쫓아왔다. 승두(承斗)는 "우—우—" 하고 막대를 내두르며 가까이 오지 못하게 했다. 개들은 멀찍이 눈 위에 자리를 잡고 앉아서 이쪽을 지켜보기 시작했다. 어찌된 판인지 이 고장에는 어느 집에고 변소란 것이 없었다. 남녀노소를 막론하고 집 뒤란으로 돌아가 아무데나 자리를 잡고 대소변을 보는 것이다. 엉덩이를 내놓고 쪼그리고 앉았을 때, 사람이 나타나도 별로 점직[19]해하지도 않았다. 그런 때는 사람보다도 도리어 개나 돼지의 습격을 막기 위해, 방어 태세를 갖추어야 했다. 이 지방의 개는 모두 놀랍게 컸다. 그런 놈들이 여러 마리가 모여들어서 서로 으르렁대며 덤벼드는 바람에 안심하고 용변을 할 수가 없었다. 그래도 돼지에 비기면 개는 좀 나은 편이다. 막대로 쫓으면 개란 놈은 용변이 끝나기까지 멀찍이서 기다리는 것이다. 그러나 돼지는 훨씬 미욱했다.[20] 이 지방에서는 돼지를 놓아 기르기 때문에, 먹을 것을 찾아 집 주변을 배회하는 것이다. 그것도 한두 마리가 아니라, 여러 마리가 떼를 지어 밀려 다녔다. 그러다가 용변하는 사람을 발견하기만 하면, 개처럼 좀 체면을 차리는 게 아니라, 마구 달려드는 판이다. 이놈들은 막대로 후려갈기면, 꽥꽥 소리를 지르면서도 죽자구나 하고 그냥 대드는 것이다. 조금만 부주의했다가는 그 우둔한 주둥이에 엉덩짝을 퉁기어 나동그라지기가 일쑤다. 그러기에 춘화(春華)는 뒤보러 혼자 나가기를 겁냈다. 대개 승두(承斗)를 데리고 나가는 것이다. 승두(承斗)는 즐겨서 그 소임을 맡아주었다. 춘화(春華)가 안심하고 바지 괴춤을 풀어헤칠 때는 승두(承斗)는 가슴이 울렁거렸다. 그는 행복을 느끼는 것이었다. 춘화(春華)는 누구보다도 자기를 그만큼 신뢰하고 있는 것이라고 승두(承斗)는 생각했다. 제일 가깝고 다정한 사이라는 자신이 섰다. 자기가 좀더 커서, 춘화(春華)에게 장가를 들겠다고 하면, 두말없이 응해주리라는 생각이 승두(承斗)를 흥분시켜 주는 것이다. 거짓말처럼 흰 춘화(春華)의 엉덩짝을 곁눈으로 훔쳐보며,

"벙어리만 아니라면……"

하고, 승두(承斗)는 가슴이 아파지곤 히는 것이었다.

우편국이 있는 S부락까지 승두(承斗)는 가끔 심부름을 갔다. 그가 집안일을 조금이라도 거든다고 하면, 그것은 간혹 두 살배기 동생 만수(萬壽)를 업어주는 일과 S부락에 가서, 소포로 부쳐온 아편 뭉치를 찾아오는 일뿐이었다. 그중에서도 우편국에 다녀오는 일은 자진해 맡았다. 어디를 둘러보나 지평선만이 아득히 가라앉은, 눈 쌓인 들판을 걸어가노라면 이상스레 가슴이 후련해지기 때문이다. 장자워프에서 S부락까지는 근 이십 리나 되었다. 장난삼아 슬근슬근 다녀오면 네 시간 이상은 걸렸다. 며칠 전 일이었다. 점심을 먹고 나서 승두(承斗)는 방한모를 푹 눌러쓰고 S부락을 향해 집을 나섰다. 날씨는 잔뜩 찌푸려서 금방이라도 눈이 휘날릴 것 같았다. 어간(於間)에 있는 두 군데의 조그만 동네를 지나, 목적지인 우편국에 당도했을 때는 그예 눈발이 희끗희끗 날리기 시작했다. 소포는 아직 와 있지 않았다. 할 수 없이 돌아서 나오려는 승두(承斗)를 향해, 국원이 잠시 기다려 보라고 했다. 역에 나간 우편 마차가 좀 있으면 돌아오리라는 것이다. 승두(承斗)는 기다리기로 했다. 눈은 차츰 더 심하게 내려 쌓였다. 나중에는 바람까지 불기 시작했다. 눈바람이 설레는 창밖을 내다보며, 승두(承斗)는 몇 시간이나 기다렸을까? 소포 꾸러미를 받아들고 우편국을 나섰을 때는 이미 저녁 무렵이었다. 승두(承斗)는 약간 초조한 기분으로 세차게 불어치는 눈보라를 헤치고 바삐 걸었다. 첫 번째 동네를 지날 즈음에는 새 눈이 내려 덮여서 길을 분간하기 어려울 정도였다. 승두(承斗)는 더욱 마음이 급해졌다. 그는 거의 달음박질을 하다시피 눈과 바람만이 휩쓰는 벌판을 기를 쓰고 돌진했다. 그럭저럭 두번째 동네까지도 무사히 지나쳤다. 인제는 오 리 남짓한 길이었다. 얼마를 더 간신히 더듬어서 전진하고 나니, 도무지 길을 분간할 수가 없었다. 걸음을 멈추고 주위를 둘러보아야 목표될 만한 것이라곤 없었다. 뽀얀 눈보라만이 안막을 가로막을 뿐이었다. 새로 쌓인 눈은 발목을 덮고도 남았다. 게다가 차차 어두워오는 것 같았다. 승두(承斗)는 불안해지기 시작했다. 아까 지나친 두번째 동네로 되돌아가서 안내자를 부탁할까도 생각해보았다. 막상 거기까지 돌아가는 것도 용이한 일은 아니었다. 설사 무사히 동네까지 찾아 들어가 안내자를 세운다 쳐도 그것은 더 위험한 짓이었다. 소포는 상당한 액수에 해당하는 양(量)이었다. 노왕(老王)까지도 믿을 수가 없어서 계부가 직접 찾으러 오거나, 그렇지 않으면 승두(承斗)를 보내는 것이었다. 그런 만큼 안내자가 어떤 음흉한 생각을 품을지도 알 수 없는 일이었다. 이렇듯 날씨조차 험악한 판에, 길을 안내하는 척하고 도리어 딴 방향으로 끌고 가서 승두(承斗) 하나쯤 감쪽같이 처치해버리기는 문제가 아니었다. 그러고 보면 죽든 살든 인제는 집을 향해 걷는 길밖에는 도리가 없었다. 승두(承斗)는 결심하고 다시 걷기 시작했다. 그냥 짐작으로 방향만을 정하고는 정강이까지 푹푹 빠지며 걷는 것이었다. 죽어도 할 수 없다고 생각하며. 등골에는 땀이 내배어 선득선득 했다. 기를 쓰고 얼마를 더 걸어갔을 때였다. 어렴풋이 저쪽에 사람이 보였다. 이리로 향해 걸어오고 있는 것이 분명했다. 이런 데서 사람을 만나는 것이 한편으론 반가웠다. 반면에 은근히 겁도 났다. 혹시 모친의 지시로 마중 나오는 노왕(老王)이나 아닐까 하는 기대도 들었다. 갑자기 저쪽에서 고함을 질렀다. 승두(承斗)의 이름을 부르는 소리였다. 노왕(老王)이 아니라 계부였다. 그래도 순간은 반가운 생각이 들어서,

"네에——"

하고 길게 화답했다. 차차로 승두(承斗)는 실망을 느꼈다. 서로 얼굴을 알아보리만큼 접근하자 그 실망은 완전히 불안으로 변해 버렸다. 그것은 계부가 그 굵직한 몽둥이를 들고 있었기 때문인지 모른다. 며칠 전 도둑이 들었을 때 문짝을 내리갈기던 몽둥이였다. 모친이 몹시 걱정을 한다는 말을 건네고, 계부는 소포 뭉텅이를 받아들었다. 그러고는 승두(承斗)를 앞세우고 걷기 시작했다. 그제는 눈도 멎고 바람도 훨씬 약해져 있었다. 승두(承斗)는 앞장서 걸으면서 자꾸만 뒤가 낌낌해 견딜 수 없었다. 계부 손의 몽둥이가 금시 자기의 머리통을 내려칠 것 같은 불안이 전류처럼 흘러가곤 했다. 승두(承斗)는 조금 가다가는 뒤를 돌아보고 돌아보고 하였다. 그 눈에는 공포의 빛이 어려 있었다. 그때마다 계부 또한 극히 못마땅한 표정으로 승두(承斗)를 노려보는 것이었다. 몇 번 만에 마침내 승두(承斗)는 걸음을 멈추고 옆으로 비켜서고야 말았다.

"앞서 가시라구요. 난 뒤로 따라갈래요."

계부도 멈칫 섰다. 그 얼굴이 약간 경련을 일으키며 비틀어졌다.

"넌 어디까지나 날 의심할 작정이냐?"

분노와 공포에 찬 두 시선이 한참 동안 서로 얽혀 풀리지 않았다. 두 사람은 말없이 다시 걷기 시작했다. 물론 계부가 앞장을 서고 승두(承斗)는 몇 걸음 떨어져 뒤를 따랐다. 그러자 마치 발작을 일으키듯, 별안간 계부가 홱 돌아섰다.

"네가 저엉 그럴 테문 나두 더는 못 참겠다!"

몽둥이를 든 계부의 손이 알아보게 떨렸다. 승두(承斗)의 얼굴에서 핏기가 사라졌다. 저도 모르는 사이에 그는 뒷걸음질 쳤다. 좀 뒤에 승두(承斗)는 계부보다 대여섯 칸이나 처져서 걸어가고 있었다. 어두워서야 집에 돌아왔다. 계부와 승두(承斗)는 똑같이 피로해 있었다. 한결같이 입을 다문 채 무슨 말을 물어도 대꾸하지 않았다. 저녁들도 먹는 둥 마는 둥 자리에 누워버리고 말았다. 밤새껏 엎치락뒤치락 하며 계부는 잠을 이루지 못했고, 승두(承斗)는 노 앓는 소리를 했다. 그 뒤부터는 두 사람의 차디찬 눈에 증오와 공포 외에, 어떤 불길한 예감까지 더하기 시작했다.

요즈음 와서 승두(承斗)는 잠마저 춘화(春華)네 집에서 자는 일이 많았다. 물론 계부네 집이 싫어서였다. 한편 노왕(老王)이 집을 비우는 밤이 많았기 때문에 혼자 자는 춘화(春華)를 위해서이기도 했다. 얼마 전부터 노왕(老王)은 다시 노름판에 손을 대기 시작했다. 어떻게서든 한밑천 장만해야겠다는 심속에서였다. 노왕(老王)은 벌써부터 고용주에 대해서 대우 개선을 요구해왔다. 먹고 자는 것은 걱정 없지만, 용돈도 있어야 하고 옷도 더러 해 입어야 하니, 매달 얼마씩이라도 현금을 딜라는 깃이었다. 그리나 창규(昌奎)는 좀체 응해주지 않았다. 결코 박한 편이 아니라는 것이다. 두 식구 먹여주고, 집을 주고, 그밖에 매일 오 그램씩이나 아편을 주지 않느냐? 결국 현금 대신 아편을 주는 것이니 아편을 그만두고 돈으로 달라면 그건 들어주겠다는 것이다. 그러나 노왕(老王)에게는 아편 없이는 하루도 살 수 없었다. 하루 오 그램도 모자라서 그는 가끔 아는 집에 찾아가 콩이나 수숫대를 얻어다가 약으로 바꾸곤 했다. 손님들에게 졸라서 조금씩 떼 내기도 했다. 한편으로는 기회 있는 대로 꾸준히 주인에게 청들이기를 노왕(老王)은 잊지 않았다. 그렇지만 무가내였다. 그만한 조건이면 얼마든지 올 사람이 있으니, 싫거든 그만두라는 태도였다. 그러므로 노왕(老王)은 주인에게 은근히 불평을 품어왔던 것이다. 그러한 노왕(老王)은 얼마 전부터 동오(東五)에게도 감정이 좋지 못했다. 내심으로 동오(東五)에게 걸어오던 기대가 그만 헛되이 끊어지고 말았기 때문이다. 딸만 없으면 괄시를 받아가며 한국인 집에서 고용살이를 하지 않아도 좋다고 생각한 노왕(老王)은, 마침내 동오(東五)에게 딸의 얘기를 비쳐보았던 것이다. 동오(東五)가 춘화(春華)를 귀여워해준다는 말은 여러 사람에게 들어 자기도 알고 있노라 하고, 이제 설만 쇠면 춘화(春華) 나이 열일곱이니, 소문만 퍼뜨릴 게 아니라, 얼른 소실로 맞아달라는 청이었다. 그 말을 들은 동오(東五)는 뒤적이던 잡지에서 낯을 돌리고, 그 번득거리는 눈으로 한참 동안이나 노왕(老王)의 얼굴을 쏘아보았다. 그러더니 가만히 머리를 내저었다.

"그건 노왕(老王)의 오해요!"

자기가 분명히 춘화(春華)를 사랑하지만, 아내를 삼기 위한 사랑하고는 전연 다르다는 뜻을 동오(東五)는 설명했다. 즉 이성애가 아니라, 다만 가련한 한 생명에 대한 인간애라는 것이었다. 그러고 나서 동오(東五)는 처음으로 빙긋이 부드러운 미소를 머금었던 것이다. 노왕(老王)은 그 의미를 자세히는 알 수 없었다. 그저 춘화(春華)가 벙어리인데다가, 문벌도 돈도 없는 자기의 딸이라서, 정은 있으면서도 거절했다고 생각하는 것이었다. 그 뒤로는 동오(東五)에게 좀체 말을 걸지 않았다. 이러한 일들이 겹쳐서 노왕(老王)은, 무슨 짓을 해서라도 돈을 잡아야 되겠다는 결론에 다시 도달하게 된 것이다. 그 결과가 그로 하여금 도로 노름판에 몰아넣은 것이다. 오늘도 노왕(老王)은 저녁을 먹기가 바쁘게 방 구석에서 춘화(春華)가 아껴 둔 가죽신을 끄집어냈다. 그것을 눈 앞에 치켜들고 이렇게저렇게 살펴보다가, 벌써 볼이 비틀어지고 바닥이 닳고 해서 고물이 되었다 하고, 오늘밤 돈을 따면 신품을 사다줄 테니, 이것일랑 자기에게 맡기라는 시늉을 했다. 남아 있는 춘화(春華)의 물건이라곤 그것뿐이었다. 명절 때나 입는 대단치 않은 옷 한 벌 있던 것도, 벌써 노름 밑천으로 날아가 버리고만 것이다. 춘화(春華)의 귓불에 대롱대롱 걸려 있는 은고리도 노왕(老王)이 노리는 지 오랬지만, 춘화(春華)는 그것만은 절대로 떼 주지 않았다. 슬픈 눈으로 부친의 얼굴을 쳐다보며, 춘화(春華)는 그저 잠자코 있었다. 모든 것을 단념한 눈이었다. 노왕(老王)은 몇 번 더 뭐라고 손짓을 해 보이고 나서, 가죽신을 든 채 도망치듯 밖으로 사라져버리고 말았다.

거의 날마다 한방에서 이마를 마주대고 지내면서도, 승두(承
斗)는 도무지 동오(東五)의 정체를 정확히는 파악할 수가 없었다.
그저 막연히 경의와 친밀감을 느껴올 뿐이었다. 늘 말없이 잡지
를 보거나, 담배를 피우거나, 아편을 태우다가, 간혹 승두(承斗)
와 춘화(春華)를 양 옆에 꼭 끼고 바람을 쏘이러 나가곤 하는 동
오(東五)가, 왜 그런지 승두(承斗)에게는 믿을 수 있고 정이 느껴
질 뿐이었다. 낯선 이 광막한 들판에서 그래도 체온이 통할 수 있
는 사람이라면, 동오(東五)와 춘화(春華)만일 것 같았다. 물론 동
오(東五)에 관한 여러 가지 소문이 떠돌지 않는 바는 아니었다.
그런 소문을 종합해 추려보면 대략 이러했다. 소학교 교원인 동
오(東五)에게는 상해나 미국에 있는 선배며 친구들에게서 자주
편지가 왔다. 그는 그때마다 아이들에게 미국 얘기를 들려주었
다. 말끝마다 중국인을 무기력하고 둔감한 민족이라고 통매[22]했
다. 지나간 여름 방학 때 동오(東五)는 봉천까지 다녀온다고 집을
떠났다. 그러나 개학이 되어도 돌아오지 않았다. 무연한[23] 들판에
수수 가을일도 끝날 무렵 해서야 동오(東五)는 바짝 말라가지고
돌아온 것이다. 거기 대해서는 동네 사람들의 의견이 구구했다.
봉천서 반일(反日) 동지들과 만나가지고, 미국으로 탈주할 계획
밑에 상해에 있는 선배를 찾아가다가, 일본 관헌에 붙들려 죽게
고생하고 돌아왔으리라는 소문이 그중 유력했다. 집안에서는 동
오(東五)를 절대로 놓아주지 않는다는 것이다. 봉천까지도 나가
지 못하게 한다는 것이다. 그렇지만 일본의 세력이 차차로 뿌리

깊게 파고들어 옴에 따라, 젊은 동오(東五)는 앞날에 대한 말할 수 없는 초조와 불안 속에, 도무지 이대로 배겨날 수는 없으리라는 것이다. 게다가 해외에 있는 선배들에게서 무시로 자극을 받아온 동오(東五)는, 부모와 처자까지도 버리고 여기를 떠나버릴지도 모른다고 했다. 그래서는 도리가 아니라고 하는 축이 많았지만, 그만큼 똑똑하고 학식 있는 청년이 이런 촌구석에서 썩기는 아깝다고 동정하는 패도 있었다. 이러한 소문들을, 어린 승두(承斗)로서는 어떤 깊은 의미와 결부시켜 천착해볼 능력은 없었지만, 그래도 막연하나마, 동오(東五)가 몹시 고민하고 있다는 사실만은 느낄 수 있었다. 며칠 전 두번째 찾아온 그 부인과 말다툼하는 동오(東五)를 보았을 때, 어쩔 수 없는 그들의 관계가 승두(承斗) 보기에도 답답하기만 했던 것이다. 동오(東五)의 부인은, 얼굴이며 옷차림새가 아무래도 보통 농사꾼하고는 달랐다. 그 부인이 문안에 들어섰을 때 승두(承斗)는 첫눈에 동오(東五)의 부인이라는 것을 직감적으로 깨달을 수가 있었다. 동오(東五)가 그렇듯이, 이 부인에게도 역시 어딘가 귀공녀다운 면모가 엿보였던 것이다. 부인이 나타나도 동오(東五)는 그리 놀라지 않았다. 궐련에 아편 가루를 찍어 빨며 여전히 말이 없었다. 부인은 춘화(春華)와 승두(承斗) 쪽을 보고, 부드러운 소리로,

"뚜이 부치(실례합니다)."

했다. 그러고는 캉 위에 걸터앉아서 잠시 방 안을 둘러보았다. 춘화(春華)와 승두(承斗)를 자주 보았다. 춘화(春華)를 더 자세히 뜯어보았다.

"어른들께서 가보라구 하시기에 왔습니다."

"……"

동오(東五)는 역시 입을 열지 않았다. 태연히 앉아서 아편만을 피우는 것이다.

"몹시들 걱정하십니다."

방 안은 다시 무거운 침묵에 잠겼다. 수심기 있는 부인의 얼굴은 동오(東五)보다 대여섯 위로 보였다. 아편 가루를 마지막까지 깨끗이 찍어 빨고 난 동오(東五)는 그대로 슬며시 누워버리고 말았다.

"이렇게 날마다 나와만 계시문 소문두 사납구 어른들이 노상 걱정이시니 되겠습니까?"

"메이파즈!"

동오(東五)는 비로소 조그만 소리로 한마디 했다. 부인은 슬픈 눈으로 남편을 굽어보았다. 잠시 그러고 앉아 있다가 부인은 말없이 돌아가 버리고 말았던 것이다. 그러나 두번째 찾아왔을 때는 제법 강경한 태도를 보였다. 물론 그 뒤로는, 동오(東五)가 잠까지도 여기서 자는 일이 잦았기 때문인지도 모른다. 문 안에 척 들어서는 부인의 눈이 지난번보다 날카롭게 번득거렸다. 부인은 꼿꼿이 버티고 선 채, 동오(東五)와 춘화(春華)를 번갈아 노려보듯 했다.

"집안 꼴이 무에 돼도 당신은 좋단 말입니까?"

동오(東五)는 누워서 잡지의 그림을 보고 있었다.

"요즘 와서는 밤에두 돌아오지 않으니, 대체 어쩌자는 심속이

세요? 늙은 부모님두 몰라보구, 처자두 잊은 듯 밤낮 이런 데 와서 아편이나 피우며 눌어붙었으면, 그래 세상이 바루 된단 말예요?"

동오(東五)는 낯을 찡그리며 일어나 앉았다.

"여보, 예까지 쫓아와서 나를 괴롭히지 말아주우. 나의 자유를 구속하지 말란 말요."

호소하듯 하는 눈과 음성이었다.

"당신은 왜, 자꾸 당신만을 내세우세요? 그래 부모님이나, 처자나, 집안 꼴은, 아무렇게 되어도 좋단 말씀이에요? 가문의 위신이나 체면두 좀 생각해야 될 게 아닙니까. 더구나 당신은 독자예요. 이러단 집안이 망하겠어요!"

"차라리 망합시다. 집안두 망하구, 나라두 망하구, 온통 깨끗이 망해버리구 말잔 말요. 그래 부친이나 당신 오빠는, 집안 망하는 게 겁이 나서 친일 요인들과 결탁하려는 거요? 기껏 그게 집안을 건지는 길이란 말요? 모두가 뻔한 노릇이니, 차라리 깨끗이 망해버리구 말잔 말요."

"그렇게 자포자기하실 게 아녜요. 좀더……"

"자포자기? 여보, 철저히 망해버리는 데는 뜨뜻미지근한 자포자기란 말이 있을 수 없소."

어느새 방 안은 어슴푸레해 오고 있었다. 말소리가 끊어지자, 별안간 기다리고 있던 어둠이 내려덮치는 것 같았다.

"어서 돌아가우. 나는 인제는 누구에게두 간섭을 받구 싶지 않소. 모든 것은 시간이 결론을 지어줄 것입니다."

동오(東五)는 도로 누워버리고 말았다. 부인도 더 말을 꺼내지 않았다. 원망스럽게 남편을 바라보았다. 그러는 동안에 방 안은 완전히 어두워지고 말았다. 이윽고 부인은 옷자락 소리를 내며 일어섰다. 잠시 머뭇거리다가 그림자처럼 나가버리고 말았다. 춘화(春華)와 승두(承斗)는 불을 켤 생각도 않고, 어디까지나 그대로 어둠 속에 묻혀 있었다.

 승두(承斗)는 역시 죽은 부친의 꿈을 가끔 꾸었다. 눈을 뒤솟고 죽어 누워 있던 부친은, 승두(承斗)만 보면 입을 실룩거리며 원수를 갚아 달라고 호소하는 것이다. 승두(承斗)는 이를 갈며 계부에게 덤벼들었다.
 그러나 번번이 힘을 못 당해서, 도리어 계부 손에 거의 죽게 되었다가는 소리를 지르고 깨곤 하는 것이었다. 승두(承斗)는 낮에도 그러한 환상에 치를 떨 적이 있었다. 그때마다 이러다간 안 되겠다고 승두(承斗)는 마음을 도사려 먹는 것이었다. 그럴수록 불길한 환영과 예감은 짓궂게 승두(承斗)를 더욱 괴롭혔다. 영락없이 그는 어떤 무서운 일을 저지르든가, 당하게 되리라는 강박관념에 사로잡혀 있었다. 춘화(春華)네 집에서 셋이 같이 자게 되는 어느 날 밤에, 승두(承斗)는 괴로운 심리를 동오(東五) 앞에 털어 보였다.
 "아무래두 난 계부 손에 죽을 것만 같아요."
 동오(東五)는 얼마 동안 잠잠하고 있다가,
 "승두(承斗), 여길 떠나버리지, 응!"

하고, 승두(承斗)의 손을 꼭 쥐어주었다. 동오(東五)의 그 음성이나 태도가 이상히 감상적으로 느껴져서 승두(承斗)는 가슴이 설렜다. 정말 여기를 어서 떠날 수밖에 없다는 생각이 들었다.

"저를 여기서 떠나게 해주세요. 어디 딴 지방에 취직자릴 하나 구해주세요. 무슨 심부름이라두 하겠어요."

승두(承斗)는 동오(東五)에게 매달리듯 했다. 동오(東五)는 봉천에 있는 친지들에게 부탁해 보겠노라고 했다. 그러고 나서 한참 만에,

"우리 상해로 갈까!"

동오(東五)는 속삭이듯 했다. 호젓한 음성이었다. 어디든 동오(東五)와 같이만 간다면 승두(承斗)는 더욱 만족이라고 했다. 하여튼 자기를 여기서 속히 떠나게 해달라고 졸랐다. 그러면서도 승두(承斗)는 마음에 걸리는 일이 있었다. 춘화(春華)를 어떡하나 하는 생각이었다. 춘화(春華)를 남겨놓고 갈 수는 없을 것 같았다. 그렇지만 그러한 걱정이 다 필요 없이 되고 만 것이다. 마침내 뜻하지 아니한 사건이 돌발하고 말았기 때문이다.

밤중이었다. 승두(承斗)는 역시 춘화(春華)네 집에서 자고 있었다. 잠결에 어렴풋이 그는 사람의 소리를 들었다. 분명히 이 방안에서 나는 소리였다. 서너 사람이 숨을 죽여 가며 지껄이는 소리였다. 그중의 하나는 노왕(老王)의 음성이었다. 속삭이는 말의 내용은 심상치가 않았다. 춘화(春華)를 깨워서 미리 준비 시키느냐, 그렇지 않으면 일을 끝내고 와서 데리고 달아나느냐 하는 것을 의논하고 있었다. 그 문제를 가지고 그들은 잠시 의견이 분분

했다. 그러다가 춘화(春華)를 깨우게 되면, 자연 승두(承斗)도 눈을 뜰 테니, 위험한 짓이라고 한 사람이 그랬다. 결국 나중에 와서 춘화(春華)를 데리고 가기로 결정을 본 모양이었다. 잠시 뒤에 그들은 발소리를 죽여 가며 나가버렸다. 승두(承斗)는 불시에 눈이 또록또록해졌다. 그러자 머리에 핑 하고 오는 어떤 직감이 있었다. 그들은 작당하여 우리 집을 터는구나 하는 생각이었다. 예감은 과연 틀림없이 맞았다. 승두(承斗)네 집 쪽에서는 문짝 쪼개지는 소리가 났다. 뒤이어 몽둥이로 무엇을 마구 갈기는 소리, 고함 소리, 절망적인 비명, 그러고는 또 몇 번 툭탁거리더니, 도로 조용해졌다. 승두(承斗)는 머리가 화끈 달아오르고 가슴이 방망이질을 했다. 찬물을 끼얹는 것처럼 전신에 소름이 돋았다. 제발 모친과 동생만은 무사했으면 하는 생각이 들었다. 그러한 그의 머릿속에 죽어 넘어진 계부의 모양이 번개같이 떠올랐다. 승두(承斗)는 그만 치를 떨고 이불을 푹 뒤집어썼다. 갑자기 다급한 발소리가 가까워왔다. 누가 방 안에 뛰어 들어왔다. 노왕(老王)의 떨리는 음성이 꼭 한 마디 났다. 분주히 춘화(春華)를 잡아 일으켜서 끌고 나가는 모양이었다. 승두(承斗)는 열에 들뜬 사람처럼 정신없이 누워 있었다. 얼마나 시간이 흘렀을까? 바깥이 희끄무레해질 무렵, 주위가 소란해지기 시작했다. 누가 와서 승두(承斗)를 잡아 일으켰다. 승두(承斗)는 그 사람에게 끌려 자기 집으로 가보았다. 여러 사람이 현관 앞에 모여 서서 떠들어대고 있었다. 이상하게 승두(承斗)는 냉정해진 기분으로 사람들이 비켜주는 사이로 방 안에 들어가 보았다. 피비린내가 홱 풍겼다. 계부와 모친은 처참한 꼴로 쓰러져 있었다. 젖먹이 만수(萬壽)만이 한 구석에서 여태 세상모르고 쌕쌕 자고 있었다. 승두(承斗)는 불시에 자기의 전신에서 핏기가 사라지는 것을 느끼며 문기둥에 몸을 기댔다.

장자워프 부락의 한국인 아편 밀매상 부처가 피살당한 뒤에도, 거기서 네댓 칸 상거에 있는 토막집에는, 여전히 동오(東五)와 춘화(春華)와 승두(承斗)가 날마다 모여 지냈다. 변한 것이 있다면 어린 식구 하나가 더 늘은 것뿐이었다. 그것은 물론 승두(承斗)의 동생 만수(萬壽)였다. 춘화(春華)는 사건 발생 직후, 부친에게 끌려 일시 자취를 감추었다가, 그날 저녁 어슬막해서[24] 되돌아왔던 것이다. 말을 못 하는 춘화(春華)는 아무런 설명도 하지 않았다. 그저 승두(承斗)와 동오(東五)에게 매달려 섧게 울었을 뿐이었다. 헛간 같은 토막집에서는 그 뒤에도 달포 이상이나 그들 네 사람이 모여 살았다. 날마다 어둠처럼 지루한 침묵이 방 안에 고여 있는 것도 전과 다름이 없었다. 간혹 어린애 울음소리가 흘러나오는 것이 다를 뿐이었다. 해토[25]를 앞둔 어느 날, 각양각색의 그들 네 식구는, 마침내 장자워프 부락에서 종적을 감추어버리고 만 것이다. 그러나 누구 하나 떠나가는 그들의 모양을 직접 본 사람이라곤 없었다. 그와 비슷한 한 패가 오십 리나 떨어져 있는 정거장에서, 기차 타는 것을 보았다는 풍문이, 장자워프 부락까지 흘러온 것은 얼마 뒤의 일이었다.

희생 犧牲

제1화

 또 총소리가 얽히기 시작했다. 전투가 재개되는 모양이었다. 퐁퐁 하는 소리를 내며, 총탄이 연신 지붕을 스치고 지나갔다. 수색이나 송장고개 가까이 유엔군이 다가와 있는 것만은 확실했다. 이화대학에 근거를 두고 있는 괴뢰군의 주력 부대는 맹렬한 반격을 시도했다. 어디에 그렇게 많은 군대가 잠복하고 있는지 알 수 없었다. 군인의 모양은 별로 눈에 뜨이지 않건만 총탄이 빗발치듯 쏟아져 나오는 것이다. 송장고개 쪽에서도 괴뢰군에 못지않게 각종 탄환이 수없이 날아왔다. 양쪽 산골짜기에 드문드문 산재해 있는 민가는 완전히 공포 속에 잠겨 있었다. 총탄은 반드시 지붕 위만 스치고 지나가지는 않았다. 푹 하고 바람벽에 와 꽂히기도 했다. 벽을 뚫고 들어온 탄환이 방 안에 툭 떨어져 펄펄 타기도 했다. 거기에 뼁뼁 하고, 박격포탄 터지는 소리도 섞이기 시작했다. 불시에 퓸퓸퓸 하는 소리가 나다가는 빵 하고 터지는 것이었다. 소총이나 기관총은 여기에 대면 아무것도 아니었다. 이불을 뒤집어쓰고 엎드려 있던 재성(在聖)은, 차츰 오금이 떨려서 견딜 수 없었다. 일어서서 창 너머로 밖을 내다보았다. 허리를 꼬부리고 콩밭 사이로 뛰어가는 사람들의 모양이 보였다. 하수도 속으로 피신을 가는 동네 사람들이었다. 아침 전투 때에도 동네 사람들은 온통 하수도 속에 들어가서 몇 시간을 살았다. 재성(在聖)이도 미처 그 속에 들어앉아 있다가 총포 소리가 뜸해져서야 기어 나왔던 것이다. 아침 겸 점심을 한술 끓여 먹고 그는 미처 그릇도 치우지 못한 참이었다. 겁쟁이 주인아주머니는 아이들과 함께 여태 하수도 속에 머물러 있었다. 박격포탄 터지는 소리가 더욱 잦아갔다. 언제 이 집 지붕 꼭대기에도 포탄이 떨어질 지 알 수 없었다. 재성(在聖)은 잠시도 더 엎드려 배길 수가 없었다. 혼자 있으니 더 겁이 났다. 그는 마침내 이불을 뒤집어쓴 채 문밖으로 나섰다. 쌩쌩 하고 총알이 귀밑을 스치고 흘러갔다. 재성(在聖)은 극도로 긴장한 얼굴로 담 모퉁이에 딱 붙어 섰다. 튀어나갈 기회를 노리고 있는 것이다. 콩밭을 가로질러 하수도까지 가자면 백 미터 가까이 되었다. 불시에 쨍 하는 소리에 귀가 먹먹해지며, 흙 연기로 해서 눈앞이 뽀얘졌다. 재성(在聖)은 얼떨결에 방으로 도로 뛰어 들어오고 말았다. 그는 하는 수 없다고 생각하고 다시 방바닥에 엎드려버렸다. 하수도까지 가다가는 도중에서 죽을 것만 같았다. 소총, 기관총, 박격포는 미친 듯이 더 심하게 양쪽에서

서로 퍼부었다. 그밖에 또 어떤 무기가 사용되고 있는지 천지가 뒤집히는 것 같았다. 얼마나 시간이 지났을까? 약간 총포 소리가 멈칫하는 듯싶었다. 재성(在聖)은 벌떡 일어났다. 이 기회를 놓쳐서는 안 된다는 생각이 들어 쏜살같이 뛰어나갔다. 담벼락에 잠깐 몸을 붙이고 섰다가 그는 콩밭 사이로 내달았다. 굴러 떨어지듯이 뻥 뚫려 있는 하수도 구멍으로 기어 들어가서야 재성(在聖)은 인제 살았구나 하는 생각이 들었다. 하수도 속에서는 여러 가지 악취가 코를 찔렀다. 그 속은 저 아래까지, 동네 사람으로 꽉 차 있었다. 키가 작은 사람은 서서 다닐 수 있을 정도의 하수도였다. 밑바닥에는 손바닥만 한 넓이로 물이 졸졸 흐르고 있었다. 그 위에다 판자쪽 같은 것을 건너놓고 앉아들 있는 것이다. 우선 안심이 되었다. 그러나 각양각종의 먹을 것과 어린애 기저귀에서 풍기는 똥오줌 냄새가 사람의 온기와 땀내에 버무려 베차게¹ 고약했다. 출입구 밑에는 비비고 앉을 자리가 없었다. 재성(在聖)은 할 수 없이 컴컴한 속을 위쪽으로 더듬어 올라갔다. 가까이서 신음 소리가 났다. 몇 걸음 더 올라가 보았다. 촛불이 켜 있고, 반장네 가족이 모여 있었다. 신음 소리를 내고 있는 것은 바로 반장의 여동생 수옥(秀玉)이었다. 가족들의 얼굴이 얼빠진 사람 같았다. 수옥(秀玉)의 모친이 재성(在聖)을 보자 딸에게 일렀다.

"애야, 홍(洪)선생이 오셨다!"

조금 전에 수옥(秀玉)은 재성(在聖)을 찾았다는 것이다. 수옥(秀玉)의 배에는 헝겊이 여러 겹 감겨 있었다. 한쪽에는 피가 번져 있었다. 이상하게 역한 냄새도 났다. 희미한 불빛에도 수옥(秀

玉)의 얼굴은 종잇장처럼 희게 보였다. 어찌된 일이냐고 놀라 묻는 재성(在聖)을 수옥(秀玉)은 기운 없는 눈으로 애원하듯 쳐다보았다. 수옥(秀玉)의 복부는 박격포탄의 파편에 끔찍하게 갈라졌다는 것이다. 피와 함께 내장이 쏟아져 나왔다는 것이다. 그걸 간신히 도로 밀어 넣고, 저렇게 헝겊으로 동여 놓았다고 귓속말을 하고 난 수옥(秀玉)의 오빠는 눈을 서뻑거리며[2] 외면을 했다. 수옥(秀玉)은 재성(在聖)이더러 좀더 가까이 와 달라고 했다. 다가앉는 재성(在聖)의 손을 수옥(秀玉)은 한 손으로 맥없이 잡으며, 자기가 죽을 때까지 옆을 떠나지 말아달라고 했다. 왜 그렇게 약한 소리를 하느냐고 나무라듯 하고 재성(在聖)은 빈말이나마 상처가 대단한 것 같지 않다고 했다. 밖에서는 여전히 천지를 뒤집을 듯한 총포 소리가 계속되고 있었다.

제2화

　재성(在聖)이와 수옥(秀玉)은 같은 국민학교의 교사였다. 재성(在聖)의 하숙을 이 동네에 알선해준 것도 수옥(秀玉)이었다. 이북에서는 중학교 교원을 하다가 단신 탈출 월남한 재성(在聖)이었다. 그의 유하고 너그러운 성품이 수옥(秀玉)의 호감을 샀다. 이리로 하숙을 옮겨오고부터는 일요일마다 수옥(秀玉)은 재성(在聖)의 내의 같은 것을 자청해 빨아주었다. 아침저녁 고개를 넘어, 학교에 가고 오는 길에, 그들은 무슨 이야기라도 실컷 나눌 수가

있었다. 수옥(秀玉)은 서슴지 않고 재성(在聖)을 사랑하노라고
했다. 그 말이 너무 간단하다고 했더니, 간단할수록 담박하고 솔
직한 사랑의 고백이어서 진실미가 있다는 것이다. 결국은 단지
그 한마디를 하기 위해서, 노죽스레³ 장구한 시일을 두고 갖은 방
법으로 은근히 암시만을 던지며 속을 태울 필요가 어딨냐고 했
다. 그러면 진정으로 나를 사랑해주느냐고 재성(在聖)이가 다지
는 말에 수옥(秀玉)은 물론이라고 했다.

"그럼 우리 아예 결혼을 합시다."

자신 있게 재성(在聖)이가 하는 말을,

"사랑한다구 꼭 결혼을 하게 되는 건 아니죠!"

하고 막아버렸다. 수옥(秀玉)은 좀 쓸쓸하게 웃고, 그 까닭을 설
명하였던 것이다.

"우리 한국 사람들은, 사랑한다면 곧 결혼하자는 의민 줄 아는
모양이에요. 선생님도 그렇잖아요. 그야 물론 사랑이 결혼의 첫
째 요소이기는 하지요. 그렇지만 결혼을 하기 위해서는 사랑 외
에 둘째, 셋째의 조건이 필요하거든요. 안 그래요. 사랑은 다만
결혼을 성립시킬 수 있는 가능성인 것뿐예요. 선생님은 그래 저
와 결혼하실 조건을 다 갖추셨어요?"

"무슨 조건 말입니까? 둘째 조건이니 셋째 조건이니 하는 건 뭣
을 뜻하는 말입니까?"

재성(在聖)도 짐작은 가지만 일부러 캐물었다.

"아, 뻔한 일 아녜요. 결혼을 하려면 우선 처자를 거느릴 경제
적 기반이 있어야 하지 않아요. 그 다음엔 어른들의 승낙이 필요

하구요!"

"그러나 참되고 강렬한 사랑이라면, 여타의 조건쯤은 극복할 수 있지 않습니까? 결혼해가지구, 공동으루 생활 기반을 닦아나갈 수두 있구, 한편, 부모를 설복시키거나, 최악의 경우는 둘이 도망을 가서라두 부부가 될 수 있지 않을까요. 그 정도라야 진실한 사랑이라구 볼 수 있다구 난 생각하는데요."

"사랑이란——사랑 가운데서두 특히 연애란, 그렇게 절대적인 결론은 아닐 거예요. 여러 가지 악조건을 극복해가면서까지, 꼭 그 사람과 결혼하지 않으문 안 된다는 객관적 이유가 성립될 수 있어요? 이를테면 현재는 틀림없이, 저는 선생님을 사랑해요. 그건 지금까지 제가 사귀어온 남성 가운데서 선생님이 제일 맘을 끌기 때문이에요. 허지만 좀더 많은 남성과 사귀었다면, 전 선생님이 아니구, 다른 남자를 사랑했을지두 몰라요. 선생님보다 더 제 맘에 드는 사람이 있을지두 모르니깐요."

"허——, 그렇다면 어디 그런 사람을 믿을 수 있겠소."

"그렇다구 반드시 사랑의 분방성만을 꼬집는 건 아녜요. 사랑이란 일면 모랄 의식의 제약을 받게 마련이구, 또 그래야 한다구 생각해요."

수옥(秀玉)은 이렇듯 솔직하고 명쾌한 처녀였다. 수옥(秀玉)의 양친이나 오빠 역시, 재성(在聖)의 인품에는 끌리는 모양이었지만, 생활 기반이 약하다는 이유에서 적극적인 태도를 보이지는 않았다. 결국 일이 년 더 두고 보자는 것이 수옥(秀玉)이나, 그 어른들의 심산이었다.

"제가 지금 스물셋이니까, 앞으루 이 년은 기다려두 좋아요. 저와 결혼하실 의향이 계시거든, 그동안에 두 가지만 실현해주세요. 첫째는 우리가 스위트 홈의 근거를 삼을 수 있는 주택을 장만하실 것. 물론 그건 우선 방 두 칸 부엌 한 칸 정도라두 좋아요. 그리구 둘째는 일류 중고등학교의 교사로 옮아앉으실 것. 이 년 내에 그 두 가지만 실현해주신다면, 저는 물론 주저 않고 선생님의 아내가 되겠어요."

"만일 그 두 가지가 다 실현되지 않는 경우에는요?"

"그러면 할 수 없죠, 뭐. 눈물을 머금고, 저는 선생님과의 결혼을 단념하는 수밖에 없어요!"

"거 참, 놀랍게 명확한 태도이시군요. 만일 두 가지 중에서, 어느 한 가지만 실현된다면 그땐 어떡하시겠습니까?"

"글쎄요. 그런 경우에는 신중히 재고해보기로 해야겠죠!"

이처럼 재성(在聖)과 수옥(秀玉)은 조건부의 연애 관계에 있었던 것이다. 재성(在聖)은 조금도 수옥(秀玉)이나 그 어른들을 나쁘게 생각지 않았다. 응당 그래야 하리라고 도리어 공감(共感)해 온 것이었다.

제3화

이곳을 중심으로 한 격전은 벌써 사흘째나 계속되고 있었다. 국군이나 유엔군이 단박 밀물처럼 밀고 들어오려니 믿었던 이곳 주민들은 차츰 지치기 시작했다. 하루가 여삼추였다. 재성(在聖)이가 보기에도 전세는 이미 결정된 거나 다름이 없기는 했다. 절대적으로 우세한 유엔군의 파죽지세를 괴뢰군이 당해낼 도리는 없었다. 그렇건만 괴뢰군은 얄밉게도 좀체 물러가질 않았다. 최후의 발악인 모양이었다. 전투는 대개 낮에만 있었다. 마치 공식이나처럼, 새벽녘에 두서너 시간, 점심때쯤 두서너 시간, 저녁 무렵에 두서너 시간씩 맹렬히 전개되는 것이었다. 그 외의 시간에는 양쪽 진영은 수상할 정도로 침묵을 지켰다. 그 틈을 타서 간신히 하수도 구멍에서 기어 나와, 밥을 지어먹곤 하는 주민들에게는 그 침묵이 도리어 무시무시했다. 그동안에도 전황을 살피는 유엔군 측 비행기는 공중에서 사라지는 일이 거의 없었다. 오늘도 아침 전투가 좀 머츰하자[4] 하수도 속에서 숨을 죽이고 있던 동네 사람들은 하나 둘 밖으로 기어 나왔다. 콩밭에들 숨어서 참았던 대소변을 보기도 하고, 여인네들은 분주히 집으로 돌아가서 식사 준비를 했다. 물론 식량이라고 제대로 남아 있는 집은 별로 없었다. 보리밥이나 밀밥은 고급인 편이다. 옥수수 밀기울 따위로 용케 먹을 것을 만들어가지고 바삐 하수도로 돌아가는 것이다. 재성(在聖)이도 겨우 마련해두었던 수수가루로 죽을 끓여 먹었다. 그러고는 콩을 좀 볶아 헝겊 주머니에 넣어가지고 분주히 하수도로 기어 들어갔다. 그 속에는 질식할 듯이 탁한 공기와 형언할 수 없는 악취에 섞여, 무거운 신음 소리가 재성(在聖)을 기다리고 있는 것이다. 신음하고 있는 것은 수옥(秀玉)이뿐이 아니었다. 총소리가 약간 뜸해진 틈을 타서, 뒤보러 나갔다가 어깨에 관통상을 입은 중늙은이 남자가 있었다. 그밖에 한쪽 발목이 끊어져 나간 중학생이 있었다. 그의 집이 박격포탄에 날아가 버리는 것과 동시에, 다섯 식구 중에서 세 사람이 즉사하였고 중학생은 발목이 없어지고 십여 살 먹은 그의 여동생만이 무사하였다. 입술에 커다란 기미가 있는 소녀는 신음하는 오빠 옆에서 하도 울어서 눈이 퉁퉁 부어 있었다. 중학생은 간간 신음 소리를 멈추고, 여동생에게 부모님과 누이의 시체는 어찌 되었느냐고 묻기도 하고, 자기는 죽지 않을 테니 너무 걱정 말라고도 하고, 싸움이 그치고 국군이 들어오면, 얼른 서대문에 사는 외갓집에 뛰어가서 알리라고 이르는 것이었다. 그중에서도 당장 죽을 것처럼 소란스레 구는 것은 어깨에 관통상을 입은 중늙은이 사내였다. 그는 국군에 나간 아들을 못 보고 죽는 게 원통하다고 껑이껑이 울며 가족들을 들볶았다. 거기에 비하면 수옥(秀玉)의 신음 소리는 극히 조용한 편이었다. 기운이 푹 빠져버린 소리였다. 그렇게 탐스럽고, 명쾌하던 수옥(秀玉)의 그전 모습은 찾아볼 수가 없었다. 낯빛은 희다 못해 파랬다. 어찌 보면 꺼먼 것 같기도 했다. 반쪽이 된 얼굴에는 죽음의 빛이 어리기 시작했다. 복부의 상처에서는 차츰 더 고약한 냄새를 풍겼다. 내장이 온통 썩어 들어가는 모양이었다. 수옥(秀玉)의 모친은 눈물로 시간을 보냈다. 자기는 죽어도 좋으니, 가서 의사를 청해 오겠다고 고집을 부리기도 했다. 그러나 동네 밖은 고사하고 이 하수도에서도 마음 놓고 드나들 수 없는 격전장이 아니냐. 뿐만 아니라 서울을 중심해서 그 주변이 온통 뒤집히는 판인데 어디 가 의사를 불러올 수 있단 말인가? 그저 죽어가는 사람을 우두커니 지켜보고 있는 외에, 아무에게도 딴 도리가 없었다. 수옥(秀玉)은 제 옆에서 재성(在聖)을 떠나지 못하게 했다. 눈을 감은 채 기운 없는 그 손으로 재성(在聖)의 손을 살포시 쥐고 있었다. 가끔 눈을 뜨고 쳐다보며 재성(在聖)의 무릎을 안타까이 쓸어보기도 했다.

"내가 죽은 댐에 선생님은 딴 여자와 결혼하시겠지요?"

또는,

"죽어서는 다시 만날 수 없겠죠?"

그러기도 했다. 재성(在聖)은 그저 가슴이 답답할 뿐이었다.

"나는 기어쿠 수옥(秀玉)이와 결혼할 테요, 걱정 마우!"

재성(在聖)은 수옥(秀玉)의 귀에 대고 속삭여주었다.

"난 죽을 텐데 어떻게요?"

"그러문 나두 죽지!"

그러는 동안에도 천지를 진동시키는 각종 무기의 포효성은 그칠 줄을 몰랐다.

제4화

어제부터는 괴뢰군이 들이밀리기 시작했다. 일공사(104) 고지며 송장고개 쪽에서 개미떼처럼 흩어져 동네로 내려왔다. 총을 가진 사람은 헤아릴 정도밖에 없었다. 대개는 군모 군복 상의까지 벗어버리고 내의 바람이었다.

괴뢰군들은 집집에 들러 물을 얻어먹고 처마 밑이나 나무 그늘에서 쉬기도 했다. 그러다 비행기만 얼씬하면 질겁해서 숨어버렸다. 서울을 어디로 가느냐고 묻는 자도 있었다. 바로 저 산만 넘으면 서울 시내라고 했더니 깜짝 놀라며 봉산(鳳山)이나 강서(江西)를 어디로 가느냐고 묻기도 했다. 물론 패잔병들은 전투가 멈칫해진 틈을 타서 밀려가기 때문에 재성(在聖)이도 몇 번 대답해 보지 않을 수 없었다. 그들은 첫눈에 도무지 군인같이 보이지 않았다. 군복을 걸쳤을 뿐 그저 우직한 농군들이었다. 말을 해보니 더 그랬다. 고향에서 무슨 회의를 한다기에 나갔더니 그 자리에서 군복을 입혀가지고, 즉시 이리로 끌고 왔다는 것이다. 내처 걸어서 여드레 만에 여기 닿은 것은 사흘 전이었다는 것이다. 훈련도 없이 수류탄 몇 개씩을 나누어주고는 무작정 최전선으로 내몰더라는 것이다. 재성(在聖)은 그들이 빨갱이가 아니라는 사실을 알고 안심하는 동시에, 붙들고 울고 싶은 충동을 느꼈다. 그러나 패잔병들은 밤중만 되면 독전대(督戰隊)의 손에서 재편성되어 도로 최전선으로 끌려 나가곤 했다. 바로 어제 저녁때 일이었다. 재개된 맹렬한 전투를 피하여 역시 동네 주민들이 하수도에 피신하고 있을 때였다. 하수도의 맨 윗구멍으로 두 명의 부하를 거느린 괴뢰군 장교가 들어왔다. 그들은 먼지와 땀투성이였다. 장교는 권총을 빼들고 있었다. 사람이 한결같이 충혈된 눈이요, 살기가 등등한 얼굴이었다. 그들은 하수도를 따라 아래로 자꾸 내려갔다. 그러다가 천장에 뚫린 구멍을 발견하고는 그리로 기어 나가려고 했다. 그 옆에 있던 사람들이 놀라서 말렸다. 여기는 위험하니 저 밑으로 내려가서 딴 구멍으로 나가라고 한 것이다. 만일 구멍 밖으로 기어가는 괴뢰군이 유엔군에게 발견되면, 이 하수도는 맹렬한 집중 포격을 받을지도 모르기 때문이었다. 괴뢰군은 잠시 망설이다가 말없이 아래쪽으로 더듬어 내려갔다. 이윽고 아래 구멍 쪽에서도 그들이 기어 나가려는 것을 말리는 소리가 들려왔다. 그러자,

"이 개새끼들 너희만 살 테냐? 반동분자다 모주리……"

하는 고함 소리가 울리더니 대뜸 몇 방의 총소리가 났다. 거의 동시에 따발총을 난사하는 소리, 절망적인 비명, 울부짖음, 신음 소리가 뒤섞여 쏟아져 올라왔다. 사람들은 일시에 와 하고 출입구 쪽으로 몰렸다. 모두들 사색이 된 채 다투어 밖으로 기어 나갔다. 재성(在聖)이도 다 죽어가는 수옥(秀玉)을 그 오빠와 협력해서 떠메고 간신히 밖으로 나왔다. 뽕뽕 하고 옆뒤를 스쳐가는 탄환을 피해가며, 우선 수옥(秀玉)을 자기 집에 데려다 눕혔다. 그 소동에 하수도 속에서는 비참히도 이십여 명이 사상을 당했던 것이다. 동네 사람들은 이왕 죽을 바에는 집에서들 죽자고 하며, 오늘부터는 아무도 하수도에 피신하려 하지 않았다. 재성(在聖)이도 수옥(秀玉)이가 옆을 떠나지 못하게 해서 아침부터 거기 가 있었다. 수옥(秀玉)은 영 가망이 없었다. 여태 목숨이 붙어 있는 것이 기적 같았다. 수옥(秀玉)은 자주 정신이 흐려지곤 했다. 그러다가 정신이 맑아지면 수옥(秀玉)은 이내 재성(在聖)을 찾았다. 재성(在聖)의 손을 끌어다가는 자기 가슴 위에 얹었다. 그러고는 재성(在聖)이와 부부가 되어보지 못하고 죽는 게 한이라고 했다. 이럴

줄 알았다면 오래전에 결혼을 했을 것을 하고 후회도 했다. 자기가 먼저 죽어가는 것이 원통하다고도 했다. 재성(在聖)은 뭐라고 할 말이 없었다. 자기도 함께 따라 죽을 자신이 없는 것이 몹시 미안할 뿐이었다. 날이 어슴푸레해서였다. 마당에서 수옥(秀玉)의 모친이랑 떠드는 소리가 났다. 마루 밑에 웬 사람이 숨어 있다는 것이다. 재성(在聖)이도 나가 보았다. 정말 마루 밑에서는 꿈지럭거리는 사람이 있었다.

"저는 억울하게 인민군에 끌려 나왔던 사람입니다. 정말루 빨갱이가 아니라는 걸 맹세합니다. 저를 숨겨주신다면 죽어두 은혜를 잊지 않겠습니다. 제발 좀 살려주십시오."

마루 밑에서는 그런 소릴 자꾸 되풀이했다. 어쨌든 기어 나오지 않으면 그냥 두지 않겠다고 여러 사람이 하도 떠들어대니까 그는 마지못해서 나왔다. 그러자 재성(在聖)은 흠칫 놀라며 자기 눈을 의심했다. 좀더 다가서서 그 청년의 얼굴을 다시 한 번 살펴보았다.

"아니 이게 누구냐?"

재성(在聖)은 저도 모르는 사이에 소릴 질렀다. 청년은 충혈된 눈을 크게 뜨고 재성(在聖)을 잠시 주시했다.

"아 선생님!"

"봉균(奉均)이 아니야!"

이 년 전 재성(在聖)이가 신변의 위험을 깨닫고 북한을 탈출할 때 여러 가지로 협조를 아끼지 않았던 제자였다. 당시 학생민청 간부로 있던 봉균(奉均)은 재성(在聖)에게 불리한 여러 가지 정보를 수시로 연락해주었던 것이다. 너무나 뜻밖의 해후였다. 그들 사제는 어느새 손을 꽉 틀어쥐고 있었다. 잠시 뒤, 재성(在聖)은 봉균(奉均)을 자기 집으로 데리고 왔다. 우선 옷을 갈아입히고 죽을 끓여 먹였다. 그렇지만 미처 자세한 이야기를 나눌 사이도 없이 수옥(秀玉)이네 집에서 사람이 왔다. 수옥(秀玉)이가 아무래도 수상하니 곧 와달라는 것이다. 완전히 어두워 있었다. 재성(在聖)은 안심이 안 되어서 봉균(奉均)을 마루 밑 구석 깊이 숨겨 놓고 대문 밖으로 나왔다. 누리는 전쟁터답지 않게 고즈넉했다. 도리어 무시무시한 침묵이었다. 그래도 귀뚜라미만은 유난히 울어댔다. 그날 밤 수옥(秀玉)은 그예 숨을 거두고 말았다. 재성(在聖)의 손을 꼭 쥐고,

"난 죽어두 선생님은 살아서 통일되구 평화가 오는 걸 보실 거예요. 그땐 나를 잊으실 거예요!"

그런 말을 남기고 몇 시간 뒤에 죽은 것이다. 재성(在聖)은 같이 죽지 못하는 것이 큰 죄나 같았다. 그것이 수옥(秀玉)에게 대한 배신이나처럼 다자꾸[5] 죄스러웠던 것이다.

제5화

연 닷새나 계속된 치열한 격전은 드디어 끝장을 고하고야 말았다. 오늘 낮 전투를 마지막으로 서울을 사수하던 괴뢰군 최후의 방어선은 무너지고야 만 것이다. 송장고개를 비롯해서 연희대학

이화대학 주변의 괴뢰군은 완전히 자취를 감추어버리고 말았다. 뒤에 남은 것은 여기저기 괴뢰군 시체뿐이었다. 뒤를 이어 송장 고개 쪽에서 키가 멀쑥멀쑥한 유엔군이 동네로 밀려 내려오기 시작했다. 주민들은 모두 밖으로 뛰어나가 감격에 찬 눈으로 그들을 바라보았다. 집집마다 처마 끝에는 오래간만에 태극기가 내걸렸다. 산개한 채 훑어 내려온 유엔군 선봉 부대의 병사들은 밭둑이며 산비탈에 잠시 은신했다가는 전진하고 전진하고 했다. 그러자 이어서 후속 부대가 달려 넘어왔다. 그들은 수풀, 콩밭, 개골창, 하수도 등 패잔병이 숨어 있을 만한 데를 샅샅이 뒤지며 선봉 부대를 따르는 것이었다. 통역을 데린[6] 몇 패는 집들을 뒤져 내려오기 시작했다. 부반장네 집 후원에서 괴뢰군이 한 명 걸려 나왔다. 어디선가 옷까지 척 바꾸어 입은 그는 주인도 모르게 감쪽같이 장독 뒤에 숨어 있다가 발각된 것이다. 그 바람에 의심을 산 주인은 통역에게 한참 동안이나 들볶였다. 패잔병은 두 손을 머리에 얹고 콩밭 건너 저쪽 산기슭으로 끌려갔다. 거기에는 이미 네댓 명의 패잔병이 붙들려 와 있었다. 감시병의 지시에 따라 새로 잡혀온 패잔병도 그들에 끼어 앉았다. 그들은 한결같이 무감각한 표정들이었다. 그 광경을 바라보고 섰던 재성(在聖)은 아무래도 봉균(奉均)의 일이 켕겼다. 그는 얼른 대문 안으로 뛰어 들어갔다. 그러고는 마루 밑을 들여다보며, 자기가 나오라기 전에는 꼼짝 말고 있으라고 단단히 일렀다. 가마니때기로 마루 밑을 잘 가려놓고 재성(在聖)이가 밖으로 막 나가려는데 주인아주머니가 겁에 질려 쫓아 들어왔다.

"여보 홍(洪)선생 이러다가 우리 식구가 큰일 당하겠소. 얼른 그 사람을 내보냅시다. 얼른요."

그 음성은 떨렸다. 재성(在聖)은 난처했다.

"아주머니 날 봐서 모른 척해주시오. 발각만 안 나문 되지 않소. 어제도 자세히 말하지 않습디까. 이 청년은 절대 빨갱이가 아니라구."

"글쎄 빨갱이구 아닌 걸 미군이 안대요. 이 일을 어떡하문 좋아! 들키는 날이면 우리까지 화를 입을 판이니."

"설마, 들킬라구요. 만일 발각이 되더라도 내가 책임 지구 주인댁에는 절대 폐가 안 되도록 하리다. 아주머니 그저 모르는 체하구 계셔주세요."

"아이구 이걸 정말 어쩌문 좋아요. 우리 애 아버지라두 있으문 좋으련만 이웃 사람들두 모두 그래요. 어서 내보내라구 큰일 난다구요. 부반장이 혼나는 걸 보니 알구 감추었다면, 영 그냥 안 두겠습디다. 난 자꾸 몸이 떨려 못 견디겠어요. 홍(洪)선생 난 나가서 일러줄 테예요. 홍(洪)선생 이 일을 정말 어떡해요!"

주인아주머니는 발을 구르다시피 어쩔 줄을 몰라 했다. 재성(在聖)이도 적이 초조해졌다.

"아주머니 사람이 어디 그럴 수가 있습니까! 빨갱이 아닌 사람을 하나 살려줍시다. 날 봐서 그저 잠자쿠 계시란 말요 네!"

재성(在聖)은 애원하듯 했다. 마침 그때 두 명의 미군과 통역이 쑥 들어왔다.

"이 집 주인이 누구요?"

주인아주머니와 재성(在聖)을 번갈아 보며 통역이 묻는 말이었다. 주인집 아이들 삼남매가 부르르 쫓아 들어와서 겁을 집어먹은 얼굴로 저희 어머니에게 매달리듯 붙어 섰다.

"저 올습니다."

아주머니는 간신히 그렇게 대답했다.

"당신은 누구요?"

재성(在聖)을 노려보며 묻는 말이다.

"저는 이 집에 하숙하고 있는 사람입니다."

그러자 통역은 주인아주머니를 향해,

"정말요?"

하고 다졌다.

"네—"

주인아주머니는 겨우 그러고는 몸을 떨었다. 이미 산 사람의 얼굴이 아니었다. 눈치만 보고 섰던 한 명의 미군이 아주머니 가슴에다 총부리를 겨누고 뭐라고 지껄였다.

"바른대루 대요! 이 사람은 빨갱이지? 괴뢰군이지?"

통역이 외치는 소리에 주인아주머니는 파랗게 질린 얼굴로 잠깐 재성(在聖)을 바라보았다. 그러고는 결심한 듯이 떨리는 팔을 들어 마루 밑을 가리켰다. 즉시 고함 소리와 함께 몇 방의 공포가 울리고 마침내 봉균(奉均)은 끌려 나오고야 말았다. 통역은 아주머니에게 어째서 괴뢰군을 감추었느냐고 날카롭게 추궁하기 시작했다.

"아니에요. 정말루 전 반대했습니다. 이 사람이 이 홍(洪)선생이 숨겨두었습니다. 제가 한사코 말리는데 억지로 숨겨주었습니다. 정말예요. 저는 죄가 없습니다. 살려주세요!"

주인아주머니는 거의 우는 소리였다. 통역은 사나운 눈초리로 재성(在聖)을 쏘아보더니 간단한 몇 마디를 물었다. 이어 미군을 돌아보며 뭐라고 설명을 하고 난 통역은 재성(在聖)이와 봉균(奉均)을 밖으로 내몰았다. 재성(在聖)은 당황히 변명을 해보았다. 자기는 이북에서 탈출해온 사람이라는 것과 봉균(奉均)이와의 관계를 두서없이 주워섬겼다. 그런 말을 통역은 변변히 귀담아듣지도 않았다. 재성(在聖)은 모든 것을 단념했다. 그리고 닥쳐올 운명을 각오하는 수밖에 없었다. 그 즉시 재성(在聖)과 봉균(奉均)은 역시 머리에 손을 얹은 채 건너편 산기슭으로 끌려갔다. 누구 한 사람 재성(在聖)을 위해 감히 변명해주려 나서지 못했다. 좀 뒤에 재성(在聖)이와 봉균(奉均)은 포로를 감시하고 있는 미군의 손에 넘어갔다. 거기서 다시 한 번 몸 검사를 받고 미군이 시키는 대로 포로들 속에 끼어 앉았다.

"선생님!"

갑자기 꺼져 들어가는 소리로 봉균(奉均)이가 불렀다. 그래 놓고 입을 실룩거렸으나 뒷말을 잇지 못했다.

"할 수 없는 일이다!"

그렇게 대답하노라는 게 채 말이 되지 않았다. 입속으로 중얼댔을 뿐이다. 참말 별수 없는 일이라고 생각했다. 재성(在聖)은 목이 타는 것을 참고 지그시 눈을 감아보았다. 예측할 수 없는 운명에 견디려는 것이다. 그러한 재성(在聖)의 뇌리를 불현듯 어제 죽은 수옥(秀玉)의 모습이 스쳐갔다. 지금 같으면 능히 따라 죽을 수 있었으리라 여겨졌다. 심한 충격과 공포심이 다소 가셔감에 따라 재성(在聖)은 저도 모르게 기다란 한숨을 토하였다. 어느새 거대한 장막을 펴듯 차츰 번져오는 황혼이 주위의 모든 것을 덮어버렸다.

작자 부기: 전란 중에 적이 적을 죽인다는 것은 이미 비극이 아니다. 전쟁이 더군다나 동족상쟁이 범하는 비극의 심도란 골육지간의 살육이나 동지간의 살상, 즉 부당한 죽음, 억울한 죽음이 엄연한 객관적 가능성 밑에 긍정적으로 행해지는 데 있을 것이다. 그러므로 이 작품에서는 부당한 죽음, 억울한 죽음이 어쩔 수 없는 하나의 긍정적인 행위로서 나타나는 비극의 일면을 천착해보려는 데 태반의 의도가 있었다. 그러나 편집자의 남모르는 고충을 헤아려 부득이 제5화의 중요 부분을 비효과적 방법으로 처리하지 않을 수 없었다. 이 점 독자제씨 앞에 유감으로 생각하는 바이다.

잉여인간 剩餘人間

만기 치과의원(萬基齒科醫院)에는 원장인 '서만기'씨와 간호원 '홍인숙'양 외에도 거의 날마다 출근하다시피 하는 사람 둘이 있다. 그 한 사람은 비분강개(悲憤慷慨)파 '채익준'씨요, 다른 한 사람은 실의의 인간 '천봉우'씨다. 두 사람은 다 같이 서만기 원장의 중학교 동창생이다. 그들은 도리어 원장보다도 먼저 나와서 대합실에 자리 잡고 신문을 읽고 있는 날도 있었다. 더구나 채익준은 간호원보다도 일찍 나오는 수가 많았다. 큼직한 미제 자물쇠가 잠겨 있는 출입문 앞에 버티고 섰다가 간호원이 나타날 말이면,

"미쓰 홍 오늘은 나에게 졌구려."

익준은 반가운 낯으로 맞이하는 것이었다. 그런 날은 인숙이가 아침 청소를 하는 데 한결 편했다. 한사코 말려도 익준은 굳이 양복저고리를 벗어부치고 소매까지 걷고 나서서 거들어주기 때문이다. 대합실과 진찰실을 합쳐도 겨우 다섯 평이 될까 말까 한 방이

지만 익준은 손수 마룻바닥에 물을 뿌리고 방구석이나 테이블까지도 말끔히 쓸어내는 것이다. 무슨 일에나 몸을 사리지 않고 앞장을 서는 그의 성품은 이런 데도 잘 나타났다. 청소가 끝나면 익준은 작달막한 키에 가로 퍼진 그 둥실한 몸집을 대합실 의자에 내던지듯 털썩 걸터앉아서 신문을 본다. 그러노라면 원장과 천봉우가 대개 전후해서 나타나는 것이다.

오늘도 간호원을 도와 실내 청소를 마치고 난 익준은 대합실에 자리 잡고 신문을 펴들었다. 아마도 세상에 그처럼 충실한 신문 독자는 없을 것이다. 이 병원에서 구독하고 있는 두 종류의 신문을 그는 한 시간 이상이나 시간을 소비해가며 첫줄 첫자에서 끝줄 끝자까지 기사고 광고고 할 것 없이 하나도 빼지 않고 죄다 읽어버리는 것이다. 익준은 또한 그저 신문을 읽는 데만 그치지 않는다. 거기 보도된 기사 내용에 대해서 자기류의 엄격한 비판을 가할 것을 잊지 않는 것이다. 지금도 익준은 신문을 보다 말고 앞에 놓여 있는 소형 탁자를 주먹으로 내리치며 격분하여 고함을 질렀다.

"천하에 이런 죽일 놈들이 있어!"

참지 못해 신문을 든 채 벌떡 일어섰다. 익준은 진찰실로 달려들어가서 그 신문지를 간호원의 턱밑에 들이대며,

"미쓰 홍 이걸 좀 봐요. 아니 이런 주리를 틀 놈들이 있어 글쎄!"

눈을 부라리고 치를 부르르 떨었다. 신문 사회면에는 어느 제약회사에서 외국제 포장갑(包裝匣)을 대량으로 밀수입해다가 인체

에 유해한 위조품을 넣어가지고 고급 외국 약으로 기만 매각하여 수천만 환에 달하는 부당 이득을 취하였다는 기사가 크게 보도되어 있었다. 인숙이가 그 기사를 읽는 동안 익준은 분을 누르지 못해 진찰실과 대합실 사이를 왔다 갔다 하며 혼자 투덜거렸다. 이윽고 인숙에게서 신문지를 도로 받아든 익준은 그것을 돌돌 말아가지고 옆에 있는 의자를 한 번 딱 치고 나서,

"그래 미쓰 홍은 어떻게 생각해. 이놈들을 어떻게 처치했으면 속이 시원하겠느냐 말요?"

마치 따지고 들 듯했다.

"그야, 뻔허죠 뭐. 으레 법에 의해서 적당히 처벌될 게 아니겠어요."

그러자 익준은 한층 더 분개해서 흡사 인숙이가 범인이기나 한 듯이 핏대를 세우고 대드는 것이었다.

"뭐라구? 법에 의해서 적당히 처벌될 게라? 아니 그래 이따위 악질 도배들을 그 뜨뜻미지근한 의법 처단으루 만족할 수 있단 말요! 미쓰 홍은 그 정도루 만족할 수 있느냔 말요. 무슨 소리요, 어림없소. 이런 놈들은 그저 대번에 모가질 비틀어버리구 말아야 돼. 아니 즉각 총살이다. 그저 당장에 빵빵 하구 쏴 죽여 버리구 말아야 돼. 그리구두 모가지를 베어서 옛날처럼 네거리에 효수(梟首)를 해야 돼요. 극형에 처해야 마땅하단 말요!"

"어마, 선생님두 온. 끔찍스레 그렇게까지 할 게 뭐예요!"

"끔찍하다? 아 그럼 그놈들을 몇만 환의 벌금이다, 몇 년 징역이다, 하구 삼방 속에 피신시켜 놓구 잘 저먹구 낮잠이나 지게 히

다가 세상에 도로 내놔야 옳단 말요?"

익준은 잠시 인숙을 노려보듯 하다가,

"이거 봐요, 미쓰 홍. 우리가 누구 때문에 이렇게 못사는지 알우? 우리나라가 누구 때문에 이렇게 피폐해 가는지 알우? 모두가 이따위 악당들 때문이오. 이거 봐요. 그런 놈들은 말야 이완용이나 마찬가지 역적이오! 나라야 망하든 말든 동포들이야 가짜 약을 사 쓰구 죽든 말든 내 배때기만 불리면 그만이라구 생각하는 그딴 놈들은 살인강도 이상의 악질범이오. 그런 놈들을 극형에 처하지 않으니까 유사한 사건이 꼬리를 물구 발생한단 말요. 난 그놈들의 뼈를 갈아마셔두 시언치 않겠소……"

익준은 아직도 분을 끄지 못해 이를 가는 것이었다. 그는 대합실 의자에 돌아가 앉아서 다른 기사들을 읽어 내려가다가도 갑자기 땅이 꺼지게 한숨을 푸 내쉬고는,

"천하에 죽일 놈들 같으니……"

내뱉듯 하고 비참한 표정을 짓는 것이었다.

그가 나머지 기사를 죄다 주워 읽고 차츰 흥분도 가라앉을 때쯤해서야 이 병원의 주인이 나타났다. 서만기 원장은 언제나처럼 부드러운 미소를 보이며 가방을 들고 문 안에 들어선 것이다.

"어서 나오게!"

익준은 늘 하는 식으로 인사를 건네고 나서 만기가 흰 가운을 걸치고 자리에 앉기가 바쁘게,

"여보게 만기. 세상에 그래 이런 날도둑놈들이 있나!"

그렇게 개탄하고 신문을 펴들고 만기 곁으로 가 앉는 익준의 얼

굴은 홍분으로 도로 붉어지기 시작했다. 만기는 여전히 품¹ 있는 미소를 머금은 채,

"그러지 않아두 집에서 신문을 보구 자네가 또 몹시 격분했으리라구 짐작했네."

그러면서 담배 케이스를 열고 먼저 익준에게 권하였다. 권하는 대로 익준은 손을 내밀어서 한 대 뽑아들었다.

"이게 나 혼자만 격분할 일인가? 그럼 자네나 딴 사람들은 심상하다² 그 말인가?"

"아니지. 남달리 정의감과 의분이 강한 자네니까 남보다 몇 배 격분하지 않을 수 없으리란 말일세. 그렇지만 혼자 홍분해서 펄펄 뛰면 뭘 하나!"

만기도 탄식하듯 하였다. 둘이는 담배에 불을 붙여 물었다.

"정의감의 강약이 문젠가, 이 사람아. 그래 이런 극악무도한 놈들을 보구 가만하구 있을 수 있겠나. 가슴속에서 불덩이가 치미는데 잠자쿠 있을 수 있느냐 말야!"

익준은 만기가 함께 홍분해주지 않는 것이 불만인 모양이었다. 그때 마침 봉우가 기척도 없이 슬그머니 문 안에 들어섰다. 언제나 다름없이 수면 부족이 느껴지는 떠름한 얼굴이다. 그는 먼저 인숙이 쪽을 바라보고 다음에 만기와 익준을 번갈아 보면서 멋쩍게 씩하고 웃었다. 그러고는 거의 자기 자리로 정해진 대합실 소파의 맨 구석 자리에 조심히 걸터앉았다. 그러자 자기의 홍분을 같이 나눠줄 사람이 나타났다는 듯이 익준은 탁자 위에 놓았던 신문을 집어서 봉우 눈앞에 바로 가져다댔다.

"봉우 이거 봐. 글쎄 이런 능지처참할 놈들이 있느냐 말야!"

익준은 핏대를 세우며 다시 흥분하기 시작했다. 봉우는 선잠을 깬 사람처럼 어릿어릿한 표정으로 익준을 쳐다보았다. 희미하게 웃었다. 그리고 흥미 없이 신문을 받아들었다.

"뭐 말이야?"

"뭐 말이야가 뭐야, 이런 빙충이 같은 녀석. 아 그래 자네 눈깔엔 이게 안 뵌단 말야?"

화가 동해서 견딜 수 없다는 듯이 익준은 손가락 끝으로 톱기사의 주먹 같은 활자를 찔렀다. 봉우는 강요당하듯이 제목을 입속 말로 읽었다. 내용은 마지못해 두어 줄 읽다가 말았다. 이어 딴 제목들을 대강 훑어보고 나서 봉우는 도로 신문을 접어서 탁자 위에 얹었다. 그러더니 만기와 익준을 번갈아 쳐다보고 웃으려다가 말았다. 익준은 더 참을 수 없다는 듯이 고함을 질렀다.

"왜 아무 말이 없는 거야?"

봉우는 동정을 구하듯 하는 눈동자로 만기와 익준을 번갈아 보았다.

"임마, 그래 넌 아무렇지두 않단 말야? 눈 뜬 채 코를 베어 먹히구두 심상하단 말야?"

"누가 코를 베어 먹혔대? 난 잘 안 봤어!"

봉우는 얼른 신문을 다시 집어 들었다. 그러자 익준은 그 신문지를 홱 낚아채서는 탁자 위에다 힘껏 동댕이치고 나서,

"이런 쓸개 빠진 녀석…… 에잇 난 다신 자네들과 얘기 않네!"

우뚤해가지고 홱 돌아서더니 댓바람에 문을 차고 나가버렸다.

익준이 다시는 안 올 듯이 밖으로 사라지자 한동안 어리둥절하고 있던 봉우는 다시 신문을 집어 들고 기사 제목을 대강 더듬어 보기 시작했다. 봉우는 언제나 그랬다. 게슴츠레한 낯으로 대합실에 나타나면 익준이가 한 자 빼지 않고 샅샅이 읽고 놓아둔 신문을 펴들고 건성건성 제목만 되는 대로 주워 읽고 마는 것이다. 그러고 나서는 진찰을 받으러 온 환자처럼 말없이 우두커니 앉아서 시간을 보내는 것이다. 그의 시선은 자주 간호원에게로 간다. 그때만은 그의 눈도 노상 황홀하게 빛난다. 그러다가 간호원과 시선이 마주치면 봉우는 당황한 표정으로 외면해버리는 것이다. 빼빼 말라붙은 몸집에 키만 멀쑥하게 큰 그는 언제나 말이 적고 그림자처럼 조용하다. 어딘가 방금 자다 깬 사람모양 정신이 들어 보이지 않는 표정을 하고 있다. 하기는 그는 대합실 구석 자리에 앉은 채 곧잘 낮잠을 즐긴다. 봉우의 낮잠 자는 모양이란 아주 신기하다. 소파에 앉은 대로 허리와 목을 꼿꼿이 펴고 깍지 낀 두 손을 얌전히 무릎 위에 얹고는 눈을 감고 있다. 그러고 자는 것이다. 그는 밤에 집에서 잘 때에도 자세를 헝클어뜨리지 않는다고 한다. 천장을 향하고 반듯이 누우면 다음날 아침까지 몸을 움직이지 않고 고대로 잔다는 것이다. 그러한 봉우는 언제나 수면 부족을 느끼고 있다고 한다. 그것은 6·25 사변을 치르고 나서부터 현저해졌다는 것이다. 전차나 버스를 타도 자리를 잡고 앉기만 하면 그는 으레 잠이 들어버린다. 그렇지만 자다가도 그는 자기가 내릴 정류장을 시나쳐 버리는 일이 없다. 자면서도 그는 차장의 고함 소리를 꿈속에서처럼 어렴풋이 듣고 있기 때문이다. 밤에 집에서 잘 때에도 그렇다. 자는 동안에도 그는 주위에서 일어나는 소리를 다 들을 수 있다. 재깍재깍 시계 돌아가는 소리, 천장이나 부엌에 쥐 다니는 소리, 아내나 아이들의 잠꼬대며 바깥의 바람 소리까지도 들으면서 잔다. 말하자면 봉우는 오관(五官) 중 다른 감각 기관은 다 자면서도 청각만은 늘 깨어 있는 셈이다. 그러니까 자연 깊은 잠을 이루지 못한다. 그렇게 된 연유를 그는 6·25 사변으로 돌리는 것이다. 피난 나갈 기회를 놓치고 적치(赤治) 삼 개월을 꼬박 서울에 숨어 지낸 봉우는 빨갱이와 공습에 대한 공포감 때문에 잠시도 마음 놓고 깊이 잠들어본 적이 없다고 한다. 밤이나 낮이나 이십사 시간 조금도 긴장을 완전히 풀어본 일이 없다는 것이다. 그처럼 불안한 긴장 상태가 어느덧 고질화되어 오늘날까지도 지속되고 있다는 것이다. 그러기에 꼬집어 말하면 그는 자면서도 깨어 있고 깨어 있으면서도 자고 있는 상태인 것이다. 까닭에 그는 밤낮없이 자면서도 항시 수면 부족을 느끼지 않을 수 없는 모양이다. 그것은 단지 육체적으로 오는 증상이기보다는 더 많이 정신적인 데서 결과하는 심리적 현상인 것이다.

  이러한 봉우는 자연 무슨 일에나 깊은 관심과 정열을 기울이지 못하는 것이었다. 중학 시절에는 그토록 재기발랄하고 야심가였던 그가 일단 현실 사회에 몸을 잠그고 부대끼기 시작하면서부터 차츰 무슨 일에나 시들해지기 시작하더니 전란통에 양친과 형제를 잃고 난 다음부터는 영 딴사람처럼 인간 만사에 흥미를 잃은 사람이 되어버리고 말았다. 심지어 그는 자기 아내에게까지 남편다운 관심과 구실을 다하지 못하고 있는 것이다. 한 달이면 절반은 사업을 합네 혹은 친정에 가 있습네 하고 집을 비우기가 일쑤인 봉우 아내는 여러 가지 불미스런 소문을 퍼뜨리고 다녔다. 그 여자는 본시 평판이 좋지 못하였다. 봉우와 결혼한 지 여덟 달 만에 낳은 첫 아기가 봉우의 친자식이 아니라는 것은 가까운 사람들은 다 알고 있는 사실이었다. 둘째 아이 역시 누구의 씬지 알게 뭐냐고 봉우 자신 신용을 하려 들지 않았다. 그러면서도 둘이 헤어지지 않고 지내는 것이 이상한 일이었다. 그러나 거기에는 그럴 만한 이유가 있으리라고 만기는 생각하는 것이다. 이를테면 활동 의욕과 생활력을 완전히 상실하다시피 한 봉우는 아내의 부양에 의존하는 수밖에 없었고 경제 활동이 비범한 봉우 처는 무슨 짓을 하며 나가 돌아다녀도 말썽을 부리지 않으니 어쨌든 봉우가 편리한 남편이었는지도 모르는 것이다. 아무튼 봉우는 그만큼 가정에 대해서나 세상일에 무관심한 인간이었다. 이상한 것은 그러면서도 단 한 가지 간호원인 인숙양을 바라볼 때만은 잠에서 덜 깬 사람같이 언제나 게슴츠레하던 그의 눈이 깨어 있는 사람의 눈답게 빛나는 것이었다. 봉우는 인숙을 사랑하고 있는 성싶었다. 그러고 보면 봉우가 날마다 이 병원 대합실을 찾아와서 시간을 보내는 것은 오로지 인숙을 보기 위해서인지도 모른다. 그것은 그의 다음과 같은 거동으로써도 짐작할 수 있는 일이었다. 퇴근 시간이 되어 만기와 인숙이가 병원 문을 잠그고 한길로 나서면 물론 봉우도 그림자처럼 따라 나선다. 그러면 인숙은 만기와 봉우에게 인사를 남기고 헤이져 전차 정류장 쪽으로 간다. 거기서 인숙이가 전차를 기다리다 보면 어느새 봉우가 옆에 척 따라와 서 있는 것이다.

"어마, 선생님 어디 가셔요?"

인숙이가 의외란 듯이 물으면 봉우는 아이들모양 손을 들어 한 방향을 가리키며,

"저어기 좀……"

그러고는 자기도 같이 전차를 기다리는 것이다. 인숙이가 전차를 타면 얼른 봉우도 따라 오른다. 전차 안에서도 봉우는 별로 말이 없이 인숙이 곁에 서 있다가 인숙이가 내리면 그도 따라 내리는 것이다. 인숙은 한참 앞서 걷다가 자기 집 골목 어귀에 이르러 걸음을 멈추고,

"그럼 안녕히 다녀가세요."

머리를 숙이고 나서 인숙이가 빠른 걸음으로 골목길을 걸어 들어가면 봉우는 처량한 표정을 하고 서서 인숙의 뒷모양을 지켜보다가 보이지 않게 되어서야 풀이 죽어서 발길을 돌이키는 것이었다. 봉우는 거의 매일 그러하였다. 어떤 기회에 인숙에게서 우연히 그 얘기를 들었을 때 만기는 단순히 웃어버릴 수만은 없었던 것이다.

만기와 익준이와 봉우는 중학 시절에 비교적 가깝게 지낸 사이지만 가정환경이나 취미나 성격이나 성장해서의 인생 태도는 판이하게 달랐다. 만기는 좀처럼 흥분하거나 격하지 않는 인물이었다. 그렇다고 활동적인 타입도 아니지만 봉우처럼 유약한 존재는

물론 아니었다. 반대로 외유내강한 사내였다. 자기의 분수를 알고 함부로 부딪치지도 않고 꺾이지도 않고 자기의 능력과 노력과 성의로써 차근차근 자기의 길을 뚫고 나가는 사람이었다. 아무리 놀라운 일에 부닥치거나 비위에 거슬리는 사람을 대해서도 도리어 반감을 느낄 만큼 그는 침착하고 기품 있는 태도를 잃지 않았다. 그것은 본시 천성의 탓이라고도 하겠지만 한편 그의 풍부한 교양의 힘이 뒷받침해주는 일이기도 하였다. 문벌 있는 가문에 태어나서 화초 가꾸듯 정성 어린 어른들의 손에서 구김살 없이 곧게 자라난 만기는 예의범절이 자연스럽게 몸에 배어 있을 뿐 아니라 미술, 음악, 문학을 비롯해서 무용, 스포츠, 영화에 이르기까지 깊은 이해와 고급한 감상안을 갖추고 있었다. 크레졸 냄새만을 인생의 유일한 권위로 믿고 있는 그런 부류의 의사와는 달랐다. 게다가 만기는 서양 사람처럼 후리후리한 키와 알맞은 몸집에 귀공자다운 해사한 면모를 빛내고 있었다. 또한 넓고 반듯한 이마와 맑고 잔잔한 눈은 그의 총명성과 기품을 설명해주고 있었다. 누구를 대해서나 입을 열 때는 기사(棋士)가 바둑돌을 적소에 골라놓듯이 정확하고 품 있는 말을 한 마디 한 마디 신중히 골라 썼다. 언제나 부드러운 미소와 침착한 언동으로 남에게 친절히 대할 것을 잊지 않았다. 좋은 의미에서 그는 영국풍의 신사였다. 자연 많은 사람 틈에 섞이면 군계일학 격으로 그의 품격은 더욱 두드러져 보였다. 그는 한편 같은 치과 의사들 가운데서도 기술이 출중한 편이었다. 그러면서도 현재는 근방에 있는 딴 치과에게 많은 손님을 뺏기고 있는 형편이었다. 그것은 단지 시설이 빈약하고 병원 건물이 초라한 까닭이었다. 그렇지만 지금의 만기로서는 딴 도리가 없었다. 좀더 많은 손님을 끌기 위해서는 목 좋은 곳에 아담한 건물을 얻어 최신식 시설을 갖추는 길밖에 없는데 현재의 경제 실정으로는 요원한 꿈이 아닐 수 없었다. 이나마도 병원 건물은 물론 시설 일체가 만기 자신의 것이 아니었다. 건물이나 기구 일습이 봉우 처가의 소유물인 것이다. 봉우의 장인이 생존했을 당시 빚값에 인수했던 담보물이었는데 막상 팔아 치우려고 하니 워낙이 구식인데다가 고물이어서 값이 나가지 않기 때문에 6·25 사변 이래 줄곧 세를 놓아오던 터였다. 그것을 봉우의 소개로 만기가 빌려 쓰게 되었던 것이다. 다달이 그 셋돈을 받으러 오는 것은 봉우 처였다. 친정에 가서도 도리어 오빠들보다 발언권이 강한 봉우 처는 종내 오빠를 휘어잡아 병원 건물과 거기에 딸린 시설을 거의 자기 소유나 다름없이 만들어놓았던 것이다. 이 분방하기 이를 데 없는 봉우 처로 말미암아서 만기는 난처한 일을 당한 적이 한두 번이 아니었다. 봉우 처는 툭하면 병원을 찾아왔다. 한 달에 한 번씩 셋돈을 받으러 들르는 외에도 치석(齒石)이 끼었느니 입치(入齒)가 어떠니 충치가 생기는 것 같다느니 핑계를 내걸고 걸핏하면 나타나는 것이었다. 그때마다 봉우 처는 짙은 화장과 화려한 의상으로 풍요한 육체를 장식하고 있었다. 그러한 경우 물론 봉우 부부는 대합실에서 서로 얼굴을 대하게 마련이나 잠깐 보고는 그만이다. 모르는 사이처럼 담담한 표정으로 말을 거는 일조차 거의 없다. 봉우는 이내 도로 반수반성(半睡半醒) 상태에 빠지고 그 아내는 만기에게 친밀한 미소를 보내며 다가앉는 것이다. 얼마 전 치석 소제를 하러 왔을 때 일이다. 얼굴을 젖히게 하고 만기가 열심히 이 사이를 긁어내고 있노라니까 눈을 감고 가만하고 있던 봉우 처가 슬며시 만기의 가운 자락을 잡아당겼다. 그러면서 눈을 감은 채 배시시 웃었다. 만기는 내심 적잖이 당황하여 얼른 봉우 아내의 손을 뿌리치려 했지만 여인은 손에 더욱 힘을 주어서 끌어당겼다. 만기는 할 수 없이 봉우나 딴 사람이 눈치 채지 못하도록 몸으로 가리듯이 하며 다가서서 하던 일을 계속했다. 대강 치석을 긁어내고 양치질을 시켰다. 봉우 처는 그제야 만기의 가운 자락을 틀어쥐고 있던 손을 놓고 컵에 준비된 물을 머금고 울렁울렁 입을 부셔냈다. 그러더니,

"아파서 그랬어요!"

만기를 쳐다보며 변명하듯 하고 애교 있게 웃었다.

언젠가 한 번은 이런 일도 있었다. 충치가 생긴 것 같아 들렀다고 하며 눈이 부시게 차리고 나타난 봉우 처는 만기의 지시도 없이 치료 의자에 성큼 올라앉았다. 만기가 다가가서 어디 입을 벌려보라고 하니까 봉우 처는 지그시 눈을 찌그리며 웃어 보이고는 일부러 그러듯이 입술을 오물오물하다가 겨우 삼분의 일쯤 벌리고 말았다.

"좀더 힘껏, 아—"

그래도 여자는 다시 입술을 오물오물해 보이고는 역시 삼분의 일쯤 벌리고 그만이었다. 그리고는 미태(媚態)를 담뿍 담은 눈으로 연신 소리 없이 웃었다. 그때부터 만기는 의식적으로 봉우 처를 경계하지 않을 수 없었던 것이다. 본시가 만기에게는 여자들

이 많이 따르는 편이었다. 여자들은 기회만 있으면 만기에게 지나친 호의를 보이려고 애쓰곤 하였다. 사철을 가리지 않고 국산지 춘추복 한 벌로 몇 년을 두고 버텨오는 가난한 치과 의사지만 귀공자다운 그의 기품 있는 풍모와 알맞은 체격과 교양인다운 세련된 언동이 여자들로 하여금 두말없이 매혹케 하는 모양이었다. 심지어는 그의 처제까지도 그를 사모하고 있는 것이었다. 그러기 그 부인이 가끔 농담 삼아 만기에게 이런 말을 걸어오는 것도 무리가 아니었다.

"결코 잘난 남편을 섬길 게 아닌가 봐요!"

"그게 무슨 소리요? 대체."

"모두들 당신에게 눈독을 들이구 있으니, 미안하기두 하구, 민망하기두 해서 그래요!"

"온 별소릴 다…… 그래 내가 그렇게 잘났던가?"

물론 그러고 둘이 다 농담으로 웃어넘기고 마는 일이었으되 만기 자신 이상히도 여자들이 자기를 따르고 있다는 사실을 부인할 수는 없었다. 그러고 보면 병원을 찾아오는 단골 환자의 거개가 젊은 여자들이라는 사실도 무심히 보아 넘길 일만은 아니었다. 많은 여자 환자 가운데는 여러 가지 방법으로 만기에게 호감을 보이려 드는 사람도 있었다. 한 주일이면 끝날 치료를 자진해서 열흘 내지 보름씩 받으러 다닌다거나, 완치된 다음에도 사례라고 하며 와이셔츠나 양복지 같은 것을 사들고 일부러 찾아오는 여자가 결코 한둘에 그치지 않았다. 그때마다 여자들의 단순하지 않은 호의를 물리치기에 만기는 진땀을 빼곤 했던 것이다. 그러한 여성들 가운데는 외모로나 교양으로나 퍽 매력적인 상대가 없지도 않아서 만기의 맑고 잔잔한 마음속에 뜻하지 않았던 잔물결을 일으키는 경우도 간혹 있는 일이었다. 그러나 그저 그것뿐이었다. 사랑하는 주위 사람들에게 깊은 상처를 주고 싶지 않았다. 비극이 두려웠다. 더구나 현대적 의미에서의 현처양모인 아내를 생각하면 부질없는 마음 구석의 잔물결도 이내 가라앉아 버리고 마는 것이었다. 십 년 가까이나 가난한 살림에 들볶이면서도 한결같이 변함없는 애정과 신뢰로써 남편을 섬겼고 심혈을 쏟아 어린 것들을 보살펴오는 아내의 쪼든 모습을 눈앞에 그려볼 때 만기는 꿈에라도 딴생각을 품어볼 수가 없었다. 그러기 아름다운 여성 환자의 지나친 호의를 물리친 날이면 만기는 으레 아내가 좋아하는 물건을 무엇이고 사들고 돌아가는 것이었다. 신혼 때나 다름없이 지금도 대문께까지 달려 나와 남편을 맞아들이는 아내에게 사갖고 온 물건을 들려주고 나서 까칠해진 아내의 손을 꼭 쥐어주며,

"고생시켜 미안허우!"

혹은,

"나이 들며 더 예뻐지는구려!"

그러고는 봄볕처럼 다사로운 미소를 아내 얼굴에 부어주는 만기였다.

그러한 만기라 봉우 처에 대해서는 항시 경계해오고 있었지만 요즘 와서 은근히 끌치를 잃지 않을 수 없었다. 만기에 대한 봉기

처의 접근 공작이 너무나 집요하고 대담하게 나타나기 시작했기 때문이다. 어제만 해도 만기는 봉우 처를 딴 장소에서 만나지 아니할 수 없었다. 며칠 전부터 병원 건물과 시설에 관해서 긴급히 의논할 일이 있으니 꼭 좀 만나달라는 연락이 오곤 했다. 그때마다 만기는 바쁘기도 하고 몸도 좀 불편해서 지정한 장소까지 나갈 수가 없으니 안 되었지만 병원으로 내방해줄 수는 없느냐는 회답을 보냈던 것이다. 그러나 봉우 처에게서는 자기도 여러 가지 사정으로 찾아갈 수가 없으니 꼭 좀 나와 달라는 쪽지를 사람을 시켜서 거푸 보내오는 것이었다. 어제는 마침내 자기와의 면담을 고의적으로 회피하는 것은 결국 자기를 공공연히 모욕하는 행위라는 위협조의 연락이 왔던 것이다. 그래서 만기는 할 수 없이 퇴근하는 길로 지정한 다방에 봉우 처를 만나러 갔던 것이다. 여자는 역시 여왕처럼 성장을 하고 먼저 와 있었다.

"고마워요. 귀하신 몸이 이처럼 행차를 해주셔서."

만기에게 맞은쪽 자리를 권하고 나서 여자는 친밀한 미소와 함께 약간 비꼬는 어투로 인사를 던져왔다.

"퍽 재미있는 농담이십니다."

만기가 그랬더니,

"선생님은 농담을 덜 좋아하실지 모르겠군요. 워낙 고상한 신사시니까."

그래서,

"너무 기술적인 용어에는 전 대답할 자신이 없습니다."

만기는 그러고 가볍게 웃어 보였다. 봉우 처는 만기 의향을 묻지도 않고 오렌지 주스 두 잔을 시켰다. 그것을 마셔가면서 대체 의논할 일이란 무엇이냐고 만기 편에서 먼저 물었다.

"다른 게 아니라, 병원 건물이 하두 낡아서 전면적인 수릴 해야 겠어요."

그래서 병원 옆에 있는 사무실이나 아래층 가게에서들은 셋돈을 인상하는 동시에 삼 개월분씩 선불을 받기로 했다는 것이다.

"그렇지만 여러 가지 점으루 선생님께만은 말씀 드리기가 안 되어서 어떻게 할까 망설이다가 솔직히 의논해보려구 뵙자구 헌 거예요."

여자는 말을 마치고 만기의 얼굴을 살짝 치떠 보았다. 아닌 게 아니라 만기로서는 아픈 이야기였다. 현재도 매달 셋돈을 맞춰 놓기에 쩔쩔매는 판이었다. 게다가 석 달 치 선불이란 거의 불가능에 가까운 일이었다.

"얼마나 올려 받으실 예정이십니까."

"삼 할은 더 받아야겠어요. 그 근처에서들은 다들 그 정도 받는걸요."

"그럼 우리 옆 사무실이나 아래층 가게에서들은 이미 양해를 얻으셨습니까?"

그러자 여자는 만기의 얼굴을 정면으로 쳐다보며,

"선생님, 우리 그런 사무적 얘기는 딴 데 가서 하십시다. 이런 장소에선 싫어요. 제가 저녁을 대접하겠어요. 늘 폐를 끼쳐왔으니까요."

그러고는 만기가 뭐라고 할 사이도 없이 여자는 일어서 카운터로 가더니 셈을 치르고 밖으로 나가는 것이었다. 만기가 어리둥절해서 따라 나가자 봉우 처는 어느새 택시를 불러 세웠다.

"먼저 오르세요!"

만기는 다음날 다시 만나 사무적으로 타협하기로 하고 우선 빠져 돌아가려고 했으나,

"고의로 남의 호의를 무시하는 건 신사도가 아니에요!"

여자는 만기를 차 안으로 떠밀듯이 했다. 번잡한 길거리에서 실랑이를 할 수도 없고 해서 만기는 시키는 대로 차에 오를 수밖에 없었다. 십 분도 채 달리지 않아서 택시는 어느 음식집 앞에 닿았다. 여염집들 사이에 끼어 있는 그 음식집은 외양과 달리 안에 들어가 보면 방도 여러 개 있고 제법 아담하게 꾸려져 있었다. 봉우 처는 그 집 마담과는 숙친한 사이인 모양이라 허물없는 인사를 나누고 나서,

"별실 비어 있니?"

하고 물었다. 마담은 호기심에 찬 눈으로 만기를 힐끔 쳐다보고,

"별실 삼호가 비어 있을 거야. 그리루 모셔."

그러고는 안을 향하고,

"별실 삼호실에 두 분 손님!"

소리를 질렀다. 열대여섯 살 먹은 소녀가 조르르 달려 나와 안내를 했다. 자그마한 홀을 지나 긴 복도를 휘어 도니 저쪽으로 돌아앉은 참한 방이 있었다.

"이 집 마담, 여학교 동창이에요. 그래서 귀한 손님을 대접할 일이 있으면 가끔 오죠."

여자는 묻지도 않는 말을 하고 다가와서 만기의 양복저고리를 벗기려고 했다. 만기는 얼른 제 손으로 벗어서 벽에 걸려고 했다. 그러자 여자는 그것을 낚아채듯 뺏어서 옷걸이에 얌전히 걸었다. 조그만 식탁을 사이에 하고 마주 앉아 여자는 만기를 쳐다보며 피로한 듯한 미소를 짓고 가늘게 한숨을 토했다. 소녀가 물수건과 찻물을 날라 왔다. 봉우 처는 이 집은 갈비찜이 명물이라고 하고 약주와 함께 안주와 음식을 시켰다. 소녀가 사라지자 여자는 식탁에 기대어 두 손으로 턱을 고이고 한동안 가만하고 있었다. 왜 그런지 몹시 피로해 보였다. 삼십을 한둘 남긴 여자의 무르익은 모습은 어떤 요염한 독소조차 느끼게 해주었다. 만기도 까닭 모를 피로감과 함께 저절로 긴장해졌다.

"병원 시설을 사겠다는 사람이 있어요. 헐값이지만 고물이라서 차라리 팔아 치울까 생각해요!"

여자는 만기를 빠끔히 쳐다보며 엉뚱한 소리를 했다. 만기는 속으로 놀랐다. 여자의 마음을 얼른 파악하기 힘들었다. 진담인가. 그렇지 않으면 야비한 복선인가. 어느 쪽이든 만기에게는 타격이었다. 그 시설은 지금의 만기에게 있어서 생명선이나 다름이 없었기 때문이다. 그러나 만기는 그러한 내심을 조금도 표현에 비치지 않고 태연히 듣고만 있었다.

"낡아빠진 그 시설을 쓰기에는 선생님의 탁월한 기술이 아까워요. 그래서 작자가 나선 김에 팔아 치우고 선생님에게는 현대적인 최신식 시설을 갖춰 드리구 싶어서 그래요. 제게 그 정도의 자금은 마련되이 있이요!"

여자의 음성과 표정이 왜 그렇게 차분차분할까? 거기에는 심리적 호흡의 기술이 필사적으로 작용되고 있었다. 그러기 아까 다방에서 내놓은 말과는 아주 딴 얘기라는 점을 노골적으로 지적해 줄 수가 없었다.

"경제적 면에서 제게는 그런 최신 시설을 빌릴 만한 능력이 없습니다."

"셋돈 말씀이죠?"

여자는 간격 없이 웃고 나서,

"선생님이 독립하실 수 있을 때까지 오 년이구 십 년이구 그냥 빌려드려두 좋아요!"

만기는 대답할 말이 없었다. 상대편에서 이렇게 자꾸 엉뚱하게만 나오니 더욱 조심해질 뿐이었다.

"이상하게 생각하실 건 없어요. 이왕 놀고 있는 돈이 있으니까 제가 존경하고 있는 선생님에게 조금이라도 편리를 봐 드리구 싶은 것뿐예요!"

순간 여자의 표정이 놀랄 만큼 진지한 빛으로 변했다. 만기는 봉우 처의 이러한 얼굴을 본 일이 없었다.

마침 주문한 음식이 들어오기 시작했다. 식사를 하는 동안 봉우 처는 소매를 걷고 마치 남편에게 하듯 잔시중까지 들었다. 만기는 음식을 먹으면서도 마음이 조마조마했다. 아무래도 심상치 않은 예감이 들었기 때문이다. 만기의 그러한 예감은 마침내 적중하고야 말았다. 식사가 거의 끝나갈 무렵 봉우 처는 상 밑에서 한쪽 발을 슬며시 만기 무릎 위에 얹었다. 그러고는 지그시 힘을 주며 요염한 웃음을 쏟았다. 그 눈이 불같았다. 만기는 꽤 당황했지만 시선을 피하며 슬그머니 물러앉았다. 여자는 발끝으로 옴츠리는 만기의 무릎을 쿡 지르고 어깨를 으쓱해 보였다. 이미 전기가 들어와 있었다. 잠시 멋쩍게 앉아서 먹다 남은 음식들에 공연히 젓가락질을 하다 말고 여자는 갑자기 자리를 떠서 밖으로 나가 버렸다. 한참 동안 여자는 돌아오지 않았다. 만기는 어지간히 불쾌하고 불안한 생각에 앉아다 섰다 하며 마음의 자세를 가다듬었다. 십 분 이상 지나서야 여자는 돌아왔다. 대번 알아보게 얼굴에는 주기가 돌았다. 여자는 방 안에 들어서면서 안으로 문고리를 잠갔다. 짤그락 하는 소리가 이상하게 도전적이었다. 여자는 다시 창문의 커튼까지 내리고 제자리에 가 앉았다. 초가을 저녁 무렵이지만 밀폐되다시피 한 실내는 한증 속처럼 더웠다. 여자는 술잔을 들어 만기 앞으로 내밀며,

"따라주세요!"

명령조였다. 원래 만기는 한두 잔밖에 못하기 때문에 주전자에는 술이 거의 그대로 남아 있었다. 만기는 한 손으로 주전자 뚜껑을 누르고,

"인제 그만 돌아가실까요. 오늘은 정말 오래간만에 포식했습니다."

달래듯 했다.

"내버려두세요. 거룩하신 선생님 눈엔 제가 사람같이 안 보일 테니까요."

여자는 무리로 주전자를 뺏어서 자기 손으로 따라 마셨다. 안주

도 안 먹고 거푸 물마시듯 했다. 만기는 겁이 났다. 이 이상 취하면 어떤 추태를 부릴지도 모른다. 버려둘 수가 없었다. 만기는 간신히 술 주전자를 뺏어 감추었다. 그러자 여자는 그것을 도로 뺏으려고 덤벼들었다. 앉은 채 잠시 붙잡고 돌아갔다. 주전자를 떨어뜨려서 술이 엎질러졌다. 여자는 그것을 훔칠 생각도 않고 만기 무릎 위에 쓰러지듯 푹 엎드려버리고 말았다.
"골샌님!"
여자는 어린애처럼 어깨를 추며 울기 시작했다.

대합실 문밖에서 웬 소년이 안을 기웃거리고 있었다.
"너 웬 아이냐?"
간호원이 먼저 발견하고 물었다. 소년은 대답 없이 조심히 문을 밀고 들어섰다. 여남은 살 먹었을 그 소년의 얼굴은 제법 귀염성 있게 생겼지만 거지 아이나 다름없는 꼴을 하고 있었다.
"여기가 병원이죠?"
소년은 어릿어릿하며 조그만 소리로 간호원에게 물었다.
"그래. 너 어째서 왔니?"
소년은 이번에도 대답을 않고 대합실과 진찰실 안을 두리번거리고 나서,
"울 아버지 안 오셨어요?"
영문 모를 질문을 했다. 테이블 앞에 앉아서 외국 잡지를 뒤적이고 있던 만기가,
"너희 아버지가 누구냐?"

물으니까,

"울 아버지, 채익준씨야요."

그러고 소년은 다시 한 번 방 안을 둘러보았다.

"오, 너 익준이 아들이구나!"

만기는 일어나 소년 옆으로 다가갔다. 좀 불안한 표정을 하고 서 있는 소년의 손목을 잡아서 옆 의자에 앉히고 만기도 소파에 마주 앉았다.

"너 아버지 찾아왔구나. 이름이 뭐지?"

"채갑성이에요!"

"나이는?"

"열한 살예요!"

만기가 친절히 말을 걸어주는 바람에 안심이 되었는지,

"울 아버지 안 오셨어요?"

소년은 걱정스레 다시 물었다.

"아버진 아침에 잠깐 다녀 나가셨는데…… 그래 너 왜 아버질 찾아왔니?"

"어머니가 아버지 찾아오랬어요. 어머니 죽을 것 같대요!"

소년에게는 여동생 하나와 남동생 하나가 있어서 외할머니까지 합치면 모두 여섯 식구라고 한다. 그런데 지금까지 집안 살림의 중심이 되어오던 모친이 반년 가까이나 병석에 누워 지낸다는 것이다. 모친은 자리에 눕기까지 생선 장사를 했다는 것이다. 아이들이 자고 있는 꼭두새벽에 첫차로 인천에 가서 생선을 한 광주리 받이 이고는 서울로 되돌아와서 행상을 하였다는 것이다. 모친이 병으로 누운 다음부터는 오십이 넘은 외할머니가 어머니 대신 생선 장사를 해서 간신히 가족들 입에 풀칠을 하고 지낸다는 것이다. 그러니까 어머니는 제대로 가서 치료를 받아보지도 못한 채 집에 누워서 앓고 있다는 것이다. 그래서 병세는 나날이 더 심해만 갔는데 아까 점심때쯤 해서 어머니는 소년을 불러놓고 숨이 자꾸 가빠오는 걸 보니 곧 죽을 것 같다고 하며 얼른 가서 아버지를 찾아오라고 하였다는 것이다. 만기가 차근차근 캐묻는 말에 대충 이상과 같은 내용의 대답을 하고 난 소년은 별안간 쿨적거리고 울기 시작했다. 만기는 우선 소년을 달래 놓고,

"그래 너 이 병원은 어떻게 알았니?"

"접때 아버지하구 돈 꾸러 왔댔어요."

"돈 꾸러? 여길?"

"네. 아버지가 엄마하구 무슨 얘기하다가 울었어요. 그리구 나 데리구 여기까지 왔댔어요."

"그래서 돈은 꾸어갔니?"

"아니오. 나보구 길거리에 서서 기다리라구 해서 한참이나 이 앞에서 기다리구 있었는데 아버지가 나와서 그냥 돌아가라구 했어요. 그러면서 저녁에 돈을 마련해갖구 돌아갈 테니 집에 가서 엄마보구 조금만 더 참구 기다리라구 했어요."

만기는 지그시 눈을 감았다. 마음이 복잡하거나 괴로울 때 하는 버릇이었다. 옷이라고는 언제나 탈색한 서지[4] 군복 바지에 퇴색한 해군 작업복 상의만을 걸치고 다니는 초라한 익준의 몰골이 감은 눈앞을 스치고 지나갔다. 그러면서도 익준은 병원에 와서 돈을

꾸어 달라고 한 번도 손을 내밀어본 일이 없었다. 뿐만 아니라 그는 단 한마디도 딱한 집안 사정을 입 밖에 비쳐 본 일조차 없었다. 만기도 그의 가정 형편이 그렇게까지 말이 아닌 줄은 모르고 있었다.

"너 몇 학년이니?"

"학교 그만뒀어요."

"그럼 놀고 있어?"

"신문 장사해요."

만기는 그런 말까지 캐물은 것을 도리어 후회했다. 그는 소년을 위로해서 돌려보내고 나서도 마음이 무거웠다. 남의 일 같지 않았다. 남의 시설을 빌려서나마 개업을 하고 있다고는 하지만 만기 자신 생활에는 극도로 시달리고 있었기 때문이다. 자그마치 열 식구에 버는 사람이라곤 만기뿐이니 당할 도리가 없었다. 대가족이 먹고 입는 일만도 숨이 가쁠 지경인데 동생들의 학비까지 당해내야만 했다. 대학이 하나, 고등학교가 둘, 거기에 국민학교 다니는 자기 장남까지 합친다면 그야말로 무서운 지출이었다. 피를 짜내듯 해서 거의 기적적으로 감당해오고 있었다. 그밖에 늙은 장모와 어린 처남 처제들만이 아득바득하고 있는 처가에도 다달이 쌀말 값이라도 보태주지 않아서는 안 되었다. 하기는 그런대로 개업을 하고 있는 만기에게는 다소라도 수입이 있었다. 그러나 동란 이래 직업을 갖지 못하고 있는 익준네 생활이 그만치라도 지탱되어왔다는 것은 한편 수수께끼 같은 일이기도 했다. 익준은 취직을 단념하고 있었다. 왜정 때 거우 중학을 나왔을 뿐

특수한 기술도 빽도 없는데다가 나이마저 삼십 고개를 반이나 넘어섰고 보니 취직이란 말 그대로 별따기였다. 게다가 남달리 정의감과 결벽성이 세기 때문에 사소한 부정이나 불의를 보고도 참지 못하는 그는 설사 어떤 직장이 얻어걸렸다 해도 오래 붙어 있지 못했을 것이다. 사변 전에도 직장다운 직장을 오래 가져 보지 못했던 것은 오로지 그러한 그의 성격 탓이었다. 그렇다고 장사를 하자니 밑천도 없었거니와 이 또한 고지식한 그에게 될 일이 아니었다. 언젠가는 생각다 못해 노동판에도 섞여 보았다. 그 역시 해보지 않던 일이라 한몫을 감당할 수도 없었거니와 사무실에서 인부들의 임금을 속여먹는 줄 알게 되자 대뜸 쫓아가서 시비 끝에 주먹다짐까지 벌어졌던 것이다. 그러기 최근 일 년 동안은 양심적이고 동지적인 자본주를 얻어, 먹고 살 수도 있고 동시에 국가 사회에도 이익할 수 있는 사업을 스스로 일으켜야 하겠다고 하며 그는 날마다 거리를 휘젓고 다녔다. 그가 말하는 국가 사회에도 보익(補益)하며 먹고 살 수도 있는 사업이란 한국에 와 있는 외국인 상대의 일용 잡화 및 식료품 상회였다. 그의 친지 가운데 외국인 선교사들과 교섭이 잦은 기독교인이 있었다. 그 친지 말에 의하면 현재 한국에 와 있는 외국 민간인들의 대부분이 식료품이나 일용품 같은 것을 거의 '도쿄'나 '홍콩'에서 주문해다 쓰고 있다는 것이다. 그것은 외국인 자신들에게 있어서도 시간적으로나 경제적으로 상당한 손실일 뿐 아니라 불편하기 이를 데 없는 일이지만 한국 상인의 물품은 그 가격이나 질에 있어서 도무지 신용을 할 수가 없으니 부득이한 일이라는 것이다. 그렇기 때문에 외국인을 상대로 식료품과 일용품을 공급해줄 만한 양심적인 한국 상점의 출현을 누구보다도 외국인 자신들이 절실히 요망하고 있다는 것이다. 친구에게서 그 말을 들은 익준은 단박 얼굴이 벌게 가지고 병원으로 달려와서 이게 얼마나 수치스럽고 손실을 자초하는 일이냐고 탄식했던 것이다. 그런 지 며칠 뒤부터 익준은 자기 자신이 양심적인 출자자를 구해서 외국인 상대의 점포를 자기가 직접 경영해 보겠다고 서둘며 싸돌아 다녔다. 최고 이할 이득을 목표로 철두철미 신용과 친절 본위로 외국인을 상대하면 자연 잃어버린 한국인의 체면도 회복할 수 있고 그들의 신용과 성원을 얻어 사업도 번창해질 게 아니냐는 것이다. 그 뒤 익준은 양심적인 출자자를 찾아내기 위해 맹렬한 열의로 거리를 헤매기 시작했던 것이다. 그러나 그가 찾고 있는 돈 있고 양심적인 동지는 상금[5] 나타나지 않고 있는 것이다. 점심 요기조차 못 하고 나서지 않는 출자자를 찾아 거리를 휘젓고 다니다가 저녁때 맥없이 돌아오는 익준은 보기에 딱하도록 지쳐 있었다. 쓰러지듯 대합실 소파에 털썩 주저앉아 버린 그는 비참한 표정으로 세상을 개탄하는 것이다. 친구의 소개로 돈푼이나 있다는 사람을 만나 얘기를 비쳐 보았더니 지금 세상에 이 할 장사를 위해 돈 내놓을 시러베아들[6]이 어디 있겠느냐고 영 상대도 않더라는 것이다. 그러면서 한다는 소리가 양키 상대라면 한두 번에 팔자를 고칠 구멍을 뚫어야지 제정신 가지고 금리도 안 되는 미친 짓을 누가 하겠느냐고 핀잔을 주더라는 것이다. 그러니 세상 사람이 모두 도둑놈이 아니냐고 외쳤다. 사리사욕을 위해서는 남을 속이거나 망치는 일쯤 당연하다고 생각할 판이니 도대체 이놈의 세상이 끝장에 가서는 어떻게 되겠느냐고 익준은 비분강개를 금하지 못하는 것이었다. 그런 때마다 그는 행정 당국의 무능을 통매7하면서 'DDT 정책'이란 말을 내세우곤 했다. 디디티를 살포해서 이나 벼룩을 박멸하듯이 국내의 해충적 존재에 대해서는 강력한 말살 정책을 써야 한다는 것이다. 이를테면 소매치기나 날치기에서부터 간상 모리배도 총살, 협잡 사기한도 총살, 뇌물을 먹고 부정을 묵인해주는 관리도 총살, 밀수범도 총살, 군용 물자를 훔쳐내다 팔아먹는 자도 총살, 국고금을 횡령해 먹는 공무원도 총살, 아무튼 이런 식으로 부정불법을 자각하면서도 사리사욕에 눈이 멀어서 국가 사회에 해독을 끼치는 행위를 자행하는 대부분의 형사범은 모조리 총살해버려야 한다는 것이다. 그렇지 않고는 양민이 안심하고 살 수 없을 뿐 아니라 나라의 앞날이 위태롭기 짝이 없다는 것이다. 흥분한 어조로 이러한 지론을 내세울 때의 익준의 눈에는 살기에 가까운 노기가 번득거렸다. 그런 때 만일 누가 옆에서 그의 지론을 반박할 말이면 당장 눈앞에 총살형에 해당하는 범법자라도 발견한 듯이 격분하는 것이다. 언젠가 어느 경솔한 외국 기자가 한국을 가리켜 도둑의 나라라고 해서 물의를 일으켰을 때의 일이다. 대개의 신문이나 명사들이 그 기사를 쓴 외국 기자를 비난하고 한국의 사회 실정을 엄폐 변명하려는 논조로만 치우쳐 있었다. 당시의 익준은 거의 매일 같이 흥분해 있었다. 그 외국 기자야말로 한국의 현실을 날카롭게 투시하고 가차 없는 비평을 가해 왔다는 것이다. 잠깐 다녀간 외국 기자의 눈에도 도둑의 나라로 비치리만큼 부패한 우리나라의 현실이 슬프고 부끄러울망정 바른 소리를 한 외국 기자에게는 잘못이 없다는 것이다. 우리는 덮어 놓고 외국 기자를 비난 공박하기 전에 먼저 우리 자신을 냉정히 반성하고 다시는 외국인으로부터 그처럼 치욕적인 말을 듣지 않도록 전 국민이 깊은 각성과 새로운 노력을 가져야 할 일이 아니냐. 결국 도둑놈 소리가 듣기 싫거든 도둑질을 하지 않으면 될 게 아니냐는 것이다. 그래서 만기는 몇 마디 반대 의견을 말해본 일이 있었다. 어쨌든 그 외국 기자가 한국에 대해서 호감을 갖고 보지 않았다는 것만은 사실인 이상 국교상의 우호 관계로 보아서도 경솔한 태도였다는 비난을 면할 수는 없었다는 점과 어느 나라치고 도둑이 없는 나라란 있을 수 없을 터인데 정도가 좀 심하다고 해서 왜 그렇게 되지 않을 수 없었는가 하는 객관적인 원인과 이유를 밝히는 일이 없이 일언지하에 대뜸 도둑의 나라라고 단정해 버린다는 것은 너무나 피상적 관찰에만 치우친 편견이 아닐 수 없다는 점을 들어서 만기는 은근히 익준의 소견을 반박해보았던 것이다. 그랬더니 익준은 대번에 안색이 달라져가지고 만기에게 대들 듯이 덤볐다.

"아니, 도둑놈에게 도대체 변명이 무슨 변명야? 그래 자넨 아직두 한국놈이 도둑놈이 아니라구 우길 수 있단 말야? 이 지구상에 우리나라처럼 도둑이 들끓구 판을 치는 나라가 또 있단 말인가? 이거 봐, 만기. 덮어놓구 자기 나라를 두둔하구 치켜 올리는 게 애국자 애국심은 아닌 거야. 말을 좀 똑바루 하란 말야. 그래 아무리 조심을 해두 전차나 버스를 한 번 뒀다 내리기만 하면 돈지

갑이나 시계 만년필 따위가 감쪽같이 사라져버리는데 이래두 한국이 도둑의 나라가 아니란 말인가? 백주에 대로상을 걸어가노라면 바람도 안 부는데 모자가 행방불명이 되기 일쑤구 또 어떤 놈이 불쑥 나타나 골목으루 끌구 들어가서는 무조건 뚜들겨 팬 다음 양복을 벗겨가지구 달아나는 판이니 아 이래두 한국은 도둑의 나라가 아니구 알량한 동방예의지국이군 그래. 시장 바닥은 물론 심지어는 일국의 수도 한복판에 있는 소위 일류 백화점이란 델 들어가 물건을 사두 가격을 속이구 품질을 속이구 중량을 속여먹기가 여반장이니 아 이래두 한국은 의젓한 신사국이란 말인가. 아무리 아전인수라두 분수가 있지 열 놈이면 아홉 놈까진 도둑놈이라 눈 뜬 채 코 베어 먹힐 세상인데 그래두 자넨 한국이 도둑의 나라가 아니라구 뻔뻔스레 잡아뗄 셈인가. 그야 물론 핑계 없는 무덤이 없다구 자네 말대루 도둑질 하는 놈에게두 이유야 있을 테지. 이를테면 사흘 굶어 도둑질 않는 사람 있느냐는 식으루 말일세. 그렇지만 남은 사흘은 고사하구 닷새 엿새를 굶어두 도둑질 않구 배기는데 한국 놈은 어째서 단 한 끼를 굶어두 서슴지 않구 도둑질을 하느냐 말야. 아니 한 끼를 굶기는커녕 하루에 네 끼 다섯 끼 배지가 터지도록 처먹구두 한국 놈은 왜 도둑질을 하느냐 말야. 이러니 죽일 놈들 아냐. 복통을 할 노릇이 아니냐 말야!"

익준은 흡사 미친 사람모양 입에 거품을 물고 핏발선 눈알을 뒹굴렸던 것이다.

어느 날 퇴근 시간이 임박해서다. 미스 홍이 조용히 의논할 일이 있노라고 했다. 그동안 석 달 치나 밀린 급료 얘기가 아닌가 싶어 만기는 새삼스레 가책을 느꼈다. 홍인숙은 만기에게 있어서는 소중한 사업의 보조자였다. 치의전(齒醫專)을 나온 이래 십여 년간의 의사 생활을 통해서 수많은 간호원을 부려 보았지만 인숙이만큼 만족하게 의사를 돕는 솜씨도 드물었다. 가려운 데 손이 가듯이 빈구석 없이 만기를 받들어주었다. 눈치가 빠르고 재질도 풍부해서 간호원으로서의 지식이나 기술뿐 아니라 웬만한 의사 못지않게 능숙한 수완을 발휘해주었다. 중태가 아닌 진찰이나 치료 정도는 만기가 없어도 충분히 대진(代診)의 역할을 감당할 수 있었다. 그만큼 인숙은 자기 직무 이상의 일에까지도 열성을 기울여 묵묵히 만기를 도와 왔다. 한 말로 말해서 인숙은 이처럼 시설이 빈약한 변두리의 개인병원에서는 분에 넘칠 만큼 더할 나위 없이 유능하고 성실한 간호원이었다. 인격적인 면에서 볼 때에도 얌전하고 귀엽게 생긴 얼굴이어서 환자에게 호감을 주었다. 그러한 인숙에게 스스로 만족할 정도의 충분한 물질적 대우를 해주지 못하는 것이 만기에게는 늘 미안한 일이었다. 그러나 인숙은 삼 년 이상이나 같이 있는 동안 단 한 번도 불만이나 불평을 말해본 일이 없었다. 도리어 인숙은 자기 집의 생활이 자기의 수입을 필요로 하리만큼 군색한 형편이 아니라면서 미안해하는 만기를 위로하듯 했다. 그만치 이해하고 봉사해주는 인숙에게 최근 삼 개월분의 급료를 지불치 못하고 있었던 것이다. 그래서 가뜩이나 미안하던 판이라 만기는 저녁 식사라도 같이 하면서 얘기할까 했으나 인숙은 굳이 마다고 했다.

"정 그러시문 차나 한 잔 사주세요."

 병원을 잠그고 나서 그들은 밖으로 나갔다. 물론 대합실 소파에 지키고 앉아 있던 봉우도 따라 나섰다. 그들은 가까운 다방으로 갔다. 역시 봉우도 잠자코 따라 들어왔다. 인숙은 퍽 난처한 기색으로 걸음을 멈추고 만기를 쳐다보았다. 만기는 이내 눈치를 채고 봉우를 돌아보며,

 "미안허네, 봉우. 병원 일루 둘이서 조용히 의논할 일이 있어 그러는데……"

 사양해달라는 뜻을 표했더니,

 "그럼 문밖에서 기다릴까?"

 봉우는 도리어 어린애같이 솔직한 태도로 반문해왔다. 만기도 딱해서,

 "무슨 딴 볼일이라두 없는가?"

 그랬지만

 "딴 볼일은 없어. 그럼 문밖에서 기다리지!"

 돌아서 나가려는 것을,

 "그래서야 되겠나. 그러면 저쪽 빈자리에서 기다려주게나."

 도리어 만기 쪽이 민망하기 이를 데 없었다. 봉우와는 멀찍이 떨어진 위치에 자리 잡고 앉아서 만기는 차를 시켜놓고 인숙의 이야기를 들었다. 급료 독촉이 아니었다. 거북한 듯이 인숙이가 꺼내놓는 이야기는 봉우에 관한 문제였다. 봉우는 거의 하루도 거르는 날이 없이 인숙을 따라다닌다는 것이다. 퇴근하고 돌아가는 인숙을 같은 전차를 타고 집 앞까지 따라와서는 인숙이가 자

기 집 대문 안으로 사라지는 걸 보고 나서야 봉우는 처량한 얼굴로 발길을 돌이킨다는 것이다. 그런 말은 전에도 잠깐 귀에 담은 일이 있었지만 어쩌다가 봉우 자신 그 방면에 볼일이 있으니까 그러려니 생각하고 있었다. 그런데 얘길 자세히 듣고 보니 딴 용건이 있어서가 아니라 인숙을 따라다니는 행동 그 자체가 엄연한 목적이라는 것이다. 날마다 병원 대합실에 나와서 낮잠을 자듯이 저녁때마다 봉우가 자진해서 인숙을 집에까지 바래다주는 것은 하나의 일과로 되어 있다는 것이다. 인숙이 자신 처음 얼마 동안은 봉우의 엉뚱한 행동에 그리 신경을 쓰지 않았지만 요즘 와서는 미칠 것만 같다는 것이다. 무엇보다도 남의 이목이 두렵다는 것이다. 그렇지 않아도 벌써 동네에서는 별별 소문이 다 떠돌고 집안 어른들에게도 잔소리를 듣게 되었다는 것이다. 인숙은 더러 그러한 봉우를 피하기 위해서 곧장 집으로 돌아가지 않고 일부러 딴 방향으로 돌아가 보기도 했지만 봉우는 역시 어린애처럼 떨어지지 않고 줄줄 따라다닌다는 것이다. 그렇다고 지긋지긋 귀찮게 실없는 수작을 거는 것은 아니다. 고작 꿈을 꾸듯 황홀한 눈을 인숙의 전신에 몰래 퍼부을 뿐이다. 처음엔 그러한 봉우가 그저 우습기만 했다. 그 뒤에는 징그러웠다. 요즘 와서는 무서워졌다는 것이다.

"저를 바라볼 때의 천선생님의 그 이상히 빛나는 눈이 꼭 저를 어떻게 할 것만 같아요. 소름이 돋아요!"

그래서 인숙은 밖에도 잘 못 나온다는 것이다. 꿈에서까지 그런 봉우의 눈과 마주쳤다가 소스라쳐 깬다는 것이다. 병원이 휴업을 하는 일요일 아침이면 봉우는 직접 인숙이네 집 대문 앞에 와서 우두커니 지키고 섰다는 것이다. 하도 기가 차서 인숙이가 홧김에 쫓아 나가,

"천선생님, 왜 또 여기 와 서 계세요?"

따지듯 하면,

"오늘은 병원이 노는 걸 어떡해요?"

그러니까 이리로밖에 찾아올 데가 없지 않느냐는 듯이 무엇을 호소하듯 한 눈으로 인숙을 내려다본다는 것이다.

"이웃이 챙피해요. 집 식구들두 시끄럽구요. 얼른 돌아가 주세요, 네!"

사정하듯 하면 봉우는 갑자기 풀이 죽어서 천천히 골목을 걸어나간다는 것이다. 그렇지만 얼마 있다 밖을 또 내다보면 봉우는 어느새 대문 앞에 도로 와서 척 지키고 서 있다는 것이다. 이래서 인숙은 자나 깨나 신경이 쓰여 흡사 미칠 것만 같다는 것이다.

"어떡허면 좋겠어요, 선생님."

말을 마치고 만기를 쳐다보는 인숙의 귀여운 얼굴이 아닌 게 아니라 이제 보니 핼끔하게 좀 파리해 있었다.

"천선생은 가정적으루나 사회적으루나 퍽 불행한 사람이오."

만기는 호젓한 말씨로 그렇게 대신 변명하듯 했다.

"저두 대강은 짐작하구 있어요."

"또한 본래 바탕이 너무나 선량한 사람이오. 중학 때부터 남에게 이용이나 당하구 피해나 입었지, 전연 남을 해칠 줄은 모르는 사람이었소. 그러니까 미쓰 홍두 천선생에게 악의나 증오감을 품

구 대하진 말아요."

"저두 알아요. 그러니까 여태 참구 지내다 못해 선생님께 의논하는 게 아니에요."

"천선생은 분명히 미쓰 홍을 사랑하구 있나 보오. 그러나 사랑을 노골적으루 고백할 수 있으리만큼 천선생은 당돌하지 못한 사람이오. 그만치 인간의 자격에 자신을 잃구 있는 분이지. 그러면서두 미쓰 홍을 떠나서는 못살겠는 모양이오. 잠시두 미쓰 홍을 안 보구는 못 배기겠는 모양이란 말요. 그렇다구 일방적인 천선생의 애정에 대해서 미쓰 홍이 책임을 질 필요는 없을 테지. 다만 질적으로나 양적으로나 피차 더 큰 괴로움을 가져올 방향으로 이 문제를 해결해서는 안 된다는 것뿐요. 물론 미쓰 홍의 불쾌하구 불안하구 난처한 처지는 알 수 있소만 조금 더 참구 지내요. 적당한 기회에 내가 천선생하구 조용히 얘길 해볼 테니. 그렇다구 이런 문제를 제삼자인 내가 아무 때나 불쑥 들구 나설 수두 없으니까 좀 기다리란 말요. 그동안에 자연스럽게 얘기할 기회를 만들어볼 테니까."

인숙은 붉어진 얼굴을 숙이고 가만히 듣고만 있었다. 얘기를 마치고 나서 만기는 인숙이더러 먼저 돌아가라고 했다. 인숙이가 문밖으로 사라진 뒤에야 만기도 일어나 봉우 자리로 가려니까 봉우는 그제야 눈이 휘둥그레서 벌떡 일어서더니 만기를 밀치듯이 하고 황황히 밖으로 쫓아나가 버렸다. 만기도 할 수 없이 얼른 셈을 치르고 따라 나가 보았다. 전차 정류장 쪽을 향해 저만치 걸어가고 있는 인숙의 뒤를 봉우는 부리나케 쫓아가고 있었다. 그 꼴경이 흡사 엄마를 놓칠세라 질겁해서 발버둥 치며 쫓아가는 어린애 모양과 비슷했다. 그 꼴을 묵묵히 바라보고 서 있던 만기는 저도 모르게 가만한 한숨을 토했다. 계산이 닿지 않는 애정에 저렇게 열중해야 하는 봉우가——그리고 저러지 않고는 못 배기는 인간이 딱했기 때문이다. 동시에 만기 자신을 중심으로 자꾸만 얼크러지는 애정과 애욕의 미묘한 혼란이 숨 가쁜 까닭이기도 했다. 물론 봉우 처의 저돌적인 육박도 골치 아픈 일이기는 했지만 그보다도 오히려 처제인 '은주'의 문제가 만기의 마음을 더 어지럽게 하였다.

은주는 어머니를 모시고 밑으로 어린 두 동생을 거느리고 어느 관청에 사무원으로 나가고 있었다. 6·25 동란 이후 삼사 년간은 전적으로 만기에게 얹혀 지냈다. 그러니까 만기는 처가네 식구까지 열네 명이나 되는 대가족을 거느리고 있었던 것이다. 친동생들을 학교에 보내면서 처제들이라고 모르는 체할 수는 없었다. 은주와 그 두 동생까지 모두 여섯 명이나 중학교, 고등학교, 대학교에 집어넣었다. 그들의 학비와 열네 식구의 생활비를 위해서 만기는 문자 그대로 고혈(膏血)을 짜 바쳤다. 물론 동생들은 고학을 한답시고 각자 능력껏 활동들을 해서 잡비 정도는 저희들이 벌어 썼지만 그렇다고 만기의 짐이 덜릴 수는 없었다. 만기는 자연 나날이 쪼들리지 않을 수 없었다. 얼마 안 되는 병원 수입만으로는 어림도 없었다. 참다 참다 급하게 되면 어쩔 수 없이 여기저기서 돈을 돌려다 썼다. 부모가 남겨준 유일한 재산이었던 집 한 채마저 팔아버리고 유축에 전셋집을 얻어갔다. 이러한 곤경 속에서도 만기는 가족들 앞에서 결코 짜증을 내거나 불평을 말하는 일이 없었다. 얼굴 한 번 찡그려본 일이 없었다. 아무와도 나눌 수 없는 고민이란 영혼까지도 고갈하게 만드는 법이다. 만기는 자기에게 지워진 고통을 혼자서만 이를 사려 물고 이겨나갔다. 하도 고민이 심할 때는 입맛을 잃고 잠도 제대로 이루지 못했다. 그러한 만기의 심중을 아내만은 알았다. 밤새껏 엎치락뒤치락 하며 남편이 잠을 못 드는 밤이면 아내는 말없이 만기를 끌어안고 소리를 죽여 가며 흐느껴 울었다. 그런 때 만기는 도리어 아내의 등을 어루만지며 위로해주는 것이었다.

"장 크리스토프라는 로랑의 소설 가운데 이런 말이 있다우. '사람이란 행복하기 위해서 살고 있는 것은 아니다. 자기의 정해진 길을 가기 위해서 살고 있는 것이다.' 여보, 나를 위해서 진심으로 울어줄 아내가 있는 이상 나는 결코 꺾이지 않을 테요. 그러니까 날 위해 과히 걱정 말구 어서 울음을 그쳐요. 자 어서, 이게 뭐야 언내처럼."

만기가 그러고 달래듯이 눈물을 닦아주려면 아내는 참아오던 울음소리를 탁 터뜨리고 발버둥 치며 더욱 섧게 우는 것이다. 아내는 세상의 어떤 아내보다도 만기를 깊이 이해하고 존경하고 사랑하고 동정하고 있었다.

그러나 그밖에 또 한 여인이 만기 아내에게 못지않게 만기를 존경하고 사랑하고 동정하며 한 지붕 밑에 살고 있었다. 그는 물론 처제인 은주였다. 은주는 소녀다운 깊은 감동으로 형부를 우러러

보고 사모했다. 귀공자다운 풍모, 알맞은 체격, 넓고 깊은 교양, 굳은 의지와 확고한 신념, 강한 의리감과 풍부한 인정미, 어떤 점으로 보나 형부 같은 남성은 세상에 다시없을 것 같았다. 그러한 형부가 보잘것없는 가족들을 위해서 노예처럼 희생당하고 있다. 형부를 위해서는 이따위 가족들이 다 없어져도 좋지 않을까. 아니, 형부를 둘러싸고 있는 너절한 인간들이 온통 사라져버려도 좋지 않을까. 불공평한 현실 속에서 가족을 위해 죄인처럼 고민하는 형부를 생각할 때 은주는 속으로 혼자 울며 그렇게 중얼거려 보기도 했다. 은주는 그처럼 형부를 위해 마음이 아팠다. 자연스럽게 형부를 사랑했다. 사랑하지 않고는 견딜 수 없는 심경이었다. 은주는 형부를 위해서라면 사랑을 위해서라면 언제든지 서슴지 않고 웃으며 죽을 수 있을 것 같았다. 은주는 오랫동안 여러 가지로 혼자 궁리한 끝에 대학교 일학년을 마치는 길로 자진해서 학업을 중단하고 취직해버렸다. 그러고는 어머니와 동생들을 데리고 셋방을 얻어나가 자립 생활을 시작했다. 조금이라도 사랑하는 형부의 짐을 덜어주고 싶어서였다. 이사해 나가는 날 마지막으로 식사를 같이 하고 나서 은주는 가족들이 있는 앞에서 언니에게 대담하게 이런 말을 했다.

"언니, 나 형부를 사랑해두 좋아?"

다들 웃었다. 물론 농담인 줄 알았기 때문이다. 그러나 만기와 그의 아내만은 겉으로는 웃었지만 속으로는 웃지 못했다. 은주의 말이 결코 농담에 그치는 것이 아님을 짐작할 수 있었던 탓이다. 작년부터는 가족들 사이에 자주 은주의 결혼 문제가 화제에 올랐다. 장모가 들를 적마다 사위와 딸 앞에서 은주의 나이 걱정을 해서다. 하기는 아버지 없는 은주에 대해서 언니나 형부 노릇뿐 아니라 아버지와 어머니 노릇까지도 대신해야 할 그들의 처지로서는 은주의 결혼 문제에 무심할 수는 없었다. 만기 부처는 기회 있는 대로 은주의 배필을 물색해보았다. 그러다가 적당한 상대가 나서면 사진을 구해 두었다가 은주가 들를 때 내보이곤 했다. 그러나 은주는 그때마다 사진 같은 건 거들떠보지도 않고,

"미안합니다. 누가 시집간댔어요!"

그러고는 장난꾸러기같이 어깨를 으쓱하며 쿡쿡 웃었다.

"애두, 그럼 평생 처녀루 늙을래."

언니가 가볍게 눈을 흘기면,

"형부만 한 신랑감을 골라주신다면……"

또 아까와 같이 어깨를 으쓱하며 웃었다.

"나보다 몇 갑절 나은 청년이야. 우선 사진이나 구경해."

만기가 남자 사진을 눈앞에 들이대도,

"사랑하는 사람을 두구 시집을 가란 말씀예요!"

정색하고 은주는 사진을 받아 던졌다.

"그렇지만 딱허지 않니? 형부를 이제 와서 둘이 섬길 수두 없구…… 그럼 차라리 내가 형부를 양보할까!"

만기 처가 농담 아닌 농담을 건네고 미묘하게 웃었다.

"언니, 건 안 될 말씀. 난 언니두 사랑하는 걸요!"

그러고는 살며시 다가앉으며 서양 사람이 그러듯 언니 볼에 가볍게 입을 맞추있다.

"여보, 세상에 나 같은 행운아가 어딨겠소. 선녀처럼 예쁘구 어진 당신과 비너스같이 황홀한 우리 은주 아가씨의 사랑을 독차지하게 됐으니 말이오!"

은주의 태도를 어디까지나 장난으로 구슬려 버리려는 만기의 의도를 은주는 묵살해버리듯,

"언니, 나 꼭 한 번만 형부하구 키스해두 괜찮우?"

어리광 피우듯 해서,

"여보, 이 애 소원을 풀어주시구려!"

언니가 어색한 웃음을 지으며 만기를 쳐다보았더니 은주는,

"가짓말, 언니 가짓말!"

언니를 나무라듯 몸부림치고 두 손으로 얼굴을 가리고 언니 무릎 위에 푹 엎드려버리고 말았다. 얼마 뒤에 고개를 드는 은주의 두 눈이 의외에도 젖어 있었다. 신뢰에 찬 미소로 시선을 교환하는 만기 부처의 얼굴에는 똑같이 복잡하고 난처한 기색이 떠오르고 있었다. 그러면서도 다행한 것은 만기와 단둘이 만났을 때는 은주는 추호도 연정을 표시하는 일이 없었다. 어디까지나 처제의 위치에서 형부를 대하는 담담한 태도였다. 은주가 만기에 대한 걷잡을 수 없는 사랑을 언동으로 표시하는 것은 반드시 언니가 동석한 자리에서만이었다. 그만큼 은주는 깨끗한 아이였다. 만기 처 역시 그랬다. 형부에 대한 은주의 사랑을 시인하지 않을 수 없으면서도 남편과 동생의 사이를 의심하지는 않았다. 그만치 남편과 동생을 믿고 있는 것이다. 이렇듯 알뜰한 아내와 은주 사이에 끼어서 만기는 참말 난처하지 않을 수 없었다. 결혼하기를 주위

에서들 아무리 달래고 권해도 은주는 영 듣지 않았다. 한평생 만기만을 생각하고 사랑하며 깨끗이 혼자 늙겠다는 것이다. 그것이 일시적인 단순한 흥분에서가 아니라 필사적인 각오로 은주 스스로가 택하는 자기 인생의 엄숙한 선언이었다. 그러니만치 주위 사람들도 다 함께 괴로웠고 당자인 만기는 더할 수밖에 없었다. 거기에 봉우 처마저 노골적인 추태로써 만기를 위협해왔고 봉우와 미스 홍의 어쩔 수 없는 문제, 외면해버릴 수 없는 익준의 암담한 가정 내막, 나날이 더 심해가는 경제적인 고통, 이런 복잡한 관계들이 뒤얽혀 만기의 마음속을 더욱 어둡고 무겁게만 해주었다. 그러나 만기는 역시 외면의 잔잔함만은 잃지 않았다. 한결같이 부드럽고 품 있는 미소로써 누구에게나 친절히 대하기를 잊지 않는 것이다.

삼십이 좀 넘어 보이는 낯선 남자가 봉우 처의 편지를 가지고 병원을 찾아왔다. 만기는 남자에게 의자를 권하고 편지를 펴 보았다. 비교적 달필로 남자 글씨처럼 시원스레 내리갈긴 편지의 내용은 이러했다.

일전에는 실례했나 봐요. 저를 천한 계집이라고 아마 비웃었을 것입니다. 그건 아무래도 좋아요. 지극히 인격이 고상하신 도학자님의 옹졸한 취미를 저는 구태여 방해하고 싶지는 않으니까요. 한편 저 같은 계집에게도 선생님같이 점잖은 분을 비웃을 권리나 자격이 어쩌문 아주 없지도 않을 거예요. 삶을 대단하게 엔조이할 줄 아는 현대인 가운데 먼지 낀 샘플처럼 거의 폐물에 가까운 도금(鍍金)한 인간이 자기만족에 도취하고 있는 우스꽝스런 꼴을 아시겠습니까? 선생님 자신이 바로 그러한 인간의 표본이야요. 선생님에게 또 비웃음 받을 이따위 수작은 작작하고 그러면 용건을 말씀드리겠습니다.

다름 아니라 그날도 말씀드린 바와 같이 병원 시설을 작자가 나섰을 때 팔아 치울 생각입니다. 이 편지를 갖고 간 분에게 기구 일습을 잘 구경시켜 드리기 바랍니다. 매매 계약은 대개 오늘 안으로 성립될 것이오며 계약 성립 즉시로 통지해 드리겠사오니 그때는 일주일 이내에 병원과 시설 일체를 내어주시기 바랍니다.

저는 선생님이 원하신다면 새로이 현대적 시설을 갖추어 드리고 싶었고 현재도 그러한 제 심정에는 변함이 없습니다. 그러나 솔직한 제 호의를 침 뱉어버리는 선생님의 인격 앞에 저는 하릴없이 물러서는 수밖에 없나 봅니다.

그러한 본문 끝에 '추백(追白)'[8]이라고 하고 '만일 제게 용건이 계시면 다음 번호로 언제든지 전화를 걸어주시기 바랍니다'에 이어서 전화번호가 잔글씨로 적혀 있었다. 편지를 읽고 난 만기는 언제나 다름없이 침착한 태도로 알맹이를 도로 접어서 봉투 안에 집어넣었다. 그의 손끝이 가늘게 떨렸다. 인숙이만이 재빨리 그것을 눈치 챌 수 있었다. 만기는 편지를 서랍 속에 간직하고 나서 그 편지를 갖고 온 남자에게 친절한 태도로 시설을 보여주었다. 남자는 의료 기구상을 하고 있다고 하면서도 기계에 대한 내용을 잘 모르는 것 같았다. 그 남자가 돌아간 뒤 만기는 자기 자리에 앉아서 담배를 피워 물었다. 몹시 피로해 보였다. 얼굴색도 알아보게 창백해져 있었다. 인숙이가 조심히 다가와서,

"이제 그 분 뭐 하러 왔어요?"

걱정스레 물었다.

"시설을 보러 왔소."

"건 왜요?"

"어찌 되면 이 병원의 시설이 그 사람에게 팔릴지두 모르겠소."

그 말에 놀란 것은 간호원뿐이 아니었다. 대합실 소파의 구석 자리에 앉아서 반은 자고 반은 깨어 있던 봉우가 별안간 눈을 휘둥그렇게 뜨고 만기를 건너다보았다.

"정말인가?"

"그런가 보이!"

"그럼 이 병원은 아주 문을 닫아버린단 말인가?"

"그렇게 되기 쉬울 거야!"

봉우는 어처구니없다는 듯이 입을 벌린 채 잠시 만기를 멍하니 바라보고 있었다.

"그럼 대체 자네나 미쓰 홍은 어떻게 되는 건가?"

"글쎄, 아직 막연하지!"

봉우는 거의 절망적인 눈으로 만기와 인숙을 번갈아 보았다.

"천선생님, 이 병원을 팔지 말구 이대루 두라구 사모님께 잘 좀 부탁을 하세요, 네!"

인숙은 심각한 표징으로 애원하듯 했다.

"내가? 내가 부탁헌다구 들어줄까요?"

"선생님 사모님이신데 아무렴 선생님이 간곡히 부탁하면 안 들으실라구요."

"그럼 뭐라구 하문 될까요?"

"어마, 그걸 제가 어떻게 알아요. 선생님이 잘 생각해서 말씀하셔야죠."

봉우는 더 대답을 못 하고 고개를 숙여버리고 말았다. 그에게는 아내를 움직이는 일은 하늘을 움직이는 일만큼 불가능한 일이었던 것이다. 그러나 아내를 움직이지 못한다면 그는 유일한 휴식처요 보금자리인 이 대합실 소파를 빼앗겨버리고 말 것이다. 그뿐이 아니다. 마음의 빛이요 보람인 미스 홍을 놓쳐버리고 말 것이 아닌가! 봉우는 그만 처참할 정도로 푹 기가 죽어버리고 말았다.

몇 시간 뒤의 일이었다. 마침 환자가 있어서 치료해 보내고 만기가 자기 자리로 돌아와 환자 카드를 정리하려는데 허줄한' 소년이 대합실 문 앞에서 기웃거리며 안을 살피고 있었다. 전번에 왔던 익준의 아들이었다.

"너 웬일이냐?"

만기는 직감적으로 어떤 불길한 예감에 쏠리며 물었다. 소년은 먼젓번처럼 가만히 문을 밀고 대합실 안에 들어섰다. 소년의 얼굴에는 눈물 자국이 있었다. 소년은 병원 안을 한 바퀴 둘러보고 나서 만기를 보았다.

"울 아버지 안 오셨어요?"

"안 오셨다. 이삼 일 전부터 통 보이질 않는구나."

소년은 한 발에만 고무신을 신고 왜 그런지 한 짝은 벗어서 손에 들고 있었다.

"아버지 집에두 안 돌아오셔요."

"그래? 언제부터?"

만기는 이상해서 다그쳐 물었다.

"어저께두 그 전날두 안 돌아오셨어요."

"웬일일까!"

정말 알 수 없는 일이었다. 소년은 무슨 말을 할 듯 할 듯하다 말고 그대로 돌아서 나가려고 했다. 만기는 얼른 소년을 도로 붙들어 세운 다음,

"어머닌 좀 어떠시냐?"

묻고서 그 대답이 무서웠다.

"죽었어요."

소년은 수치스러운 일처럼 고개를 숙이고 가만한 소리로 대답했다. 예측했던 일이지만 만기는 가슴이 섬뜩했다. 언제 돌아가셨느냐니까,

"좀 아까예요!"

소년은 그러고 외면을 했다. 더 자세히 얘기를 듣고 보니 소년의 모친은 약 두 시간 전에 눈을 감은 모양이었다. 집에는 두 동생과 주인집 할머니만이 시체를 지키고 있다는 것이다. 외할머니도 아침에 생선 장사를 나간 채 아직 돌아오지 않았다고 한다. 만기는 소년의 한쪽 손을 꼭 쥐어주며,

"대체 아버지는 어딜 가셨을까?"

다정하게 물었다.

"모르겠어요!"

소년은 슬그머니 손을 빼고 돌아서 나가려고 했다.

"가만 있거라. 나랑 같이 가자."

만기는 흰 가운을 벗고 양복저고리를 바꾸어 입었다. 그리고 오늘 들어온 돈을 죄다 긁어서 주머니에 넣었다.

"여보게 봉우. 자네두 같이 가지."

"뭐? 나두?"

봉우는 자다 깬 사람처럼 얼떨결에 놀라 묻고 좀 머뭇거리다가 엉거주춤 따라 일어섰다. 간호원에게 뒷일을 부탁하고 만기가 앞장서 막 병원을 나서려는 참인데 이십 살쯤 되었을 어떤 청년이 들어섰다. 청년은 원장선생님을 찾더니 만기에게 한 장의 쪽지를 전하였다. 봉우 처에게서 온 통지였다.

　병원 시설은 매매 계약이 성립되었습니다. 앞으로 일주일 이내에 병원을 비워주시기 바랍니다.

그리고 이번에도 언제든 용건이 있으면 서슴지 말고 연락을 해달라고 하고 전화번호가 적혀 있었다. 만기는 말없이 쪽지를 편대로 간호원에게 넘겨주고 밖으로 나왔다.

익준의 아들은 밖에 나와서도 한쪽 고무신을 손에 든 채 그쪽은 맨발로 걷고 있었다. 남 보기에도 덜 좋으니 그러지 말고 한쪽 고

무신마저 신으라고 권해도,

"발에 땀이 나서 그래요."

소년은 점직한[10] 듯이 그리고 한쪽 손에 든 고무신을 뒤로 슬며시 감추었다. 그러나 만기는 그제야 눈치를 채고 소년이 들고 있는 고무신을 걸으면서 유심히 보았다. 그것은 달아서 뒤꿈치가 터지고 코뚜리가 쭉 찢어져서 도무지 발에 걸리지 않게 되어 있었다. 만기는 가슴이 찌르르 했다. 전차를 타기 전에 그는 소년에게 고무신부터 한 켤레 사주고 싶었다. 그러나 그 근처에는 고무신 가게가 눈에 뜨이지 않았고 때마침 전차가 눈앞에 와 멎어서 그대로 이내 차에 오르고 말았다.

소년의 가족이 들어 있는 집은 지붕을 기름종이로 덮은 토담집이었다. 소년의 어린 두 동생이 거지 아이 꼴을 하고 문턱에 기운 없이 걸터앉아 있었다. 역한 냄새가 울컥 코를 찌르는 침침한 방 안에는 옆방에 산다는 주인 노파가 역시 이웃 아낙네와 마주 앉아 시체를 지키고 있었다. 방바닥에 착 달라붙은 듯한 시체 위에는 낡은 담요 조각이 덮여 있었다. 우선 집주인 노파에게 인사를 하고 나서 만기는 할 일을 생각했다. 주인이 없더라도 사망 진단서와 사망 신고 등의 절차는 밟아두어야 했다. 요행 반장의 협력을 얻어서 그런 일들은 무난히 끝낼 수가 있었다. 아이들의 외할머니는 저녁때가 되어서야 비린내 나는 광주리를 이고 돌아왔다. 딸이 죽은 것을 알고도 그리 슬퍼하지도 않았다. 그저 노파의 전신에는 보기에 딱하리만큼 심한 피로가 배어 있었다. 노파의 말에 의하면 익준은 이삼 일 전에 인천 방면의 어느 공사판을 찾아갔다는 것이다. 환자에게 주사 몇 대라도 맞혀주면 한이나 풀릴 것 같아서 벌이를 떠났다는 것이다. 부득이 만기가 주동이 되어서 장례식 일을 맡아보아 주는 수밖에 없었다. 첫째 비용이 문제였다. 만기는 자기 호주머니를 톡톡 털어서 당장 사소한 비용을 썼다. 봉우는 그저 시무룩하니 앉아서 만기 눈치만 살피다가 어디를 나가면 그림자처럼 따라다닐 뿐이었다. 상가에서 밤을 새우고 나서 만기는 이튿날 아침 잠깐 병원에 들러 보았다. 물론 봉우도 함께 와서 대합실 구석 자리에 앉아 있었다. 만기도 나른히 지쳐 있었다. 인숙이가 걱정스레 만기를 바라보며 무슨 말을 할 듯하다가 말았다. 만기는 한동안 묵연히 생각에 잠겨 있다가 대합실 소파로 가서 봉우 옆에 바싹 다가앉았다.

"여보게, 같이 가서 자네 부인을 좀 만나보구 올까!"

"아니, 건 또 무슨 소리야."

"당장 장례비용이 있어야 할 게 아닌가. 그러니 자네두 같이 가서 조언을 좀 해줘야겠단 말이네."

만기는 봉우 처에게서 장례비용을 좀 뜯어볼 생각이었다. 아무리 간소히 치른다 해도 관은 사야 할 게고 세 어린것에게 상복을 입히고 영구차도 불러야 하겠는데 그 비용을 변통할 길이 달리는 전연 없었기 때문이다. 밖에 나가 전화를 걸고 찾아가려고 만기는 그리 달가워하지 않는 봉우를 끌고 일어섰다. 그러자,

"선생님 잠깐만⋯⋯"

무슨 각오를 지닌 듯한 표정으로 인숙이가 불러 세웠다.

"왜 그러우?"

인숙은 만기를 진찰실 구석으로 끌고 가서 나지막한 소리로,

"이 병원 결정적으루 팔리게 되었나요?"

캐묻듯 했다.

"그런 모양이오!"

인숙은 심각한 표정으로 고개를 숙였다. 잠시 말을 못 하고 서 있었다. 밀린 급료 문제나 실직될 것을 걱정해서 그러는 줄로 만기는 알았다.

"미쓰 홍이 삼 년 이상이나 마치 자기 일처럼 성의껏 거들어준 데 대해서는 그 고마움을 평생 잊지 않겠소. 그런 만큼 헤어지게 될 때는 충분히 물질적 사례를 취하는 것이 도리겠지만 미쓰 홍도 알다시피 현재의 내 경제적 사정으로는 그건 어렵겠으나 밀린 급료만은 어떡해서든 책임지고 청산하도록 할 테니 그리 알아요. 그리구 미쓰 홍의 취직 문젠데 나도 딴 병원을 극력 알아볼 테니 미쓰 홍도 오늘부터라두 아는 사람에게 미리 부탁해 두어요."

만기는 한편으로는 사과하듯 한편으로는 위로하듯 했다. 그러자 불시에 고개를 바짝 들고 정면으로 쳐다보는 인숙의 시선에 부딪친 만기는 가슴에 뭉클하는 충동을 받았다. 원망스럽게 쳐다보는 인숙의 눈에는 눈물이 핑그르르 돌고 있었기 때문이다.

"절 그렇게만 보셨어요!"

인숙은 외면하면서 손가락 끝으로 눈물을 뭉개고 나서,

"건 가혹한 오해세요!"

입술을 깨물었다.

"미쓰 홍, 내가 피로해 있었기 때문에 실언을 했나 보오. 너무 노골적인 말이어서 노엽거든 용서해요."

"선생님, 저보다두 실상 선생님이 더 큰일 아니에요. 그 숱한 식구의 생활비며 학비며…… 개업 중에두 늘 곤란을 받으셨는데 병원을 내놓게 되면 당장 어떡허세요!"

"고맙소. 그러나 스스로 애쓰는 자는 하늘이 돕는다지 않소. 우선 채선생네 장례식이나 끝내고 나서 나도 백방으로 살길을 찾아볼 테니 과히 걱정 말아요!"

인숙은 이상히 빛나는 눈으로 만기를 쳐다보다가,

"선생님. 새로 병원을 차리려면 최소한도 얼마나 자금이 필요해요?"

주저하며 물었다.

"아마, 팔십만 환은 가져야 불충분한 대로 개업할 수 있을 게요."

인숙은 잠깐 동안 입술을 깨물고 섰다가 불시에 고개를 들고 호소하는 듯한 눈으로 만기를 쳐다보며,

"선생님, 제게 오십만 환이 있어요. 그걸 선생님께 드리겠어요. 그리구 오빠에게 부탁해서 삼십만 환은 어디서 싼 이자루 빌려오도록 하겠어요. 선생님 병원을 내세요!"

말을 마치자 인숙의 눈에서는 갑자기 눈물이 주르르 쏟아졌다. 인숙은 그것을 씻을 생각도 않고 젖은 눈으로 열심히 만기를 쳐다보며 서 있었다. 조금이라도 만기가 움직이기만 하면 인숙은 쓰러지듯 그대로 만기 가슴에 얼굴을 묻고 매달릴 것 같았다.

"미쓰 홍이 어떻게 그런 대금을 자유로 할 수 있겠소!"

만기는 그럴수록 냉정한 언동을 유지하려고 애쓰며 물었다.

"그동안 제가 받은 급료에는 일절 손을 대지 않구 제몫으루 고스란히 모아왔어요. 어른들은 제 결혼 비용으로 생각하고 계셨지만 저는 선생님께 병원을 차려 드릴 일념으루 모아온 돈이에요!"

동일한 자세로 만기의 얼굴을 지켜보고 서 있는 인숙의 눈에는 새로운 눈물이 계속해 흘렀다. 그 눈물 저쪽에 타오르고 있는 인숙의 눈에서 만기는 아내의 애정을 보았고 은주의 열정을 느꼈다. 영롱하게 젖은 그 눈 속에는 모든 여자가 진정으로 사랑하는 남자에게만 보여주는 마음의 비밀이 빛나고 있었다. 만기도 가슴 속이 훅 달아오르는 것을 참고 눌렀다.

"미쓰 홍, 입이 있어도 내게는 당장 대답할 말이 없소. 인제 그만 눈물을 닦아요. 어제 오늘은 내 머리도 몹시 복잡합니다. 훗날 머리가 좀 식은 다음에 천천히 얘기합시다."

겨우 그런 말을 중얼거리고 만기는 문간에서 기다리고 서 있는 봉우를 따라 밖으로 나와 버리고 말았다.

봉우 처에게 전화를 걸었더니 딴 사람이 전화를 받았지만 이내 만날 수 있게 연락을 취해주었다. 지정한 다방으로 가보니 봉우 처가 기다리고 있었다. 앞장서 들어서는 만기를 보고 반색을 하다가 뒤따라 들어오는 자기 남편을 보고 여자는 놀라는 눈치였다. 마주 앉기가 바쁘게 만기는 용건부터 얘기했다. 익준이와 봉우와 자기는 중학 시절 이래 막역한 친구임을 말하고 나서 익준이네 비침힌 가정 형편을 들려주었다. 그리고는 장례비용을 회사하거나 빌려주기를 간청한 것이다.

"정말야. 이 친구 말대루야. 나두 보구 가만있을 수가 없어. 몇 달 동안 내 용돈을 안 타 써두 좋으니까 사정을 봐 줘."

봉우는 제법 용기를 내서 아이가 어머니에게 조르듯이 옆에서 거들었다. 그사이 봉우 처는 몇 번이나 낯색이 변하였다.

"선생님에게두 저 같은 여자가 소용에 닿을 때가 있군요. 좋아요. 저는 점잖은 선생님의 청을 거절할 용기가 없어요!"

여자는 언어 이상의 의미를 표정으로 나타내고 나서 일어서 저쪽으로 가려다가,

"오만 환 정도라면 당장 되겠어요. 물론 현금이 좋으시겠죠."

대답도 듣지 않고 카운터 뒤로 사라져버리더니 좀 뒤에 현찰을 신문지에 꾸려가지고 돌아왔다. 만기가 치하를 하고 일어서려니까,

"이 돈 그냥 드리는 건 아니에요."

여자가 그래서,

"알겠습니다. 이 자리에서 기일 약속은 할 수 없지만 반드시 책임지고 갚아드리겠습니다."

그랬더니 봉우 처는 문간까지 따라 나오며 애교 띤 농담조로,

"고지식한 양반. 그렇다면 원금만 가지고는 안 되겠어요. 적당한 이자까지 듬뿍. 아시겠어요?"

거의 아양에 가까운 교태였다. 봉우의 눈치를 곁눈질로 살피며 당황히 줄달음치듯 나오는 만기 등 뒤에다 대고,

"일간 다시 들러주세요. 선생님 일루 꼭 의논할 일이 있으니

까요!"

여자는 거리낌 없이 소리를 지르는 것이었다.

하여튼 그 돈으로 간소하나마 격식을 갖추어 장례식을 무사히 치를 수 있은 것은 다행한 일이었다. 관을 사오고 광목을 떠다 아이들에게 상복을 지어 입히고 고무신도 사다 신겼다. 의논해서 화장을 않고 망우리에 무덤을 남기기로 했다. 장지로 향하는 차 안에서 익준이가 없는 것을 만기가 탄식했더니,

"살아서두 남편 구실 못 한 위인, 죽은 댐에야 있으나마나지!"

익준의 장모는 개의치 않았다. 그러나 좀 늦게나마 남편 구실을 못 한 익준이 그날로 집에 돌아오기는 한 것이다. 거의 황혼 무렵이 되어서 산에서 돌아온 일행이 익준네 집 골목 어귀에서 차를 내렸을 때였다. 저쪽에서 머리에 흰 붕대를 감고 이리로 걸어오는 허줄한 사내가 있었다. 아이들이 먼저 알아차리고,

"아, 아버지다!"

소릴 질렀다. 그러자 익준은 멈칫 걸음을 멈추었고 이쪽에서들도 일제히 그리로 시선을 보냈다. 익준은 머리에 상처를 입은 모양이었다. 한 손에는 아이들 고무신 코숭이가 비죽이 내보이는 종이 꾸러미를 들고 있었다. 그는 무표정한 얼굴로 이쪽을 향하고 꼼짝 않고 서 있었다. 석상(石像)처럼 전연 인간이 느껴지지 않는 얼굴이었다.

"어이구, 차라리 쓸모없는 저따위나 잡아가지 않구 염라대왕두 망발이시지!"

익준의 장모는 사위를 바라보면서 그렇게 중얼대고 인제야 눈

물을 질금거렸다. 그래도 아이들이 제일 반가워했다. 일곱 살 먹은 끝의 놈은,

"아부지!"

하고 부르며 쫓아가서 매달렸다.

"아부지, 나, 새 옷 입구, 자동차 타구 산에 갔다 왔다!"

어린것이 자랑스레 상복 자락을 쳐들어 보여도 익준은 장승처럼 선 채 움직일 줄을 몰랐다.

신神의 희작戱作
―― 자화상

1

시시한 소설가로 통하는 S――좀더 정확히 말해서 삼류 작가 손창섭씨는, 자기 자신에게 숙명적인 유머를 발견하고 있는 것이다. 무딘 대가리를 쥐어짜서 소설이랍시고 어이없는 소리만을 늘어놓는 그 자신의 글이, 반드시 해괴망측하대서만이 아니다. 외양과 내면을 가릴 것 없이, 그의 지극히 빈약한 인생 그 자체가 이미 하나의 유머로써 존재하고 있기 때문이다.

우선 아무렇게나 생겨 먹은 그의 외모부터가 도무지 탐탁한 구석이라곤 없는 것이다.

한 번도 제대로 손질을 해본 성싶지 않은 봉두난발에, 과도히 작은 머리통, 기품이라곤 찾아볼 수 없는 검고 속된 얼굴 모습, 정채 없는 희멀긴 눈, 불안히 길고 가는 목, 본새 없이 좁고 찌

그러진 어깨, 게다가 팔이라는 건 이게 양쪽이 아주 짝짝이다. 그 밖에 억지로 뽑아 늘인 듯이 균형을 잃고 휘청거리는 동체¹며 다리. 어느 한구석 정상적인 엄격한 인간 규격에 들어가 맞는 풍모는 도시 아니다.

S의 외형이 이런 꼬락서닐 제야, 그 내부 세계 또한 규격 미달의 불구 상태일 것은 거의 뻔한 노릇이다.

그것은 의식 세계의 단적 표현인, 그의 소설이란 것을 읽어보면 족히 짐작할 수 있는 일이다. 그 속에는 첫줄 첫마디에서부터, 끝줄 끝마디까지 음산한 신음 소리로 가득 차 있는 것이다. 그러나 그 작중 인물들을 유심히 뜯어보면, 결코 모두들 앓고만 있는 것은 아니다. 그들의 대부분은 이미 정신적 질병에 대한 면역성을 가지고 있는 자들이다. 도대체가 앓고 있지도 않는 사람들이 줄곧 신음 소리를 연발하며 살고 있다는 것은 참말 어이없는 일이 아닐 수 없다.

즉 그것은 더 말할 나위도 없이 작자의 육체적 정신적 기형성에 연유한 것으로써, 여기에 그의 비극적인 유머가 있는 것이다. 이러한 그의 유머는 작품을 통해서보다도, 실생활 면에 노출될 때, 더욱 비극적인 색채를 가미하게 되는 것이다.

아마도 그가 격에 맞지 않는 문학을 스스로 필생의 업으로 택하게 된 것은, 자신의 이러한 비극적인 유머의 정체를 기어이 밝혀 보자는 절실한 욕구에서인지 모른다.

S가 겨우 철이 들기 시작하면서, 처음으로 커다란 충격을 체험

하게 된 것은, 어머니가 모르는 남자와 동침하는 현장을 발견했을 때였다.

열세 살이었다. 어머니 외에는 할머니와 단 세 식구뿐이었다. 그날따라 할머니는 나들이 가고 없었다.

학교에서 돌아와 보니 대문이 안으로 잠겨 있었다. 열어 달라고 고함을 지를 필요는 없었다. 다람쥐처럼 판장² 울타리를 멋지게 기어 넘으면 그만이니까. 그만한 재주가 한창 자랑이었다.

방문도 걸려 있었다. 부엌으로 가서 사잇문을 밀어보니 그것도 꿈쩍 안했다. 엄마 문 열어 하고 소리를 지르려는데 안에서 먼저 히들거리는 웃음소리가 났다. 이상해서 문틈으로 들여다보니, 대낮인데도 방바닥에는 이불이 펴 있었다. 그 속에서 꿈틀거리는 사람이 있었다. 어머니와 낯선 남자가 한 덩어리로 얽혀 있었던 것이다.

S는 그 자리에 펄썩 주저앉았다. 아무래도 이런 건 보통 일이 아니라고 생각되었기 때문이다. 그러나 그는 용감했다. 왜 그런지 이런 땐 잔뜩 골을 내야 한다고 깨닫고,

"엄마, 문 열어."

볼멘소리로 외치고 사잇문을 덜컹덜컹 흔들었다. 낯선 사내가 황급히 옷을 주워 입고 도망치듯 달아나버린 뒤, 모친은 S의 머리를 세차게 쥐어박았다.

"칵, 뒈져라, 뒈져, 요 망종³아."

그처럼 증오에 찬 어머니의 눈을 보기는 처음이었다. S는 정말 지기기 죽어야 미망할 것 같기도 했다. 두고두고 그 생각은 복수

(複數)적인 의미에서 그를 압박했다. 모친이 남자와 동침하고 있을 때는, 절대로 밖에서 소리를 지르거나 문을 흔들어서는 안 되는 것을 그랬나 보다고 후회가 컸던 것이다.

 모친이 어떤 남자와 같이 잔다는 것은, 그만치 중대하고 싫은 사건임에 틀림없었기 때문이다. 불과 열세 살의 S로서는 왜 중대한지는 모르면서도, 아무튼 그것이 캭 돼지라고 하거나, 캭 돼지고 싶도록 싫고 중대한 사건인 것만은 직감이 알려주었다.

 하기는 S는 나이보다도 훨씬 남녀 관계에 대해서는 조숙한 편이었다.

 환경 탓이었다. 국민학교 일학년까지 그는 유곽⁴ 거리에서 자랐다.

 고무 공장의 직공이었던 어머니가 밤대거리⁵를 하게 되는 날이면, 으레 조모가 저녁밥을 보자기에 싸 들고 공장까지 날라다주었다. 그동안 S는 혼자 남아서 동네 색시들의 귀염둥이 노릇을 하는 것이었다.

 색시들은, 낮에는 대개 도깨비처럼 하고 방구석에서 잠만 잤다. 그러다가 밤이 오면 선녀인 양 곱게 단장하고 골목 안이 왁자하도록 쏟아져 나와 사내들을 낚았다. 거기에는 항시 계집과, 사내와, 음탕한 대화와, 술과, 호들갑스런 웃음소리와, 싸움만이 풍성했다. 그런 지대를 어린 S는 강아지 새끼모양 쫄래쫄래 쏘다니며 여러 색시들과 친했다. 색시들은 정말 선녀만큼 예쁘고 상냥하다고 생각했다.

 "너 커서 어떤 색시한테 장가들래?"

"아줌마 같은 색시."

그래서 불우한 색시들을 만족하게 웃겨주었다.

이러는 동안에 S는 어린애답지 않게 어른을 배웠다. 모르는 사이에 차츰 남녀 구별의 야릇함을 수줍어하게끔 조숙해갔던 것이다.

그렇더라도 모친이 웬 남자와 동침한 사건을 구체적으로 이해하기에는 S는 아직도 너무 어렸다.

그저 막연히 자기 운명에 어떤 불길한 변화가 닥쳐올지도 모른다는 불안감이 엄습했을 뿐이었다. 그러한 불안감은 미묘한 작용으로 자기 자신에 대한 자책적인 수치감과 혼합되어 갔다.

언젠가 잠자리에서 있은 일이었다. 물론 S는 아직도 어머니와 한 이불 속에서 잤다. 밤중에 어렴풋이 잠이 깼을 때였다. 사타구니에 별안간 어머니의 손길을 느꼈다. 어머니의 손은 다정하게 그것을 주물러 주었다. 그러자 그의 그 조그만 부분은 어이없게도 맹렬한 반응을 일으킨 것이다. 어머니는 놀라선지 주무르던 손을 멈추었다. 그러나 놓지는 않고 한참이나 꼭 쥔 채로 있었다. 그는 어머니의 손의 감촉을 향락하듯이 고간(股間)[6]에 힘을 주어 꼭 끼었다. 어머니는 갑자기 손을 뺐다. 그러더니 그를 탁 밀어붙이듯 하고 돌아누워 버렸다.

그 일이 왜 그런지 S에게는 늘 부끄러웠다.

이 수치감은, 마침내 어머니의 동침 사건과 결부되어 극히 희미하나마 일종의 까닭 모를 공모 의식 같은 것으로 변하면서 그의 심중에 번지갔다.

사건 이후에도 어머니가 그 남자와 만나는 것을 알았을 때, S는 더욱 강하게 그런 야릇한 심리를 경험했고, 오금이 나른하도록 풀기가 꺾였다.

학교에서 돌아오다가, 꼭 멧돼지같이 생긴 그 남자와 나란히 걸어가는 어머니를 발견했다. S는 얼굴이 해쓱해지며 옆 골목으로 뛰어 들어갔다.

"칵 뒈져라, 뒈져."

S는 어느 집 뒷벽에 기대서서 그렇게 저주하며 두 주먹으로 자기 머리를 자꾸만 쥐어질렀다.

그것은 어머니가 자기더러 그러는 것이다. 한편 그것은 자기가 어머니에게 그러는 것이기도 했다.

어머니는 날더러 칵 뒈지라고 했다. 어머니는 그 남자와 동침하기 위해서는 정말 나를 죽일지도 모른다. 어째 꼭 그럴 것만 같았다. 그는 무서운 생각이 들었다.

유곽 거리에서 살 때다. 어떤 색시가 동침 중이던 남자와 함께 들보에 목을 매고 나란히 죽어 늘어진 꼴을 구경한 일이 있었다. 왜 그런지 자꾸만 그 끔찍한 광경이 머리에 떠올랐다. 어머니와 자기는——둘 중에 누구든 그렇게 될지도 모른다는 공포감이 불시에 전신을 휩쌌다. 그는 겁에 질린 눈으로 전신에 식은땀을 죽죽 흘리며 집에 돌아간 것이다.

그 뒤로는 불길한 몇 가지 영상과 미칠 듯한 공포감이 잠시도 S의 머릿속을 떠나지 않고 짓눌렀다. 그 멧돼지 같은 남자와 어머니가 동침하던 광경과, 칵 뒈지라고 하며 쥐어박던 어머니의 증오에 찬 눈과, 자기(S)의 사타구니를 주무르는 어머니의 손을 향락하던 자신과, 자신의 야뇨증 때문에 거의 마를 날이 없이 지린내를 풍기는 얼룩진 요와, 정부하고 나란히 목을 매고 죽어 늘어졌던 창녀의 모양이, 때로는 따로따로 때로는 뒤범벅이 되어서 어린 그의 머릿속과 눈앞을 혼란하게 하였다.

S는 길을 걸으면서도, 교실에 앉아 선생님과 강의를 들으면서도, 혹은 방에 멍청히 앉아 있으면서도, 그와 같은 해괴한 환영과 공포감에, 전신이 금시 나른히 꺼져 없어지는 것 같으면서 비 오듯 식은땀을 죽죽 흘리는 것이었다.

어머니와 멧돼지 같은 남자와의 불길한 관계는 그 뒤로도 죽 계속되었다. 그럴수록 S의 마음속의 야릇한 혼란과 공포감도 더욱 심해갈 뿐이었다.

그렇지만 S는 아무에게도 그러한 비밀을 털어놓을 수가 없었다. 그것은 왜 그런지 죽으리만큼 창피한 일이며, 집안의 운명을 망치는 무서운 결과가 올 것만 같았기 때문이다. 요즈음 왜 그렇게 혼 나간 사람처럼 기운이 푹 꺾여버렸느냐고 걱정하는 할머니에게까지, 그는 아무 말도 하지 않았다. 할머니에게조차 말하기가 무서웠던 것이다.

그날도 할머니가 어느 일갓집에 다니러 간 뒤의 일이었다. S가 학교에서 돌아와 보니 대문과 방문이 안으로 다 잠겨 있었다. 그는 문틈으로 방 안을 들여다보았다. 역시 이불이 펴 있었고, 그 속에는 어머니와 남자가 말이 안 되는 모양으로 부둥켜안고 있었다. 그는 문틈에 전신이 얼어붙은 듯이, 어머니와 남자가 옷을 쟁겨 입고 일어나 나올 때까지 꼭 붙어서 들여다보고 있었다. 그의 얼굴은 완전히 핏기가 사라지고, 미역을 감은 듯이 땀에 젖어 있었다.

어머니가 남자와 함께 한쪽 문을 열고 나왔다. S는 지쳐 쓰러진 듯이, 문설주에 어깨를 기댄 채 꼼짝도 하지 못했다.

"아니, 요, 망종이…… 너 언제 돌아왔니?"

어머니는 얼굴이 새빨개지며 눈썹을 곤두세웠다.

"아까, 아까."

S는 신음하듯 간신히 대답했다.

"아니, 요, 배라먹을 놈의 종자가……"

어머니는 대뜸 한 손으로 그의 덜미를 거칠게 덮치더니 와락 끌어 일으켰다. 그리고 딴 손으로 그의 머리통을 호되게 쥐어박으려고 했다.

"엄마, 내가 칵 죽어버릴게."

예기치도 않았던 말이 그의 입에서는 애원하듯 흘러나온 것이다.

순간 어머니는 흠칫 놀라며 한걸음 뒤로 물러섰다. 그리고 뚫어지게 S의 얼굴을 들여다보았다. 노기에 차 있던 어머니의 눈빛이 차츰 공포로 변해가기 시작했다.

"너, 어디가 아픈 게로구나."

어머니는 십 전짜리 은전을 한 닢 꺼내 그의 윗 양복주머니에 넣어준 다음, 방에 들어가 누워 있으라고 이르고, 남자의 뒤를 따라 도망치듯 황황히 나가버린 것이다.

S는 빈방에 들어가 쓰러지듯이 누워버렸다. 왜 그런지 기운이 푹 빠져서 꼼짝도 할 수 없었다. 남자와 부둥켜안고 있는 어머니의 모양, 증오에 찬 어머니의 눈, 자기 오줌에 젖은 얼룩진 요, 어머니의 손맛을 향락하던 자기 고간의 돌출부, 목매달고 정사한 창부의 시체, 아들 없는 며느리에게 얹혀 지내기가 괴로워 자주 일갓집으로 신세 한탄하러 다니는 할머니의 초라한 모습, 이러한 영상들이 혹은 박쥐 모양을 하고 혹은 도깨비나 귀신의 형상이 되어 눈앞을 와글거리며 떠나지 않았다. 그놈의 괴물들 중에서는 별안간 S의 목을 물어뜯으며, 너는 칵 죽어야 한다고 소리를 지르는 통에, 그는 비명을 지르고 몇 번이나 상반신을 일으키기도 하였다.

 그러한 환영과 공포와 초조에 시달리며 얼마나 시간이 흘렀을까. S는 죽어 늘어진 창부의 시체를 눈앞에 바라보며 갑자기 비틀비틀 일어나 밖으로 나갔다. 곧장 부엌에 들어가 나뭇단을 묶어둔 새끼 오라기를 끌렀다. 그리고 부뚜막에 올라서서 발돋움을 해가며 엉성한 서까래에 단단히 비끄러맸다. 마지막으로 S는 그 줄을 팽팽히 잡아당겨 목에다 감아매고, 인제는 정말 어머니 말대로 칵 뒈져버리는 것이라고, 기묘한 승리감에 도취하며 발끝을 부뚜막에서 떼어버린 것이다. 순간 그는 목이 끊어져 나가는 것 같은 충격을 느끼며, 숨이 탁 막히고 머리가 아찔해서 정신없이 팔다리를 허비적거리기 시작했다.

 이렇듯 신(神)을 실소케 하리만큼, 어떤 절대적인 음모에 도전하듯 하는 S의 어이없는 행위는, 그의 가족과 주위 사람들을 경악

케 했던 것이다.

  S가 간신히 제정신을 회복했을 때는, 누가 자기의 몸을 주무르고 있는 옆에서 조모가 정신없이 울고 있었고, 모친은 사색이 되어 묵묵히 내려다보고 서 있었고, 이웃 사람들의 얼굴이 둘러싸고 웅성거리고 있었다.

  그 뒤로, 어머니는 말끝마다,

  "난 꼭 쟤 손에 죽을 거야."

  그런 소리를 뇌며 겁에 떨다가, 마침내 멧돼지 같은 그 남자와 함께 멀찍이 만주로 도망쳐 버리고 만 것이었다.

2

  어쩌면 신을 당황케 했을지도 모르는, S의 정신 및 육체의 선천적 혹은 후천적 기형성은 비단 소년 시절에만 노정된 일시적 현상은 아니었다. 불우했던 환경에 영향 받아 그것은 계속하여 그의 생활의 중심을 이루는 비극적 유머로 나타났던 것이다.

  철든 이후에도 그가 늘 스스로를 겁내온 생리적 결함에는 야뇨증이 있었다.

  이것이 열 살 내외에 그쳤다면 별로 괘념할 바 아니겠지만, S의 경우에는 확실히 도가 지나쳐서 성인이 된 후에도 더러 실수를 하는 일이 있었다.

  밤에 곤히 잠을 자다 꿈을 꾸게 되면 자칫 저지르게 되는 것이다. 분명 어느 시궁창이나 변손 줄 알고, 기분 좋게 한참 배뇨를 하다 보면 불시에 볼기짝이 척척해 들어온다. 그제야 아차 하고 놀라 꿈을 깨지만 때는 이미 늦었다. 엉덩이 밑에 깔고 있는 요가 질펀히 젖어 있는 것이다. 그때의 그 삭막하고 암울한 기분이란 일종의 자포적이다.

여름철엔 별로 그런 일이 없었지만 겨울이 되면 위험천만이다. 요부(腰部)[7]가 냉하면 으레 깔기게 되는 모양이었다. 할머니와 어머니는, 야뇨증의 원인을 발견해서 치료해줄 생각은 않고, 탄식을 하거나 욕만 퍼부었다. 그러니 창피하고 겁이 나서 밤만 되면 전전긍긍했다. 밤에 이불 속에 들어가서도 잠들지 않으려고 무진 애를 썼다. 그러다가 밤이 깊어서 모르는 새에 곯아떨어지면 대개는 영락없었다.

소학교[8] 오륙 학년 때까지도 한 주일에 한두 번은 으레 쌌다. 그가 까는 요에는 언제나 만국 지도가 그려져 있었다. 그리고 사철 지린내가 풍겼다. 애기 오줌과 달라서 그 지린내는 몹시 역했다. 흥건히 젖어서 악취를 풍기는 요를 할머니는 울상이 되어 탄식하면서 햇볕이 잘 드는 울바자[9]에 내다 널었다. 거기서는 연기 같은 김이 무럭무럭 피어올랐다. 그것을 바라보노라면, S는 자기 자신이 어이없어 견딜 수 없었다. 어머니 말대로 참말 사람 구실을 할 것 같지 않았다.

이리하여 야뇨증에서 오는 수치심과 공포심은, 드디어 그에게 열등감을 깊이 뿌리박게 해주었다. 아무래도 자기 자신은 별수 없는 인간이리고 체념했다. 그것은 어울한 결론이었다.

S는 자주 아무도 없는 곳에서 고간의 돌출부를 내놓고 학대했다. 실없이 잠자리에서 찔찔 깔겨서 소유주의 체면을 여지없이 손상시키는 이 맹랑한 돌출부가 그에게는 참을 수 없이 미웠던 것이다. 일종의 성기 증오증이라고 할까. 그는 더없이 증오에 찬 시선으로 자신의 그것을 들여다보며 손가락으로 때리기도 하고 손톱으로 꼬집기도 했다.
　S가 또한 견딜 수 없는 굴욕이라고 생각한 것은 동네 아이들이,
　"오줌싸개, 똥싸개."
하고 놀려대는 일이었다. 더구나 계집애들 앞에서나 많은 사람이 있는 학교 운동장 같은 데서 그렇게 놀림을 받을 때는 견딜 수 없었다. 그런 때는 으레 얼굴이 새빨개져서 눈에 살기를 띠며 덤벼드는 것이었다. 싸우다 죽어도 좋다고 생각하며 상대가 아무리 큰 놈이거나, 다수라도 앙칼지게 대들었다. 단순한 아이들 싸움이라고 볼 수 없을 만큼 소름끼치는 잔인한 격투였다. 그것은 자신을 이렇듯 어이없는 존재로 창조해준 조물주에 대한 필사적인 도전이기도 했다.
　S가 소학교 시절부터 중학교를 마칠 때까지 '겡카도리(싸움닭)'란 별명으로 거의 하루도 무사한 날이 없을 만치 싸움을 일삼아온 것도 따지고 보면 이런 데 그 근원이 있었다고 할 수도 있었던 것이다.
　그러나 그를 놀려주는 상대를 때려눕혔다고 해서 치욕적인 야뇨증 그 자체가 멎어지는 것은 아니었다. 나이 들어가면서 실수하는 도수가 차츰 줄어지긴 했지만 의연히 그 증세는 남아 있었

다. 도리어 도수가 주는 반면에 그의 정신면에 주는 상처는 반비례로 더욱 커갔다.

모친이 어떤 남자와 만주로 도피행을 한 뒤, S도 소학교를 졸업하고 나서 일 년 가까이 만주 각처를 전전하다가, 일본으로 건너가 신문 배달과 우유 배달을 하며 중학교에 다녔다.

집에 있을 때와 달라서, 그때는 이미 의젓한 중학생인데다가, 신문 집 이층에서 딴 배달원들과 동거하는 처지고 보니, 오줌을 싸게 되면 젖은 요의 처치 곤란이 이만저만이 아니었다. 물론 아무도 눈치 채지 못하는 사이에 재빨리 젖은 쪽이 속으로 들어가게 개켜서는 이불과 함께 벽장 구석에 처넣어 둔다. 그랬다가 다시 밤이 돌아오면, 늦도록 공부하는 척하다가, 남이 다 잠든 뒤에야 젖은 요를 도로 끌어내서 잠자리를 만드는 것이다. 엉덩짝이 선득선득하고 축축한 걸 꾹 참고 드러누워 있노라면, 숱한 사람 가운데서 유독 저만이 저주 받은 인간으로 태어난 것 같아서 누구에게 없이 분하고 암담한 기분이었다.

모처럼의 일요일이 돌아와도 S는 거의 외출을 하지 않고 혼자 방을 지키고 있어야 했다. 딴 동숙자들이 다들 놀러 나가고 나면, 벽장 구석에서 오줌에 젖은 요를 꺼내 창틀에 널어 말려야 했기 때문이었다.

그야말로 치욕적인 야뇨증의 그 비밀을 지키기 위해서 그는 항시 고심참담했던 것이다.

하루는 거리에서 아이들이 가지고 노는 고무풍선을 보고 S는 문득 눈을 빛내며 걸음을 멈추었다. 가슴이 울렁거리도록 새로운 발견에 감동한 것이다. 그 다음으로 구멍가게에 가서 고무풍선을 샀다. 그리고 그날 밤부터 즉시 야뇨증의 예방 방법으로써 그 고무풍선을 시험적으로 사용해본 것이다. 즉 풍선의 주둥이를 잡아 늘려서 페니스에다 씌우고 자는 것이다. 그러나 여기에는 얄궂은 생리 현상에 기인한 기술적인 난점이 있었다.

고무풍선을 씌우려고 건드리면 페니스는 맹랑하게도 발기해버리기 때문이다. 그런 걸 고무풍선의 주둥이를 최대한으로 잡아 늘여서 간신히 페니스에 씌우고 잔다. 그러나 잠이 든 사이에 페니스가 완전히 위축해버리면 고무풍선은 저절로 빠져버리고 마는 것이다. 그는 고무풍선을 씌우고 노끈이나 고무줄로 동여매고 자는 방법도 연구해보았으나 역시 페니스의 신축 운동으로 신통한 성과를 거두지 못하였다.

그러니 결국 가장 무난한 방법은 독방을 쓰는 일밖에 없었다. 그래서 딴 비용은 극도로 절약하면서도 그는 언제나 혼자서 셋방을 얻어 지내기로 했던 것이다.

이처럼 심했던 그의 야뇨증도 중학교를 졸업할 무렵부터는 차츰 그 증상이 약화되기 시작했다. 그러나 아직도 완전히 근치[10]가 된 것은 아니었다. 차게 자거나 과로하거나 지나치게 긴장하면, 그 후에도 어쩌다가 실수를 하는 수가 있었다. 이십이 넘어 입 언저리에 까칠까칠 수염이 내돋게 되어서도 밤 자리에 오줌을 싼다는 것은 아무리 병적이라고는 하나 정말 기막힌 일이 아닐 수 없었다.

그러한 기막힌 실수 가운데서, 중년이 된 오늘날까지도 최대의 수치로 기억에 남아 있는 사건이 두 번 있었다.

한 번은 중학교를 졸업한 봄, 대학교 입학시험을 치른 날 저녁이었다. 그날 어떤 사정에선가 대학교 근처에 있는 어느 선배의 하숙에서 같이 자게 되었다. 그 방은 양식이어서 마루방에 침대가 하나 있었다. 그것이 일인용 침대여서 둘이 자기에는 거북했기 때문에, S는 고집을 부려 마룻바닥에서 자기로 한 것이다. 선배는 할 수 없이 침대에 깔려 있던 매트리스를 내려서 그의 자리를 만들어주었다.

이튿날 새벽녘에 S는 그예 실수를 하고 만 것이다. 입시 준비로 죽 과로했던데다가, 시험 날이라 지나치게 긴장했고, 게다가 조춘이라서 얇은 이불이 추웠던 모양이다. 엉덩이에 축축한 감촉을 느끼고 정신이 펄쩍 들었을 때는 이미 매트리스 위는 홍수였다. 실수를 해도 이만저만이 아니었다. 몸을 조금만 움직여도 걸레를 쥐어짜듯 꿀쩍꿀쩍 소리가 날 정도였다.

꼼짝도 못하고 누워서 삭막하고 난처한 기분에 잠겨 있으려니 '나라는 인간은 인제는 마지막이다' 하는 생각이 자꾸만 들었다.

아침이 되자, 일어나 세수를 하러 나갔던 선배가 돌아 들어와서,

"그만 일어나 세수하고 조반 먹어야지."

S를 흔들어 깨웠다. 그러나 그는 졸려 죽겠다는 듯이 이대로 몇 시간만 더 푹 자게 해달라고 청했다. 수험 준비에 영 곯아버린 모양이라고 동정하고, 선배는 혼자 조반을 먹은 다음, 다행히도 이내 외출을 해버린 것이다.

그제야 S는 벌떡 일어났다. 미리 궁리해두었던 대로 젖은 쪽이 밑으로 가게 매트리스를 도로 침대에 펴놓았다. 그러고는 흠뻑 젖어버린 내의와 바지를 벗어서 힘껏 쥐어짜가지고는, 하는 수 없이 도로 입었다. 잠시 바깥 동정을 살피다가, 축축한 감촉과 지린내가 풍기는 절망감에 견디면서, 그는 마침내 선배의 하숙을 살그머니 빠져나온 것이다.

S는 마치 인간 최대의 치욕에 쫓기듯이 그 달음으로 정거장에 나가 교외 전차를 탔다. 얼마 뒤에 한적한 동경 교외의 시골 역에서 전차를 내린 S는 인가 없는 들판을 무작정 걸어갔다. 수목이 울창한 등성이에 이르렀다. 도랑이 흐르는 골짜기로 찾아 내려갔다. 양지바른 곳에 자리 잡고, 지린내 나는 내의와 바지를 벗어 도랑물에 빨아 널었다. 태고처럼 고요한 삼림 속은 한 가닥의 도랑물 소리와 간간 새 소리가 들릴 뿐이었다.

햇볕을 쪼이며 우스꽝스러운 반나체로 웅크리고 앉아 있으려니까, 느닷없이 소학교 시절의 일들이 하나하나 기억에 살아 오르는 것이었다. 동시에 과거와 마찬가지의 치욕적인 장래가 예측되는 것이었다.

"참말 콱 뒈져 버리는 게 낫까 부다."

S는 거의 절망하고 있었다. 자신의 야뇨증을 그는 간질병처럼 숙명적인 불치의 고질로 생각하고 있었다. 더욱 우스운 것은, 그것이 생리적인 결함이라기보다도 정신박약증 비슷한, 어떤 정신적 불구성 혹은 기형성에 기인한 것으로 단정하고 있었다. 그렇기 때문에 그는 자신의 장래 운명에 대해서 더욱 암담한 결론으

로만 흐를 수밖에 없었던 것이다.

　S는 충동적으로 풀어놓았던 허리띠를 갑자기 집어 들었다. 그것은 다 떨어져 가는 넥타이였다. 떨리는 손으로 그 한 끝을 목에 감아 맸다. 그리고 옆에 서 있는 나무로 기어 올라가, 길 반쯤 되는 나뭇가지에 나머지 한 끝을 비끄러매고 늘어진 것이다. 정신없이 사지로 허공을 긁다 보니 잠시 후에 그는 땅바닥에 떨어져 있었다. 매끄러운 비단 넥타이라, 나뭇가지에 맸던 쪽이 버둥거리는 바람에 저절로 풀어져버렸던 것이다. 그는 기진맥진해서 어둡도록 그 자리에 쓰러져 있었다.

　이것이 열아홉 살 봄에 있었던 어처구니없는 사건이었다.

　또 한 번은 해방 이듬해의 일이다. S는 아직도 귀국하지 않고 일본에 남아 있었다. 어떤 벨풀이로 지금의 아내인 지즈코를 어른들 몰래 건드려 놓고 말썽이 생겼다. 지즈코는 일인 친구의 누이동생이었다. 그런데 어찌된 판국인지 지즈코가 집을 탈출해 나와서 그를 찾아왔다. 다시는 집에 돌아가지 않겠다는 것이다. 그들은 아무 준비도 없이 어느 집 이층의 단칸방을 빌려 엉터리로 살림을 시작했다.

　그런 지 수일 후에 그는 또 실수를 해버린 것이다. 이번은 혼자가 아니라 여자와 동침 중이었으니 꼴은 더욱 말이 아니었다. 그가 질겁해서 눈을 뜬 것과, 지즈코가 놀라서 그를 흔들어 깨운 것은 거의 동시였다. 요의 중간 부분이 흥건히 젖어 있었다.

　그는 너무나 비참한 자기의 표정을 의식하며 필사적인 노력으로 지즈고의 얼굴을 보았다. 지즈고는 그의 얼굴을 본 채도 안

했다.

"당신 냉기가 있군요."

그러고는 젖은 요를 개서 한구석에 치워놓고 새로 잠자리를 만들었다. 너무나 태연한 표정이요 동작이었다.

"허리를 늘 덥게 하면 괜찮을 거예요."

지즈코는 아무렇지도 않다는 듯이, 다정하게 웃으며 멍하니 앉아 있는 그를 이불 속으로 밀어 넣었다.

"난 영 형편없는 인간야. 그래서 늘 죽어도 좋다고 생각하고 있었어."

"그런 쓸데없는 말씀 하시는 거 아녜요."

가볍게 나무라듯 하고, 지즈코도 다시 옷을 벗고 이불 속으로 들어왔다.

그러한 지즈코에게 그는 무척 감동했다. 처음으로 온전한 인간의 대우를 받는 것 같은 심정이었다. 할머니보다도 어머니보다도 오히려 더 가깝고 따뜻한 혈육의 정 같은 것을 벅차도록 맛보는 것이었다.

3

일본에서의 S의 중학교 시절은 그야말로 난센스의 연속이었다.

처음에는 운이 좋아서 이류 중학교에 거뜬히 입학을 했다. 거기서 퇴학을 맞고 좀 놀다가 삼류 중학교에 뚫고 들어갔다. 이번에는 상급생을 까 눕히고 학교를 자진 중단한 다음 빈둥빈둥 놀다가 사류 중학교에 기어 들어갔다. 여기서도 또 퇴학 처분을 당하게 되어 적잖게 풀이 죽어 지내다가 간신히 다른 사류 중학교에 편입할 수 있었다.

이렇게 중학교를 네 군데나 거쳐야 한 것만으로도 족히 알조다. S가 어느 학교에서나 확실성 있게 퇴학을 당해야 한 것은 불량 학생으로 간주되었기 때문이다. 어디서나 툭하면 사람을 치거나 두들겨 맞았다. 거의 싸움 않는 날이 없을 지경이었다. 마치 싸우기 위해서 세상에 태어난 인간 같았다. 그런 만치 중학교 시절은 어딜 가나 줄곧 '겡카도리'라는 별명으로 통했던 것이다.

중학교 시절의 씨는 싸우지 않고는 억울해서 견딜 수 없었던 것이다. 무슨 억울한 일을 당한 사람이 술을 안 먹고는 배길 수 없는 심경과 유사했다.

"야이, 이 새끼 내 눈깔 좀 봐. 난 부모두 형제두 집두 없는 사람이다."

이것이 중학생인 S가 누구와나 도전할 때 던지는 공식적인 첫마디였다. 그러나 이것이 그의 자포적인 심리를 완전무결하게 표시한 것은 아니다. 속으로는 다음과 같이 몇 마디를 더 덧붙여야 했던 것이다.

"야이, 이 새끼 내 눈깔 좀 똑똑히 봐. 난 부모두 형제두 집두 없는, 전도가 암담한 오줌싸개다."

이것이 S가 적을 향해서, 아니 세상을 향해서, 혹은 하늘을 향해서 과시적으로 쏘아붙이는 부르짖음이었다. 말하자면 그는 이래서 싸우지 않고는 견딜 수 없었던 것이다.
　이러한 그의 공식적인 선전포고사는 부연하면, 가슴이 서늘해지는 한 마디로 귀착해버리는 것이었다. 즉,
　"난 너 같은 거 한두 마리쯤 죽이구 죽어두 그만야. 내 죽음을 애석해 하구 슬퍼해줄 사람은 세상에 단 한 사람두 없으니까."
　S의 도전사(挑戰辭)에는 이와 같은 의미의 암시가 노골적으로 풍겼다. 이러한 위협적인 암시는 언제나 효과적이었다. 상대방에게는 대개 사랑하는 부모 형제와 창창한 전도가 약속되어 있었기 때문이다. 죽는 것은 고사하고, 상처만 입어도 사색이 되어 걱정해줄 부모 형제를 가진 상대방은, 부모 형제도 없고, 생리적인 정신적인 불구자로서 전도가 암담하여 죽음을 겁내지 않는 S 앞에서는 첫마디부터 벌써 완전히 눌려버리고 마는 것이었다. 그는 정말 비위에 거슬리는 놈을 닥치는 대로 때려죽이고 죽어도 좋다고 생각하고 있었다. 그의 이러한 살인의 가능성은, 점점 인생에의 반역에 자신을 갖게 했다.
　따라서 S는 과연 사람을 치고받고 차고 하는 솜씨에는 자신이 있었다. 자기 또래의 상대 두셋쯤은 언제나 문제가 없었다. 그중에서도 특히 '헤딩'은 명수에 가까웠다. 적의 얼굴을 불꽃이 튕기는 눈초리로 쩨려보다가, 번개같이 머리를 한 번 내저으면 그만이다. 어느 틈에 상대방은 뒤로 벌렁 나가떨어지거나 두 손으로 입을 싸쥐고 허리를 꺾는다. 그러노라면 물론 그 입에서는 이가 부러지고 피가 철철 흐르는 것이다.
　중학교 이학년 때였을 게다. 거리에서 사학년생인 백곰을 만났

다. 피부 색깔이 보통 이상으로 희고, 몸집이 커서 백곰이라 불렀다. 눈이 마주쳐서 S가 경례를 붙이고 지나쳤더니,

"임마, 이리 와."

백곰이 돌아서서 사납게 눈을 부릅뜨고 S를 불러 세웠다.

"왜 그래요?"

"왜 그래가 뭐야 이 새끼야. 경례 똑똑히 다시 한 번 해 봐."

"두 번씩 할 필요 없잖아요."

S가 불만스레 대꾸를 했더니, 백곰은 화가 머리끝까지 뻗쳐서,

"이 자식 된통으로 기합을 넣야 알겠어?"

그의 멱살을 움켜잡으려고 했다. 순간 그는 날쌔게 뒤로 몸을 비키며,

"상급생이라고 너무 재지 말아요."

내뱉고는 곧장 뺑소니를 놓았다.

사실 그는 상급생에게 대해서 은근히 불만을 품고 있었다. 지나치게 하급생을 윽박지른다고 생각한 것이다. 더구나 경례를 가지고 까다롭게 트집을 거는 건 밸이 꼴려 참을 수 없었다.

이튿날 등교를 했더니, 백곰이 기다리고 있다가 대뜸 그를 학교 뒤뜰로 끌고 갔다.

"이 새끼 너 턱이 비틀어져야 정신 들겠니."

말소리와 함께 백곰의 억센 주먹이 그의 볼을 내려쳤다. 그가 한쪽으로 비틀거리자 딴 주먹이 그쪽을 후려갈겼다. 그는 할 수 없이 두 팔로 머리를 감싸고 주저앉았고, 백곰은 사정없이 주먹의 세례를 피부었다. S는 약이 바짝 치솟아 이가 깔렸지만 덩징은

참고 당하는 수밖에 도리가 없었다. 교내에서는 하급생에 대한 철권" 제재가 거의 공공연히 행사되는 기풍이었고, 그의 둘레에는 백곰의 동급생이 네댓 명이나 버티고 서 있었기 때문이다. 그는 마침내 간장이 녹아나는 것 같은 분노와 굴욕을 참으면서, 코피를 문대고 나서, 백곰의 명령대로 몇 번이나 경례를 고쳐 붙여 보이는 수밖에 없었다.

 S는 교실에도 들어가지 않고 그길로 하숙에 되돌아와 버리고 말았다. 아무리 생각해도 뱃이 뒤틀려 이대로 참고 넘길 수는 없었다. 그는 마침내 각오했다. 오늘로 학교도 집어 때리고 백곰에게 복수를 하고야 말기로 각오한 것이다.

 학교가 파할 무렵 백곰이 돌아가는 길목을 지켰다. 들키지 않게 살그머니 미행을 했다. 백곰의 집도 알고 통학하는 코스도 알았다. 그중 행인 드문 뒷길에서 그는 며칠을 두고 목을 지키다가, 드디어 혼자서 지나가는 백곰 앞에 툭 튀어나갔다.

 "야이, 이 새끼야. 내 눈깔 좀 봐라. 난 부모두 형제두 집두 돈두 없다."

 앙칼지게 쏘아붙였다.

 백곰은 주춤하고 서서 그를 노려보다가,

 "요새끼 정말 악질이구나."

 그러나 너 같은 꼬마 하나쯤야 못 당하겠느냐는 듯이, 어깨에 메고 있던 책가방을 길가에 벗어놓았다. 그 기회를 놓치지 않고, S는 비호같이 몸을 날려 뛰어들며, 힘껏 머릿짓을 했다. 딱 하는 소리가 귀에 상쾌했다. 달려드는 S를 막으려던 백곰의 두 손이 이

내 자기의 양 볼을 싸줬었다. 손가락 사이로 피를 흘리면서 백곰은 머리가 아찔한 듯 그 자리에 엉거주춤 주저앉았다. S는 사정없이 발길로 백곰의 대갈통을 내질렀다. 픽 소리를 지르며 백곰이 모로 뒹굴었다. 그는 언제나 싸움의 뒤끝이 깨끗하고 빨랐다. 잠시도 더 지체하지 않고, 그는 재빨리 그 자리를 피해 달아나버리고 말았던 것이다.

S는 이처럼 악착스럽고 잔인한 데가 있었다. 그러나 그 악착함과 잔인함은 우습게도 일종의 의협심에 뒷받침되어 있었다. 대개의 경우 자기보다 약한 자와 싸우는 일은 없었다. 반드시 강적과만 붙었다. 그리고 요즘의 불량소년들처럼, 이유 없이 트집을 걸어가지고 남을 치는 일은 절대로 없었다. 과장해 말하면 불의와 부정을 응징하는 정의의 용사였던 것이다. 그는 숙명적으로 인간 사회에 있어서 피해자의 위치에 있었다. 그렇기에 언제나 피해와 모욕에 대한 복수 의식에 불타고 있었던 것이다.

이러한 S는 가까운 친구도 거의 없었다. 모두가 자기보다는 택함을 받은 인간들이라 여겼기 때문에 의식적으로 적대시하고 경원했다. 불가피한 일이었다. 한창 무모한 꿈에 도취할 나이들이라, S처럼 절망감에 빠져 있는 소년은 없었다. 한편 경제면에 있어서도 S만큼 철저히 가난한 부류 또한 쉽지 않았다. 일인 학생들은 말할 것도 없지만, 조선인 유학생들도 대부분은 학비와 생활비를 집에서 부쳐다 썼다. 소위 고학을 하는 아이들도 있기는 했지만, 학비만 번다든가, 생활비만을 번다든가 하는 반 고학 정도요, S저럼 절두절미 자기 손으로만 벌어서 먹고 입고 학비를 대야 하는 사람은 거의 없었다.

 S는 철칙처럼 항시 돈에 쪼들렸다. 아무리 애써도 버는 능력에는 한도가 있었기 때문에, 결국 쓰는 데 극도로 절약하는 도리밖에 없었다. 한 달이면 일주일 가량은 밥도 하루에 한 끼씩으로 굶때야[12] 하는 수가 많았다.

 밥은 삼시 다 식당에 나가 먹었다. 당시 조반은 십일 전, 점심과 저녁은 각각 십육 전씩 했나 보다. 소정의 금액만 지불하면, 반찬만은 제한이 있었지만, 밥과 국만은, 밥통과 국통에서 얼마든지 맘대로 퍼먹게 되어 있었다.

 S는 돈이 떨어졌을 땐 정해놓고 하루 한 끼만 먹고 살았다. 조반과 저녁은 아예 거르기로 하고 점심만 먹고 마는 것이다. 그 대신, 점심 한 끼에 세 끼분의 분량을 일시에 섭취해버리는 것이다. 그렇게 함으로써 조반과 저녁 값 이십칠 전을 절약할 수가 있었기 때문이다.

 무엇보다도 허기증을 참아가며 점심시간 기다리기가 뻐근했다. 삼십 분에 한 번 정도씩 허리띠만 졸라매다가 점심시간이 되면 부리나케 식당으로 쫓아가는 것이다. 십육 전을 지불하면, 밥공기와 국공기 외에 두서너 종류의 반찬 접시를 얹은 쟁반을 여급이 날라다준다. 그러면 S는 밥공기를 집어 들기가 무섭게, 밥통에서 밥을 퍼내서 공기에 두둑이 눌러 담아가지고는, 정신없이 입 속에 긁어 넣는 것이다. 보통 딴 사람들은 세 공기 내지 네 공기면 물러났지만, S는 여덟 공기나 아홉 공기는 으레 먹어치웠다. 물론 그동안에는 대여섯 공기의 국과, 붙어 나온 몇 접시의 반찬까지 깨끗이 뱃속에 저장되는 것이다. 여급이나 딴 손님들에게 이 경이적인 사실을 눈치 채이면 창피하였기 때문에, 그만큼 다식을 감행하는 데는 여러 가지 기술적인 숙련이 필요했다. 무엇보다도 남이 한 공기를 먹는 동안에 이쪽에서는 두세 공기를 감쪽같이 먹어치워야 하는 속식법을 연구해야 했다.

대개 여섯 공기 이상부터는, 유리병에 물을 부어넣듯이, 목구멍 꼭대기까지 점점 차올라오는 것을 또렷이 알 수가 있었다.

밥이 목젖 있는 데까지 빼곡 올라 차면, S는 그제야 젓가락을 놓고 느릿느릿 자리를 일어서는 것이다. 맹꽁이배처럼 팽팽해진 배를 부둥켜안듯 하고 어기적어기적 거리를 나서면, 갑자기 색색 높아지는 숨소리와 함께, 전신이 나른해지면서 졸리는 듯 몸을 움직이기가 귀찮아지는 것이다.

이렇듯 비상식적이요, 비정상적인 생활이 몸에 밴 그는, 자연 상식적이요, 정상적인 규격품 인간들과, 의식적이든 무의식적이든 쉽사리 휩쓸릴 수 없었다는 것은 앞서 적은 바와 같다. 그렇기에 학교의 동급생 중 조선인 학생들과도 별로 친숙한 교제를 갖지 않았지만, 다만 명분이 서는 어떤 목적의식을 지닌 행동의 가담을 요청 받았을 때는 용약 선두에 서기를 주저하지 않는 S이기도 했다. 그것은 항시 그의 가슴속에서 활화산의 내부처럼 타오르고 있는 무모한 반항심과 복수심에 분화구를 마련해주는 것이었기 때문이다.

중학교 삼학년 때였다. 이학년의 조선인 학생 한 명이 억울하게 퇴학을 당한 사건이 있었다. 그 사건은 전교의 조선인 학생들에게 상당한 충격을 주었다. S도 대강 소문을 듣고 있었다. 그러한 어느 날, 상급반의 굵직굵직한 조선인 학생 두 명이 은밀히 그를 찾아온 것이다.

"이대로 잠자코 있을 순 없어. 그건 조선 사람에 대한 노골적인 배척이요, 탄압이니까 말야."

그렇게 격분하고 나서 상급생 대표는 들고 일어나 투쟁할 것을 주장했다. S에게도 적극 가담해달라는 것이다.

"너처럼 용감하고 주먹 센 사람이 가담해주면 우린 절대 자신이 있어."

그들은 이렇게 S의 영웅심을 자극하기도 했다. S는 상급생들의 주장에 찬동하고 행동에 가담할 것을 약속했다.

그러나 며칠 뒤 거사한 결과는 여지없이 참패였다. 학교 당국은 완강히 그들의 요구를 묵살할 뿐 아니라, 주동 학생들을 엄벌하려 들었던 것이다. 이리해서 드디어는 전교의 조선인 학생의 동맹 휴학과, 일인 학생에 대한 등교 방해 행동으로까지 과격하게 확대되어 나갔다. 그러자 학교 측은 즉시 경찰에 연락하여 강권을 발동하기에 이른 것이다. 이렇게 되고 보니, 대가 약한 패들은 슬슬 꽁무니를 빼고 말았지만, 주동 역할을 한 학생들만은 후환이 두려워 그럴 수조차 없었다.

사태가 이쯤 낭패에 기울자, 주동 학생들은 어느 날 밤, 으슥한 어느 하숙집 이층에 모여 비밀히 대책을 토의하게 되었다. 물론 S도 그중에 강경파로 끼어 있었다.

한참 토의가 진행되고 있을 때였다. 별안간 경찰대의 습격을 받은 것이다. 실내외에서는 난장판이 벌어졌다. S는 실내에 들어선 경관 한 놈을 멋지게 받아넘겼다. 그리고 뒤로 홱 돌아서려는데 몸뚱이가 훌쩍 공중에 솟아오르다가, 한쪽으로 기울면서 아래층 뜰에 철썩 나가떨어진 것이다. 머리를 땅에다 쪼았으면 즉사했을지도 모른다. 다행히 오른쪽 어깨를 깔고 떨어진 것이다.

거의 정신을 잃고 쓰러져 있다가 트럭에 실려 경찰서로 끌려갔다. 다친 어깨가 아파서 통 팔을 놀릴 수가 없었다.

십여 일간 유치장에 있으면서 하루에 한 번씩 끌려 나가 조사를 받고 고문을 당했다. 조금만 건드려도 어깨가 아파서 비명을 지르면 엄살이라고 더욱 호되게 당했다. 피습 당시, 헤딩으로 경관의 이를 두 개나 꺾었기 때문에, 그만이 유독 미움을 더 샀다는 것을 나중에야 알았다. 열흘 이상 지나니까 오른쪽 어깨가 퉁퉁 붓고 터져서 고름이 흘렀다.

그제야 경찰에선 내놓아 주었다. 동지들의 호의로 병원에 입원을 했더니, 탈구[13](脫臼)라고 하며, 대수술을 받아야 한다는 것이다. 그럴 비용이 있을 턱 없었다. 수술은 단념하고, 며칠 동안 입원하고 있으면서 상처만이라도 아물기를 기다렸다.

병실에는 S 외에 중년 부인이 한 분 입원 중이었다. 이십 살쯤 되었을 미요코라는 딸이 같이 묵으면서 간호를 하고 있었다. 그 부인이나 미요코는, 아무도 돌봐주는 사람 없는 S를 퍽 동정했다. 고국에도 부모 형제가 없다는 말을 듣고 애처로운 얼굴을 하였다. 수술을 받을 비용이 없어 불구가 될 거라는 말을 듣고는 더욱 안타까워해 주었다. 그들 모녀는 될 수 있는 대로 S를 위로해주려고 애썼고, 먹을 것은 으레 나누어주었다.

더구나 예쁘고 살뜰한 미요코의 친절은 S의 가슴에 스몄다.

병원 측에서는 수술을 안 받을 바에는 입원하고 있을 필요가 없으니, 집에 나가서 치료를 받으러 다니라고 퇴원을 권했다. 그러나 S는 동지들이 모아준 돈이 떨어질 때까지 그대로 입원해 있기로 한 것이다. S의 그 황량하고 암울한 마음 구석구석까지 어루만져 주는 듯한, 미요코의 맑고 따뜻한 눈을 하루라도 더 즐기고 싶었기 때문이다.

이처럼 미요코에게 도취해버린 S는 자기에 대한 미요코의 친절을 어이없게도 사랑으로 오해하게 된 것이다. 비용이 떨어져 내일쯤 퇴원하는 수밖에 없다는 말을 들은 미요코가,

"그래요?"

기운 없이 고개를 까딱하고 몹시 서운한 표정을 하였을 때, S는 마침내 엉뚱한 발언을 하고야 만 것이다.

"그러나 너무 섭섭히 생각 말아요. 난 미요코상(씨)하고 결혼하기로 결심했으니까요."

열일곱 살의 S가 깊은 감동과 자신을 갖고 한 이 말에, 일인 모녀가 눈이 휘둥그레진 것은 말할 것도 없었다.

"이 학생, 머리가 이상해졌나 봐."

얼굴이 해쓱해진 미요코는, 간신히 그렇게 중얼거리고 겁에 질려 뒤로 물러서 버렸다.

S의 인간 구조의 어느 부분에는 정말 머리가 돈 것 같은 비정상적인 요소가 내포되어 있음에 틀림없었다.

아무튼 S가 미요코에게 배반——S는 그렇게 생각했다——당한 것은 적잖은 충격이었다. S의 규격 미달의 인간 가치가, 객관적으로 엄연히 입증된 것 같았기 때문이다. 그 뒤로, 젊은 여자들에 대한 S의 기괴한 복수 행위에는 이러한 심리적 작용이 적지 않았다고 할 수 있는 것이다.

4

영어 시간이었다.

부독본을 가지고 선생이 강의를 하고 있을 때였다. S는 갑자기 손을 들고 일어서며,

"선생님 이 책에 틀린 데가 있습니다."

하고 외쳤다.

"어디가?"

"여기, Life work라구 되어 있는데, 이건 Work life가 잘못 인쇄되었나 봅니다."

그 말에 먼저 반 아이들이 와그르르 웃었다. 선생도 따라 웃고 나서,

"이놈아, 모르면 잠자꾸나 있어, 망신을 사서 하지 말구."

핀잔을 주었다. 그러나 S에게는 왜 그런지 워크 라이프가 꼭 옳다고만 생각되었다. 그래서,

"흥, 엉터리다."

심통 사납게 중얼대고 앉으려니까,

"이놈아 뭐라구?"

선생이 따지고 들었다.

"이 책이 엉터리라구 했습니다."

궁해서 그런 식으로 변명을 했다.

선생은 괘씸하다는 듯이 잠시 그를 노려보다가,

"사전 펴 봐, 임마."

소릴 질렀다. S는 사전을 찾아보았다. 의외에도 라이프 워크로 나와 있었다. 그건 정말 의외였다.

"뭐라구 돼 있어?"

"여기두 라이프 워크라구 돼 있지만, 정말은 워크 라이프가 옳습니다."

이번에도 아이들이 먼저 킥킥거리고 웃었다. 선생은 한동안 입을 벌리고 멀뚱히 S를 바라보았다. 그 얼굴이 차츰 노기로 가득 차 갔다.

선생은 갑자기 교단을 내려서더니, S의 자리 옆에 다가와서 버티고 섰다.

"일어서, 이놈아."

S는 명령에 따라 굳어진 얼굴로 자리를 일어섰다.

"그래, 라이프 워크가 옳으냐, 워크 라이프가 옳으냐?"

"워크 라이프가 옳습니다."

S는 전 인류에게 항거하듯이 필사적으로 대답했다.

"고노야로(이 자식아)."

선생은 보기 좋게 S의 따귀를 갈겼다. S는 눈 하나 깜짝 않고 꼿꼿이 서 있었다. 전 반 학생은 숨을 죽이고 이 엉뚱한 사건의 진전을 관망했다.

선생은 또 물었다.

"이놈아, 라이프 워크냐, 워크 라이프냐?"

"워크 라이프입니다."

"고노야로."

선생의 손길이 멋지게 또 날았고, S의 볼에서는 짝 소리가 났다. S는 그저 입을 더욱 힘껏 다물 뿐이었다.

"라이프 워크냐, 워크 라이프냐?"

"워크 라이프입니다."

"고노야로."

선생의 손은 이번에도 역시 S의 따귀를 후려갈겼다.

이와 같은 진기한 문답과 동작이 몇 번이나 더 되풀이된 뒤, 종내 선생 쪽이 손을 든 격이 되었다.

"너 같은 건 영어에 낙제다. 완전 낙제야."

그 이상 화풀이할 방법을 몰라 선생은 발을 구르며 그렇게 고함을 질렀다. 그러고는 할 수 없이 돌아서려 했다. 그러자,

"낙제를 해도 할 수 없습니다. 내겐 워크 라이프가 절대로 옳으니까요."

S는 볼멘소리로 중얼거리듯 하고 별안간 눈물을 주르르 흘린 것이다. 선생은 기가 막힌다는 듯이, S를 한참이나 노려보다가,

"넌 도대체 대가리가 이렇게 되어 먹은 놈이냐."

내뱉듯이 뇌까리고는 교단으로 돌아가 버린 것이다.

그 뒤로 영어 선생은 S를 부를 때면 이름 대신 으레 워크 라이프라고 불렀다. 아이들이 웃었다. 그럴 때마다 S는,

'나는 죽는 한이 있더라도 워크 라이프가 옳다.'

결연히 자신에게 다시 한 번 다짐해두는 것이었다.

얼마 뒤 학기말 시험 때다. 고의에선지 우연인지는 몰라도 영어 시험에 라이프 워크라는 말이 나왔다. 그 저주할 횡서 문자를 발견하는 순간, 불의의 습격을 당한 때처럼 S는 몸이 굳어져버렸다. 다음 순간 전신이 분노의 불덩어리로 화했다. S는 연필로 라이프 워크라는 문구를 북북 쨰 버리고, 그 위에 워크 라이프라고 써 넣은 다음, '이것이 절대로 옳음'이라고 주까지 달았다. 그리고 답안지는 백지대로 내놓고 교실을 나와 버렸다.

다음날 영어 선생에게 사무실로 불려갔다. 선생은 극심한 노기로 얼굴 근육을 푸들푸들 떨면서,

"넌 선생을 모욕하고 반항할 셈이냐."

미친 듯이 고함을 지르고 구타했다.

"아닙니다. 영어에 반항하는 겁니다. 그리구 돼먹지 않은 영어에 노예가 된 인간을 경멸하는 겁니다."

S는 구타를 당하면서도 이렇게 입을 놀렸다.

그는 정말 영어 그 자체에 말할 수 없는 적의와 분노를 느꼈다. 동시에 도전을 각오했다. 그것은 하나의 심리적 자멸 행위였다. 이 자포자기의 자멸 의식은 언제나 S의 가슴속 깊이 불씨처럼 덮여 있었다.

학기말 성적표에는 영어 과목이 제로나 다름없는 낙제 점수로 나와 있었다. 그 성적부를 갈기갈기 찢어버리는 S의 얼굴에는 자조적인 냉소가 살기를 띠고 번져갔다.

그날부터 S는 영어 선생의 사택 주변을 배회하기 시작했다. 자비[14]적인 피해 의식에서 지금까지 누구에게 없이 막연히 축적되어 온 까닭 모를 반항심과 복수심이 비로소 터져 흐를 귀퉁이를 발견한 것 같았다.

그러나 그는 선생을 어떻게 하려는 구체적인 생각은 조금도 없었다. 그저 불길처럼 붙어 오르는 어떤 반항심과 복수심을 끌 수 없어, 자신도 모르게 그 선생네 집 주위를 자꾸만 배회하게 되었던 것이다.

영어 선생의 사택은 학교 뒤의 호젓한 산록에 위치하고 있었다. 그는 대개 저녁 배달(신문)을 끝내고 어둑어둑할 무렵에 그리로 찾아갔다. 근처의 소로나 산기슭을 왔다 갔다 하며, 터무니없이 여러 가지 비장한 감상에 잠겼다. 그는 자주 걸음을 멈추고 하늘을 우러러 보며,

"나는 부모도 형제도 집도 돈도 아무것도 없는 사람이다."

그렇게 외치는 것이었다. 그것은 비장한 감정을 북돋우는 데 알맞았다.

그러한 어느 날 저녁때였다. 영어 선생네 대문이 열리며 누가 나왔다. 이쪽 길로 걸어오는 걸 보니, 젊은 여자였다. 여학교를 갓 졸업한 영어 선생의 장녀임을 확인했다. 순간 S는 찾아 헤매던 복수 행위의 목표물을 발견한 것 같았다. 동시에 그것은 성욕과

야합했다. 그는 살그머니 여자의 뒤를 따랐다. 적당한 장소라고 생각되는 지점에서 그는 여자 앞에 뛰어 나섰다. 여자는 놀라서 가늘게 비명을 질렀다.

"놀라지 마, 난 너희 아버지 제자야."

여자는 몇 걸음 뒤로 물러섰다.

"나하구 얘기 좀 해."

S는 여자의 팔을 잡아끌었다.

"이게 무슨 짓이에요."

여자는 팔을 홱 뿌리치고 비켜서 달아나려고 했다.

S는 덤벼들어 목을 조르듯이 힘껏 껴안았다. 그리고 산기슭으로 끌고 올라갔다. 여자는 목이 졸려 소리는 못 지르고 필사적으로 반항했으나, S는 전력을 다해 질질 끌고 올라갔다. 으슥한 숲 속에 이르러서, S는 한 손에 커다란 돌멩이를 집어 들었다. 그걸 여자의 코앞에 바짝 갖다 대고 흔들어 보이며,

"잠자꾸 있잖으면 없애버린다."

위협하고 목을 조르고 있던 한쪽 팔을 풀어주었다. 여자는 숨이 끊어지지 않았나 겁이 날 만치 기운 없이 땅바닥에 픽 쓰러져 버렸다. S가 다가앉아 건드리니까,

"죽이지만 말아줘요."

꺼져가는 듯한 쉰 목소리로 애원했다.

S는 처음으로 여자의 피부를 감촉했다. 다소 실망했다. 수음의 경험을 가진 그는, 그보다 몇 갑절의 황홀한 쾌감을 예상했지만 마찬가지였기 때문이다.

여자에 대한 그의 어처구니없는 복수 행위는 여기서부터 시작되었다. 성욕을 합리화시키기 위해 복수심을 불러일으키는 것이 아니라 그와는 반대였다. 그의 경우, 정체불명의 터무니없는 복수심은 대개 성욕을 자극하는 기묘한 심리적 현상으로 나타났다. 복수의 쾌감이 곧 섹스어필과 통했던 것이다.

 그 뒤 하숙집에서 야뇨를 저질렀을 때도 그랬다. 과로했던 탓인지 겨울철도 아닌데 그날은 지독히 많이 쌌다. 요의 밑바닥까지 배서 다다미를 적실 정도였다. 주인집 식구 몰래 그걸 말리느라고 고심참담했다. 학교도 쉬면서 햇볕이 잘 드는 방바닥에 펴서 말렸다. 그러다가 종시 이틀째 되는 날 들키고야 만 것이다. 창 가까이 요를 펴놓은 채, 잠깐 변소에 간 동안, 공교롭게도 주인집 딸이, 자제 시루코(단팥죽)를 S에게 권하려고 한 공기 떠가지고 이층엘 올라간 것이다.

 나무 층계의 삐걱거리는 소리를 듣고 S가 용변도 마치는 둥 마는 둥 쫓아 올라갔더니, 주인집 딸은 시루코 그릇을 쟁반에 받쳐 들고 선 채, 방바닥에 펴놓은 요를 기막힌 표정으로 내려다보고 있었다. S가 따라 올라오자, 여자는 몹시 당황한 태도로,

 "이거 맛 좀 보시라구……"

 우물쭈물하면서 음식 그릇을 책상 위에 놓았다. S는 견딜 수 없는 치욕과 분노에 얼굴이 뻘게져가지고,

 "누가 이런 거 갖다 달랬어."

 시루코 그릇을 방바닥에 집어 던졌다.

 "어마 너무해요."

여자도 화가 났던지, 그대로 팽 돌아서서 아래층으로 내려가 버리려 했다. S는 황급히 그 앞을 막아서며,

"물론 식구들에게 다 말해버릴 테지. 틀림없이 식구랑 동네 사람들에게 광고해서 날 망신시킬 테지?"

비참한 소리로 중얼거렸다. 여자는 얼굴을 찡그리고 날쌔게 아래층으로 빠져 내려가 버렸다.

그 뒤부터 주인집 식구들은 S만 보면, 이상한 얼굴을 하며 외면해버리곤 했다.

'이년을 그냥 두지 않을 테다.'

S는 속으로 벼르기 시작했다. 마침내 기회는 왔다. 안방에 혼자 있는 주인집 딸을, S는 기어코 완력으로 안아 눕히고야 말았던 것이다.

이러한 여자 관계들을 생각할 때, 그는 자신에게서 원시적인 야생 동물의 냄새를 맡는 것이다. 그에게는 확실히 야생 동물적인 요소가 있었다. 영원히 그리고 절대로 문화적인 색채에 혼합 조화될 수 없는 이질적인 색소를 간직하고 있는 것이다. 이것이 그 숙명적인 치욕감과 열등의식에서 오는 맹목적인 반항심과 야합되어 비극적인 난센스를 계속 연출하게 되는 것이었다.

지금의 아내인 지즈코와의 인연도 그런 어이없는 복수 행위에서 맺어진 결과였다.

지즈코의 오빠와는 가까이 지내는 사이였기 때문에 S는 자주 그의 집을 찾아갔다. 그런 관계로 지즈코와도 오래전부터 안면이 있었다.

이차 대전 말기, 지즈코의 오빠가 징집되어 군대에 나간 지 일 년 반쯤 지나서, 일본은 무조건 항복을 했다. S는 지즈코 오빠의 생환 여부가 궁금해서 오래간만에 그의 집을 찾아가 보았다.

지즈코가 몰라보게 어른이 되어 있었다. 그도 그럴 것이 그동안 여학교를 졸업하고 어머니 없는 집에서 주부의 역할을 하고 있었던 것이다. 지즈코는 예쁘지는 못해도 무척 상냥했다.

S는 그 후로도 지즈코의 오빠가 무사히 돌아왔나 알아보러 자주 찾아가곤 했다. 이러한 그를 지즈코의 부친은 딸을 꾀어내러 오는 줄로 알고 노골적으로 경계하기 시작한 것이다. 억울한 오해였다. 지즈코의 부친은 마침내, S와는 이유 여하를 막론하고 절대로 만나지 말라고 딸에게 엄명을 내리는 한편, S에게 대해서도 엄격히 내방을 거절해버렸다. S는 이에 분개한 것이다. 그렇다면 차라리 지즈코를 건드려 놓고야 말리라고 생각했다.

그래서 지즈코의 부친이 출근하고 없는 시간에 찾아갔다. 집 앞에서는 지즈코의 동생이 동네 애들과 떠들어대고 있었다. S는 아이들에게도 눈치 채이지 않게 살그머니 현관에 들어섰다. 지즈코가 불안한 표정으로 맞아주었다. 올라오라고 권하지는 않았다.

"좀 쉬어가야지."

S는 멋대로 이층으로 올라갔다. 지즈코는 난처한 기색으로 잠자코 서 있었다.

이층에서 좀 기다리고 있으려니까, 지즈코가 쟁반에 찻잔을 받쳐 들고 올라왔다. S 앞으로 찻잔을 밀어놓으며,

"아버지, 일찍 돌아오시는 날두 있어요."

약간 웃어 보이고 일어서려 했다.

"두시 반인 걸, 안직……"

S는 얼른 지즈코의 손목을 잡아당겼다. 지즈코는 깜짝 놀라 손을 빼치려 했다. S는 지즈코를 억지로 끌어당겨서 꼭 껴안았다.

"전 오빠처럼 믿구 있었어요. 이러지 마세요."

지즈코는 빨개진 얼굴에 거친 숨을 몰아쉬며 품에서 빠져 나가려 했다. S는 힘껏 고쳐 안으며 입을 맞추었다. 지즈코는 해쓱해진 얼굴로 눈을 감고 가만하고 있었다. S는 지즈코를 안은 채 방바닥에 드러누웠다. 지즈코는 겁에 질린 눈으로 도리도리를 해 보였다. S는 눈으로 가만히 있으라고 타이르듯 하고, 자신 있는 솜씨로 다루었다.

며칠 뒤에 S는 지즈코네 집을 또 찾아갔다. 동생들과 함께 아래층에서 점심을 먹고 있던 지즈코가 얼굴이 홍당무가 되어 어쩔 줄을 몰라 했다.

S는 또 멋대로 이층에 올라갔다. 암만 기다려도 지즈코는 올라오지 않았다. 그는 큰 소리로 지즈코를 불렀다. 이내 울상이 되어서 지즈코가 올라왔다.

"떠들지 마세요, 제발."

지즈코는 원망스럽게 S를 바라보고는 각오했다는 듯이 살그머니 곁에 와서 무릎을 모으고 앉았다. 그러한 지즈코가 못 견디게 애처롭고 사랑스러워 보였다. 처음 경험하는 찌릿한 감정이었다.

지즈코는 마지막까지 눈을 감고 죽은 듯이 가만하고 있었다.

S는 일주일쯤 뒤에 또 찾아갔다. 동생들만 있고 지즈코는 보이

지 않았다. 시골 큰집에 가 있다는 것이다. 아버지가 쫓아 보냈다는 대답이었다.

그대로 몇 달이 지났다. 어느 날 뜻밖에도 지즈코가 S의 숙소를 찾아온 것이다. 조그만 보따리를 들고 있었다. 죽어도 집에는 안 돌아간다면서 S를 보자 무릎에 엎드려 울었다.

앞서 잠깐 적은 바와 같이 둘이는 살림을 시작했다. 한 달 이상 지나서야 지즈코의 배가 부른 걸 알았다. 살림을 차린 지 반년 좀 지나서 사내애를 분만했다.

패전 직후의 일본은, 사회상의 혼란이 말이 아니었다. 극심한 생존 경쟁으로 아비규환을 이루고 있었다. 그들도 어린애까지 생기고 보니, 생활에 더욱 심한 위협을 느끼기 시작했다.

마침내 S도 수많은 동포와 함께 귀국할 것을 결심했다. 그 동기는 단순한 생활난에만 기인한 것이 아니었다. 해방된 조국은 일꾼을 부른다고 흥분했기 때문이다. 해방된 조국의 벅찬 감동과 찬란한 희망은, 치욕적이요, 불구적인 그의 어두운 요소들을 감싸주면서, 위대한 일꾼을 만들어줄지도 모른다는 터무니없는 착각에 빠졌던 것이다.

당장 지즈코와 애기까지 데리고 환국할 자신은 도무지 서지 않아서, 우선 혼자 귀국하기로 했다. 일 년 이내에 반드시 자리를 잡고, 데려가겠노라고 지즈코를 간신히 타일러놓고 그가 일본을 떠났을 때는 이미 지즈코의 뱃속에 제이의 생명이 깃들고 있었던 것이다.

5

 십여 년 만에 S가 조국이라고 찾아 돌아와보니 도시 말이 아니었다. 일본의 혼란한 사회상에 비할 바가 아니었다. 모두가 문자 그대로 엉망진창이었다.
 물론 아직도 해방되어 일천[15]한데다가, 군정 시기였으니만큼, 일제의 혹심한 탄압과 약탈의 깊은 상처가 가시지 않은 탓이라고 해석해버리면 그만일지 모른다. 그러나 그러한 해석만으로 간단히 납득이 가지 않는 어떤 막연한 불안을 조국의 현실과 국민성 속에서 극히 희미하게나마 S는 느끼지 않을 수 없었던 것이다.
 하지만 그와 같은 불안과 본질을 철저히 분석하고 규명해보기에는, 그는 너무나 무지했고, 그러한 현실에 대결하여 대국적인 투쟁을 전개하기에는 그는 너무나 무력한 존재였다. 단순한 무지라든가 무력이라기보다도, 육체적으로나 정신적으로나 비정상적인 기형성을 바탕으로 구조된 그의 인간이, 이러한 상황 속에 던져졌을 때, 그것은 다만 조국 땅에서 새로운 난센스를 연출시키는 결과를 가져왔을 뿐이다.
 하기는 객관적 조건도 S에게는 확실히 불리했다. 서울이란 이국땅이나 다름없이 생소한 곳이었기 때문이다. 아는 사람 하나 없었다. 애초부터 비비댈 언덕이나 그루터기란 있을 턱이 없었던 것이다.
 주머니는 벌써 빈털터리가 되어버린 지 오래다. 그렇다고 건장한 육체도 못 되는데다가, 쟁쟁한 학벌도 없고, 어느 전문 분야의 지식이나 기술도 없는 그로서는 굶어 죽기에 꼭 알맞았다.

여기서부터 S는 벌거숭이 인간의 최소한의 생존 가능성을 경험하기 시작한 것이다. 그는 차츰 가장 그다운, 너무나 빈약하고 어처구니없는 인간 내용을 유감없이 노출해갔다.

낮에는 하루 종일 음식점 방문 행각을 계속했다. 식당만 눈에 띄면 무작정 찾아 들어가는 것이다.

"무슨 일이든지 마다 않고 열심히 하겠습니다. 제게 하루 밥 세 끼만 먹여주십쇼."

주인을 붙들고 졸라보는 것이다. 물론 냉담하게 거절당하는 것이다. 그는 그대로 미련이 남았다.

"그럼 하루 두 끼라도 좋습니다. 단 두 끼 말입니다."

주인은 마침내 역정이 나서 소리를 버럭 질러버리는 것이다.

"아, 그냥 해준대두 싫단 말야. 얼른 비켜나지 못해!"

S는 그제야 단념하고 돌아선다. 또 딴 음식집으로 찾아간다. 물론 거기서도 똑같은 언동으로 주인에게 졸라본다. 기도라도 드리듯이 간절한 표정으로. 그러나 이러한 그의 기도를 들어주는 주인은 없었다.

그는 실망하지 않고, 아니 실망할 자유조차 이미 없었기 때문에, 식당마다 이러고 찾아 돌아다니는 것이었다. 그러다가 고작 운수가 좋으면 국밥이나 설렁탕 한 그릇 정도 얻어걸리는 때도 있었다.

잠은 서울역 대합실에서 잤다. 잘 곳 없는 사람들로 대합실은

신의 희작 417

언제나 미어지게 초만원이었다. 걸상은 하루쯤 노리고 있어야 어쩌다가 차례에 온다. 언제나 콘크리트 바닥에 무릎을 세우고 쪼그리고 앉아서 잤다. 편히 다리를 펴기는 고사하고, 고쳐 앉을 여유도 없을 만치 대합실은 걸상이나 땅바닥이나 할 것 없이 사람으로 꽉 차 있었다. 거의가 다 만주나 일본 등지에서 해방된 조국에 찾아 돌아와 의지할 데 없는 사람들이었다.

그러나 역 대합실은 언제까지나 이러한 해방 따라지[16]들의 무료 숙소가 되어주지는 않았다. 최종 열차가 떠나고 나면, 역원들은 몽둥이를 들고 나와서 강제로 모조리 쫓아내고 문을 닫아버렸기 때문이다.

딴 사람들과 함께 S도 할 수 없이 역 밖으로 쫓겨나왔다. 대개 새벽 한시나 두시 어름이었다. 꽁꽁 얼어붙은 속에 모두가 깊이 잠들어버린 심야의 거리는 죽음의 도시처럼 비참하게 고요하기만 했다. 그는 추위를 이겨내느라고 역 부근의 거리를 왔다 갔다 했다. 그러다가는 견딜 수 없는 어떤 충동에 걸음을 멈추고 잠시 하늘을 노려보는 것이다.

"나는 부모도 형제도 집도 돈도 고향도 조국도 없는 놈이다."

허공에 대고 포효하듯 했다. 그렇지만 대가리로 죽어라 하고 받아넘길 대상이 없어서 속이 후련해지지는 않았다. 도리어 자꾸만 마음속이 삘해졌다. 그래서 걸으면서도 연이어 같은 말을 외치는 것이었다.

파출소 앞에서 그는 걸음을 멈추었다. 파출소를 들여다보며 큰 소리로 미친놈처럼 외쳤다.

"나는 부모도 형제도 집도 돈도 고향도 조국도 아무것도 없는 놈이다."

순경은 앉은 채 말없이 그를 내다보았다. 그는 파출소 문 앞에 바싹 다가가서 더 큰 소리로 외쳤다. 순경은 할 수 없이 일어서 나와 그를 쫓아버리려고 했다. 여기서 그와 순경 사이에는 필연적으로 시비가 벌어지는 것이다. 그 결과 더러는 얻어터지기도 하고, 더러는 오래간만에 헤딩 솜씨를 시험해보기도 했지만, 파출소 안으로 밀고 들어가거나 끌려 들어가서 밤이 새도록 지드럭거리며¹⁷ 난롯불을 쪼이는 혜택도 입었다.

이러한 나날을 보내면서도, 괴이한 것은, 그는 전보다 불행하거나 절망하지 않았다. 새 옷을 입었을 때는 구겨지거나 더러워질까 봐 조심하며 신경을 쓰다가도, 차츰 먼지가 묻고 때가 끼고 후줄근해지면 아무데나 마구 앉기도 하고 누워 뒹굴 수도 있듯이, 그는 이미 불행하거나 절망할 필요는 없었던 것이다. 도리어 그러한 인간 몰락의 종점에서 그는 일종의 미묘한 쾌감조차 향락하는 것이었다. 그것은 변태적인 인간에게서만 찾아볼 수 있는 현저한 정신적 마조히즘이었다.

그의 내부는 이렇듯 사치한 불행감이나 절망감이 쉽사리 좀먹지 못하는 대신, 그의 육체는 점점 파리해갔다. 제대로 먹지 못하기 때문이다. 각 사회단체나 종교단체에서 해방 따라지를 위해 무료 급식소를 두고, 하루에 두 끼나 한 끼 정도씩 잡곡죽 같은 것을 배급해주기는 했지만, 그것도 차츰 얻어먹기가 힘들어진데다가, 그것만으로는 도저히 필요한 최소량의 영양을 유지할 수 없었던 것이다.

 거기에 설상가상으로 더 억울한 노릇은 이[蝨] 부대의 발호[18]로 피까지 착취당해야 하는 일이었다. 이의 왕성한 번식률에는 그는 놀라지 않을 수 없었다. 잠시만 가만하고 있어도 몸의 사방이 스멀거리고 따끔따끔해서 견딜 수 없었다. 손을 넣어서 마구 북북 긁어내면 손톱 짬에 살찐 이가 끼어 나오기도 했다. 속옷이나 겉옷 할 것 없이 가을부터 한겨울을 단벌치기로 꼬박 입어냈으니, 무리도 아니었다. 이가 아무리 들끓어도 옷을 벗어서 잡을 만한 장소가 없었다. 차마 역 대합실에서 옷을 벗어놓고 이 사냥을 할 수는 없었기 때문이다.

 이란 놈들이 겨드랑이나 등허리에서부터, 복부와 요부를 거쳐 장딴지께까지 장거리 여행을 하면서 제 세상인 듯이 피를 빨아먹어도 그는 거의 속수무책이었다. 그러니 얌체 없는 놈들이 멋대로 날뛰고 번식할 수밖에 없었다.

 지루한 추위가 풀리고 봄은 왔다. S는 계획대로 원한의 이 부대의 토벌을 위해 한강가로 나갔다. 사람 없는 장소를 골라 움푹 팬 모래터에 자리를 잡고 앉았다. 그러고는 미리 준비해 갖고 온 두꺼운 백지를 한 장 앞에다 펴 놓은 다음, 겉옷은 다 벗어버리고, 내복 바람으로 한참이나 움직이지 않고 앉아 있는 것이다. 졸리도록 햇볕이 따뜻했다. 그러노라면 이 부대가 안심하고 노략질을 위해 총출동을 개시하는 것이다. 전신이 못 견디게 스멀거리는 걸 꾹 참는다. 오 분 이상 참고 있다가 그는 드디어 윗내복을 번개같이 벗어서 뒤집는다. 불의의 습격을 당한 이들은 망지소조[19]

하여 갈팡질팡이다.

S는 비로소 승리의 통쾌감에 취하여 닥치는 대로 이를 잡아서는 펴 놓은 종이 위에 모은다. 딴 놈이 도망가 숨기 전에 죄다 잡아야 하기 때문에 미처 한 놈 한 놈 죽일 틈이 없는 것이다. 일단 윗내복의 이를 다 잡고 나면, 이번에는 속바지를 벗어서 뒤집어 놓고 잡기 시작한다. 그러한 작전으로 팬티까지 벗어서 철저히 토벌을 완료하고 나면, 백지 위에는 무려 삼백 마리 이상의 포로 부대가 생길 때도 있었다.

그놈들을 도망가지 못하게 감시하면서 S는 이번에는 학살 작업에 착수하는 것이다. 보리알만큼씩 뒤룩뒤룩 살찐 놈은 아껴 두고, 먼저 조그맣고 초라한 놈부터 잡아서 두 엄지손톱으로 눌러 죽이는 것이다. 툭 소리와 함께 피가 튄다. 그 소리는 그를 무한히 도취케 하는 것이다. 조금도 더러운 생각은 나지 않았다. 툭, 툭, 툭…… 굵은 놈일수록 손톱 사이에서 터지는 소리는 통쾌무비[20]였다. 나중엔 제일 비대한 놈만 대여섯 마리 남겨두었다가, 그 통쾌감을 깊이 음미하듯이 한 놈 한 놈 아껴가며 천천히 툭, 툭 터치는 것이다. 가벼운 흥분에 나른히 취하면서.

그 흥분은 맹랑하게도 성욕을 통하는 또는 성욕을 도발하는 감정과 합류하기도 했다. 그런 때 그는 발기한 자신의 페니스를 발견하고 신선한 경이에 당황하다가 고독해지기 쉬웠다. 오랫동안 그것을 사용하지 않았음을 깨닫고, 일본에 두고 온 지즈코를 생각하며, 자위 행위에 빠지는 수도 있었다.

우스운 일은, 그는 차츰 이러한 이 사냥에 흥미를 깃기 시작한 것이다. 그것은 그에게 있어서는 최후의 의미였다. 대개 한 주일에 한 번 정도씩 한강가 모래터를 찾아나가 벌거벗고 이 사냥을 했다. 그 한 주일이 기대를 갖고 지루하게 기다려졌다. 그동안에 그는 자기 몸의 이를 소중히 길렀다. 물론 토벌하는 날의 그 통쾌함과 나른한 흥분을 위해서다.

그러나 이에게 피를 먹여 기르기란 억울했다. 날이 갈수록 점점 더 굶주리게 되어, 피 한 방울도 아까웠기 때문이다.

하루에 한 끼 얻어걸리기 힘든 날이 여러 날 계속되었다. 그런 어느 날 그는 마침내 도둑질까지 하고야 만 것이다.

초가을이었다. 어쩌면 추석 무렵이었는지도 모른다. 그는 엿장수의 길을 뚫어보기 위해서 인천에 가 있었다.

그 자신 가장 가능한 직업으로서, 가위를 찰각거리며, 골목을 뒤지고 다니는 엿 행상이 동경의 적이었다. 한 번은 지나가는 엿장수를 붙들고 자세히 물어 보았더니 빈주먹인 그로서는 엄두도 못 낼 목돈이 필요했다.

그가 한숨을 짓고 물러서려니까,

"어디 인천엘 한번 찾아가 보슈. 거기엔 그냥 재워주구, 엿도 외상으로 대주는 엿 도가[2]가 몇 집 있을 겝니다. 그 대신 새벽에 일어나서 엿 달이는 일을 거들어줘야 하지만."

엿장수는 그런 말을 하고 지나간 것이다.

S는 그날로 걸어서 인천을 찾아갔다. 길에서 만나는 엿장수마다 붙들고 캐물었다. 간신히 그런 엿집의 소재를 알아가지고 찾아가 보았다. 그러나 엿을 고고 켜고 해본 경험이 없으면 안 된다

는 것이다. 아무리 사정을 호소하고 졸라 보아도 무가내였다.

며칠 동안 인천 거리를 빙빙 떠돌아다녔다. 기적적으로 굶어 쓰러지지 않고 버텨갔다. 그날도 허기에 지쳐서 인천역 대합실에 앉아 쉬고 있을 때였다. 어른 아이 합쳐서 한 가족인 듯싶은 칠팔 명이 대소의 보따리를 몇 개 들고 대합실에 들어섰다.

그들은 의자에다 짐을 얹어놓더니, 한 사람만이 짐을 지키고, 딴 사람들은 대합실 안을 빙빙 돌아다니며, 써 붙인 차 시간이며 임금표 따위도 쳐다보고, 개찰구 쪽에 가서 플랫폼을 내다보고 섰기도 했다.

애들은 자주 쪼르르 하고 짐 있는 데로 쫓아와서는, 그것을 지키고 있는 중년 부인에게 무엇을 졸라대곤 했다. 그러면 부인은 뭐라고 타이르다가, 제일 큼직한 보따리를 끌러가지고, 그 속에서, 시루떡을 한 조각씩 꺼내서 애들에게 들려주었다. 보따리 속에는 그밖에도 음식물이 그득했다. S는 침을 꿀꺽 삼켰다.

아마도 한 가족이 오래간만에 음식을 잔뜩 차려가지고, 어디로 소풍이라도 가는 길인 모양이었다. S는 차츰 정신이 또록또록해지며, 가슴이 두근거리기 시작했다.

첫 단계로 그는 일단 대합실 밖에 나갔다 들어와서 그 짐 보따리 옆에 가 슬그머니 앉았다. 그러고는 짐을 사이에 하고 앉아 있는 중년 부인이 자리를 뜨기만 기다리는 것이다. 부인은 좀처럼 움직이려 하지 않았다. 그대로 굉장히 초조하고 지루한 시간이 흐른 것 같았다. 갑자기 부인이 훌쩍 일어섰다. 애 이름을 불렀다.

"너, 여기 와서 짐 좀 보구 있어."

일러 놓고 부인은 변소 쪽으로 갔다. S는 더욱 심하게 가슴이 뛰었다. 아이는 잠깐 짐 옆에 걸터앉는 척하다가 이내 저쪽으로 슬슬 걸어가 버렸다. S의 눈이 번개같이 주위를 뒤졌다. 보따리 임자 일행이, 지금 어디 어디에 어떻게 하고 있다는 것이 정확히 시선 안에 홱 들어왔다. 그는 자꾸만 목이 타서 마른침을 연거푸 삼켰다. 속으로 움칠움칠 놀라며 두어 번 망설이다가, 그는 마침내 제일 큰 보따리를 한 손에 들고 슬며시 일어섰다. 태연히 대합실 밖으로 걸어 나갔다. 어느 방향으로 어떻게 피해야 안전하리라는 직감이 놀라운 민감성으로 머리에 떠올랐다. 그는 그대로 움직였다. 그래야 할 장소에서부터는 뛰기 시작했다.

멀찍이 떨어진 선창가에 무사히 나와 있었다. 사람이 없는 장소를 골라 갔다. 산처럼 쌓인 자갈 더미가 있었다. 그는 비로소 거기에 주저앉아 보따리를 끌렀다. 생각했던 이상의 갖가지 떡과 성찬이 한 뭉텅이씩 기름종이에 따로따로 싼 채 들어 있었다. 내리 세 끼를 꼬박 굶었던 판이다. 그는 음식을 정신없이 입속에 틀어넣었다. 그러면서 그는 자꾸만 웃었다. 음식 보따리를 잃고 쩔쩔매고 돌아갈 그들 일행을 생각하니, 그냥 웃음이 터져 나와 견딜 수 없었던 것이다. 추호도 죄의식 같은 것은 느끼지 못했다. 그에게는 몰락의 가능성이 숙명적으로 전신에 배어 있었는지 모르는 일이다. 그 뒤에 일관하여 죽 계속되는 기괴한 그의 인간 역정은, 이러한 몰락과 자멸의 가능성 위에 지저분하게 이어져 나가는 것이다.

6

 귀국한 지 일 년 반이 지나서야 S는 만주와 일본에서 돌아와 아사선상을 헤매고 있는 해방 따라지들과 공동으로 운명을 타개해 나갈 방략에 가담할 수 있었다. 십여 명의 청년이 주동이 되어 '자활건설대(自活建設隊)'라는 그럴듯한 단체를 조직한 것이다. 연줄연줄로 아는 사람끼리 모여서, 용산 역전의 조그마한 적산 가옥에 초라한 간판을 내걸고 발족을 했을 당시는 정대원만 꼭 이십 명이었다. 그러나 그들이 거느린 가족 수까지 합치면 백 명 가까이 되는 대식솔이었다. 이러한 대세대가 공동생활을 시작한 것이다.

 대의 간부가 시청을 비롯해서 각 기관과 큰 단체나 회사를 찾아다니며 일자리를 교섭했다. 평균 대원의 반수 정도는 하찮은 잡역에 얻어걸렸다. 그 수입만으로는 도저히 백 명 가까운 사람의 연명이 어려웠기 때문에, 간부들이 시 사회과에 찾아가 떼를 써서 구호용 밀가루 같은 것을 타다가 죽을 쑤어 먹기도 했다.

 먹는 일 다음으로 큰 문제는 '집'이었다. 그 숱한 대원 가족이 기거를 하자면 제법 큰 건물이어야 했다. 천신만고로 웬만한 적산 가옥을 하나 점령하고 겨우 자리를 잡을 만하면, 유력한 무슨 단체가 경찰관을 앞세우고 와서 퇴거 명령을 내리는 것이다. 심한 때는 한 달에 세 번씩이나 쫓겨난 일이 있었다. 노유와 부녀자가 반이 넘는 근 백 명의 대식솔을 이끌고 노두를 방황하노라면 악밖에 치받히는 것이 없었다. 집단 세력의 심리 작용이 뒷받침을 해서 젊은 축은 과격하게 나갈 때가 많았다. 그중에서도 S는 언제나 선두에 섰다.

"죽여 버리고 말 테다."

툭하면 그의 입을 튀어나오기 시작한 말이었다. 살인에의 맹렬한 유혹과 자신이 그의 내부에서 꿈틀거리곤 했다.

바로 며칠 전에 그들이 간신히 얻어 든 가옥에 또다시 명도령[22]이 내려서, 경찰관과 시비가 붙었다. 마침내 주먹다짐이 벌어지게 되자, S는 경찰관을 한 명 받아넘기고, 새로 덤비는 딴 자를 발길로 차서 거꾸러뜨린 다음 사정없이 내리밟았다. 그 결과는 너무나 당연하게도 그의 신변에 위험을 가져다주었다. 동지들이 재빨리 그를 빼돌려서 기차에 태워주었다.

"두서너 달 서울엔 돌아올 생각 말아."

동지들의 그런 말을 들으며, 그는 초만원인 삼등 객차에 비비고 올랐다. 목포행 열차였다. 대전까지의 승차권을 가지고 그는 목포까지 무임승차를 했다. 여기서부터 약 삼 개월에 걸친 기묘한 유랑 생활이 시작되었던 것이다.

당시는 어느 지방에서나 좌우익이 정면으로 대립하고 있던 시대다. 그래서 어느 읍이면 읍, 면이면 면에 도착하는 즉시로 유력한 좌익계 인사를 방문하고 시국에 대해서 과격한 언사의 기염을 토하다가, 스스로 다음과 같이 자신에 대한 결론을 내리는 것이다.

"난 이미 목숨을 내건 지 오랜 사람입니다."

그 말은 말할 수 없는 핍진성을 갖고 우선 그 자신부터 만족하게 감동시켜 주었다. 그는 그러한 감동에 취하면서 찾아간 그 좌익계의 유지네 집에 덮어놓고 주저앉아 버리는 것이었다. 그러면 대개 한 주일 정도는 문제없이 식객 노릇을 할 수가 있었다. 그랬다가 출발시에는 으레 여비까지 얻어가지고 의기양양하게 떠나는 것이다.

그와 같은 호사스런 유랑 도중, 그는 마침내 당할 수 없는 거대한 자기력에 끌리듯이, 여수에 사는 백기택이라는 친구네 집을 찾아간 것이다. 일본서 중학 시절에 퍽 가깝게 지낸 친구였다.

S가 일본을 떠나기 직전까지, 기택이와는 종종 서신 왕래가 있었던 사이이기 때문에, 지즈코도 기택의 주소와 S와의 두터운 교분은 잘 알고 있는 터였다. 그러한 점으로 미루어, S의 소식을 기다리다 못한 지즈코는, 기택에게 문의와 의뢰의 편지를 띄웠을지도 모른다는 막연한 기대가 그에게는 있었던 것이다.

그의 이와 같은 예측은 어김없이 들어가 맞았다. 기택의 앞으로 지즈코의 편지는 세 통이나 와 있었던 것이다. 그 편지들 속에는 S의 소식을 몰라 애태우는 지즈코의 안타까운 심정이, 너무나 생생한 체취를 풍기며 아로새겨 있었다. 더구나 두 어린것을 안고 찍어 보낸 지즈코의 사진을 보는 순간, 그의 가슴은 그대로 꽉 메어버리고 마는 것 같았다. 그날 밤 제대로 잠을 이루지 못하고 몸을 뒤채는 그의 눈시울이 자꾸만 질척거렸다. 안정된 생활을 거의 경험해보지 못한 채, '목숨을 걸고 산 지 오래됐다'는 이 전도가 무망한 사나이는, 처음으로 가슴속 밑바닥까지 우비고 드는 그리움과 고독을 맛보았다.
"언제든 네가 생활 토대만 잡는다면, 지즈코상을 데려오는 건 내가 책임지지."
친구는 풀이 죽은 S를 그런 말로 위로해주었다. 친구는 본시가 조상 때부터 여수 태생인데다가, 여수 경찰서에 경위로 있었기 때문에 일본 왕래의 뱃길에는 자신이 있었던 것이다.
"음, 너만 믿어. 지즈코에겐 내가 자리를 잡을 때까지, 조금만 더 기다려 달라고 연락해줘."
다음날 S는 친구에게 그런 부탁을 남기고 그곳을 떠났다. 그러나 어수룩한 얘기였다. 그렇게 간단히 그가 '자리를 잡을' 만치 현실은 순탄하지 않았다. 처자를 데려올 만한 생활 토대를 마련한다는 것은, 거의 기적을 바라는 것과 같은 요행수일 뿐이었다. 그것은 전적으로 사회 실정에만 원인과 책임이 있는 것도 아니었다. 그에게는 정상적인 생활인으로서의 기본적인 기능이 그만큼 빈약하기도 했던 것이다.
서울로 되돌아온 그는, 자활건설대와 간접적인 관계를 가지면서 또다시 거리를 배회하기 시작했다. 그러다가 어떤 시비 끝에 공무 집행중인 미군 부대의 통역을 받아넘기고, 군정 재판에 걸려, 서대문 형무소에서 일 개월간 복역을 하게 되었다. 그 일 개월간의 복역 생활은 어이없게도 그를 더없이 만족하게 해주었다.
두 가지 의미에서 그랬다. 하나는 국한된 채로의 생활의 안정감이다. S가 의식주의 불안감을 완전히 잊어보기란 실로 철들어 처음이었다. 다음은 무장과 가면을 벗은 적나라한 인간끼리의 안도

감이다. 거기에서는 인간의 사회적 요소란 필요 없었다. 즉 학벌도, 지식도, 재능도, 지위도, 재산도, 풍채도 크게 거드름을 피울 건더기가 못되었다. 도리어 그따위 거추장스럽고 지저분한 액세서리를 코에 걸고 껍죽대다가는 아예 없다. 오직 동등한 인간만이 있었다. 하나도 거추장거리는 것이 없이, 인간과 인간끼리 푹푹 안길 수 있어서 좋았다.

이러한 잡범들과의 짧은 감방 생활은 그에게 평생 잊을 수 없는 아쉬운 추억으로 남았다.

석방된 후, S는 결심하고 삼팔선을 넘어 고향인 평양을 찾아갔다. 마침 남북한에 걸쳐 콜레라가 창궐하여 완전히 교통망이 두절되었던 여름이라, 그는 서울서 함흥까지 노숙을 하며 꼬박 십구 일 걸려 걸었다. 이내 함흥서 기차 편으로 다시 평양까지 갔다.

그래도 고향이라, 국민학교 시절의 동창들이랑이 있어서 그런대로 간신히 비비댈 수는 있었지만, 그곳은 도저히 그가 자리 잡을 곳은 못 되었다. 거기서 이 년간을 그는 끽 소리도 못하고 죽어지냈다. 장기인 대갈짓, 발길짓도 전혀 소용에 닿지 않았다. 방자한 그의 인간성이 결코 뿌리박을 수 없는 불모의 지역임을 깊이 깨달은 것이다.

마침내 어떤 사건으로 반동분자의 낙인이 찍히게 되자, 그는 겁을 집어먹고 도로 삼팔선을 뚫고 월남해버리고 만 것이다.

서울서의 고달픈 부랑인의 생활이 또다시 계속되는 동안, 대한민국이 서고, 차츰 질서가 잡히면서부터, 그도 하찮은 직장을 구해 비로소 '생활'의 기초적인 형태나마 겨우 갖추게 되었다.

신의 희작

그러자 뒤이어 돌발한 6·25 사변, 부산의 피난살이로 그의 생활의 첫 단계는 도로 무너져 버리고 만 것이다.

 그러나 이 피난살이에서는 그의 운명에 새로운 계기를 가져다 주는 중대한 사건이 있었다. 그것은 뜻밖에도, 정말 너무나 뜻밖에도 부산 거리에서의 지즈코와의 해후다. 초라한 모습으로 길가에 마주 서 있는 S와 지즈코는 서로 자기의 눈을 의심하며 한참 동안이나 말을 못 하고 바라만 보고 있었다.

 나중 지즈코가 한국에 건너오게 된 경위와 그 뒤에 겪은 파란을 들었을 때 S는 몹시 감동하였다.

 S의 소식을 몰라 애태우던 지즈코에게, 한국에 건너만 오면 S를 만나게 해줄 터이니 그렇게 하라는 권유의 편지가, 백기택에게서 보내졌다는 것이다. 그 편지를 받아 본 지즈코는 다소 망설였으나 드디어 어린것들을 친정에 맡긴 다음, 기택이가 주선해 보낸 선편으로 단신 여수항에 도착했던 것이다. 그러나 한 달이 가고 두 달이 지나도 S와 만날 길은 막연하기만 했다. 기택은 S의 행방을 탐지하느라고, 처음 얼마 동안은 무척 고심하는 모양이었으나, 차츰 지쳐버렸는지 미안하다고 사과를 하면서 S 쪽에서 연락이 있을 때까지 좀더 기다려보라는 말을 되풀이할 뿐이었다. 지즈코는 당황하여 일단 일본에 돌아가서 소식을 기다리려 했으나, 이왕 건너온 김에 좀더 참고 기다려보자고 달래며, 좀처럼 보내주려고도 하지 않았다. 그러는 동안에 처자가 있는 기택은 마침내 강제로 지즈코를 범하고 만 것이다. 이 나라 언어와 풍토와 풍습에 서투른 지즈코는, 그 뒤 꼼짝 못하고 기택에게 잡혀 지내는

수밖에 없었다.

마침 그런 지 수개월 뒤에, 의외에도 여수 순천 반란 사건이 폭발되었고, 그 통에 기택은 빨갱이에게 피살되고 말았다. 지즈코는 망연했다. 일본서 건너올 때 약간 준비해 갖고 왔던 귀금속류를 팔아서 밀선을 타고 일본에 돌아가려 했으나 돈만 날리고 목적을 달할 수가 없었다. 지즈코는 할 수 없이 식모살이 등으로 전전하면서 부산에 당도했다. 거기서 일인 수용소에 정식으로 귀국 신청 수속을 밟아놓고, 어느 피복 공장의 임시 여공으로 있으면서, 송환되는 날만을 기다리고 있었던 참인 것이다.

만수사(萬壽寺)가 있는 뒷산에 올라가, 그런 얘기를 마치고 난 지즈코는, 인제는 차라리 일본에도 돌아가지 않고 이대로 죽어버리고 싶다고 하면서 자꾸만 울었다.

이처럼 통속 소설 같은 인연으로 다시 만나게 된 그들은, 이제까지의 모든 것을 과거의 악몽으로 돌려버리고, 그야말로 '새로운 생활'을 위한 약속과 설계 밑에 재출발한 것이다.

그러나 건실한 의미의 '새로운 생활'은 그들에게 쉽사리 이루어지지 않았다. 그것은 도리어 '괴상한 생활'로만 구축되어갔다. 여기에는 물론 여러 가지 외부적인 원인도 없는 바 아니었지만, 결정적인 것은 S 자신의 인간적 본질에 기인한 것이었다.

그의 천성과 함께 제이의 천성으로 굳어져버린 기형적인 또는 불구적인 인간 요소들이 가져오는 당연한 '결과'임에 틀림없었다.

그러한 '결과'가 가정적 현상으로 나타난 것 가운데 두드러진 것은, 말하자면 그의 깅력한 산아 거부 같은 것이다. 어느 날 지즈코는 기쁨을 감추지 못하며 그에게 임신의 징조를 알렸다. 그는 몹시 당황했다.
 "새낀 필요 없어. 당장 가서 떼 버리고 와."
 아내는 영문을 몰라 S의 얼굴을 쳐다보며,
 "왜요?"
 근심스레 물었다.
 "난 새끼를 기를 자신이 없어. 단둘이 먹고 살기도 벅찬데, 무얼 해서 새끼를 먹이구 입히구 학교에 보낸단 말야. 난 과거의 반생을 제대로 먹지도 입지도 못하고 살아온 사람야. 나머지 반생마저 새끼를 위해서 착취당하구 희생되구 싶진 않아."
 "그래두 하나쯤은……"
 아내는 얼굴을 그의 가슴에 묻고 비볐다.
 "둘씩이나 있잖어, 일본에."
 "그것들야 친정의 호적에 올라 있는걸요."
 "아무개 호적에 있음 어때. 내 자식이든 내 자식이 아니든 상관없어. 난 거추장스러운 짐은 사람 새끼구 물건이구 딱 질색야."
 이 거추장스러운 짐을 꺼리는 그의 심리는, 늘 간편하게 혼자 떠돌아다닌 타성과, 시국에 대한 불안감의 탓도 있었지만, 일방 어떤 막연한 자멸 의식에서 오는 심리 현상이기도 했다. 그는 무슨 일에 있어서나 막다른 판에 부딪치면,
 "될 대로 되라."
는 자포자기와,
 "그놈을 죽여 버리고 나도 없어지면 그만 아냐."

살인과 자멸의 충동으로 기울어지곤 했다. 그것은 그에게 있어서 조금도 놀라운 일도, 무서운 일도 아니요, 언제나 무엇에 도취하듯 자신 있게 저질러 버릴 수 있는 자랑스러운 가능성이었다. 그러나 자식이 있으면 아무래도 그러한 가능성이 박약해질 수밖에 없어서 그게 싫었던 것이다. 그와 같은 가능성의 약화는 마치 그의 인간 가치나 존재의 의미가 약화되는 것같이 겁났던 것이다.

항시 남편을 최대한으로 이해하려고 애쓰는 지즈코는 이러한 그의 괴팍한 고집에도 거슬리는 일이 없었다. 이내 산부인과를 찾아가 적당한 조처를 취하였고, 아울러 남편의 강경한 희망대로, 회태의 불안을 근본적으로 제거해버리고 만 것이다. 병원에서 돌아온 날 저녁, 지즈코는 S의 품에 쓰러지듯 몸을 던지고,

"당신은 가엾은 사람예요. 가엾은 사람."

그렇게 중얼거리며 애처롭게 울었다. 아내니까, S가 가엾게 보였을지 모르나, 딴 사람들에게는 그는 그저 어처구니없을 만큼 우스꽝스러운 인간이기만 했다.

S는 술과 담배를 입에 대지 않는다. 넥타이도 매는 법이 없다. 사람들은 그러한 S를 이상해 하지만, 그는 도리어, 으레 나이 들면 술 담배를 할 줄 알고, 반드시 넥타이를 매야 하는 사람들이 이상하기만 한 것이다.

S는 자기의 정확한 생일조차 모른다. 모르는 것이 아니라 알지 않는 것이다. 그도 소학교 시절에는 생일을 알고 있었다. 그러나 그 이후는 그런 걸 알 필요가 없었다. 도리어 생일을 소중히 기억

했다가, 그날을 기념하고 하는 규격품 인간들이 그에게는 어이없었다. 어쩌다가 아내가 친정 부친의 생일이나, 일본에 두고 온 아이들의 생일을 입 밖에 낼 말이면, 그는 인간 최대의 모욕이나 당한 듯이 벌컥 화를 내는 것이다.

물론 그는 명절이란 것도 아예 묵살해버리고 만다. 설이니, 추석이니, 크리스마스니 하는 날을 그는 아내에게마저, 염두에조차 두지 못하게 한다.

이런 투의 S고 보니, 결혼식이나 장례식에도 거의 가는 일이 없다. 어쩌다가 그런 데 참석하는 경우는 처세를 생각하는 아내의 교묘한 계략에 넘어가서다. 결혼이란, 둘이 맘에 맞아서 붙어살고 싶거든 살면 그만이지, 무슨 씨름 대회나 권투 시합이라도 벌이듯, 야단스레 관중을 청해놓고 구경을 시킬 필요는 없는 것이다. 장례식도 그렇다. 진심으로 슬퍼지는 사람끼리 모여서, 송장을 태워버리든 묻어버리든 하고 유족을 위로하면 그만이다.

S는 결혼식이나 장례식뿐 아니라, 졸업식이니, 무슨 축하회니, 수상식이니, 기념회니 하는 식전이나 집회도 딱 질색이다. 야생 인간인 그의 생리는, 인습적이요, 형식적이요, 공식적인 것들을 무조건 거부하는 것이다. 대부분의 무슨 '식'이란 것이 그의 원시적이요, 색맹적인 눈에는 거추장스러운 형식으로밖에 반영되지 않는다. 이를테면 신문에 게재되는, 대학교 졸업식이라든가, 각종 학위 수여식 사진 같은 것을 보면, 그는 실소를 금치 못하는 것이다. 애들 장난도 아니요, 대가리가 여문 졸업생들이나 노령에 달한 교수들까지 우스꽝스러운 복장과 모자를 착용하고, 정중

한 태도로 종잇장을 주고받는 꼴이란, 그에게는 정말 살고 싶지 않도록 어이없어지는 것이다.

　S가 무슨 식전에 참석치 않는 이유의 또 하나는, 그런 처소에는 으레 낯짝을 치켜드는 소위 명사니 뭐니 하는 잘난 사람들이 보기 싫어서다. 곧잘 잘난 사람을 만들어내는 대중의 취미나, 남들이 치켜세운다고 정말 잘난 체하는 그 잘난 사람이나가, 그에게는 똑같이 구역질나고 기가 막혀서 견딜 수 없는 것이다. 이 개똥 같은 권위 의식이나 명사 의식은, 그가 가장 싫어하고 타기하는 것의 하나다.

　S가 어쩔 수 없는 내면적 욕구와 생활을 위해서 문학을 하면서도, 문학이나 문학하는 사람을 싫어하는 연유가 이런 데도 있는 것이다. 껄렁껄렁한 시나, 소설이나, 평론줄을 끼적거린다고 해서 그게 뭐 대단한 것처럼 우쭐대는 선민 의식. 된 글이건 안 된 글이건, 필자의 이름을 달아서 여러 번 발표하노라면, 자연 같잖은 명성이 따르게 마련인 문학(광의의)이라는 것의 사회적 특성. 이것이 그에게는 아주 난처하기만 하다. 그는 행여나 유명해질까 봐 겁이 나는 것이다. 호랑이는 죽어서 가죽을 남기고, 사람은 죽어서 이름을 남겨야 한다는 얼빠진 수작을 씨부렁대는 사람이 있다. 실체가 죽어 없어진 뒤에 이름만 남겨 뭘 하느냐. 그것은 안심하고 죽을 수조차 없는 치욕이다. 문학을 하는 그의 고충의 하나는 조금이라도 이름이 알려진다는 데 있다. 그렇기에 시나, 소설이나, 평론은 물론, 그밖의 어떠한 문장이든, 절대로 필자의 성명을 붙여서 발표하면 안 된다는 법률을 제정히는 수는 없을까

하고 그는 진지하게 공상하는 것이다. 신문 기사처럼, 독자는 필자가 누군지를 모르는 것이 좋다. 그러면 악폐의 부작용이 없을 뿐더러, 진정 글을 쓰지 않고는 배길 수 없는 사람 외에는 글을 쓰지 않을 테니까.

야만인인 씨가, 당연히 경원하게 마련인 것은 비단 문단이나 문학인뿐이 아니다. 말하자면 문화적인 것 일체와 문화인이라는 유별난 족속 전부가 싫은 것이다. 언제나 현란한 정신적 외출복으로 성장하고, 눈부신 지식과 재능의 액세서리들을 번득거리며, 자신만만히 인생을 난무하는 소위 그 문화인이니 지식인이니 하는 사치품 인간들에게, S는 아무리 해도 본질적으로 친숙해질 수가 없는 것이다.

이러한 그의 비현대성, 비문화성, 비일반성은, 그의 정신과 육체의 기본적 형성 요소인 기형성과 불구성에서 돋아난 가지〔枝〕로서, 그의 생활과 문학에 비극과 희극을 동시에 투영해온 근원인 것이다. 그렇다면 그는 그러한 희비극을 연출하기 위한 의미로만 존재하는 것일까. 신은 이 세상 만물 중 어느 것 하나 의미 없이 만든 것이 없다고 하니 말이다. 여기서 S는 너무나 저주스럽고 짓궂은 신의 의도와 미소를 발견하고, 새로운 도전을 결의하지 않을 수 없는 것이다.

그 자체가 이미 하나의 완전한 난센스인 도전을.

| 주 |

공휴일

*『문예』, 1952. 6.

1 국척 황송하여 몸을 구부림.
2 손창섭은 거의 모든 작품에서 유독 인물명만 한자로 표기했다. 김윤식은 이에 대해 이름을 한글로 표기해온 종래의 소설에 대한 반항 및 거부의 의미를 지닌다는 점, 인물만을 소설의 중심에 놓아 스토리, 사건을 상대적으로 무의미하게 만드는 기능을 수행한다는 점 등을 지적했다(김윤식, 「6·25 전쟁문학: 세대론의 시각」, 문학사와 비평연구회 편, 『1950년대 문학 연구』, 예하, 1991 참조).
3 발가메다 '대들다'의 함경남도 방언.
4 다우쳐 '다그쳐'의 북한어.
5 두취 은행장.
6 사자 대(代)를 이을 아들.
7 방싯이 소리 없이 가볍게 웃는 모습을 가리키는 북한어.
8 가라스 glass(유리)의 일본말.
9 퇴색하다 '퇴색하다'의 오자인 듯.
10 알끈하다 속마음이 어딘가 시원하지 못하다(북한어).

11 모뚝이 무더기로 모아 볼록하게 쌓아올린 모양(북한어).
12 소래기 '소리'를 속되게 이르는 말.
13 쌔왈한 시원한(평북 방언).
14 허턱 함부로(북한어).

사연기

*『비 오는 날』, 일신사, 1959. 『문예』(1956. 6)지에 최초로 발표될 당시에는 「死線記」로 표기되어 있으나 『비 오는 날』(일신사, 1959)과 김동리의 「소설 추천기」(『문예』, 1956. 6)에는 「死緣記」로 표기되어 있다. '線'은 '緣'의 오자임이 확실하고 이 작품의 올바른 작품명은 「사연기」라 할 수 있다.

1 편포 난도질하여 편편한 모양으로 말린 고기.
2 노죽스레 일부러 꾸며(북한어).
3 아무러한 구체적으로 정하지 않은 상태에 있는.
4 뜸뜸이 가끔(함남 방언).
5 덞다 더러워지다(북한어).
6 내직 집안일의 틈을 타서 하는 삯일.
7 다자꾸 무턱대고 자꾸(북한어).
8 매닥질 아무데나 함부로 뒤바름.
9 무어서 여러 조각들을 한데 이어서.
10 물다 무르다 또는 상하다.

비 오는 날

*『비 오는 날』, 일신사, 1959.
1 다자꾸 무턱대고 자꾸(북한어).
2 말짼 거북하고 불편한(북한어).
3 최뚝길 밭두둑에 난 길(북한어).
4 저자 구럭 시장이나 상점에 물건을 살 때 들고 다니는 망태기.
5 제창 제때에 알맞게.
6 떼꾼히 퀭하니.

7 하꼬방 상자 같은 작은 방(일본어).

8 국민병 한국전쟁 때 정식 군대가 아니라 국민방위군(국민방위군 사건으로 1951년 4월에 해체됨)에 편성된 17세부터 40세까지의 장정들을 가리킨다. 전시 상황에서 국민병 수첩은 병역과 관련된 신분증 역할을 하였다.

9 감때사납다 생김새나 성질이 휘어잡기 힘들게 억세고 사납다.

10 밴밴하다 '반반하다'를 얕잡아 이르는 말.

11 허전거리다 다리에 힘이 없어 쓰러질 듯하다.

생활적
*『비 오는 날』, 일신사, 1959.

1 곤비하다 괴롭고 지치다.

2 분수 정도.

3 우메보시 매실장아찌.

4 바른 충분하지 못한(북한어).

5 남덩 남정. 장정이 된 남자.

6 추세기는커녕 건강을 회복시키기는커녕(평북 방언).

7 덞다 더럽다(북한어).

8 죽신하니 마음에 흡족할 정도로 많이(북한어).

9 얼싸한 훨씬 괜찮은.

10 열적은 겸연쩍고 부끄러운(북한어).

11 자개수염 민물고기 자개의 수염처럼 양쪽으로 빳빳하게 갈라진 코밑수염.

혈서
*『비 오는 날』, 일신사, 1959.

1 군속 군인이 아닌 사람으로서 육해공군에 속하여 군무에 종사하는 사람.

2 일선 직접 전투가 벌어지는 현장.

3 무탈 까다롭거나 스스럼이 없다.

4 뒤솟구다 눈알을 뒤집어 위로 솟게 하면서 노려보다(북한어).

5 미야게 여행지에서 가족·친지를 위해 선물을 사가지고 가는 토산물.

6 버릇다 어수선하게 늘어놓다.
7 미주 맛이 좋은 술.
8 관격 먹은 음식이 급하게 체하여 가슴이 막혀 토하지 못하고 대소변도 못 보는 위급한 병.
9 저저끔 제각기(북한어).
10 국적 나라를 어지럽히거나 나라에 해를 끼치는 자.

피해자
*『비 오는 날』, 일신사, 1959.
1 뽄없이 모양새 없이.
2 패뜩거리다 해뜩거리다. 눈알을 깜찍하게 뒤집으며 곁눈질을 하는 모양을 나타내는 말(북한어).
3 어슬막 어슬어슬해질 무렵.
4 다자꾸 무턱대고 자꾸(북한어).
5 연추 납으로 만든 추.
6 식체 과식이나 변질된 음식을 먹어서 생긴 체증.

미해결의 장
*『비 오는 날』, 일신사, 1959.
1 자개수염 양쪽으로 빳빳하게 갈라진 코밑수염.
2 간방 한 칸(건물의 칸살의 넓이를 잴 때 쓰는 말. 통상 여섯 자 제곱의 넓이) 반 넓이.
3 좀되다 사람의 됨됨이나 언행이 너무 치사스럽고 잘다.
4 동체 사람이나 동물에서 목·팔·다리·날개·꼬리 따위를 제외한 가운데 부분.
5 고문 일제 강점기의 '고등 문관 시험.'
6 구제품 불행, 재해로 인해 어려운 사람을 돕기 위하여 보내는 물품.
7 는적는적 물체가 자꾸 힘없이 축 처지거나 물러지는 모양.
8 거연히 당당하고 의젓하게.
9 득의 일이 뜻대로 이루어져 만족해하거나 뽐내다.

10 가상이 가장자리.
11 탈박 탈바가지.
12 굼때다 이럭저럭 치러 넘기다(북한어).
13 머룩하다 머룽머룽하다. 멀겋고 묽다(북한어).
14 젠자이 팥고물을 한 떡.
15 봉당내 봉당(티끌 혹은 토방)의 냄새.
16 봉창을 때다 벌충하다.
17 조련찮다 만만한 정도로 헐하거나 쉽지 아니하다.
18 무너나다 이어서 맞춘 자리가 어긋나다(북한어).
19 가드라쳐 빳빳하게 오그라뜨려.
20 감탕 물에 풀어져 곤죽이 된 흙.
21 머랑하다 머룽머룽하다. (불룩하게 큰 눈알이) 생기가 없고 멀겋다(북한어).

인간동물원초
*『비 오는 날』, 일신사, 1959.
1 과색 성교를 지나치게 함.
2 매닥질 아무데나 함부로 뒤바름.
3 누범 거듭 죄를 지은 사람.
4 무죽하다 좀 무거운 듯하다(북한어).
5 공명 남의 사상·감정·행동에 공감하여 자기도 그와 같이 따르려 함.
6 마련 없이 어떻게 하겠다고 속으로 생각하는 궁리나 계획 없이.
7 머룩하다 머룽머룽하다. 멀겋고 묽다(북한어).

유실몽
*『사상계』, 1956. 3.
1 우뚤하다 우직스럽게 성을 내다.
2 취체역 예전에 주식회사의 이사를 이르던 말.
3 제창 지체함 없이 바로(북한어).

4 다자꾸 무턱대고 자꾸(북한어).
5 고불통대 흙으로 구워서 만든 담뱃대.
6 전주 사업 밑천을 대는 사람.
7 상게 아직(북한어).
8 행악 모질고 나쁜 짓을 행함. 또는 그런 행동.
9 바라크 막사.
10 어슬하다 조금 어둡다.
11 축지다 몸이 쇠약해져 살이 빠지다.
12 오륙이지다 온몸을 잘 못 쓰다.
13 뱉뱉하다 '반반하다'를 얕잡아 이르는 말.
14 월여 달포. 한 달이 조금 넘는 기간.

설중행
*『비 오는 날』, 일신사, 1959.
1 취체 규칙·법령·명령 따위를 지키도록 통제함. 단속.
2 어슬어슬 날이 어두워지거나 밝아질 무렵에 둘레가 조금 어두운 모양.
3 독식 혼자서 먹음. 아직 결혼을 안 했다는 의미.
4 발그라지다 어린아이가 지나치게 당돌하고 되바라지다(북한어).
5 쏠쏠하다 수준·정도가 웬만하여 괜찮거나 기대 이상이다.
6 건건이 간략한 반찬 혹은 짠맛을 내는 간장이나 양념장 같은 것.
7 신조 새로 만듦.
8 상게 아직(북한어).
9 비산 날아서 흩어짐.
10 다자꾸 무턱대고 자꾸(북한어).

광야
*『비 오는 날』, 일신사, 1959.
1 방등 등잔.

2 상거 서로 떨어져 있음.

3 호복 만주인의 옷.

4 귀인성 귀인다운 고상한 성질이나 바탕.

5 왕바딴 차우 개새끼 씹할(중국어).

6 뒤솟다 눈알이 위쪽으로 몰려서 흰자위만 나타나게 뜨다(북한어).

7 잠뿍 (물건이) 담뿍하게 잔뜩.

8 포즈 만두.

9 감때사납다 생김새나 성질이 휘어잡기 힘들게 억세고 사납다.

10 장꽤, 장꽤 주인장, 주인장(중국어).

11 쇠쇠한 사소한.

12 좀패 좀스러운(보잘것없이 규모가 작은 패거리).

13 귀중중하다 매우 더럽고 지저분하다.

14 밴밴하다 '반반하다'를 얕잡아 이르는 말.

15 궁굴다 뒹굴다.

16 생심 하려는 마음을 냄, 또는 그 마음.

17 자국 자리. 맞춤한 대상.

18 캉 온돌.

19 점직하다 좀 미안하고 부끄러운 느낌이 있다.

20 미욱하다 미련하고 어리석다.

21 어간 시간이나 공간의 일정한 사이.

22 통매 통렬히 꾸짖음.

23 무연하다 아득하게 넓다.

24 어슬막하다 어슬어슬해질 무렵.

25 해토 얼었던 땅이 풀림.

희생

*『해군』, 1956. 4.

1 베차게 견디기에 좀 벅차게.

2 서뻑거리다 풀 따위를 베는 소리가 잇따라 나다(북한어).
3 노죽스레 말·행동을 일부러 꾸며(북한어).
4 머츰하다 눈이나 비 따위가 잠시 그쳐 뜸하다.
5 다자꾸 무턱대고 자꾸(북한어).
6 데린 데려온.

잉여인간

* 『사상계』, 1958. 9.
1 품 품위. 고상하고 격이 높은 인상.
2 심상하다 대수롭지 않고 예사롭다.
3 우뚤 우직스럽게 성을 내는 모양(북한어).
4 서지 모직물의 일종.
5 상금 지금까지, 아직.
6 시러베아들 실없는 사람을 낮잡아 이르는 말.
7 통매 몹시 꾸짖음.
8 추백 추신. 편지의 끝에 더 쓰고 싶은 것이 있을 때에 그 앞에 쓰는 말.
9 허줄하다 차림새가 보잘것없고 초라하다.
10 점직하다 부끄럽고 미안하다.

신의 희작

* 『현대문학』, 1961. 5.
1 동체 사람이나 동물에서 목·팔·다리·날개·꼬리 따위를 제외한 가운데 부분.
2 판장 널판장. 널빤지로 친 울타리.
3 망종 아주 몹쓸 종자라는 뜻으로, 행실이 아주 못된 사람을 낮잡아 이르는 말.
4 유곽 많은 창녀를 두고 매음 영업을 하는 집.
5 밤대거리 광산·공장 등에서 밤과 낮을 번갈아 일할 때 밤에 하는 일.
6 고간 두 다리의 사이.
7 요부 허리 부분.

8 소학교 초등학교의 옛말.

9 울바자 울타리로 쓰는 바자(대·수수깡 등으로 발처럼 엮은 물건).

10 근치 병을 완전히 고침.

11 철권 제재를 가하기 위하여 쓰는 폭력을 비유적으로 이르는 말.

12 굼때다 불충분한 대로 이럭저럭 메우다.

13 탈구 뼈의 관절이 삐어 물러남.

14 자비 스스로 자기를 낮춤.

15 일천 시작한 뒤로 날짜가 얼마 되지 아니하다.

16 해방 따라지 해방 직후 조국에 돌아왔으나 빈털터리이거나 의지할 데가 없는 처지에 이른 사람들을 노름판의 따라지(한 끗, 매우 낮은 끗수로서 별 볼일 없는 패)에 빗대어 사용한 말.

17 지드럭거리다 남이 몹시 귀찮아하도록 자꾸 성가시게 굴다.

18 발호 권세나 세력을 제멋대로 부리며 함부로 날뜀.

19 망지소조(罔知所措) 너무 당황하여 어찌할지를 모르고 갈팡질팡함.

20 통쾌무비 매우 통쾌하여 비길 데가 없음.

21 도가 도매상.

22 명도령 건물·토지·선박 따위를 남에게 내어주라는 명령.

┃작품 해설

동물적 인간, 우울, 나태

조현일

1. 대재난(Catastrophe)으로서의 한국전쟁과 '동물적 인간'

 손창섭은 「공휴일」(1952. 6), 「사연기(死緣記)」(1953. 6)가 『문예』에 추천되면서 작품 활동을 시작한 가장 문제적인 전후 소설가다. 최후의 작품은 『봉술랑』(한국일보, 1977)으로서 비록 1960년대 이후에도 계속적으로 창작을 하지만, 그의 작품 세계의 본령은 역시 「공휴일」에서 「신의 희작」(『현대문학』, 1961. 5)까지, 즉 일반적 전후 소설가들과 마찬가지로 1960년대 초반까지의 작품들에 있다. 그는 '병자의 노래' '모멸의 인간상' '병신스런 인물'을 표현하고 있다는 당대 비평가들의 지적에서 알 수 있듯이 등단 초기부터 센세이셔널한 문제 작가로 평가되었다. 전후 소설이 전쟁으로 인한 절망과 휴머니티를 회복하기 위한 노력을 담고 있다고 할 때, 그의 소설은 절망의 표현에 주력하고 있으며 전쟁이라는 비일상적 사태를 가장 근원적인 차원에서 표현하고 있고 그로 인해 그 어떤 전후 소설 작가들보다 독특한 작품 세계를 보여주고 있다. 그의 작품 세계를 한마디로 요약하면 "진정 나는 염소이고 싶다. 노루이고 싶다. 두더지이고 싶다. 그나마 분에 넘치는 원이 있다면 차라리 나는 목석(木石)이노라"(「당선 소감: 인간에의 배신」, 『문예』, 1953. 7)는 인간(휴머니티)에 대한 거부, 즉 근대 이후 하나의 이상으로 자리 잡고 있는 시민적 인간상에 대한 거부에 있다고 할 것이다.

손창섭의 이와 같은 반(反)시민문학적 지향은 '전쟁'이 그의 소설의 근원적인 원체험으로 자리 잡고 있다는 데서 비롯된다. 남북한 공히 수백 만 명의 인적 손실을 가져왔으며 유엔군 16개국은 물론 중공·소련까지 직간접적으로 개입했던 한국전쟁은 손창섭에게 자유주의 수호냐 민족 해방이냐는 이념적 규정과는 거리가 먼 극단적 폭력 상태를 의미할 뿐이었다.

(1) 후드득 후드득 유리 없는 창문으로 들이치는 빗소리를 들으며, 사십 주야를 비가 퍼부어서 산꼭대기에다 배를 묶어둔 노아네 가족만이 남고 세상이 전멸을 해버렸다는, 구약 성경에 나오는 대홍수를 원구(元求)는 생각해보는 것이었다. (「비 오는 날」, p. 64)

(2) 이미 현대는 생존 경쟁의 단계를 지나 약육강식의 시대라는 느낌이 든다. 경쟁에 이기는 게 문제가 아니라 상대방을 꺼꾸러뜨려야만 살 수 있는 시대란 말이다. (「침입자」, 『사상계』, 1958. 3,

p. 56)

 그의 소설에서 한국전쟁은 인용문 (1)에서 제시되듯, 노아네 가족 외의 모든 인간들을 전멸시키는 대홍수로 상징된다. 한국전쟁은 민족국가의 수립을 놓고 벌어진 두 가지 방향성(사회주의의 길과 자본주의의 길) 간의 무력 대결이 아니다. 그것은 한 인간 개체에게 그의 의지나 이성과는 무관하게 무자비하게 가해지는 엄청난 폭력, 즉 인간이 아닌 신이나 내릴 수 있을 법한 대재난을 의미하였다. 한국전쟁에 대한 이러한 파악은 그가 1920년대 초반 태생(1922)으로서 전쟁 속에서 청소년기를 보냈다는 점과 밀접한 관련을 갖는다. 손창섭은 식민지의 자식으로 태어나 10대 때 중일전쟁(1937)을 겪었고, 20대 때 태평양전쟁(1941)을 겪었으며 30대 때 한국전쟁을 겪었다. 한국전쟁은 수십 년간의 전쟁, 즉 중일전쟁, 태평양전쟁의 연속선상에 있는 또 하나의 전쟁이었다. 민간인과 군인의 구별 없는 대량 학살, 민족 내부의 전쟁을 넘어서는 세계대전적 면모 등 한국전쟁은 홉스봄(E. Hobsbawm)이 지적한 바 있는 20세기 전반기의 인류사, 즉 1, 2차 세계대전으로 상징되는 "대재난의 시대"의 또 하나의 사건이었던 것이다.

 20세기 전반기의 전쟁은 이성의 산물, 인위적 재난이었다는 점에서 아도르노와 벤야민으로 하여금 이성과 역사에 대한 단순한 회의를 넘어서, 모던화 과정이 필연적으로 대재난에 이르게 된다는 부정적 역사철학을 산출하게 만들었는데, 손창섭 역시 한국전쟁으로 인해 근대의 대재앙적 성격(Der Katastrophische Zug der

Moderne)을 주장하는 부정적 역사철학에 도달하였다. 손창섭에게 한국전쟁은 예외적 사건이 아니라, 이성에 입각해 계몽된 세계를 만들어간다는 모던화 과정이 필연적으로 이르게 되는 결과, 즉 근대 자체의 대재앙적 성격을 전면화시킨 세계사적 사건이었다. 인류가 자랑하는 이성, 역사는 철저하게 회의될 수밖에 없으며, 근대 사회를 지탱하는 최소한의 휴머니티, 시민성 개념, 문명 개념은 붕괴할 수밖에 없다. 그 결과 그의 소설에서 인간 사회란 인용문 (2)의 "생존 경쟁의 단계를 지나 약육강식의 시대"를 의미할 뿐이다. 전쟁이 인간의 문명을 붕괴시킴으로써 문명·시민사회 이전의 만인 대 만인의 전쟁 상태로서의 자연 상태로 나아간 사회가 전후 사회였던 것이다. 손창섭은 이와 같은 자연 상태로서의 전후 사회의 두 극단적인 인물 유형을 창조하는 데 주력하는데, 그 첫번째가 '동물적 인간'이다.

(1) 그러면 순실(順實)은 멋쩍게 씩 웃어 보이고, 먹구 싶은 것 두 못 먹구 뭣 하러 살아, 세상 재미란 먹는 재미지 뭐유. (「피해자」, p. 142)
(2) 결국 남자란 여자 없이 살 수 없는 동물이라는 결론에 도달하는 것이다. 성현 군자로부터, 곤충 같은 미물에 이르기까지 똑같이 그 문제에서만은 벗어날 수 없지 않았느냐는 것이다. (「생활적」, p. 88)

「피해자」의 순실, 「생활적」의 봉수에서 드러나듯 그의 소설의 중심인물 유형 중 하나는 식욕과 성욕 등 자연적 욕구에 의해서만 지배되는 동물적 인간들이다. 「인간동물원초」는 동물적 인간들의 세계를 가장 명료하게 보여준다. "먹고 자고 배설하는 일만이 허용되어 있을 뿐"인 감옥에서 주사장과 방장은 계간(鷄姦)의 대상을 놓고 사생결단의 대결을 벌인다. 감옥이라는 특수 공간은 자연 상태로서의 전후 사회를 상징하며, "먹는 이야기와 여자 이야기"에만 몰두하는 그 속의 인물들은 자연적 욕구에 의해서 철저하게 지배되는 동물적 인간들을 상징한다. 특이한 점은 손창섭이 이와 같은 동물적 인간들을 결코 도덕적으로 비난하지 않고 오히려 그들의 삶을 그 자체로 인정한다는 점이다. 「유실몽」의 철수는 작가의 시선을 대변하는 인물인데, "개돼지처럼 먹고 아이만 낳문 젤인" 줄 아는 누이에 대해 "강한 인간의 냄새"를 맡는가 하면, 현재의 매부를 배신하고 또 다른 남자를 남편으로 취하여 동물적 삶을 계속하려는 것에 대해 중요한 것은 그녀의 행복이라고 생각한다. 「생활적」의 동주 역시 춘자가 성욕의 만족만을 최고로 아는 봉수와 어울리며 "즐겁게 살 수 있는 터전을 닦아보겠다"고 주장할 때, 비난은커녕 오히려 춘자가 한 말의 "의미의 실없이 놀라운 부피 앞에 위압"을 느끼는 것으로 묘사된다.

이와 관련하여 주목해야 할 것이, 전후 소설하면 사르트르류의 실존주의와의 관계를 암묵적으로 떠올리는 일반적인 평가와는 달리, 그의 경우 니체와 루소에 크게 영향 받았다는 점이다. "그 무렵 루소와 니체에 도취되어 나는 열병 환자처럼 된 적이 있었다. 특히 루소에게 더 경도되었다"(「나의 문학 수업」, 『현대문학』,

1955. 9. p. 138)라는 발언에서 알 수 있듯이, 그는 자연 상태의 인간에서 각각 '권력에의 의지'와 '자기 보존의 자기애'를 발견하고자 하였던 니체와 루소에서 결정적인 영향을 받았다. 「인간동물원초」의 통역관은 자연 상태의 인간에서 권력에의 의지를 주장하는 대표적인 예지만, 그의 소설에서 더욱 지배적인 관점은 루소의 견해다. 루소의 견해에 따를 때, 통상의 비난의 대상이 되는 동물적 인간은 도덕적 비난의 대상이 될 수 없다. 어떠한 인간도 생존을 위해서는 식욕과 성욕 등의 자연적 욕구를 충족시키지 않을 수 없기 때문이다. 루소와 홉스가 공통적으로 주장하였듯이 만인 대 만인의 투쟁이라는, 문명 이전의 자연 상태에서 생명을 갖고 있는 모든 존재는 '자기 보존'(self-preservation)을 추구하기 마련이며 이는 도덕적으로 비난할 수 없는 매우 자연스러운 현상이 된다. 손창섭의 동물적 인간들은 이와 같은 자연적 존재, 즉 전후 사회라는 자연 상태에서 자신의 보존을 추구하는 무구한 인간들이며 궁극적으로는 시민적 인간성 개념, 즉 진리, 신, 도덕 등의 가치를 추구하는 인간성 개념에 대한 부정을 표현하고 있다.

2. 우울자의 불행 의식, 운명 의식, 죄의식

동물적 인간의 도덕적 무구성에 대한 주장이 동물적 인간에 대한 전면적인 긍정을 의미하지는 않는다. 손창섭은 그들의 무구성을 인정하면서 동물적 상태에서 벗어날 수 없는 비참함을 주장하며, 인간적 가치의 부재로 인해 고통 받는 또 하나의 인물 유형, 우울자(Melancholiker)를 창조하고 있기 때문이다.「인간동물원초」의 처음과 끝에서 동물적 인간들이 감옥 창밖의 푸른 하늘을 바라보는 장면으로 끝나는 것에서 단적으로 드러나듯, 손창섭은 인간을 생존하기 위해 자연적 욕구를 만족시켜야 하는 동물적 존재일 뿐만 아니라, 이를 넘어서서 '푸른 하늘'로 상징되는 도덕적 가치, 인간적 삶에 대한 갈망 또한 포기할 수 없는 존재로 파악한다. 인간의 동물성에 대하여 철저하게 인식하고 있었던 만큼 전후 사회 속에서 인간적 가치의 부재로 인한 우울 역시 깊을 수밖에 없는데, 이것이 매우 다양한 스펙트럼의 '우울자'라는 인물 유형의 창조로 귀결되는 것이다. 요컨대, 니체의 견해에 따를 때, 손창섭은 한편으로는 동물적 인간을 통해서 가치 파괴적 행위를 추구하면서도 다른 한편으로는 우울자를 통해서 가치의 몰락에 고통 받고 슬픔에 사로잡히는 불우한 자(the underprivileged)의 니힐리즘, 즉 '우울'을 본질적 특성으로 하는 니힐리즘을 표현한다고 볼 수 있는 것이다.

사랑하는 사람이 죽었을 때, 우리는 슬픔에 사로잡혀 삶의 모든 의욕을 잃게 되지만, 시간이 지남에 따라 점차 정상적인 생활로 돌아오게 된다. 이러한 일상적 슬픔과는 달리 우울(melancholy)이란 직접적으로 그 이유를 찾기 힘든, 시간의 경과로도 치유되지 않는 슬픔의 상태를 가리킨다. 우울자는 자신의 삶, 주위 세계에서 어떤 유의미한 가치를 발견하지 못함으로써 극단적인 슬픔의 상태에 빠진 자로서 그의 머릿속에는 죽어서도 불행할 것 같다는 (A) 극단적인 불행 의식, (B) 그 불행에서 영원히 벗어날 수 없다는 운명 의식, (C) 자신의 탓도 아닌 것에 대한 망상적 죄의식으로 가득 차 있으며 극단적인 경우에는 현실에 대한 모든 관심을 상실하고 행동 불능의 무기력 상태에 빠져든다. 그 정도는 달리한다 하더라도 손창섭 소설에서 동물적 인간을 제외한 거의 모든 인물들은 이와 같은 우울자로서의 면모를 보여주고 있다.

(A) 청년 시절 "자신이 가장 괴롭고 불행한 사람이라고"(「나의 작가 수업」, 『현대문학』, 1955. 9, p. 137) 생각하였던 손창섭은 극단적인 불행 의식을 작품 속에서 표현하고 있다.

> 생을 향락하다니? 생의 어느 구석에 조금이라도 향락할 수 있는 대견한 요소가 있단 말인가? (「사연기」, p. 28)

「사연기」의 성규는 폐병으로 죽어가고 있다. 그가 살아남을 자들이 누릴 '생의 향락'을 시기할 때, 동식은 오히려 생의 어느 구석에 향락할 요소가 있는가라고 자문한다. 삶에서 어떤 향락도 발견하지 못하는 동식은 '삶 곧 고통'이라는 불행 의식에 사로잡혀 있는 자로서 그의 불행 의식은 죽어가는 자 앞에서도 '삶 곧 고통'이라고 주장할 정도로 강렬하다. 이는 「혈서」의 달수의 경우 "출생 이전의 무한한 공간에서부터 이랬고, 앞으로도 또 죽은 뒤에까지도 영원히 이렇게 불행할 것만 같았다"는 영원한 불행 의식으로 표현된다. 합리적으로 판단한다면 삶이 고통이라고 할 때 죽음은 해방을 뜻하거나, 하이데거의 주장에 따른다면 현존재의 최고 가능성으로 긍정될 수도 있을 것이다. 그러나 대재난의 시대에 살고 있던 달수에게 죽음은 언제 닥쳐올지 모르는 폭력을 의미하거나 물리적 자연적 존재로서의 인간의 무상성을 의미할 뿐이다. 그 결과 달수는 죽음에서조차 위안을 찾지 못하고 영원한 불행만을 느끼는 자, 즉 죽을 수조차 없는 자가 되어버린다. 키르케고르는 『이것이냐 저것이냐』에서 가장 불행한 자의 경우 죽을 수조차 없기에 무덤이 비워져 있다고 서술하였거니와, 손창섭의 인물들은 이처럼 우울자들의 극단적인 불행 의식, 즉 '죽을 수조차 없다는 상상(die Einbildung des Nichtstrebenkönnen)'이라는 극단적인 불행 의식을 표현하고 있다.

(B) 우울자들은 하나같이 자신의 불행을 영원히 벗어날 수 없는 운명으로 간주하는데, 이는 「비 오는 날」에서 단적으로 드러난다.

> 동옥(東玉)이년이 정말 가엾어, 암만 생각해도 그 총기며 인물이 아까워, 그런 말을 되풀이하는 것이었다. 그러고는 다시 잔을 비우고 나서, 할 수 있나 모두가 운명인 걸 하고 고개를 흔드는 것이었다. (「비 오는 날」, p. 53)

동욱은 불구자 동옥이 피난지 부산에서 겪는 비참함을 "할 수 있나 모두가 운명인 걸"이라고 생각하며, 그의 친구 원구는 목사가 되겠다고 하면서도 술을 사랑하는 동욱에 대해 그 어떤 "운명적 중압"을 느끼고, "어느 얄궂은 힘에 조종당하듯" 동옥을 찾아간다. 「사연기」의 동식은 정숙의 비참을 "슬픈 운명"이라고 표현하며, 옛 제자를 구하려다 미군에 붙잡혀 가는 「희생」의 재성은 "운명"을 떠올린다.

이때의 운명이란 동양적 숙명, 즉 그것에 순종할 때 궁극적으로 자연과의 조화에 이르게 된다는 김동리류의 숙명 개념이 아니다. 역사의 격변기에서 동식을 살리기 위해 좌익분자 성규와 결혼함으로써 불행에 빠지는 「사연기」의 정숙이나 월남하여 오빠가 강제 징집 당함으로써 혼자 남게 된 「비 오는 날」의 동옥에게 한국전쟁을 전후한 역사적 과정은 인간 행위의 결과임에도 불구하고 스스로 자율성을 띠고 진행되는, 소외된 역사를 의미한다. 그의 소설에서 '운명'은 개인의 힘으로는 어찌할 수 없는 역사의 거대한 폭력을 의미하며 개인에게 영원히 불행만을 강요하는 인간 외부의 마성적 힘을 의미한다는 점에서 고대 그리스 비극의 신화적 운명 개념을 표현한다. 그러나 영웅적 죽음으로써 신화적 운명을 초월한 비극적 인물과는 달리 등장인물들은 운명적 불행에 신음할 뿐인 인물, 신화적 운명의 일방적 희생자로 묘사된다는 점에 본질적 차이가 있다.

(C) 벤야민은 「운명과 성격」에서 운명적 불행의 영역에 거주하는 우울자들에게 종교적 차원의 구원이나 윤리적 차원의 죄 없음이란 존재하지 않는다고 주장한다. 그들의 행복은 운명의 연쇄에서 벗어날 때에만 가능하며, 그들은 하나같이 죄진 존재로서 살아가기를 강요받는다. 달수는 운명적 불행에 처한 사람이 갖게 되는 이와 같은 죄의식을 단저으로 드러낸다.

"오늘두 취직을 못 해서……"

이것이 달수(達壽)의 대답인 것이다. 자기가 취직을 하지 못했다는 것이, 달수(達壽)에게는 누구 앞에서나 죄스러웠던 것이다. (「혈서」, p. 106)

달수는 고학으로 대학을 다니기 위해 취직 운동을 하는 중이지만 매번 실패하고 이에 대해 죄의식을 느낀다. 그러나 달수가 취직을 못 하는 것은 전쟁 중이라는 시대적 상황과, 그의 무지, 즉 아무 집이나 찾아들어가 취직만 시켜준다면 목숨을 바치겠다고 말하는 그의 무지함에서 비롯되기에 그의 잘못일 수 없다. 『니코마코스 윤리학』에서 아리스토텔레스가 지적한 것처럼 무지나 강제(무능력)에 의한 잘못은 죄를 물을 수 없으며 따라서 윤리적 죄가 될 수 없기 때문이다. 월급을 받아오지 못한 것에 대한 「피해자」의 병준의 죄의식, 누이가 몸을 판 대가로 생존을 영위하는 「미해결의 장」의 문선생의 죄의식 역시 마찬가지다. 병준과 문선생은 애초부터 가장으로서 생활을 책임질 수 있는 능력이 없는 인물들이기 때문이다.

「피해자」의 병준이나 「미해결의 장」의 문선생의 죄의식 등 윤리적 차원에서는 무구함에도 불구하고 갖게 되는 죄의식, 즉 자신의 탓이 아닌 것에 대한 죄의식이란 도대체 어떤 죄의식인가? "이 세상에 인간으로 태어난 것이 자기의 커다란 과오같이만 해석되는" 병준에게는 인간으로 태어남 자체가 죄를 짓는 일이며,

"인육시장에서 벌어오는 돈으루 나와 내 가족이 살아가고 있다는 사실"에 괴로워하는 문선생에게는 생존 자체가 죄짓는 일이다. 그들에게 문제되는 죄란 궁극적으로 살아 있음 자체의 죄를 의미한다. 이는 자신의 탓으로 인해 발생하는 죄, 즉 윤리적 죄와도 구별되며, 피조물의 원죄, 즉 종교적 죄와도 구별되는 죄로서, 운명적 불행에 처한 인간들이 갖게 되는 우울자 특유의 죄의식이라 할 수 있다. 독일 비애극의 우울을 규명하고자 하였던 벤야민은 이를 자연적 죄(natural guilt)로 규정하고 있으며, 심미적 실존을 지배하는 심미적 비애를 규명하고자 하였던 키르케고르는 '애매성의 죄' '심미적 죄'라고 칭하고 있다. 손창섭 소설의 '죄의식'은 바로 이와 같은 심미적 비애에 고유한 죄의식을 표현하고 있다.

이상의 손창섭 소설에서 나타나는 우울은 크게 두 가지 면에서 특징적이다. 첫째는 전통적인 것의 상실에 슬퍼하면서도 사회적 모더니티의 역동성 또한 긍정하는 김승옥류의 '달콤한 우울'이 아니라 역사·이성에 절망한 극단적 우울을 보여준다는 점이다. 우울자들은 자신의 탓이 아닌 죄 때문에, 거대한 운명적 힘에 의해 영원한 불행을 선고받은 존재들이다. 그들을 사로잡고 있는 거대한 운명적 힘은 궁극적으로 한국전쟁의 가공할 폭력에서 기원한다고 볼 수 있는데, 손창섭은 모든 가치를 붕괴시키는 대재난으로서의 전쟁 체험을 누구보다 철저히 내면화하였던 만큼 강렬한 불행 의식, 운명 의식, 죄의식에 사로잡힌 극단적인 우울자들을 창조하기에 이른 것이라 할 수 있다. 둘째는 손창섭 소설에서 나타나는 우울이 이성·도덕의 영역과 구별되는 심미적 영역의 전형적 경험으로서의 심미적 비애를 표현한다는 점이다. 키르케고르는 심미적 실존에 특징적인 우울에 대해 경험적 우울과 구별되는 심미적 가치를 부여하는데, 손창섭의 우울은 이와 같은 심미적 비애, 즉 실존적 예외 상황에서 일상적인 통상성이 파괴되는 심미적 경험의 대표적인 예인 심미적 비애를 표현한다고 볼 수 있다. 이는 그의 소설에서 나타나는 악마성을 고려할 때 좀더 분명해진다.

3. 악마적 저항으로서의
나태(acedia)와 침묵(das Verschlossen)

죄를 지어 운명적으로 영원히 불행할 수밖에 없다고 생각하는 우울자란 도대체 어떤 인간들인가? 우리 문학사에서 유례를 찾기 힘든 손창섭의 우울자들은 신화적 운명에 의하여 불행과 죄를 강요당하는 인물들이라는 점에서 일견 비극적 인물과 유사하다. 그러나 그들은 죄에 대한 자부심이나 비극에 필수적인 비극적 행위가 부재하는 점에서 고전적 의미의 비극적 영웅과 결정적으로 구별된다. 그들은 비극적 행위는커녕 삶의 공허함과 무기력으로 인해 오히려 행위 불능의 상태에 빠져든다.「생활적」의 동주는 사람들이 우물에 똥을 넣은 범인으로 자신을 지목하고 비난할 때, 아무런 해명도 하지 않고 돌아누워 버릴 뿐 어떤 인간적 행위도 할 수 없으며 하지 않는다.

무덤 속에 들어가면 이렇게 흙으로 덮어주리라 느껴지듯, 산다는 것의 무의미와 우울이 꽝꽝 소리를 내어 다지는 것처럼 전신을 내리누르는 것이다. 동주(東周)는 사뭇 안간힘을 하다시피 무엇을 참고 견뎌내는 것이었다. (「생활적」, pp. 91~92)

주위 세계와 자신 간의 어떤 필연적 관계도 발견하지 못하며, 자기를 둘러싸고 있는 온갖 인물들에 대해 흥미도 애정도 상실한 그들에게 '산다는 것'은 도대체 아무런 의미도 없으며 단지 견디어내야 할 무엇에 불과하다. 그들은 "걸레 조각" "잊혀진 물건"에 비유되는 무생물의 삶을 살아가며, 인생의 문제를 해결한다면서 창녀 광순의 이부자리 속에서 낮잠을 즐길 뿐이거나(「미해결의 장」의 지상), 결혼이라는 것 자체에서 아무런 가치도 발견하지 못하고 파혼을 결심하는(「공휴일」의 도일) 등 어떤 인간적 행위도 할 수 없으며 하지 않는다. 그들은 삶에서 어떤 가치도 발견하지 못함으로써 주위 세계에 대한 무감각에 빠지며, 유의미한 인간적 행위의 불능 상태에 이른다.

행위 불능의 상태에 빠진 우울자의 이러한 삶과 관련하여 크게 두 가지를 주목할 필요가 있다. 첫째, 그것은 병리학적 증상을 의미하기도 하지만 더 근원적으로는 대재난으로서의 전쟁 체험으로 인해, 근대 이후 인간이 처한 실존적 상황에 대한 통찰, 즉 인간적 행위의 모든 가치가 박탈되고 세계가 공허해졌다는 통찰에 도달하였음을 의미한다는 점이다. 둘째, 그것은 노동, 작업, 행위

(도덕적·정치적 활동)와 같은 일체의 '활동적 삶(vita activa)'에 대한 거부, 특히 선업(善業)에 대한 거부, 도덕적으로 가치 있다고 여겨지는 행위 일체를 거부하는 나태(acedia)에 해당한다는 점이다. 「사연기」의 동식은 정숙이 자살을 결심할 때, 그녀를 구원할 수 있는 유일한 인물임에도 불구하고 그저 방관할 뿐이며, 「유실몽」의 철수는 "검정고시에 합격하는 것만이 자기의 운명을 바꿀 수 있는 유일한 길이라고 믿고 있는" 춘자가 도움을 요청했을 때 거부해버리는 것이다. 손창섭 소설의 우울자들은 '마음의 태만'이라는 치명적인 죄, 나태에 빠져 선을 거부하는 악마적 성격의 인물들인 것이다.

이와 관련하여 주목하여야 할 것이 「공휴일」의 도일과 「생활적」의 동주의 침묵이다. 누명을 썼을 때 침묵으로 일관하는 「생활적」의 동주와 마찬가지로 도일 역시 누이동생이 옛 약혼자를 원망하느냐고 질문했을 때 침묵한다. 결혼 자체를 무의미한 일로 생각하는 그는 옛 약혼자가 좋은 신랑감을 만나 결혼하는 것에 대해 아무런 느낌도 가질 수 없다. "성가셔, 또한 아무리 애써 설명한댔자 자기의 심경이 그대로 저쪽에 수긍될 까닭이 없다고 생각했기 때문에, 그는 잠자코 소처럼 멋없이 씩 웃어" 보일 뿐 말을 하지 않는다. 키르케고르에 따를 때, 죄 속에 있으면서 선을 거부하는 악마적 인물들은 선을 의미하는 드러냄, 즉 언어 소통을 거부하고 폐쇄적 침묵(das Verschlossene)에 이를 수밖에 없다. 선을 거부하는 나태라는 죄 속에 있으면서 자신 속에 칩거하는 동주와 도일은 이와 같은 악마적 인물의 폐쇄적 침묵을 보여준다고 할 수 있다. '침묵'은 손창섭 소설의 여성 인물에 훨씬 더 강렬하게 나타난다.

(1) 들어오면서 정숙(貞淑)은 피로와 슬픔이 안개처럼 낀 눈으로 동식(東植)을 보았다. 잠깐 나갔다 들어오겠느냐, 그대로 앉아 있겠느냐를 묻는 눈치임에 틀림없었다. (「사연기」, p. 35)

(2) 살결이 유달리 희고, 눈썹이 남보다 검은 그 여인은 원구(元求)를 내다보며 좀처럼 입을 열지 않았다. 저게 동옥(東玉)인가 보다고 속으로 생각하며, 여기가 김동욱(金東旭)군의 집이냐는 원구(元求)의 물음에, 여인은 말없이 약간 고개를 끄덕여 보였을 뿐이다. (「비 오는 날」, p. 56)

(3) 뒷간 출입도 온전히 못 하는 순이(順伊)는 진종일 누운 채 그 무겁고 단조로운 신음 소리를 내는 것이 일이었다.
"으응, 으응, 으응."
그것은 마치 무덤 속에서 송장이 운다면 저러려니 싶은, 듣는 사람에게 어쩔 수 없이 죽음을 생각게 하는 암담한 소리였다. (「생활적」, p. 72)

(4) 피부는 보이지 않고 그냥 웃음만으로 윤곽을 새겨놓은 모습으로 느껴지는 것이다. 그와 같이 광순(光順)의 얼굴에서는 티 없이 맑은 웃음이 잠시도 사라질 줄 모르는 것이다. (「미해결의 장」, p. 171)

"돌부처," "백지에 먹으로 그린 초상화," "송장" 등으로 비유되는 정숙, 동옥, 순이는 인간적 활기를 상실한 화석화된 존재들로서 사물로 전락한 인간의 비참과 고통으로 인해 말을 잊고 있다. 「사연기」의 정숙은 "피로와 슬픔이 안개처럼 낀" 눈빛으로만 말하며, 「비 오는 날」의 동옥은 원구와의 첫 대면에서 "고개만 끄덕여 보였을 뿐" 말을 하지 않는다. 언어를 거부하는 모든 것, 즉 제스처, 눈빛, 표정까지도 폐쇄적 침묵을 의미한다고 할 때, 송장의 울음 소리를 연상시키는 순이(「생활적」)의 신음 소리, 광순(「미해결의 장」)의 티 없이 맑은 웃음 역시 침묵의 한 양상이라고 볼 수 있다. 벤야민은 우울을 나태에서 비롯되는 악마적 정신으로 서술하고 있거니와, 정숙, 동옥, 순이 등은 우울자의 악마적 시선 하에 비추어진 세계, 즉 고통으로 인해 말을 잊은 인간 존재들의 침묵하는 세계를 극명하게 보여준다.

4. 불운한 자의 니힐리즘과 심미적 비애

당대 비평가들은 손창섭 소설의 극단적인 두 인물 유형, 즉 동물적 인간과 우울자 모두에 대해 인간 혐오의 부정적 인물들이라고 평가하고 긍정적 인물의 창조로 나아갈 것을 요구하였다. 이는 곧 문명사회의 시민적 인간상을 창조할 것을 요구한 것이라 할 수 있는데, 손창섭 역시 1950년대 후반부터 「고독한 영웅」(1958. 1), 「가부녀」(1958. 1) 등에서 이러한 인물의 창조에 주력하였으며 마침내 「잉여인간」(1958. 9)을 창작하여 당대 최고의 동인문학상을 수상하기에 이른다. 그러나 시민적 인간상을 창조할 때 성공의 관건은 구체성이라고 할 수 있다. 「잉여인간」의 서만기는 추상성을 넘어서지 못하는 이상적 인물이라고 평가할 수밖에 없을 것이다.

이러한 기존의 평가와는 달리 동물적 인간, 특히 우울자의 나태와 침묵은 근대 이후 인간이 처한 실존적 상황에 대하여 악마적 저항을 시도하는 것을 의미한다는 점에서 근대 문학사에 유례가 없는 문제적 성격을 갖고 있다. 우선 자신의 탓도 아닌 죄의식과 영원한 불행만을 운명적으로 강요당하는 존재론적 상황에 주목할 필요가 있다. 손창섭의 우울자는 살아 있음 자체의 죄의식에 사로잡혀 있으면서도, "하나두 나의 죄는 아닙니다. 그렇다구 물론 춘자(春子)씨의 죄두 아닙니다. 정말입니다. 누구의 탓두 아닙니다"라는 「유실몽」의 철수의 주장처럼 그것이 어째서 나의 죄냐는 저항 의식, 즉 죄의식에 대해 끊임없이 저항을 시도하고 있는 존재들이다. 그들은 활동적 삶 자체를 거부하는 철저한 나태를 실천함으로써, 그리하여 일체의 선을 거부하고 침묵하며 스스로 악마적 인물이 됨으로써 운명적으로 불행과 죄만을 강요하는 당대의 존재론적 상황에 저항하고 있다. 악마적 성격을 띠는 나태와 침묵이란 신에 의해 버림받은 근대적 세계가 전쟁으로 인해 그 극명한 모습을 드러냈을 때, 즉 모든 인간적 가치가 무의미한 것으로 판명 나며 인간은 동물적 삶을 살아가는 "박테리아"(「미해결의 장」) 같은 존재에 불과하다는 것이 드러났을 때 나타나는 고유의 저항 방식이었던 것이다.

손창섭 소설의 본령은 결과적으로 다음 두 가지에 있다고 볼 수 있다. 첫째는 동물적 인간과 우울자를 통해 근대적 시민 사회의 이상적 인간상, 도덕적 가치에 대하여 근본적 회의를 표명하는 불운한 자의 니힐리즘을 표현하고 있다는 점이다. 그의 동물적 인간은 생존의 절대성 앞에 시민적·도덕적 가치란 무의미하다는 인식을 강력하게 주장하고 있는 만큼 우리 문학사에서 유례를 찾기 힘든 반시민문학적 지향을 보여준다고 할 것이다. 둘째는 불운한 자의 니힐리즘의 핵심에 해당하는 악마적 성격의 심미적 비애를 표현하고 있다는 점이다. 키르케고르는 『불안의 개념』에서 악마적인 것의 본질을 내용상 지루함과 공허함, 형식상 폐쇄적 침묵, 시간적 특성상 갑작스러움에서 찾고 있는데, 보러(K. H. Bohrer)에 따르면 이것은 심미적 현상의 본질을 규명하고 있는 기념비적 고찰이다. 윤리적·종교적 차원에서는 부정되어야 할 것인 '악마적인 것'이 심미적 차원에서는 심미적인 것의 본질적 성격을 의미한다고 볼 수 있다. 손창섭 소설의 우울자들은 선업에 대한 거부로서의 나태(악마적인 것의 내용상의 특성), 의사 소통을 거부하는 폐쇄적 침묵(악마적인 것의 형식상의 특성) 등 악마적 성격을 구현하고 있다. 그들에 의해서 제시되는 우울은 궁극적으로 이성·도덕을 넘어선 심미적 가치, 즉 악마적 성격의 심미적 비애를 표현하는 데 핵심이 있다 할 것이다.

작가 연보

1922(1세) 평안남도 평양에서 출생. 부친이 언제 죽었는지는 알 수 없고 초등학교 5학년 때 어머니가 개가하여 칠순에 가까운 조모와 함께 생활하였음. 친척들마저 돌봐주지 않아 어려운 생활을 영위하였다고 함.

1935(14세) 만주로 건너감.

1936(15세) 일본으로 건너감. 만주와 일본 각지를 유랑하였고, 신문 배달, 목공소 견습공, 아편 도매상 급사, 서적상 점원, 우유 배달, 명함(名銜) 외교원, 토목 인부, 매약 행상(賣藥行商), 요나끼 소바야(밤중에 국수를 팔러 다니는 상인), 육양작업부(陸揚作業夫), 전신기 제작회사 공원(工員), 영사 조수(映寫 助手), 장공장(醬工場) 잡역부 등 밑바닥 일들을 하면서 고학을 함. 일본 교토와 도쿄에서 여러 중학을 전전하다가 니혼(일본) 대학교에 수년간 적을 둔 적이 있음. 중학교 때 1년 간 우유 배

달을 한 적이 있는데, 일본인 주인의 집에 있던 세계문학전집 수백 권의 문학 서적을 탐독하였으며 도스토예프스키(『죄와 벌』), 필리프(『뷔뷔 드 몽파르나스』), 체호프(「아뉴타」)에 특히 감명을 받았다고 함. 대학 때는 루소와 니체에 심취하였으며 특히 루소에게 경도되어 루소처럼 10년 연상의 여인과의 사랑을 꿈꾸기도 했음.

1946(25세) 귀국하여 고향인 평양으로 감.

1948(27세) 월남함. 귀국하였을 때부터 본격적으로 문학에 뜻을 두고 있었으나 여전히 생활고로 시달렸으며 군밤 장사, 넝마 장사, 참외 장사로 연명함. 이후 중고등학교 교사, 잡지사 기자, 출판사 편집원 등을 하면서 생활의 안정을 얻게 됨.

1949년(28세) 연합신문에 「얄궂은 비」를 발표함.

1952년(31세) 「공휴일」을 『문예』지에서 추천 받음.

1953년(32세) 「공휴일」에 이어 「사연기」를 『문예』지에서 추천 받음으로써 문단에 데뷔. 단편 「비 오는 날」을 『문예』지에 발표함.

1954년(33세) 단편 「생활적」을 『현대공론』에 발표함.

1955년(34세) 「혈서」(『현대문학』), 「미해결의 장」(『현대문학』), 「인간동물원초」(『문학예술』) 등을 발표함.

1956년(35세) 「혈서」, 「미해결의 장」, 「인간동물원초」로 3월에 제1회 현대문학신인상을 수상함. 「유실몽」(『사상계』), 「광야」(『현대문학』), 「설중행」(『문학예술』) 등을 발표함.

1957년(36세) 「치몽(稚夢)」(『사상계』), 「소년」(『현대문학』), 「저녁놀」(「신태양」) 등 소년을 주인공으로 하는 작품들을 발표함.

1958년(37세) 「가부녀」(『자유문학』), 「고독한 영웅」(『현대문학』), 「잡초의 의지」(『신태양』), 「잉여인간」(『사상계』) 등 인간 긍정, 휴머니즘적 경향의 작품들을 다수 발표함.

1959년(38세) 「잉여인간」으로 제4회 동인문학상을 수상함. 최초의 장편소설 『낙서족』(『사상계』)과 「포말의 의지」(『현대문학』)를 발표하고 작품집 『비 오는 날』(일신사)을 출판함.

1961년(40세) 자서전적인 단편소설 「신의 희작: 자화상」(『현대문학』)을 발표함.

1962년(41세) 장편소설 『부부』를 동아일보에 연재함. 고급 독자보다는 일반 대중에 접근하기 위해, 그리고 생계를 위해 신문 연재 소설을 주로 창작하기 시작함.

1963년(42세) 장편소설 『인간교실』을 경향일보에 연재함.

1965년(44세) 장편소설 『이성연구』를 서울신문에 연재함.

1966년(45세) 「장편(掌篇)소설집」(『신동아』)을 발표함.

1968년(47세) 최초의 역사소설 「환관」(『신동아』), 「청사에 빛나리」(『월간중앙』)를 발표하고 장편소설 『길』을 동아일보에 연재함.

1970년(49세) 장편소설 『삼부녀』를 주간여성에 연재하고 『손창섭 대표작 전집』(전5권)을 예문관에서 출판함.

1972년(51세) 아내의 나라 일본으로 건너감. 일본으로 건너가기 직전에 안양 부근에서 파인애플 농장을 함. 그가 일본으로 건너간 것에 대해서는 여러 추측만이 있을 뿐 그 구체적인 이유는 밝혀지지 않고 있음. 한국에 있을 때처럼 철저히게 은거하고 있으며 그로 인해 일본에서 손창섭의 생활은 거의 알려지지 않고 있음.

1976년(55세) 재일 한국인의 삶을 그린 장편소설 『유맹(流氓)』을 한국일보에 연재함.

1977년(56세) 원나라 지배 하 고려 말기를 시대적 배경으로 하는 역사소설 『봉술랑』을 한국일보에 연재함.

1988년(67세) 김동리의 요청으로 동인문학상 시상식에 참석하고자 잠시 한국을 방문함.

1996년(75세) 현재 일본 도쿄에 거주하고 있음.

작품 목록

1. 단편소설

작품명	발표지	발표 연월일
얄궂은 비	연합신문	1949. 3. 29~3. 30
공휴일	문예	1952. 6.
사연기(死緣記)	문예	1953. 6.
비 오는 날	문예	1953. 11.
생활적	현대공론	1954. 11.
혈서	현대문학	1955. 1.
피해자	신태양	1955. 3.
미해결의 장: 군소리의 의미	현대문학	1955. 6.
저어(齟齬)	사상계	1955. 7.
인간동물원초(人間動物園抄)	문학예술	1955. 8.
STICK	학도주보	1955. 9.
유실몽(流失夢)	사상계	1956. 3.
설중행(雪中行)	문학예술	1956. 4.
희생	해군	1956. 4.
광야	현대문학	1956. 4.

작품명	발표지	발표 연월일
미소	신태양	1956. 8.
사제한(師弟恨)	현대문학	1956. 10.
층계의 위치	문학예술	1956. 12.
치몽(稚夢)	사상계	1957. 7.
소년	현대문학	1957. 7.
조건부	문학예술	1957. 8.
저녁놀	신태양	1957. 9.
가부녀(假父女)	자유문학	1958. 1.
고독한 영웅	현대문학	1958. 1.
침입자	사상계	1958. 3.
인간계루(人間繫累)	희망	1958. 5.
잡초의 의지	신태양	1958. 8.
잉여인간	사상계	1958. 9.
미스테이크	서울신문	1958. 8. 21~9. 5
반역아	자유공론	1959. 4.
포말의 의지(泡沫의 意志)	현대문학	1959. 11.
신의 희작	현대문학	1961. 5.
육체혼	사상계 증간호 통권 101호	1961.
공포	문학춘추	1965. 1.
장편(掌篇)소설집	신동아	1966. 1.
환관	신동아	1968. 1.
청사에 빛나리	월간중앙	1968. 5.
흑야	월간문학	1969. 11.

2. 장편소설

작품명	발표지	발표 연월일
낙서족(落書族)	사상계	1959. 3.
저마다 가슴속에	민국일보	1960. 6. 15~1961. 1. 31
부부	동아일보	1962. 7. 2~12. 29
인간교실	경향일보	1963. 4. 22~1964. 1. 10
이성연구	서울신문	1965. 12. 1~1966. 3. 5, 1966. 7. 1~1966. 12. 30
길	동아일보	1968. 7. 29~1969. 5. 22
삼부녀	주간여성	1970.
유맹(流氓)	한국일보	1976. 1. 1~10. 28
봉술랑	한국일보	1977. 6. 10~1978. 10. 8

3. 수필

작품명	발표지	발표 연월일
당선 소감: 인간에의 배신	문예	1953. 6.
나의 문학 수업	현대문학	1955. 9.
수상 소감: 괴짜의 변	현대문학	1956. 4.
문학과 생활	신문예	1959. 3.
작업여적(作業餘滴)	한국 전후 문제 작품집	1960.
나는 왜 신문소설을 쓰는가	세대	1963. 8.
아마추어 작가의 변	사상계	1965. 7.
소설『길』을 끝내고: 만인에 맞는 기성복은 있을 수 없다	동아일보	1969. 5. 24.
나의 집필 괴벽: 우경(雨景)에 젖어서	월간문학	1971. 9.

4. 단행본

작품명	출판사	발표 연월일
비 오는 날	일신사	1959.
낙서족	일신사	1959.
부부	정음사	1965.
이성연구	동방서원	1967.
여자의 전부	국민문고사	1969.
길	동양출판사	1969.
손창섭 대표작 전집 전5권	예문관	1970.

참고 문헌

1. 1950년대 손창섭에 대한 글 중 가장 중요한 비평은 조연현의 「병자의 노래」(『현대문학』, 1955. 4), 윤병로의 「'혈서'의 내용」(『현대문학』, 1958. 12), 유종호의 「모멸과 연민」상, 하(『현대문학』, 1959. 9~10)다. 조연현은 1950년대 중반까지의 소설을 대상으로 도스토예프스키 소설에서 나오는 '치인(痴人)'들과의 비교 속에서 손창섭 소설의 본질과 한계를 규명하고 있다. 윤병로의 글은 1950년대 손창섭의 작품 세계 전체를 대상으로 한 최초의 평론으로서 손창섭의 작품 세계가 무능형 인간, 육체 문제에서 능동적 인간, 사회 문제로 관심이 변화하였다고 규정한다. 유종호의 글은 손창섭의 세계 인식과 미학적 특징을 각각 인간에 대한 모멸 의식, 희극성으로 규정한 글이다. 윤병로와 유종호의 글은 당대 비평가들의 휴머니즘에 대한 요구를 대변함으로써 이후 손창섭에 대한 문학사적 평가의 기본 틀을 마련했다.

2. 손창섭 소설은 작중인물의 비정상성으로 인해 두 가지 종류의 연

구가 주를 이루었는데 그 첫번째가 정신분석학적 연구다. 정신분석학적 관점에서 이루어진 최초의 평론으로 송기숙의 「창작 과정을 통해 본 손창섭론」(『현대문학』, 1964. 9)과 정창범의 「자기모멸의 신화: 손창섭론」(『문학춘추』, 1965. 2)을 들 수 있다. 송기숙의 글은 작품 속에서 나타나는 섹스 콤플렉스, 열등감 콤플렉스 등이 결국 작가 자신의 무의식적 욕망의 대리 충족 과정에서 발생한 현상으로 간주하고 손창섭의 무의식적 욕망의 구체적인 내용과, 그것이 작중인물, 문체상 어떤 특성을 산출하고 있는지를 분석한다. 정창범은 손창섭 소설의 주인공들을 강박신경증 환자로 간주하고, 그들의 기이한 행위를 일종의 방어적 보상 행위로 규정한다. 이러한 정신분석학적 관점을 발전시킨 연구로, 프로이트와 에리히 프롬의 이론을 원용한 신경득의 『한국 전후 소설 연구』(일지사, 1983)의 2장 4절 "반항과 절망의 희화화"가 있으며, 손창섭 소설에 나타난 폭력성의 문제를 정신분석학적 관점에서 연구한 최강민의 「한국 전후 소설의 폭력성 연구」(중앙대 박사학위 논문, 2000)가 있다.

3. 두번째 연구 흐름은 윤병로와 유종호 평론의 관점을 이어받아 인물 유형의 특이성을 분석한 연구들이다. 김영화의 「손창섭 소설론」(『월간문학』, 1978. 4), 최종민의 「손창섭 소설에 나타난 인간형 연구」(서울대 석사학위 논문, 1992), 조남현의 「손창섭의 소설 세계」(『한국현대소설의 해부』, 문예출판사, 1993), 한상규의 「손창섭 소설에 나타난 등장인물의 유형화」(『관악어문연구』, 1993. 12)가 대표적이다. 김영화는 손창섭 소설의 인물들이 권태형 인간이라는 점에 초점을 맞추었으며, 최종민은 실존주의 사상 중 특히 키르케고르의 단독자 개념에 입

각해 등장인물을 분석한다. 조남현은 손창섭 소설의 주인공들의 특징을 정신적·육체적 병자들로 규정하고 그것이 초기 소설을 지나 1950년대 후반 소설에 이르면서 보여주는 차이점들을 분석한다. 또한 한상규는 손창섭 소설의 등장인물을 사르트르의 실존주의의 자율적 주체 개념에 입각하여 '몰주체적 인간'과 '수동화된 인간'으로 유형 분류한다.

4. 손창섭 소설의 허무주의적 세계관과 미의식을 분석하고 있는 연구로 김현의 「허무주의와 그 극복」(『월간문학』, 1978. 4), 조현일의 「손창섭, 장용학 소설의 허무주의적 미의식에 관한 연구」(서울대 박사학위 논문, 2002. 8)를 들 수 있다. 1960년대 작가를 옹호하고 전후 작가를 비판적으로 평가하였던 김현은 전후 세대의 특징을 몰개성적 허무주의로 규정하고 그 대표적인 작가로 손창섭을 들고 있으며, 조현일은 대재난으로서의 전쟁 체험이 산출한 허무주의적 세계관이 악마적 성격의 심미적 우울과 절대 희극 같은 고유의 허무주의적 미의식으로 표현된다고 본다.

5. 전후 소설은 매우 다양한 양상을 보여주는 듯하면서도 근본에 있어서는 세대적 공통점을 강하게 노정하고 있었던 만큼, 세대론적 관점에서 많은 연구가 진행되었다. 세대론적 관점에서 연구를 진행하되 그중 한 항목으로 손창섭을 다룬 대표적인 연구로 김상선의 『신세대 작가론』(일신사, 1964), 천이두의 「50년대 문학의 재조명」(『현대문학』, 1985. 1), 김윤식의 「6·25 전쟁문학: 세대론의 시각」(『1950년대 문학연구』, 문학사와비평연구회 편, 예하, 1991) 등이 있다. 전후 소설 전체를 다루면서 리얼리즘적 관점에서 손창섭을 연구한 논문으로 성호웅의

「1950년대 한국 소설 연구」(『1950년대 문학 연구』, 문학사와비평연구회 편, 예하, 1991)가 있으며, 모더니즘의 관점에서 손창섭의 작품 세계를 연구한 논문으로 서준섭의 「정지된 세계의 소설」(『한국 전후 문학의 형성과 전개』, 태학사, 1993)이 있는데 두 연구는 관점은 달리하지만 손창섭 소설의 본질을 각각 '추상적 무시간성,' '정지된 세계'로 규정한다는 점에서 유사한 결론에 도달한다.

6. 이외에 손창섭 소설에 대한 아이러니에 대한 수사학적 연구로 한상규의 「손창섭 소설에 나타난 아이러니의 미적 기능」(『외국문학』, 1993. 가을), 조현일의 「주체의 분열과 아이러니에 관한 고찰」(『현대소설 연구』, 한국현대소설학회, 1996. 6), 배개화의 「손창섭 소설에 나타난 아이러니 구조」(『한국 전후 문학의 분석적 연구』, 박동규 외 편저, 월인, 1999)가 있으며, 인물 유형, 서술 양상, 문체 등 손창섭 소설의 특성을 형식과 내용 양면에서 총체적으로 분석하고 있는 저서로서 김진기의 『손창섭: 무의미의 미학』(박이정, 1999)이 있다.

기획의 말

한국문학전집을 펴내며

　오늘의 한국 문학은 다양한 경험과 자산에서 비롯된 것이지만, 그중에서도 우리 앞선 세대의 문학 작품에서 가장 큰 유산을 물려받고 있다. 그럼에도 우리는 가끔 우리의 문학 유산을 잊거나 도외시한다. 마치 그것 없이는 살아갈 수 없는 소중한 물을 쉽게 잊고 사는 것처럼 그동안 우리는 우리가 이루어놓은 자산들을 너무 쉽게 잊어버리고 있었는지도 모르겠다. 인기 있는 외국 작품들이 거의 동시에 번역 출판되고, 새로운 기획과 번역으로 전 세계의 문학 작품들이 짜임새 있게 출판되고 있는 요즈음, 정작 한국 문학 작품들을 체계적으로 정리하지 못하고 있었다는 점을 최근에 우리는 깊이 반성하게 되었다. 그리고 이러한 때늦은 반성을 곧바로 '한국문학전집'을 기획하는 힘으로 전환하였다.

　오늘의 시점에서 '한국문학전집'을 기획한다는 것은, 우선 그동안 양적으로나 질적으로 괄목할 만한 수준에 이른 한국 문학 연구 수준을 반영하는 새로운 시각이 전제되어야 할 것이다. 그리고 '우리 것을 지키자'는 순진한 의도에서가 아니라, 한국 문학이 바로 세계 문학이 되는 질적 확장을 위해, 세계 문학 속에서의 한국 문학의 정체성을 찾는 일을 간과해서는 안 될 것이다.

이번 기획에서 우리가 가장 크게 신경 썼던 점은 크게 두 가지이다. 하나는, 그동안 거의 관습적으로 굳어져왔던 작품에 대한 천편일률적인 평가를 피하고 그동안의 평가에 대한 비판적 평가와 더불어 새로운 평가로 인한 숨은 작품의 발굴이었다. 그리하여 한국 문학사를 시기별로 구분하여 축적된 연구 성과들 위에서 나름대로 중요한 작품들을 선별하는 목록 작업에 가장 큰 공을 들였다. 나머지 하나는, 그동안 여러 상이한 판본의 난립으로 인해 원전 텍스트가 침해되고 있는 심각한 상황을 고려하여 각각의 작가에게 가장 뛰어난 연구자들을 초빙하여 혼신을 다해 원전 텍스트를 확정하였다는 점이다.

장구한 우리 문학사의 주옥같은 작품들을 한자리에 모아, 세대를 넘고 시대를 넘어 그 이름과 위상에 값할 수 있는 대표적인 한국문학전집을 내놓는다. 이번에 출간되는 한국문학전집은 변화된 상황과 가치를 반영하는 내실 있고 권위를 갖춘 내용으로 꾸며질 것이며, 우리 문학의 정본 전집으로서 자리매김해 한국 문학의 전통을 계승하고 발전시키는 데 기여하고자 한다. 이 기획이 한국 문학의 자산들을 온전하게 되살려, 끊임없이 현재성을 가지는 살아 있는 작품들로, 항상 독자들의 옆에 있게 되기를 기대한다.

(주)**문학과지성사**

01 감자 김동인 단편선

최시한(숙명여대) 책임 편집

수록 작품 약한 자의 슬픔 / 배따라기 / 태형 / 눈을 겨우 뜰 때 / 감자 / 광염 소나타 / 배회 / 발가락이 닮았다 / 붉은 산 / 광화사 / 김연실전 / 곰네

극단적인 상황과 비극적 운명에 빠진 인물 군상들을 냉정하게 서술해낸 한국 근대 단편 문학의 선구자 김동인의 대표 단편 12편 수록. 인간과 환경에 대한 근대적 인식을 빼어난 문체와 서술로 형상화한 김동인의 주옥같은 작품들을 만날 수 있다.

02 탈출기 최서해 단편선

곽근(동국대) 책임 편집

수록 작품 고국 / 탈출기 / 박돌의 죽음 / 기아와 살육 / 큰물 진 뒤 / 백금 / 해돋이 / 그믐밤 / 전아사 / 홍염 / 갈등 / 먼동이 틀 때 / 무명초

식민 치하 빈궁 문학을 대표하는 최서해의 단편 13편 수록. 식민 치하의 참담한 사회적 현실을 사실적으로 전해주는 작품들. 우리 민족의 궁핍한 현실에 맞선 인물들의 저항 정신과 민족 감정의 감동과 울림을 전한다.

03 삼대 염상섭 장편소설

정호웅(홍익대) 책임 편집

우리 소설 가운데 서울말을 가장 풍부하게 살려 쓴 작품이자, 복합성·중층성의 세계를 구축하여 한국 근대 장편소설의 대표작으로 꼽히는 염상섭의 『삼대』. 1930년대 서울의 중산층 가족사를 통해 들여다본 우리 근대의 자화상이다.

04 레디메이드 인생 채만식 단편선

한형구(서울시립대) 책임 편집

수록 작품 논 이야기 / 레디메이드 인생 / 미스터 방 / 민족의 죄인 / 치숙 / 낙조 / 쑥국새 / 당랑의 전설

역설과 반어의 작가 채만식의 대표 단편 8편 수록. 1920~30년대의 자본주의적 현실 원리와 민중의 삶을 풍자적으로 포착하는 데 탁월했던 채만식. 사실주의와 풍자의 절묘한 조합으로 완성한 단편 문학의 묘미를 즐길 수 있다.

05 비 오는 길 최명익 단편선

신형기(연세대) 책임 편집

수록 작품 페어인 / 비 오는 길 / 무싱격사 / 역설 / 몸과 신착로 / 심문 / 장삼이사 / 맥령

시대를 앞섰던 모더니스트 최명익의 대표 단편 8편 수록. 병과 죽음으로 고통받는 인물 군상들을 통해 자신이 예감한 황폐한 현대의 징후를 소설화한 작가 최명익. 너무나 현대적이어서, 당시에는 제대로 평가받을 수 없었던 탁월한 단편소설들을 만난다.

06 사하촌 김정한 단편선

강진호(성신여대) 책임 편집

수록 작품 그물 / 사하촌 / 항진기 / 추산당과 곁사람들 / 모래톱 이야기 / 제3병동 / 수라도 / 인간단지 / 위치 / 오끼나와에서 온 편지 / 슬픈 해후

리얼리즘 문학과 민족 문학을 대표하는 김정한의 대표 단편 11편 수록. 민중들의 삶을 통해 누구보다 먼저 '근대화의 문제'를 문학적으로 제기하고 예리하게 포착한 작가 김정한의 진면목을 본다.

07 무녀도 김동리 단편선

이동하(서울시립대) 책임 편집

수록 작품 화랑의 후예 / 산화 / 바위 / 무녀도 / 황토기 / 찔레꽃 / 동구 앞길 / 혼구 / 혈거부족 / 달 / 역마 / 광풍 속에서

한국적이고 토착적인 전통 세계의 소설화에 앞장선 김동리의 초기 대표작 12편 수록. 민중의 삶 속에 뿌리 내린 토착적 전통의 세계를 정확한 묘사와 풍부한 서정으로 형상화했던 김동리 문학 세계를 엿본다.

08 독 짓는 늙은이 황순원 단편선

박혜경(인하대) 책임 편집

수록 작품 소나기 / 별 / 겨울 개나리 / 산골 아이 / 목넘이마을의 개 / 황소들 / 집 / 사마귀 / 소리 / 닭제 / 학 / 필묵장수 / 뿌리 / 내 고향 사람들 / 원색오뚝이 / 곡예사 / 독 짓는 늙은이 / 황노인 / 늪 / 허수아비

한국 산문 문체의 모범으로 평가되는 황순원의 대표 단편 20편 수록. 엄격한 지적 절제와 미학적 균형으로 함축적인 소설 미학을 완성시킨 작가 황순원. 극적인 사건 전개 대신 정적이고 서정적인 울림의 미학으로 깊은 감동을 전한다.

09 만세전 염상섭 중편선

김경수(서강대) 책임 편집

수록 작품 만세전 / 해바라기 / 미해결 / 두 출발

한국 근대 소설의 기념비적 작품인 「만세전」, 조선 최초의 여류화가인 나혜석의 삶을 소설화한 「해바라기」, 그리고 식민지 조선의 현실을 담아내고 나름의 저항의식을 형상화하기 위한 소설적 수련의 과정을 단적으로 보여주는 「미해결」과 「두 출발」 수록. 장편소설의 작가로만 알려진 염상섭의 독특한 소설 미학의 세계를 감상한다.

10 천변풍경 박태원 장편소설

장수익(한남대) 책임 편집

모더니스트 박태원이 펼쳐 보이는 1930년대 서울의 파노라마식 풍경화. 근대 자본주의 사회의 이데올로기와 일상성에 대한 비판에 몰두하던 박태원 초기 작품의 모더니즘 경향과 리얼리즘 미학의 경계를 넘나드는 역작. 식민지라는 파행적 상황에서 기형적으로 실현되던 근대화의 양상을 기층 민중의 생활에 초점을 맞춰 본격화한 작품이다.

11 태평천하 채만식 장편소설
이주형(경북대) 책임 편집

부정적인 상황들이 난무하는 시대 현실을 독자적인 문학적 기법과 비판의식으로 그려냄으로써 '문학적 미'를 추구했던 채만식의 대표작. 판소리 사설의 반어, 자기 폭로, 비유, 과장, 희화화 등의 표현법에 사투리까지 섞은 요설로, 창을 듣는 듯한 느낌과 재미를 선사하는 작품. 세태풍자소설의 장을 열었던 채만식이 쓴 가족사소설의 전형에 해당한다.

12 비 오는 날 손창섭 단편선
조현일(홍익대) 책임 편집

수록 작품 공휴일 / 사연기 / 비 오는 날 / 생활적 / 혈서 / 피해자 / 미해결의 장 / 인간동물원초 / 유실몽 / 설중행 / 광야 / 희생 / 잉여인간 / 신의 희작

가장 문제적인 전후 소설가 손창섭의 대표 단편 14작품 수록. 병적이고 불구적인 인간 군상들을 통해 전후 사회 현실에서의 '절망'의 표현에 주력했던 손창섭. 전쟁 그리고 전쟁 이후의 비일상적 사태를 가장 근원적인 차원에서 표현한 빼어난 작품들을 선별했다.

13 등신불 김동리 단편선
이동하(서울시립대) 책임 편집

수록 작품 인간동의 / 흥남철수 / 밀다원시대 / 용 / 목공 요셉 / 등신불 / 송추에서 / 까치 소리 / 저승새

「무녀도」의 작가 김동리가 1950년대 이후에 내놓은 단편 9편 수록. 전기 작품에 이어서 탁월한 문체의 매력, 빈틈없는 구성의 묘미, 인상적인 인물상의 창조, 인간에 대한 깊이 있는 통찰이라는 김동리 단편의 미학을 다시 한 번 경험할 수 있는 기회이다.

14 동백꽃 김유정 단편선
유인순(강원대) 책임 편집

수록 작품 심청 / 산골 나그네 / 총각과 맹꽁이 / 소낙비 / 솥 / 만무방 / 노다지 / 금 / 금 따는 콩밭 / 떡 / 산골 / 봄·봄 / 안해 / 봄과 따라지 / 따라지 / 가을 / 두꺼비 / 동백꽃 / 야앵 / 옥토끼 / 정조 / 땡볕 / 형

고단한 삶을 살아가는 순박한 촌부에서 사기꾼에 이르기까지 다양한 삶의 모습을 문학 속에 그대로 재현한 김유정의 주옥같은 단편 23편 수록. 인물의 토속성과 해학성, 생생한 삶의 언어와 우리 소리, 그 속에 충만한 생명감을 불어넣은 김유정 문학의 정수를 맛본다.

15 소설가 구보씨의 일일 박태원 단편선
천정환(성균관대) 책임 편집

수록 작품 수염 / 낙조 / 소설가 구보씨의 일일 / 애욕 / 길은 어둡고 / 거리 / 방란장 주인 / 비량 / 진통 / 성탄제 / 골목 안 / 음우 / 재운

한국 소설사상 가장 두드러진 모더니즘 작품으로 인정받는 「소설가 구보씨의 일일」을 비롯한 박태원의 대표 단편 13편 수록. 한글로 씌어진 가장 파격적이고 실험적인 작품으로 주목 받은 박태원. 서울 주변부 중산층의 삶이라는 자기만의 튼실한 현실 공간을 구축하여 새로운 소설 기법과 예술가소설로서의 보편성을 획득한 작품들이다.

16 날개 이상 단편선

김주현(경북대) 책임 편집

수록 작품 12월 12일 / 지도의 암실 / 지팡이 역사 / 황소와 도깨비 / 공포의 기록 / 지주회시 / 동해 / 날개 / 봉별기 / 실화 / 종생기

근대와 맞닥뜨린 당대 식민지 조선의 기념비요 자화상 역할을 하는 이상의 대표 단편 11편 수록. '천재'와 '광인'이라는 꼬리표와 함께 전위적이고 해체적인 글쓰기로 한국의 모더니즘 문학사를 개척한 작가 이상. 자유연상, 내적 독백 등의 실험적 구성과 문체로 식민지 근대와 그것에 촉발된 당대인의 내면을 예리하게 포착해낸 이상의 문제작들을 한데 모았다.

17 흙 이광수 장편소설

이경훈(연세대) 책임 편집

한국 최초의 근대 장편소설 『무정』을 발표하면서 한국 소설 문학의 역사를 새롭게 쓴 이광수. 『흙』은 이광수의 계몽 사상이 가장 짙게 깔린 작품으로 심훈의 『상록수』와 함께 한국 농촌계몽소설의 전위에 속한다. 한국 근대 문학사상 가장 많이 연구되고 있는 작가의 대표작답게 『흙』은 민족주의, 계몽주의, 농민문학, 친일문학, 등장인물론, 작가론, 문학사 등의 학문적·비평적 논의의 중심에 있는 작품이다.

18 상록수 심훈 장편소설

박헌호(성균관대) 책임 편집

이광수의 장편 『흙』과 더불어 한국 농촌계몽소설의 쌍벽을 이루는 『상록수』. 심훈의 문명(文名)을 크게 떨치게 한 대표작이다. 1930년대 당시 지식인의 관념적 농촌 운동과 일제의 경제 침탈사를 고발·비판함으로써, 문학이 취할 수 있는 현실 정세에 대한 직접적인 대응 그리고 극복의 상상력이란 두 가지 요소를 나름의 한계 속에서 실천해냈고, 대중적으로도 큰 호응을 불러일으킨 작품이다.

19 무정 이광수 장편소설

김철(연세대) 책임 편집

20세기 이래 한국인이 가장 많이 읽고 가장 자주 출간돼온 작품, 그리고 근현대 문학 가운데 가장 많이 연구의 대상이 된 작가 이광수의 대표작 『무정』. 씌어진 지 한 세기가 가까워지도록 여전히 읽히고 있고 또 학문적 논쟁의 중심에 서 있는 『무정』을 책임 편집자의 교정을 충실하게 반영한 최고의 선본(善本)으로 만난다.

20 고향 이기영 장편소설

이상경(KAIST) 책임 편집

'프로문학의 정점'이자 우리 근대 문학사의 리얼리즘의 확립을 결정적으로 보여주는 이기영의 『고향』. 이기영은 1920년대 중반 원터라는 충청도의 한 농촌 마을을 배경으로 봉건 사회의 잔재를 지닌 채 식민지 자본주의화가 진행되어가는 우리 근대 초기를 뛰어난 관찰로 묘사한다. 일제 식민 치하 근대화에 대한 문학적·비판적 성찰과 지식인의 고뇌를 반영한 수작이다.

21 까마귀 이태준 단편선

김윤식(명지대) 책임 편집

수록 작품 불우 선생/달밤/까마귀/장마/복덕방/패강랭/농군/밤길/토끼 이야기/해방 전후

'한국 근대소설의 완성자' '단편문학'의 명수. 이태준은 우리 근대 문학의 전개 과정에서 결코 간과할 수 없는 역할을 담당했던 작가 가운데 한 사람이다. 문학의 자율성과 예술성을 상실하지 않으면서도 현실 문제에 각별한 관심을 보여주었던 그의 단편은 한국소설사에서 1930년대를 대표하는 것으로 인정받고 있다.

22 두 파산 염상섭 단편선

김경수(서강대) 책임 편집

수록 작품 표본실의 청개구리/암야/제야/E선생/윤전기/숙박기/해방의 아들/양과자갑/두 파산/절곡/얼룩진 시대 풍경

한국 근대사를 증언하고 있는 횡보 염상섭의 단편소설 11편 수록. 지식인 망국민으로서의 허무적인 자기 진단, 구체적인 사회 인식, 해방 후와 전후 시기에 대한 사실적 증언과 문제 제기를 포함한 대표작들을 통해 횡보의 단편 미학을 감상한다.

23 카인의 후예 황순원 소설선

김종회(경희대) 책임 편집

수록 작품 카인의 후예/너와 나만의 시간/나무들 비탈에 서다

인간의 정신적 순수성과 고귀한 존엄성을 문학의 제일 원칙으로 삼았던 작가 황순원. 그의 대표작 가운데 독자들의 가장 많은 사랑을 받은 장편소설들을 모았다. 한국전쟁을 온몸으로 체득하면서 특유의 절제되고 간결한 문장으로 예술적 서사성을 완성한 황순원은 단편에서와 마찬가지로 변함없는 감동의 세계를 열어놓는다.

24 소년의 비애 이광수 단편선

김영민(연세대) 책임 편집

수록 작품 무정/소년의 비애/어린 벗에게/방황/가실/거룩한 죽음/무명/꿈

한국 근대소설사와 이광수 개인의 문학 세계에서 중요한 의미를 갖는 단편 8편 수록. 이광수가 우리말로 쓴 최초의 창작 단편 「무정」, 당시 사회의 인습과 제도를 비판한 「소년의 비애」, 우리나라 최초의 서간체 소설인 「어린 벗에게」, 지식인의 내면적 갈등과 자아 탐구의 과정을 담은 「방황」, 춘원의 옥중 체험을 바탕으로 쓰여진 「무명」 등 한국 근대문학의 장르와 소재, 주제 탐구 면에서 꼼꼼히 고찰해야 할 작품들이다.

25 불꽃 선우휘 단편선

이익성(충북대) 책임 편집

수록 작품 테러리스트/불꽃/거울/오리와 계급장/단독강화/깃발 없는 기수/망향

8·15 해방과 분단, 6·25전쟁으로 이어지는 한국 근현대사의 열병을 깊이 있게 고찰한 선우휘의 대표작 7편 수록. 평판작 「불꽃」과 「깃발 없는 기수」를 비롯해 한국 근현대사의 역동성과 이를 바라보는 냉철한 작가의식이 빚어낸 수작들을 한데 모았다.

26 맥 김남천 단편선

채호석(한국외대) 책임 편집

수록 작품 공장 신문 / 공우회 / 남편 그의 동지 / 물 / 남매 / 소년행 / 처를 때리고 / 무자리 / 녹성당 / 길 위에서 / 경영 / 맥 / 등불 / 꿀

카프와 명맥을 같이하며 창작과 비평에서 두드러진 족적을 남긴 작가 김남천. 1930년대 초, 예술운동의 볼셰비키화론 주장과 궤를 같이하는 「공장 신문」, 「공우회」, 카프 해산 직후 그의 고발문학론을 담은 「처를 때리고」, 「소년행」, 「남매」, 전향문학의 백미로 꼽히는 「경영」, 「맥」 등 그의 치열했던 문학 세계의 변화를 일별할 수 있는 대표작 14편 수록.

27 인간 문제 강경애 장편소설

최원식(인하대) 책임 편집

한국 근대 여성문학의 제일선에 위치하는 강경애의 대표작. 일제 치하의 1930년대 조선, 자본가와 농민·노동자의 대립 구조 속에서 농민과 도시노동자가 현실의 문제를 해결하고자 하는 주체로 성장하는 과정과 그들의 조직적 투쟁을 현실성 있게 그려낸 작품. 이기영의 『고향』과 더불어 우리 근대 소설사에서 리얼리즘 소설의 수작으로 꼽힌다.

28 민촌 이기영 단편선

조남현(서울대) 책임 편집

수록 작품 농부 정도룡 / 민촌 / 아사 / 호외 / 해후 / 종이 뜨는 사람들 / 부역 / 김군과 나와 그의 아내 / 변절자의 아내 / 서화 / 맥추 / 수석 / 봉황산

카프와 프로문학의 대표 작가 이기영. 그가 발표한 수십 편의 단편소설들 가운데 사회사나 사상운동사로서의 자료적 가치가 높으면서 또 소설 양식으로서의 구조미를 제대로 보여주는 14편을 선별했다.

29 혈의 누 이인직 소설선

권영민(서울대) 책임 편집

수록 작품 혈의 누 / 귀의 성 / 은세계

급진적이고 충동적인 한국 근대의 풍경 속에 신소설이라는 새로운 서사 양식을 창조해낸 이인직. 책임 편집자의 꼼꼼한 텍스트 확정과 자세한 비평적 해설을 통해, 신소설의 서사 구조와 그 담론적 특성을 밝히고 당시 개화·계몽 시대를 대표하는 서사 양식에 내재화된 일본적 식민주의 담론을 꼬집는다.

30 추월색 이해조 안국선 최찬식 소설선

권영민(서울대) 책임 편집

수록 작품 금수회의록 / 자유종 / 구마검 / 추월색

개화·계몽시대의 대표적인 신소설 작가 3인의 대표작. 여성과 신교육으로 집약되는 토론의 모습을 서사 방식으로 활용한 「자유종」, 구시대적 인습을 신랄하게 비판한 「구마검」, 가장 대중적인 신소설 가운데 하나로 꼽히는 「추월색」, 그리고 '꿈'이라는 우화적 공간을 설정하여 현실 비판의 풍자적 색채가 강한 「금수회의록」까지 당대의 사회적 풍속과 세태의 변화를 민감하게 반영한 작품들을 수록했다.

31 젊은 느티나무 강신재 소설선

김미현(이화여대) 책임 편집

수록 작품 안개 / 해방촌 가는 길 / 절벽 / 젊은 느티나무 / 양관 / 황량한 날의 동화 / 파도 / 이브 변신 / 강물이 있는 풍경 / 점액질

1950, 60년대를 대표하는 여성 작가 강신재의 중단편 10편을 엄선했다. 특유의 서정적인 문체와 관조적 시선, 지적인 분석력으로 '비누 냄새' 나는 풋풋한 사랑 이야기에서 끈끈한 '점액질'의 어두운 욕망에 이르기까지, 운명의 폭력성과 존재론적 한계를 줄기차게 탐문한 강신재 소설의 여정을 한눈에 볼 수 있는 기회다.

32 오발탄 이범선 단편선

김외곤(서원대) 책임 편집

수록 작품 일요일 / 학마을 사람들 / 사망 보류 / 몸 전체로 / 갈매기 / 오발탄 / 자살당한 개 / 살모사 / 천당 간 사나이 / 청대문집 개 / 표구된 휴지 / 고장난 문 / 두메의 어벙이 / 미친 녀석

손창섭·장용학 등과 함께 대표적인 전후 작가로 꼽히는 이범선의 대표작 14편 수록. 한국 현대사의 비극에 대한 묘사를 바탕으로 하면서도 잃어버린 고향, 동양적 이상향에 대한 동경을 담았던 초기작들과 전후의 물질적 궁핍상을 전통적 사실주의에 기초해 그리면서 현실 비판적 성격을 강하게 드러낸 문제작들을 고루 수록했다.

33 메밀꽃 필 무렵 이효석 단편선

서준섭(강원대) 책임 편집

수록 작품 도시와 유령 / 깨뜨려지는 홍등 / 마작철학 / 프레류드 / 돈 / 계절 / 산 / 들 / 석류 / 메밀꽃 필 무렵 / 삽화 / 개살구 / 장미 병들다 / 공상구락부 / 해바라기 / 여수 / 하얼빈산협 / 풀잎 / 낙엽을 태우면서

근대 작가의 문화적 정체성이 끊임없이 흔들렸던 식민지 시대, 경성제대 출신의 지식인 작가로서 그 문화적 혼란기를 소설 언어를 통해 구성하고 지속적으로 모색했던 이효석의 대표작 20편 수록.

34 운수 좋은 날 현진건 중단편선

김동식(인하대) 책임 편집

수록 작품 희생화 / 빈처 / 술 권하는 사회 / 유린 / 피아노 / 할머니의 죽음 / 우편국에서 / 까막잡기 / 그리운 흘긴 눈 / 운수 좋은 날 / 발 / 불 / B사감과 러브 레터 / 사립정신병원장 / 고향 / 동정 / 정조와 약가 / 신문지와 철창 / 서투른 도적 / 연애의 청산 / 타락자

한국 근대 단편소설의 형식적 미학을 구축하고 근대적 사실주의 문학의 머릿돌을 놓은 작가 현진건의 대표작 21편 수록. 서구 중심의 근대성과 조선 사회의 식민성 사이에서 방황하는 지식인의 내면 풍경뿐만 아니라, 식민지 조선의 일상을 예리하게 관찰함으로써 '조선의 얼굴'을 담아낸 작가 현진건의 면모를 두루 살폈다.

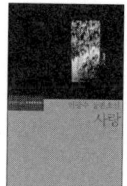

35 사랑 이광수 장편소설

한승옥(숭실대) 책임 편집

춘원의 첫 전작 장편소설. 신문 연재물의 제약에서 벗어나 좀더 자유롭고 솔직한 그의 인생관이 담겨 있다. 이른바 그의 어떤 장편소설보다도 나아간 자유 연애, 사랑에 관한 작가의 생각을 엿볼 수 있는 작품. 작가의 나이 지천명에 이르러 불교와 『주역』 등 동양고전에 심취하여 우주의 철리와 종교적 깨달음에 가닿은 시점에서 집필된, 춘원의 모든 것.

36 화수분 전영택 중단편선

김만수(인하대) 책임 편집

수록 작품 천치? 천재?/운명/생명의 봄/독약을 마시는 여인/화수분/후회/여자도 사람인가/하늘을 바라보는 여인/소/김탄실과 그 아들/금붕어/차돌멩이/크리스마스 전야의 풍경/말 없는 사람

1920년대 초반 자연주의, 사실주의적 색채가 강한 작품 세계로 주목받았던 작가 전영택의 대표작선. 이들 작품에서 작가는, 일제 초기의 만세운동, 일제 강점기하의 극심한 궁핍, 해방 직후의 사회적 혼돈, 산업화 초창기의 사회적 퇴폐상에 대한 자신의 경험을 소박한 형식 속에 담고 있다.

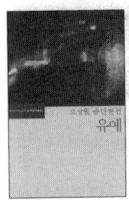

37 유예 오상원 중단편선

한수영(동아대) 책임 편집

수록 작품 황선지대/유예/균열/죽어살이/모반/부동기/보수/현실/훈장/실기

한국 전후 세대 문학의 대표 작가 오상원의 주요작 10편을 묶었다. '실존'과 '행동'에 초점을 맞춘 그의 작품은, 한결같이 극한 상황에 처한 인간 존재의 의미를 묻는 데 천착하면서 효과적인 주제 전달을 위해 낯설고 다양한 소설적 실험을 보여준다.

38 제1과 제1장 이무영 단편선

전영태(중앙대) 책임 편집

수록 작품 제1과 제1장/흙의 노예/문 서방/농부전 초/청개구리/모우지도/유모/용자소전/이단자/B녀의 소묘/O형의 인간/들메/며느리

한국 농민문학의 선구자로 평가받는 이무영의 주요 단편 13편 수록. 이들 작품에서 작가는, 농민을 계몽의 대상이 아닌, 흙을 일구는 그들의 삶을 통해서 진실한 깨달음을 얻는 자족적 대상으로 바라본다. 이무영의 농민소설은 인간을 향한 긍정적 시선과 삶의 부조리한 면을 파헤치는 지식인의 냉엄한 비판 의식이 공존하고 있다.

39 꺼삐딴 리 전광용 단편선

김종욱(세종대) 책임 편집

수록 작품 흑산도/진개권/지층/해도초/GMC/사수/크라운장/충매화/초혼곡/면허장/꺼삐딴 리/곽 서방/남궁 박사/죽음의 자세/세끼미

1950년대 전후 사회와 60년대의 척박한 삶의 리얼리티를 '구도의 치밀성'과 '묘사의 정확성'을 통해 형상화한 작가 전광용의 대표 단편 15편 모음집. 휴머니즘적 주제 의식, 전통적인 서사 형식, 객관적이고 냉철한 묘사 태도, 짧고 건조한 문체 등으로 집약되는 전광용의 작품 세계를 한눈에 살필 수 있는 계기.

40 과도기 한설야 단편선

서경석(한양대) 책임 편집

수록 작품 동경/그릇된 동경/합숙소의 밤/과도기/씨름/사방공사/교차선/추수 후/태양/임금/딸/철로 교차점/부역/산촌/이녕/모자/혈로

식민지 시대 신경향파·카프 계열 작가로서 사회주의 리얼리즘 문학을 추구한 작가 한설야의 문학적 특징을 잘 드러내는 단편 17편을 수록했다. 시대적 대세에 편승하며 작품의 경향을 바꾸었던 다른 카프 작가들과는 달리 한설야는, 주체적인 노동자로서의 삶을 택한 「과도기」의 '창선'이 그러하듯, 이 주제를 자신의 평생 과제로 삼아 창작에 몰두했다.

41 사랑손님과 어머니 주요섭 중단편선

장영우(동국대) 책임 편집

수록 작품 추운 밤/인력거꾼/살인/첫사랑 값/개밥/사랑손님과 어머니/아네모네의 마담/북소리 두둥둥/봉천역 식당/낙랑고분의 비밀

주요섭이 남녀 간의 애정 문제를 주로 다룬 통속 작가로 인식되어온 것은 교정되어야 마땅하다. 그는 빈민 계층의 고단함과 무망(無望)한 삶을 사실적으로 재현하는 데 탁월한 기량을 보였으며, 날카로운 현실인식과 객관적 묘사의 한 전범을 보여주었고 환상성을 수용함으로써 보다 탄력적인 소설미학을 실험하기도 하였다.

42 탁류 채만식 장편소설

우찬제(서강대) 책임 편집

채만식은 시대의 어둠을 문학의 빛으로 밝히며 일제 강점기와 해방기의 우리 소설사를 빛낸 작가다. 그는 작품활동 전반에 걸쳐 열정적인 창작열과 리얼리즘 정신으로 당대의 현실상을 매우 예리하게 형상화했다. 특히 『탁류』는 여주인공 봉의 기구한 운명의 족적을 금강 물이 점점 탁해지는 현상에 비유하면서 타락한 당대의 세계상을 여실하게 드러내주고 있다.

43 벙어리 삼룡이 나도향 중단편선

우찬제(서강대) 책임 편집

수록 작품 젊은이의 시절/별을 안거든 우지나 말걸/옛날 꿈은 창백하더이다/여이발사/행랑 자식/벙어리 삼룡이/물레방아/꿈/뽕/지형근/청춘

위험한 시대에 매우 불안하게 살았던 작가. 그러나 나도향은 불안에 강박되기보다 불안한 자유의 상태를 즐기는 방식으로 소설을 택한 작가였다. 낭만적 환멸의 풍경이나 낭만적 동경의 형식 등은 불안에 대한 나도향 식 문학적 향유의 풍경으로 다가온다.

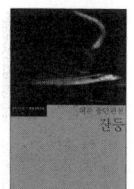
44 잔등 허준 중단편선

권성우(숙명여대) 책임 편집

수록 작품 탁류/습작실에서/잔등/속습작실에서/평대저울

한국 근대소설사에서 허준만큼 진보적 지식인의 진지한 자기 성찰을 깊이 형상화한 작가는 없었다. 혁명의 연성을 기꺼이 인정하면서도 혁명과 해방으로 인해 궁지와 비참에 몰린 사람들에 대해 깊은 연민과 따뜻한 공감의 눈길을 던진 그의 대표작 다섯 편을 한데 모았다.

45 한국 현대희곡선
김우진 김명순 유치진 함세덕 오영진 차범석 최인훈 이현화 이강백

이상우(고려대) 책임 편집

수록 작품 산돼지/두 애인/토막/산허구리/살아 있는 이중생 각하/불모지/옛날 옛적에 훠어이 훠이/카덴자/봄날

한국 현대희곡 100년사를 대표하는 작품 아홉 편. 1920년대부터 1980년대까지 각 시기의 시대 정신과 연극 경향을 대표할 만한 희곡들을 골고루 선별하였고, 사실주의 희곡과 비사실주의희곡의 균형을 맞추어 안배하였다.

46 혼명에서 백신애 중단편선

서영인 책임 편집

수록 작품 나의 어머니/꺼래이/복선이/채색교/적빈/낙오/악부자/정현수/학사/호도/어느 전원의 풍경—일명·법률/광인수기/소독부/일여인/혼명에서/아름다운 노을

일제강점기 한국문학을 대표하는 여성 작가이자 사회운동가인 백신애의 주요 작품 16편을 묶었다. 극심한 가난과 봉건적 인습의 굴레에 갇힌 여성들의 비극, 또는 그로부터 벗어나고자 하는 의지를 섬세한 필치와 치열한 문제의식으로 그려냈다. 그의 소설을 통해 '봉건적 가족제도와 여성의 욕망'이라는 해묵은 주제가 오늘날에도 여전히 풀리지 않는 과제로 존재하고 있음을 알게 된다.

47 근대여성작가선

김명순 나혜석 김일엽 이선희 임순득

이상경(KAIST) 책임 편집

수록 작품 의심의 소녀/선례/돌아다볼 때/탄실이와 주영이/경희/현숙/어머니와 딸/청상의 생활—희생된 일생/자각/계산서/매소부/탕자/일요일/이름 짓기/딸과 어머니와

일제강점기 한국문학을 대표하는 여성 작가들의 주요 작품 15편을 한 권에 묶었다. 근대 여성의 목소리로서 여성문학은 봉건적 가부장제에서 벗어나고자 개인으로서 여성의 자유로운 선택을 가로막는 온갖 질곡에 저항해왔다. 여성이 봉건적 공동체를 벗어나 개성을 찾아 나서는 길은 많은 경우 가출, 자살, 일탈 등으로 귀결되었지만, 그럼에도 여성 자신의 힘을 믿으면서 공동체의 인습에 저항하고 새로운 공동체를 지향하는 노력이 있었다. 여기에 식민지라는 조건 속에서 민족의 해방은 더 큰 과제이기도 했다. 이 책에 실린 여성 작가의 작품들은 신여성의 이러한 꿈과 현실, 한계를 여실히 드러내 보여준다.

48 불신시대 박경리 중단편선

강지희(한신대) 책임 편집

수록 작품 계산/흑흑백백/암흑시대/불신시대/벽지/환상의 시기/약으로도 못 고치는 병

여성의 전쟁 수난사를 가장 탁월하게 그려낸 작가 박경리의 대표 중단편 7편 수록. 고독과 절망의 시대를 살아내면서도 현실과 타협하지 못하는 결벽성으로 인간의 존엄을 고민했던 작가의 흔적이 역력한 수작들이 담겼다.